rororo

rororo

Anne D. LeClaire wurde 1942 in Boston geboren. Sie studierte in Oxford, Ohio, und schlug sich eine Zeitlang als Tellerwäscherin, Barfrau, Schauspielerin und Arbeiterin auf einer Tabakplantage durch. Außerdem verdiente sie ihr Geld als Radioreporterin und Journalistin. Heute lebt sie mit ihrem Mann und zwei Kindern in Chatham, Massachusetts. Sie hat bisher vier Romane veröffentlicht. Wenn sie nicht an neuen Geschichten schreibt, unterrichtet sie in einem Gefängnis kreatives Schreiben für Frauen.

«Anne D. LeClaire ist wohl das größte Erzähltalent unter den Krimi-Frauen.»

Neue Presse

ANNE D. LeCLAIRE

Die Ehre der Väter

Deutsch von Klaus Fröba

Rowohlt Taschenbuch Verlag

rororo thriller
Herausgegeben von Bernd Jost

Neuausgabe
13.–19. Tausend Juni 1999

Veröffentlicht im Rowohlt Taschenbuch Verlag
GmbH, Reinbek bei Hamburg, November 1988

Die Originalausgabe erschien 1987
bei Bantam Books, Inc., New York,
unter dem Titel «Every Mother's Son»

Umschlaggestaltung Notburga Stelzer
(Foto: dpa)
Gesamtherstellung Clausen & Bosse, Leck
Printed in Germany
ISBN 3 499 43361 3

Für meinen Sohn Christoph

Dank und Widmung

Die Geschichte, die ich erzähle, und die Personen, die darin vorkommen, sind frei erfunden. Ich habe mich nicht an tatsächlichen Ereignissen orientiert, und sollte jemand Ähnlichkeiten mit Lebenden oder Toten entdecken, dann ist das ein Zufall.

Die Naval Academy in Annapolis gibt es natürlich; ich habe sie nicht nur als Schauplatz der Handlung gewählt, sondern mich auch von meinen Eindrücken dort zu dieser Geschichte inspirieren lassen. Als ich zum ersten Mal hinkam, war mir alles so fremd wie Katherine Tyler, von der ich in diesem Buch erzähle. Viele Männer und Frauen aus der Navy und aus dem Marine Corps haben es mir durch ihre Hilfe überhaupt erst möglich gemacht, die Hintergründe zu recherchieren und die Geschichte zu schreiben; besonders danke ich Major Barry Bodene, Major Ed Kellogg, Captain Philip Ryan und seiner Frau, Colonel Thomas Hucklebery und seiner Frau, Major Andy Anderson, Professor Jack Sweetman, Colonel James McGinn und dem Midshipman 1st Class Richard McGrath.

Ich bin aber auch vielen anderen Midshipmen zu Dank verpflichtet, die mir – manchmal mit ziemlich schwarzem Humor, aber immer voller Stolz – von ihrem Alltag erzählt und so geholfen haben, das Leben an der Akademie (oder wie sie sagen: im Yard) zu verstehen. Ihre Geschichten sind für mich die Wegweiser gewesen, wenn ich durch die Gebäude und über die Plätze gegangen bin und versucht habe, alles mit ihren Augen zu sehen: Die Tanztees im Dahlgren, die Footballspiele in Philadelphia, die harten Wochen im ersten Sommer der jungen Kadetten.

Ich will auch nicht versäumen, Dr. Arthur Bickford, John Elliot, Edward Blute, Nancy Cole und Susan Cockrell für ihre Unterstützung zu danken, nicht zu vergessen Mike Ashford, durch dessen kundige Führung ich die Stadt Annapolis kennengelernt habe.

Großen Dank schulde ich Linda Grey, Jane Rotrosen, Andrea Cirillo und Kate Miciak; sie haben mir mit ihrem Wissen, mit ihrem

Witz und mit vielen guten Einfällen zur Seite gestanden, während ich an diesem Buch schrieb.

Und schließlich muß ich mich bei Hillary, Hope und Christopher bedanken, die sich nie beklagt haben, wenn ich sie alleingelassen und mich in die Phantasiewelt meiner Romanfiguren geflüchtet habe; sie sind mir sogar dorthin gefolgt, als wäre es auch ihre Welt; ihre liebevolle Geduld hat mir Kraft und Ausdauer gegeben.

Prolog

Er starb nicht sofort, es war kein friedlicher Tod.

Mit der Art, wie er ums Leben kam, hatte das nichts zu tun. Beim Tod durch Erhängen geht alles schnell, vorausgesetzt, das Rückenmark wird zerstört. Aber die Tat war stümperhaft vorbereitet, er hielt den Kopf falsch, und so hatten die drei obersten Nackenwirbel nicht die richtige Krümmung, sie brachen nicht. Drei andere Faktoren verursachten schließlich den Tod. Die Luftröhre wurde zerquetscht, die Blutzufuhr zum Gehirn war unterbrochen, das fein verästelte Nervensystem im Nacken zerriß. Ein langsamer, qualvoller Tod.

Sein Körper wehrte sich. Zellen, die nach Sauerstoff lechzten, zerplatzende Blutgefäße, Glieder, die in krampfartigen Zuckungen tanzten, alles in ihm, Knochen, Muskeln, Blut – alles schrie in stummem Aufruhr gegen den Tod. Sein Instinkt trieb ihn, sich zur Wehr zu setzen, als die Dunkelheit ihn einhüllen wollte. Aber der Kampf war schon verloren, als er ihn aufnahm.

Ein würdeloser Tod, auch das. An einem Platz, den eigentlich niemand betreten sollte, in einem finsteren Loch, unter einem Gitterrost. Der Strick war um die kalten Eisenstäbe über ihm geschlungen. Am Ende entleerten sich der tote Körper, besudelte die Kleidung, umgab den, der da hing, mit dem Pestgestank des Todes.

Ein einsamer, ehrloser Tod. Er hatte ihn nicht verdient.

Teil I

BLUT

Söhne sind die Anker im Leben einer Mutter
Sophokles

I

Im Ort nennen sie es immer noch Selbys Haus.

Groß und stolz erhebt es sich über der Uferstraße, ein Haus im Stil der schottischen Siedler, an diesem Wintermorgen in kalt glänzendes Licht getaucht. Ein festes Haus mit klaren Linien, deren ausgewogene Geometrie vom Respekt vor der Tradition zeugt. Dennoch gibt es Spuren von Unvollkommenheit, und gerade dadurch wird das Haus liebenswert. Schon vor langer Zeit hat das Fundament sich gesenkt; Murmeln, die einem spielenden Kind aus der Hand gleiten, rollen über den geneigten Boden, erst auf der gegenüberliegenden Zimmerseite, am Walnußholz der Fußleiste, endet ihre Bahn. Die Türen schließen nicht mehr dicht ab, längst sind überall Filzstreifen in die Rahmen geklebt. Am Ende des Firstbalkens sitzen die Schindeln wie ein schief verrutschtes Viereck auf dem Dach. In den Kies der Auffahrt sind tückische Furchen gegraben; jahrzehntelang haben die Regenstürme des Frühjahrs sie ausgewaschen und die eisigen Winter New Englands sie gehärtet. Das Grün, das seitlich vom Kiesweg wuchert, müht sich vergeblich, ein gepflegter Rasen zu werden.

Die Eigentümer des Hauses haben sich mit all diesen Unzulänglichkeiten abgefunden, ja sogar angefangen, durch sie eine Wahrheit zu erkennen: Es braucht seine Zeit, bis ein Haus eine Seele bekommt.

Samuel Selby, ein Uhrmacher und Graveur, hatte das Haus vor mehr als einem Jahrhundert gebaut. Sein Werk- und Arbeitsraum war ein sonniges Zimmer im ersten Stock, von dessen Fenster er über die Hälfte seines Grundstücks blicken konnte. Nach hinten dehnt es sich – noch über den Waldstreifen mit Rotbuchen und Walnußbäumen hinaus – bis zu den seichten Stellen am moosigen Flußufer. Es gibt Füchse im Wäldchen, aufgeplusterte Rauhfuß- und Waldhühner und auch Bisamratten mit schimmernd braunem Pelz, die man unten am Flußufer spielen sieht. Das alles muß Samuel Selby vor Augen gehabt haben, als er seine grazilen Bilder in die Deckel der Taschenuhren gravierte.

Nach seinem Tod erbte der einzige Sohn das Anwesen, und der

hinterließ es wiederum seinem Sohn. Der Urenkel war der letzte in der Kette der Selbys, die dort wohnten; vor dreißig Jahren zog er aus und verkaufte das Haus an einen Regisseur aus New York. Der veräußerte es eine Weile später mit großem Gewinn an einen Versicherungsagenten aus Hartford, danach zog ein Ingenieur mit seiner sechsköpfigen Familie ein, und schließlich fiel es an einen Commander der Navy; er hatte gerade seine letzte Dienststellung vor der Pensionierung angetreten – als Militäranwalt beim Stab auf dem Stützpunkt Groton.

Jeder veränderte dies oder jenes am Haus. Der Regisseur hatte die Fensterläden pinkfarben gestrichen, die Frau des Versicherungsagenten pinselte sofort wieder das ursprüngliche Weiß drüber. Sie renovierte auch die Küche und schaffte die Wanne, einen altmodischen Zuber auf Krallenfüßen, ins Badezimmer im Obergeschoß, wo rotlackierte Wände noch Zeugnis vom Geschmack des Filmemachers gaben. Die Frau des Ingenieurs ließ die Räume im Erdgeschoß mit olivgrünem Teppichboden auslegen, und ihr Mann mauerte aus Feldsteinen, die er eigenhändig aus der Umgebung zusammentrug, einen Grillrost ins Speisezimmer. Die Frau des Commanders riß den Teppichboden wieder raus, gab dem Haus einen blaßblauen Außenanstrich und säte Feldblumen in den Rasen.

Jeder von ihnen versuchte, dem Haus seinen persönlichen Stempel aufzudrücken und es zu einem unverwechselbaren Zuhause zu machen, mit jedem Pinselstrich und jeder frisch gepflanzten Blume gab er ihm ein Stück vom eigenen Ich. Sie alle, die im Laufe der Jahre dort Einzug hielten, trugen ihre Träume mit hinein. So strahlt das Haus nun gelassene Ruhe aus, es ist wie ein Anker der Sicherheit, ein Holz und Stein gewordenes Versprechen, daß hier niemandem Böses widerfahren könne. Dort zu wohnen, ist Hoffnung und Verpflichtung zugleich.

Die Einheimischen – die Männer und Frauen, die im Städtchen geboren sind und in der Gewißheit leben, daß man sie dort zu Grabe tragen werde –, beobachten jeden Wechsel mit wachem Mißtrauen; wer weiß, ob die Neuankömmlinge sich ihrer Verantwortung bewußt sind? Zwar sind drei Jahrzehnte vergangen, seit der letzte aus der Familie des Uhrmachers dort gewohnt hat, aber sie, die Alteingesessenen, nennen es immer noch Selbys Haus.

Ein Kardinalsvogel kam ans Fenster geflogen, Kate hielt vor Entzücken den Atem an. In diesem Winter hatte sie ihn fast täglich beobachtet – ein purpurroter Fleck vor weißverschneitem Hintergrund; seine Schönheit bezauberte sie jedesmals aufs neue. Sie empfand ein ähnlich atemloses Entzücken wie damals, kurz nach Brians Geburt, wenn sie neben seiner Wiege saß, sie sanft mit den Fingerspitzen schaukelte und den schlafenden Jungen betrachtete, das Wunder seiner glatten Wangen, die hauchdünne Haut seiner Lider – wie samtweiches Papier, auf das aus dem Netz winziger Adern ein Hauch Violett zu fließen schien –, die Atemzüge, in deren Rhythmus sich die zarte Brust hob und senkte.

Vom Schlafzimmerfenster hatte sie beobachtet, wie der Kardinalsvogel auf sein Weibchen wartete. Im Frühjahr waren die beiden hier draußen aufgetaucht und hatten sich, nicht weit vom Haus, in einem Geißblattbusch ihr Nest gebaut. Und jetzt, während dieses schier endlosen Winters, kam das Pärchen regelmäßig zum Futterplatz, an dem Kate Sonnenblumenkerne und gerösteten Mais ausstreute. Von allen Vögeln, die sie mit Futter versorgte, waren die beiden die scheuesten. Sie waren ihr aber auch die liebsten, vor allem das Weibchen hatte es ihr angetan: braun, unscheinbar neben dem farbenfrohen Gefieder des Männchens; Kate, die selbst wußte, was es bedeutet, sich als graue Maus neben einem Paradiesvogel zu fühlen, empfand so etwas wie eine Seelenverwandtschaft mit dem Vogelweibchen. Wo immer sie zusammen mit Michael aufgetaucht war, hatte er alle Blicke auf sich gezogen. Es lag an seinem Selbstbewußtsein, er bewegte sich mit der natürlichen Sicherheit eines Mannes, dem alle von Kind auf gesagt hatten, wie gut er aussähe.

Nicht etwa, daß sie selbst häßlich gewesen wäre, nur, dem gängigen Bild einer hübschen Frau entsprach sie eben nicht. Sie war groß, ihre Gesichtszüge waren zu ausgeprägt, ihre Stirn zu hoch, ihr Kinn zu betont, als daß man sie auf Anhieb schön gefunden hätte. Fotogen war sie überhaupt nicht, das aufgeweckt Lebendige, die Heiterkeit, die sie ausstrahlte, ließ sich nicht mit dem Objektiv einer Kamera einfangen.

Die Zweiundvierzig sah man ihr nicht an, sie wirkte gut fünf Jahre jünger, obwohl sie kürzlich die ersten grauen Strähnen im kräftigen rotbraunen Haar entdeckt hatte. Zuerst hatte sie entsetzt in das Spiegelbild gestarrt, erschreckt über die Vorboten des Alters, dann hatte sie sich damit abgefunden, mit einem Anflug von Resignation. Wer einen Sohn von einundzwanzig hat, war ihr klargeworden, kann ruhig auch ein paar graue Haare haben.

Unter dem Fenster kauerten die beiden Vögel auf dem Futterplatz, dicht auf dem Brett aneinandergedrängt. Das Männchen senkte den Kopf ins Futterschälchen, pickte einen Kern heraus und fütterte das Weibchen. Es stopfte ihm das Futter mit soviel behutsamer Zärtlichkeit in den aufgereckten roten Schnabel, daß Kate sich vorkam, als hätte sie sich in die intime Sphäre einer Zuneigung eingeschlichen, die sie nichts anging. Fast fühlte sie sich durch die Szene zu Tränen gerührt, dann wehrte sie sich gegen den Anflug von Sentimentalität, unwillig, weil sie sich bewußt war, daß sie in letzter Zeit ihren Gefühlen allzusehr freien Lauf ließ.

Überhaupt hatte sie schon viel zuviel Zeit vertrödelt. Sie kehrte dem Fenster den Rücken zu und zog sich fertig an. Aus dem Spiegel schaute ihr ein Gesicht voller Kummer entgegen, aber das Lächeln, mit dem sie es aufhellen wollte, mußte sie sich abringen. Die Kardinalsvögel – waren sie nicht so etwas wie ein gutes Omen? Dafür, daß Brian bald heimkäme? Ihr Lächeln wurde eine Spur breiter.

Sie war schon die Treppe hinaufgegangen, da spürte sie plötzlich die Stille. Eine unheimliche Stille, anders als die gewohnte Ruhe, das Gefühl des Alleinseins, das nur aufhörte, wenn Brian zu Hause war. Sie blieb stehen und lauschte. Und sie ahnte es, bevor sie es sah: Die Uhr war über Nacht stehengeblieben.

Die Uhrzeiger standen wie zu einer Figur angeordnet, der große auf der Zwei, der für die Minuten auf der Zehn. Der silberne Pfeil, der den Sekunden folgte, hatte gerade die Dreizehn erreicht.

Die Februarsonne warf bleichen Schein auf die Holztäfelung, tauchte die Diele in mildes Licht; es war wie ein heller Tunnel, durch den Kate auf die Uhr zuging. Die Gewichte hingen hoch, das mechanische Werk war nicht einfach ausgelaufen. Noch bevor sie sich das klarmachte, war die Gewißheit in ihr, daß irgend etwas in der Uhr zerstört sein mußte; das, was das Leben der Uhr ausmachte, war zerbrochen, sie wußte es. Dennoch öffnete sie die verglaste Tür des Gehäuses und stupste gegen das Pendel. Es fing zu schwingen an, aber die Bewegung wirkte leblos, die Halbbögen wurden kürzer, und schließlich stand die kupferne Scheibe wieder still. Seufzend schloß Kate die Tür, sie schaute nach oben, wo unter dem Rundbogen des Gehäuses ein auf Emaille gemaltes Gesicht die Mondphase anzeigte. Nur ein halbes Gesicht, denn es ging auf das

Monatsende zu, in zwei oder drei Wochen blinzelte das runde Gesicht wieder aus beiden Augen zu ihr herunter. Sie war traurig, und ihre Stimme verriet es deutlich, als sie das Gesicht anredete – immer noch mit demselben Namen, den sie ihm schon als Kind gegeben hatte, er kam ihr ganz leicht über die Lippen.

«Gräm dich nicht, Mopsmond. Ich find schon einen Doktor für dich. Wart's mal ab, ehe du dich's versiehst, tickst du wieder.»

Es war eine Seth Thomas, eine Großvateruhr, sowohl vom Alter her wie von der Herkunft. Sie hatte dem Vater ihrer Mutter gehört – und vorher schon dessen Vater. Ein paar Jahrzehnte war es jetzt her, daß Kate am Walnußgehäuse nachgemessen hatte, ob sie wieder ein paar Zentimeter größer geworden wäre. Als Kind hatte sie während der Ferien oft lange vor dem Uhrgehäuse gestanden, das ihr zur Meßlatte auf dem Weg zum Erwachsensein geworden war. Mit feierlichem Ernst hatte sie das Spiel betrieben, nur an der Augenhöhe nachgemessen, ob wieder ein Stück dazugewachsen wäre, und nie gemogelt. Sie hatte die Uhr aus großen braunen Augen betrachtet und sie genau studiert, so gründlich wie alles, was neu und fremd war. Nicht nur hinter die Geheimnisse des Gangwerks wollte sie schauen, jedem Schwung in der Formgebung, jeder Maserung im Holz hatte sie nachgespürt, bis die Uhr ihr vertrauter war als den Großeltern.

Als die alten Leute starben – erst der Großvater an einem Infarkt, ein paar Monate später die Großmutter an gebrochenem Herzen –, sollte Kate, die damals das College besuchte, sich als einziges Enkelkind aussuchen, was sie vom Erbe haben wollte. Natürlich hatte sie sich ohne Zögern für die Uhr entschieden, und seither gehörte die Seth Thomas zu ihrem Leben. Durch all die Ehejahre mit Michael hatte Kate sie mitgeschleppt, von einem Standort zum nächsten, von Norfolk nach Virginia Beach, von Boston nach Newport, und es war meist gar nicht so leicht gewesen, in den eintönig genormten Dienstwohnungen und -häusern einen angemessenen Platz für die Uhr zu finden. Bis sie dann schließlich beide, sie und die Seth Thomas, vor vier Jahren hier in Connecticut ein Zuhause gefunden hatten.

Als sie weitersprach, die Augen immer noch auf das gemalte Gesicht des Uhrenmondes gerichtet, hallte ihre Stimme dumpf in der Diele wider. «Sollst mal sehen, wir bringen dich wieder hin.» Weiter kam sie nicht, denn auf einmal, nur einen Augenblick lang, war das Mondauge lebendig geworden, es funkelte boshaft. Die Phantasie gaukelte ihr das so zwingend vor, daß Kate unwillkürlich einen halben Schritt zurückwich. Ihr Schatten fiel auf die Uhr, und da wurde das runde Gesicht wieder zum guten alten Mond aus ihren Kindertagen, arglos, pausbäckig und voller Güte. Ein Trugbild aus Licht und Schatten, dachte sie, während die Sekunde, in der ein kalter Blick auf ihr geruht hatte, schon verblaßte.

Nina, die treue Seele, kannte bestimmt jemanden, der die Seth Thomas reparieren konnte. Als die Tylers in das Haus in Connecticut gezogen waren, noch während der ersten Handgriffe der Möbelpacker, war Nina aufgetaucht – mit einer Thermoskanne Kaffee und einer Einladung zum Abendessen. Fast vom ersten Augenblick an waren die beiden Frauen Freundinnen geworden. Gewöhnlich ging das bei Kate nicht so schnell; im Nomadenleben einer Offiziersfamilie muß man zu oft Lebewohl sagen, im Laufe von zwanzig Jahren zu viele Freunde und Nachbarn hinter sich zurücklassen.

Aber diesmal war es anders. Kate mußte nicht daran denken, daß am Ende wieder ein schmerzlicher Abschied stünde. Diesmal war sie entschlossen, Wurzeln wachsen zu lassen, und das prägte ihre Beziehung zu Nina von Anfang an. Eine Mutter von fünf Kindern, temperamentvoll, immer zu einem Spaß aufgelegt – mit jeder Woche fühlte Kate sich mehr zu ihr hingezogen. Bald hatte sie sich daran gewöhnt, bei jeder Gelegenheit Ninas Rat einzuholen: wer den Schaden an einem Möbelstück reparieren könnte und ob's einen Arzt gäbe, der an Heiligabend ins Haus käme. Den Klempner fürs verstopfte Abflußrohr im Badezimmer, den Steuerberater, den Automechaniker – alle hatte sie auf Ninas Empfehlung gefunden. Und eines Tages, erst viel später, auch den Rechtsanwalt.

Kate wandte sich zur Treppe um, sie schauderte ein wenig, weil es ihr so vorkam, als flüsterte die Uhr ihr, mitten in die Stille hinein, eine Warnung nach. Vom Fenster aus sah sie Ninas schmutzbespritzten Chrysler die lange gewundene Auffahrt hochkommen. Sie mußte lächeln bei dem Gedanken, daß Nina dort unten genauso unbekümmert durch die Kurven steuerte wie durch ihr ganzes Leben, Schlaglöcher und scharfe Kehren schreckten sie nicht. Mit fünf Kindern, zwei davon als Zwillingspärchen, wird man wohl so.

Eliot hat unrecht gehabt, dachte sie, im Februar ist es am schlimmsten. Sie ließ den Blick über die weite Schneefläche gleiten – makelloses Weiß, nur hier und da von einem schmutzigen Klumpen Erde unterbrochen – und fragte sich, ob es je wieder Frühling würde. Dann hörte sie die Hupe, dreimal ungeduldig kurz getippt, und beeilte sich.

In der Küche zog sie den Mantel an. Das Buch, das sie sich von Nina geborgt hatte, lag schon neben dem Portemonnaie bereit. Sie griff sich beides, hängte die Tasche über die Schulter, und dann konnte sie der Versuchung nicht widerstehen und langte nach dem Stück Streuselkuchen auf der Arbeitsplatte. Das Buch, den Riemen der Umhängetasche und den Kuchen in der einen Hand, zog sie die Tür auf und ließ sie hinter sich ins Schloß fallen. Zuzuschließen, daran verschwendete sie keinen Gedanken – eine ihrer Gewohnheiten, über die Michael und sie ständig in Streit geraten waren. Er war ein Sicherheitsfanatiker, mit derselben Entschiedenheit, mit der sie ihre Arglosigkeit pflegte, und als auf sein Drängen die ausgeklügelte Alarmanlage installiert war, fand sie alles nur noch schlimmer als vorher, weil sie sich die Reihenfolge der Handgriffe beim Abschalten nicht merkte und dadurch ständig Fehlalarm auslöste. Als Michael ausgezogen war, hatte sie das System ab- und nie wieder eingeschaltet. Eine zerbrochene Ehe hatte sie gelehrt: Was wirklich wertvoll war, konnte auch eine Zweieinhalbtausend-Dollar-Anlage nicht schützen.

Vor sechs Wochen, als er sich entschlossen hatte, wieder zu heiraten, war das so ziemlich das erste gewesen, was er ihr über seine neue Frau zu erzählen wußte: Sie vergäße nie, die Tür hinter sich abzuschließen, und sie hätte noch nie einen Schlüssel verloren. Kate war wie vor den Kopf geschlagen. «Vermutlich hat sie auch Tag und Nacht den Sicherheitsgurt an», hatte sie zu Nina gesagt. Und ihre Freundin hatte geantwortet: «Hört sich ganz danach an, als hätte einer den anderen verdient.»

Dafür, daß sie so selbstverständlich zu ihr hielt, hatte Kate sie noch ein bißchen mehr ins Herz geschlossen. Früher, in der Zeit, bevor Michael gegangen war, hatten sie viele schöne Stunden zu viert erlebt. An den Sonntagen trafen sie sich, wenn Hal nicht gerade zu einem Flug unterwegs war oder Michael im Stützpunkt Dienst tun mußte, mit Snacks und Gegrilltem bei den Tylers oder spielten bei den Shaws Tennis. Später, nach der Scheidung, waren Nina und Hal nur noch für Kate dagewesen.

Kate zog die Wagentür auf und schaffte sich Platz. Ein Stapel Bücher aus der Stadtbibliothek, Jacken, Fäustlinge, ein Hockeyschläger, dessen Griff in einem schmutziggrauen, mit Marmelade beschmierten Überzug steckte – sie mußte viel beiseite räumen, ehe sie sich setzen konnte, und dann rollten ihr ein paar Tennisbälle vor die Füße, Übrigbleibsel von den letzten warmen Herbsttagen. Daß Kates Gruß so gemümmelt ausfiel, kam vom Streuselkuchen, sie hatte gerade erst abgebissen.

Nina schielte grimmig nach dem Kuchenstück. «Ahnst du, wie sehr ich dich deswegen hasse?»

«Du mußt eben darauf hoffen, daß die göttliche Gerechtigkeit alles ausgleicht. Im Jenseits wirst du als graziler Engel mit dem heiligen Petrus durch die Lüfte schweben und dein Halleluja säuseln, und ich werde eine fette Barockputte mit dicken Oberschenkeln sein.»

«Tröstliche Aussichten!» murmelte Nina. «Weißt du, irgendwie ist das nicht fair. Ich mach wer weiß wie oft am Tag meine Freiübungen und lebe jeden zwei Tag Diät. Kuchen hab ich schon so lange nicht mehr gegessen, daß ich mich nicht mal erinnern kann, wie er schmeckt. Für einen Eisbecher mit heißer Schokoladensoße könnte ich glatt einen Mord begehen.»

«Im Sommer, wenn du den Badeanzug anziehst, wird sich alles auszahlen.»

«Willst du mich auf den Arm nehmen? Ich nehm trotzdem dauernd zu. Erst gestern abend hat Hal so eine Bemerkung gemacht, als ich aus der Duschkabine kam. Der Mann weiß nicht, wie gefährlich ein falsches Wort sein kann.» Neidisch sah sie zu, wie Kate den letzten Bissen Kuchen in den Mund schob. «Wie schaffst du das eigentlich?»

«Veranlagung. Irgendwas frißt mich von innen auf.»

Das peinlich betroffene Schweigen dauerte ein paar Sekundensplitter lang, denn beide mußten an Kates Eltern denken. Aber Nina hatte sich schnell gefangen, mit ihrem Plauderton drängte sie alle düsteren Gedanken an Krebsgeschwüre und Schlaganfälle beiseite.

«Bei Gott, das hoffe ich. Wenn's überhaupt eine höhere Gerechtigkeit gibt, müssen deine Adern mit Cholesterinen vollgestopft sein. Eines Tages wird ein genialer Endokrinologe das Rätsel des Stoffwechselprozesses lösen und dafür den Nobelpreis bekommen. Dann werden wir erfahren, wieso du alles mögliche in dich reinstopfen kannst und nicht ein Gramm zunimmst, während ich schon ein Pfund mehr auf die Waage bringe, wenn ich nur an Lasagne geschnuppert habe. Bis es soweit ist, muß ich eben den Menschen in mein Nachtgebet einschließen, der den Wickelrock erfunden hat. Können wir fahren?»

Kate schenkte ihr ein Lächeln; lieber noch hätte sie gesagt, wie sehr sie Nina mochte und was ihr die Freundschaft zwischen ihnen bedeutete. Sie brachte es nicht über die Lippen, weil ihre Eltern ihr eingetrichtert hatten, Gefühlsausbrüche und emotionale Äußerungen seien ein Zeichen für schlechte Manieren. Vielleicht, wenn sie früher manchmal zu Michael gesagt hätte, daß... Nein, sie hatte nichts gesagt, und sie sagte auch jetzt nichts.

Unten an der Straße fuhr gerade das Postauto weg, das Fähnchen an Kates Briefbox war hochgeklappt. Gemeinsam mit Wallace Simms hatte Kate dieses System eingeführt, nachdem sie in paar Monate lang täglich den weiten Weg bis hinunter zum Briefkasten marschiert war, meist nur, um festzustellen, daß nichts drin lag. Jetzt brauchte Simms nur das Fähnchen hochzuklappen, und Kate konnte vom Fenster im Obergeschoß sehen, ob der Weg sich lohnte; ein Verfahren, das vielleicht nicht ganz den Postvorschriften entsprach, aber darum scherte Simms sich wenig.

«Bei mir macht er so was nie», nörgelte Nina. «Ich wohne jetzt fünfzehn Jahre hier, aber er benimmt sich so förmlich wie bei einer Fremden. Anscheinend hat er 'ne Schwäche für dich. Ob er wohl verheiratet ist?» Als sie den rosigen Hauch auf Kates Wangen sah, lachte sie hellauf. «War nicht ernst gemeint! Willst du die Post gleich mitnehmen, oder hat's Zeit bis später?»

«Warum nicht gleich? Ich glaub allerdings nicht, daß es was Besonderes ist, vielleicht eine verspätete Weihnachtskarte oder eine unverschämte Heizölrechnung.» Nina hielt kurz, Kate zog eine Handvoll Postwurfsendungen mit Werbung aus der Box, blätterte den Stapel durch und entdeckte ganz unten den Brief. «Sieht so aus, als hätte ich doch Glück gehabt», sagte sie schmunzelnd.

Ein Brief von der Marineakademie, stellte Nina mit einem Seitenblick fest. «Ich denke, Bri kommt nächste Woche? Und trotzdem schreibt er? Großer Gott, Robert hat uns in zwei Jahren nur eine Postkarte aus Brown geschickt. Wie hast du das nun wieder hingekriegt?»

«Keine Ahnung, aber red mir bloß nicht noch ein, was für ein prima Kerl Brian ist! Das ist er nämlich wirklich, ich frage mich, wie Michael und ich das geschafft haben. Mein Gott, hörst du, wie ich mit ihm angebe?» Sie schaute auf den Brief in ihren Händen, und auf einmal legte sie ihn neben sich, zu dem Stapel Werbeprospekte. Wie ein Kind, das sich noch was Schönes für nachher aufheben will, entschloß sie sich, den Brief erst später zu öffnen, wenn sie zu Hause war und ihn mit Muße lesen konnte.

«Du hast allen Grund anzugeben, Bri ist ein großartiger Junge. Was ist eigentlich aus der Sache zwischen ihm und Danielle geworden?»

«Ich weiß nicht genau, aber ich hab das Gefühl, das schläft ein. Als er über Weihnachten da war, hat er sich nicht mit ihr getroffen.»

«Täusche ich mich, oder hört sich das wirklich so an, als ob's dir nicht besonders leid täte?»

«Es hat nichts mit Danielle zu tun. Aber Bri hat sich in Annapolis für fünf Jahre weiterverpflichtet, und er ist doch erst einundzwanzig. Ich weiß, ich bin jetzt wie die Glucke, die ihr Küken nicht hergeben will. Andererseits, er hat ja wirklich noch Zeit mit dem Heiraten.»

«Und du und Michael, wie alt wart ihr denn, als ihr geheiratet habt?»

«Zwanzig und einundzwanzig. Aber komm mir nicht damit, wir beide sind wahrhaftig kein Musterbeispiel für die Vorteile einer Frühehe.» Sie langte nach einem Papiertaschentuch, die Finger waren noch klebrig vom Kuchen. «Daß er heiraten könnte – das ist gar nicht mein Problem. Einfach nur, daß er groß wird. Es geht alles so schnell. Gestern war er noch ein kleiner Junge, ich hab ihm den Reißverschluß hochgezogen und die Schnürsenkel zugebunden, und jetzt...»

Sie wischte sich ein paar Streuselkrümel vom Schoß. «Weißt du, in seinem Zimmer ist noch alles wie damals. Im Wandschrank liegt der Chemiebaukasten und auf dem Bett dieser komisch verknautschte Tiger – Teddykatz hat er ihn immer genannt. Ja, alles wie damals. Nur, er ist jetzt ein Mann, er geht seinen eigenen Weg. Und das ist eben so verdammt hart. Du erlebst das noch nicht so, dein Robert ist zwei Jahre jünger als Bri, er ist noch nicht richtig weg von zu Hause. Ich hab mir nie vorstellen können, daß der Augenblick so hart ist. Und irgendwie ist das Ganze auch nicht ohne Ironie. Du ziehst dein Kind groß und gibst dir alle Mühe, daß es unabhängig wird, aber wenn's dann soweit ist, bricht's dir fast das Herz. Wenn ich an Brian denke... Mit einer Hälfte meines Herzens bin ich stolz auf ihn, ich platze fast vor Stolz. Aber die andere Hälfte würde alles drum geben, wenn ich die Zeit zurückdrehen könnte, nur, um ihn noch ein paar Jahre bei mir zu haben. Du hast das schlauer angefangen, du hast eben nicht nur ein Kind, Nina, vielleicht wird's dadurch leichter. Wenn eins von deinen geht, hast du immer noch die anderen zu Hause.»

«Schlauer angefangen? Ich würde eher sagen, ich bin gebärfreudig, daß man das kalte Grausen kriegen kann! Wenn du das nächste Mal das Bedürfnis spürst, Kinder um dich zu haben, schick ich dir eine Weile die Zwillinge. Laß mich's wissen, in fünf Sekunden hab ich ihr Bündel gepackt.»

Sean und Seton, sieben Jahre alt, zwei kleine Nervensägen, die dauernd was zu plappern hatten und denen immer noch eine Frage einfiel... Kate mußte lachen. «Bloß das nicht! Hast du überhaupt kein Mitleid?»

«Mitleid? Nicht, wenn's um solche Monster geht!» Dabei wußte jeder, daß niemand die Shaw-Kinder auch nur anrühren durfte, wenn er nicht eine Tracht Prügel riskieren wollte. «Also, wohin fahren wir zuerst?»

«Company Store, die geben diese Woche dreißig Prozent Rabatt.»

«Company Store, wird gemacht. Und dann zum Lunch ins *Inn*.»

«In das *Essex Inn*? Wieso, haben wir was zu feiern?»

«Ja. Kinder, die groß werden. Eltern, die sie aufgezogen haben. Ach ja – und unsere Freundschaft.» Ninas verschmitztes Lächeln war ansteckend. «Ganz davon abgesehen, daß ich einen unwiderstehlichen Appetit auf Borschtsch mit Sauerrahm habe.»

«Du hast nicht die geringsten Skrupel!» hielt Kate ihr vor, und dann prusteten beide los wie übermütige Schulmädchen.

Es ging erst auf Mittag zu, aber im *Essex Inn* herrschte schon Hochbetrieb. Nur ein Jahr hatten Dale und Jane Conroy gebraucht, um aus einem düsteren, zweitklassigen Landgasthaus ein Lokal zu machen, das im Umkreis von neunzig Meilen um New York den denkbar besten Ruf genoß. An den smaragdgrünen Wänden standen Sitzgruppen aus weißen Korbmöbeln, die Sprossenfenster waren mit Vorhängen aus glänzendem Chintz gerahmt, dahinter lag die breite Terrasse. Auf keinem Tisch fehlte der Blumenschmuck, gelbe und pinkfarbene Tulpen.

Jane Conroy besaß denselben Charme, den auch das *Inn* ausstrahlte. Sie begrüßte die beiden Frauen herzlich, und während sie sich noch ein paar plaudernde Bemerkungen einfallen ließ, führte sie Kate und Nina zu einem Zweiertisch an einem der Fenster. Der Garten sah im Schnee trostlos aus, wie mit einem weißen Tuch zugedeckt; unwillkürlich begann Kate zu frösteln.

«Kalt?» fragte Nina. «Wir können uns noch woanders hinsetzen.»

«Nein, schon in Ordnung.» Kate sah sich um. Sie hatte sich angewöhnt, überall nach Michael Ausschau zu halten, obwohl es ein Zufall gewesen wäre, ihn ausgerechnet hier zu treffen. Das wußte sie genau, aber sie saß trotzdem mit verkrampften Schultern auf dem Korbstuhl und blickte sich suchend um. Erst als sie sich überzeugt hatte, daß er nicht da war, entspannte sie sich.

«Willst du wirklich nicht lieber woanders sitzen?»

«Nein, wirklich nicht. Jane hat uns einen ihrer besten Tische gegeben. Sie ist überhaupt immer so besorgt, seit Michael und ich auseinander sind, ich möchte sie auf keinen Fall kränken.»

Nina verdrehte die Augen. «Großer Gott, du müßtest dich mal reden hören! Ich möchte sie auf keinen Fall kränken! Wird langsam Zeit, daß du anfängst, dir Sorgen über dich selbst zu machen. Soll ich dir mal was über Jane Conroy sagen? Sie ist durch und durch geschäftstüchtig. Natürlich begrüßt sie dich freundlich, aber ich wette mit dir um die Rechnung, daß sie das mit dem Lolita-Fan genauso macht.»

Kate lachte, obwohl ihr eigentlich nicht danach zumute war. Vor sechs Wochen, vier Monate nach der Scheidung, hatte Michael wieder geheiratet – eine Frau, die zwanzig Jahre jünger war als er. In den schrecklichen Tagen und Wochen danach hatte Nina sich eine ganze Sammlung von Spottnamen für Michael einfallen lassen, Lolita-Fan war noch einer von den liebenswürdigeren gewesen.

«Kate, bist du wegen Michael so bedrückt?»

«Ich weiß nicht, ich glaube, es ist von allem ein bißchen.» Sie brach ab, als der Kellner an ihren Tisch kam; nicht einmal ungern, es fiel ihr noch zu schwer, unbefangen über Michael zu reden. Nina bestellte einen Old Fashioned, Kate war sich noch nicht schlüssig.

«Himmel, ich dachte, das Zeug trinkt heute keiner mehr», sagte Kate. «Ich hab's seit dem zweiten Collegejahr nicht mehr versucht. Damals hat mich in Amherst einer ins *Lord Jeff* geschleppt, und da hab ich's dann mit dem Old Fashioned so übertrieben, daß mir schlecht geworden ist. Vielleicht bin ich allergisch gegen Bitter-Drinks oder so?»

«Versuch mal wieder einen», redete Nina ihr zu, «wer weiß, ob er dir nicht guttut.»

«Lieber nicht. Um drei erwartet mich meine Klasse, und bei einem Lehrer ist eine Alkoholfahne, soviel ich weiß, ein Grund zur fristlosen Kündigung. Bei den Schülern ist das natürlich anders, da darf ruhig die halbe Klasse torkeln.»

«Nana!» machte Nina, «wer torkelt denn da schon?»

«Na gut. Das heißt, zwei-, dreimal hab ich sogar das schon erlebt.»

«Ach, zum Teufel, Kate, dann trink wenigstens ein Glas Wein. Ich hab eine Rolle Pfefferminz im Wagen.»

«Einverstanden, ein Rausschmiß wäre nicht das Schlimmste, was mir passieren könnte. Wenn du mich nachher zu Hause absetzt – erinnere mich daran, daß ich gurgeln muß, ja?» Sie bestellte den Wein, lehnte sich zurück und ließ wieder den Blick durchs Lokal schweifen.

«Die Speisekarte brauchen wir nicht», sagte Nina zum Kellner, «wir nehmen Borschtsch.» Und nachdem sie sich durch einen raschen Blick mit Kate verständigt hatte: «Die große Portion. Und, wie gesagt, den Wein für meine Freundin.»

«Gut, ja», bestätigte der Kellner, «als Tagesspezialität haben wir Fleischpastete Cornwall, kann ich zur Suppe sehr empfehlen.»

Nina seufzte mit gespieltem Entsetzen. «Wer kann von mir erwarten, daß ich eine Pastete ablehne?» Sie beugte sich zu Kate und flüsterte ihr zu: «Noch mal fünf Pfund, unter Garantie. Ich muß übergeschnappt sein.» Als der Kellner weg war, musterte sie Kate. «Komm, laß uns drüber reden! Was macht dir zu schaffen?»

«Such dir was aus. Midlife Crisis? Alleinstehendes spätes Mädchen in Bluesstimmung? Jeder hat mal seinen Seelenkater, kann sein, daß es nur das ist. Der leichte Ton war zu gewollt, Nina lächelte nicht.

«Na komm schon, Kate! Ich bin's, Nina.»

Der Wein wurde serviert, Kate nahm einen langen Schluck, setzte das Glas ab und ließ den Zeigefinger über den Rand kreisen.

«Ach, Nina, es dreht sich immer wieder um dasselbe. Zu langweilig, um darüber zu reden.»

«Mit einer guten Freundin kann man auch über langweilige Dinge reden. Mit wem sonst?»

Kate spielte immer noch mit dem Glas, ihr Blick schien irgendwo im Nichts verloren. «Ich will dir was sagen: Ich bin zweiundvierzig, und nach den Feiertagen hab ich mich hingesetzt und hab Bilanz gezogen. Ich muß noch mal neu anfangen. Ich meine, ich hatte ja schon einen Plan, wie alles laufen soll, bis ich alt und grau bin, aber daraus wird nun nichts. Also muß ich von vorn anfangen, ich weiß nur nicht, ob ich die Kraft und den Mut dazu habe.» Sie nippte am Weinglas, sah hoch. «Ich hab dich gewarnt, daß es langweilig wird.»

«Es ist nicht so, als ob du den Spielstein wieder aufs Startfeld gesetzt hättest. Du machst weiter, nur die Richtung ändert sich.» Ninas blaue Augen schienen Kate auszuforschen. «Oder ist da irgendwas passiert?»

«Nicht direkt. Ich merke nur, wie leicht man mich verletzen kann. Und nachts fühle ich mich ein bißchen einsam. Wirkliche Gespräche hat es zwischen Michael und mir eigentlich seit Jahren nicht mehr gegeben. Trotzdem, ich konnte mir einreden, daß jemand da ist. Es war schon lange nicht mehr so toll zwischen uns, das weiß ich, aber ich hatte mich daran gewöhnt. Und ich dachte, hier, im neuen Haus, würden wir's schon wieder hinkriegen. Früher war das mal so, da haben wir alles gemeinsam gemeistert. Aber dann kam's mir vor, als würde der eine hierhin wachsen und der andere dahin. Sein Job und seine Karriere schienen ihm auf einmal wichtiger zu sein als ich, sogar wichtiger als Brian. Aber wenn ich ehrlich bin – am meisten tut mir weh, daß mein Mann mich wegen einer anderen Frau verlassen hat.»

«Mein Gott, Kate! Du wirst dir doch nicht zweitrangig vorkommen, bloß weil's da so ein junges Ding gibt, das nicht mehr Grips im Kopf hat als ein Schulmädchen! Von der Sorte könnte man zwei aus dir machen.»

«Michael sieht das offenbar anders.» Sie zwinkerte Nina zu. «Vergiß es einfach. Nein, aber... Gestern abend hab ich darüber nachgedacht, daß Männer ganz anders sind als Frauen. Wenn's für mich einen anderen Mann gegeben hätte, und wenn ich deshalb weggelaufen wäre, hätte Michael fuchsteufelswild reagiert. Trotzdem, im Innersten hätte er es akzeptiert. Für ihn wäre ich eine alte Schlampe gewesen, für den anderen hätte er ein gewisses Verständnis aufgebracht. Aber, weißt du, wenn ich einfach zur Tür rausmarschiert wäre und gesagt hätte: Du, ich will lieber allein leben als zusammen mit dir... Also, daran wäre er zerbrochen. Das hätte sein Ego verletzt, er wär sich vorgekommen wie kastriert. Ein Mann erträgt eher, daß es einen Rivalen gibt. Wir Frauen sind da anders, für uns ist das verheerendste Übel immer eine andere Frau.»

«Ich hab nie darüber nachgedacht, aber du hast recht. Wenn Hal von mir weg wollte, weil er einfach genug hätte von unserer Ehe, das würde mich krank machen. Aber schlimmer wär's, wenn er vorhätte, eins von den Püppchen aus seiner Crew zu heiraten.» Sie kniff die Augen zusammen. «Ach, was red ich da? Ich würde ihn so oder so umbringen.»

«Darüber mußt du dir ja nicht den Kopf zerbrechen. Hal wird dich nie verlassen, nicht wegen einer Stewardess und nicht wegen der Midlife Crisis.»

Nina winkte dem Kellner und zeigte auf ihr leeres Glas. Kurz darauf brachte er die beiden Borschtsch und den zweiten Drink für Nina. Sie hob das Glas. «Auf deine Drei-Uhr-Klasse. Und weil wir gerade davon reden – hast du schon deine Bewerbung an die anderen Colleges losgeschickt?»

«Ich hab noch mal darüber nachgedacht. Bis jetzt ist es ja nur so eine Überlegung. Für einen neuen Job müßte ich vielleicht umziehen, und das will ich gerade jetzt nicht. Ich merke, wie wichtig das Haus nach der Scheidung für Brian geworden ist – so was wie ein fester Ankerplatz, den will ich ihm nicht nehmen.»

Noch während sie es sagte, wurde ihr klar, daß es nicht die ganze Wahrheit war. In Wirklichkeit war das Haus für sie unverzichtbar geworden, nicht für Brian. Selbys Haus – das war so etwas wie die große Liebe für sie gewesen, vom ersten Augenblick an. Das Heim, das sie sich immer gewünscht hatte. Egal, wie sinnlos es sein mochte, so ein großes Haus zu halten, sie wollte es einfach nicht hergeben. Michael hatte ihr immer vorgehalten, daß es verrückt wäre. «Wozu brauchst du den Riesenkasten? Für dich allein!» Sie hatte gar nicht erst versucht, es ihm zu erklären.

Finanziell war das Haus eine große Belastung, aber das erwähnte sie nicht. Nina hätte sich womöglich vorgeworfen, sie wäre bei ihren Ratschlägen zur Unterhaltsfrage nicht energisch genug gewesen. Dabei hatten Nina und der Rechtsanwalt wie mit

Engelszungen auf sie eingeredet. Aber sie hatte von Michael kein Geld nehmen wollen. Ein Stolz, der sie teuer zu stehen kam. Trotzdem, sie bereute nichts.

«Irgendwie hab ich das Gefühl, daß es überall in meinem Leben abwärtsgeht. Erst Michael. Dann mein Job – Lehrerin in einer drittklassigen Schule, mit lauter Schülern, die sonst keiner haben will. Wenn ich's recht bedenke, ist mein ganzes Leben ein Mißerfolg.»

«Du bist zu streng mit dir, Katie. Die Scheidung ist Michaels Schuld, nicht deine. Über deinen Job weiß ich nicht Bescheid, aber ich denke, daß du eine verdammt gute Lehrerin bist. Und eins weiß ich genau: Mir bist du eine gute Freundin und Brian eine phantastische Mutter. Guck dir Brian doch an! Er fühlt sich glücklich, und ich kenn keinen Jungen, den ich eher einen großartigen, gut erzogenen Burschen nennen würde. Bei meinen Kindern hat er einen Stein im Brett. Ob das nun zu deiner Selbsteinschätzung paßt oder nicht – irgendwas muß ja wohl an dir dran sein. Bri hätte es nicht soweit gebracht, wenn seine Mutter eine Versagerin wäre. Schau, Kate, dein Ego hat böse Schläge abbekommen, und du bist noch nicht drüber weg. Aber ich kenn dich, du kommst schon wieder mit dir ins reine. Du bist stärker, als du selber denkst.»

Bevor Kate antworten konnte, hörte sie schrilles Gelächter; eine junge Frau kam ins Lokal, eng bei einem gutaussehenden Grauhaarigen eingehängt. Sie trug ein blaues Kleid aus weich fallendem Wollstoff, das blonde Haar wellte sich hübsch bis in den Nacken – ein Mädchen, das jedem gefallen konnte, wenn nur diese gräßlich aufdringliche Stimme nicht gewesen wäre.

«Mein Gott, heute bleibt uns nichts erspart», seufzte Nina.

Die Blonde hatte nur Augen für ihren Begleiter, der Rest der Welt schien um sie herum versunken, aber den Grauhaarigen himmelte sie an.

«Wer ist er denn?» fragte Kate. «Den hab ich noch nie zusammen mit ihr gesehen. Ich dachte, sie geht mit dem jungen Burschen aus Johnsons Teppichgeschäft? Die beiden waren bei Harringtons Neujahrsbrunch, da hat sie mir erzählt, daß sie heiraten wollen.»

«Ja, bloß er hat wohl nichts davon gewußt. Jedenfalls hat er mit ihr Schluß gemacht, ziemlich grob, hab ich gehört. Wahrscheinlich ist ihm rechtzeitig klargeworden, daß sie sich nach den Flitterwochen nicht mehr viel zu sagen hätten. Arme Liz, erst hat ihr Mann sie sitzenlassen, dann ihr Freund. Vermutlich macht sie alle mit einer Art Torschlußpanik verrückt.»

Kate beobachtete das Mädchen, sie glaubte, Kummer hinter der Maske aufgesetzter Fröhlichkeit zu entdecken. «Red nicht so über sie, Nina. Ich glaube, sie hat nur einen Schutzwall um sich bauen wollen, und jetzt sind die Mauern so hoch, daß sie nicht mehr rauskommt.»

«Typisch für dich! Katherine, die Heilige. Hör zu, Liz Shannon hat eine Haut, so dick wie bei einem Nilpferd, und mit dem Gemüt ist es nicht viel anders. An ihr mußt du dein Mitleid bestimmt nicht verschwenden.» Nina unterbrach sich abrupt, weil die Blonde auf dem Weg zur Toilette an ihrem Tisch vorbeikam.

«Hallo!» säuselte Liz Shannon, auch ihr Lächeln war nicht viel mehr als ein kühler Hauch. Aus der Nähe sah sie nicht mehr so jugendlich aus, das Make-up konnte nicht alle Fältchen und die Spuren von Nächten mit zuwenig Schlaf vertuschen. «Sie hab ich ja schon eine Ewigkeit nicht mehr gesehen, meine Liebe.» Und zu Kate gewandt: «Dieser Tage ist mir Michael über den Weg gelaufen. Also, ich muß sagen, ich kann wirklich nicht verstehen, was er an seiner neuen Frau findet. Die ist doch noch ein Kind.» Ihre Raucherstimme klang rauh. «Haben Sie den Kleiderschrank gesehen, mit dem ich da bin? Julie Westons Vetter. Hab ihn gestern abend kennengelernt. Kommt aus San Diego, gerade geschieden. Bleibt ein paar Wochen bei Julie. Sie hat das zwischen uns eingefädelt. Es ist nicht übertrieben, wenn ich sage, daß ich ihr mein Leben verdanke. Ich hab mich gefühlt wie tot, aber seit ich ihn kenne, weiß ich wieder, was Leben ist.»

Ihre Art der Betonung – einzelne Wörter auszuspucken, als wäre ihr ein Stück Schmirgelpapier zwischen die Zähne gerutscht – fand Kate irritierend. Sie spürte, wie Nina ihr unter dem Tisch einen Schubs mit dem Fuß gab.

«Er ist Urologe. Ach Gottchen, ausgerechnet Urologe! Wissen Sie, was ich zu Julie gesagt habe? Hör mal, hab ich gesagt, mich haben gerade zwei Typen ganz schön bepißt, ich brauch keinen Experten.» Sie lachte kehlig, ein älteres Ehepaar am Nachbartisch sah peinlich berührt herüber. Kate machte sich auf ihrem Stuhl ein bißchen kleiner.

«Tja, ich muß los. Einen, der so aussieht, darf man nicht zu lange allein lassen, hier gibt's zu viele Frauen, die Appetit auf ihn haben könnten.» Liz maß Kate mit einem kühl abschätzenden Blick, ihr Lächeln sah einen Augenblick lang gefroren aus. Dann wandte sie sich um und ging.

Kate überwand die Sprachlosigkeit als erste. «Falls ich je – je im Leben noch mal ein freundliches Wort über diese Person sage, darfst du mich erwürgen.»

«Der arme Urologe. Ich fürchte, er ahnt noch nicht, worauf er sich eingelassen hat. Das ist vielleicht ein Flittchen! Diese spitzen Bemerkungen über andere, die Appetit auf ihren Beau haben könnten! Am liebsten hätte ich ihr den Borschtsch übers Kleid geschüttet.»

Kate sagte ernst: «Du weißt, daß sie recht hat. Mindestens ein halbes Dutzend Frauen hier im Lokal würden ihn ihr liebend gern wegschnappen, selbst wenn sie wüßten, daß er trinkt oder ein Schläger ist oder stinklangweilig. Einsame Frauen in unserm Alter gibt's genug, rar sind nur Männer, die zu haben wären.» Sie hob den Kopf, in ihren Augen glitzerte es feucht.

«Kate, ich bitte dich! Du wirst doch nicht ernst nehmen, was das kleine Biest redet? Ich sag ja, ich hätte meine Suppe opfern sollen.»

Kates Stimme war so winzig, als hätte sie sich tief in der Kehle versteckt. «Mein Gott, sie ist einfach schrecklich. Aber es hat nichts mit Liz zu tun, eher mit mir selbst. Ich hab Angst, daß ich auch mal so werde. Billig zu haben, dankbar für jede Zufallsbekanntschaft.»

Nina beugte sich über den Tisch und faßte nach Kates Hand. «Nein, Katie, du nicht. Nie. Du bist verletzlich, und im Augenblick bist du verletzt. Aber du bist warmherzig und . . . Ach, du bist eben einfach anders, du könntest nie so werden wie Liz.»

Kate hätte ihr gern gesagt, wie gut ihr die Worte taten. Aber sie hatte wohl schon den richtigen Augenblick verpaßt. Irgendwo im Lokal hörten sie Liz Shannons Lachen scheppern. Sie drehten sich um und sahen, wie der Grauhaarige ihr Feuer gab; er hatte den Arm über den Tisch gereckt, die Manschette des maßgeschneiderten Seidenhemds war verschoben, am Handgelenk baumelte ein Goldkettchen.

«Gütiger Himmel», flüsterte Kate, «ein Urologe!» Mehr brachte sie nicht heraus, weil Nina schon zu kichern begonnen hatte.

Als Kate nach Hause kam und die Unterlagen für den Unterricht zusammensuchte, spürte sie, daß irgend etwas in ihr wärmer geworden war. Der Lunch, der Wein, das gemeinsame Lachen mit Nina – all das war wohl daran schuld. Sie war spät dran, bei dem Tempo, mit dem sie zur Schule fuhr, riskierte sie einen Strafzettel. Sie fühlte sich wohl wie schon lange nicht mehr, nicht einmal der Gedanke an die wilde Bande, die um drei Uhr im Klassenzimmer auf sie wartete, konnte daran etwas ändern.

Einführung in die amerikanische Literatur – ein Pflichtfach für alle, die am Lanchester Community College ihren Abschluß machen wollten. Im Fachbereich witzelten sie bissig: Belegen muß man den Kurs, aber wer sagt, daß man's gern tun müßte? Und am gelangweilten Desinteresse der Klasse spürte Kate jedesmal, daß das nicht nur so dahingesagt war.

Anfangs hatte sie das so gereizt, daß sie ihre Schüler gleich während der ersten Unterrichtswoche einen Aufsatz schreiben ließ, in dem sie darlegen sollten, warum sie sich am College angemeldet hatten. Das Ergebnis war niederschmetternd gewesen. Fast ausnahmslos schrieben die Schüler, sie wären nicht etwa aus eigenem Antrieb da, sondern weil ihre Eltern sie gedrängt hätten. Schulbildung – für die eine Generation war es noch so etwas wie der Heilige Gral gewesen, schon die nächste gab keinen Pfifferling mehr dafür. Dennoch, bei einigen wenigen Schülern hatte Kate das Gefühl, die Mühe wäre nicht vergeblich; in ihren Aufsätzen – mehr zwischen den Zeilen und verborgen hinter der Fassade unbeholfener Formulierungen, mangelhafter Grammatikkenntnisse und haarsträubender Rechtschreibung – spürte sie die Begegnung mit Individuen. Und gerade diese Schüler schienen ihr dann auch Vertrauen entgegenzubringen. Sie suchten Kates Nähe, meistens nur, weil sie mit jemandem reden wollten, mitunter auch, weil sie einen Rat brauchten. Es war, als gäbe es jetzt, nachdem die Mädchen und Jungen ihr ein paar von ihren Gedanken anvertraut hatten, so etwas wie eine Brücke zwischen ihnen.

Einige Ausnahmefälle empfand Kate wie ein unverhofftes Geschenk: Schüler, für die das College der Weg zu einem selbstgesteckten Ziel war. In der Regel handelte es sich um Erwachsene, Hausfrauen, die gerade eine Scheidung hinter sich hatten, oder Männer, die ihren Beruf aufgeben und ein anderes Ziel anstreben wollten – wie beispielsweise vor drei Jahren ein Polizist, der sich vorgenommen hatte, Rechtsanwalt zu werden. Bei solchen Schülern – motiviert, wißbegierig, zielstrebig – machte es auf einmal wieder Spaß, Unterricht zu geben, zumal sie oft wie eine Flamme waren, an der die ganze Klasse Feuer fangen konnte.

Während dieses Semesters hatte sie nur einen erwachsenen Schüler in der Klasse, Wally Haines. Falls er im Sinn hatte, Flamme zu sein, war es ihm bisher gut gelungen, diesen Ehrgeiz zu verbergen.

Wie üblich kam er auch heute wieder zu spät, mitten in Kates Ausführungen über den Begriff der Ehre in der amerikanischen Literatur platzte er hinein. Inzwischen war sie an seine Bummelei gewöhnt. Am Semesteranfang war ihr zu Ohren gekommen, daß er als Aushilfskellner im Schulcafé jobbte und außerdem nachts als Tankwart arbeitete. Er brauchte das Geld, sonst hätte er die Schulgebühren nicht aufbringen können; er stammte, wie die meisten Schüler in Kates Klasse, aus einfachen Verhältnissen.

Sie ließ sich in ihrem Vortrag nicht stören, obwohl er, statt sich ruhig auf seinen Platz zu setzen, eine Weile rumorte, begleitet von ein paar Grundlauten, die wohl ein gelangweiltes Lachen andeuten sollten. Ein paar Schüler machten sich Notizen zu Kates Ausführungen, Wally und einige andere hielten das nicht der Mühe wert.

«Mr. Haines, können Sie uns anhand der Bücher, die wir bisher behandelt haben, Beispiele für den Begriff Ehre in der Literatur geben?»

Er lümmelte auf seinem Stuhl, die langen Beine unter dem des Vordermannes ausgestreckt, und putzte sich mit dem Federmesser die Reste von Motoröl aus den Fingernägeln. Das Mädchen neben ihm malte Herzchen ins Heft.

«Wie steht's mit unserer letzten Lektüre?» hakte Kate nach. «Was wissen Sie über Hemingways Definition von Ehre?»

Wally schaute nicht zu ihr hin, das malende Mädchen schien ihn mehr zu fesseln. «Ich bin noch nicht dazu gekommen, die Geschichte zu lesen.» Er sagte es absichtlich unhöflich, dazu pulte er wieder in den Fingernägeln. Es wurde still im Klassenzimmer, alle Köpfe kamen hoch.

Kate verschluckte die Frage, warum er denn überhaupt zum Unterricht käme, wenn er sich doch nicht für den Stoff interessierte. «Gut, aber irgendein Beispiel werden Sie mir ja wohl nennen können, Mr. Haines.»

Er rutschte ein Stück tiefer und sah Kate zögernd an, als sei er noch nicht ganz schlüssig, ob er überhaupt antworten sollte. Dann nahm er sich Zeit, die blonde Strähne aus der Stirn zu wischen und – sehr sorgfältig und langsam – das Messer zusammenzuklappen und einzustecken, bevor er sagte: «Ich glaub nicht, daß es überhaupt so was wie Ehre gibt. Vielleicht früher mal, aber inzwischen ist sie zum Teufel gegangen.»

Kate fühlte sich verwirrt. Sie war sich bewußt, daß alle Augen auf ihr ruhten. Sogar das Mädchen neben Wally hatte sich von den Bleistiftherzen losgerissen. «Eine interessante These, Wally. Können Sie sie auch begründen?»

«Sie ist eben zum Teufel», sagte er blasiert. «In Vietnam und Watergate ist sie verreckt. Die da oben verkaufen uns für dumm, und alle lügen mit.» Die Klasse war auf seiner Seite, Kate sah es an den grinsenden Gesichtern. «Und Sie, Mrs. Tyler, können Sie denn Ihre...» Es war, als wollte er erst ein paar Tropfen Hohn dazurühren, bevor er das Wort aussprach: «...Ihre These begründen, daß es noch Ehre gibt?»

Spontan fielen ihr ein Dutzend Antworten ein, aber ebenso rasch verwarf sie jede einzelne. «Ich kann mich Ihrer Ansicht nicht anschließen, Wally», sagte sie schließlich betont ruhig. «Ich glaube daran, daß es auch heute noch Ehre gibt, als Ideal und als Wirklichkeit. Ich hatte gehofft, daß Sie durch die Lektüre in diesem Semester eine Ahnung davon bekämen, wieviel Großes und Bewunderungswürdiges Menschen vollbringen können. Daß Sie verstehen lernen, wieviel Stärke dazu gehört, mutig zu sein, und wieviel Kraft man braucht, um sich nicht zu beugen. Stolz, Würde, Tapferkeit und Verläßlichkeit – das sind Werte, die heute genauso gelten wie eh und je. Und ich hatte sogar gehofft, in Ihnen ein Gespür dafür zu wekken, daß diese Werte in unserer Gesellschaft veranlagt sind, in jedem von uns. Ob Sie ihnen zum Durchbruch verhelfen, das liegt natürlich an Ihnen. Ehrlich gesagt, daß Sie alle die Existenz solcher Ideale rundweg leugnen, das hatte ich nicht für möglich gehalten.» Sie ließ einen Augenblick verstreichen, bevor sie ihre Unterlagen in die Aktentasche schob und die Kreide in die Jackettasche steckte. In der Klasse war es still, keiner rührte sich.

«Ich gebe Ihnen heute nichts zu lesen auf.» Das zustimmende Gemurmel hatte sie erwartet: «Statt dessen schreiben Sie einen Aufsatz. Nehmen Sie sich doppelt soviel Zeit wie sonst, denn ich werde auch mit doppeltem Bewertungsfaktor benoten. Es kommt mir diesmal nicht so sehr auf Rechtschreibung, Grammatik und Zeichensetzung an, es geht mir um den Aufbau und um das, was Sie auszusagen haben.» Sie wartete, bis sie sah, daß jeder zum Stift gegriffen hatten.

«Das Thema heißt ‹Ehre›. Schreiben Sie, soviel Ihnen einfällt, über Beispiele von ehrenhaftem, mutigem Verhalten. Beispiele aus dem wirklichen Leben oder solche aus Büchern, die wir behandelt haben. Ich hoffe, Sie werden mir zustimmen, daß Ehre nicht nur etwas ist, worüber in Romanen geschrieben wird. Aber wenn Sie eher der Ansicht sind, daß Wally Haines recht hat, dann begründen Sie das überzeugend.» Sie ging zur Tür, öffnete sie. «Heute noch mal auf Hemingway zurückzukommen, hat wohl keinen Zweck. Der Unterricht ist beendet.»

Auf dem Heimweg hielt sie am Supermarkt, um fürs Abendessen einzukaufen. Als sie in der Käseabteilung nach einer kleinen Milchtüte langte, mußte sie selbst dabei an Brian denken: Wenn er zu Hause war, brauchte sie jeden Tag ein paar von den großen Tüten, jetzt wurde ihr manchmal schon die kleine sauer. Eigentlich, wurde ihr klar – eigentlich denke ich dauernd an ihn, von morgens bis abends.

Sie ging weiter zur Kühltruhe mit dem abgepackten Fleisch. Fünf Uhr, gähnende Leere, für die Hausfrauen war es schon zu spät. Steaks und Hähnchenkeulen in Frischhaltepackungen, ihr Blick blieb nirgendwo hängen. Hungrig war sie nach dem Mittagessen eigentlich nicht, aber wenn sie das Abendessen ganz ausfallen ließ, kam es bald so weit, daß sie überhaupt nicht mehr kochte. Hühnchenbrust... Sie hatte das Päckchen schon in der Hand. Nein, heute abend nicht.

In der Tiefkühlabteilung war mehr los. Lauter Singles, dachte sie, Leute, die für sich allein einkaufen. Fertiggerichte, die Einzelportionen. Immer noch besser, als sich das Essen aus dem Automaten zu ziehen. Sie hörte sich kichern. Eine junge Frau neben ihr sah hoch, lächelte und sagte: «Gott segne Stouffers für seine Fertigdinners.»

Kate riß sich zusammen, lächelte zurück und warf eine Packung Rindfleisch mit Paprika und Reis in den Einkaufswagen. Alles im Kochbeutel, moderne Technik im Dienste der Hausfrau.

Auf dem Weg zur Kasse nahm sie eine abgepackte Portion Kirschkuchen mit, sie ging zum Parkplatz, stieg in den Wagen, hörte im Autoradio die Melodie eines Liedes von Barbara Streisand und sang leise mit. Die Streisand war ihre Lieblingsinterpretin, sie und Frank Sinatra. Wally Haines hätte wohl seine Vermutung bestätigt gesehen, daß Kate zu denen von gestern gehörte.

Sie kam zu Hause an; die Dämmerung begann, der Abend war nicht mehr weit. Es war kühler geworden, ein dünner Eisfilm machte die Wurzeln in der Auffahrt tückisch glatt. Vor vier Jahren, als sie eingezogen waren, hatten Michael und sie eine Menge Pläne gehabt: neue Rinnsteine setzen lassen, den Weg frisch teeren, einen Teppich für die obere Diele kaufen, die Fensterläden streichen. Beim Weg, der zum Haus hinaufführte, war alles beim alten geblieben, genau wie oben in der Diele.

Selbys Haus war schon in dunkle Schatten getaucht. Um diese Tageszeit empfand sie es am schmerzlichsten, eine geschiedene Frau zu sein. Sie kam allein in ein kaltes, leeres Haus, niemand wartete auf sie, um sie mit warmem Kaffee und einem noch wärmeren Lächeln zu begrüßen. Es ist gar nicht Michael, den ich vermisse, dachte sie bitter. Was mir fehlt, ist etwas Lebendiges, ein Stück Mann.

Stumm verwünschte sie ihre Vergeßlichkeit; gewöhnlich ließ sie die Lampe auf dem Tischchen im Erker brennen, damit es nicht so dunkel war, wenn sie ankam. In der ersten Zeit hatte sie sogar aus lauter Angst vor der Stille das Radio spielen lassen. Heute hatte sie nicht daran gedacht, es war alles so schnell gegangen, Nina hatte schon unten gehupt.

Sie sah verblüfft, daß ein Wagen vor der Tür stand. Sie schaltete das Fernlicht ein, im Lichtkegel konnte sie zwei Männer ausmachen, einen am Steuer und einen daneben, sie erkannte Uniformmützen.

Erst später fiel ihr auf, daß sie gar nicht auf den Gedanken gekommen war, einer der beiden könnte Michael sein, obwohl das naheliegend gewesen wäre. Ihr erster Gedanke – einer, bei dem sie spürte, daß ihr Herz ein bißchen zu hüpfen anfing – war: Brian ist nach Hause gekommen. Und dann purzelten ihr auf einmal, während sie die letzten Meter bis zum Haus fuhr, viele Gedanken durch den Kopf. Wer weiß, wie lange er schon hier draußen sitzt, er muß halb erfroren sein. Warum war er denn nicht reingegangen? Bri wußte doch, daß sie nicht zuschloß. Wen hat er denn dabei? Lauter Gedanken, die sich ineinander verhaspelten. Die alte Angst einer Mutter, die immer gleich das Schlimmste ahnt. Warum ist er früher gekommen? Es wird doch wohl nichts passiert sein? Sie beschleunigte noch einmal, dicht hinter der dunklen Limousine stellte sie ihren Wagen ab. Und da erst merkte sie, daß es gar nicht Brian war.

Sie zog den Zündschlüssel heraus. Sie sah die beiden Männer aussteigen. Der hinter dem Lenkrad gesessen hatte, war der stellvertretende Kommandeur der Akademie. Der andere stand im Schatten, sie konnte sein Gesicht nicht sehen, aber als er näherkam, erkannte sie ihn sofort. Captain Richard Beck, der Militärpfarrer. Er kam zu ihr an die Wagentür. Sie sah, daß er Handschuhe trug. Sie sah die Hand, die ausgestreckt war, um ihr beim Aussteigen zu helfen.

«Nein», flüsterte sie. Sie mußte gar nicht erst hören, was sie ihr zu sagen hatten. Sie wußte, daß es eine schlechte Nachricht war. Captain Becks Blick sagte es ihr; sie spürte, wie schwer es ihm fiel, ihr in die Augen zu sehen. Sie stieg aus, ohne nach der Hand zu fassen, die sich ihr entgegenstreckte. Und bevor einer der beiden etwas sagen konnte, rannte sie – an ihnen vorbei – ins Haus.

2

Die Männer kamen hinter ihr her, Kate hörte die Ledersohlen über den gefrorenen Boden schlittern, unaufgefordert betraten beide das Haus. Auf den Ärmeln der Uniformjacken war das Sternenbanner aufgewebt, im Halbdunkel der Diele bekam der Goldgrund einen funkelnden Glanz.

Beide waren groß, sie trugen das graue Haar kurzgeschnitten, sie sahen müde und angestrengt aus. Die schwarze Uniform machte sie einander ähnlich wie Brüder.

Kate blieb in der Diele stehen und wandte sich zu ihnen um. Lastendes Schweigen hing zwischen ihnen, der stellvertretende Kommandeur brach es schließlich.

«Mrs. Tyler...»

Sie fiel ihm ins Wort: «Entschuldigen Sie, sicher frieren Sie, bitte, kommen Sie herein.» Sie bemühte sich um Fassung; es war, als ob sie sich hinter einer Maske verstecken wollte. Sie hielt den Kopf gesenkt, als sie das Licht einschaltete und den Mantel in den Wandschrank hängte, ihre Bewegungen waren ruckartig, wie abgezirkelt.

«Hoffentlich mußten Sie nicht zu lange warten. Normalerweise bin ich früher zu Hause. Ich war noch einkaufen. Oh, ich hab ja alles im Wagen liegenlassen. Na gut, ich werd die Sachen später holen. Commander Kestler, nicht wahr? Und Captain Beck? Möchten Sie etwas trinken? Vielleicht etwas Warmes, Kaffee? Oder... Ich hab auch Scotch da. Oder Bourbon. Oder möchten Sie in Glas Wein trinken? Ich trink immer eins vor dem Dinner.» Sie haspelte es herunter, als ob sie nicht wollte, daß einer von ihnen zu Wort käme.

«Mrs. Tyler...»

Schweigend wandte sie sich dem Pfarrer zu, der sie angesprochen hatte. Sie wehrte sich nicht mehr, auch nicht, als er ihre Hand in seine Hände nahm. Das Handschuhleder fühlte sich eiskalt an, sie schauderte, aber sie hatte ihren Widerstand aufgegeben, sie ließ sich ins Wohnzimmer führen. Nur einen Augenblick lang wurde ihr Blick ganz starr, weil ihr einfiel, was Michael immer gesagt hatte. Der Pfarrer kommt nur mit, wenn es ganz schlimm ist. Man sah ihr an, mit welcher Anstrengung sie sich zusammennahm. Was immer geschehen war, es war unabänderlich.

«Wir sind wegen Brian gekommen.»

Sie fragte nicht, ob es ihm gutginge; sie wußte, daß es nicht so war. «Wie schlimm ist es?» Bitte, laß es nicht allzu schlimm sein, betete sie. Ein gebrochenes Bein. Ja, ein Autounfall, das mußte es sein. Eine Kopfverletzung? O Gott, das wäre allerdings schlimm. Aber er legte doch immer den Sicherheitsgurt an? Sein Vater hatte ihm das so eingebleut. Nein, eine Kopfverletzung war es wohl nicht. Alles, stammelte sie wortlos in sich hinein, alles, nur das eine nicht.

Der Pfarrer machte der Ungewißheit ein Ende.

«Es tut mir leid, Mrs. Tyler, Brian ist tot.»

«Nein.» Sie wollte es hinausschreien. Schreien wollte sie es mit einer Kraft, die alles ungeschehen machen konnte, auch das. Sie erschrak, als sie das klägliche Wimmern ihrer Stimme hörte. Sie hatte es vom ersten Augenblick an gewußt. *Der Pfarrer kommt nur mit, wenn es ganz schlimm ist.* «Nein», sagte sie noch einmal, und es klang wieder so zerbrochen. Licht – sie mußte das Licht einschalten. «Nein. Nicht Bri.» In ihren Ohren hallte seltsam monotoner Hammerschlag. Pfarrer Beck wollte sie stützen, sie wehrte ihn ab. Als sie merkte, daß die Knie sie nicht mehr trugen, ließ sie sich aufs Sofa fallen.

«Einen Brandy», hörte sie Beck fragen.

Sie nickte, daß sie zur Eßzimmertür zeigte, wurde ihr nicht bewußt. Als er zurückkam, nahm sie ihm das Glas ab, sie mußte es sehr festhalten, damit es ihr nicht aus den Fingern glitt. Der Alkohol brannte ihr in der Kehle, sie starrte auf die schwappende blaßbraune Flüssigkeit. Dort hakte sie den Blick fest, hochschauen mochte sie nicht. Vielleicht waren die beiden Männer schon gegangen? Nein, sie durften nicht gegangen sein, sie mußte ja noch etwas fragen. Es gab etwas, was sie wissen mußte.

«Wie?»

Kestler übernahm es, ihr zu antworten. Becks Stimme hatte mitfühlend geklungen, seine hörte sich an wie die eines Mannes, der seine Gefühle immer unter Kontrolle hat. «So leid es mir tut, Mrs. Tyler, wir müssen davon ausgehen, daß Ihr Sohn sich das Leben genommen hat.»

«Nein.» Sie sagte es entschieden, mit einem sicheren Wissen, das sie nicht erklären konnte. So konnte es nicht sein, das wußte sie genau. Eine Verwechslung. Irgend jemandem war ein schrecklicher Irrtum unterlaufen. Eine Verwechslung der Namen. In der Eile. So etwas kam vor. Einer von den anderen Offiziersanwärtern. Der Sohn einer anderen Mutter. Brian hätte nie Selbstmord begangen. Sie richtete sich auf, wagte es, sich an eine Hoffnung zu klammern.

Beck schien ihre Gedanken zu ahnen. Sie las in seinen Augen, daß er nicht an die Möglichkeit einer Namensverwechslung glaubte. Sie las, daß er von Brians Tod überzeugt war. Gut, sie wollte ihn reden lassen. Danach würde sie es ihm erklären. Dann mußte er einsehen, daß es ein Irrtum war.

«Der Kompanieoffizier hat ihn abwesend gemeldet. Man hat die Midshipmen auf seiner Stube befragt, es stellte sich heraus, daß er die ganze Nacht nicht da war. Dann haben sie angefangen zu suchen, einer vom Stammpersonal hat ihn gefunden.»

«Wie ist er gestorben?» Sie wußte, daß sie jetzt Fragen stellen mußte, Kestler und Beck erwarteten es von ihr. Sie saß ganz still; sie bewegte sich nicht, denn wenn sie das getan hätte, wäre irgend etwas in ihr zersplittert. Die beiden mußten sich irren, und sobald sie antworteten, würde Kate auch den Beweis dafür finden.

«Wir müssen davon ausgehen, daß Brian ... daß er sich erhängt hat.»

Nein. Lieber Gott, nein. Sie spürte, wie es in ihr würgte, Brandy stieg ihr in die Kehle hoch. «Wo?»

«In einem Schacht der Heizungsanlage. Es ist ein Tunnelsystem, das sich durch den ganzen Yard zieht.»

Ruhig. Sagt nichts mehr. Bitte, ich will nichts mehr hören. «Wann?»

«Vor der Autopsie können wir das nicht mit Sicherheit sagen.» Autopsie? Kate zuckte zusammen, aber der Kommandeur schien es gar nicht zu merken. «Der Arzt meint, der Tod müsse im Laufe der Nacht eingetreten sein.»

«Letzte Nacht?» Sie erschrak jäh. *O Gott, den ganzen Tag über, während ich Wein getrunken und gelacht und mit Nina geredet habe, als ich im Supermarkt an den Regalen langgegangen bin – die ganze Zeit über war er tot. Mein Sohn, mein einziges Kind war tot, und ich habe es nicht gewußt.*

«Admiral Thatcher hielt es für besser, daß wir Ihnen die Nachricht persönlich bringen, damit Sie nicht allein sind, wenn Sie es erfahren.»

«Wir haben schon den ganzen Nachmittag draußen gewartet.» Diesmal zuckte Kate vor Becks kalter Hand zurück. «Möchten Sie, daß wir jemanden für Sie anrufen? Jemanden, den Sie jetzt gern um sich hätten?»

«Michael», antwortete sie. «Ist denn Brians Vater schon verständigt worden?» Es kam ihr merkwürdig vor, daß sie sich nicht überhaupt zuerst an Michael gewandt hatten; Soldaten redeten doch, wenn so etwas passierte, zuerst mit Soldaten. Sie sah auf die Uhr, fünfzehn Minuten nach fünf. Eine Viertelstunde war erst vergangen. Soviel wie ein ganzes Leben. «Er müßte jetzt zu Hause sein. Ich werde ihn anrufen.»

Sie traten ein paar Schritte zurück, als sie nach dem Telefon griff. Ihre Finger zitterten so, daß sie sich beim ersten Versuch verwählte. Als sie Michaels Stimme hörte, merkte sie erst, wie wenig Kraft ihr geblieben war.

«Michael? Ich bin's, Kate.»

Er klang ungeduldig. Seit sie geschieden waren, lag dieser gereizte, fast feindselige Unterton in seiner Stimme, als wäre sie es gewesen, die ihn verlassen hätte.

«Michael, ich habe eben etwas Schreckliches erfahren. Ich kann nicht am Telefon darüber sprechen. Ist es möglich, daß du herkommst?»

«Kate...»

«Bitte. Bitte, Michael, es ist wichtig. Es geht um Brian.» Als sie den Namen aussprach, versagte ihre Stimme. Das trockene Schluchzen schien die Mauer, die er zwischen ihnen aufgerichtet hatte, einen Augenblick lang aufzubrechen.

«Ich bin in fünf Minuten da», sagte er. «Aber, Kate... Es paßt mir gar nicht. Ich hoffe, daß es wirklich um was Wichtiges geht.»

Langsam legte sie den Hörer auf die Gabel. Auf dem Klavier stand Brians Foto. Eine Aufnahme in Uniform, damals war er zum ersten Mal auf Fahrt gegangen. Er war so stolz gewesen. Jung und stolz und gutaussehend. Sie setzte sich auf die Klavierbank, nahm das Bild in die Hand und starrte es an. Ein junger Mann. Der, den sie geboren hatte. Sie konnte das Gesicht nicht länger ansehen, es tat ihr zu weh. Sie stellte das Foto aufs Klavier zurück, aber auch dann fühlte sie noch ihre Fingerkuppen brennen, da, wo sie den Metallrahmen gehalten hatten.

Es war Abend geworden, ein Februarabend, Dunkelheit lauerte ums Haus. In den andern Häusern an der Uferstraße begann jetzt das Familienleben. Menschen die heimkamen, Bruchstücke aus dem Berufsalltag mit nach Hause brachten, zu erzählen anfingen. Tische waren gedeckt, Fernseher wurden eingeschaltet, Straßenschuhe gegen bequeme Slippers eingetauscht. Hier in ihrem Haus war alles anders. Sie und zwei Marineoffiziere warteten schweigend auf Brians Vater. Es war anders als in den Häusern ringsum, der Tod hatte es so anders gemacht. Kate hörte den Wagen die Auffahrt hochkommen. Sie öffnete, bevor Michael an die Tür klopfte.

«Okay, was zum Teufel ist so wichtig, daß du mich noch mal in die Dunkelheit rausjagen mußtest? Wendi war gerade mit dem Abendessen soweit. Ich hoffe, daß... Um Gottes willen, Kate, was ist denn? Was ist passiert?»

«Komm lieber erst rein.» Auf einmal fehlte ihr der Mut, es ihm zu sagen. Er und Brian sahen sich so ähnlich. Groß und blond. Und mit denselben Lachfältchen um die Augen. Das Kinn ein wenig vorgereckt, gerade genug, um die Welt herauszufordern. Und daß er Uniform trug, das dunkle Tuch der Navy, machte die Ähnlichkeit nur noch größer. Kate wandte sich ab, sie konnte ihn nicht länger anschauen.

Er kam ihr ins Wohnzimmer nach. Als er Kestler und Beck sah, stockte sein Schritt, er versteifte sich unwillkürlich in den Schultern, und Kate ahnte, woran er dachte. *Der Pfarrer kommt nur mit, wenn es ganz schlimm ist.* Sie ging ins Eßzimmer, füllte ihr Brandyglas nach und schenkte auch ein Glas für Michael ein. Der kurze Weg von einem Zimmer ins andere war wie eine Flucht, sie kam sich erbärmlich feige vor, aber sie wollte nicht dabeisein und Michael in die Augen sehen, wenn Kestler und Beck ihm sagten, was geschehen war. Sie empfand Dankbarkeit, daß er gekommen war, sie fühlte sich jetzt nicht mehr so allein in ihrem Schmerz. Er war der einzige, der es sofort begreifen mußte; er würde ihnen klarmachen, daß Brian sich bestimmt nicht das Leben genommen hatte, daß es eine völlig abwegige Vorstellung war. Falls Brian tatsächlich tot war, mußte es sich um einen tragischen Unfall handeln, mehr gab es dazu nicht zu sagen.

Michael lehnte den Brandy ab. «Wieso?» fragte er, und sie hörte die Verärgerung heraus. «Er war doch Weihnachten zu Hause. Herrgott noch mal, Kate, hast du gar nichts gemerkt? Gab es überhaupt keinen Anhaltspunkt dafür, daß er so was vorhatte? Ich meine, hat er irgendwas gesagt? Oder sich merkwürdig verhalten? Hat er irgendwelchen Ärger gehabt?»

Erschüttert ließ sie sich aufs Sofa fallen. Daß er seinen Ärger so deutlich zeigte, überraschte sie nicht, so hatte er immer reagiert, wenn ihm irgend etwas gegen den Strich ging; er war genauso traurig wie sie, damit hatte das nichts zu tun. Aber sie konnte nicht verstehen, wieso er es so schnell als Tatsache akzeptierte, daß Brian Selbstmord begangen hätte. Sie spürte, daß Kestler und Beck eher auf Michaels Seite waren. Die drei begannen über das zu reden, was jetzt veranlaßt werden müßte; sie, die schweigend auf dem Sofa saß, schien gar nicht mehr dazusein.

«Hat man etwas Schriftliches gefunden?»

«Bitte?»

«Gibt es einen Brief von Brian?»

«Bedauere, Mrs. Tyler, nein. Weder da, wo wir ihn gefunden haben, noch in seinem Spind.»

Sie zog sich wieder in die Kapsel ihres Schweigens zurück. Es konnte nicht stimmen. Nicht nur das, was sie über den Selbstmord sagten, war falsch, nein, alles. Sie versuchte, an die Tage um Weihnachten zu denken. Am ersten Tag war er nach Washington D. C.

gefahren, vermutlich einen Freund besuchen. Es schien alles in Ordnung zu sein, als er zurückkam; müde sah er aus, sonst nichts. Und er hatte Danielle nicht anrufen wollen. Sie gab sich alle Mühe, mehr Erinnerungen auszugraben, und während sie noch grübelte, schrillte das Telefon. Sie blieb reglos sitzen, nach dem dritten Läuten ging Michael hin und nahm den Hörer ab. Sie hörte, daß er die Stimme dämpfte.

«Nein, so war das nicht, sie hatte wirklich einen Grund. Es hat einen Unfall gegeben.»

Kate sah auf, aber weder Kestler noch Beck erwiderten ihren Blick; sie horchten, wenn auch mit unbewegter Miene. *Sag's ihr nicht. Sie hat kein Recht, es zu erfahren. Er ist nicht ihr Sohn.*

«Er ist tot, Liebling. Ich erzähl's dir zu Hause. Nein, es dauert nicht lange, eine halbe Stunde oder so. Nein, du brauchst nicht herzukommen. Ja, das weiß ich. Ich liebe dich auch.»

Kate spürte, daß das Gespinst der Einsamkeit, in das sie sich einhüllte, dichter wurde. Michael war zurückgekommen, die drei redeten wieder miteinander, sie hörte nicht hin.

«Bist du damit einverstanden, Kate?»

Sie kam von weither. Worüber sprachen sie?

«Brians Beerdigung. Möchtest du, daß der Gottesdienst in der Navy-Kapelle stattfindet?»

«Nein», sagte sie scharf.

Michael fuhr sich müde mit der Hand über die Augen. «Wo dann?»

«Ich weiß nicht.» Warum setzte er sie so unter Druck? Jetzt über die Beerdigung zu reden, darüber, was zu veranlassen war... Es kam ihr so kalt vor, ein Planspiel mit dem Tod. Sie wollte jetzt nicht darüber nachdenken. Wenn sie doch endlich gegangen wären!

Die drei tauschten Blicke; wir unter uns Männern, sagten ihre Augen.

Michael redete ruhig auf sie ein, geduldig, wie zu einem Kind, das keine Vernunft annehmen will. «Es gibt ein paar Dinge, die müssen wir jetzt entscheiden, Kate.»

«Ich denke später darüber nach. Morgen. Ich weiß nur, daß ich Brian nicht dort lassen will. Ich will ihn heimholen.»

Dabei nahmen sie ihr Bri jetzt schon mit jedem Wort ein Stück weiter fort. Alles drang wie durch einen Filter zu ihr. Vorschriften über Leichentransporte von einem Bundesstaat zum anderen. Mit dem Flugzeug oder mit der Bahn? Zeitplanung. Welches Bestattungsunternehmen? Kühl, sachlich, als wären sie an den Tod gewöhnt. Und seinen Namen sprachen sie nicht mehr aus. *Er. Er ist unser Sohn, er heißt Brian! O Gott: der Leichnam. Warum nennst du ihn nicht unseren Sohn, Michael?*

«Für welches Beerdigungsinstitut hast du dich entschieden, Kate? Wir können das nicht ewig vor uns herschieben.»

«Ich weiß nicht. Irgendeins. Such eins aus dem Telefonbuch aus. Schlag die Gelben Seiten auf, laß den Zeigefinger entscheiden.» Auf einmal war ein Keuchen in ihrer Kehle; bevor ein Schluchzen daraus werden konnte, bekam sie es unter Kontrolle. Aber es war gleich wieder da, als sie Michaels schockierte Miene sah. Beck kam mit der Brandyflasche. Er ließ auch die Hand einen Augenblick auf ihrer Schulter ruhen, als ob er ihr Kraft geben wollte; sie wandte sich ab.

Schließlich tat Michael, was sie gesagt hatte, er suchte ein Bestattungsunternehmen nach dem Telefonbuch aus. Sie hörte ihn telefonieren, knapp und forsch ging er die Einzelheiten durch. Man werde die Überführung des Leichnams veranlassen, sagte er. Und er werde von sich hören lassen, sobald er Näheres wüßte.

«Nein.» Sie stand auf. «Ich werde Bri heimbringen.»

«Das ist nicht nötig, Mrs. Tyler. Die Fluggesellschaft kümmert sich um alles. Und wir sind ja auch noch da. Lassen Sie uns das regeln.»

«Kate, das ist doch Unsinn. Völlig unnötig. Warum willst du dir das aufbürden? Sei vernünftig, du hast hier genug zu tun.»

«Nein, Michael, ich will nicht, daß mein Sohn ... Ich will nicht, daß er in den Frachtraum einer Maschine geschoben wird. So soll er nicht nach Hause kommen, ich will bei ihm sein.»

Er sah betreten weg. «Natürlich, ich verstehe. Ich möchte ...» Sie glaubte, Schmerz und Schuldgefühl in seinem Gesicht zu lesen. Und ein Betteln, das nicht stumm blieb: «Ich möchte gern mit dir fahren, wenn du nichts dagegen hast. Wir beide sollten ihn gemeinsam nach Hause holen.» Sie war nicht daran gewöhnt, ihn um etwas bitten zu hören, und die herzliche Zuneigung, die sie auf einmal empfand, hatte sie längst verloren geglaubt.

Kestler räusperte sich. «Commander Tyler, Sie wissen, daß das völlig unnötig ist.» Das alte stillschweigende Einvernehmen schien plötzlich nicht mehr zu bestehen.

«Ja, das weiß ich», sagte Michael schroff. Kestler hob die Augenbrauen, aber er erwiderte nichts.

Die beiden Offiziere kamen auf Kate zu, drückten ihr die Hand, murmelten, wie sehr sie mit ihr fühlten und daß Kate mit ihnen rechnen könne, falls es irgend etwas gäbe, was sie tun könnten. Sie hörte schweigend zu, sie wehrte sich gegen ihr Mitleid, sie wollte es nicht. Dann begleitete Michael die beiden zur Tür.

Sie war froh, daß Kestler und Beck gegangen waren. Als Michael ins Zimmer zurückkam, rechnete sie einen Augenblick lang damit, daß er sie in den Arm nehmen würde; es hatte, seit er gekommen war, keine Berührung zwischen ihnen gegeben. Sie beugte sich vor, da sah sie, wie er die Schultern versteifte.

«Ich muß noch ein paar Anrufe erledigen.» Er ging ins Arbeitszimmer, durch die offene Tür hörte sie ihn telefonieren. Zuerst ließ er Flugtickets reservieren, dann rief er Wendi an und sagte ihr, er käme bald heim.

Er brachte ein Blatt Papier mit. «Wollen wir aufschreiben, wen wir noch anrufen müssen?»

«Nein. Morgen.»

«Und dein Vater? Solltest du's nicht wenigstens ihm sagen?»

Kate schloß gequält die Augen. «Nicht am Telefon. Es geht ihm nicht gut. Ich werd ihn besuchen, wenn wir zurück sind. Ob er's nun heute abend erfährt oder nicht...»

«Ja, gut.» Er schnippte nervös mit dem Fingernagel gegen das Blatt Papier. «Möchtest du, daß ich Nina anrufe? Soll sie herkommen und bei dir bleiben, damit du nicht so allein bist?»

«Das ist schon in Ordnung. Es ist mir lieber, allein zu sein.»

«Wirklich?»

Sie nickte, obwohl sie wußte, daß sie log. Was sie sich wirklich wünschte, war, daß er bei ihr blieb.

«Soll ich bleiben? Ich könnte Wendi bitten, daß sie herkommt.»

«Nein, fahr nur nach Hause und komm morgen früh wieder.» Die Vorstellung, daß Wendi herkäme und sie in ihrem Kummer sähe, fand Kate unerträglich.

Er gab ihr eine Visitenkarte. «Von Beck», erklärte er. «Er hat hinten die Telefonnummer aufgeschrieben, unter der er heute nacht zu erreichen ist, falls du ihn brauchst.»

«Und ich hab mich nicht mal bei den beiden bedankt, daß sie den weiten Weg nicht gescheut haben und gekommen sind, obwohl sie es nicht unbedingt tun mußten.» Sie sprach immer noch sehr leise, hatte sich aber jetzt fester in der Gewalt; Michael schien das auch zu bemerken, er wirkte erleichtert.

Sie blieb in der Diele stehen, bis er gegangen war. Reglos stand sie dort, sah, wie die Scheinwerfer aufflammten, hörte, wie er den Motor anließ, und schließlich, wie die Reifen auf dem gefrorenen Boden knirschten. Dann erst drückte sie die Haustür ins Schloß und ging ins Wohnzimmer zurück. Es war zu groß, zu kalt und zu still. Sie sehnte sich danach, eine Stimme zu hören. Aber wen sollte sie anrufen, etwa doch ihren Vater? Mit verzweifelter Inbrunst wünschte sie sich, er wäre hier. Sie brauchte ihn, seine Ruhe, seine Liebe. Sie hatte die Hand schon am Telefonhörer, doch sie zuckte zurück. Es ging nicht, er war krank, der Schlaganfall hatte einen gebrochenen Mann aus ihm gemacht. Er durfte nicht durch einen Anruf erfahren, daß sein einziger Enkelsohn tot war. Kate war ihm mehr schuldig.

Sie wanderte ruhelos durchs Haus, vom Wohnzimmer in die Diele, von dort ins Eßzimmer. Sie schenkte sich noch einmal Brandy ein, vielleicht half ihr der Alkohol über alles weg. Brian lächelte sie aus dem Fotorahmen an. Ihr Magen rebellierte, sie spürte, wie der Brandy scharf in ihrer Kehle hochstieg. Und diesmal wurde sie nicht damit fertig. Sie rannte ins Bad, kam gerade noch rechtzeitig zur Toilette, Brechreiz würgte sie, sie erbrach sich. Die roten Beete vom Borschtsch... Rot spritzte es gegen das weiße Porzellan der Toilettenschüssel, rot wie Blut. Gekrümmt hing sie über der Toilette, sie spuckte und würgte, bis sie sich leer und ausgebrannt fühlte.

Sie hielt ein Handtuch unters kalte Wasser, wischte sich das Gesicht ab, dann gurgelte sie mit Mundwasser, aber das gallig bittere Gefühl in ihrer Kehle blieb. Das ganze Bad roch sauer.

Sie holte Putzzeug und fing an die Toilette zu schrubben. Ein paarmal spülte sie das Becken durch, kippte Desinfektionslösung hinein, es roch trotzdem noch nach Erbrochenem, und der Boden ringsum die Toilette war bespritzt. Sie holte einen Eimer heißes Wasser aus der Küche, fing an aufzuwischen. Sie kniete wie eine kranke Frau auf dem Boden, die Schultern kraftlos gebeugt, irgend etwas zog sie zusammen, krümmte sie. Ihr Wollrock wurde naß, das Wasser tränkte ihre Strümpfe. Aber der Gedanke, sich jetzt umzuziehen, wäre ihr absurd vorgekommen.

Als sie im Badezimmer aufgewischt hatte, holte sie den Staubsauger aus dem Dielenschrank. Im Wohnzimmer fing sie an, wie betäubt zog sie das Kopfstück mit den Saugdüsen immer wieder über dieselbe Stelle, vor und zurück, bis sie irgendwann merkte, was sie tat, und erschrocken versuchte, sich auf ihre Arbeit zu konzentrieren. Wie unter einem dumpfen Zwang arbeitete sie weiter – im Eßzimmer, dann in der Diele. Zwischendurch läutete das Telefon, sie nahm nicht ab. Als sie mit Staubsaugen fertig war, nahm sie sich die Möbel vor, sprühte Politur aufs Holz und rieb in kreisenden Bewegungen mit einem Wolltuch nach, bis auf allen Möbeln ein matter Glanz lag.

Sie konnte nicht aufhören. Die Fenster fielen ihr ein. Sie sprühte Glasreiniger auf die Scheiben, wischte sie mit Saugpapier trocken. Die Bluse war ihr aus dem Rock gerutscht. Schweiß lief ihr in dünnen Rinnsalen über die Unterarme, irgendwann war sie aus den Schuhen geschlüpft. Gegen den Hintergrund der Nacht sah sie in den kalten gläsernen Vierecken ihr Spiegelbild: verschwitzt, zerzaust, zerstört. Aber nicht einmal, als sie sich einen Holzsplitter unter die Haut riß, hörte sie auf. Sie sah nur kurz auf den quellenden Blutstropfen, sie spürte keinen Schmerz. Wieder läutete das Telefon, sie kümmerte sich nicht darum.

Kurz vor Mitternacht war sie soweit, daß sie sich die Küche vornehmen konnte. Ihr Magen brannte vor Leere, aber daran, etwas zu essen, mochte sie jetzt nicht denken. Sie schrubbte den Fußboden, wischte die Schränke ab. Schmerz lähmte ihre Beine, ihre Füße waren eiskalt, den ziehenden Schmerz im Unterleib spürte sie wie einen menstruellen Krampf. Dennoch, irgend etwas trieb sie, unaufhörlich weiterzuarbeiten.

Sie war im Bad, als die Türglocke anschlug, sie hörte nicht hin. Sie starrte auf die Fliesen, der Boden sah streifig aus, sie hatte nicht sauber genug gewischt. Und schon lag sie wieder auf Händen und Knien und putzte noch einmal.

«Mein Gott, Katie, was ist denn mit dir?» Nina stand unter der Tür.

«Geh! Bitte geh, ich muß überall saubermachen.»

«Katie – Liebes, hör auf! Es ist ein Uhr durch.» Ninas Stimme klang nicht so fest wie sonst, ihre Augen sahen rot verweint aus.

«Geh doch, Nina!» Kate verkrallte die Hände ins Wischtuch, zerrte es auf den blauen Fliesen hin und her.

Nina kauerte sich neben sie, nahm ihr das Tuch aus der Hand. «Michael hat angerufen. Er hat auch versucht, dich zu erreichen, aber du hast dich nicht gemeldet. Er macht sich große Sorgen.» Sie saß auf den Fliesen neben Kate, hielt sie in den Armen, wiegte sie wie ein Kind. «Er hat mir erzählt, was geschehen ist. Ach, Kate, mein Liebes, ich bin so traurig.»

«Er hat's nicht getan, Nina. Brian hätte so was nie getan.»

«Ich weiß, ich weiß.»

«Er hat's nicht getan, bestimmt nicht.» Endlich konnte sie weinen. Sie schmiegten sich aneinander, eng umschlungen saßen sie auf dem nassen Fliesenboden und weinten.

Als sie die Augen aufschlug, fiel ihr Blick auf Teddykatz. Das Stofftier lag auf den zerknüllten Kissen, eine Handbreit neben Kates Kopf. Sie konnte es riechen: Es war der süße, ein bißchen verschwitzte Duft aus Brians Kindertagen. Sie langte danach, zog das verknautschte Bündel an ihre Brust. Sie fror, ihr Rücken fühlte sich steif an. Sie stemmte sich hoch, schwang die Beine aus dem Bett. Wohin sie auch sah, alles in diesem Zimmer erinnerte sie an ihn. Aber hatte sie nicht gerade deshalb hier schlafen wollen? Wie spät war es denn? Sie tastete nach der Uhr auf dem Nachttisch. Vertrocknetes Kaugummi war auf dem Holz festgebackt. Ach Gott, das hatte sie ihm nie abgewöhnen können. Nicht mal, als er schon Midshipman war und gelernt hatte, was sie bei der Navy unter Ordnung und Sauberkeit verstanden.

Sie legte den Knautschtiger auf die Kissen und ging zu Brians Schreibtisch. Es war früh am Morgen, noch halbes Dämmerlicht, sie mußte sich vorbeugen, um die beiden Fotos auf der Korkplatte zu erkennen. Seltsam, daß er sie aufgehoben hatte, damals war er zehn gewesen.

Auf dem einen Foto stand er neben ihr und blickte mit angespanntem Eifer in die Kamera. Er trug einen blauen Blazer und eine gestreifte Krawatte, im Arm hielt er die kleine Violine, die sie ihm damals gekauft hatte. Die Liebe zur Musik war etwas gewesen, was sie und Brian in besonderer Weise verband, jedenfalls war es ihr damals so vorgekommen; sie hatte ihn noch im gleichen Jahr für die Instrumentalklasse der Musikschule angemeldet.

Beim Blick auf das zweite Foto fragte sie sich, warum ihr seinerzeit nie klargeworden war, was sie und Michael dem Jungen eigentlich antaten. Es war ein Schnappschuß vom ersten Spiel in der Juniorenliga. Brian stand in der Batsman-Position und wartete auf den Ball. Wieder lag auf seinem Gesicht diese Anstrengung, nur ja jedem alles recht zu machen. Und hinter ihm stand sein Vater und blickte lächelnd auf ihn herab.

In derselben Woche, in der Kate Brian zum Musikunterricht angemeldet hatte, war Michael mit dem Lederhandschuh und dem Ball nach Hause gekommen. «Ich will nicht, daß aus meinem Sohn ein Weichling wird», hatte er gesagt und dann das ganze Frühjahr mit Brian trainiert. Damals hatten sie auf dem Stützpunkt in Virginia gewohnt; sie erinnerte sich noch, wie Michael jeden Abend mit dem Jungen auf das schmale Rasenstück neben den Offizierswohnungen gegangen war und ihm dann stundenlang die Bälle zugeschlagen hatte.

Die Violine und das Baseballspiel – er hatte es ihnen beiden recht machen wollen, bis dann im ersten Jahr in der Highschool das Musikinstrument und der Baseballhandschuh auf einmal im Schrank verschwanden, weil Brian sein Herz für die Aschenbahn entdeckte. Oben auf dem Schrank standen alle Trophäen und Plaketten; der bauchige Pokal auf dem Ehrenplatz in der Mitte war sein ganzer Stolz gewesen: Gleich beim allerersten Lauf war er als Sieger durchs Ziel gegangen.

Michael und sie hatten ihre Träume für Brian geträumt, und die meisten waren nicht in Erfüllung gegangen, weil Brian sich und seinen eigenen Ideen treu blieb. Er hatte sich die Ziele immer weit gesteckt, ihm war unterwegs nie der Atem ausgegangen.

Kate hatte gedacht, sie fände hier Trost, aber mit all den lebendigen Erinnerungen war es nur schlimmer geworden. Alles in Brians Zimmer lastete auf ihr; als sie es verließ, war es wie eine Flucht, sie wollte nicht erdrückt werden.

Michael würde bald kommen, sie duschte rasch. Dann stand sie vor dem Wandschrank und überlegte, was sie anziehen sollte. Auf einmal schien jede kleine Alltagsentscheidung eine zentnerschwere Bedeutung zu haben. Schließlich wählte sie ein graues Wollkleid aus. Sie packte das Bordcase, trug es in die Diele, legte die Handtasche bereit; sie wollte fertig sein, wenn Michael käme. Geld – hatte sie überhaupt genug für die Reise nach Annapolis im Haus? Das Gehalt wurde erst nächste Woche gezahlt. Sie steckte sich das

Scheckheft und die Kreditkarte ein, damit konnte sie das Flugticket und das Hotel bezahlen. Dreißig Dollar hatte sie im Portemonnaie, das mußte reichen. Und während sie über all das nachdachte, wurde ihr das Bizarre ihrer Situation klar: Sie hätte sich gern ganz ihrem Kummer hingegeben, aber der schien, je mehr sie sich mit praktischen Details beschäftigen mußte, immer tiefer verschüttet zu werden.

Michael kam pünktlich um sieben. Er trug die Uniform, sie sah ihm an, daß er nicht geschlafen hatte. Er hielt die Tür für sie auf, sie hörte nicht den alten sarkastischen Ton heraus, als er ihr riet, hinter sich abzuschließen. Er verstaute ihr Gepäck, lauter freundliche Gesten, die sie seit Jahren nicht mehr von ihm gewöhnt war. Hatte der Schmerz sie beide verwunden müssen, ehe es wieder so sein konnte?

Er fuhr ein neues Auto, eine Art Sportwagen. Sie kannte sich da nicht so aus, es hatte sie nie besonders interessiert.

Heute nachmittag hat jemand nach dir gefragt, Bri. Ich hab gesagt, daß du auf dem Sportplatz bist.

Wer war's denn, Mom? Was für ein Wagen?

Wart mal ... Blau, ja, ein blaues Auto.

Weißt du nicht mehr? Alt oder neu? Zwei- oder Viertürer?

Darauf hab ich nicht geachtet. Eben ein blaues Auto.

Sie schloß die Augen, sie wollte die Erinnerungen ausblenden. Auch sie hatte nicht genug geschlafen, sie taumelte ein wenig.

«Geht's, Katie?»

Schon lange hatte er sie nicht mehr so angeredet. Jetzt nahm er ihren Arm und führte sie zum Auto. Der Beifahrersitz war weit nach vorn gerückt, sie stieß mit den Knien am Armaturenbrett an. Michael langte über sie weg, stellte den Sitz weiter zurück. Die Frau, die jetzt gewöhnlich neben ihm saß, war viel kleiner und zierlicher als Kate. Und sie schien unsichtbar gegenwärtig zu sein, als sie schweigend zum Flugplatz fuhren.

Sie waren früh dran. Michael kümmerte sich ums Einchecken, sie mischte sich nicht ein, als er Nichtraucher-Plätze verlangte. Er führte sie zur Kaffeebar, bestellte für beide Kaffee und kleine Maisbrötchen, er aß zwei davon, sie rührte ihre nicht an, trank nur in kleinen Schlucken den Kaffee. Dann wurde ihr Flug aufgerufen.

Er wartete bis nach dem Start, erst als sie oben waren, fragte er: «Gab's denn wirklich gar keine Anzeichen, daß er so etwas vorhatte? Ist er dir an Weihnachten bedrückt vorgekommen? Oder irgendwie ärgerlich? Zornig vielleicht?»

«Er hat's nicht getan, Michael. Egal, was sie behaupten, er hat's nicht getan.» Sie sagte es erregt, aber fest und entschieden.

Sie sah, wie unwillig er reagierte. Die verschlossene, trotzige Miene, die er immer aufsetzte, wenn ihm jemand widersprach. Er wandte sich ab, aber dabei blieb es nicht. Der Flug nach Baltimore dauerte nur eine knappe Stunde, und je näher sie dem Ziel kamen, desto stärker wurden die gemeinsamen Erinnerungen.

«Weißt du noch – damals, als er sich bewerben wollte und wir mit ihm hingeflogen sind ... Meine Güte, wie aufgeregt er war! Und als alles vorbei war – erinnerst du dich, was er da gesagt hat? Es ist mir so sinnlos vorgekommen, ich werd's nie vergessen. ‹Hat jemand ein Stück Kuchen für mich?› hat er gefragt.»

Sie senkte den Kopf, versuchte die Tränen zu verbergen. Aber es half nichts, sie schluchzte so laut, daß einige Passagiere in den vorderen Reihen neugierig zu ihr hersahen. Michael zog ein Taschentuch heraus, er hatte zwei eingesteckt. Sogar in solchen Dingen war er immer vorsorglich; früher hatte sie gerade das so sehr an ihm geschätzt.

«Hör auf, Kate, sprich nicht darüber. Versuch ein bißchen auszuruhen.» Er griff nach ihrer Hand, es wirkte ein wenig unbeholfen, als wäre er aus der Übung. Aber dann fühlte sie, wie seine Finger sich in ihre schlangen.

So blieben sie sitzen, bis die Lautsprecherdurchsage kam, daß sie jetzt zur Landung auf dem Washington International Airport ansetzten, dem nächstgelegenen Flugplatz für die Passagiere nach Baltimore. Als sie den Kopf wandte und Michael fragen wollte, ob er einen Mietwagen bestellt hätte, sah sie, daß er eingschlafen war. Obwohl sie wußte, daß sie keinen Grund dafür hatte, zog sie ihre Hand verärgert weg. Das Zeichen zum Anschnallen leuchtete auf, sie beugte sich vor und schaute aus dem Fenster, aber da war nur die graue Tragfläche.

Sie starrte auf das vibrierende Metall. Bald werde ich Brian wiederhaben, dachte sie, eine Stunde mit dem Auto nach Annapolis, dann bin ich bei ihm. Und dort in der Marineakademie werde ich die Antworten auf meine Fragen finden.

3

Als sie durchs Haupttor in den Yard fuhren, waren all ihre zwiespältigen Gefühle wieder wach. Einerseits empfand Kate brennenden Stolz – ein schönes, erhebendes Gefühl, aber zur gleichen Zeit spürte sie eine ebenso tief verwurzelte Abneigung.

Es ging ihr immer so, zunächst kam sie sich angesichts der aus Stahl, Stein und Holz geformten Zeugen einer langen Tradition unbedeutend und klein vor. Der Fockmast des Schlachtschiffs Maine, das Grabmal von John Paul Jones, riesige Steinquader, die sich zu Gedenkstätten türmten, den Toten der Kriege und Schlachten in Tripolis, Mazedonien, Heradon und Mexiko zu Ehren, die trutzigklotzigen Gebäude rings um die makellos gepflegte Anlage – eine Aura von Pomp und Würde umgab den Yard.

Kate erinnerte sich an den Appell auf dem Vereidigungsplatz, als fast fünftausend Offiziersanwärter ihr Fähnrichspatent bekamen und Midshipmen wurden. Sie hatte noch den dumpfen Trommelwirbel im Ohr, die Präzision des Gleichschritts; nicht nur der Boden unter ihren Füßen hatte zu beben begonnen, auch ihr Herz. Obwohl sie andererseits nachdenklich geworden war. Wieviel mehr steckte denn hinter dem Gepränge als der anmaßende Anspruch, Elite zu sein? Las sie nicht in jedem der fünftausend Gesichter das Bewußtsein, zu einer Schar der Auserwählten zu gehören? Dafür waren sie durch eine harte Schule gegangen. Um dieses Zieles willen hatten sie einen langen schweren Weg hinter sich gebracht, immer unter dem Druck, daß die eigene Leistung an der des Nebenmannes gemessen würde. Hatten sie nicht das Recht, stolz zu sein? Egal wie, Brian war einer unter den fünftausend gewesen, und Kate hatte seinen Stolz geteilt.

Nur, neben diesem Stolz blieb immer ein innerer Widerstand, eine mehr gefühlsmäßige Ablehnung, verbunden mit einem Anflug von Eifersucht. Zum Teil lag das daran, daß Michael Marineoffizier war und daß sie die Navy immer als Rivalin empfunden hatte, aber es hatte mehr mit Bri zu tun und mit dessen Entscheidung, auch Soldat zu werden. Den Platz, den früher sie eingenommen hatte, beanspruchte jetzt die Akademie, sie hatte ihr den Sohn weggenommen. ‹Mutter B.› sagten die Midshipmen, wenn sie von Bancroft Hall sprachen, dem riesigen, achtflügeligen Bau, in dem die Schlafstuben für den gesamten Schulverband lagen.

Sie wurde nie das Gefühl los, daß die Akademie das Ich ihres Sohnes in sich aufgesogen hatte. Ein Moloch, der die Seele von Brian Michael Sidney Tyler verschlang, um sie umzuformen, und wenn er sie wieder hergab, war nichts mehr wie vorher; an Brians Haltung erkannte sie das, am Gang, sogar an der Sprache: Treppen hießen auf einmal Niedergänge und Flure Decks und Betten Kojen. Mit jedem Schritt dieser Verwandlung hatte sie Brian ein Stück mehr verloren, und es hatte jedesmal weh getan.

Einmal, am Anfang seiner Kadettenzeit, hatte Brian ihr lachend erzählt, die Naval Academy sei der einzige Ort der Welt, wo ein Mann die gottgewollten Rechte auf einen Schlag hergeben müsse, damit er sie im Laufe von vier Jahren Stück um Stück als Privilegien zurückerhalten könne. Sie hatte ihn angestarrt und seine atemlose Begeisterung gesehen. Aber sie hatte nicht mit Brian lachen können, denn es war ihr klargeworden, daß da noch mehr geschah: Die Navy nahm ihr den Sohn und gab ihn erst zurück, nachdem sie ihn Stück um Stück unerbittlich umgeformt hatte.

Sie wandte den Kopf, sah Michael an, der neben ihr saß. Sein Gesicht war immer noch versteinert; in Baltimore hatte es einen Wortwechsel mit dem Angestellten der Autovermietung gegeben, und sogar jetzt nagte der Ärger noch in ihm. Zwiespältige Gefühle plagten ihn bestimmt nicht, er war immer stolz darauf gewesen, daß ihr Sohn in seine Fußstapfen trat. Stolz, nichts anderes hatte er empfunden, vom ersten Augenblick an. Dieser erste Augenblick, das war vor vier Jahren gewesen, als Brian inmitten von über tausend Kadetten seinen Diensteid geleistet hatte. Mit durchgedrücktem Kreuz hatten sie unter der glühenden Julisonne auf dem Tecumseh Court gestanden, junge, frische Männer in tadellos weißem Marinedreß, und ihre Treue gelobt; sie hatten auch geschworen, ihr Leben herzugeben, wenn es verlangt würde.

Michaels Stolz... Er trug beim Segeln ein Navy-T-Shirt, und im Herbst, wenn er die Blätter zusammenrechte, hatte er das Sweatshirt mit dem blau-goldenen Wappen der Marineakademie an. Mit wahrem Eifer trug er Utensilien mit dem Emblem zusammen: einen Brieföffner aus Zinn, einen Kaffeekrug; sogar die weißen Bleistifte, die er darin aufbewahrte, trugen die blaue Prägung ‹U.S. Naval Academy›. Samstags flog er, wenn er irgendwie Zeit fand, Gott weiß wie weit, um sich auf dem Footballplatz für das Annapolis-Team heiser zu schreien.

Nein, für Michael gab es keinen Zwiespalt der Gefühle, er war sich hier auf dem Yard nie wie ein geduldeter Eindringling vorgekommen. Nun, dachte sie bitter, es hilft dir nichts, Michael, wir haben ihn jetzt beide verloren.

Grau hing der Himmel über ihnen, die Scheibenwischer huschten hektisch; bei der Landung in Baltimore hatte es zu schneien begonnen, jetzt lag ein weißes Tuch über dem Yard, der Wind trug Eishauch zwischen die hoch aufragenden Gebäude. Obwohl die Heizung im Wagen lief und ihr die Beine wärmte, spürte Kate ein Frösteln. Sie war gekommen, um Antworten zu finden. Fror sie, weil sie Angst vor den Antworten hatte?

Michael kannte den Weg: vorbei am Porter-Block, hinter den Unterkünften der Offiziere auf den Buchanan-Block zu, kurz davor bog er in den Wendekreis vor dem Haus des Kommandeurs ein. Einen Augenblick saßen sie schweigend nebeneinander, Michael wandte sich ihr zu, schien etwas sagen zu wollen, langte aber dann nur an ihr vorbei und zog ihr die Tür auf. Er kam um den Wagen herum und half ihr beim Aussteigen; es kostete sie Kraft, sich aus dem Sitz hochzustemmen. Als sie dann schließlich Michaels Arm nahm, sah sie, daß Admiral Thatcher und seine Frau sie schon unter der Tür erwarteten. Sie hob den Kopf, reckte das Gesicht in den wirbelnden Schnee.

Admiral Thatcher und seine Frau kamen ihnen zur Begrüßung ein paar Schritte entgegen. Sie – gertenschlank, eine Frau aus den Südstaaten, Kate merkte es an der Art, wie sie die Worte ineinanderfließen ließ: Worte des Mitgefühls und der Anteilnahme. Er – hoch aufgerichtet, sehr korrekt, kondolierte ebenfalls, aber irgend etwas in seinen schmalen, zusammengekniffenen Seemannsaugen irritierte Kate; der kalte Glanz konnte nicht nur von den Brillengläsern kommen.

Die übliche huschende Geschäftigkeit bei der Begrüßung lenkte sie ab, jemand kümmerte sich um die Mäntel, der Admiral sagte etwas über den heftigen Sturm, der plötzlich aufgekommen wäre, niemand hätte damit gerechnet; dann war auch das überstanden, sie wurden in einen üppig ausgestatteten Salon geführt. Orientteppiche, wunderschöne alte Möbel, Bilder, die jedem Museum Ehre gemacht hätten – unwillkürlich mußte Kate daran denken, wie spartanisch die Stuben in Bancroft Hall eingerichtet waren.

Der Mensch und der Dienstgrad, dachte sie bitter.

Ich bin jetzt Firstclassman, Mom. Wieder ein Stück Freiheit mehr. Der Mensch wächst mit dem Dienstgrad.

Du redest schon wie dein Vater.

Weil wir beide dieselben Regeln gelernt haben. So ist das bei der Navy. Zuckerbrot und Peitsche. Dien dich hoch, dann bist du jemand.

Mitten in ihre Gedanken hinein hörte sie Marian Thatchers melodische Stimme: «Darf ich Ihnen etwas zu trinken anbieten? Tee oder Kaffee? Mrs. Tyler. Commander?»

«Danke, nein.» Kate wandte sich an den Admiral. «Man hat uns so wenig gesagt. Wie ist es geschehen? Wie ist er gestorben?»

Thatcher nahm die Brille ab, an den Schläfen sah man noch, wo das Gestell sein graues Haar eingedrückt hatte. Als er sich anschickte zu antworten, sah er nicht Kate an, sondern Michael.

«Commander, ich weiß nicht, wieviel Ihnen Kestler berichtet hat, aber ich fürchte, viel mehr werde ich Ihnen auch nicht sagen können. Der Kompanieoffizier hat die Abwesenheit Ihres Sohnes um sieben Uhr gemeldet. Um sieben Uhr dreißig wurde die Suchaktion gestartet. Einer aus der Versorgungseinheit hat die Leiche gefunden. Ihr Sohn hat sich erhängt. In einem der Heizungsschächte.» Zu Kate gewandt, sagte er sehr förmlich: «Es tut mir leid, Ma'am. Ich weiß, wie schrecklich das für Sie ist.»

Kate starrte auf den Teppich, bis die Muster im gedämpften Blau verschwammen. Unablässig fielen ihr Fragen ein, die sie formulieren wollte, aber sie brachte keinen Ton heraus.

«Und warum?» fragte Michael, sein Gesicht war aschfahl.

«Ich wünschte, ich wüßte es, Commander. Marian kann Ihnen bestätigen, daß ich eine schlaflose Nacht lang gegrübelt habe. Ich kann keinen vernünftigen Grund erkennen, keiner von uns kann das. Ihr Sohn war einer unserer besten Midshipmen.»

«Wann ist er gestorben, Admiral?» fragte Kate.

Thatcher wirkte verstört, seine Frau fuhr nervös über den blauen Seidenbezug des Sessels.

«Genau werden wir das erst nach der Autopsie wissen. Der Arzt, der die erste Untersuchung durchgeführt hat, glaubt, es müsse ungefähr um zwei gewesen sein. Zwischen zwei und drei.»

Ein Schaudern überlief Kate. Sie fühlte sich zurückversetzt in den Augenblick, als sie in die obere Diele gekommen war und die lastende Stille gespürt hatte. Sie sah sich auf die reglosen Uhrzeiger starren und das Pendel anstoßen, sie sah, wie das Lichtbündel aufs

Emaillegesicht des Mondes fiel und das eine Auge aufblinken ließ, sie fühlte das kalte Kupfer. Da redete auf einmal etwas in ihr, sie dachte noch, es müsse wohl das Blut ihrer keltischen Vorfahren sein, und mit einer Sicherheit, die stärker war als alle nüchterne Vernunft, wußte sie, wann Brian gestorben war. Zwei Uhr, zehn Minuten und dreizehn Sekunden.

«Ich möchte ihn sehen.»

Admiral Thatcher und Michael musterten sie, als wäre sie nicht bei Sinnen. Marian Thatcher zuckte zusammen, sie hätte nicht erschrockener aussehen können, wenn Kate auf einen ihrer kostbaren Teppiche gespuckt hätte; ihre Finger verkrampften sich um die Armlehne des Sessels, begannen hektisch zu reiben, als gäbe es da versteckte Fältchen zu glätten.

«Nun – also, es ist wirklich nicht nötig, daß Sie sich damit abquälen, Mrs. Tyler. Der Leichnam wurde eindeutig identifiziert, wir haben alles Erforderliche veranlaßt. Und die Leiche befindet sich, soweit ich unterrichtet bin, bereits auf dem Wege nach Baltimore.»

«Wieso nach Baltimore?»

«Wegen der abschließenden Autopsie, dort ist das zentrale Leichenschauhaus, die endgültige Freigabe eines Leichnams erfolgt immer in Baltimore.»

«Warum ist das überhaupt notwendig?» Der Gedanke, daß der Körper ihres toten Sohnes noch mehr verstümmelt würde, war für Kate entsetzlich.

«Es ist so üblich, Mrs. Tyler. In allen Fällen, in denen man nicht mit Sicherheit von einem natürlichen Tod ausgehen kann, wird eine abschließende Autopsie angeordnet.»

«Bitte», flüsterte sie, «bitte rufen Sie an und fragen Sie, ob sie ihn schon weggebracht haben.»

Thatcher zögerte und sah Michael fragend an, erst als der stumm sein Einverständnis genickt hatte, stand der Admiral auf und ging aus dem Zimmer. Kate starrte auf ihre Hände, sie waren wie zum Gebet ineinandergeschlungen. Irgendwo tickte eine Uhr. Wie lange noch, dachte sie, wie lange, bis dieser Alptraum endet?

Thatcher kam zurück. «Der Sturm ist dazwischengekommen», berichtete er. «Ihr Sohn liegt immer noch beim Leichenbestatter. Man erwartet Sie dort, aber Sie sollen sich bitte beeilen. Gewöhnlich wird Wert darauf gelegt, die Autopsie zu einem möglichst frühen Zeitpunkt durchzuführen.»

Marian Thatcher ging voraus, um ihre Mäntel zu holen. Der Admiral nahm Michaels Hand. «Mein aufrichtiges Beileid, Commander. Es ist für mich irgendwie so, als hätte ich selbst eins meiner Kinder verloren. Der Schulverband ist sehr groß, aber ich kenne sie alle – jeden einzelnen unter meinen Männern.»

Marian spielte mit der Perlenkette, der Blick, den sie ihrem Mann zuwarf, schien nichts auszudrücken, aber der Admiral verstand den versteckten Vorwurf sofort.

«Ja, natürlich – und die jungen Frauen. Sieh das einem alten Seemann nach, Marian. Als ich 1951 eingetreten bin, gab's keine Frauen. Ich kann mich so schwer daran gewöhnen. Sie wissen, wie das ist, Tyler, Sie kennen ja auch noch die alten Zeiten. Nicht immer leicht zu verstehen, was der Kongreß ...»

«Wie heißt das Bestattungsunternehmen, Admiral?»

Thatchers Miene drückte Mißfallen aus. Er war nicht gewöhnt, unterbrochen zu werden, schon gar nicht von der Ex-Frau eines Offiziers. «Hearst, Hall und Smith.»

Kate wartete schweigend, bis Michael sich verabschiedet hatte; sie fand es furchtbar, sein serviles Gerede mit anzuhören. Merkte er nicht, wie erleichtert Marian Thatcher war, daß sie endlich ihr gepflegtes Heim verließen?

«Er hat es nicht getan, das wissen Sie alle!» Sie erschrak selbst, wie schrill ihre Stimme klang. «Brian hat nicht Selbstmord begangen, dazu wäre er nicht fähig gewesen. Ich weiß nicht, wie er gestorben ist, aber mein Sohn hat sich bestimmt nicht selbst umgebracht.» Sie wartete nicht auf Michael, sie floh nach draußen. Es war das Mitleid in den Augen der Thatchers, was sie nicht ertragen konnte.

Mit ausdrucksloser Miene sah Admiral Horace Thatcher hinter dem Wagen her. Schneeflocken tanzten stiebend zur offenen Tür herein, fielen auf den Paradeglanz seiner Schuhe. Er schloß die Tür, seine Hand war ruhig, sie zitterte nicht, der Griff nach dem Türknauf verriet keinen Zorn. Beherrschung war etwas, worauf er sich viel zugute hielt. Er war absolut sicher, daß es weder in seiner Familie noch im Kameradenkreis oder gar unter den jungen Männern, die seinem Kommando unterstanden, jemanden gäbe, der ihm Stimmungen am Gesicht ablesen könnte. Selbstdisziplin hielt er für einen unverwundbaren Panzer, hinter dem alle persönlichen Eigenheiten sicher verborgen wären; er irrte sich.

Schon früh hatte Marian Thatcher seine Schwachstelle, einen Tick, entdeckt. Gelegentlich bröckelte die Maske der Unfehlbarkeit ein wenig, ein kleines Kicksen schlich sich in Horace Thatchers Stimme ein. Es war ein kaum wahrnehmbarer Laut, wie das entfernte Summen einer Biene, das tief aus der Kehle emporstieg.

Sie hörte ihn auch jetzt wieder, und weil sie wußte, daß er stets ein Anzeichen für tiefe Enttäuschung oder für mühsam beherrschte Wut war, hütete sie sich, ihren Mann ahnen zu lassen, daß sie sein Geheimnis entdeckt hatte.

Dieser Tod hatte nichts Tröstliches. Tief hatte sich der Strick in die Kehle gedrückt, das Fleisch war entzündet und geschwollen. In den Händen staute sich das Blut, auch die Beine, die unter dem Gitter gebaumelt hatten, waren blau verfärbt. Sie wollte ihren Sohn streicheln; sie erschrak, die Haut war so kalt. Aber sie ließ ihre Finger weiter tasten, sie fand, daß die Muskeln sich so stark und geschmeidig anfühlten wie immer. Sie hörte nicht auf, ihn zu streicheln, sie wollte ihn festhalten. Sie nahm ihn in die Arme, liebkoste sein Gesicht, strich ihm das Haar glatt. Michael, der hinter ihr stand, stöhnte gequält auf und ging hinaus. Sie merkte es gar nicht, für sie gab es nur ihren Sohn, nichts sonst.

Ein leises Klirren riß sie aus ihren Gedanken, sie kam zurück in die Gegenwart, Silberbesteck wurde neben die Gedecke gelegt, Gläser wurden zurechtgerückt. Kate schloß die Augen, sie wartete darauf, daß endlich die Bilder, die sich so tief in ihr eingebrannt hatten, zu verblassen begännen. Michael hatte einen Tisch im Restaurant des Hotels bestellt. Sie saßen am Fenster, unter ihnen spiegelten sich die Lichter der Stadt im Wasser. Die Drinks waren gekommen, sie griff nach ihrem Glas, trank es halb aus, sie wußte nicht mal, was er bestellt hatte. Der Ober stand neben ihr, wartete auf die Bestellung fürs Dinner, aber sie konnte nicht sprechen. Michael bestellte schließlich für sie beide, Zwiebelsuppe Calvados und als Entrée Krebse im Kräutermantel.

Als der Ober gegangen war, beugte Michael sich vor. «Um Gottes willen, Kate, nimm dich zusammen», flüsterte er eindringlich. «So kannst du dich nicht benehmen. Heute nachmittag bei den

Thatchers warst du unmöglich. Er tut Gott weiß was für uns, lädt uns zu sich nach Hause ein, statt ins Büro, überschlägt sich vor Höflichkeit, und du benimmst dich derartig ungehobelt! Zum Teufel, in welchem Licht steh ich denn da?»

«Das spielt jetzt keine Rolle mehr.»

«Bitte? Was meinst du damit: Es spielt keine Rolle?» Er dämpfte die Stimme, weil er merkte, daß sie an den Nachbartischen aufmerksam wurden. «Was soll er denn von mir denken? Brian nimmt sich das Leben, und dann kommst du und benimmst dich wie jemand, der seine Sinne nicht beisammen hat!»

Kate antwortete so leise, daß er sich noch weiter vorbeugen mußte. «Es spielt keine Rolle. Ich bin nicht mehr deine Frau. Also wirst du auch nicht nach meinem Benehmen beurteilt.» Sie brach ab, als der Ober die Suppe und den Salat brachte, Michael pfefferte den Salat und strich Butter auf ein aufgeschnittenes Brötchen.

«Hast du dir seine Schultern und seine Arme angesehen? Überall Prellungen. Hast du das gesehen?»

Michael legte heftig das Messer weg. «Mein Gott, Kate, bitte nicht gerade jetzt!» Er sagte es ärgerlich, aber es klang trotzdem wie eine flehentliche Bitte. Sie schwieg und sah zu, wie er die Suppe löffelte. Sie trank ihr Glas aus und bestellte einen neuen Drink.

Er war mit der Vorspeise fast fertig, als er merkte, daß sie noch nichts angerührt hatte. «Du solltest etwas essen.» Der Blick auf ihr leeres Glas war deutlich, sie reagierte nicht darauf. Seine Lippen wurden schmal, er aß weiter. Der Ober kam, Michael bestellte Kaffee, Kate bat um einen Cognac. Er furchte die Augenbrauen, aber sie nahm keine Notiz davon. Der Cognac tat ihr gut, die düsteren Schatten lösten sich auf, alles schien ein wenig zu schweben, genau das war ihr jetzt recht.

Erst als sie aufstanden, merkte sie, daß das mit dem Cognac doch falsch gewesen war, sie mußte sich am Tisch festhalten. Zornig faßte Michael sie am Ellbogen und führte sie zum Aufzug. Als die Türen sich geschlossen hatten und sie allein waren, gab er ihren Arm abrupt frei und rückte einen Schritt von ihr weg. Sie fing zu weinen an und drängte sich an ihn. Was zwischen ihnen stand, zählte in diesem Augenblick nicht, sie brauchte ihn. All die Jahre, in denen sie aneinander vorbei geschwiegen hatten und sich fremd geworden waren, gab es nicht mehr, denn irgendwann in ihrem Leben hatte es auch Liebe zwischen ihnen gegeben.

«Bitte, Michael, halt mich fest.»

Unbeholfen nahm er sie in die Arme, sie schmiegte sich dankbar an seine Brust, wühlte das Gesicht in den warmen Wollstoff seiner Uniform. «Ich kann es immer noch nicht glauben. Ich glaube einfach nicht, daß Brian tot ist. Ich dachte, wenn ich ihn gesehen hätte, würde ich es begreifen. Aber es ist immer noch so unwirklich.» Sie hörte sich schluchzen, sie merkte, wie etwas in ihr zu zittern begann.

«Pscht, Kate, hör auf.»

«Er hätte mich gebraucht, und ich war nicht da. Mein Gott, Michael, während er starb, habe ich gegessen und gelacht und geschlafen. Ich habe gelebt, während er gestorben ist, und ich habe es nicht einmal gewußt.»

Sie schluchzte laut, als die Türen des Lifts aufschwangen, schien ihr Weinen im Flur widerzuhallen.

«Komm, Kate, wir sind da.»

Sie rührte sich nicht. Sie barg den Kopf an seiner Brust und flüsterte: «Bitte! Bitte, bleib heute nacht bei mir. Ich kann nicht allein sein.»

Nie hatte sie sich etwas so sehr gewünscht, seit Brians Tod war das Gefühl der Verlassenheit immer stärker geworden. Wer außer Michael konnte ihren Schmerz verstehen und mit ihr teilen? Sie war bereit, ihm alles zu vergeben. Die Scheidung, daß er die Minuten an Brians Sarg nicht mit durchgestanden und sogar fertiggebracht hatte, beim Essen mit einem Appetit zuzulangen, als wäre es ein Tag wie jeder andere. Alles verzieh sie ihm, wenn er nur bei ihr blieb und ihr half, die Nacht zu überstehen.

«Das kann ich nicht.» Er ließ die Arme von ihren Schultern gleiten und ging voraus in den Hotelflur. «Bitte mich nicht darum, Katherine, es geht nicht.»

«Bitte, geh jetzt nicht weg. Nicht jetzt!»

«Ach, Kate...» Es hörte sich zerbrochen an. «Verstehst du denn nicht, daß ich schon lange weggegangen bin? Brians Tod ändert daran auch nichts.» Er ging den Flur hinunter, sie blieb stehen und sah hinter ihm her. Als er die Tür aufschloß, hörte sie das Telefon in seinem Zimmer läuten. Tränen verschleierten ihr die Augen, als sie nach dem Schlüssel tastete und die Tür zu ihrem Zimmer aufschloß; nichts als Stille wartete auf sie.

Die Wintermonate an der U. S. Naval Academy in Annapolis dauern lange. Sie sind rauh, der Fluß ist zugefroren, vom Chesapeak weht schneidend kalter Wind. Auf ihrem Weg von Bancroft Hall zum Chauvenet-Block oder hinüber zum Macdonough stemmen sich die Midshipmen mit gesenkten Köpfen gegen eisige Böen und wirbelnde Flocken. Da ist keiner unter ihnen, der nicht die Last des unaufhörlichen Erfolgszwangs empfände und nicht wüßte, daß hundert Augen ihn ständig belauern, um jedes – auch das kleinste Versagen zu registrieren; eine seltsame Gemütsverfassung breitet sich wie ein Bazillus aus, sie nennen es Lagerkoller.

Als große Jungen sind sie hergekommen, aber der unablässige Druck hat längst zerbrochen, was sie einmal waren: Männer sollen sie werden – in der äußeren Haltung und im Geist, bis in ihre verborgensten Gedanken hinein. Nie empfinden sie den Alltag in der Akademie so zermürbend wie in diesen trostlosen Wintermonaten. Die dunkle, verlorene Zeit – sagen die Midshipmen und warten auf den Frühling, der ihnen wie eine Verheißung erscheint.

Fröstelnd, von quälenden Kopfschmerzen geplagt, ging Kate durch den Yard. Sie war die erste, die sich an diesem Morgen ins Besucherbuch eingetragen hatte, auf ihrem Weg zur Bancroft Hall trat sie eine einsame Spur in den Schnee. Irgendwo läutete es schrill in den Lehrsaalgebäuden, sie ging schneller. Erst als die Bronzetüren von Bancroft sich hinter ihr geschlossen hatten, nahm sie sich wieder Zeit. Es war neun Uhr, für die Midshipmen hatte der Dienst begonnen, stille, gigantische Weite hüllte sie ein, ihre Schritte hallten in der leeren Eingangshalle wider.

Kate ging den Flur entlang, sie fand Brians Stube anhand der Nummer, sein Namensschild war schon entfernt worden. Drinnen warteten Brians Stubenkameraden auf sie, als hätten sie geahnt, daß sie heute käme.

Sie blieb an der Tür stehen, geschmolzener Schnee tropfte von ihren Schuhen, auf dem grüngefliesten Boden schwamm eine kleine Lache. Sie sah sich um, eins der Betten war abgezogen, an einem leeren Schrank standen die Türen offen. Brians Seesack lehnte in der Nähe der Tür an der Wand, daneben hatten sie seinen Koffer und einen Karton mit Büchern gestellt. Die Matratze auf dem leeren Bett war mit einem Kleidersack zugedeckt, obenauf lag die Ausgehmütze – das fest gespannte Tuch makellos weiß, weißer als der Schnee, durch den sie gegangen war; nichts hätte deutlicher zeigen können, was die Navy unter peinlicher Sauberkeit verstand. Seine Mütze... Nun würde er sie nicht – wie die anderen – im Mai, wenn die Abschlußprüfung vorbei war, jubelnd in die Luft schleudern können. Es gab keinen Triumph mehr, keinen Sieg nach vier Jahren Kampf.

Sie glaubte, in den Gesichtern der beiden Jungen...

Ach nein, es waren ja Männer. Sie waren, als Kate hereinkam, aufgesprungen, und nun standen sie schweigend da, so verlegen, daß sie eben doch wieder aussahen wie große Jungen. Kate glaubte, in ihren Gesichtern einen Schmerz zu erkennen, der ihrem ähnlich war; es tröstete sie nicht, es tat ihr nur weh.

Jordan Scott, der kleinere, war ein drahtiger Bursche mit dunklen Augen. Kinn und Wangen in seinem hageren Gesicht sahen wie gemeißelt aus, seine Nase war eine steile, kühne Linie, die zu buschigen Augenbrauen hochführte, eine winzige Haarsträhne, wie ein Komma, hatte sich in die Stirn verirrt. Aber das hatte wohl nichts mit einer von den kleinen Nachlässigkeiten zu tun, die manche Midshipmen sich erlaubten, wenn sie zu Firstclassmen aufgestiegen waren; auch mit dem Schuhputz nahmen sie es dann nicht mehr so genau, auf dem Weiß ihrer Mützen lag bisweilen ein Schmutzschimmer. Jordan Scott gehörte nicht zu denen, die sich gehenließen, auch jetzt nicht, so kurz vor der Abschlußprüfung. Das Koppelschloß glänzte, als hätte er es gestern gekauft, der dunkle Uniformstoff war fleckenlos sauber, nicht einmal ein Staubfädchen hätte Jordan übersehen. Sie stand ihm gut, die Uniform, er trug sie mit lässiger, müheloser Eleganz.

Der andere, Webb Garrick, gehörte zu denen, die mit Sicherheit bei jedem Bekleidungsappell auffallen. Die Uniform schien dem hoch aufgeschossenen Schlacks aus dem Mittelwesten eine Nummer zu klein zu sein, er sah irgendwie eingezwängt aus. Das Haar war schütter, auf seinem Gesicht lag ein melancholischer Zug, als wäre ihm alles Leid und Elend der Welt vertraut. Ein junger Mann, der schon anfing, alt zu werden; nichts hätte vermuten lassen, daß Webb seinen Leistungen nach an der Spitze der Crew lag.

«Mrs. Tyler...», begann Jordan stockend.

Webb hatte sich stumm zum Fenster umgewandt. Ein kräftiger Bursche mit wulstigen Nackenmuskeln, aber wie er jetzt dastand und Kate Tyler nicht anschauen konnte, wirkte er nur noch hilflos. Vier Jahre lang hatten sie ihn hier in Annapolis hart rangenommen, bis tief hinein in seine Gedanken hatten sie ihn umgekrempelt, aber darauf, was ihm heute abverlangt wurde, hatten sie ihn nicht vorbereitet.

Jordan versuchte es noch einmal, seine Stimme klang belegt. «Mrs. Tyler, ich kann's noch nicht glauben, daß Bri nicht mehr bei uns ist.» Er sah zu Boden. Sie waren eine verschworene Gemeinschaft gewesen, er und Webb und Brian, und nun war auf einmal alles vorbei. «Es wird nie mehr so sein, wie es war. Ich glaub, ich werd nie mehr lachen können.»

Kate erinnerte sich, daß sie dieselben Worte schon einmal gehört hatte, Mary McGrory hatte sie zu Patrick Moynihan gesagt – damals, als John F. Kennedy zu Grabe getragen wurde. Und Moynihan hatte erwidert: «Doch, Mary, wir werden wieder lachen. Wir werden nur nie wieder jung sein.»

Kate sah zur Seite, ausgerechnet von ihr durfte Jordan jetzt keinen Trost erwarten. Ihr Blick fiel auf den Stapel mit Brians Sachen, im Bücherkarton entdeckte sie ein Buch mit dem Titel *Modernes Italienisch.* Das muß er wohl von seinem Großvater haben, dachte sie; ihr Vater war der einzige Kongreßabgeordnete gewesen, der sieben Sprachen beherrschte. Sie langte nach einer kleinen Schachtel, Brians Uhr lag darin; wieder wurde sie daran erinnert, wie unwiederbringlich Vergangenheit ist. Sein Vater hatte sie ihm geschenkt, zum bestandenen Abschluß an der Highschool. Die Gravur auf der Rückseite war nur ein Datum, aber Kate las viel über Michaels Liebe und Michaels Stolz aus den Ziffern.

Jordan und Webb sahen ihr schweigend zu, als sie Bris Brieftasche öffnete. Der Führerschein, die Sozialversicherungskarte, ein paar Fotos. Auf dem einen erkannte sie Bri, Jordan und Webb, alle drei in Zivil, vor dem Washington Monument. Bei ihnen standen drei Mädchen, Kate kannte sie nicht, die jungen Männer hielten die Mädchen im Arm. Sechs lachende Gesichter; das Lachen auf dem Foto kam ihr so erstarrt vor. Auch etwas, was schon zur Vergangenheit gehörte. Ob Danielle wußte, daß Bri sich mit anderen Mädchen getroffen hatte?

Darunter lag ein älteres Foto von ihr und Michael. Es war drüben in Virginia aufgenommen, lange vor der Scheidung. Am Rand war es ein Stück eingerissen, Brian mußte es aus dem Fotoalbum genommen haben, auf der Rückseite war noch eine Kruste aus getrocknetem Klebstoff.

Brian hatte nie mit ihr über die Scheidung reden wollen. Sie hatte es einmal versucht, aber er war ihr mit ein paar scherzhaften Bemerkungen ausgewichen. Vielleicht war das alles viel schlimmer für ihn gewesen, als Kate ahnen konnte?

Sie gab sich einen Ruck, sah zu den beiden jungen Männern hinüber. «Warum? Warum hat er das getan?»

Sekundenlang kam ihr Jordans Miene verändert vor. Sie meinte, etwas über sein Gesicht huschen zu sehen, aber sie hätte nicht sagen können, was es war. Vorsicht? Schuldgefühl? Traurigkeit?

Und in diesem Augenblick hörte sie draußen auf dem Flur die Stimmen, laut und übermütig.

«Haste schon das Neueste über Tyler gehört?»

«Du meinst, daß er sich aufgehängt hat? Mann, hör bloß damit auf, da krieg ich ja das große Kotzen!»

«Nee, das ist doch 'n alter Hut. Aber der Thatcher will ihm 'n Disziplinarverfahren anhängen.»

«Mach kein Scheiß! Jetzt noch? Wieso denn das?»

«Klar, posthum. Wegen Beschädigung von Regierungseigentum.»

Ihr Lachen war widerlich, es traf Kate wie ein Giftschwaden. Sie stand noch wie gelähmt, da hörte sie eine schneidende Stimme. Nicht sehr laut, aber in einem Ton, der gefährliche Wut verriet.

«Boyce! Reed!»

Webbs wollte sich einmischen, aber Jordan brachte ihn mit einem Blick zum Schweigen. Er stürmte aus der Stube, Kate folgte ihm langsam bis zur Tür. Draußen, ein paar Meter den Flur hinunter, standen zwei erschrockene Kadetten, Jordan hatte sich vor ihnen aufgebaut, Zorn trieb ihm flammendes Rot ins Gesicht.

«Was habt ihr gerade gesagt?» Jordans Stimme war gefährlich leise, Kate lief es eiskalt über den Rücken. Die beiden Kadetten standen in Grundstellung, das Kinn angezogen, den Blick starr geradeaus.

Hinter sich hörte Kate, wie Webb «mein Gott» murmelte.

«Umfallen! Fünfzig!» Jordans Stimme klang kalt und scharf.

Wie vom Blitz getroffen fielen die beiden nach vorn. Zuerst hoben und senkten die Körper sich wie lautlose Maschinen, allmählich wurde das Schnaufen lauter, nach fünfzig Liegestützen war jeder Atemzug ein röchelndes Keuchen. Sie wollten sich hochstemmen, aber ein Wink von Jordan zwang sie auf den Boden zurück.

«Noch mal fünfzig!»

«Jordan», sagte Webb, «du weißt genau, daß das...»

Ohne die Kadetten aus den Augen zu lassen, fuhr Jordan ihn an: «Halt's Maul, Spider! Komm mir ja nicht mit dem Gerede über Vorschriften. Was du hier siehst, ist eine kleine Indoktrinierungsübung für Frischlinge, dagegen sagt keine Vorschrift was. Wir Fähnriche haben sogar die Pflicht, den Frischlingen Disziplin beizubringen. Und ein bißchen Mumm kann auch nichts schaden. Hab ich recht, Boyce?» «Jawohl, Sir.» Die Antwort kam stoßweise, der Kadett pumpte weiter, das Körpergewicht auf die Fingerspitzen gestützt.

«He, Reed! Weg von den Handflächen, auf den Fingerspitzen will ich dich pumpen sehen, verstanden?»

Reed drückte sich auf den Zehen hoch, stemmte das Gewicht mit den Fingern. Sein kurzgeschnittenes rotes Haar glänzte schweißnaß, er bog das Kreuz durch. Das hohlwangige Gesicht zuckte hoch, die Hakennase sah wie ein hackender Schnabel aus, in den Augen glitzerte sekundenlang Haß; dann, als wäre Reed eingefallen, daß er Jordan lieber nicht reizen sollte, war das Glitzern verschwunden.

Gewalt und Ohnmacht, Kate glaubte es körperlich zu spüren. Sie hatte schon vergessen, daß es um Brian ging, sie wußte gar nicht mehr, warum Jordan die Kadetten bestrafte. Was sich vor ihren Augen abspielte, widerte sie an. «Bitte, hören Sie damit auf», sagte sie leise.

Jordan drehte sich auf dem Absatz um, als hätte er selbst genug von dem Anblick der beiden.

«Haut ab! Ihr seid ein Haufen Dreck. Eine Schande, daß ihr dieselbe Luft mit uns atmen dürft. Heute abend meldet ihr euch bei mir. Und jetzt zieht Leine!»

Die Kadetten torkelten los, sie hatten es eilig, um die nächste Ecke zu biegen, es war, als zögen sie einen Schweif aus Angst und stinkender Wut hinter sich her. Jordan ging in die Stube zurück, ein paar Schweißtropfen standen ihm auf der Stirn. Er wandte sich an Kate, wollte etwas sagen, aber Webb kam ihm zuvor.

«Es tut mir sehr leid, daß Sie das gehört haben, Mrs. Tyler.» Er hielt den Kopf gesenkt, sah lauernd zu ihr hoch, es lag etwas Hündisches in seinem Blick. «Die beiden haben das nicht so gemeint.»

Kate setzte sich auf Brians Bett. Hinter ihrer Stirn nagte Schmerz, sie fror.

«Es geht mir nicht aus dem Kopf, ich muß immer wieder darüber nachdenken. Ich kann einfach nicht glauben, daß Bri so etwas getan hat. Hat er denn zu Ihnen etwas gesagt? Oder haben Sie ihm was angemerkt?»

«Das ist es ja gerade, Mrs. Tyler.» Jordans Stimme klang wieder ganz normal, als hätte es die Szene draußen auf dem Flur nie gegeben. «Webb und ich haben auch darüber nachgedacht, uns fällt überhaupt kein Grund ein, warum er es getan haben könnte. Es lief ja alles prima bei ihm. Stimmt's, Spider?»

«Ja, das stimmt.» Webb sagte es so zögernd, als hätte er sich lieber aus dem Gespräch herausgehalten.

«Er war die ganze Nacht nicht in seiner Koje. Wir dachten, er wäre nach D. C. gefahren.» Jordan nagte an der Lippe, er merkte, daß ihm zuviel herausgerutscht war. «Tja – also, das war schon ein-, zweimal vorgekommen, aber wir haben das immer so hinbiegen können, daß keiner was gemerkt hat. Bloß, diesmal hat er vorher gar nichts gesagt.» Sein Kopf ruckte herum. «Stimmt's, Spider?»

Kate suchte Webbs Blick, aber der starrte aus dem Fenster. Auf einmal beschlich sie das Gefühl, er könne mehr wissen, als er bis jetzt gesagt hatte. Sie stand auf. Mit so vielen Fragen war sie gekommen, so viele Antworten hatte sie finden wollen. Die Fragen waren geblieben, und noch etwas war dazugekommen: Brians nächtliche Ausflüge nach Washington waren ein schwerwiegender Verstoß gegen die Vorschriften, er wäre mit Sicherheit nicht ohne Disziplinarstrafe davongekommen, wenn man ihn erwischt hätte. Noch vor ein paar Tagen hätte sie geschworen, daß Brian so etwas nie täte. Denn es ging ja nicht nur um geschriebene Regeln, es ging um das, was sie an der Akademie unter ehrenhaftem Verhalten verstanden. Sie fühlte sich elend, als sie wieder anfing, in Brians Sachen zu kramen. Alles war sauber gepackt. Sie war froh, daß andere das schon erledigt hatten, es wäre ihr schwergefallen, den Schrank, das Schreibpult und das Bücherbord leerzuräumen.

Webbs Stimme klang heiser. «Sind Sie mit dem Wagen da?»

«Ja, Brians Vater hat einen Wagen gemietet, ich hab ihn gebeten, daß er herkommt.»

«Jordo und ich bringen Ihnen die Sachen zum Wagen.»

«Das ist nicht nötig, Webb. Haben Sie keinen Unterricht? Nicht, daß Sie meinetwegen irgendwas versäumen.» Hatte Brian nicht oft genug darüber geschimpft, daß sie an der Akademie kaum mal eine freie Minute hätten?

«Das ist schon in Ordnung, Mrs. Tyler, wir haben Zeit.»

Kate zeigte auf den Seesack, den Koffer und den Karton. «Ist das alles?»

«Ja, Ma'am. Bis auf die Sachen in seinem Schließfach, unten im Tiefgeschoß. Wir haben heute morgen nachgesehen, aber sein Fach war leer. Das muß schon jemand ausgeräumt haben.»

Sie nahm den Kleidersack vom Bett und ging mit Jordan und Webb nach unten. Michael wartete in der Eingangshalle, und plötzlich war Kate froh, daß die beiden Midshipmen sie begleiteten. Seit gestern abend, seit der Szene auf dem Hotelflur, hatten sie und Michael sich nicht mehr gesehen, sie wäre jetzt nicht gern mit ihm allein gewesen. Er kam auf sie zu, sie erschrak, als sie sah, wie gebeugt er ging, wie schlaff er die Schultern hängen ließ, er schien sogar ein wenig zu schlurfen. Er kam ihr vor, als wäre er über Nacht gealtert. Ob es nur daran lag, daß er heute keine Uniform trug? Nein, das allein konnte es nicht sein, so hatte sie ihn noch nie gesehen. Früher hat er sich an seinem Stolz hochgerankt, dachte sie, jetzt beugt er sich unter seiner Scham. Sein Sohn ist nicht mehr einer von denen in Annapolis, er ist der Selbstmörder.

Webb und Jordan sahen verunsichert aus, sie wußten wohl nicht, ob sie Michael militärisch grüßen oder ihm die Hand geben sollten. Sie hatten ihn auch in Zivil erkannt, und sie wußten, daß er Commander war. Michael löste das Problem, indem er nach dem Bücherkarton griff und, als sie unbeholfen ein paar Kondolenzworte murmelten, nur barsch nickte.

«Ich habe in Baltimore angerufen», sagte er zu Kate. «Der Leichnam wird heute morgen freigegeben. Ich habe veranlaßt, daß der Sarg heute nachmittag zum Flugplatz gebracht und in unserer Maschine verladen wird.»

Sie kannte ihn gut genug, um zu wissen, daß das seine Art war, irgend etwas Versöhnliches zu sagen; was sie störte, war nur, daß er Brians Namen nicht aussprach. Sie nickte, machte sich mit dem Gepäck zu schaffen, verstaute den Karton und warf den Kofferraumdeckel zu. Sie zuckte zusammen, als ein Wagen mit hohem Tempo angeprescht kam und dicht neben ihr hielt, ein knallroter Corvette, am Lenkrad saß ein Midshipman.

Webb hatte ihr Erschrecken bemerkt. «Davon träumen sie alle, vor allem die Neuen. Ein Sportwagen – und möglichst noch 'ne angemalte Puppe auf dem Beifahrersitz. Keiner hat was dagegen.» Sein Ton wurde sarkastisch. «'s ist so 'ne Art Tauschgeschäft. Wir geben unsere Persönlichkeit ab, dafür dürfen wir unsere Spielzeuge behalten.»

«Mach mal halblang, Spider», murmelte Jordan, während er Kate die Wagentür aufhielt. Sie stieg ein und fiel ihm, als er die Tür schließen wollte, in den Arm. Sie hatte auf einmal das Gefühl, daß sie mit ein paar Dingen nicht zu Ende gekommen wäre.

«Jordan, hat Brian wirklich keine Schwierigkeiten gehabt? Hat er irgendwas getan, was unrecht war? Sagen Sie's mir.»

«Da war nichts, Mrs. Tyler. Es gibt keine Erklärung. Wirklich nicht.»

Sie sah ihm in die Augen; es gab nichts darin zu entdecken, Jordan erwiderte ihren Blick offen und fest. Nur Webb hielt den Kopf gesenkt, starrte mit verzerrter Miene in den Schnee. Einen Augenblick dachte sie, dieser große, kräftige Junge würde gleich anfangen zu weinen. Aber da bog eine Besuchergruppe um die Ecke. Webb gab sich einen Ruck, stand kerzengerade, sein Gesicht verriet nichts mehr. Ein Junge mit langem zerzaustem Haar kam mit den anderen vorbei, er hatte nur Augen für Webb und Jordan. Und Kate sah, wieviel Bewunderung in seinem Blick lag.

Die beiden Midshipmen sahen dem Wagen nach, sie winkten nicht. Als das Auto hinter der nächsten Kreuzung verschwunden war, drehte Jordan sich zu Webb um.

«Alles klar, Spider?»

Webb gab keine Antwort, er ging einfach los, quer durch den Schnee, weg von Bancroft Hall. Er reckte den Kopf in den schneidend kalten Wind, der ihm Tränen in die Augen trieb.

Jordan versuchte nicht, ihn aufzuhalten, er ging allein zur Stube zurück. Als er die Tür aufstieß, empfand er plötzlich die Leere, es war, als stürzte sie über ihn her. «Scheiße», sagte er laut. Ohnmächtige Wut überkam ihn. Er brauchte jemanden, mit dem er reden konnte. Aber da war niemand. Einen Augenblick lang dachte er daran, zu Captain Bellows zu gehen, aber er hatte es noch nicht zu Ende gedacht, als er die Idee schon wieder verwarf. Ausgerechnet Bellows! Daß ihm so was einfiel, zeigte nur, wie verzweifelt er war.

Buck, dachte er. Buck war der einzige, mit dem er reden konnte. Der einzige, der ihn bestimmt verstand. Ein paar Erinnerungen tauchten auf. Sie hatten sich in letzter Zeit nicht oft gesehen, sein älterer Bruder und er, aber jedesmal... Er brauchte nur die Augen zu schließen, dann sah er Buck vor sich stehen. Und er hörte ihn reden, kühl und immer ein bißchen zynisch.

«Na, alter Spinner, dann spuck's mal aus.»

Genau das würde Buck auch heute zu ihm sagen, genau das. Der Gedanke machte ihm Mut. Er nahm seine Bücher und zog los, es wurde Zeit, daß er sich im Lehrsaal blicken ließ. Aber als er im Unterrichtsgebäude an der letzten Tür rechts vorbeikam, schaute er einfach weg. Da drin sollte er jetzt sitzen, er hatte ja nicht frei. Nur, es gingen ihm so viele Fragen durch den Kopf. Was war mit Bris Brief passiert? Warum hatte seine Mutter kein Wort davon erwähnt? Scheißlehrsaal! Na gut, er hatte nicht frei. Aber er mußte trotzdem mit Buck telefonieren.

Erst nachdem die Maschine gestartet war, fragte Kate: «Brian ist mehrmals unerlaubt über Nacht nach Washington gefahren, hast du das gewußt?»

Michael schüttelte müde den Kopf. Sie wollte weiterreden, wollte ihm etwas erzählen von ihrer Angst, daß sie vielleicht beide ihren Sohn nicht richtig gekannt hätten. Aber sie behielt das alles für sich, und nach einer Weile sagte sie nur: «Er ist mir doch immer so glücklich vorgekommen. Und so stolz. Ist nicht alles so sinnlos? Was hat er denn für einen Grund gehabt, sich selbst umzubringen?» Ihre Stimme verlor sich. Ganz leise fuhr sie fort: «Hast du die blauen Stellen an seinen Schultern gesehen? Wie Prellungen. Aber wenn er sich doch... Ich meine, wieso hat er dann Prellungen?»

Michael schob sich auf seinem Platz zu ihr herum und sah sie lange an, bevor er fragte: «Worauf willst du hinaus, Katherine?» Es klang kühl und sachlich.

«Ich weiß auch nicht. Aber ich kann eben nicht glauben, daß er sich das Leben genommen hat. Du kennst ihn doch auch, Michael, wie kannst du so was glauben?»

«Mein Gott, Kate, hör auf. Er ist tot. Um Himmels willen, hör auf, mich mit deiner Fragerei verrückt zu machen!» Die Frau, die rechts neben ihm auf dem Fensterplatz saß, starrte ihn erschrocken an, er hatte gar nicht gemerkt, wie laut er sprach; er dämpfte die Stimme. «Und noch was, Kate, damit das ein für allemal klar ist: Ich werde zu Hause jedem sagen, daß es ein Unfall war.»

Sie war wie betäubt. Sie antwortete nicht, rückte ein Stück ab. Während des ganzen Fluges konnte sie ihn nicht mehr ansehen. Sie hielt die Augen halb geschlossen und horchte in sich hinein. Wo gestern nur Kummer und Verzweiflung gewesen waren, entdeckte sie auf einmal Unsicherheit und Verwirrung. Und als die Maschine zur Landung auf dem Bradley Airfield ansetzte, wurde ihr klar, daß noch nicht alles durchgestanden war. Sie mußte ihrem Vater sagen, daß sein Enkelsohn, an dem er so hing, tot war.

4

Natürlich wußte Brian, daß die Akademie ihn verändert hatte. Wie tief diese Verwandlung ging, wurde ihm aber nur klar, wenn er einmal für ein paar Stunden aus dem Yard ausbrach. Der heutige Thanksgiving Day – das war wieder so ein Tag, an dem er es ganz deutlich spürte.

Er war bei Jordan zu Hause eingeladen, sie hatten gerade gut und reichlich gegessen, der Rest des Tages mußte ihm eigentlich wie eine Verlockung erscheinen: einmal nicht zusammen mit mehr als viereinhalbtausend anderen Midshipmen in Mutter B. eingepfercht sein, nicht auf irgendeinen Stundenplan achten müssen, keinen streng eingeteilten Tagesablauf haben, bei dem jede Phase durch schrilles Läuten eingeleitet und beendet wurde – seit Wochen hatte er sich darauf gefreut. Allein, daß er beim Essen wieder einmal zulangen konnte, ohne daß irgendeiner genau aufpaßte, wieviel er sich auf den Teller lud! Kein Gerangel um die besten Bissen und vor allem nirgendwo am Tisch die derben Späße, bei denen zum Beispiel einer von den Frischlingen gezwungen wurde, löffelweise Butter in sich hineinzustopfen und das Ganze mit Worcestersoße herunterzuspülen. Wenigstens für ein paar Stunden lag das alles hinter ihm. Hier in Virginia, zu Hause bei Jordan, konnte er sich frei und ungebunden fühlen. War das nicht genau das, wonach er sich gesehnt hatte?

Merkwürdig, daß er sich trotzdem nicht wohl fühlte. Im Gegenteil, alles erschien ihm so fremd, als ob er einfach nicht mehr in die Welt außerhalb des Yards gehörte.

Schon, daß er nicht das gewohnte Blauzeug der Navy trug... Zu sehr war ihm die Uniform inzwischen zur zweiten Haut geworden, im locker fallenden Sporthemd kam er sich irgendwie unordentlich vor. Unwillkürlich fuhr er sich verstohlen über die Haare, als ob er sich überzeugen müßte, daß wenigstens die nicht wirr und ungepflegt bis in den Nacken hingen. Früher, während der Zeit auf der Highschool, war das ganz normal für ihn gewesen, aber jetzt wurde er schon unruhig, wenn sich irgendwo über den Ohren was kräuselte und wellte. Er konnte es dann jedesmal kaum abwarten, wieder im Tiefgeschoß von Mutter B. auf dem Friseurstuhl zu sitzen und sich kurzscheren zu lassen. Neulich war ihm im Aufenthaltsraum der Duft von frischen Fresien in die Nase gekommen; widerlich süß, hatte er gedacht und sich im nächsten Augenblick erschrocken gefragt, ob er etwa schon so an den herben Geruch von Stiefelwichse und Lederfett gewöhnt wäre, daß er Blumenduft nicht mehr angenehm finden könnte.

Ob's ihm nun gefiel oder nicht, sie hatten ihn gründlich umgekrempelt – eine Erkenntnis, bei der er grimmig in sich hineingrinste. Die Welt draußen hatte ihren Reiz verloren, alles kam ihm so undiszipliniert vor, er fühlte sich unsicher, wenn er sah, wie lässig und ungezwungen sich hier jeder benahm. So wie ihm die Uniform eine Art äußeres Stützkorsett geworden war, so gaben ihm die Regeln und Rituale der Navy innerlich Halt.

Im Grunde wäre er selber nie auf die Idee gekommen, sich an der Marineakademie zu bewerben, sein Vater und sein Großvater hatten ihn dazu gedrängt. Seine Hoffnung, daß man die Bewerbung vielleicht ablehnen würde, war von vornherein nichts als Traumtänzerei gewesen, und insgeheim hatte er das auch gewußt. Notfalls hätte sein Großvater Beziehungen spielen lassen, und auch der Einfluß seines Vaters, dessen Karriere ja selbst in Annapolis begonnen hatte, war nicht gerade gering. Im übrigen kam es gar nicht so weit, statt dessen lag ein Brief in der Postbox, mit dem Brian zur Aufnahmeprüfung bestellt wurde – tja, und da war es dann für einen Rückzieher zu spät.

Natürlich, er hätte mit seiner Mutter reden können, deren zwiespältige Gefühle gegenüber der Navy er ahnte, obwohl sie nie ein Wort darüber verlor. Aber es war ihm auch klar, daß er bei seinem

Vater bestimmt nicht mit Verständnis rechnen durfte. So war er also nach Annapolis gekommen und hatte nicht einmal gewußt, worauf er sich einließ. Das begriff er erst während der schrecklichen ersten Wochen und Monate, die sie an der Naval Academy den Frischlingssommer nannten.

Damals, in den ersten Junitagen vor dreieinhalb Jahren, war Brian durchaus nicht sicher gewesen, ob er es überhaupt durchstehen könnte. Viele hatten aufgegeben, zwei gleich am ersten Tag. Er erinnerte sich noch an einen breitschultrigen Burschen aus Kalifornien und an die Szene vor der Friseurstube, wo sie in einer langen Reihe anstanden, um sich den militärischen Haarschnitt verpassen zu lassen. Plötzlich hatte der Kalifornier laut und vernehmlich gesagt, der Scheißkram wäre nichts für ihn. Mehr hatte er nicht gesagt, danach war er, während ihn alle fassungslos anstarrten, einfach gegangen. Nach ein paar Sekunden verblüfftem Schweigen waren die anderen aufgerückt, nicht mal die Lücke in der Schlange war von ihm geblieben. Sie hatten sich nicht in die Augen gesehen, keiner hatte ein Wort gesagt, und doch hatte jeder genau gewußt, was die anderen dachten: *Mann, das ist vielleicht 'ne Pfeife! Hat der nicht vorher gewußt, was auf ihn zukommt?* Damit war die Sache erledigt, der Kalifornier war weg, niemand sprach mehr von ihm.

Aber er war nur der erste unter vielen gewesen. Jeden Morgen fehlten wieder ein paar. Einige gingen, weil die Akademie sie aussiebte, andere packten ihr Bündel, weil sie den Drill körperlich oder seelisch nicht durchstanden. Und immer wenn einer gegangen war, bogen die anderen vor Stolz das Kreuz noch ein bißchen mehr durch. Die Überlebenden, nannten sie sich selbst; sie waren aus dem Holz geschnitzt, das auch in Annapolis nicht brach.

Einmal hatte Brian nachts draußen auf dem Flur unterdrücktes Schluchzen gehört; am nächsten Morgen suchte er im Speisesaal in den Gesichtern der Kadetten nach den Spuren einer schlaflos verzweifelten Nacht, aber die unbewegten Mienen verrieten nichts. Und zweimal war er selbst am Ende gewesen, erschöpft und müde wie nie zuvor; da hatte er es wieder deutlich gehört: *Der Scheißkram ist nichts für mich.* Er war zur Telefonbox gegangen, um seinen Vater anzurufen und ihm zu sagen, daß er heimkäme. Aber er war das Gefühl nicht losgeworden, jeder von den älteren Midshipmen, der zufällig um die Flurecke bog und ihn mit dem Telefonhörer in der Hand dort sitzen sah, wüßte genau, worum es ging.

Wieder wäre es viel einfacher gewesen, mit seiner Mutter zu reden, aber so leicht wollte er es sich nicht machen. Vaters Nummer zu wählen, das war die Bedingung, die er sich selbst stellte. Zweimal hatte er Anlauf genommen, zweimal den Hörer wieder eingehängt. Warum, das hätte er nachträglich selbst nicht erklären können. Zum Teil hatte es sicher etwas damit zu tun, daß er sich vor Vaters Verachtung fürchtete, zum Teil lag es wohl auch an seiner eigenen Dickköpfigkeit; er war noch nie vor einer Herausforderung davongelaufen.

Und da war noch etwas, er hätte es nicht erklären können, aber er spürte, daß ihn irgend etwas faszinierte. Und eines Tages – irgendwann nach Stunden, Wochen und Monaten, die ihm endlos vorgekommen waren – hatte er es geschafft. Auf einmal war die Akademie für ihn ein neues Zuhause, die Gemeinschaft mit den anderen der Ersatz für die Familie. Irgend etwas mußte sich in ihm verändert haben, er fühlte sich wohl in Annapolis.

Das Groteske daran war, daß er die Navy jahrelang geradezu gehaßt hatte. Als Kind war er voll eifersüchtigem Zorn gewesen auf die, die ihm den Vater wegnahmen. So ging es vielen Soldatenkindern; es gab eigentlich nur zwei Möglichkeiten: spontane Bewunderung und den brennenden Wunsch, so zu werden wie der Vater, oder leidenschaftliche Ablehnung und den festen Vorsatz, selbst nie etwas mit dieser verdammten Navy zu tun zu haben. Brian hatte immer nur Abscheu empfunden, so entschieden, daß er den Beruf seines Vaters sogar für den eigentlichen Scheidungsgrund hielt.

Ganz hatte er das nie überwunden, und wenn er jetzt manchmal in sich hineinhorchte und auf Empfindungen stieß, die ihm früher ganz fremd gewesen waren – Treue und Ergebenheit gegenüber der Navy –, war er über die eigene Verwandlung verblüfft, ja, sie machte ihn sogar ratlos. Ging ihm das eigentlich allein so? Was war mit seinen Stubenkameraden, mit Webb und Jordan? Fühlten sie sich auch manchmal innerlich hin und her gerissen?

Komisch, über so etwas redeten sie nie auf ihrer Stube. Brian bildete sich ein, Webb und Jordan gut zu kennen, besser als irgend jemand sonst. Er hatte hautnah erlebt, wie sie in den Alltag an der Akademie hineinwuchsen, sich veränderten, allmählich mit dem unablässigen Druck fertig wurden, aber bis zu ihren innersten Gedanken war er nie vorgedrungen. Sogar wenn sie abends auf der

Stube zusammenhockten und stundenlang quatschten – Bullentreff nannten sie das –, sogar dann ging es nie um persönliche Dinge; sie hechelten Vorgesetzte und Dozenten durch, tauschten Tips und Erfahrungen aus und redeten natürlich über Mädchen. Macho-Gerede, hätte seine Mutter gesagt, habt ihr denn nichts Wichtiges zu besprechen? Da hatte sie sicher nicht ganz unrecht, aber...

Sie hatten einfach keine Zeit. Und Zeit zu haben, wäre eben die Voraussetzung für jedes ernsthafte Gespräch gewesen. Das war eine der ersten Regeln, die jeder in Annapolis zu lernen hatte: Hier gibt es keine Zeit, hier ist alles bis zur letzten Sekunde eingeteilt. In den Lehrsaal hasten, zurück, Schuhe und Koppelzeug wienern, bei den älteren Midshipmen die Stube aufräumen, rasch noch ein paar Nautikregeln im Lehrbuch nachschlagen. Wer so im Streß ist, vergeudet seine Zeit nicht mal damit, über den verdammten Unsinn zu fluchen, der bei ihnen das Gebetsmühlenspiel hieß und angeblich dazu gut war, das Gedächtnis zu trainieren: Wenn einer der Upperclassmen oder ein Vorgesetzter sie fragte, mußten sie wie aus der Pistole geschossen das aktuelle Kinoprogramm oder zum Beispiel den Speiseplan für den nächsten Tag herunterrasseln, ganz zu schweigen von den auswendig gelernten Standardsätzen, mit denen sie auf alberne Fragen zu antworten hatten.

Wie lange gehörst du schon zur Navy? Mein ganzes junges Leben lang, Sir! Meine Mutter war eine Nymphe und mein Vater der König Neptun. Auf einer schäumenden Welle bin ich geboren, tief auf dem Meeresgrund hat meine Wiege gestanden, mit Tang und Muscheln war ich angetan, aus Marlpfriemen sind mir die Zähne gewachsen, aus Wasserhanf die Haare. Meine Knochen sind Spiere, und wenn ich spucke, spucke ich Teer. So war ich, so bin ich, so bleibe ich mein Leben lang.

Und was weißt du über die Kuh? Die Kuh, Sir, läuft dumm rum und muht und käut wieder. Und dann rasch ein Blick auf den Milchkarton, um abzuschätzen, wie viele Gläser es noch wären... Um Himmels willen, das Zeug soll ich alles noch schlucken? *Von dem milchigen Zeug aus den Drüsen weiblicher Kühe kann man gar nicht genug trinken, das gibt Schmackes.*

So, und warum hast du nicht ‹Sir› gesagt? Sir, Sir, ist eine unterwürfige altserbische Anredeform, erfunden von vertrottelten Bediensteten, die zu blöde waren, sich den Namen ihrer Herrschaft zu merken, aber auch ja nicht in Geruch von Unbotmäßigkeit kommen wollten und daher, Sir, die Anrede Sir erfunden haben, genau die Anrede, Sir, die ich jetzt für jeden gehobenen Stinker verwende, der mich völlig zu Recht für einen von den Schleimscheißern hält, Sir, die nach jedem Wort Sir sagen, Sir.

Unablässiger Druck. Da lernte jeder schnell, mit seiner Zeit hauszuhalten, und wer es nicht gelernt hatte, der mußte eben die Abendstunden dranhängen und schlief dann im Hörsaal ein. Nur wenige Professoren sahen großzügig darüber hinweg, wenn einer von den Kadetten im Unterricht über den Büchern einnickte. Zugegeben, im Laufe der Zeit ließ der Druck ein wenig nach, aber genug Zeit für ein ernsthaftes Gespräch hatten sie eigentlich auch jetzt noch nicht. Wobei wohl hinzukam, dachte Brian, daß sie es inzwischen verlernt hatten, ihre Seele nach außen zu krempeln.

Webb und Jordan ... Wieder mußte er in sich hineingrinsen, als er sich daran erinnerte, wie sehr ihn die beiden damals, während der ersten Tage im Juni vor fast vier Jahren, genervt hatten. Webb, hätte er geschworen, ist ein ungehobelter Flegel und Jordan ein widerlicher Pedant. Was, zum Teufel, kann an denen schon dran sein? hatte er sich gefragt.

Heute, am Thanksgiving Day, waren sie also zu Hause bei Jordan, Webb und er. Webb lag faul auf dem Bett ausgestreckt und verfolgte, wenn ihm nicht gerade zwischendurch die Augen zufielen, ein Footballspiel im Fernsehen, Jordan versuchte, sich auf ein Buch zu konzentrieren.

Wie, hatte Brian sich wirklich irgendwann mal gefragt, was an den beiden dran sein könnte? Okay, heute wußte er es.

Webb – nicht gerade eine strahlende Erscheinung, irgendwie sah er immer aus, als hätte ein betrunkener Puppenmacher ihn aus dem Baukasten zusammengesetzt und dabei lauter Teile genommen, die einfach nicht zusammenpassen wollten: dünne Arme und Beine und ein fast asketisch schmales Gesicht zu einem atlethischen Rumpf und einem Brustkorb, um den ihn jeder Running Back beim Football beneidet hätte. An seine rauhe Art und die derben Späße, mit denen er sich Luft machte, mußte man sich erst gewöhnen; es dauerte eine Weile, bis man rausfand, daß er hinter seiner gespielten Rüpelhaftigkeit eine Menge Herz versteckte, ganz abgesehen davon, daß er ein heller Kopf war. Ganz selten sah man ihn mal allein, immer scharten sich ein paar andere um ihn, vor allem die jüngeren Kadetten hingen sehr an ihm.

Sein Humor war in der ganzen Akademie bekannt, schon als junger Kadett hatte er sich damit einen Namen gemacht, und manche seiner Scherze waren inzwischen zur Legende geworden. Seinen Spitznamen Spider hatte er sich gleich damals in ihrem Frischlingssommer eingehandelt, schon in den allerersten Tagen, und zwar mit einer Handvoll Juxartikel, die aus irgendeinem Ramschladen in D. C. stammten. Der Clou seiner Sammlung waren Gummispinnen, ekelhafte Dinger, so lebensecht nachgebildet, daß man sich tatsächlich einbilden konnte, sie zappeln zu sehen.

Einmal hatte er es sogar geschafft, ein paar von den kleinen Monstern dem Kompaniechef ins Zimmer zu schmuggeln. Captain Bellows war senkrecht im Bett hochgefahren und hatte vor Schreck so laut geschrien, daß die halbe Kompanie zusammengelaufen kam. Später hatten sie dann draußen auf dem Flur vor ihren Stuben antreten müssen, und Bellows war mit hochrotem Kopf auf und ab gegangen und hatte verlangt, daß der Verantwortliche sich melden sollte, andernfalls, hatte er gedroht, werde er mit einer Kollektivstrafe durchgreifen. Webb hatte sich gemeldet, ohne auch nur eine Sekunde zu zögern, und von diesem Augenblick an wurde er von allen respektiert. Sogar die Upperclassmen hatten ihm ihre Sympathie gezeigt – freilich auf ihre Art. Noch in derselben Nacht hatten sie Webb den Heiligen Geist verpaßt, ein Zeremoniell, das zwar nie ohne blaue Flecken und eine schreckliche Schmiererei mit schwarzer Schuhcreme abging, für einen Frischling aber so etwas wie eine feierliche Lossprechung war: Künftig durfte der Kadett die älteren Midshipmen mit dem Namen anreden – eine Auszeichnung, auf die Brian ein paar Monate länger warten mußte.

Daher kam der Spitzname Spider, aber nicht nur Webb hatte sich bei der Geschichte einen Spitznamen eingehandelt, auch Bellows. Sein hysterisches Geschrei war in der Kompanie so unvergessen, daß er seit jener Nacht nur B. B. hieß: Babyarsch Bellows.

Einen Spitznamen zu haben, gehörte an der Akademie einfach dazu. Meistens hatte er etwas mit dem Aussehen zu tun oder mit der Art, wie sich einer gab; daher kamen die Spottnamen Kürbiskopp, Birne, Blitzmerker, Dauerton – und weiß Gott was noch. Andere Spitznamen waren nur durch primitives Verhohnepipeln der Vor- und Familiennamen zustande gekommen, selten steckte mehr Witz dahinter als zum Beispiel bei Jeff Potts, der – weiß der Henker, wer's aufgebracht hatte – auf einmal nur noch ‹Piß Potts› hieß. Was sie einem einmal angehängt hatten, wurde man nicht mehr los; Lardo hieß immer noch so, obwohl er schon im ersten Jahr rund zwanzig Kilo abgenommen und seitdem jede Ähnlichkeit mit einer Speckschwarte verloren hatte.

Spitznamen konnte ein Zeichen für freundschaftliche Bewunderung oder für gutmütigen Spott sein, selten steckte böse gemeinter, beißender Hohn dahinter. Keinen Spitznamen zu bekommen, war eigentlich das Schlimmste, was einem widerfahren konnte. Es hieß entweder, daß man den anderen völlig gleichgültig war, oder es mußte daran liegen, daß sie nur eine glattpolierte Oberfläche ohne Ecken und Kanten sahen, eine aalglatte Fassade, die einfach keine Angriffsflächen bot.

Jordan war einer von denen, die auch nach fast vier Jahren noch ohne Spitznamen herumliefen; Brian wurde das Gefühl nicht los, daß Jordan sich das irgendwie selber eingebrockt hätte.

Jordan und Spider waren wie Antipoden, übertrieb es der eine mit dem Ordnungsfimmel, dann hätte dem anderen ein bißchen weniger Schlamperei gutgetan. Der äußeren Erscheinung nach entsprach Jordan dem Idealbild eines Marineoffiziers: elegant im Auftreten, ohnehin von Haus aus ein unverschämt gut aussehender Bursche – und dazu eben noch der geborene Uniformtyp, was man sogar in wörtlicher Bedeutung verstehen konnte, denn die Scotts waren schon seit vier Generationen Marineoffiziere. Drill, Bettenbau, Spindordnung – das hatte er alles nicht erst in Annapolis lernen müssen, und er hatte auch hier an der Akademie bestimmt nicht zum erstenmal mit einem Gewehr geschossen oder den Degen geführt. Brian hatte ziemlich bald herausgefunden, daß es Jordan gar nicht so sehr darum ging, besser zu sein als seine Jahrgangskameraden, nein, er wollte mindestens so gut sein wie sein großer Bruder Buck, der hier in Annapolis vor ein paar Jahren sein Leutnantspatent erworben hatte.

Da hatte Jordan sich allerdings eine Menge vorgenommen, es war wahrhaftig nicht leicht, so gut oder womöglich noch besser zu sein als James Buchanan Scott, genannt Buck, einer, den sie bei der Navy auf der Topliste führten und der auch sonst daran gewöhnt war, zu den Gewinnern zu gehören; mit der Rugby-Mannschaft hatte er sich die All-American geholt, später, mit der Navy in Vietnam, die Brust voll Orden. Es war nicht leicht, sich an Buck und dessen Erfolgen messen zu lassen; Brian hatte manchmal den Eindruck, daß manches in Jordans Gemütsleben nur deshalb so seltsam verwelkt und verdorrt wäre, weil er schon zu lange in Bucks übermächtigem Schatten stand.

So oder so, für Brian waren die beiden, Jordan Thomas Scott und Webb Spider Garrick, nicht einfach nur Stubenkameraden, sie ersetzten ihm die Brüder, die er nie gehabt hatte; er mochte die Burschen, verdammt ja, er mochte sie, und er hätte weiß Gott was für sie hergegeben, wenn nötig, sogar das Leben.

Mitten in seinen Gedanken hinein hörte Brian Spiders entsetzten Aufschrei. «Leute, habt ihr das gesehen? So was pfeift dieser Affenarsch von Schiedsrichter ab!» Er trommelte wütend mit beiden Fäusten aufs Bett.

Jordan guckte mißmutig von seinem Buch hoch. «Hehe, Spider, kannst du dich nicht 'ne Nummer leiser aufregen?»

«Jordan», sagt Webb mit gespielter Entrüstung, «aus dir wird nie 'n guter Amerikaner. Wie bringst du's fertig, in aller Ruhe 'n Buch zu lesen, wenn die Steelers um dreizehn Punkte zurückliegen, Himmelarschundzwirn?» Er nahm einen Schluck aus der Bierdose. «Ach, Leute», stöhnte er auf, «wißt ihr, was jetzt der absolute Hammer wär? 'ne schöne große Pizza mit Käse und Pilzen und Pepperoni.»

Brian stellte demonstrativ den Gürtel ein Loch weiter. «Mann, wie kannst du an so was denken, du hast doch gerade erst vier Stück Nußkuchen in dich reingefuttert!»

«Dreieinhalb», widersprach Webb, während er sich aus dem Sechserspeck auf dem Fußboden eine frische Bierdose angelte, «das letzte war nur 'n schmales Kantstück. Auch noch 'n Bier, Bri?»

Brian lehnte kopfschüttelnd ab und stellte die Dose, die Jordan ihm vor einer Weile in die Hand gedrückt hatte, beiseite. Das Zeug bekam ihm nicht, es war schon lauwarm; er stieß leise auf.

«Tyler, du bist vielleicht 'ne Flasche, nicht mal richtig Luft ablassen kannst du! Willst du mal erleben, wie sich das bei einem Könner anhört?» Webb blähte die Wangen, warf die Lippen auf und ließ einen Rülpser von der Lautstärke mittleren Donnergrollens los, beifallheischend sah er sich um. «Na, wie war ich? Von der Sorte heb ich mir einen auf, bis wir 's nächste Mal Muschelsuppe essen gehen.»

«Du bist 'ne Pottsau, Webb», stellte Jordan fest, ohne von seinem Buch hochzugucken.

Webb rülpste noch mal.

«Wirklich, ein alter Bacheber ist gar nichts dagegen!»

Webb reckte sich wohlig, nahm noch einen kräftigen Schluck Bier und konzentrierte sich wieder aufs Footballspiel. «Leute, wenn ich an die armen Schweine denke, die jetzt in Mutter B. hocken und... Was denn! Habt ihr das gesehen? Schon wieder gegen Pittsburgh! Der Schiedsrichter, die Pfeife, hat doch Tomaten auf den Augen. Jetzt guckt euch das an – guckt euch das an! So saudämlich hat ja nicht mal B. B. ausgesehen, als er heute morgen über 'n Tecumseh gekommen ist.»

«Ach Gott, ja!» Jordan legte den Finger zwischen die Seiten, klappte das Buch zu und guckte hoch. «So blöd hab ich unsern Babyarsch noch nie aus der Wäsche gucken sehen.»

Vergangene Nacht hatten ein paar Firstclassmen unter Webbs Führung die alte silbergraue A-4 Skyhawk vom Vereidigungsplatz quer durch den Yard bis zum Tecumseh-Platz geschleppt, mit Toilettenpapier umwickelt und vors Cockpit eine von Bellows Unterhosen gespannt.

«Mannomann!» Jordan konnte sich gar nicht beruhigen. «Der ist so rot angelaufen, ich dachte, den zerreißt's gleich. Spider, wenn der tot umgefallen wär, hätt dein Name auf seinem Grabstein gestanden: Erlag am Thanksgiving Day einem typischen Spider!»

«Dabei war das noch nicht mal dein bester», sagte Brian grinsend. «Wenn du mich fragst, dein bester war, als du B. B. das Büro leergeräumt und den ganzen Mist, sogar den Schreibtisch, über die Feuerleiter aufs Dach gehievt hast. Die halbe Zehnte hat geschuftet, bis der Kram wieder unten war. Kein Aas ist drauf gekommen, daß du das gewesen bist – ganz alleine!»

Jordan prustete los, steckte Brian mit seinem Gelächter an, und schließlich wand sich auch Webb unter Lachkrämpfen.

«He, ihr Nieten, worüber macht ihr euch so ein?»

James Buchanan Scott stand unter der Tür, Gummislippers an den Füßen und ein Badehandtuch um die Taille gewickelt. Er sah noch aus wie einer, der sich in Form hält, aber an einigen Stellen hatte er schon ein bißchen zugelegt; wenn er nicht aufpaßte, dauerte es nicht mehr lange, bis sich die ersten Speckröllchen zeigten. Er hielt ein Glas Bourbon in der Hand, es war noch dampfbeschlagen, er hatte wohl schon im Bad kräftig geschluckt. Er sah gut aus, genau wie sein Bruder Jordan, um den Mund vielleicht ein bißchen strenger. Den hellblauen Augen fehlte der Glanz, in den Winkeln hatten sich die typischen Pilotenfältchen eingenistet.

«Aha», sagte er mit einem Blick auf die leeren Bierdosen, «bringt euch wohl schon mal 'n bißchen für das Spiel am Samstag in Stimmung? Ich hör aber, daß Moskowitz sich im Training verletzt hat und daß sie irgendeinen Burschen namens Howley als Ersatz-Quarterback ausgegraben haben? Das sag ich euch, wenn Moskowitz nicht spielt... So viel Bier könnt ihr gar nicht in euch reinschütten, um das Fiasko zu überstehen!»

«James Buchanan, bist du da oben?» Die Stimme kam weich und melodisch, sogar mit einem kleinen Tremolo, durchs Treppenhaus nach oben; wie es in den Südstaaten üblich war, rief Mrs. Scott ihren Sohn nicht einfach James oder gar Buck, sondern immer mit sämtlichen Vornamen.

«Ja, Ma'am», rief Buck aufgedreht zurück, «hier bin ich, das stete Glück deines Mutterherzens, dein eigen Fleisch und Blut!»

«Dein Vater möchte dich sprechen, Junge, er wartet im Arbeitszimmer auf dich.»

Ein Hauch Ärger zog über Bucks Gesicht. Er ließ sich nichts anmerken, rief betont höflich «Ja, Ma'am, sofort» hinunter, machte aber keine Anstalten, nach unten zu gehen, sondern lümmelte sich in den Türrahmen. «Nicht schlecht, so 'n Tag ohne Mutter, B., was? Was läuft denn heute abend so bei euch?»

«Pennen!» sagte Spider mit verklärter Miene; Schlafen war, wie jeder wußte, eine Leidenschaft, die bei ihm gleich hinter Essen rangierte. «Die nächsten Wochen werden ganz schön hart.»

«Mann, ihr seid vielleicht Saftsäcke! Endlich mal draußen, und dann fällt euch nichts Besseres ein? Ist das alles, was heute in Annapolis ranwächst?»

«Und du?» fragte Jordan zurück, «was läuft bei dir?» Dem Ton nach sollte es wohl wie eine patzige Herausforderung klingen, aber Webb und Brian hörte die Bewunderung für den großen Bruder deutlich heraus.

«Judilynn», Buck ließ den Namen auf der Zunge zergehen.

«Was, schon wieder? Hört sich ja an, als wär's ernst?»

Seit seiner Scheidung hatte Buck nacheinander die Stewardessen durchprobiert, die vorher, als er noch verheiratet war, nicht mit ihm ins Bett gehen wollten; zur Zeit war er auf Sekretärinnen spezialisiert, er schien sich konsequent durch sämtliche Büros im nördlichen Virginia zu arbeiten.

«Was soll ich machen? Die Frau ist eben verrückt nach mir. Vor allem, wenn ich ihr Geschichten aus 'Nam erzähle, also, dann hebt sie fast ab. Mehr will ich lieber nicht sagen, sonst kriegt ihr Bubis noch rote Ohren.» Er hatte das Whiskeyglas leergetrunken und langte nach einer Bierdose. «Bei Kriegsstories flippen die Weiber aus. Die haben alle *The Deer Hunter* gesehen, und nun wollen sie unbedingt wissen, ob wir wirklich dauernd russisches Roulett und so 'n Scheiß gespielt haben. Soll ich euch mal was fürs Leben verraten? Nichts törnt die Miezen so an wie Geschichten, bei denen es schön hart zugeht. So was mit Gewalt – da kriegen sie nasse Höschen, sag ich euch.» Schon vorhin hatte Brian gemerkt, daß Buck mit schwerer Zunge sprach, inzwischen brachte er ganze Worte nicht mehr klar heraus, er war ziemlich betrunken. «Und wißt ihr, wann's bei ihnen ganz ausrastet? Wenn ich ihnen meine Tätowierung zeige.»

«Mann, Buck, gib doch nicht so an!» Jordan langte in den Papierkorb, warf eine zerknüllte Zeitung nach Buck. «Wo hast du denn 'ne Tätowierung?»

«Glaubst du wohl nicht, was?» Buck band das Handtuch fester, kam ins Zimmer, stellte sich unter die Deckenlampe und drehte den Arm so, daß die Handfläche nach oben zeigte. Auf dem Unterarm waren drei kreisrunde Narben zu sehen, jede ungefähr so groß wie ein Dime – helles, fast weißes Fleisch, das sich deutlich gegen die gebräunte Haut abhob. «So 'ne Art Spezialtätowierung. Hab ich mir aus 'Nam mitgebracht.»

Buck fuhr mit dem Finger über die Narben. «Tja, so was mögen die Mädchen, das macht sie an. Ich hab mir die Dinger in 'ner Bar in Saigon geholt, von so 'm Affenfurz von der Army.»

Brian starrte auf die Narben, er war fasziniert und abgestoßen zugleich. Auch Webb hatte das Spiel der Steelers vergessen.

«Wie gesagt, da war so 'ne Arschgeige von der Army, stockbesoffen, redet 'n Haufen Scheiß zusammen, zieht alles in 'n Dreck. Okay, was soll ich machen? Ich versuch erst, dem Blödmann klarzumachen, warum wir in 'Nam sind und worum 's eigentlich geht. Und wie das nichts hilft, frag ich den Dreckskerl, ob er zu feige für 'n Spielchen ist. Hübsches Spielchen, sag ich, 'ne Mutprobe à la Saigon.»

Der Reihe nach sah er die drei an, bis er das geeignete Opfer gefunden hatte. «Das Spielchen kennt ihr wohl nicht, wie? Du auch nicht, Tyler?» Brians Kopfschütteln wartete er gar nicht erst ab, er stellte die Bierdose weg, langte nach einem Päckchen Zigaretten und setzte sich neben Brian aufs Bett. Der Geruch von herbem Deodorant stieg Brian in die Nase, er sah Bucks durchtrainierte Muskelpakete an den Oberarmen, die straffe Beinmuskulatur... Aber beim zweiten Blick entdeckte er, daß es sich am Bauch, oberhalb vom Badehandtuch, schon ein bißchen schlaff rollte – erste verräterische Spuren; Buck ließ sich gehen. Meine Güte, dachte Brian, wenn Coach Lansky das sehen könnte! Im Geiste hörte er die Lobeshymnen, die ihr Trainer auch heute noch auf James Buchanan Scott sang: was für ein eisenharter Bursche er gewesen wäre, wie er sich an den Gewichten gequält und nichts, aber auch gar nichts geschenkt hätte.

«Ist nichts Besonderes, im Grunde so 'ne Art Fingerhakeln», behauptete Buck und zeigte Brian, wie er's machen sollte: Ellbogen aufs Knie, die Handflächen gegeneinander gedrückt, die Finger verschlungen. So saßen sie einen Augenblick reglos, bis Buck auf einmal anfing, Brians Arm langsam zur Seite zu drücken; grinsend verstärkte er den Druck, schließlich lagen beide Arme, fest aneinandergepreßt, flach auf dem Bett. Mit der linken Hand schüttelte Buck eine Zigarette aus der Packung, schob sie zwischen die Lippen und tat so, als wollte er den ersten tiefen Zug genießen. Täuschend echt ahmte er das nach, die Illusion war perfekt, Brian sah geradezu, wie er den Rauch einatmete, mit spitzen Lippen als Wölkchen vors Gesicht blies – fast hätte er sich eingebildet, sogar die Glut aufleuchten zu sehen.

Das Grinsen floß in die Breite, als Buck die Zigarette – so vorsichtig, als hätte er sie tatsächlich angezündet –, mit zwei Fingern packte, das Mundstück zwischen die aneinandergepreßten Armflächen steckte und langsam tiefer schob. Unwillkürlich zuckte Brian zurück, aber Buck hielt seinen Arm fest und kippte die Zigarette so zur Seite, daß sie der Länge nach zwischen den angespannten Muskeln verschwand. Bucks kalte Augen suchten Brians Blick, suchten nach Spuren von Angst und Entsetzen. Und tatsächlich, Brian hätte geschworen, daß er die Zigarettenglut auf seinem Arm spürte; war da nicht auch schon der scharfe Geruch von verbranntem Fleisch? Der Arm schmerzte wie bei einem beginnenden Krampf, unendlich weit weg und unwirklich leise hörte er den Fernseher plärren, Spider keuchte vor Aufregung, und Jordan murmelte irgend etwas vor sich hin.

«Ganz simples Spielchen», sagte Buck. «Beide müssen versuchen, die Glut zwischen den Armen auszudrücken. Ach – äh, hab ich gesagt, daß wir's in 'Nam gewöhnlich mit Zigarren gespielt haben? Tja, und wer am meisten Schiß hat, zieht den Arm zuerst weg.» Er sah Brian lauernd an, verstärkte den Druck noch, schien darauf zu warten, daß der Jüngere endlich aufgab. Aber Brian dachte nicht daran, er stemmte sich gegen Bucks Druck an, bis der, als wäre ihm das Spiel auf einmal zu dumm geworden, lachend losließ. Die Zigarette war flach gedrückt und feucht von ihrem Schweiß.

«Um auf die Sache in Saigon zurückzukommen – ich muß zugeben, der Saftsack von der Army hat sich ganz gut geschlagen. Dreimal haben wir das Spielchen gespielt, er hat jedesmal durchgehalten. So gab's keinen Sieger und keinen Verlierer. Was dann passiert ist... Irgendwie kam's plötzlich zu 'ner Schlägerei – ja, und dann ging bei mir 's Licht aus. Keine Ahnung, wie ich zurück in unsern Stützpunkt gekommen bin. Am nächsten Morgen hatte ich einen verdammten Brummschädel, und der Arm war entzündet und geschwollen. Wie gesagt, bei mir war totale Funkstille, ich wußte nichts mehr, bis mir ein paar von meinen Kumpels erzählt haben, was eigentlich los war. Irgendwie ganz schön beschissen, wie? Das ganze Spielchen für nix und wieder nix.»

Er drehte den Arm, hielt ihn hoch, fuhr fast liebevoll über die Narben. «Aber die Weiber werden ganz scharf, wenn sie die Dinger sehen, verdammt noch mal.»

Brian rieb sich gedankenverloren den Arm. Er fühlte sich hundeelend, er hatte den Eindruck, daß es Webb und Jordan genauso ging. Auf einmal wehte Gewalt durch den Raum, und sie waren wohl noch nicht abgebrüht genug für das, was Buck ein ganz simples Spielchen nannte.

«He, ihr Memmen, was ist los mit euch?» fauchte Buck; er hatte ihr Schweigen richtig gedeutet. «Geht euch wohl noch unter die Haut, was? Mann, laßt euch doch heimgeigen! Könnt ihr denn nicht mal 'n ordentlichen Spaß vertragen?»

«Red keinen Quatsch!» wollte Jordan aufbrausen, aber der barsche Ton gelang ihm nicht recht; der Respekt vor dem großen Bruder saß eben doch zu tief. «Von wegen – keinen Spaß vertragen! Hätt'st mal dabeisein sollen, wie Spider heute nacht die Skyhawk auf den T-Platz geschoben hat!»

Buck bedachte Webb Garrick mit einem nachsichtigen Lächeln. «Was Besseres ist dir nicht eingefallen, Spider? Die alte Mühle hat doch schon mehr Stunden auf dem Tecumseh Court verbracht als in der Luft. Der Witz ist nicht neu, jede Abschlußklasse hat das Schrottding quer durch 'n Yard geschleppt.» Er angelte sich die letzte Bierdose aus dem Kasten. «Mann, da haben wir uns damals mehr einfallen lassen! Soll ich euch mal die Story von dem 57er Thunderbird erzählen?»

Brian wußte selber nicht warum, aber er schämte sich plötzlich für Jordan; Buck merkte nichts davon, er war schon mitten in seiner Geschichte.

«Also, unser Verbindungsoffizier aus West Point, das war damals so 'n kleiner Stämmiger, so 'n richtiger Armyarsch. Und sein ein und alles, das war so 'n blaßgrüner 57er Thunderbird – ach Gott, an dem Karren hing er, das könnt ihr euch gar nicht vorstellen! Mit dem hatte er's wichtig, redete kaum noch von was anderem, paßte höllisch auf, daß ja nichts drankam. Tja – und da kam uns die Idee, wie wir ihm einen machen können. Ungefähr 'ne Woche vor dem Footballmatsch Navy gegen Army haben wir Wettscheine verkauft, das Stück für fünf Dollar. Alle haben mitgemacht, da kam ganz schön was zusammen. Und dann haben wir den Stinker von der Army zu 'ner Rallye rausgefordert. Okay, er sagt zu, und wie er runterkommt, steht da der minzgrüne Thunderbird – völlig zerdeppert. War, nebenbei gesagt, 'n ganz schönes Stück Arbeit. Fünf Mann haben 'ne Stunde lang mit Vorschlaghammern draufgehauen. Und jetzt er! Sieht den Karren, bricht in Tränen aus... ob ihr's glaubt oder nicht, der fängt an zu heulen! Und dann rennt er mit weit ausgebreiteten Armen drauf los, als ob er den Schrotthaufen noch einmal ans Herz drücken wollte!»

Spider und Brian wechselten rasch einen Blick, so umwerfend komisch fanden sie die Story beide nicht. «Und dann?» fragte Spider. «Hat er rausgefunden, wer ihm den Wagen demoliert hat?»

Buck verschluckte sich fast vor Lachem. «Garrick, du hast die Pointe nicht kapiert! Das war gar nicht sein Wagen, wir hatten von den Wetteinsätzen einen anderen gekauft und aus dem Schrott gemacht. Leute, ich sag euch, das war ein Jahr! Erst die Sache mit dem

Thunderbird, und ’ne Woche später haben wir denen von der Army beim Football das Fell über die Ohren gezogen! Ja, das waren noch Zeiten, so was gibt’s heute nicht mehr. Ihr seid ’n verdammt lahmarschiger Haufen geworden.»

«Da würde ich nicht drauf wetten», sagte Spider, «ich find eher, unsere Klasse ist ein verdammt guter Haufen.»

Buck machte eine wegwerfende Handbewegung. «Macht euch nichts vor, mit euch ist nichts mehr los. Wißt ihr, warum nicht? Das hat euch der Kongreß eingebrockt. Seit dem Tag, an dem das Gesetz rauskam, daß in Annapolis auch Frauen aufgenommen werden, ist kein richtiger Midshipman mehr über ’n Yard gegangen.» Buck trank die Bierdose aus und zündete sich eine Zigarette an. «Wie reden euch denn die Dozenten jetzt an? Meine Damen und Herren Midship? Himmelarschundzwirn, wenn ich dran denke – letztes Jahr hat eine von denen auf Platz eins abgeschnitten! Das hätt’s zu meiner Zeit nicht gegeben, nie!»

«Na ja, das war ’ne Ausnahme.»

«Was? Eine Ausnahme? Ich will dir mal was sagen, Tyler, ihr seid doch jetzt schon ein so verweichlichter Haufen... Paß auf, sobald noch ’n paar Pussies mehr bei euch rumrennen, reißen sie euch die Pißbecken in der Toilette raus, dann müßtet ihr euch alle hinhocken und im Sitzen pinkeln.»

Jordans Versuch, dem großen Bruder zu widersprechen, fiel auch diesmal nicht sehr überzeugend aus. «Bri hat recht, dieses Jahr ist keins von den Mädchen unter den ersten zehn, da geh ich jede Wette ein.»

«Machst du’s dir nicht ’n bißchen leicht? Zehn von zwölfhundert, da hast du natürlich gute Chancen.»

«Und wie wär’s mit den ersten fünfundzwanzig?»

«Darauf willst du wetten?»

«Sag ich doch! Tausend Dollar, daß keins von den Mädchen unter die ersten fünfundzwanzig kommt.»

«Ein Tausender?» fragte Buck. «Bist du sicher, daß du dir das leisten kannst, Brüderchen?»

Jordan streckte ihm stumm die Hand hin. Buck guckte einen Moment verblüfft, dann schlug er grinsend ein und wandte sich an die beiden anderen: «Was ist mit euch? Wollt ihr auch ’n Tausender loswerden? He, Brian, wie steht’s? Aber vielleicht dämmert’s dir schon, daß ich die Wette gewinne, wie? Wer weiß, geschieht euch womöglich ganz recht, daß euch eins von den Weibern den Rang abläuft. Ihr Muttersöhnchen wollt das so, wie? Für euch gibt's nichts Schöneres, als wenn euch 'ne Fotze rumkommandiert, was?»

Webb kam hoch, baute sich vor Buck auf. «Mann, du bist wirklich ein gewaltiges Arschloch, weiß du das? Okay, ich leg noch 'n Tausender bei Jordan drauf!» Als er Buck die Hand hinstreckte, sah es fast wie eine streitsüchtige Geste aus.

Heller Wahnsinn! Brian wollte nichts damit zu tun haben. Verdammt, es war ihm egal, wie gut oder wie schlecht die Mädchen abschnitten, deswegen kam er sich doch nicht eine Nummer kleiner vor! *Geht mich alles gar nichts an.* Im übrigen hatten die Mädchen gute Chancen, obwohl ihnen an der Akademie wahrhaftig nichts geschenkt wurde. Ein Blödsinn, diese ganze Wette! Ehre und Männlichkeit... Zum Teufel, wieso sollte das was damit zu tun haben, wie gut ein Mädchen im Hörsaal abschnitt?

Die Stille war bedrückend, Buck schien ihn grinsend zu belauern. Und Webb und Jordan? Was denn, warteten die etwa darauf, daß er... Scheiße, vorhin bei dieser blöden Mutprobe hatte er auch den Arm wegziehen wollen. Er sprang hoch. «Ich halte mit!» Er zuckte nicht zurück, als Buck einschlug und schallend loslachte.

«Ihr armen Wichser! Schönen Dank, so leicht hab ich noch nie drei Tausender verdient.» An der Tür drehte er sich noch einmal um. «Bis Samstag, wir sehen uns beim Spiel. Da wollt ihr nicht zufällig auch noch 'ne Wette verlieren, oder? Ich sag euch, wenn Moskowitz nicht spielt, seht ihr ganz schön alt aus. Wär 'n Jammer, wirklich, seit Staubach haben wir keinen so guten Quarterback mehr gehabt. Also, keine Wette? Hab ich mir gedacht. Okay, bis nachher.» Die Tür fiel hinter ihm ins Schloß, eine Wolke von Bucks herbem Aftershave hing noch im Zimmer.

Spider fuhr herum. «Himmeldonnerwetter!» blaffte er Jordan an. «Wie kannst du uns so in die Scheiße reiten?»

Jordan lachte gequält auf. «Hätt'st ja nicht mitwetten müssen, ich hab dich nicht gezwungen. Als er uns Muttersöhnchen genannt hat, hat's bei mir einfach ausgerastet.»

Webb schlug sich mit der Faust in die offene Hand. «Mann, ich hab nicht mal fünfhundert auf dem Konto, und dann biet ich Idiot deinem Bruder so 'ne Wette an! Der Tausender ist so gut wie weg.»

«So weit sind wir ja noch nicht», meinte Jordan. «Jetzt haben wir November, wer weiß, vielleicht vergißt Buck das Ganze. Kann ja auch sein, daß wirklich keins von den Mädchen unter die ersten fünfundzwanzig kommt.»

«Quatsch», sagte Webb grob, «ich weiß auf Anhieb zwei, die mindestens unter die ersten fünfzehn kommen, Greene und Cauley.»

«So, nun ist 's aber genug, Spider!» Auch wenn er wütend war, blieb Jordan äußerlich ruhig. «Außerdem hat Buck ganz recht. Oder findet ihr etwa, daß die Weiber bei uns was zu suchen haben?»

«Darum geht's doch gar nicht! Die Mädchen sind da. Keiner fragt dich, was du davon hältst, sie sind eben da.» Webb ließ sich aufs Bett fallen. «Verdammt, wie hast du uns bloß so reinreiten können! Wegen so 'm Scheiß um tausend Dollar wetten! Aber dir kann's ja egal sein, das Geld kommt ja in die Familie.»

Einen Augenblick lang glaubte Brian, Jordan wollte mit den Fäusten auf Webb losgehen. «Sag mal», fragte er, um ihn abzulenken, «wieso läßt du dir eigentlich gefallen, daß Buck dich so behandelt?»

«Wie behandelt?»

«Wie einen kleinen Scheißer.»

Die Luft schien aufgeladen, nur der Zündfunke fehlte noch. Aber Jordan beherrschte sich; er drehte sich zum Fenster um, es war, als redete er mehr mit sich selbst als mit den anderen.

«So ist er nicht immer. Wißt ihr, Buck ist eben immer für mich dagewesen. Mein Dad... Na ja, Bri, du kennst das ja. Dad war nie da, Buck mußte für ihn einspringen. Als ich zum Beispiel zu den Pfadfindern kam, war Dad in Europa. Wer ist mit mir gegangen? Natürlich Buck. Und irgendwie war ich sogar mit ihm besser dran als die anderen Jungen mit ihren Vätern, er hat mich nie angebrüllt oder fertiggemacht. Er hat mir das erste Bier bezahlt und mich festgehalten, als ich hinterher kotzen mußte. Und wie man das einfädelt, wenn man sich mit einem Mädchen treffen will, das hab ich von Buck gelernt. Sogar das erste Päckchen Pariser hat er mir gekauft. Ich glaub, in den Jahren, in denen man anfängt, erwachsen zu werden, hat Buck viel mehr für mich getan als mein Vater.»

Brian und Webb wußten nicht, was sie sagen sollten, sie waren froh, als sie plötzlich heiseres Gebrüll aus dem Fernseher hörten, beide fuhren herum.

«Mensch, guck dir das an!» schrie Spider. «Der Junge macht's, der geht durch. Guck doch, guck doch! Der schafft's glatt bis zum

Touch Down!» Im Silverdome Stadion war der Teufel los, die Massen auf den Rängen gerieten außer Rand und Band, auch Brian, Webb und Jordan ließen sich von diesem Fieber anstecken.

5

Schwitzend drängten sich die Midshipmen auf den Tribünenbänken im Veterans Stadion in Philadelphia, seit Menschengedenken war es an einem Novembertag nie so heiß gewesen. Kein Wölkchen zeigte sich am Himmel, keine Brise wollte sich rühren, unbarmherzig brannte die Sonne herunter. Wer in Zivil gekommen war, hatte sich längst den Blazer oder den Sweater ausgezogen – eine der selbstverständlichen Freiheiten, um die Brian die zivilen Besucher – Ehemalige, Eltern und Freunde – einen Augenblick lang zutiefst beneidete. Die hatten es gut, sie saßen frei und ungezwungen im leichten Baumwollhemd da oder liefen, wie das Fernsehteam unten an der Seitenlinie, in Shorts und T-Shirts herum.

Brian rann jetzt schon der Schweiß den Rücken hinunter, der steife Hemdkragen drückte, es dauerte bestimmt nicht lange, bis der Hals wundgescheuert war. Niemand außer den Midshipmen und den Kadetten von der Army setzte sich bei dieser Affenhitze einer solchen Tortur aus; hier dampfte der Schweiß aus blauem Tuch, drüben aus grauem, das war der einzige Unterschied. Vorhin, bei der Parade zum Einzug, waren fünf Kadetten einfach umgekippt.

Trotzdem, der begeisterten Stimmung konnte die Hitze nichts anhaben, die meisten hatten sich jetzt schon heiser gebrüllt. Es war wie beschwörendes Kriegsgeschrei, denn heute maßen dort unten Army und Navy ihre Kräfte, heute ging es darum, was mehr galt: einer aus West Point zu sein oder einer aus Annapolis. Klar, daß die Navy gewann. Es mußte einfach so sein, alles andere war unvorstellbar. Sie mußten gewinnen, dafür tobten und brüllten sie auf den Rängen. Sie schrien auch den aufgestauten Frust der letzten Wochen und Monate mit hinaus, und sie schrien um so lauter, weil der Zeitpunkt dieses Spiels traditionell so etwas wie das Zeichen zum Endspurt war: Bald hatten sie wieder eine Etappe geschafft, aus Frischlingen wurden Midshipmen, die nächste Sprosse auf der Rangleiter war erreicht.

Rings um Brian stampfte und dröhnte es, das Stakkato der Begeisterung wurde immer hektischer. Die Musikkapelle mühte sich vergeblich, gegen den ohrenbetäubenden Lärm kam sie nicht an; Brian hörte sein eigenes Herz schneller schlagen – wie jedesmal, seit er als Elfjähriger zum erstenmal ein Footballspiel miterlebt hatte. Und heute war es nicht nur irgendein Spiel. In den Zeitungen nannten sie es einen Klassiker, ähnlich dem Endspiel um die Rose Bowl, manche Rundfunkkommentatoren verglichen es mit dem Kentucky Derby. Aber keine noch so blumige Beschreibung konnte wirklich wiedergeben, wieviel Emotionen und grimmige, jahrzehntelang genährte Rivalitäten heute wach wurden. Brian erinnerte sich an die Geschichte, die sein Vater ihm mal erzählt hatte: von dem Brigadier und dem Konteradmiral, die sich 1893 wegen einer Schiedsrichterentscheidung in die Haare geraten waren und beinahe eine Schlägerei angefangen hätten; damals war vom Kongreß eine siebenjährige Spielsperre verhängt worden.

Ach, was scherte ihn die Hitze, was kümmerte ihn der wundgescheuerte Hals! Brian wünschte sich, daß der Tag nie ein Ende nähme. Er wollte das alles für immer in seiner Erinnerung speichern, jeden Spielzug, jeden Jubelschrei, sogar den Geruch von Schweiß und dampfender Haut. Denn heute war er zum letztenmal dabei, heute erlebte er zum letztenmal als Midshipman das große Spiel zwischen Army und Navy.

Seit einem halben Jahr, seitdem er Firstclassman geworden war, begegnete ihm dieses Zum-letztenmal-Gefühl bei allen möglichen Gelegenheiten. Seltsam, irgendwie ging das nicht ohne Melancholie ab. Waren die vier Jahre nicht wie im Fluge vergangen? Das erste Jahr... Ein Knirps war er gewesen, ein Fourthclassman – und trotzdem stolz wie ein König. Dann, im zweiten Jahr, endlich Kadett, mit dem heißersehnten ersten Balken am Arm! Das dritte Jahr der zweite Balken – Midshipmen, Secondclassman, Segundo, wie sie untereinander sagten. Und schließlich die Krönung: ein Firstie, der Firstclassman Brian Tyler! Nicht nur am goldenen Ärmelstreifen war das zu erkennen, nein, auch so mußte es ihm jeder ansehen, am Gang, am Blick, am ganzen Gehabe. Und nun sollte das alles bald vorbei sein? Mein Gott, wieso fing die Zeit auf einmal zu rasen an?

Als Kadett, am Ende des Frischlingssommers, war er zum erstenmal nach Philadelphia gefahren, um das Spiel mitzuerleben. Hinterher hatte Spider während der ganzen Heimfahrt zum Yard gewürgt und gekotzt. Er hatte im Spiel um den Army-Navy-Pokal mehr eine willkommene Gelegenheit gesehen, endlich mal auszubrechen und ordentlich über die Stränge zu schlagen. Im zweiten Jahr hatten Brians Eltern Danielle mitgebracht; er glaubte, jetzt noch die nagende Eifersucht zu spüren, weil sie damals in der Halbzeitpause ziemlich ungeniert mit einem anderen Midshipman geflirtet hatte. Voriges Jahr waren seine Eltern nicht gekommen, da kriselte es schon bei ihnen; Brian hatte sich mit Alkohol vollaufen lassen, schlimmer noch als seinerzeit Spider. Und dieses Jahr, im vierten, im letzten Jahr... Diesmal war alles ganz anders.

Er verrenkte sich fast den Hals, als er nach links hinüberstarrte und die Reihen absuchte, die für die Mädchen reserviert waren. Das Schleppnetz – so hieß der Tribünenabschnitt im Jargon der Akademie, weil dort die Freundinnen der Midshipmen ihre Plätze hatten. Mitten zwischen den Uniformierten durften sie während des Spiels nicht sitzen; ausgeschlossen, schließlich war das ja eine militärische Veranstaltung, knallharter Dienst – nicht etwa nur Vergnügen! Und da entdeckte Brian das Mädchen, nach dem er suchte: groß, schlank, eine auffallende Erscheinung. Eigentlich nicht mein Typ, hätte er vor ein paar Wochen noch gesagt, denn früher hatte er mehr für die zierlichen Puppen geschwärmt, die ihm gerade bis zu den Schultern gingen. Ach, früher! Das war jetzt alles vorbei und vergessen.

Leah drehte sich, als hätte sie seine Blicke gespürt, zu ihm um, winkte und rief übermütig: «He, Tyler! Du weißt, daß du mir jetzt einen Ballettabend im Kennedy Center schuldig bist, vergiß das ja nicht!»

Die anderen Midshipmen grinsten, ein paar fingen zu frotzeln an. «Hörst du? Zum Ballett wollen die! Es geht doch nichts über Marineoffiziere mit feinem Lebensstil!»

Früher wäre Brian verlegen geworden, jetzt lachte er nur darüber. Er war so verliebt, daß ihm der gutmütige Spott nichts ausmachte. Ein bißchen hatte Leahs unkomplizierte Art schon auf ihn abgefärbt. Sie machte sich und anderen nie etwas vor. «Football?» hatte sie Brian entsetzt gefragt. «Kann ich nicht ausstehen! Nein, da komme ich nicht mit!»

«Hör mal, die meisten Mädchen würden weiß Gott was drum geben, mit einem Midshipman ins Stadion zu gehen!» hatte er ihr vorgehalten. «Das ist doch nicht irgendein Spiel! Das ist der Army-Navy-Pokal, kapierst du das nicht?»

«Dann lad doch eine von denen ein, die sich drum reißen! Weißt du, wenn ich einen halben Block weit weg auf der Tribüne sitzen muß, dann würde ich nicht gerade sagen, daß ich ‹mit dir› ins Stadion gehe! Erzähl mir doch nichts! Was glaubst du eigentlich, wie viele Mädchen wirklich wegen des Spiels hingehen? Die wollen doch bloß gesehen werden, sonst nichts. Football ist den meisten so egal wie mir. Ja, wenn's ein Basketballspiel wäre...»

Schließlich hatten sie sich auf einen Kompromiß geeinigt: Sie kam ins Stadion, er ging dafür mit ihr zum Ballettabend. Und als Brian sah, wie herausfordernd sie jetzt zu ihm herüberlächelte, wußte er, daß ihm das Kennedy Center bestimmt nicht erspart blieb. Er grinste zurück; schon gut, hieß das Grinsen, neben dir halte ich's sogar beim Ballett aus.

Eigentlich gab es gar nicht so viele Gemeinsamkeiten zwischen ihnen, weder äußerlich noch in ihren Auffassungen. Sie liebte ausgefallene lässige Kleidung, er fühlte sich wohler, wenn er korrekt angezogen war; er war durch und durch Republikaner, konservativ bis auf die Knochen, sie vertrat recht liberale Ansichten und hielt es mit den Demokraten.

Sie hatten sich zufällig kennengelernt, durch eine von Jordans Freundinnen, und nach dem ersten Rendezvous verspürte Leah keine große Lust, sich noch einmal mit ihm zu treffen. Sie hatte ihm unverblümt gesagt, daß sie eben zu verschieden seien. Das traf ihn hart, denn nach fast vier Jahren in Annapolis war er nicht mehr gewöhnt, von einem Mädchen einen Korb zu bekommen. Wenn sie sich schon nicht um seinetwillen wie die Kletten an ihn hängten, dann mindestens wegen der Uniform. Daß Leah so ganz anders reagierte, eher kühl und abweisend, hatte ihn erst recht gereizt. Er mußte dieses Mädchen gewinnen, das stand für ihn fest, nicht nur, weil Leah ungewöhnlich hübsch und attraktiv war, nein, mehr noch, weil ihre Intelligenz und ihre Persönlichkeit ihn beeindruckten. «Ich liebe dich, weil du so klug bist», hatte er gesagt. Er hatte es zärtlich gemeint und wohl gar nicht gemerkt, wie schrecklich nüchtern es sich anhörte.

Im Grunde war es auch nicht die ganze Wahrheit, denn in Wirklichkeit liebte er sie... Ja: weil sie eben so war, wie sie war, weil sie Leah war! In ihrer Nähe fühlte er sich vernünftiger und reifer. Das lag an ihr, sie forderte ihn heraus, sie zwang ihn, über sich selbst nachzudenken. Mit ihr konnte er über Dinge reden, die er sonst für sich behielt. Sie war die einzige, der er je gesagt hatte, wie weh ihm die Scheidung seiner Eltern tat, wie sehr er darunter litt, wie zornig es ihn machte, kein richtiges Zuhause mehr zu haben.

Eine der verblüffendsten Erfahrungen war für ihn gewesen, wie unkompliziert Leah über Sex dachte. Sie gehörte weiß Gott nicht zu den Mädchen, die schnell zu haben waren, aber wenn sie einmal ja gesagt hatte, dann war das ein Entschluß ohne Wenn und Aber. Aus sexuellen Beziehungen durfte ihrem Empfinden nach dem Partner keine moralische Verpflichtung erwachsen, alles andere wäre ihr wie eine Erpressung vorgekommen. Es war ihre freie Entscheidung gewesen, Brian hatte sie zu nichts überreden müssen.

Merkwürdig, sie war ganz anders als die Mädchen, die er vor ihr gekannt hatte, nicht so verspielt, eben eine junge Frau, ein erwachsener Partner. Schon nach kurzer Zeit konnte er sich ein Leben ohne sie nicht mehr vorstellen. Manchmal machte es ihm fast angst, wie glücklich er war, seit er sie kannte.

Er winkte zu ihr hinüber, die Frotzeleien seiner Kameraden waren ihm egal. Durch Zeichen gab er ihr zu verstehen, daß sie am Getränkestand auf ihn warten sollte – gleich, in der Pause.

Er sah, wie sie sich durchs Gedränge schob, er hörte ein paar bewundernde Pfiffe, er war eifersüchtig und zugleich stolz. Es war ja sein Mädchen, hinter dem die anderen herpfiffen, sollten sie doch vor Neid platzen! Hübsch sah sie heute wieder aus, groß, schlank und sportlich, in den braunen Augen schimmerte ein kleiner Grünstich, die Sonne hatte das brünette Haar an den Schläfen ein bißchen blond getönt, als läge ein Hauch Goldstaub darüber. Der Zweiteiler stand ihr gut, sie trug die Jacke offen, das blaugrüne T-Shirt lag eng an und betonte ihre Figur. Ein Goldkettchen und hübsche goldene Ohrringe – mehr Schmuck hatte er noch nie an ihr gesehen; sie schien zu wissen, daß sie es nicht nötig hatte, sich herauszuputzen.

Sie strich sich eine Locke aus der Stirn, es war eine winzige, wahrscheinlich sogar gedankenlose Geste, aber Brian fand Leah in diesem Augenblick unglaublich aufregend und begehrenswert. Er hätte sie gern in die Arme genommen, nichts wünschte er sich in diesem Moment mehr. Aber er war ja in Uniform ... Zärtlichkeiten in aller Öffentlichkeit? Unvorstellbar. Sehr steif und förmlich, peinlich auf den vorgeschriebenen Schritt Abstand bedacht, blieb er neben ihr stehen. Zum zweitenmal an diesem Nachmittag beneidete er die Besucher, die in Zivil gekommen waren und sich... eben irgendwie anders benahmen. Es kostete ihn Überwindung, ehe er sich eingestand: normal.

Leah zeigte zum Spielfeld. «Was habt ihr denn da unten für einen Zirkus aufmarschieren lassen?» fragte sie.

«Meinst du den Muli drüben an der Seitenlinie? Das ist das Maskottchen der Army. Und der Ziegenbock hier auf unserer Seite, das ist Bill, der bringt uns Glück.»

Sie lachte. «Ist der Tierschutzverein damit einverstanden?»

«Hör mal, Mädchen, ich glaube, dir fehlt der sittliche Ernst! Ist dir überhaupt klar, was du hier miterlebst? Ich werd mal 'n paar Wissenslücken bei dir stopfen. Paß gut auf, heute abend frag ich dich ab.»

«Und wenn ich den Test nicht bestehe?»

«Dann tausch ich dich gegen ein anderes Mädchen ein. Und jetzt red nicht dauernd dazwischen, es geht um ernste, historische Dinge. Du nimmst an einem geschichtlichen Ereignis teil, und eines Tages, wenn du alt und grau bist...»

«Vorsicht, Tyler, überleg dir, was du redest!»

«Unterbrich mich nicht! Eines Tages, sage ich, wenn du alt und grau bist, wirst du unsern Enkelkindern erzählen können, daß du das Spiel um den Army-Navy-Pokal gesehen hast!» Brians Blick hielt sie fest, seine Augen tanzten. Hast du gehört? fragten sie stumm, ich rede von unsern Enkelkindern! «Ist dir eigentlich klar, daß dieses Spiel eine hundertjährige Tradition hat?»

Er wußte, warum sie auf einmal enttäuscht aussah, sie mochte diese Exkursionen in die Geschichte der U. S. Navy nicht, aber er hatte sich schon so in Eifer geredet, daß er nicht mehr aufhören konnte. «Das erste Spiel fand 1890 in West Point statt, 24 zu 0 für die Navy! Einer von unsern Spielern lief zurück und tat so, als wollte er den Ball aus der Hand abschlagen, aber plötzlich spurtete er los und rannte quer übers ganze Feld – Touch Down! Klar, die von der Army haben natürlich Protest eingelegt, das machen die immer so, wenn sie verlieren. Und weißt du, wie sie das begründet haben? Es wäre unehrenhaft und eines Offiziers und Gentleman nicht würdig, erst einen Wurf über die Frontlinie vorzutäuschen und dann auf einmal was ganz anderes zu machen.»

«Ach, komm – jetzt erzählst du Schauermärchen!»

«Ich schwör's dir, genauso war's. Übrigens hat bei dem Spiel zum erstenmal einer einen Footballhelm getragen, Joseph Reeves, einer aus der Navy-Mannschaft.»

Plötzlich fing Leah zu kichern an, sie zeigte nach unten, zur Bank der Navy an der Seitenlinie. «Guck mal, euer Maskottchen hat auch nicht viel Respekt vor geschichtlichen Ereignissen. Oder gehört das zur Tradition, daß der Ziegenbock in der Pause pinkelt?»

Brian seufzte. «Ich frag mich, wie du heute abend den Test bestehen willst!»

«Wetten, daß du mit mir zufrieden bist?» Ihr Lächeln war wie eine Verführung, und daß Brian rot wurde, schien ihr erst recht Spaß zu machen.

Auf einmal ging ein Aufschrei durch die Ränge, das Navy-Team stürmte los. Die Midshipmen stimmten einen Sprechgesang an. «Tin Man, Tin Man!» dröhnte es.

«Wer ist Tin Man?»

Brian schaute sie nur kurz an. «Meine Güte, du stellst vielleicht Fragen!» Dann ruckte sein Kopf wieder herum, er durfte nicht verpassen, was sich unten auf dem Spielfeld tat. «Tin Man ist unser Quarterback, Bernie Moskowitz, ein wahres Genie. Er wirft weiter als Marino. Unglaublich, der Mann! Guck dir mal an, wie der rangeht!»

«Und warum nennt ihr ihn Tin Man?»

«Weil er zusammengeflickt ist wie 'n alter Blecheimer. Am Ellbogen haben sie ihn schon operiert, die Knie sind kaputt... Du glaubst nicht, wie sie dem schon zugesetzt haben. Aber wenn er wenigstens dieses Spiel noch durchhält, kriegt er 'ne Gedenktafel im Ehrenhof, direkt neben Staubach. Er ist der beste Mann, den wir seit Staubach hatten. Darum trägt er ja die Dreizehn.»

«Wieso? Ist das nicht eine Unglückszahl?»

Kopfschüttelnd stöhnte er auf. «O Gott, Mädchen, du hast wirklich keinen blassen Schimmer! Die Dreizehn – gleich nach der Zwölf. Die Zwölf war Staubachs Rückennummer.»

«Und wer ist nun wieder...»

«Komm, frag mich jetzt nicht!» Wieder schrien sie sich auf den Rängen heiser. «Vier Downs für die Navy! Ich muß wieder auf meinen Platz zurück», sagte Brian aufgeregt, «wir treffen uns hier in der Halbzeit, okay?»

Leah schlängelte sich durch die Reihen, diesmal pfiff keiner hinter ihr her, die Midshipmen hatten nur Augen fürs Spielfeld. Sie standen vor ihren Sitzen und brüllten, was die Lungen hergaben. Die meisten hatten sich gelbe Metalltrichter als Megaphone mitgebracht, es war ein Höllenlärm. Daß sie sich nicht setzten, lag nicht nur an ihrer Begeisterung. Auch dabei ging es eigentlich nur darum, den Kadetten aus West Point eins auszuwischen, Brian hatte es ihr erzählt. Es war ihnen nämlich vor dem Spiel befohlen worden, die ganze Zeit zu stehen, eisern und unerschütterlich, und kaum hatten die Midshipmen davon Wind gekriegt, war für sie klar, daß sie auch stehen blieben.

Seufzend gestand Leah sich ein, daß sie das, was Brian die militärischen Spielregeln nannte, wohl nie ganz verstehen würde. Warum durfte sie nicht neben ihm sitzen? Was für ein Blödsinn, alle Mädchen auf den Tribünenabschnitt links neben die Midshipmen zu verbannen und das Geviert dann auch noch Schleppnetz zu nennen, als wären die Mädchen so eine Art Fang! Wieder ein Aufschrei, diesmal stürmte die Army. Leah verkroch sich in ihren Sitz. Das Mädchen neben ihr – eine Blonde mit breit geflochtenem Nackenzopf – tanzte wie besessen und brach bei jedem Spielzug der Navy in lauten Jubel aus. War das nicht Jordans Freundin? Wie hieß sie doch gleich? Suzy oder Sally oder ... Jetzt fing sie wie verrückt zu hampeln an, irgendwo hinter Leah brüllte jemand hysterisch, sie wollte sich gerade umdrehen, da bekam sie einen Ellbogen in die Rippen ... O je, das wurde ein langer, harter Nachmittag!

«Wo ist denn Tin Man?» versuchte Leah, mit Jordans Freundin ins Gespräch zu kommen. «Den seh ich gar nicht mehr.»

«Der sitzt auf der Bank!» raunzte die Blonde so schroff, daß Leah sich vornahm, sie bestimmt nicht mehr anzureden. «O Gott, die Army hat den Ball!»

Leah lehnte sich zurück. Die Hitze war unerträglich. Mit einem Blick nach rechts versuchte sie, im Gewoge der fröhlich blauen Uniformen Brian zu erkennen. Er fehlte ihr, sie wäre so gern in seiner Nähe gewesen. Daß sie sich nichts aus Football machte und deshalb nicht mitkommen wollte – ach, das hatte sie von Anfang an nicht ernst gemeint, ihm zuliebe wäre sie weiß Gott wohin gegangen. Und im Grunde war es gerade das, was ihr angst machte, sie merkte, daß sie sich in eine Abhängigkeit begab, für die es einfach noch zu früh war.

Sie wußte, daß Brian sich noch einmal für fünf Jahre weiterverpflichtet hatte. Ob das wirklich richtig war? Er hatte ihr ja auch von seiner Kindheit und seiner Schulzeit erzählt und von der Scheidung seiner Eltern... Irgendwie, dachte Leah, paßte das eine nicht zum anderen. Er hatte doch selbst darunter gelitten, daß sein Vater so selten zu Hause gewesen war. Und insgeheim glaubte er, daß im Grunde die Navy an der Scheidung seiner Eltern schuld wäre. Wie Brians Mutter das alles empfand, wußte Leah nicht, sie kannte sie nicht. Aber sich selbst kannte sie gut genug, um zu wissen, daß sie nicht für ein solches Leben geschaffen war. Als Frau eines Marineoffiziers wurde sie bestimmt nicht glücklich. Und darum war es wohl besser, wenn sie und Brian sich noch ein bißchen Zeit ließen.

Ein Stöhnen ging durch die Reihen der Midshipmen, die Kadetten aus West Point, drüben auf der gegenüberliegenden Tribünenseite, brachen in Jubel aus. Leah beschloß, doch noch einen Versuch zu wagen, zumal ihr inzwischen eingefallen war, wie Jordans Freundin hieß.

«Was ist los, Stacey?»

Die Blonde schien den Tränen nahe. «Drei Punkte für die Army!»

Drüben an der Seitenlinie bei den West Pointern ritt einer in schwarzer Plastikrüstung mit gezogenem Schwert lang; Leah mußte bei seinem Anblick eher an eine Schmierenkomödie als an einen Ritter aus dem Mittelalter denken. Aber noch bizarrer fand sie, daß die Army sogar einen leibhaftigen General zu Pferde aufgeboten hatte, der – weißhaarig, schwitzend, knallrot im Gesicht – vor der Tribüne auf und ab ritt, um als hochdotierter Cheerleader den Jubel der Kadetten zu dirigieren. Der General trabte an, die Jubelschreie wurden frenetisch.

Einer aus dem Army Team setzte zum Wurf über die Frontlinie an, die Safeties und die Linebackers der Navy warfen sich dazwischen, die Midshipmen auf den Rängen tobten, der dicke General stieg vom Pferd, das ganze Stadion verwandelte sich in ein wild wogendes, schreiendes Irrenhaus. Und dann griff wieder die Navy an. Dreizehn, las Leah an einer Rückennummer. Sie war fast ein wenig enttäuscht. Das war Tin Man, der berühmte Quarterback? Den hatte sie sich viel größer und kräftiger vorgestellt.

Leahs Blick wanderte wieder hinüber zu den Reihen der Midshipmen. Ein Mädchen in Uniform fiel ihr auf: gertenschlank, fast zart, mit wallendem kastanienbraunem Haar, bildhübsch, wie aus dem Titelblatt eines Magazins geschnitten... Aber das Gesicht des Mädchens war mehr als nur eine hübsche Larve, die lebhaften Augen verrieten Intelligenz, das Lächeln sah warm und herzlich aus. Ein faszinierendes Mädchen, fand Leah.

Alles, was Brian ihr über das Leben an der Akademie erzählt hatte, fiel ihr wieder ein, wie hart sie körperlich gefordert wurden, wieviel man ihnen im Hörsaal abverlangte. Über allem, hatte er behauptet, stünde nur ein Ziel: aus jungen Burschen Männer zu machen. Leah kamen die Midshipmen allerdings manchmal eher wie eine Horde von Halbstarken vor. Ihr dauerndes Gerede über Mädchen und Sex war ein Beispiel dafür, sie bewegten sich mit ihren Anzüglichkeiten auf dem Niveau von Schülern der Mittelstufe. Sicher lag das an der strengen Isolierung in Annapolis, am dauernden Zwang durch unzählige Reglements und Verbote und an der rigorosen Erziehung zu unbedingtem, unkritischem Gehorsam.

Wenn Brian allein mit ihr zusammen war, konnte er höflich und liebenswürdig sein; sie wußte, daß er im Grunde dieselben Interessen hatte wie andere intelligente junge Männer auch. Aber dann erzählte er ihr plötzlich so alberne, kindische Dinge aus dem Alltag an der Akademie, daß sie sich verblüfft fragte, ob er je erwachsen würde.

Eines Tages war er zum Beispiel mit Schürfwunden und Schrammen im Gesicht aufgetaucht, und auf ihre erschrockene Frage, was denn passiert wäre, hatte er ihr mit albernem Grinsen erklärt: «Ach, das war nur so 'n Spaß gestern abend. Wir haben Landung auf 'm Flugzeugträger geübt.» Er wollte sich halb tot lachen darüber, aber sie konnte es eigentlich nicht so lustig finden, daß angetrunkene Einundzwanzigjährige Düsenjäger spielten, indem sie das Treppengeländer herunterrutschten und unten bäuchlings auf einem langen Tisch landeten. Fiel ihnen für die Abende im Yard nichts Besseres ein? Und war es denn wirklich so männlich, drei- bis viermal in der Woche betrunken zu sein?

Das alles ging ihr durch den Kopf, während sie das Mädchen mit dem rotbraunen Haar ansah und sich fragte, wie das wohl wäre, ein weiblicher Midshipman zu sein. Aus vielen derben Anspielungen wußte sie, daß die Mädchen in Uniform bei ihren männlichen Kameraden nicht hoch im Kurs standen, allenfalls wurden sie achselzuckend geduldet, meistens waren sie Zielscheibe für die typischen rohen Witze einer Männergesellschaft. «Wie nennt man denn eigentlich einen weiblichen Midshipman?» hatte Leah einmal gefragt, und da war wieder dieses kindische Grinsen auf Brians Gesicht erschienen. «Willst du die höfliche Version hören oder das, was wir unter uns sagen?»

Leah hielt sich wirklich für ein aufgeschlossenes Mädchen, aber mit den weiblichen Offiziersanwärtern in Annapolis hätte sie um nichts in der Welt getauscht. Sie wußte, wie verlockend das für manche Mädchen sein mußte, kostenlos eine Ausbildung zu bekommen, die als erstklassig galt und überall die Türen öffnete, nicht nur für eine militärische Karriere. Trotzdem, in der Navy hatten weibliche Offiziere keine faire Chance. Sie konnten Fluglehrer werden, aber niemals Pilot in einem Kampfverband, das wußte sie von Brian. Und weil sie eben vom Dienst im Flottenkommando oder in einem Kampfverband ausgeschlossen blieben, konnten sie de facto auch nicht in die Spitzenpositionen aufsteigen.

Jubelschreie rissen sie aus ihren Gedanken, es war Halbzeit. Mitten im Gedränge entdeckte sie Brian, er machte ihr ein Zeichen, daß sie wieder zum Getränkestand kommen sollte, sie nickte und kämpfte sich durch.

Er sah so unverschämt gut aus, es fiel ihr schwer, sich an die Spielregeln zu halten, die ihm so viel bedeuteten. Sie brauchte ihm nur in die blauen Augen zu schauen, dann bekam sie schon weiche Knie. Vielleicht gerade, weil sie in Gegenwart der anderen keine Zärtlichkeiten austauschen durften? Vielleicht wünschte sie sich deshalb so sehr, daß er sie in die Arme nahm und küßte?

Aus den Augenwinkeln sah sie das Mädchen mit dem rotschimmernden Haar vorübergehen. «Wer ist das?» fragte sie leise, aber bei dem Stimmengewirr rings um sie mußte sie noch einmal und lauter fragen: «Das Mädchen in Uniform, wer ist das?»

Er sah sich um, suchte unter den Mädchen in bunten Sommerkleidern. Anscheinend hatte er sie nicht richtig verstanden, er guckte in die falsche Richtung. «Wer? Wen meinst du?»

Leah reckte sich auf die Zehenspitzen. «Die da! Das hübsche Mädchen, das gerade auf uns zukommt.»

«Die Brünette neben Ted Powers?»

Es half nichts, sie mußte hinzeigen. «Nein, die Rothaarige.»

«Ach die!» Er sah gar nicht mehr hin, versuchte, sich näher an den Getränkestand heranzuschieben. «Das ist Ariel Greene, sie gehört zum Technischen Lehrgang.»

«Findest du nicht auch, daß sie bildhübsch ist?»

«Ja? Ich weiß nicht. Hab noch nie drüber nachgedacht. Sie ist eben ein Midshipman. Wenn ich hier jemanden bildhübsch finde, dann dich.» Er beugte sich ein Stück näher. «Weißt du was? Ich wär jetzt gern die Uniform los und weit weg, allein mit dir.»

Sie sah ihm in die Augen, das Mädchen mit dem kastanienbraunen Haar war vergessen.

Aber später, als es unten auf dem Spielfeld weiterging, mußte sie doch wieder hinschauen. Ariel Green stand inmitten der anderen Midshipmen, eine von über viertausend, sie jubelte mit ihnen, sie hatte die Arme hochgeworfen, ihr rotbraunes Haar leuchtete in der Sonne. Auf dem Spielfeld stürmte gerade wieder Tin Man Moskowitz los, die Midshipmen, schon heiser geschrien, brüllten und tobten mit letzter Kraft, auch Ariel.

Seltsam, dachte Leah, Brian hatte so gleichgültig über sie gesprochen. Sah er wirklich nicht mehr, daß sie ein Mädchen war – ein wunderschönes Mädchen?

6

Noch hielt der Winter das Tal von Connecticut fest im Griff, die Tabakfelder beiderseits des Highways hatten nie so schön ausgesehen wie jetzt im Schnee, der sie zudeckte wie mit einem Mantel aus weißem Pelz. Kate war mit dem Wagen unterwegs zu ihrem Vater, sie fuhr sehr langsam, als wollte sie den Augenblick, in dem sie es ihm sagen mußte, so lange wie möglich hinauszögern. Sie hatte nicht angerufen, um zu sagen, daß sie käme. Sie wußte nicht, ob sie es ertragen hätte, seine Stimme zu hören. Sie fürchtete sich vor diesem Besuch, Brian war sein einziges Enkelkind gewesen.

Noch ein paar Minuten, dann war sie da. Sie versuchte, in Gedanken durchzugehen, was sie sagen, wie sie anfangen sollte, aber in ihrem Kopf war es so leer und kahl wie auf den Feldern neben der Straße. Sie kurbelte das Fenster ein Stück herunter, die Luft draußen war mild. Gestern noch war ein Sturm durchs Tal gefegt, und heute war es auf einmal angenehm warm geworden, als hätte sich über Nacht ein Hauch Frühling eingeschlichen – jetzt schon, im Februar.

Sie bog in die Auffahrt ein, fuhr zum Haus hinauf. Die kahlen Bäume warfen bizarre Schatten auf den Schnee. Ob es nicht doch besser gewesen wäre, auf Nina zu hören und sie mitzunehmen? Vorhin, zu Hause, war sie ganz sicher gewesen, daß sie lieber mit ihrem Vater allein sein wollte. Sie sehnte sich danach, neben ihm zu sitzen und ihm den Arm um die Schulter zu legen; das hatte sie seit langem nicht so nötig gebraucht wie jetzt.

Ida Roberts, die Krankenpflegerin, öffnete ihr; eine grobknochige, reizlose Frau mit fleckig-schwammiger Haut, bei deren Anblick Kate immer an zuviel Knabberzeug, zu viele Zigaretten und zuviel Kaffee denken mußte. Die olivgrüne Bluse spannte sich über Idas üppiger Fülle, die altmodisch geschnittene dunkelblaue Hose schlackerte ihr um die Beine, die glockenförmigen Aufschläge schlappten über den Boden. Alles an ihr roch nach kaltem Zigarettenrauch, der Mief steckte in ihren Kleidern. Dabei konnte der Senator den Geruch nicht ausstehen, er hatte ausdrücklich eine Nichtraucherin als Krankenpflegerin verlangt. Kate schluckte die Vorwürfe, die ihr auf der Zunge lagen, herunter; es war nicht leicht, jemanden für den Pflegedienst rund um die Uhr zu finden.

«Nanu, Mrs. Tyler? Bitte, kommen Sie rein. Warum haben Sie nicht angerufen? Ihr Vater wird überrascht sein.» Sie beugte sich vertraulich vor. Kate zuckte unwillkürlich zurück. «Er hat sich in seine Bude zurückgezogen, guckt sich das Nachmittagsprogramm im Fernsehen an.»

Kate wußte nicht, ob sie lachen oder laut aufstöhnen sollte. Die Vorstellung, daß ihr Vater nachmittags schon vor dem Fernseher säße und sich eine von den Seifenopern anschaute, war absurd; es paßte ungefähr so zu ihm wie die Bezeichnung ‹Bude› zu seinem Arbeitszimmer. Aber es schien zu stimmen, sie hörte den Fernsehapparat, und als sie an die Tür zum Arbeitszimmer kam, sah sie ihren Vater in seinem Sessel sitzen und auf den Bildschirm starren.

Im Dezember war sie zuletzt hier gewesen, sein Zustand schien sich in den sechs Wochen verschlimmert zu haben. Damit hatte sie nicht gerechnet, sondern sich auf Dr. Careys Aussage verlassen, die ersten Tage nach einem Schlaganfall seien die schlimmsten, danach ginge es deutlich aufwärts. Davon sah sie bei ihrem Vater nichts. Er hing schwach und kraftlos im Sessel, die Gehhilfe stand neben ihm.

Es war viel zu warm im Zimmer, trotzdem lag eine bunte Wolldecke um seine Beine. Er trug eine Strickjacke, ein Knopf fehlte, der Ellbogen war durchgewetzt. Sein Haar war ganz weiß geworden.

Schließlich merkte er, daß sie unter der Tür stand. Sein Mund zuckte, er mühte sich verzweifelt, sie beim Namen anzureden, er schaffte es nicht. Sie beugte sich über ihn, um ihn mit einem Kuß zu begrüßen. Säuerlicher Altmännergeruch schlug ihr entgegen, ein Klecks getrocknetes Eigelb hing am Ärmel. Zornig sah sie sich um, die Tabletts mit den Resten vom Frühstück und vom Mittagsimbiß waren noch nicht weggeräumt, auch neben dem anderen Sessel, den Ida Roberts offenbar für sich vor den Fernsehapparat geschoben hatte, herrschte die gleiche Unordnung. Mit dem Staubsauger oder mit einem Putzlappen war bestimmt seit Wochen niemand mehr durchs Zimmer gegangen. Kate spürte, wie der Ärger in ihr würgte.

Es war furchtbar, sie konnte den Anblick kaum ertragen. Ihr Vater hatte immer so viel Wert auf sein Äußeres gelegt, sie konnte sich nicht erinnern, daß er sich je abends an den Eßtisch gesetzt hätte, ohne sich vorher umzuziehen. Und nun das... Nicht genug, daß der Schlaganfall einen hilflosen, linksseitig gelähmten Mann aus ihm gemacht hatte, nun blieb ihm sogar die Würdelosigkeit von Krankheit und Alter nicht erspart.

Sie sah ihm in die Augen. Es war wie ein Wunder, sein Blick begegnete ihr klar und fest wie früher, einen Augenblick lang schien alles wieder gut zu sein. Aber als sie die Arme um ihn schlang, spürte sie, wie mager und zerbrechlich er sich anfühlte.

«Was gibt's denn, Kate?»

Er konnte nicht klar sprechen, es klang verschwommen, einzelne Silben waren halb verschluckt. Aber die Kraft, die hinter seiner Stimme steckte, verblüffte Kate.

Sie sah, daß Ida an der Tür stand und zu ihnen herüberschaute. Sie beschloß, sich nicht darum zu kümmern, sondern sich ganz auf das zu konzentrieren, was jetzt vor ihr lag; sie zog den Mantel aus und rückte sich einen Stuhl neben Vaters Sessel. Wie konnte sie ihm, wenn sie ihm schon weh tun mußte, die Wahrheit wenigstens so schonend wie möglich beibringen?

Ihr Blick glitt durchs Zimmer. Der Fernsehapparat... Aber sonst war alles wie früher. Die vielen Bücher, die Wandregale quollen über, auf dem Schreibtisch, auf Beistelltischchen, sogar auf der Fensterbank waren welche gestapelt. Romane, Gedichte, Biographien, historische Bücher – für alles hatte er sich interessiert; sie erinnerte sich noch an ihr ehrfürchtiges Staunen, als sie entdeckt hatte, daß er Plato in griechischer Sprache las. Der Kongreßabgeordnete Sidney Brian Baldridge hatte es für seine Pflicht gehalten, die Muttersprache all derer zu beherrschen, um deren Stimmen er sich bewarb. Sogar mit den Mexikanern, die zur Tabakernte in den Norden kamen, unterhielt er sich fließend auf spanisch.

Ida Roberts schreckte sie aus ihren Erinnerungen auf. «Ach, schaun Sie doch!» Sie zeigte entzückt auf den Fernseher. «Ist das nicht König Hassan? Also, da müßte ich mich schon sehr täuschen! Ich hab ihn mal persönlich gesehen, wissen Sie, in Marokko.» Sie nickte eifrig auf Kate ein. «Ich hab meine Tochter und ihren Mann dort besucht, er war bei der Navy, genau wie Ihr früherer Mann. Und was soll ich Ihnen sagen – ich geh ein paar Kleinigkeiten für die Enkelkinder einkaufen, und plötzlich seh ich ihn in seinem Wagen. Er – äh...» Mit gesenkter Stimme, als ginge es um irgendeinen Klatsch über gemeinsame Bekannte, vertraute sie Kate an: «Er wollte damals nach Madrid, seine Hämorrhoiden operieren lassen. Stellen Sie sich mal vor! Da ist er nun König und alles, und dann hat er solche Dinger wie Hinz und Kunz!»

«Mrs. Roberts!» sagte Kate scharf, dann beherrschte sie sich mühsam. «Kommen Sie, wir gehen in die Küche. Eine Tasse Tee tut uns jetzt allen gut.» Sie schaute nicht zurück, sie hatte Angst, in Vaters Augen zu lesen, daß er längst etwas ahnte. Ihm konnte sie nie etwas vormachen, er hatte es ihr immer angesehen, wenn sie etwas quälte.

In der Küche konnte sie ihrer Wut Luft machen. Am liebsten hätte sie die Roberts auf der Stelle hinausgeworfen, nur, wo nahm sie so schnell einen Ersatz her? Ein Pflegeheim kam nicht in Frage, das hätte ihn umgebracht. Und er wollte auch nicht zu ihr ziehen, das hatte er immer wieder abgelehnt, auch wenn sie ihm mit dem Argument gekommen war, es sei doch so leer in dem großen Haus, es wäre nicht mehr so einsam, wenn sie ihn bei sich hätte. Er ertrug den Gedanken nicht, daß er ihr zur Last fallen könnte. «Nein, Katie, laß mich in meinem Haus bleiben», hatte er jedesmal gesagt. «Es ist mein Zuhause. Wenn's geht, möchte ich bis zum Ende hier bleiben.»

«Mrs. Roberts», begann sie sehr förmlich, «es ist eine Schande, wie es hier überall aussieht! Mein Vater sitzt da – mit Eigelb beklekkert, in seinem Zimmer sieht es aus, als wäre wer weiß wie lange nicht Staub gewischt worden, ich frag mich, wann Sie da zum letztenmal saubergemacht haben! Mein Vater bezahlt Sie doch gut, da sollte man wirklich erwarten dürfen, daß Sie sich besser um ihn kümmern!»

Ida Roberts verzog keine Miene, sie nahm den Kessel vom Herd, ließ kaltes Wasser hineinlaufen. «Wissen Sie, was das ganze Geheimnis bei einem guten Tee ist?» fing sie zu plaudern an, als hätte sie Kate überhaupt nicht zugehört. «Sie müssen kaltes Wasser nehmen, frisches kaltes Wasser. Manche Leute denken ja, sie könnten ein paar Minuten sparen, wenn sie gleich heißes Wasser nehmen, aber das bekommt dem Tee nicht. Wissen Sie, was meine Tochter sagt? Sie sagt, nur bei frischem kaltem Wasser sind die Ionen noch drin.» *Jonien* sagte sie. «Wenn's erst mal erhitzt ist, wird das Wasser schal.»

Kate rang um Fassung. «Wir reden jetzt nicht über Tee, sondern darüber, wie Sie sich um meinen Vater kümmern. Hier starrt alles vor Schmutz!» Töpfe und Geschirr standen herum, seit Tagen hatte Ida Roberts nicht abgewaschen. Der Abfalleimer war voll, neben dem Herd lehnte eine Einkaufstüte mit Küchenabfällen, sie war schon durchgeweicht.

«Ich bin Krankenpflegerin, Mrs. Tyler, kein Hausmädchen», sagte Ida Roberts, Kates Vorwürfe ließen sie offenbar kalt.

Das war zuviel. Kate packte die Pflegerin am Arm, wirbelte sie herum und stammelte: «Mein Sohn ist tot, verstehen Sie? Angeblich soll er sich das Leben genommen haben!»

Ida stellte den Wasserkessel weg. «Jesus, Maria und Josef», sagte sie leise, bei ihr hörte es sich nicht wie eine gedankenlose Redensart, sondern wie ein Stoßgebet an. Sie ließ sich auf einen Stuhl sinken, sie streckte nicht die Hand aus, versuchte keine tröstliche Geste, aber in ihren Augen lag so viel warmes Mitgefühl, daß Kate gerührt war. «Deshalb sind Sie gekommen, nicht wahr? Sie wollten es ihm sagen?»

Kate nickte.

«Wollen Sie das wirklich tun?»

Kate zögerte. «Ich weiß nicht», sagte sie hilflos.

Ida zog ein Päckchen Zigaretten aus der Tasche, zündete sich eine an und warf das Streichholz in eine halbvolle Kaffeetasse. Dann stemmte sie sich hoch, goß den Tee auf, stellte Tassen auf einem Tablett bereit. Die ganze Zeit über paffte sie an ihrer Zigarette. Kate nahm es schweigend hin, es war auf einmal nicht mehr wichtig.

«Er ist heute gar nicht so schlecht dran», sagte Ida, «Ihr Besuch tut ihm gut. Es gibt Tage, da ist er so verwirrt, daß er sich nicht mehr zurechtfindet. Er weiß nicht, wo er ist, und man merkt ihm an, wie ihm das angst macht. Auch, daß er reden will und die Worte nicht herausbringt. Dann ist es am besten, wenn ich neben ihm sitze, er hat dann nicht so viel Angst. Ich glaub, wenn ich mit ihm Rommé spiele oder auch nur bei ihm sitze und Fernsehen gucke... Ich glaub, dann tu ich mehr für ihn, als wenn ich mit dem Staubtuch rumrenne. Man muß froh sein, daß es ihm wenigstens noch so geht, ich hab viele gesehen, die es viel schlimmer erwischt hat.»

Als sie das Fernsehen erwähnte, zuckte Kate erschrocken zusammen. Der regionale Sender fiel ihr ein. Merkwürdig, daß noch kein Reporter auf den Zusammenhang zwischen dem Tod eines jungen Midshipman und dem früheren Senator von Connecticut gekommen war. «Sieht er sich die Nachrichten an?»

«Nein, die mag er nicht. Nur die Serien und manchmal die Zeichentrickfilme aus der Kinderstunde.»

Die Kinderstunde sah er sich an. Kate kämpfte mit den Tränen.

«Gehen Sie rein zu ihm», sagte Ida, «ich bring den Tee.»

Er saß mit geschlossenen Augen da, sie dachte schon, er wäre eingeschlafen. «Dad?»

Er schlug die Augen auf, sah sie fragend an.

«Mrs. Roberts macht uns Tee.» Sie wußte nicht weiter. Sie war gekommen, um ihm etwas zu sagen, aber jetzt redete sie nur auf ihn ein. «Stört es dich, daß sie raucht? Ich kann sie bitten, daß sie's läßt.»

Er schüttelte stumm den Kopf. Sie sah, wie sein linkes Auge verrutschte. Dr. Carey hatte ihr gesagt, daß sie mit einer bleibenden Schädigung rechnen müßten. Sie wußte immer noch nicht, was sie sagen wollte. Allein bei ihm zu sitzen, das war so ungewohnt für sie. Solange sie zurückdenken konnte, hatte sie nie allein neben ihm gesessen, immer waren viele Leute dagewesen, gute alte Freunde und auch Fremde, die kamen, weil sie etwas zu besprechen hatten. Sie konnte sich nicht erinnern, ihn je so einsam gesehen zu haben. Wie oft mochte das Telefon wohl noch läuten?

«Hast du mal was von Ted gehört? Hat er dich besucht?»

Es war, als läge auf einmal ein Schatten über seinen Augen. Er versuchte angestrengt, sich zu erinnern.

«Ted Calgery», half sie ihm.

Er nickte. «Ted hat viel um die Ohren.» Kate konnte ihn kaum verstehen, so stolpernd rutschten ihm die Worte über die Lippen. «Er hat was Besseres zu tun, als einem alten Mann Händchen zu halten.» Es klang nicht wehmütig, er schien es so zu meinen, wie er es sagte.

«So? Na, ich finde, es würde sich trotzdem gehören!» Kaum war es heraus, da lief sie rot an, weil ihr einfiel, daß sie ihn selber seit sechs Wochen nicht besucht hatte.

«Sei nicht so streng mit ihm.»

«Als du noch Senator warst und was für ihn tun konntest, hatte er eine Menge Zeit für dich!» Sie fragte sich verblüfft, warum sie eigentlich so heftig reagierte. Warum mußte sie sich über alles so aufregen? Über Dinge, die doch im Grunde ganz bedeutungslos waren?

«Laß gut sein», sagte er, «was soll er schon bei so einem senilen Burschen wie mir?» Er kicherte ein bißchen, aber als er lächeln wollte, verzerrte sich sein Gesicht zur Grimasse.

«O Dad, sag doch nicht so was! Du bist nicht seniler als ich.»

«Eigentlich komisch.» In seinen Augen glitzerte Vergnügen. «Das Wort senil kommt aus dem Lateinischen, von *senex*. Davon ist senil abgeleitet – aber auch Senator.» Die vielen S kosteten ihn ungeheure Anstrengung, er sah erschöpft aus, lehnte sich zurück und fragte plötzlich: «Wo bleibt das Essen?»

«Das Essen?»

Er deutete verwirrt zur Tür: «Ja, das Essen.»

Kate zuckte die Achseln, sie sah, daß ihn das nur um so mehr verwirrte. Er kam ihr so hilflos vor wie Brian vor vielen, vielen Jahren, als er gerade angefangen hatte zu sprechen und immer ganz weinerlich wurde, wenn sie sein Stammeln nicht verstand.

Ida kam mit dem Tablett herein. «Na, was ist?» fragte sie den Senator. «Was wollen Sie denn, mein Guter?»

Er zeigte auf die Teekanne. «Mein Essen.»

«Aber ja doch», sagte sie, «Ihren Tee, nicht wahr?»

«Ja.» Er schien ihr dankbar zu sein. «Ja, meinen Tee.»

Kate fühlte sich erbärmlich. War das jetzt immer so? Dieser rasche Wechsel zwischen Verwirrung und Augenblicken, in denen er so klar dachte wie früher – mußte sie sich daran gewöhnen? Das Erinnerungsvermögen stirbt zuerst, hatte der Arzt gesagt, das innere Sammelalbum eines Menschen verblaßt. Nein, dachte sie, nein, doch nicht jetzt! Ich darf ihn nicht auch noch verlieren!

Ida schenkte Tee ein, dann setzte sie sich seufzend in ihren Sessel und nahm ihr Strickzeug auf. Es war dieselbe bunte Wolle, aus der sie schon die Decke gestrickt hatte, die Kates Vater über den Beinen lag. Irgendwie schuf das eine heimelige Atmosphäre, etwas wie häusliche Vertraulichkeit zwischen der Pflegerin und ihrem Patienten. Im Fernsehen wimmelte der blendend aussehende Arzt die stürmische Krankenschwester ab; sie dürften sich nicht mehr treffen, gab er ihr zu verstehen, seine Frau sei schon mißtrauisch geworden. Ida Roberts nickte verständnisvoll. «Erinnern Sie sich?» fragte sie den Senator. «Das hat er letzte Woche schon zu ihr gesagt, und dann haben sie sich doch wieder getroffen.» Er antwortete nicht, sein Blick schien zu verschwimmen, sogar das Blau seiner Augen wurde blasser.

Kate fühlte sich unendlich müde. Nein, sie konnte ihm nicht sagen, daß Brian tot war. Sie mußte Ida bitten, daß sie ihn ja nicht die Regionalnachrichten sehen ließ. Am besten, sie rief von zu Hause an, damit ihr Vater nicht hören konnte, worüber sie sprachen. Sie trank den Tee aus, zog den Mantel an, beugte sich über ihren Vater und küßte ihn aufs Haar. Es war so schütter geworden, so schneeweiß. Er brauchte eine Haarwäsche. Sie tätschelte ihm die welke Hand und versprach, daß sie bald wiederkäme.

«Schön, daß du da warst», sagte er zerstreut. Er sah sie nicht an, starrte auf den Bildschirm.

Sie winkte ab, als Ida sie zur Tür begleiten wollte. Draußen in der Diele schaltete sie die Außenbeleuchtung ein, es war, seitdem der Schnee zu schmelzen anfing, tückisch glatt geworden. Auf dem Weg zum Wagen wurde ihr bewußt, wie schrecklich allein sie war. War sie nicht hergekommen, weil sie sich an ihrem Vater stützen und festhalten wollte, weil sie Trost und Mitgefühl suchte – all das, was ein Kind, wie alt es auch sein mag, immer bei seinem Vater findet? Aber nun war alles anders geworden, den Vater, bei dem sie sich anlehnen und ausweinen konnte, gab es nicht mehr. Noch etwas, was sie verloren hatte. *Mein Gott, ich will nicht die Stütze und der Trost für alle anderen sein!* dachte sie flehentlich und ahnte schon, daß ihr stummes Gebet nicht erhört würde.

7

Auf dem Friedhof hatte der Wind den Schnee weggefegt, nur hinter den Grabsteinen lagen noch ein paar Reste. Die Trauergäste drängten sich um das offene Grab, als suchten sie untereinander Trost und Halt. Kate stand bei den Shaws, sie starrte auf den Sarg, sie merkte nicht, wie ihre Schuhe sich immer tiefer in den aufgeweichten Boden gruben, sie hörte kaum, was der Pfarrer sagte.

Eigentlich war sie gar nicht da. Ihr Ich hatte sich aus dem Körper gelöst, schwebte irgendwo über dem Grab. Ein Streifenhörnchen huschte über die frisch aufgeworfene Erde, verschwand im Geäst einer Kiefer; sekundenlang jagte ein blauer Schatten hinterher, ein Eichelhäher. Kate war so weit weg, so hoch oben, daß sie alles gut beobachten konnte. Sie sah auch die schluchzenden Leute dort unten, die gekrümmten Rücken, die gebeugten Köpfe. Aber das alles war ihr fern, sie hatte nichts damit zu tun.

Äußerlich war ihr nichts anzumerken, sie hielt sich gerade und straff, jede Sekunde, die sie durchstand, war ein Triumph ihrer Willenskraft. Früher hatte Michael ihr einmal vorgeworfen, sie habe vor lauter Beherrschung all ihre Gefühle verdorren lassen. Er hatte das nicht verstanden, er hatte nie etwas verstanden. Wenn sie sich beherrschte und nichts von dem verriet, was sie innerlich bewegte, dann hatte das nichts mit Kälte zu tun, sondern nur mit Angst – mit verzweifelter Angst, weil sie ahnte, daß sie verloren wäre, sobald sie sich gehen ließ. Seit Brians Tod hatte sie einmal ihren Gefühlen freien Lauf gelassen, ein einziges Mal: an dem Abend in Annapolis, im Hotelfahrstuhl. Sie hatte sich geschworen, daß das nie wieder vorkommen sollte.

Dabei war sie während der letzten drei Tage fast wahnsinnig geworden vor Kummer und Schmerz. Sie hatte sich dabei ertappt, daß sie Sätze anfing und Sekunden später nicht mehr wußte, was sie eigentlich sagen wollte. Sie hatte im Lebensmittelladen gestanden und wieder umkehren müssen, weil sie nicht mehr wußte, was sie einkaufen wollte.

Sie schwebte immer noch da oben, weit weg. Sie hörte Wendi schluchzen, sah, daß Michael ihre Hand hielt. Wendi trug schwarze Kleidung und einen Hut mit einem Schleier, daneben wirkte Kates roter Mantel wie ein schriller Schrei. Kate hatte ihn absichtlich gewählt, er sollte ein Zeichen für Leben und Zukunft sein, eine trotzige Absage an den Tod, ein Symbol dafür, daß Brian in ihr lebendig blieb. Aber jetzt, inmitten all der Trauernden, kam ihr das Rot unpassend vor, fast frivol; sie spürte Michaels stummen Vorwurf. Ein paar Meter abseits saßen die Männer vom Beerdigungsunternehmen in einem Kleinlaster, sie warteten darauf, daß die Zeremonie zu Ende wäre und sie mit ihren Schaufeln anrücken konnten. Sie mußten nicht mehr lange warten; von irgendwoher – weit weg, da, wo nur die anderen waren, nicht sie – hörte Kate den Pfarrer sagen, daß die Trauergäste eingeladen seien, zu Michael und Wendi nach Hause zu kommen.

Ursprünglich hatte Michael vorgeschlagen, daß sich nach der Beerdigung alle bei ihr treffen sollten, doch sie hatte das abgelehnt. Sie wollte nicht, daß das Begräbnis ihres Sohnes in eine Party überging.

«Aber die Leute erwarten das», hatte er ihr vorgehalten und schließlich, weil sie bei ihrer Meinung geblieben war, mürrisch entschieden: «Gut, dann werden Wendi und ich den Empfang ausrichten.»

Der Chef des Bestattungsunternehmens wieselte um sie herum, drückte ihr das Kondolenzbuch in die Hand, fragte, ob er noch irgend etwas für sie tun könne. Sie schüttelte nur den Kopf, ging quer über den fahlen Winterrasen zur Straße, wo Nina, Hal und die Kinder schon im Wagen auf sie warteten, setzte sich nach hinten, neben die siebzehnjährige Jennie.

Hal wandte sich fragend um, er sah müde und abgespannt aus. «Willst du zu Michaels Empfang?»

«Ja, ich glaube, es ist besser.»

«Du mußt nicht unbedingt hin, Kate.»

«Ich weiß.»

Auch Nina drehte sich zu ihr um. «Hast du's dir gut überlegt? Wir können auch zu uns nach Hause fahren, einfach die Schuhe vor die Tür stellen und gemütlich einen Drink nehmen.»

«Nein, ich geh hin. Nur für ein paar Minuten.» Wegzubleiben, dazu war sie erst recht zu feige.

Doch als sie hinkamen, bedauerte sie ihren Entschluß. Die anderen waren zwar auch erst ein paar Minunten vorher gekommen, aber sie hielten alle schon ein Glas in der Hand; Kate fühlte sich wie ein Eindringling. Ein junges Mädchen in schwarzem Kleid hielt ihr ein Tablett mit Aperitifs hin, im nächsten Augenblick stand ein

Lohnkellner da, der Artischocken und Crackers zu Käsedips anbot. Im Eßzimmer war ein kleines Buffet aufgebaut. Kirschholzmöbel und blauer Satin, das scheint Wendis Stil zu sein, stellte Kate mit einem raschen Blick fest. Nur Michaels Lieblingssessel konnte sie nirgendwo entdecken. Dabei hing er doch so an dem ledernen Ungetüm, bei wer weiß wie vielen Umzügen hatten sie ihn mitgeschleppt, nach der Scheidung war es das einzige Stück gewesen, das er für sich behalten wollte. Hal und Nina standen neben ihr, dennoch fühlte sie die Einsamkeit wie einen Frosthauch, der ihr bis unter die Haut drang. Einige Offiziere aus Michaels Stab erkannten sie, unterbrachen höflich ihr Gespräch und wandten sich Kate zu. Als sie ohne Gruß weiterging, folgten ihr verblüffte, ein wenig besorgte Blicke; nicht lange, dann war die Runde wieder in die Diskussion über irgendeinen Rechtsfall vertieft. Nein, sie gehörte nicht hierher, sie hätte nicht kommen sollen.

Wendi und Michael waren der Mittelpunkt, sie standen im Wohnraum, begrüßten neuankommende Gäste, ließen sich kondolieren. Jeder Besucher beugte sich artig über Wendi, deutete eine Umarmung an, küßte sie links und rechts auf die Wange. Sie stand mit rot verweinten Augen da, von Zeit zu Zeit mußte sie mit dem Taschentuchzipfel tupfen.

Kate konnte nicht weinen, sie hörte sich das gemurmelte Mitleid mit unbewegtem Gesicht an, sogar ihre verkrampften Schultern schienen auszudrücken, wie sehr sie sich dagegen anstemmte, daß sich Fremde in ihre Gefühle hineindrängten. Aber zugleich beobachtete sie in ohnmächtiger Wut, wie Wendi in die Rolle der Hauptleidtragenden schlüpfte, die doch eigentlich ihr, Kate, zugestanden hätte. Welches Recht hatte Wendi zur Trauer, was ging Brians Tod sie an?

«Ich muß gehen», sagte Kate hastig. Hal stellte sein Glas ab, scheuchte die Kinder nach draußen, legte Kate den Arm um die Schulter und brachte sie zum Wagen. Schweigend saß sie zwischen den Shaw-Kindern, die sie verstohlen aus den Augenwinkeln musterten, aber selbst mucksmäuschenstill waren. Nur Jennie langte auf einmal herüber, nahm Kates Hand und hielt sie fest. Jennie, erinnerte sich Kate, hatte ganz besonders an Brian gehangen.

Sie kamen bei ihrem Haus an, Nina und Hal stiegen mit aus, aber Kate winkte ab. «Kümmert euch nicht um mich. Ich glaub, für mich ist es jetzt am besten, wenn ich eine Weile allein bin.»

Hal sagte: «Ruf an, wenn du uns brauchst.»

Nina umarmte sie, drückte sie einen Augenblick ganz fest an sich. «Du weißt, ich mag dich sehr, Kate.»

«Ich dich auch, Nina.» Und nach ein paar Sekunden verlegenem Schweigen: «Wir sind durch, nicht? Wir haben's überstanden.»

Nina nickte, die Kehle war ihr wie zugeschnürt.

«Ich hatte solche Angst, daß ich zusammenklappe und zu weinen anfange. Aber es ist vorbei, ich hab nicht schlappgemacht.»

«Nein, Katie, du warst großartig, du hast nicht geweint.» Nina konnte nicht weitersprechen, sie wandte sich rasch ab.

Kate stand unter der Haustür, sah ihnen nach, sog ihre Lungen mit kalter Winterluft voll. Als sie sich umdrehen und ins Haus gehen wollte, fiel ihr auf, daß im Erkerfenster ihres Arbeitszimmers die Lampe brannte. Sie mußte nicht erst darüber nachdenken, sie spürte sofort, daß da etwas nicht stimmen konnte. Sie hatte das Licht nicht eingeschaltet, sie erinnerte sich an jeden einzelnen Handgriff, bevor sie gegangen war. Beunruhigt war sie noch nicht, noch steckte sie in der Phase, in der sie verblüfft in sich hineinlauschte und noch einmal das Gedächtnis abklopfte. Sie öffnete die Haustür, ließ sie einen Augenblick offen, ging die paar Schritte bis zur Küchentür, langte nach dem Türknauf.

Auf einmal bekam sie einen Stoß, taumelte zur Seite. Irgend etwas Hartes traf sie in der Hüfte. Ein Knie oder eine Faust. Der Schlag tat weh, sie prallte gegen die Wand, verlor den Halt, landete auf den Knien. Sie sah eine Gestalt – nur wie einen dunklen Schatten. Sie schrie laut, die Gestalt rannte geduckt an ihr vorbei, nach draußen, ins Freie. Und Sekunden später hörte sie, wie ein Motor gestartet wurde, es mußte unten auf der Uferstraße sein. Sie hörte die Reifen über den glatten Schnee schleudern.

Sie blieb zusammengekrümmt liegen, die Angst schüttelte sie wie in einem Krampf. Irgendwo maunzte ein Tier, das dünne Stimmchen klang kläglich. Ein junger Vogel vielleicht. Oder ein Kätzchen? Die Haustür stand immer noch weit offen, draußen lauerte die Dunkelheit des frühen Abends. Sie fürchtete sich, sie wollte die Tür zustoßen, verriegeln. Aber dann durchzuckte sie der Gedanke, daß womöglich noch jemand im Haus wäre. Wenn sie den Türknauf arretierte, war sie mit ihm eingeschlossen. Angst lähmte sie, sie kauerte sich zusammen, zog die Knie an die Brust, machte sich ganz klein, fing an, sich auf den Hacken vor und zurück zu wiegen. Sie hörte wieder die wimmernde Stimme. Ein junges Tier. Irgendwo hinten im Wäldchen? Und plötzlich begriff sie, daß das klägliche Wimmern aus ihr kam, ein winziges, fast stimmloses Jammern. Erschrocken preßte sie die Hand vor den Mund, ballte sie zur Faust, schob sie zwischen ihre Lippen, als ob sie das Wimmern in sich hineindrücken wollte, zurück in ihre Kehle.

Lange saß sie kauernd auf dem Boden, in eine Dielenecke gedrückt, reglos vor Angst. Ganz allmählich merkte sie, wie die Betäubung aufhörte; sie spürte es zuerst daran, daß sie zu zittern anfing, wie von Fieber geschüttelt. Als sie aufzustehen versuchte, knickte sie in den Knien ein, von der Hüfte aus strahlte der Schmerz durchs ganze Bein. War der Schlag, den sie gespürte hatte, so heftig gewesen, daß etwas gebrochen sein konnte? Sie versuchte es noch einmal, biß die Zähne zusammen, kam hoch, konnte bis zur Haustür humpeln und sie ins Schloß drücken. Sie schaltete die Außenbeleuchtung ein, draußen trieb sich, soweit sie sehen konnte, keiner herum.

Dann begann sie das Haus zu inspizieren. Im Eßzimmer sah alles normal aus, sogar das Teegedeck aus Sterlingsilber, das sie von ihrer Mutter geerbt hatte, stand noch auf dem Sideboard. Als sie die Tür zum Wohnzimmer aufstieß, stöhnte sie erschrocken auf. Die Polsterkissen waren von der Couch und den Sesseln heruntergerissen. Umgeworfene Beistelltischchen, zerfledderte Zeitschriften – ein einziges Durcheinander. Im Arbeitszimmer sah es noch schlimmer aus. Bücher waren aus den Regalen gerissen, lagen aufgeklappt auf dem Teppich. Jede einzelne Schublade aus dem Eichenschrank war herausgezogen und umgestülpt worden. Ein Chaos, Kate hätte unmöglich sagen können, ob etwas fehlte. Sie stand wie erstarrt, der Atem stockte ihr.

Schließlich wankte sie zum Telefon und rief die Polizei an. Während sie auf den Streifenwagen wartete, ging sie durchs Erdgeschoß und zog überall die Vorhänge zu; falls wirklich noch jemand ums Haus schlich, konnte er sie jetzt wenigstens nicht mehr beobachten. Und trotzdem wurde sie das Gefühl nicht los, daß jemand draußen im Dunkel lauerte und jede ihrer Bewegungen verfolgte. Sie war froh, als sie endlich ein Auto kommen hörte, hinter den Gardinen sah sie das rot-blaue Streulicht des Streifenwagens.

Der Officer, den sie geschickt hatten, war ein junger Mann, unter der stramm sitzenden Uniformjacke wölbte sich schon ein kleiner

Bauchansatz. Kate überlegte gerade, ob er wohl fit genug wäre, einen Gauner zu verfolgen und einzuholen, da sah sie, daß der Officer sein Notizbuch aufschlug; sie nahm sich zusammen und wartete auf seine Fragen.

«Fehlt irgendwas, Mrs. Tyler?»

«Ich weiß nicht, das hab ich noch nicht feststellen können.»

Er schlenderte durch die Zimmer, sah sich um, achtete darauf, nichts anzurühren. Im Eßzimmer blieb er vor dem Sideboard mit dem silbernen Teegeschirr stehen. «Sieht aus, als wären die Burschen gestört worden. Sind wohl gar nicht dazu gekommen, richtig abzuräumen.»

«Nicht sie», sagte Kate, «er.»

Der Officer schaute auf. «Nur einer? Haben Sie ihn gesehen?»

«Nicht direkt. Er hat mich umgerannt. Und dann habe ich den Wagen gehört. Ich bin ziemlich sicher, daß es nur einer war.»

«Irgendein dummer Lausejunge. Wahrscheinlich hat er Geld für Drogen gebraucht.» Er steckte das Notizbuch seufzend ein, sein Blick sagte: *Routine, Mrs. Tyler.*

Sie ärgerte sich, daß er sofort auf einen Halbwüchsigen tippte. «Ich habe ihn zwar nicht gesehen, aber ich glaube nicht, daß es ein Schüler war, falls Sie das gemeint haben. Er kam mir schon etwas älter vor.»

«Ich solchen Fällen haben wir's meistens mit halben Kindern zu tun», behauptete er. «Der Bursche muß gewußt haben, daß niemand zu Hause war. Sind Sie normalerweise um diese Zeit weg? Ich meine, sind Sie berufstätig?»

«Ich unterrichte an einem College. Um diese Zeit bin ich gewöhnlich zu Hause.» Sie hatte schon angesetzt, ihm zu sagen, wo sie gewesen war, und er hatte es offenbar gemerkt, denn er sah sie fragend an.

«Eine Beerdigung», sagte sie. «Mein Sohn ist heute nachmittag beerdigt worden.»

Er griff wieder nach dem Notizbuch, blätterte und nickte. «Ach so, Tyler, natürlich.» Auf einmal bemühte er sich, sehr rücksichtsvoll mit ihr zu sprechen, wie mit einer Kranken. «Wenn Sie lieber Platz nehmen wollen, Mrs. Tyler? Hatten Sie während der Beerdigung jemanden da? Ich meine, um aufs Haus aufzupassen?»

Sie schüttelte den Kopf.

«Eine verdammte Bande», sagte er. «Die Burschen studieren die

Todesanzeigen, lesen, wann die Beerdigung ist, und können sich ausrechnen, daß wahrscheinlich niemand im Haus sein wird.» Es hörte sich an, als hätte er es schon oft mit solchen Fällen zu tun gehabt. «Komisch ist nur, daß nicht mal die Alarmanlage den Burschen abgeschreckt hat. Vor einer *B & E* haben die Kerle normalerweise einen Mordsrespekt, das ist ihnen zu riskant.»

«Die Anlage war nicht eingeschaltet.»

Eine Spur kühler sagte er: «Darauf sollten Sie aber achten, Mrs. Tyler, sonst können Sie diesen Halbwüchsigen ja gleich eine gedruckte Einladung schicken. Wissen Sie, wir tun unseren Streifendienst, so gut es geht, aber was sollen wir schon groß machen, wenn die Leute sich nicht mal selber schützen wollen?»

«Ja, Sie haben recht. Ich werd in Zukunft daran denken.» Wenn er doch bloß schon gegangen wäre! «Danke, daß Sie sich herbemüht haben. Ja, natürlich, wenn ich feststelle, daß was fehlt, gebe ich Ihnen Bescheid. Doch, ich schalte die Alarmanlage jetzt ein. Noch mal vielen Dank.» Endlich konnte sie die Tür hinter ihm schließen. Sie wartete, bis sie den Wagen wegfahren hörte.

Dann ging sie ins Wohnzimmer und wollte anfangen aufzuräumen. Aber auf einmal überfiel es sie wieder wie Schüttelfrost, sie klapperte mit den Zähnen, sie konnte nicht aufhören, auch als sie mit beiden Händen den Unterkiefer hochdrückte. Erschöpft, wie zerschlagen, ließ sie sich in einen Sessel fallen. Erst jetzt wurde ihr so richtig klar, was geschehen war: Jemand hatte sich bei ihr eingeschlichen, war in ihr Haus eingedrungen, hatte in Dingen herumgekramt, die ihr gehörten. Es war beleidigend, verletzend, wie eine Vergewaltigung ihrer Seele.

Und sie wurde das Gefühl nicht los, daß jemand irgendwo in der Nähe lauerte. Sie wußte, das es Unsinn war, blanke Einbildung. Der Polizist hatte das ganze Haus abgesucht. Die Türen waren verschlossen, die Haustür und der Hintereingang. Trotzdem, sie fühlte sich einfach unsicher. In allen Räumen brannte noch das Licht, sie ließ es brennen. Licht bedeutete Sicherheit.

Sie ging nach oben, um sich umzuziehen, erst auf den Treppenstufen merkte sie wieder, wie sehr die Hüfte schmerzte. Der Friedhof, die Beerdigung – das lag schon so lange zurück. War es überhaupt heute gewesen? Als sie die Strumpfhose auszog, sah sie, daß die Schwellung schon blau anlief. Sie hätte gern ein heißes Bad genommen, aber der Gedanke, daß sie nackt in der Wanne läge, während sich eben doch vielleicht jemand ums Haus herumtrieb oder, wer weiß, gar irgendwo hier drin versteckte... Nein, der Gedanke war ihr unerträglich, auch wenn überall das Licht brannte, die Türen verschlossen waren und sogar die Alarmanlage eingeschaltet war. Sie hängte das Kleid weg, schlüpfte in den Kimono und ging wieder nach unten ins Wohnzimmer. Bevor sie anfing aufzuräumen, schob sie eine Vivaldi-Kassette in den Rekorder; sie hoffte, das Violinkonzert könnte das Chaos ein wenig erträglicher machen.

Sie überlegte, ob sie Nina anrufen sollte. Eigentlich mußten die Shaws doch – vom Nachbarhaus aus – den Streifenwagen bemerkt haben? Oder ob sie lieber Michael anrief? Nein, das nicht, entschied sie sofort. Ihre Magennerven hatten sich inzwischen wieder beruhigt. Sie würde niemand belästigen, weder Nina noch Michael.

Auf einmal fiel ihr Blick auf den Tisch neben der Wohnzimmertür. Die Post von vier Tagen lag dort gestapelt, ein paar Briefe waren heruntergerutscht und auf den Boden gefallen. Jäher Schreck durchzuckte sie wie ein elektrischer Schlag. Mein Gott, wie hatte sie das vergessen können? Um Himmels willen, wie war das möglich? Mit zitternden Händen wühlte sie in den Briefen. Schließlich packte sie den ganzen Stapel, setzte sich, nahm sich einen Umschlag nach dem anderen vor. Noch einmal, diesmal hastiger, von einer entsetzlichen Ahnung getrieben. Als sie zum drittenmal alles durchgeblättert hatte, warf sie die Post auf den Tisch, fiel auf die Knie, kroch auf dem Boden herum, suchte alles ab. Ihre Hüfte tat schrecklich weh. Und sie konnte die Hände nicht ruhig halten, sosehr sie sich auch mühte, das Zittern zu unterdrücken. Brechreiz würgte sie. O Gott, wie hatte sie das vergessen können?

War der Brief vielleicht nach hinten gerutscht, zwischen Tisch und Wand festgeklemmt? Sie rückte den Tisch weg, um ein Haar wäre die Lampe heruntergefallen, sie konnte sie gerade noch auffangen. Der Brief mußte da sein. Mußte. Sie weigerte sich, an irgendeine andere Möglichkeit zu denken. Er mußte da sein. Aber er war nicht da.

Sie rannte ins Arbeitszimmer, stieg über Bücher, zerfledderte Hefte, herausgerissene Seiten, kauerte sich auf den Boden, begann im Durcheinander zu wühlen. Sie zwang sich, langsam und methodisch zu suchen. Nichts.

Halt mal... Sie schloß die Augen, versuchte, ganz ruhig nachzudenken. Wie war das gewesen – an dem Nachmittag, als Beck und Kestler gekommen waren und ihr gesagt hatte, daß Brian tot wäre? Sie war vom Lunch mit Nina nach Hause gekommen, in Eile, hatte die Post auf den Tisch an der Wohnzimmertür gelegt, wie immer. Sie erinnerte sich noch, daß sie bei Brians Brief einen Augenblick gezögert, sich aber dann entschlossen hatte, ihn doch erst nach der Unterrichtsstunde zu lesen. Und dann – ja, dann hatten ja schon Kestler und Beck auf sie gewartet, da hatte sie den Brief natürlich vergessen. Nachträglich kam ihr das ganz unglaublich vor. Wie hatte sie Brians Brief, seinen letzten Brief vergessen können? Ein Brief, der vielleicht alles erklärt hätte. Alles, was jetzt wie ein Alptraum auf ihr lastete.

Andererseits, wenn sie an die letzten Tage dachte... Es war eine einzige Hetze gewesen, eine Kette von Stunden, in denen sie gar nicht zur Besinnung kam, halb betäubt war von Schmerz und Kummer und doch dauernd darüber nachdenken mußte, was noch zu erledigen, was als nächstes zu tun wäre. Nach Annapolis fahren, zurückkommen, die Einzelheiten für die Beerdigung absprechen, den Sarg aussuchen, mit dem Pfarrer den Bibeltext für die Grabrede besprechen, zu ihrem Vater fahren... Es waren keine normalen Tage gewesen, keine Tage, an denen sie dazu kommen konnte, das zu tun, was sie normalerweise getan hätte.

Konzentrier dich auf den ersten Tag, ermahnte sie sich.

Die beiden Offiziere waren gekommen, hatten ihr alles gesagt. Und sie hatte Michael angerufen. Dann war er gekommen.

Michael. Sie sah es noch vor sich, wie er an der Tür gestanden und Kestler und Beck verabschiedet hatte. Natürlich, da mußte er den Brief gesehen haben. Er hatte ihn gesehen und an sich genommen. Ganz klar. Wieso war ihr das nicht gleich eingefallen? Aber warum hatte er nie mit ihr darüber gesprochen? War das, was in dem Brief stand, so entsetzlich, daß er es ihr ersparen wollte? Der verdammte Scheißkerl. Er hatte kein Recht, ihr den Brief wegzunehmen!

Das Telefon läutete dreimal durch, dann nahm Michael ab. Kate hörte Stimmengemurmel im Hintergrund, das übliche Cocktailgeplauder, die Party war also noch nicht zu Ende.

«Was für ein Brief?» fragte er gereizt.

«Der von Brian, den du eingesteckt hast, du Mistkerl. Damals, an dem Tag, als Kestler und Beck da waren.»

«Da hattest du einen Brief von Brian bekommen? Und das sagst du mir erst jetzt?» Es klang so ehrlich entrüstet, daß sie auf einmal mit all ihrer Wut ins Leere zielte. «Um Gottes willen, Kate, wie konntest du denn so was vergessen?» Sie hörte Stimmen in seiner Nähe, er legte die Hand über die Sprechmuschel. «Hör zu, Kate», sagte er nach einer Weile, «ich weiß nichts von diesem Brief, gar nichts.» Die Pause dehnte sich länger als beim erstenmal. «Bist du sicher, daß überhaupt ein Brief gekommen ist?»

«Ich bin doch nicht verrückt, Michael! Natürlich war der Brief da, und jetzt ist er weg.» Plötzlich fiel ihr eine andere Möglichkeit ein. «Meinst du, Kestler könnte ihn weggenommen haben?»

«Kate, ich bitte dich, komm zu dir!»

Sie fürchtete, er könnte einfach auflegen. «Noch was... Die Polizei war gerade da, bei mir ist eingebrochen worden.»

«Die Polizei? Mein Gott, was ist denn eigentlich bei dir los? Ist was gestohlen worden?»

«Nein. Der Kerl hat überall herumgesucht, aber dann habe ich ihn wohl gestört, als ich nach Hause kam. Der Officer sagt, daß die Einbrecher aus den Todesanzeigen wissen, wann ein Haus leer steht.» Er sagte nichts. «Hast du gehört?»

Eine gedämpfte Stimme, sehr eindringlich, offenbar schirmte er wieder die Sprechmuschel mit der Hand ab. «Wendi läßt fragen, ob mit dir alles in Ordnung ist.»

«Jaja, mir geht's gut. Auch im Haus ist ja nichts weiter passiert. Er hat nichts mitgenommen...» Die Erkenntnis kam so plötzlich, daß Kate auf den nächsten Stuhl sank. «Brians Brief! Vielleicht hat er danach gesucht?»

Gemurmel, er wiederholte es anscheinend für Wendi. «Hör zu, Kate, ich denke, wir müssen das nicht unbedingt jetzt besprechen, wir haben das Haus voller Gäste. Bitte, stell die Alarmanlage ein, hörst du? Und hör auf, dir einzureden, daß es irgendeinen Zusammenhang zwischen dem Einbruch und Brians Brief gibt. Das... also, das ist wirklich unvernünftig. Ich muß jetzt Schluß machen, ja? Paß gut auf dich auf.»

Sie legte auf. Er glaubte, daß sie sich das mit dem Brief nur einbildete. Sie hatte es deutlich herausgehört. Sie kam sich sehr schwach und klein vor. Und auf einmal fing sie selber zu zweifeln an, ob es denn den Brief tatsächlich gegeben hätte. Vielleicht drehte sie wirklich allmählich durch? Man konnte doch auch vor Kummer verrückt werden? In griechischen Tragödien wurden die Mütter vor Schmerz wahnsinnig, wenn sie ihre Kinder verloren. War es bei ihr auch bald soweit, würde sie sich die Kleider zerreißen, die Haare ausraufen?

Sie war unendlich müde. Sie lehnte sich zurück, schloß die Augen, und da sah sie ihn wieder vor sich – Brians Brief. Sie sah den Umschlag mir dem Wappen der Akademie, sie sah Brians klare, geschwungene Handschrift, sogar den Abdruck von einem schmutzigen Daumen sah sie, links unten in der Ecke. Sie sah alles so deutlich wie damals, als sie den Brief aus dem Kasten genommen hatte.

Sie schüttelte die Müdigkeit ab, stand auf und fing noch einmal zu suchen an. Zuerst im Arbeitszimmer, sie nahm sich Zeit, sie wollte nichts übersehen. Dann im Wohnzimmer, in der Diele, in der Küche, schließlich sogar oben im Schlafzimmer. Sie nahm sich vor, so lange zu suchen, bis es im ganze Haus keinen Winkel mehr gab, den sie nicht durchgestöbert hätte. Und wenn sie dann immer noch nichts gefunden hatte, würde sie in Annapolis anrufen. Nur eins würde sie nicht tun, bestimmt nicht. Sie würde nicht aufgeben.

8

Während der Nacht kam der Winter zurück, erbarmungslos machte er dem kurzen trügerischen Frühling ein Ende. Um Mitternacht setzte der eisige Wind ein, im Nu war der Boden gefroren, Frosthauch kappte die ersten vorwitzigen Krokusblüten. Gegen Morgen fing es zu schneien an, stundenlang waren die Schneepflüge und die Streuwagen unterwegs.

Kate lag im Bett, sie hörte die Räumfahrzeuge unten auf der Uferstraße. Sie hatte unruhig geschlafen, der Brief, den sie nicht finden konnte, ging ihr nicht aus dem Kopf. Grübelnd war sie die letzten Tage durchgegangen, jede einzelne Stunde, immer in der Hoffnung, es könnte ihr noch etwas einfallen. Hatte sie den Brief vielleicht doch an sich genommen und dann, weil sie gestört worden war, irgendwo liegenlassen? Mitten in ihr angestrengtes Grübeln hinein klingelte das Telefon.

«Mrs. Tyler?» Eine unbekannte Stimme, höflich, aber bestimmt.

«Hoffentlich habe ich Sie nicht aufgeweckt. Ich habe Ihren Namen von Reverend Davidson, er hat mir von Ihrem Sohn erzählt.» Die Fremde sprach jetzt schneller, als fürchtete sie, Kate könnte den Anruf für eine der üblichen Mitleidsbezeigungen halten und ihr ins Wort fallen. «Mein Name ist Ellen Kingsley. Mrs. Tyler, ich kann gut verstehen, wie Ihnen zumute ist.»

Mich verstehen? Wie wollen Sie mich verstehen? Es war ihr, als läge der Hörer zentnerschwer in ihrer Hand. *Es ist mein Schmerz. Niemand kann ihn verstehen. Nina nicht. Und Reverend Davidson nicht. Und schon gar nicht eine Fremde namens Ellen Kingsley.*

Ehe Kate dazu kam, etwas zu erwidern, fuhr die Fremde fort: «Meine Tochter Melissa ist voriges Jahr gestorben, sie war neunzehn Jahre alt.»

«Das tut mir leid.» Es war eine Floskel, sie rutschte ihr automatisch über die Lippen. Warum erzählte die Frau ihr das? Was hatte das mit Brian zu tun?

«Ich muß Ihnen sicher nicht beschreiben, wie ich mich nach ihrem Tod gefühlt habe. Ich...»

Kate konnte ihr nicht länger zuhören, sie hatte genug mit ihrem eigenen Schmerz zu tun. «Hören Sie, ich muß jetzt...»

Ellen Kingsley ließ sich nicht unterbrechen. «Ich habe seither mit vielen Eltern gesprochen, die auch ein Kind verloren haben. Wir haben uns zusammengeschlossen, jeden Montagabend treffen wir uns in der Kirche. ‹Freunde im Leid›, so nennt sich unsere Gruppe. Wir kommen zusammen, reden, weinen gemeinsam, wenn einem danach ist, wir erzählen uns von unserem Kummer, und wir helfen uns gegenseitig. Unsere Gruppe ist wie ein Rettungsanker, glauben Sie mir, Mrs. Tyler, mir hat dieses Zusammensein mit Leidensgenossen neuen Lebensmut gegeben.»

«Danke, daß Sie mich anrufen. Aber ich bin nicht daran interessiert.»

«Mrs. Tyler...Kate...» Die Stimme der Fremden warb schmeichelnd. «Ich habe gesagt, daß ich verstehe, was Sie empfinden, und das ist wirklich so. Ich möchte Ihnen gern helfen. Sehen Sie, bei meiner Melissa war es wie bei Ihrem Brian, sie hat sich das Leben genommen.»

Es war für Kate wie ein Faustschlag in den Magen. Sie mußte nach Worten ringen, und als sie endlich reden konnte, klang es eisig. «Sie irren sich, Mrs. Kingsley, mein Brian hat sich nicht umgebracht, verstehen Sie? Egal, was Sie gehört haben, er hat es nicht getan, er wäre gar nicht imstande dazu.» Sie warf den Hörer auf die Gabel. Die letzten Worte hatte sie so schrill geschrien, daß sie ihr noch in den Ohren gellten.

Sie wußte es. Sie wußte es auf einmal wieder so sicher, wie ein inneres Gefühl es ihr von Anfang an gesagt hatte. *Brian war nicht imstande, sich das Leben zu nehmen.* All ihre Erinnerungen, ihr Verstand, ihr mütterlicher Instinkt, alles hämmerte ihr ein, daß sie fest und unerschütterlich daran glauben müßte.

Eine kleine Begebenheit fiel ihr ein; damals war er acht gewesen. Sie gingen die Straße lang, und da lag ein Fasan, ein Auto hatte ihn überfahren. Brian bestand darauf, den Vogel zu begraben. Er rannte nach Hause, holte eine Schaufel und trug den Fasan in den Wald. Kate roch jetzt noch den schweren, feucht dampfenden Waldboden, die würzige Fäule von Laub und Nadeln. Brian grub ein Loch, er grub es tief, damit streunende Hunde es nicht wieder aufwühlen könnten, und dann legte er den Vogel hinein und deckte ihn mit Erde zu. Als er fertig war, sah Kate, daß eine Feder ausgerissen war, eine prächtige bunte Schwanzfeder, sie lag auf dem Boden. Kate hob sie auf, gab sie Brian und schlug vor, er solle sie mit in die Schule nehmen, zum Biologieunterricht. Er stand lange da und streichelte die Feder. Er rang mit sich, denn er hätte sie gern behalten. Aber plötzlich schaute er auf und sagte: «Nein, Mom, ich kann sie nicht mitnehmen, sie gehört dem Fasan.» Und dann schaufelte er das Loch noch einmal auf, legte die Feder auf den toten Fasan und deckte wieder alles mit Erde zu.

Sie erinnerte sich an eine andere Szene, damals mußte er ungefähr dreizehn gewesen sein. Im Fernsehen brachten sie etwas über Kälberzucht, sie zeigten, wie die Tiere in engen Holzpferchen gehalten wurden, und der Sprecher erklärte, das wäre nötig, um besonders zartes Kalbfleisch zu erzielen. Mit Tränen in den Augen hatte er gefragt: «Wie können die den Tieren so was antun, Mom?» Sie verstand seine hilflose Wut, ihr ging es genauso. Als er schwor, er werde bestimmt kein Kalbfleisch mehr essen, dachte sie, das wäre wohl nur so dahergesagt. Aber er hatte tatsächlich nie wieder welches angerührt.

Andere Erinnerungen tauchten auf; zum Beispiel ein Gespräch zwischen Danielle und Brian, das war erst vor zwei Jahren gewesen. Es ging um Aquarelle und um den jungen Maler, dem sie zugesehen hatten. Er war querschnittgelähmt, saß im Rollstuhl, mußte die Palette mit den Zähnen halten. Danielle hatte gemeint: «Ich könnte es nicht ertragen, an den Rollstuhl gefesselt zu sein, lieber möchte ich tot sein.» Und Brian hatte nachdenklich geantwortet: «Ja, das denkt man vielleicht im ersten Augenblick. Aber wenn es wirklich so wäre... Ich glaube, ich würde mir wünschen, trotzdem weiterzuleben. Der junge Mann heute – weißt du, daß er früher Footballspieler war? Sein Körper bedeutete alles für ihn, er hat von seiner physischen Kraft gelebt. Und nun geht das nicht mehr. Aber er gibt nicht auf, er ist Maler geworden.»

War das nicht ein Beweis, daß sie recht hatte? Brian konnte es nicht getan haben, nie hätte er so etwas getan. Sie schwang die Beine aus dem Bett. Sie war so hungrig, daß ihr der Magen knurrte, aber mit dem Frühstück durfte sie sich jetzt nicht aufhalten. Sie mußte denen da drüben in Annapolis – Thatcher oder Beck oder irgend jemandem... Sie mußte ihnen klarmachen, daß Brian sich nicht getötet hatte. Es mußte irgendeine andere Erklärung für seinen Tod geben.

Sie fing zu telefonieren an. Bei jedem Anruf wuchs ihre Enttäuschung. Thatcher und Kestler, sagte man ihr, wären zur Zeit nicht erreichbar, sie würden zurückrufen. Als sie endlich Beck an der Strippe hatte, hörte ihr der Militärpfarrer aufmerksam zu, er ermunterte sie sogar, sich alles von der Seele zu reden. Aber am Ende wußte er ihr auch nur zu raten, sie solle sich am besten dem Pfarrer zu Hause in Connecticut oder einem Arzt anvertrauen. Er meinte es gut, es war kein mangelndes Mitgefühl, er verstand einfach nicht, worum es ging.

Als Thatchers versprochener Rückruf auf sich warten ließ, versuchte sie noch zweimal, ihn zu erreichen. Sie kam jedesmal nur bis ins Vorzimmer. Und sie merkte ja selber, wie hilflos ihr Gestammel sich anhörte, sooft sie zu erklären versuchte, daß Brian bestimmt nicht Selbstmord begangen hätte.

Den ganzen Nachmittag traute sie sich nicht aus dem Haus. Irgendwann mußten sie doch bei ihr anrufen? Sie hatten es ja versprochen. Und während sie Stunde um Stunde wartete, fraßen Enttäuschung und Zorn sich immer tiefer in sie hinein. Um fünf hielt sie es nicht mehr aus, sie rief noch einmal an. «Bedaure», lautete die kühle Auskunft, «die Herren sind nicht mehr im Dienst, versuchen Sie's morgen wieder.»

Kate knallte den Hörer auf. Dann war ihr auf einmal klar, was sie tun mußte. Wütend stürmte sie aus dem Haus und fuhr los. Und als sie bei der Polizeistation angekommen war und die Stufen hochstieg, beglückwünschte sie sich im stillen zu ihrem Mut und ihrer Entschlossenheit.

Phil Kadetsky, Chief im Polizeidistrikt Lanchester, war ein rundlicher Mittfünfziger mit rosigem Gesicht, kahlem Schädel und müden Augen. Er empfing sie in seinem Büro und hörte sich an, was sie vorzubringen hatte, von Zeit zu Zeit machte er sich Notizen. Kate war sich bewußt, daß sie hier kein vertrauliches Gespräch führen konnte. Das Polizeidepartment war – zusammen mit der Feuerwehr – in einem alten Gebäude untergebracht; man hatte, um genügend Büros zu schaffen, dünne Trennwände eingezogen, auch bei geschlossenen Türen konnte im Nebenraum jeder mithören. Aber das war ihr egal, laut und deutlich, sogar mit erhobener Stimme, sagte sie, was zu sagen war.

Sie sprach von Brians Tod, von ihrer Überzeugung, daß es ein Unfall gewesen wäre, vom Einbruch, vom Brief, der seitdem verschwunden war, und von der offenkundigen Tatsache, daß ein Zusammenhang bestünde. Als endlich alles gesagt war, saß sie mit verkrampften Händen und gesenktem Blick da und wartete auf seine Reaktion. Würde er sie genauso abblitzen lassen wie Michael gestern abend? Oder wie – trotz aller pastoralen Milde – Captain Beck? Kadetsky ging zunächst überhaupt nicht darauf ein; er stand auf, bat sie, ihn einen Moment zu entschuldigen und kam nach ein paar Minuten mit einem schmalen Aktenordner zurück.

In seiner ruhigen Art fing er an, Fragen zu stellen – über Brian, über die Akademie, über Michael. Er machte das sehr geschickt, ließ sich nicht anmerken, worauf er eigentlich hinauswollte, akzeptierte jede noch so weitschweifige Antwort und erfuhr auf diese Weise mehr, als er eigentlich fragen wollte. Kate merkte erst nach einer Weile, daß sie ihm inzwischen alles mögliche über ihre Scheidung, über Michaels zweite Ehe und sogar über ihren Job am College erzählt hatte. Er lehnte sich im Drehstuhl zurück, las noch einmal durch, was er notiert hatte, legte den Zettel weg und sah Kate lange und aufmerksam an. Je länger sein Blick auf ihr ruhte, desto größer wurde ihre Hoffnung.

«Nun, ich möchte Ihnen natürlich helfen», begann er.

Mit einem Schlag war ihr klar, daß er ihr auch nicht glaubte.

«Verdammt, dann tun Sie irgendwas! Finden Sie raus, wie er wirklich gestorben ist!»

Er ließ sich nicht aus der Ruhe bringen. «Na schön, aber zuerst werde ich mich mal um einen Kaffee kümmern, ja? Leider kann ich Ihnen nur schwarzen anbieten, kein Mensch denkt hier dran, auch mal Milch zu kaufen. Ich bin gleich zurück.»

Kate hörte durch die dünnen Zwischenwände Schreibmaschinengeklapper und Stimmengewirr aus den anderen Büros, Türen klappten – es war gerade Schichtwechsel, konnte sie aus einzelnen Wortfetzen schließen. Ein junger Mann streckte den Kopf zur Tür herein, verschwand wieder wortlos. Kate schaute auf die Uhr: Tatsächlich, der Chief war jetzt schon zehn Minuten weg. Vom Zorn, den sie mitgebracht hatte, war nicht viel übriggeblieben, auch ihre Hoffnungen schrumpften immer mehr zusammen. Als sie gerade überlegte, ob sie gehen sollte, kam Kadetsky zurück. Er balancierte zwei Styroporbecher mit Kaffee, den einen stellte er ihr hin. «Recht so?» erkundigte er sich, während er ächzend im Drehstuhl Platz nahm. «Schwarz, mit einem Stück Zucker?»

Kate begann in kleinen Schlucken zu trinken. Der Kaffee war lauwarm und sehr süß, aber hinter der Süße schmeckten die Bitterstoffe vor; Maschinenkaffee, der schon wer weiß wie lange auf der Warmhalteplatte stand. «Ja, er ist gut so», schwindelte sie.

Kadetsky faltete die Hände vor dem Bauch, plumpe Hände mit dicken Wurstfingern, es fiel ihr schwer, sich vorzustellen, wie sie eine Waffe hielten. Nach einer Weile strich er sich suchend über den kahlen Schädel, als hoffte er, daß da oben doch noch etwas zu sprießen begänne. Wieder ein paar Sekunden später zog er eine Schublade auf, nahm ein Süßstoffdöschen heraus, warf fünf Stückchen in seinen Kaffeebecher und rührte mit dem Kugelschreiber um. «Ganz schön kalt geworden, wie? Wo's doch vorher schon so warm war. Kommt einem jetzt vor wie in der Antarktis», murmelte er irgendwohin ins Leere.

Erst jetzt fiel Kate auf, daß er sie nicht mehr angesehen hatte, seit er mit dem Kaffee zurückgekommen war. Es war ein Fehler gewesen, überhaupt herzukommen. Hier konnte sie genausowenig ausrichten wie bei den Militärs in Annapolis.

Kadetsky trocknete den Kugelschreiber an einem nicht mehr ganz frischen Taschentuch ab. Er fing wieder an, übers Wetter zu reden, schlug einen Bogen zu den Straßenverhältnissen, erzählte, daß es eine Menge Unfälle gegeben hätte, zum Glück nur Blechschäden. Zwischendurch warf er verstohlene Blicke auf die Uhr. Kate wünschte sich, sie wäre nie gekommen.

«Ich fürchte, ich halte Sie nur auf», sagte sie.

Er wurde ein bißchen rot. «Nein, überhaupt nicht.»

Als sie aufstehen wollte, griff er hastig nach seinen Notizen. «Nun, Mrs. Tyler, Sie sind natürlich nicht hergekommen, um sich was über Unfälle und Blechschäden anzuhören», begann er. «Tja, was Ihren Sohn betrifft...» Er sah sie immer noch nicht an, fuhr sich wieder über die Glatze, raschelte mir dem Papier. «Wirklich, das tut mir sehr leid. Es muß schlimm sein, ein Kind zu verlieren. Schlimmeres kann Eltern wohl gar nicht passieren. Und ein Selbstmord trifft Eltern immer besonders hart, das verstehe ich gut. Man grübelt und fragt sich verzweifelt, warum das geschehen mußte. Es ist alles so sinnlos, so...»

«Mein Sohn hat sich nicht das Leben genommen!» Sie zitterte wieder, der Kaffee schwappte über, sie mußte den Becher abstellen.

Kadetsky beugte sich vor, sein Gesicht drückte Mitgefühl aus, er sprach sehr sanft mit ihr. «Mrs. Tyler, glauben Sie mir, das geht nicht nur Ihnen so. Andere Eltern, die dasselbe erleben, sind genauso ratlos, genauso tief verletzt, ich weiß das. Haben Sie mal mit jemandem darüber gesprochen, der sich auskennt? Wissen Sie, wie hoch die Selbstmordrate bei jungen Menschen ist? Großer Gott, das halten Sie nicht für möglich! Drüben in Wilmington sind es allein dieses Jahr schon fünf Fälle. Fünf! Es ist wie eine Epidemie. Und diese fünf Kinder haben Eltern, die genauso empfinden wie Sie. Glauben Sie mir, Mrs. Tyler...»

Sie hörte die Tür gehen, Kadetsky schnaufte erleichtert auf.

«Kate, was zum Teufel, ist jetzt schon wieder los?» fuhr Michael sie an. Aber sie drehte sich gar nicht um, sie sah nur den Polizeichef an, so lange, bis er verlegen wegguckte. Das Stimmengemurmel in den Nachbarbüros war verstummt, Kate konnte sich denken, daß dort alle lange Ohren machten.

«Commander, ich hoffe, daß Sie vielleicht helfen können, ein paar Dinge zurechtzurücken», sagte Kadetsky. «Ihre Frau... Verzeihung, ich meine, Ihre frühere Frau scheint gewisse Zweifel daran zu haben, daß Ihr Sohn sich das Leben genommen hat. Sie ist hergekommen mit dem Verdacht, es könne einen Zusammenhang geben zwischen dem Einbruch bei ihr, irgendeinem verschwundenen

Brief und dem Tod Ihres Sohnes. Ich kann natürlich angesichts der Umstände verstehen, daß sie innerlich sehr erregt ist, und deshalb habe ich gedacht, es wäre vielleicht am besten, wenn wir das intern abklären könnten, mit Ihrer Hilfe, sozusagen. Ich stelle Ihnen die Frage nicht gern, Sir, aber es geht nicht anders: Haben Sie irgendeinen... Haben Sie auch nur den leisesten Zweifel daran, daß Ihr Sohn Selbstmord begangen hat?»

Michael stand kerzengerade, den Stuhl, den der Polizeichef ihm anbot, lehnte er dankend ab. Die Wangenknochen in seinem Gesicht zuckten, er mahlte mit den Kiefern. «Es fällt mir nicht leicht, über den Tod meines Sohnes zu reden, Chief, aber irgend etwas Mysteröses ist nicht dran. Brian hat Selbstmord begangen. Selbstverständlich, das ist ein Schock für uns gewesen. Trotzdem, an den Tatsachen gibt es nichts zu rütteln. Man hat den Fall untersucht, die Ergebnisse sind eindeutig. Auch Brians Vorgesetzte in Annapolis sind meiner Meinung. Ich habe mich nach Ihrem Anruf telefonisch vergewissert, daß die Verantwortlichen an der Akademie das genauso sehen.»

«Das ist mir völlig egal!» Kates Stimme überschlug sich fast. «Er hat das nicht getan. Ich weiß, daß er nie...»

«Es tut mir leid, daß meine frühere Frau Ihre Zeit in Anspruch genommen hat, Chief», fuhr Michael verbindlich fort, als wäre Kate gar nicht da. «Bitte, haben Sie Verständnis, sie hat schwere Tage hinter sich.»

«Aber natürlich, Commander. Es tut mir leid, daß ich Sie überhaupt belästigen mußte. Was sollte ich machen? Ich muß solchen Dingen nachgehen. Wie gesagt, ich bin Ihnen dankbar, daß Sie so rasch gekommen sind.»

«Keine Ursache. Mir tut es leid, daß Mrs. Tyler Ihnen Umstände gemacht hat.» Kate kannte den Ton nur zu gut. Gentlemen unter sich. Ein Offizier im Gespräch mir seinesgleichen.

«Macht überhaupt nichts, Commander, das gehört ja zu unseren Aufgaben.» Kadetsky stand auf, er versuchte ein gewinnendes Lächeln in Kates Richtung, es gefror unter ihrem eisigen Blick.

Michael zog ihr den Stuhl zurück, faßte sie am Arm und führte sie hinaus. Wie zornig er war, spürte sie an seinem harten Griff. Einen Moment dachte sie daran, sich loszureißen, aber er schien es zu ahnen, packte nur um so grober zu. Sie wußte nicht, wen sie mehr hassen sollte, Kadetsky oder Michael.

Sie spürte die neugierigen Blicke der Polizisten im Geschäftszimmer, sie schaffte es, überhaupt nicht hinzusehen. Auch draußen ließ Michael ihren Arm nicht los, er schob sie auf seinen Wagen zu, hielt ihr die Tür auf. Wut färbte ihre Wangen. Sie kam sich vor wie ein Kind, das davongelaufen ist und vom Vater nach Hause geschleppt wird.

«Ich habe meinen eigenen Wagen da», sagte sie so kühl wie möglich. «Es tut mir leid, daß er dich da mit reingezogen hat. Das ist ganz allein meine Sache.»

Er ging nicht darauf ein. «Ich habe was mit dir zu besprechen. Kennst du die *Coppern Lantern*? Gut, dort treffen wir uns. Kannst du fahren?»

«Natürlich kann ich fahren.»

Wortlos drehte er sich um und stieg in den Wagen. Sie sah ihm an, wie zornig er noch war. Und sie merkte es an der Art, wie er lospreschte.

Kate wickelte sich fester in den Mantel. Warum ließ sie sich immer noch von seinen Launen einschüchtern? Verdammt, dachte sie, ich habe doch nichts Unrechtes getan! Was fällt ihm eigentlich ein, mich so zu behandeln? Ihre Hände zitterten, als sie nach dem Zündschlüssel griff. Nein, entschloß sie sich unterwegs, ich werde mich nicht beruhigen. Ich bin wütend auf ihn, und das soll er ruhig merken.

Als sie ankam, hatte er bereits an einem Tisch in der Nähe der Bar Platz genommen, vor ihm stand ein Drink.

«Für mich einen Jack Daniels», bestellte sie bei dem Mädchen an der Bartheke.

«Meinst du, daß das gut ist?» mischte er sich ein. «Du mußt noch fahren.»

Zum Teufel, wer war er eigentlich, daß er sich einbildete, er könne ihr Vorschriften machen? «Du ja wohl auch», fauchte sie ihn an und nickte dem Mädchen zu: «Jack Daniels, mit Eis, bitte.» Die ganze Zeit über sah sie Michael durchdringend an. Sie nahm sich fest vor, nichts von ihrer Wut herunterzuschlucken.

«Wie kommst du dazu, dem Chief zu sagen, daß Brian sich umgebracht hat? Woher nimmst du überhaupt das Recht, dich einzumischen? Es ist meine Sache, an wen ich mich wende, an die Polizei oder an den Akademiestab in Annapolis oder an den Präsidenten persönlich, das geht dich gar nichts an!»

«Es geht mich sehr wohl etwas an. Es ist so, wie ich's dem Chief gesagt habe, die Dinge liegen klar, Brian hat Selbstmord begangen. Das einzige, was hier nicht in Ordnung ist, ist dein Benehmen. Du hast in der Akademie angerufen, Kate, und ich hab's ausbaden müssen. Bei mir hat nämlich dauernd das Telefon geläutet, erst im Büro und hinterher zu Hause. Und nicht nur bei mir. Der Admiral hat sogar bei meinem Chef des Stabes angerufen und ihn gebeten, seine Offiziere zur Raison zu bringen. Um Gottes willen, Kate, was willst du mir denn noch alles antun?»

Sie saß wie betäubt, sie konnte nicht antworten.

«Du kapierst gar nicht, was du anrichtest! Du machst meine Karriere kaputt!»

«Deine Karriere? Hast du nicht selber gesagt, daß das in Groton sowieso deine letzte Dienststellung ist?»

Er schaute in seinen Drink. «Die Dinge liegen jetzt anders. Ich stehe nun doch noch zur Beförderung heran, ich soll Captain werden. Ich kann mich noch nicht pensionieren lassen.»

«Und was wird aus der Kanzlei, die du zusammen mit Jake aufmachen wolltest? Du hast doch versprochen, daß du dich pensionieren läßt.»

«Dir hab ich das versprochen. Bei Wendi ist das anders, ihr macht es nichts aus, wenn wir umziehen müssen. Sie ist stolz auf mich, und sie würde nie – niemals irgend etwas tun, was mir schadet.» Das *so wie du* hing unausgesprochen in der Luft.

«Ich bin nicht mehr deine Frau, Michael. Was immer ich tue, es kann deiner Karriere nicht mehr schaden.»

«Du weißt genau, daß das nicht stimmt. Du weißt, daß sie das ganz anders sehen. Die Sache mit Brian ist schlimm genug, da mußt du nicht auch noch verrückt spielen. So was macht keinen guten Eindruck. Thatcher hat heute wegen deiner Anrufe eine Besprechung bei der Joint Admirals Group abbrechen müssen, das hat er mir selber am Telefon gesagt. Glaubst du etwa, so was fällt nicht auf mich zurück?»

Seine Hände umklammerten das Glas so fest, daß die Knöchel weiß schimmerten. Das gedämpfte Licht in der Bar warf milden Schein auf den goldenen Annapolis-Ring an seiner rechten Hand.

«Das tut mir leid, Michael, ich wollte dich nicht mit hineinziehen.»

«Aber ich stecke mittendrin. Ich stecke so verdammt tief mittendrin, daß es mich fast verrückt macht.» Er trank sein Glas aus und gab dem Mädchen hinter der Theke einen Wink. «Sie halten dich für paranoid, ist dir das eigentlich klar? Sie glauben, du wärst so mit den Nerven runter, daß du dir alles mögliche einbildest. Zum Beispiel diesen Blödsinn, daß jemand bei dir einbricht, um einen Brief zu stehlen.»

«Ich bin nicht mit den Nerven runter. Und ich bin erst recht nicht verrückt. Ich will nur rauskriegen, was mit Brian geschehen ist. Der Einbruch war keine Einbildung, sondern ist wirklich passiert. Und der Brief – sein letzter Brief, ist tatsächlich weg. Also will ich wissen, was das alles zu bedeuten hat. Kannst du das nicht verstehen?» Es war, als ob sie verschiedene Sprachen sprächen. Selbst wenn er davon überzeugt war, daß sein Sohn Selbstmord begangen hatte – machte es ihn überhaupt nicht stutzig, daß der Brief verschwunden war? Konnte er wirklich nicht verstehen, daß sie unbedingt Licht ins Dunkel bringen wollte?

«Jetzt laß uns das mal klarstellen, Kate, ein für allemal. Worum geht's dir eigentlich? Willst du sagen, daß es kein Selbstmord war? Was dann? Wie ist er dann gestorben? Meinst du etwa, daß ihn jemand umgebracht hat? Willst du andeuten, Thatcher und Kestler und die halbe Akademie wissen, daß er ermordet wurde, und versuchen das zu vertuschen? Willst du darauf raus, Kate? Wenn's nämlich so ist, dann stimmt's bei dir wirklich nicht mehr. Dann solltest du wirklich dringend zum Arzt gehen.»

Er atmete tief durch. «Hör zu, Kate, das muß aufhören! Wir wissen beide, was Brian getan hat. Laß es endlich gut sein, find dich damit ab.»

«Das kann ich nicht.» Ihre Stimme verlor sich. «Ich kann's nicht, weil ich nicht glaube, daß Brian so was tun könnte. Und schon gar nicht auf die Art. Darum finde ich keine Ruhe. Ich schrecke nachts hoch und seh den Strick um seinen Hals. Und ich seh die blauen Flecke an seinen Schultern.»

«Zum Donnerwetter, Kate!» Er schlug mit der Faust auf den Tisch, das Eis in ihrem Glas klirrte, der Drink schwappte über. Das Mädchen war so schnell mit einem Lappen da, als hätte es gar nicht hinter der Theke, sondern irgendwo im Halbdunkel in ihrer Nähe gestanden. Ein paar Leute an den Nachbartischen sahen zu ihnen her, auch der Barkeeper musterte sie mißbilligend.

Kate bestellte einen neuen Drink. Sie tat es mehr, damit das Mädchen endlich zu wischen aufhörte und verschwand. Michael spielte schweigend mit dem Strohhalm, bis Kates Drink gekommen war. «Ich hab ihn auch geliebt, Kate», sagte er dann. «Es ist doch nicht so, daß du die Trauer für dich allein gepachtet hast. Mein Gott, ich war sein Vater, er fehlt mir, er fehlt mir furchtbar. Aber ich weigere mich, irgendwas in seinen Tod hineinzudeuteln.» Sein Gesicht verzerrte sich. «Wirklich, es tut so schrecklich weh.» Die Stimme versagte ihm, einen Augenblick lang dachte Kate, er werden herüberlangen und seine Hand in ihre legen. Aber dann war es vorbei, sie hörte nur noch Bitterkeit, als er fortfuhr: «Ja, es tut weh. Es tut verdammt weh zu wissen, daß mein Sohn ein Versager war. Hast du nicht selbst gesagt, es käme dir so vor, als hättest du ihn gar nicht richtig gekannt? Weißt du's noch? Auf dem Heimflug hast du's gesagt. Ja, ich habe auch nicht gewußt, daß mein Sohn ein Versager war. Aber jetzt weiß ich's. Und es tut verdammt weh.»

Die Kehle war ihr wie zugeschnürt. Sie fand keine Worte. Sie langte nach ihrem Glas. Und dann floh sie wieder in die dunkle, verborgene Welt, die nur ihr gehörte, dahin, wo sie ganz allein war. Es war kalt dort, kalt wie das Glas, das sie in den Händen hielt. Aber wie dunkel und wie kalt es auch sein mochte, sie blieb dort. Sie wollte weit weg sein von Michael, dem Mann, den sie einmal geliebt hatte. Sie hüllte sich in die Kapsel ihres Schweigens, sie wollte nicht hören, was er redete.

«Kate? Hast du verstanden, was ich sage? Hörst du überhaupt zu?»

Wie lange redete er schon auf sie ein? «Nein, tut mir leid. Würdest du's bitte wiederholen?» Ihre Stimme war flach, es gab keine Empfindung mehr, die sie ausdrücken konnte.

«Ich hab gesagt, du mußt zusehen, daß du dich wieder fängst. Geh mal zum Arzt. Oder nimm Urlaub. Hör zu, ich möchte dir helfen. Such dir eine hübsche kleine Reise aus, ich bezahl alles.»

Sie starrte ihn an. Während der Scheidung hatte er sich, sooft von Geld die Rede war, bitter beklagt, daß die Frauen sowieso immer besser wegkämen; er könne gar nicht aufzählen, wie viele seiner Freunde in der Gosse gelandet wären, bloß, weil ihre Frauen sie bei der Scheidung in den Ruin getrieben hätten.

«Ich habe selbst Geld», sagte sie, »du brauchst dich nicht um mich zu kümmern, wenn ich in Urlaub fahren will.»

«Da ist noch was.» Er spielte wieder mit dem Strohhalm, schaute nicht hoch. «Es geht um Wendi. Du mußt aufhören, wegen jeder Kleinigkeit bei mir zu Hause anzurufen. Der Brief, der Einbruch – bei dir ist ja immer was los. Ich ... ich kann nicht dauernd für dich dasein.» Er suchte nach den richtigen Worten. «Es regt Wendi zu sehr auf. Ich wollte es dir eigentlich erst später erzählen. Sie ist schwanger.»

Er gab sich Mühe, sie nichts merken zu lassen, aber Kate hörte heraus, wie sehr er sich freute. Und sie spürte, daß seine Freude ihr ins Herz schnitt.

Wendi erwartete ein Baby.

Kate war wie vor den Kopf geschlagen. Sie ging ruhelos durchs Haus, tat die unsinnigsten Dinge, konnte sich auf nichts konzentrieren. Schließlich goß sie sich ein Weinglas voll Sherry, ging nach oben ins Bad und ließ Wasser in die Wanne laufen. Sie drehte den Warmwasserhahn auf, das Bad war so heiß, daß sie nur ganz langsam hineinsteigen konnte. Ihre Haut brannte, sie mußte sich überwinden, tiefer einzutauchen. Sie wartete auf das vertraute wohligschmeichelnde Gefühl, aber es wollte sich nicht einstellen. Das Wasser trug sie heute nicht, nichts war leicht und beschwingt wie sonst. Sie hatte das Gefühl, irgend etwas in ihr sei so schwer, daß es sie immer tiefer hinunterdrückte.

Sie lag so lange fast reglos in der Wanne, bis das Wasser kalt wurde. Mit den Zehen zog sie den Stöpsel heraus. Das Weinglas mit Sherry stand unberührt neben ihr. Sie wickelte sich ein Badehandtuch um, nahm das Glas und ging ins Schlafzimmer. Im Vorbeigehen sah sie ihr Bild im Spiegel, sie drehte sich rasch weg. Sie setzte sich an den Frisiertisch und löschte das Licht. Sie brauchte kein Licht, um zu wissen, welche Spuren die Jahre auf ihrem Körper hinterlassen hatten. Sie wußte, daß ihr Fleisch nicht mehr straff war, daß sie an den Hüften angesetzt hatte. Sie fuhr sich mit der Hand über die Narbe am Bauch.

Sie hatte den Kaiserschnitt nicht gewollt, sich lange dagegen gewehrt und erst eingewilligt, als sie einsehen mußte, daß es unvermeidlich war. Ein tiefer Schnitt. Wie eine Kerbe quer über die Bauchdecke. Ein unvergängliches Andenken an Brians Geburt.

Es gab noch eine zweite Narbe, eine unsichtbare. Sein Tod hatte sie ihr ins Fleisch geschnitten. Tiefer als damals, vor einundzwanzig Jahren, der Arzt.

Wenn sie Michael je wirklich gehaßt hatte, dann jetzt. Sie stellte sich Wendis schwellenden Bauch vor. Und Michaels Stolz. Er wurde wieder Vater, das hielt ihn jung. Er hatte einen Weg gefunden, Brian zu ersetzen. Sie streifte ihr Nachthemd über und kroch ins Bett. Sie fühlte sich alt. Schlimmer noch, sie fühlte sich betrogen, im Stich gelassen.

Ihr Vater ließ sie durch seine Krankheit im Stich. Und Michael durch seine Freude auf ein anderes Kind. Sie war allein, sie war alt, sie konnte nie wieder Mutter werden. Sie fühlte das, aus der Mitte ihres Leibes heraus fühlte sie es. Aber wie sie so dalag, formte sich ein Gedanke in ihr. Ein Gedanke, der so stark war, daß ein Entschluß daraus wachsen konnte. Und so stark, daß er alles andere verdrängte. Einen gab es – einen, der sie nie nicht im Stich gelassen hatte, Brian.

Gut, mochte Michael das Kind haben, das ihm Brian ersetzen sollte. Ihr blieb etwas anderes. Sie würde herausfinden, warum Brian gestorben war und wie er gestorben war. Und das würde ihr den inneren Frieden wiedergeben.

9

Schweigend, mit versteinerter Miene, ging Leah neben ihm her, er brauchte gar nicht hinzuschauen, um zu wissen, wie böse sie auf ihn war. Sie waren vor ihrem Apartment angekommen, er wollte nach ihrer Hand fassen, aber sie drehte sich weg.

«Okay, es tut mir leid», sagte Brian, «ich wollte nur einen Spaß machen.»

Sie gab keine Antwort, langte nur stumm nach ihrem Schlüssel. Ihre ruhige Entschiedenheit erschreckte ihn, das machte sie so überlegen. Und durch den Schwips wurde alles nur schlimmer. Er war einfach nicht darauf gefaßt gewesen, daß die Professorin beim Dinner so eifrig nachschenken würde.

Er schielte zu Leah hinüber, sogar jetzt, in ihrem Ärger, war sie wunderschön. Blaßlila, das war die Farbe, die er besonders an ihr mochte. Das Kleid mit den gebauschten Ärmeln stand ihr gut. Aber noch schöner ist sie, wenn sie gar nichts anhat, dachte er. Dabei war es gar nicht so leicht, so etwas zu denken, solange sie so finster vor sich hin starrte.

«Ich hab doch schon gesagt, daß es mir leid tut», versuchte er es noch einmal. «Ich hab einfach gedacht, es würde die Stimmung ein bißchen auflockern. Und du mußt zugeben, das alte Mädchen war ganz schön verdattert, als der Falter auf einmal bei mir rausgeflattert kam.»

«Du weißt genau, wie wichtig dieser Abend für mich war», sagte sie schneidend. «Ich mach bei ihr das Examen, für mich hängt viel davon ab. Und dann benimmst du dich so kindisch! Weiß der Himmel, was sie jetzt von dir denkt.»

Mein Gott, ich hab einen Ruley losgelassen, wollte er einwenden, was ist schon groß dabei? Aber er sagte lieber nichts.

Sie hatten bei Mrs. Mason geklingelt, und während sie warteten, flatterte ein Nachtfalter um die Lampe. Brian hatte rasch zugepackt und sich das Insekt in den Mund gestopft. Ekelhaft, wie es da drin rumort und ihn am Gaumen gekitzelt hatte! Er hatte es kaum abwarten können, bis die Mason endlich unter der Tür stand und er guten Abend sagen konnte. Und dabei war ihm der Falter zwischen den Lippen rausgeflattert.

‹Einen Ruley loslassen› nannten sie das im Yard; das war zur Zeit gerade der ganz große Hit. Im Hörsaal, beim Bekleidungsappell, manchmal sogar beim Gottesdienst machte plötzlich einer den Mund auf und ließ irgendein Insekt rausfliegen. Ein Kadett hatte es mit einer Biene versucht, er lag jetzt im Revier; typisch, die Frischlinge waren sogar dazu zu blöde. Keiner beherrschte den Trick so gut wie Ted Ruley, er hatte ihn erfunden. Beim Großen Appell hatte er die Nummer zum erstenmal ausprobiert, genau in dem Augenblick, als die Vorgesetzten die Front abschritten. Und das tollste war deren Reaktion. Natürlich, zuerst waren sie zusammengezuckt. Aber hinterher hatten sie getan, als hätten sie nichts gesehen. So was gab's einfach nicht, also konnte es auch nicht passiert sein.

Er sah noch das entsetzte Gesicht der Professorin vor sich, es fehlte nicht viel, und er hätte laut losgelacht. Bloß nicht! Er biß die Zähne zusammen. Das hätte Leah ihm nie verziehen.

Leah schloß auf, geräuschvoller als sonst, auch das verriet ihren Zorn. Na schön, dachte er, während er hinter ihr die Treppe hochging, wenigstens hat sie mir nicht die Tür vor der Nase zugeknallt.

Mein Gott, er sehnte sich so nach ihr. Die ganze Woche hatte er sich auf diesen Abend gefreut. Daß sie dann bei einer alten Professorin rumsaßen – also, so hatte er sich das wirklich nicht vorgestellt.

Aber er mußte ja unbedingt mitgehen, Leah wollte es so. Und nun hatte er alles vermasselt.

«Lee, noch mal würde ich das nicht machen. Es tut mir leid. Es war ein blöder Einfall, ich hab mich benommen wie ein Idiot. Was soll ich denn noch sagen?»

Er gab sich Mühe, klar zu sprechen, aber ganz ließ der Schwips sich nicht verleugnen. Sie mochte das nicht, wenn er trank, das wußte er. Aber er hatte ja nicht richtig einen sitzen, er war nur kurz davor. Und er war verdammt scharf auf sie. Sie hatte kaum die Tür hinter ihnen zugemacht, da wollte er sie schon in die Arme nehmen. Aber sie stieß ihn weg.

«Manchmal werd ich wirklich nicht aus dir schlau, Brian.»

Er zog sie zu sich heran, kraulte ihr den Nacken. Er spürte, daß sie sich gegen ihn wehrte, sie hing wie leblos in seinen Armen.

«Du wirst nicht schlau aus mir? Du kennst mich doch. Ich bin der böse Wolf, und jetzt, Rotkäppchen, werd ich dich mit Haut und Haaren verschlingen.»

Sie war nicht in der Stimmung, auf seine Spielchen einzugehen. Sanft löste sie sich aus seiner Umarmung und setzte sich in den Schaukelstuhl. «Ich meine es ernst, Brian. Ich kenn dich eigentlich gar nicht richtig.» Sie öffnete den Reißverschluß, streifte das Kleid ab, der Stoff fiel in einer fließenden Bewegung zu ihren Füßen. «Nur, daß du zuviel trinkst, das weiß ich genau.»

Mein Gott, es war nur ein dämlicher Falter, müssen wir uns deswegen streiten? Der Wein rebellierte in ihm. «Was redest du denn? Du weißt eine ganze Menge über mich!» Daß sie so kühl und überlegen tat, machte ihn streitlustig.

«Nein, sicher bin ich nur in dem einen Punkt. Du trinkst zuviel.»

«Da hast du das dunkle Geheimnis aller Midshipmen enträtselt.»

«Ich meine es ernst.»

«Ja, das merke ich.» Von seiner zärtlichen Stimmung war nichts übriggeblieben. Zum Teufel, es gab genug andere Mädchen, die sich nicht so anstellten, bloß, weil er einen dummen Scherz gemacht hatte! Und es war doch eigentlich ganz lustig gewesen, oder? «Ich glaube, ich geh jetzt besser und komm ein andermal wieder, wenn du nicht so eine miese Laune hast.»

«So geht das nicht, Brian», sagte sie ruhig. Er kannte ihren Gesichtsausdruck, wenn sie lachte, wenn sie konzentriert arbeitete, wenn sie sich liebten und wenn sie hinterher entspannt neben ihm lag. All das kannte er, aber so traurig hatte er sie noch nie gesehen. «Ich kann dich nicht aufhalten, wenn du gehen willst. Aber ich würde lieber mit dir reden. Es gibt ein paar Dinge, die muß ich dir endlich mal sagen.»

Er wollte wirklich gehen, er wünschte sich, weit weg zu sein. Doch zugleich wußte er: wenn er jetzt ging, verlor er vielleicht etwas, was er nie wiederfinden konnte. Er setzte sich und wartete, was sie ihm zu sagen hätte. Der Alkoholnebel war verflogen, er fühlte sich stocknüchtern.

«Ich liebe dich, Brian. Ich lieb dich so sehr – ich habe nie gedacht, daß man jemanden so lieben kann. Daß es uns gibt, dich und mich, bedeutet mir viel. Du bist nicht nur irgendeiner, der mir zufällig über den Weg gelaufen ist. Und ich weiß, daß es für dich auch nicht nur eine Liebelei ist. Aber... da ist etwas, was du unbedingt wissen mußt. Der Mann, den ich liebe, muß sich so geben, wie er ist. Er darf keine Karikatur aus sich machen. Das meine ich, wenn ich sage, daß ich nichts von dir weiß.»

«Ich habe viel darüber nachgedacht», fuhr sie fort. «Bei den meisten Jungen in deinem Alter merke ich auf Anhieb, was in ihnen steckt, wie sie sind, wie sie mal werden. Ich glaube, bei euch ist das anders, ihr seid in Annapolis so... so eingezwängt, daß ihr nicht zu euch selbst findet. Sie bringen euch eine Menge bei, nur, eins lernt ihr dort nicht: innerlich unabhängig zu sein. Anpassen, das ist bei euch Trumpf. Ja nicht aus der Reihe tanzen.»

Ärger kroch in ihm hoch. «Das verstehst du nicht.»

«Dann erklär's mir. Warum bist du überhaupt hingegangen?»

«Das hab ich dir doch schon gesagt. Weil mein Vater auch dort war. Und weil's mir gefällt.»

«Wirklich?»

«Ja.»

«Was gefällt dir denn?»

«Die Disziplin. Am Anfang ist das das wichtigste. Und dann die Herausforderung, immer das Beste zu leisten.» Er hatte die Ellbogen auf die Knie gestützt, hielt die Hände verschränkt, sah nicht hoch. «Weißt du, wenn ich welche treffe, die mit mir auf der Highschool waren... Mein Gott, manche von denen gehen jetzt schon aus dem Leim! Anfang zwanzig – und sie schieben schon einen Bauch vor sich her und kommen außer Atem, wenn sie nur über die Straße laufen! Aus denen wird nichts, die sind jetzt schon erledigt.

Wenn die mal irgendwann blitzschnell eine Entscheidung treffen müssen ... Da sind die doch völlig hilflos!»

Sie sah ihn lange ernst an, und dann sagte sie: «Weißt du, was ich glaube? Ich glaube, du magst das Leben in Annapolis, weil du dich verstecken kannst. Zum Beispiel hinter deinen Albernheiten. Du hast Angst, daß jemand zu nahe an dich herankommen könnte. Da versteckst du dich lieber. Hinter einem Witz, hinter einem flotten Spruch, hinter einem Spaß. Wie hinter einem Schutzschild. Brian Tyler – überall beliebt. Aber wer kennt ihn denn wirklich?»

Sie traf seinen wunden Punkt, und daß sie es ihm so zielsicher, so unverblümt ins Gesicht sagte, tat ihm weh.

«Du liegst völlig schief, Leah. Wahrscheinlich kommst du dir auch noch großartig vor, wenn du mich so auseinandernimmst. Mag sein, daß ich da anders bin. Ich muß nicht alles analysieren und mir einbilden, ich könnte immer und überall den Dingen auf den Grund gehen.»

Sie ging nicht darauf ein. «Deshalb frage ich mich oft, ob ich überhaupt für so ein Leben geschaffen bin. Für ein Leben als Frau eines Marineoffiziers. Du hast mir erzählt, wie schwer es deiner Mutter gefallen ist. Wie eingeengt sie sich gefühlt hat. Daß sie manchmal gedacht hat, sie könnte einfach nicht mehr sie selbst sein. Ich glaube, mir ginge es genauso.»

Weh tun, das konnte er auch! «Bist du nicht ein bißchen voreilig? Noch hat dich ja wohl keiner gebeten, die Frau eines Marineoffiziers zu werden.»

«Ja, ich bin vielleicht voreilig.» Sie sah ihn fest an, so lange, bis er wegschaute. «Fühlst du dich eigentlich nie einsam dort, Brian?»

«Was soll der Quatsch? Wir sind viertausendsechshundert Offiziersanwärter, ich bin keine Minute lang allein.»

«Du kannst einer unter einer Million sein und dich trotzdem einsam fühlen.»

«Weißt du, was dein Problem ist, Leah? Du grübelst zuviel.» Er hätte jetzt gern etwas getrunken, aber er traute sich nicht, sie darum zu bitten. Sie hatte ihn ganz durcheinandergebracht. Und ärgerlich gemacht. Und trotzdem geschafft, daß er sich fragte, ob sie nicht am Ende recht hätte. Was hatte sein Vater mal zu seiner Mutter gesagt? *Hör auf, dauernd Fragen zu stellen. Weißt du, was das Schlimme daran ist? Es gibt keine Antworten.*

Aber vielleicht gab es eben doch Antworten? Vielleicht hatte er sich nur deshalb keine Fragen gestellt, weil er sich vor den Antworten fürchtete? Die Navy war sein Zuhause. Er fühlte sich wohl. Vier Jahre hatte er der Navy schon geopfert, vier von einundzwanzig Jahren. Und inzwischen hatte er sich noch einmal für fünf Jahre weiterverpflichtet. Er konnte nicht mehr zurück, er hatte kein anderes Zuhause mehr. Und was sein Vater sagen würde – daran durfte er gar nicht denken.

Manchmal wünschte er sich, einen älteren Bruder zu haben. Aber so hing alles an ihm. Was sein Vater erwartete, erwartete er von ihm, nur von ihm. Er wollte nicht ungerecht sein. Seine Eltern hatten viel Verständnis, er spürte ihre Liebe. Aber er brauchte ihnen nur in die Augen zu schauen, dann spürte er auch, was sie von ihm erwarteten. Er mußte überall glänzend abschneiden, ihre Liebe und ihr Stolz verlangten das. Für sie war er ohne Fehler. Nur, das stimmte eben nicht. Er hatte eine Menge Fehler. Manchmal dachte er, Leah wäre der einzige Halt für ihn.

Sie saß ihm still gegenüber. Er spürte es ganz deutlich: Sie war der ruhende Punkt in seinem Leben, bei ihr konnte er zu sich selbst finden. Und wieder sehnte er sich nach ihr, mehr noch als vorher.

«Schön, wenn du das machst», sagte sie leise, «ich mag das.»

«Wenn ich was mache?»

«Mit der Zunge die Oberlippe antippen. Das machst du immer, wenn du nachdenkst. Weißt du, daß es unheimlich sexy aussieht?»

Eben noch hatte knisternde Spannung in der Luft gelegen. Jetzt gab es nur noch Verlangen.

«Ich liebe dich, Brian. Ich mag's, wie du alle zum Lachen bringst. Ich mag's, wie du das Kinn vorreckst, wenn du ärgerlich oder trotzig bist. Ich mag's, wenn du mich in den Armen hältst. Ich mag alles an dir, deinen Stolz, deine Kraft... Wie du an die Dinge glaubst, die dir etwas bedeuten. An die Navy. Und an unser Land. Dann merke ich erst, daß ich selber voller Ängste stecke.»

«Aber wovor hast du denn Angst?»

«Vor allem. Daß ich mich auf was einlasse und dafür mehr verliere, als ich ertragen könnte. Meine Freiheit. Und mich selbst. Manchmal macht mir unsere Liebe angst, sie ist so... so besitzergreifend, sie erdrückt mich. Du könntest mich Gott weiß wie behandeln, ich glaube, ich würde dich trotzdem lieben.»

«Lee, mein Gott, Lee...» Er fühlte sich ganz hilflos. «Ich würde dich nie schlecht behandeln, das weißt du doch.»

«Ich weiß, aber darum geht's nicht. Ich meine, wenn's so wäre, könnte ich dich trotzdem nicht verlassen. Es ist, als hätte ich mein Leben an dich gehängt.»

«Und ich meins an dich, Leah. Ich hab auch manchmal Angst. Zum Beispiel, wenn ich an meine Eltern denke. Ich will nicht, daß es uns eines Tages genauso geht. Mein Gott, sie haben sich ja auch mal geliebt. So sehr, daß sie's gar nicht abwarten konnten zu heiraten. Meine Mutter ist meinem Vater zuliebe von der Schule abgegangen, ein Jahr vor dem Abschluß.»

«Wir sind nicht deine Eltern», widersprach sie, «wir sind wir selbst.»

«Aber sie waren mal genauso verliebt. Und dann – nach zwanzig Jahren... Aus, die Scheidung, ganz plötzlich. Das ist es, was mir angst macht.»

«Hat dich das so furchtbar geschockt?»

Er zuckte die Achseln. «Ich weiß nicht.» Aber er merkte, so ging das nicht. Zu ihr mußte er ehrlich sein. «Es gab manchmal Reibereien zwischen ihnen. Keinen lautstarken Krach. Meine Mutter wird nie laut. Im Gegenteil, je aufgeregter mein Dad wurde, desto stiller war sie. Ich habe immer gedacht, sie wären glücklich. Eben so wie andere auch. Nein, sogar mehr als andere. Einen richtigen Streit habe ich nur einmal erlebt. Da wohnten wir in Virginia, und Mom wollte in Washington an einer Antikriegs-Demonstration teilnehmen. Dad war so wütend, wie ich ihn noch nie gesehen hatte. Er hielt ihr vor, es ginge ihr nur darum, ihm zu schaden. Aber Mom hat nicht klein beigegeben. Nein, hat sie gesagt, mit ihm hätte das nichts zu tun. Sie sei gegen den Krieg, und in dem Punkt müsse sie ihrer Überzeugung treu bleiben.»

«Und dann? Was ist passiert?»

Er lachte bitter. «Wir haben uns aus 'Nam zurückgezogen.»

Leahs Augen hielten ihn fest. «Findest du, daß sie unrecht hatte?»

«Schwer zu sagen. Ich kenne Mom, sie ist immer ehrlich, auch zu sich. Ich versteh schon, warum sie unbedingt hinwollte. Aber muß man in einer Ehe nicht auch mal nachgeben?»

«Wie wäre das bei uns gewesen, Bri? Hättest du mich gebeten, nicht an der Demo teilzunehmen?»

«Das meine ich ja gerade, Lee. In einer Ehe kann's doch nicht so zugehen wie bei einem Kampf, den immer einer gewinnen muß. Gut, Mom wollte ihren Standpunkt vertreten, das war ihr wichtig, das verstehe ich. Aber für meinen Vater war's schlimm. Wenn sie nachgegeben hätte – nur dieses eine Mal, vielleicht hätte Dad sich dann nicht eine andere Frau gesucht.»

«Das glaubst du doch selber nicht!»

Ärgerlich sagte er: «Mein Gott, ihr Leben hing ja nun wirklich nicht davon ab!» Er biß sich auf die Lippen. «Tatsächlich, jetzt red ich, wie er damals geredet hat, genauso.» Nachdenklich fuhr er fort: «Du hast gesagt, unsere Liebe käme dir so besitzergreifend vor. Du hast Angst, daß ich eines Tages unser Leben bestimmen will, nicht wahr? Nicht nur meins, auch deins. Ist das nicht genau das, was meiner Mutter passiert ist? Vielleicht hat sie auch Angst gehabt, sich selbst zu verlieren? Vielleicht war das der Grund, warum sie sich aufgelehnt hat?»

In Leahs Augen schimmerten Tränen, sie sagte nichts.

«Manchmal denke ich, daß ich meinem Vater nie verzeihen kann, was er getan hat. Meine Mutter wollte nur sich selbst treu bleiben, sonst nichts. Und da läßt er sie einfach im Stich und heiratet eine Frau, die nicht viel älter ist als ich. Verdammt, wo ist denn da die Moral, von der er immer redet? Aber andererseits weiß ich eben nicht, ob alles nur seine Schuld war. Ach Gott, ich weiß es nicht, Leah, ich weiß es einfach nicht.»

«Du mußt ja niemandem die Schuld geben. Deine Eltern waren mehr als zwanzig Jahre verheiratet. In so langer Zeit verändern sich die Menschen. Manche wachsen noch mehr zusammen, deine Eltern sind vielleicht auseinandergewachsen. Vielleicht gab's nicht mehr so viele Gemeinsamkeiten, und sie hatten einfach nicht mehr die Kraft, es immer wieder miteinander zu versuchen. Die Gründe, warum Menschen auseinandergehen, sind wahrscheinlich so verschieden wie die Menschen selbst.»

Brian sah sie lange an. Hier, bei ihr, so eng mit ihr zusammen, kam er sich immer vernünftig und erwachsen vor. Ganz anders als im Yard. «Ich liebe dich, Leah. Es tut mir leid, daß ich soviel getrunken habe. Und auch das mit der Professorin tut mir leid. Ich liebe dich. Und das verspreche ich dir: Ich werd nie aufhören, es immer wieder mir dir zu versuchen. Ich werd nie alles für uns beide entscheiden wollen. Ich will immer mehr mit dir zusammenwachsen. Weil ich dich liebe. So wie ich noch nie jemanden geliebt habe.»

Sie stand auf. Er wollte sie in die Arme nehmen, sie hochheben, zu ihrem Bett tragen. Aber sie sollte spüren, wie ernst es ihm war, darum blieb er stehen, zwang sich zu einer Geduld, die er sich selbst nicht zugetraut hätte. Er wartete, bis sie ihn an der Hand faßte und zum Bett zog. Sie sollte an ihn glauben. Wissen, daß sie sich auf ihn verlassen konnte. Nichts wünschte er sich so sehr.

Die Fahrt zurück zum Yard dauerte nicht lange, Keegan hatte ihm den Corvette geliehen, ein schnelles Auto. Immer noch war er innerlich aufgewühlt. Um sich abzulenken, schaltete er das Radio ein. Er drehte von einem Sender zum anderen, ein paar Takte Musik, Wortfetzen aus einer Nachrichtensendung... Es hatte keinen Zweck, das Radio konnte ihm die düsteren Gedanken auch nicht vertreiben, er schaltete es aus.

Ja näher Annapolis kam, desto mehr verhedderte er sich in seinen Grübeleien. Was er Leah gesagt hatte, war die Wahrheit. Er liebte sie wirklich. Er wünschte sich, alles mit ihr zu teilen. Er wollte, daß sie sich verstanden. Einer mußte in der Welt des anderen zu Hause sein. Ihm fiel wieder ein, was sie über Annapolis gesagt hatte. Daß sie dazu erzogen würden, sich anzupassen. Das saß tief. Und sie hatte einfach nicht recht. Sie verstand das nicht. Das Leben in der Navy – das war für einen Mann wie ein Prüfstand. Da lernte er sich erst richtig kennen. Wieso wollte ihr das nicht in den Kopf?

Auf einmal glaubte er zu ahnen, woran es lag. Mein Gott, wenn es das war... Er wurde so nervös, daß er gar nicht merkte, wie schnell er fuhr. Erst als er drei Wagen überholt hatte, sah er auf den Tacho. Achtzig. Verdammt.

War es so etwas wie Eifersucht? Kam ihr innerer Widerstand gegen die Navy im Grunde daher, daß sie eifersüchtig war? So wie seine Mutter eifersüchtig auf Vaters Berufswelt, auf die Männerwelt in der Navy gewesen war? Warum empfanden Frauen das so? Fühlten sie sich beiseite gedrängt? Wenn es so war... Wie sollte er denn darauf reagieren?

Er kam nach Annapolis, die schmalen Straßen lagen im Dunkel, die Stadt wirkte verlassen. Er fuhr schnell, zu schnell, nahm die Kurven scharf. Die King George lag vor ihm, er gab noch mal Gas. Und plötzlich tauchte eine Gestalt auf. Undeutlich, wie ein weißer Fleck. Ganz nahe, verdammt nahe, fast hätte er das Weiß mit dem Kotflügel gestreift. Er trat auf die Bremse, das Heck des Wagens schlingerte, der Corvette stand. Mit schweißnassen Händen umklammerte Brian das Lenkrad. Erst nach einer Weile hob er den Kopf. Da draußen stand er, ganz in Weiß, wie eine Spukgestalt.

«Mein Gott, Crabtown!» murmelte Brian. «Wo treibst du dich denn um die Zeit noch rum? Ist dir was passiert?»

Crabtown Earle nannten die Midshipmen den Jungen, er war so was wie der Stadttrottel. Er baute sich vor dem Corvette auf, ahmte den militärischen Gruß nach – komisch verrenkt, mit gespreizten Fingern und angewinkeltem Ellbogen, halb wie eine Marionette, halb wie ein spielendes Kind.

Der Schreck saß Brian noch in den Knochen, er lenkte den Wagen an Earle vorbei. Mein Gott, das war knapp! Um ein Haar hätte er ihn erwischt. Und das hätte gerade noch gefehlt. An Earles großen Bruder – Ray oder Roy oder so ähnlich hieß er – durfte Brian gar nicht denken. Das war so ein Schlägertyp. Einmal hatte er einen Midshipman, der Crabtown Earle gehänselt hatte, krankenhausreif geprügelt. Nicht auszudenken, wie er auf Brian losgegangen wäre!

Er war froh, als er im Yard ankam. Aber als er in Mutter B. die Treppe hochgestiegen und die Tür zu seiner Stube aufgestoßen hatte, prallte er entsetzt zurück. Du liebe Zeit, was war denn hier los? Die halbe Kompanie lümmelte in der Bude herum. Auf dem Fußboden, auf den Kojen, auf den Schreibpulten – wohin er auch guckte, überall Midshipmen. Und die waren diesmal nicht gekommen, um irgendeinen Blödsinn auszuhecken, das sah Brian auf den ersten Blick. Die waren in Rage, die Burschen, einer wie der andere, in denen kochte was. Er fluchte leise. Verdammt, er war müde, er wollte in die Koje. Und er hatte keine Lust, erst einen Haufen Crewkameraden aus der Stube zu scheuchen. Aber freiwillig gingen die so schnell nicht, das sah er ihnen an.

Jordan winkte ihm zu. Er sah genauso wütend aus wie die anderen. «Hast du's schon gehört?»

Brian sah sich nach Harrison Keegan um, der ihm den Corvette geliehen hatte. Er entdeckte ihn auf Spiders Schreibpult, drängte sich zu ihm durch, drückte dem langen Texaner den Autoschlüssel in die Hand und murmelte: «Danke, sag's mir, wenn ich mal was für dich tun kann.» Dann erst ging er auf Jordans Frage ein. «Was soll ich gehört haben?»

«Das mit der Greene.»

«Mann, ich war in D. C., wie soll ich da was über Ariel Greene gehört haben?» Mit zwei Schritten war er bei seinem Wandregal, schob Hog beiseite, der dort herumlungerte und ausgerechnet Bris Wäschepaket als Sitzkissen benutzte. «Zum Teufel, kann mir mal einer verraten, was hier eigentlich gespielt wird?»

Spider machte es kurz. «Sie springt nicht vom Turm, das ist alles.»

«Quatsch», sagte Brian. «Natürlich springt sie, wie alle anderen auch.»

Jeder mußte vom Zehnmeterturm springen, wenn er das Abschlußzeugnis bekommen wollte. Es gab keine Ausnahmen, ohne den Sprung bekam keiner das Leutnantspatent. Nur darum waren die meisten die steile Wendeltreppe hochgeklettert, mit Angstschweiß im Nacken und mit schlotternden Knien, hatten oben auf der Plattform über dem Tauchbecken gestanden, sich zentimeterweise bis ans Ende des Sprungbretts vorgeschoben und, halb besinnungslos vor Entsetzen, ins dunkle Wasser gestarrt, das so unvorstellbar tief unter ihnen lag. Das Becken sah aus zehn Metern Höhe winzig aus, und das große blaue N, das vom Boden heraufschimmerte, ließ ahnen, wie tief das Wasser war. Über einem wölbte sich das Dach der Schwimmhalle, so stand man da, entsetzlich einsam, atmete die chlorgeschwängerte Luft, war vom grellen Licht der Deckenscheinwerfer halb geblendet und wußte, daß es kein Pardon gab. Runter mußte jeder, nur, ob er mit offenen oder geschlossenen Augen springen wollte, das durfte er sich aussuchen.

Natürlich, es gab jedes Jahr ein paar, denen vor dem letzten Schritt einfach die Nerven versagten, sie schafften es nicht, so tief ins Nichts zu springen. Auf den letzten Schritt kam es an, den mußte jeder allein tun, ohne helfende Hand, ohne Schubs durch einen Crewkameraden. Da half den meisten nur die Gewißheit, daß sie unbarmherzig gefeuert wurden, wenn sie die Mutprobe nicht bestanden. Kein Sprung, kein Abschlußzeugnis, kein Offizierspatent. Und das war schlimmer als die Tiefe. Es gab keine Ausnahme. Jeder mußte da durch.

«Ich sag dir, sie wird nicht springen.»

«Was quasselst du da?»

Spider sah ihn grimmig an, er zischte vor Wut, als er's Brian erklärte: «Die Greene hat 'n Attest.»

«Was soll der Scheiß? Was für'n Attest?» In Annapolis gab's kein Attest. Für nichts. Für keinen.

«Na, eben ein Attest, du Arschloch!» Jordan schnappte fast die

Stimme über. «Sie hat's schwarz auf weiß, daß sie nicht da runter muß.»

«Das gibt's nicht.»

Keegan, eins zweiundneunzig Gardemaß, kam hoch, er knurrte wie ein gereizter Hund. «Verdammt und zugenäht, die Greene hat irgendein Arschloch von Nervenarzt dazu gebracht, daß er herkommt und ihr 'n Attest beschafft, kapierst du das nicht? Angeblich hat sie 'n Kindheitstrauma. Jedenfalls kann sie nicht da hochklettern. Akrophobie – oder wie das heißt. Ihr Arzt hat so 'n paar alte Säcke in Washington an der Hand, und die haben ein paar Senatoren was ins Ohr gemurmelt, und da war's gelaufen.»

«Und unsere Pfeifen ganz oben haben den Buckel krumm gemacht und ihr das Attest ausgeschrieben», fuhr Jordan fort. «Die kriegen doch immer gleich Fieber, wenn in Washington einer hustet. Auf einmal ist ihnen eingefallen, daß der Zehnmetersprung ja nur so 'ne Art Training ist, falls mal einer im Ernstfall von einem Kriegsschiff springen muß. Und weil Klein-Ariel ein Weib ist und Weiber nicht zur Flotte kommandiert werden, muß sie nicht springen. Alle anderen ja, aber sie nicht.»

«Mannomann.»

«Ich frag mich bloß, was Stocker Wallace sagt, wenn er das hört!» Wallace, ein Firstclassman, den alle besonders gern gemocht hatten, war vor zwei Jahren gefeuert worden, weil der den Sprung nicht geschafft hatte. Ein paar Wochen vor der Ernennung zum Leutnant. «Verdammt, ich möcht nicht hören, wie der zu toben anfängt.»

Jordan sah erst Spider an, danach Brian, und dann sagte er mit verkniffenem Mund: «Buck hatte recht. Ihr wißt ja, was ich meine. Thanksgiving.» Und zu den anderen gewandt: «Buck sagt, seine Crew, das war die letzte, in der's noch richtige Midshipmen gab. Seitdem sie die Pussies reinlassen, ist nichts mehr los.»

Keegan nickte. «Er ist nicht der einzige, der das sagt. Wißt ihr, was die Crew '79 in ihren Ring graviert hat? LCME.» Er wartete, bis ihn alle gespannt ansahen. «Letzte Crew mit Eiern.»

«Himmelarschundzwirn, wenn wir bloß LCMP in unsern Ring gravieren könnten, letzte Crew mit Pussies», fluchte Hog.

Brian war jetzt genauso wütend wie die anderen. «Denen zuliebe machen sie dauernd Ausnahmen. Letztes Jahr zum Beispiel. Jeder weiß doch, daß die Mendosa nicht den ersten Platz verdient hatte. Hat sich aber nach außen prima gemacht. 'n Mädchen – und außerdem eins mit Indianerblut, zwei Minderheiten auf einen Streich. So was gibt 'ne gute Presse.»

Ted Ruley räusperte sich. «Nun wollen wir mal nicht übertreiben, sie war ja auch ganz gut, oder? Wenn ihr mich fragt, sie hatte den Platz eins schon verdient.»

«Fragt dich aber keiner!» schnauzte Keegan ihn an. «Wenn ich's auch nicht beweisen kann, für mich steht fest, daß sie's von Anfang an so hindrehen wollten. Warum haben sie denn plötzlich nicht mehr in der Crew über den Spitzenplatz abstimmen lassen? Jahrelang war das üblich, und auf einmal erzählen sie uns, das wär nicht mehr zeitgemäß. Die können mir doch nichts vormachen. Die wissen genau, wenn wir abstimmen könnten, so wie früher, dann käm von den beschissenen Pussies keine übers letzte Drittel raus, das sag ich euch!»

«Ach komm, die sind gar nicht so übel.» Ted Ruley hatte den Mut, zum zweitenmal zu widersprechen, wenn auch nur leise.

Es klopfte, alle fuhren herum. Einer von den Segundos stand draußen Schmiere, jetzt streckte er den Kopf zur Tür rein: «B. B. kommt!» Sie drängten sich durch die Tür wie eine Herde Schafe, hinter der die Hunde her sind.

Jordan schlug, als er mit Brian und Webb allein war, mit der Faust aufs Schreibpult. «Sie darf nicht damit durchkommen.»

«Reg dich ab, Mann.»

«Ich denk nicht dran. Man sollte sie gleich jetzt reinschmeißen.»

Brian wurde es mulmig. Die unverhohlene Wut von Jordan war ihm unangenehm. «Nun halt mal die Luft an.»

«Verdammt, Tyler, findest du das etwa fair? Was glaubst du denn, was sie mit dir machen würden, wenn du nicht springst? Denkst du, dein Vater könnte dir helfen? Oder irgend so ein hergelaufener Doktor? Die würden dich feuern, so schnell könnt'st du gar nicht gucken! Hab ich recht, Spider?»

Webb Garrick stand am Fenster, drehte ihnen den Rücken zu und starrte in die Dunkelheit. Für ihn selbst war der Sprung verdammt hart gewesen. Brian hatte ihn wer weiß wie oft schwitzend da oben stehen und dann doch wieder umkehren sehen. Er ahnte, wie schwer ihm das gefallen war, wie tief es seinen Stolz verletzt hatte. Aber was es ihn innerlich gekostet hatte, bis er dann schließlich irgendwann doch gesprungen war, das wußte nur Spider selbst. Brian konnte das nicht nachempfinden. Er war schon als Frischling vom Zehnmeterturm gesprungen, gleich in den ersten Wochen, er fand nichts dabei.

Auf einmal fühlte er sich müde. Er knöpfte das Hemd auf, ging zum Waschbecken, schluckte eine Kopfschmerztablette. Das war alles ein bißchen viel gewesen, heute abend. Die Drinks bei der Mason, die Diskussion mit Leah, um ein Haar der Unfall mit Crabtown Earle – und jetzt das hier. Durch die Sache mit der Greene wurde es für die Mädchen im Yard bestimmt nicht leichter. Alte, halb verschüttete Ressentiments wurden geweckt. Andererseits, morgen früh konnte alles schon wieder ganz anders aussehen. Bis dahin hatten die Gemüter sich beruhigt. Im Grunde hatten die meisten ja gar nichts dagegen, daß auch Frauen in die Navy aufgenommen wurden. Probleme hatten nur die Alten damit, die Stabsoffiziere, nicht die Midshipmen.

«Wartet mal, bis Buck von der Sache erfährt!» sagte Jordan. «Ich hör ihn schon: Seht ihr, ich hatte recht. Der Yard ist 'ne Spielwiese für Pussies geworden. Und habt ihr auch schon dran gedacht, was der verdammte Witz bei der Geschichte ist? Ariel Greenes Scheißattest kostet jeden von uns einen Riesen!»

«Was red'st du denn jetzt wieder für 'n Scheiß zusammen?»

«Die Wette, Mann! Hast du unsere Wette mit Buck vergessen? Die verlieren wir wegen der Greene mit ihrem Scheißtrauma. Die blöde Fotze ist die einzige mit Chancen fürs obere Drittel. Die kommt unter die ersten fünfundzwanzig, sag ich euch. Und sie muß nicht mal springen.»

Spider stand immer noch am Fenster, er drehte sich nicht um. Aber sie sahen, daß er die Hände zu Fäusten ballte und die Schultern straffte. «Vielleicht auch nicht», sagte er. Er sagte es sehr leise. Gefährlich leise, fand Brian.

«Ach, Spider, hör auf zu träumen!»

«Das hat nichts mit Träumen zu tun. Ich sag nur: Vielleicht muß sie doch runter ins Wasser.»

10

An der Akademie wird die Zeit nicht mit demselben Maß gemessen wie draußen. Der Glockenschlag, dem die Welt rundum folgt, verhallt hier ungehört; der Rhythmus der Stunden, Tage, Wochen und Monate hat in diesen Mauern keine Gültigkeit. Schrilles Läuten markiert im Yard den Ablauf der Stunden, die Tagezeiten heißen Exerzieren, Unterricht, Studium, Essen und Schlafen. Es ist, als wären die Brücken nach draußen abgebrochen; die Zeitlosigkeit ist die Tarnkappe, unter der sich der Yard verborgen hält.

Der Dezember ging zu Ende, der Januar brachte die Kälte, der Februar die eisigen Winde. Die rauhen Wintermonate wollten kein Ende nehmen, der Frühling schien unerreichbar fern. Wie lange dauerte sie noch, die dunkle, verlorene Zeit?

Brian klappte das Lehrbuch zu, schob den Stuhl zurück und ging ruhelos auf und ab, immer im gleichen engen Geviert zwischen den Kojen. So hatte er sich seine Hochzeitsnacht wahrhaftig nicht vorgestellt. Was mochte sie jetzt machen? Ein Blick auf die Armbanduhr – seit genau fünf Stunden war er verheiratet. Es kam ihm so unwirklich vor: Fünf Stunden, seitdem sie sich das Jawort gegeben hatten. Und jetzt saß er hier allein in Mutter B. in seiner Stube und büffelte, und sie saß in ihrem Apartment in D. C., genauso allein, auch über ein Lehrbuch gebeugt, sie mußte sich für ihr Psychologieexamen vorbereiten. Er war allein. Und sie weit weg, unerreichbar. Obwohl er sich gerade jetzt so nach ihr sehnte – so verdammt gierig nach ihr sehnte ... Da half nur eine kalte Dusche. Und das in der Hochzeitsnacht. Mein Gott, wie verrückt das alles war!

Auch die Hochzeit selber war nicht gerade das gewesen, was ein Mädchen sich von so einem Tag erträumt. Leah hatte sich nicht beklagt, im Gegenteil, er sah noch ihr glückliches Lächeln, und er schwor sich, irgendwann alles nachzuholen, worum sie an diesem Tag betrogen worden war. Eines Tages feierten sie das Fest, für das heute keine Zeit gewesen war, versprach er ihr in Gedanken. Daß es sie gab, war das einzige, worauf er noch stolz sein konnte. Der Rest war klägliches Versagen.

Fühlst du dich eigentlich nie einsam dort, Brian?

Im Dezember war das gewesen, da hatte sie ihn das gefragt. Heute, an einem kalten, unfreundlichen Februarabend, hätte er die Antwort gewußt. Nach allem, was in der Zwischenzeit geschehen war, konnte es nur eine Antwort geben. Ja, hätte er gesagt, ja, ich bin einsam. Ich friere, weil mir deine Wärme fehlt. Ich habe Angst. Ich weiß nicht mehr ein noch aus. Heute abend hätte er die Antwort gewußt.

Daß es keine Ordnung mehr in seinem Leben gab, war das allerschlimmste. Nicht einmal die Hochzeit hatte etwas daran geändert. Er schaute auf den Kalender. Noch eine Woche. Ende Februar begannen die Akademieferien. Ein paar Tage nur, aber wenigstens das. Ausbrechen, heimfahren, heim nach Connecticut. Er blätterte im Kalender weiter, aber er mußte die Wochen nicht erst zählen, er wußte es auch so – noch genau drei Monate, bis er das Offizierspatent bekam. Drei Monate noch, dann war Annapolis Vergangenheit. Auf diesen Augenblick hatte er vier Jahre gewartet, dafür hatte er alles ertragen. Leutnant in der U. S. Navy. In drei Monaten hatte er es geschafft.

Durchhalten, das war alles, was er jetzt noch tun mußte. Zuerst die eine Woche bis zu den Akademieferien. Und dann zwölf Wochen, bis sie ihm die Urkunde in die Hand drückten. Die paar Wochen, das konnte doch nicht so schwer sein? Durchhalten, sonst nichts. Und trotzdem wurde aus seiner Ahnung jeden Tag ein bißchen mehr Gewißheit: Er schaffte es nicht, er konnte nicht durchhalten.

Die Stille in der Stube war bedrückend. Spider war in die Bibliothek gegangen, Jordan mit Keegan in die Stadt gefahren. Zu dritt unternahmen sie kaum noch etwas. Früher waren sie mal unzertrennlich gewesen. Jetzt hüllte die Einsamkeit Brian ein wie ein Mantel aus Eis.

Ja, Leah, ja, ich bin einsam.

Vor zwei Stunden waren sie noch zusammen gewesen. Und trotzdem fehlte sie ihm schon so sehr.

«Wie du dich auch entscheidest, ich halte zu dir», hatte sie beim Abschied gesagt. Natürlich, sie meinte das ehrlich. Aber sie wußte eben nicht alles. Er hatte ihr nur einen Teil erzählt, nur das, was sie und ihn betraf. Das andere hatte er ihr verschwiegen, weil er sich zu sehr schämte.

Sie nannten es *den Unfall.* Stillschweigend hatten sie sich darauf geeinigt, es so zu umschreiben, Spider und Jordan und er. *Ein Unfall.* Als ob sie damit die Verantwortung los wären. Mein Gott, wie hatte er so tief abrutschen können? Wie hatte er an einem einzigen

Abend alles verlieren können, was ihm vorher Richtschnur und Maßstab des Lebens gewesen war? Wenn es diesen einen Abend nicht gegeben hätte, wenn das alles nicht geschehen wäre, das, was sie *den Unfall* nannten... Hätte er dann – den Grundregeln der Akademie zum Trotz – Leah geheiratet?

Inzwischen gab es so vieles, was niemand wissen durfte. Zuviel. Dinge, die sie in der Akademie nicht erfahren durften, andere, über die er mit Leah nicht sprechen konnte. Sogar Leah selbst war etwas, was er geheimhalten mußte, nicht einmal seinen Eltern hatte er von ihr erzählt.

Warum eigentlich nicht? Warum nicht wenigstens seiner Mutter? Vielleicht, weil er das Gefühl hatte, Leah gehöre nur ihm. Sie war der Teil seines Lebens, den er für sich behalten wollte. Als er während der Weihnachtstage zu Hause in Connecticut war, war er fast soweit gewesen, seiner Mutter alles zu erzählen. Aber das Telefon war dazwischengekommen, ein Anruf von Nina. Und bis seine Mutter dann den Hörer wieder auflegte, hatte er den Mut dazu verloren. So blieb Leah eins seiner Geheimnisse, und inzwischen war ein neues, viel größeres Geheimnis dazugekommen, seine Heirat. So war das wohl immer. Wenn man einmal anfing, Geheimnisse zu haben, kam eines zum anderen, und am Schluß hatte man sich in einem Netz aus Lügen und Heimlichkeiten verfangen.

Beim Gedanken an seine Mutter fühlte er sich erbärmlich. Sie nicht zu enttäuschen, ihr nicht weh zu tun – das hatte immer sein Denken und Handeln beherrscht. Schlimm genug, daß Vater ihr weh getan hatte. Nun mußte wenigstens er ihre Träume wahr werden lassen, alles, was sie sich von ihm erhoffte. Der perfekte Sohn sollte er sein, einer, auf den sie immer stolz sein konnte, der alles richtig machte.

Ihre Liebe und ihr grenzenloses Vertrauen machten ihm angst. Bestimmt war es schrecklich für sie, wenn sie erfuhr, daß er heimlich geheiratet hatte. Eines Tages würde sie es erfahren. Er fürchtete sich vor dem Augenblick. War es falsch gewesen? Leah und er hatten es sich nicht leicht gemacht, wieder und wieder hatten sie sich gefragt, ob es richtig wäre. Und wenn sie geglaubt hatten, sie dürften es auf keinen Fall tun, waren sie im nächsten Augenblick schon sicher gewesen, daß es keine Alternative gab. Jetzt brauchte er nicht mehr zu grübeln, jetzt war es sowieso zu spät.

Durchhalten. Wie, um Himmels willen, sollte er bis Mai durchhalten? Blieb er in Annapolis, dann wurden es entsetzlich harte Wochen für Leah. Sie beklagte sich bestimmt nicht, sie setzte ihn nicht unter Druck, das wußte er.

Bis Mai. Danach konnte er das Netz aus Lügen und Geheimniskrämerei zerreißen, sie konnten neu anfangen. Aber er hatte es noch nicht zu Ende gedacht, da wußte er schon, daß er sich selbst belog. Was geschehen war, konnte er nicht einfach abstreifen wie ein schmutziges Hemd und glauben, damit wäre alles erledigt. Versagen und Schuld trägt man nicht über der Haut mir sich herum, das sitzt tief drinnen.

Und war es überhaupt möglich, das Netz zu zerreißen? Wieder mit sich ins reine zu kommen, das wünschte er sich so sehnlich, daß es in ihm brannte wie körperlicher Schmerz. Nur ein Name fiel ihm ein, wenn er darüber nachdachte, wer ihm helfen könnte: nicht Leah, erkannte er verblüfft. Mit einer Sicherheit, für die es keine Erklärung gab, wußte er, daß er sich an seine Mutter wenden mußte. Er brauchte sie, nur mit ihrer Hilfe konnte er noch einmal neu anfangen. Ehre – das war nicht etwas, was sie ihm erst hier an der Akademie beigebracht hatten. Alles, was er mit dem Begriff verband, verdankte er seiner Mutter. Sich so zu verhalten, daß er vor sich selbst bestehen konnte – das hatte sie ihm als Maxime fürs Leben mitgegeben, lange vor seinem Diensteid.

Er nahm das Briefpapier aus dem Schreibpult. Wie sollte er ihr erklären, was geschehen war? Warum es geschehen war? Er fing an zu schreiben, und schon nach den ersten Worten spürte er, daß die Dinge klarer wurden; es war, als hätte er begonnen, in sich aufzuräumen. Es war nicht wichtig, ob er die richtigen Worte fand. Es kam nicht darauf an, ob er überhaupt eine Antwort auf die Frage nach dem Warum wußte. Sie würde ihn verstehen.

Aber genauso sicher wußte er, daß Vater ihn nicht verstehen würde. Eine Erinnerung drängte sich auf. Damals in Norfolk... Es war schon so lange her, Brian hatte geglaubt, er hätte es schon verdrängt. Damals in Norfolk war eines Tages ein Crewkamerad seines Vaters zu Besuch gekommen, einer aus dem Marine Corps, Captain Bud McGreevy, ein Kerl wie aus dem Bilderbuch, groß, schwarzhaarig, mit den Schwingen der Jetpiloten auf der Uniform. Zu seinen blaugrünen Augen hätte ein Lächeln gut gepaßt, aber McGreevy war nicht zum Lächeln zumute gewesen. Humpelnd war er angekommen, auf eine Krücke gestützt, die Arme bis zu den Ellbogen in Bandagen.

Sein Vater war gleich mit McGreevy im Wohnzimmer verschwunden und hatte die Tür hinter sich ins Schloß gedrückt, Mutter war still in die Küche gegangen. Nur er, Brian... Er schämte sich jetzt noch deswegen: Er war, obwohl – nein, weil er wußte, daß da drin etwas besprochen wurde, was nicht für seine Ohren bestimmt war, zur Tür geschlichen und hatte gelauscht.

Mike, bei mir sieht's zur Zeit beschissen aus. Kann sein, daß ich die Schwingen verliere.

Um Himmels willen, setz dich endlich hin und erzähl mir, was passiert ist.

Eine saublöde Geschichte. Ich bin selbst schuld.

Zum Teufel, Bud, was war denn los?

Es ist drüben in Willow Grove passiert. Ich war gelandet und wollte zum Hangar rollen. Da hör ich über Funk einen Notruf. Einer meldet Feuer an Bord, die Maschine schwebt gerade ein. Verdammt, geht mir durch den Kopf, jetzt muß ich bestimmt wer weiß wie lange warten. Na schön, ich nehm die Sauerstoffmaske und den Helm ab und denk... Na ja, du kennst das ja. Halt dich da raus, denk ich, tu so, als hätt'st du nichts gehört. War 'n verdammt heißer Tag, und wie ich so in meiner Mühle sitze, merk ich: Mensch, das zieht sich, das dauert noch länger, als du gedacht hast. Und irgendwie hat's dann bei mir ausgerastet. Ich hatte 'n Päckchen Zigaretten einstecken, und... Na ja, da hab ich mir eben eine angesteckt.

Ach du meine Fresse.

Saublöd. Ich wußte ja, daß es verboten ist. Aber ich habe gedacht... Ach, ich weiß auch nicht, was ich gedacht hab. Und dann hab ich noch die Stichflamme gesehen. Kam einfach so hochgeschossen, wie aus 'm Lötkolben. Ich hab versucht, das Feuer auszuschlagen, aber da war nichts zu machen. Das ganze Cockpit stand in Flammen. Muß irgendwo 'n Leck in der Sauerstoffleitung gewesen sein, was weiß ich. Einer vom Bodenpersonal hat gemerkt, was los war. Kam mit der Leiter angerannt und hat mich rausgeholt.

O verdammt, Mann. Und was ist dir passiert?

Hätte schlimmer sein können. An den Händen Verbrennungen dritten Grades. An den Beinen zweiten Grades. Die Eier hat's auch erwischt.

Ich hab ja immer gewußt, daß du heiße Eier hast.

Hör auf, Mike, mir ist das Lachen vergangen. Die haben eine Untersuchung gegen mich eingeleitet.

Weiß jemand, daß du geraucht hast?

Ich nehme an, sie denken sich ihr Teil. Mein Commodore hat mich zu sich zitiert. Hat gesagt, er wüßte nicht, was passiert ist, und er wollte es auch gar nicht wissen. Er schätzt mich, hat er gesagt. Und dann hat er gesagt: ‹Manchmal ist es besser, wenn man nicht mit der Wahrheit hausieren geht. Haben Sie verstanden, Bud? Man muß auch mal lügen können.› Mehr hat er nicht gesagt. Und außer ihm hat mich keiner auf die Sache angesprochen. Was denkst du, Mike, was soll ich machen?

Willst du weiter fliegen?

Kennst du 'ne Hure, die die Beine nicht breit machen will?

Tja, wenn du mich fragst... Ich finde, was dein Commodore gesagt hat, hört sich gar nicht so dumm an.

Obwohl es schon so lange her war, konnte Brian sich an jedes Wort erinnern, und weil er es eben noch so genau wußte, war ihm klar, daß er gar nicht zu versuchen brauchte, an seinen Vater zu schreiben. Ihm schildern, was geschehen war? Sagen, daß er deshalb nicht mehr Offizier in der Navy werden könnte? Brian wußte, daß sein Vater ihm zureden würde, trotzdem zu bleiben. *Man muß auch mal lügen können.*

Nein, er würde den Dienst quittieren, er mußte es tun, das war ihm jetzt klar. Noch gestern – ach was, noch heute nachmittag wäre ihm der Gedanke unvorstellbar gewesen. Aber jetzt wußte er, es gehörte sich nicht nur so, es gab überhaupt keine andere Möglichkeit.

Er konzentrierte sich auf den Brief. Noch einmal las er, was er bis jetzt geschrieben hatte. Dann lehnte er sich zurück, er war zufrieden mit sich. Trotz all seiner Zweifel hatte er nicht versucht, seiner Mutter etwas vorzumachen. Wenigstens ihr gegenüber war er ehrlich. Und dabei sollte es bleiben, wenn er jetzt weiterschrieb und ihr schilderte, was geschehen war. Er hoffte, daß er nicht zu feige war, ihr alles einzugestehen. Schonungslos, obwohl er wußte, wie weh er ihr damit tun mußte. Zum ersten Mal in seinem Leben wußte er: Was ich jetzt tue, wird meiner Mutter Kummer bereiten. Trotzdem. Er beugte sich über den Schreibblock, mit Tränen in den Augen schrieb er weiter.

Jordan stand unter der Tür, unentschlossen, ob er hereinkommen sollte. Lauernd beobachtete er, was Brian tat. Er wartete, bis sein Stubenkamerad den Brief zu Ende geschrieben, den Bogen gefaltet und den Umschlag verschlossen hatte, dann erst kam er herein. Er sah Brian nicht an, sie murmelten einen flüchtigen Gruß.

«Wo ist Spider?»

«Drüben in der Bibliothek.»

«Der ist ein richtiger Streber geworden. Er hätte mit in die Stadt kommen sollen», sagte Jordan.

Brian roch die Bierfahne. Er überlegte, ob er es Jordan gleich sagen sollte. Eigentlich hatte er warten wollen, bis beide da waren, Jordan und Spider. Aber jetzt, nachdem er an seine Mutter geschrieben hatte, fiel es ihm nicht mehr so schwer, darüber zu reden, er wollte es hinter sich bringen.

«Ich mach Schluß, ich quittiere den Dienst. Ich hab's gerade meiner Mutter geschrieben.»

Brian starrte ihn an, als hätte er sich verhört. Dann lachte er. «Sehr witzig.»

«Das ist kein Witz. Ich reiche mein Entlassungsgesuch ein.» Es tat ihm gut, Jordans jähes Entschrecken zu sehen. War nicht Jordan im Grunde an allem schuld?

«Was ist los, bist du betrunken?»

«Ich? Du stinkst nach Bier, nicht ich.» Er hatte es nicht so grob sagen wollen, die Kluft zwischen ihnen sollte nicht noch größer werden; ruhig fügte er hinzu: «Leah und ich haben heute geheiratet.»

Jordan atmete erleichtert auf. «Ach so, das ist es. Mensch, Bri, deswegen wirst du doch nicht alles hinschmeißen? Damit machst du's doch nur noch schlimmer.»

Brian sagte leise: «Es ist nicht nur deshalb.»

«Was ist passiert? Hast du ihr 'n Kind gemacht?»

Brian sah ihn wütend an, dann fuhr er sich mit der Hand über die Augen, als wollte er den Ärger wegwischen. «Du weißt genau, daß Midshipmen nicht verheiratet sein dürfen.»

«Klar. Alle wissen das. Aber jeder weiß auch, daß zwei von den Segundos heimlich geheiratet haben. Und ich kann dir mindestens drei Firsties aufzählen, die 'ne Frau zu Hause sitzen haben, einer ist sogar schon Vater. Mann Gottes, meinst du, die da oben wüßten nicht, was läuft? Quatsch, Mann, die tun einfach so, als wüßten sie von nichts. Ich weiß von einem Fall, da hat der Kompaniechef einem seiner Leute sogar geraten, das Mädchen zu heiraten. Wenn's so ist, hat er gesagt, wenn sie dir Dampf macht – tja, dann muß du sie eben heiraten.»

Brian sah ihn lange an. Seit Wochen schlichen sie umeinander herum, guckten sich kaum noch an. Heute fiel ihm zum ersten Mal auf, daß Jordan Schuhe mit schiefgelaufenen Absätzen trug und daß die weiße Dienstmütze einen Speckrand hatte. «Es ist ein Verstoß gegen unsern Ehrenkodex. Warum stellen wir überhaupt Regeln auf, wenn wir sie nicht einhalten wollen?»

«Mensch, Tyler, werd endlich erwachsen! Keiner gibt auch nur einen Furz drum, ob ein Midshipman verheiratet ist oder nicht. Wird er denn deswegen ein schlechterer Offizier?» Jordan nahm die Mütze ab, legte sie aufs Regal. Sogar im Zorn lag in dieser beiläufigen Geste die lässige Eleganz eines Offiziers.

Brian warf den Kugelschreiber aufs Pult. «Das ist noch nicht alles.» Jordan fuhr herum, er wartete gespannt, er ahnte, was jetzt kam. «Da ist noch die andere Sache, die vom Dezember. Ich werd nicht damit fertig.»

«Aber deswegen wirst du doch nicht kurz vor dem Ziel aufgeben? Mann, bist du denn total bescheuert?» Er kam auf Brian zu. «Mal angenommen, sie fragen dich, warum du abgehen willst – was sagst du dann? Willst du ihnen etwa auf die Nase binden, was damals passiert ist?» Daß Brian ihn nur stumm anblickte, machte Jordan erst recht nervös. «Verdammt, dieses kleine dumme Miststück hat ja auch das Maul gehalten. In einer Woche fahren wir nach Hause. Warum das alles noch mal aufrühren? Du siehst doch selber ein, daß das Blödsinn wäre, oder nicht? Na los, sag schon was!»

Brian sagte nichts. Er hätte nicht gewußt, was er antworten sollte.

«Hör mal, Bri, das sind zwei Paar Schuhe. Wenn du deinen Arsch hinhalten willst, ist das dein Bier. Ich find's zwar dämlich, aber mach, was du willst. Bloß, zieh gefälligst Spider und mich nicht mit rein, hörst du? Das gibt's nicht. Mach dir das gefälligst klar, ehe du von deinem eigenen Geschwätz über Anstand und Ehre besoffen wirst!»

Brian verstand Jordans Wut. Das war's ja gerade, was alles so schwierig machte. Er traf seine Entscheidung nicht nur für sich allein. Wie er es auch drehte und wendete, er zog andere mit hinein. Seinen Vater. Seine Mutter. Seinen Großvater. Leah. Spider. Jordo. Keegan. Vielleicht die ganze Crew. Und wer weiß, wen sonst noch alles.

Einen Augenblick lang wurde er unsicher. Hatte er das Recht

dazu? Aber so pauschal konnte er die Frage nicht beantworten, es waren zu viele, und bei jedem lagen die Dinge anders. Er mußte sich auf den Kreis derer konzentrieren, die ihm am nächsten standen. Leah. Seine Eltern. Auch noch sein Großvater. Das waren die, an die er vor allem zu denken hatte. Aber das waren auch die, die ihn liebten. Also mußte die Frage doch ganz anders lauten: Was gab ihm das Recht, an ihrer Liebe zu zweifeln? Daran zu zweifeln, daß sie letzten Ende eben doch zu ihm halten würden, sogar sein Vater?

Ihm fiel wieder ein, was sein Großvater zu ihm gesagt hatte, kurz bevor er nach Annapolis gegangen war. «Manchmal steht man vor schwierige Entscheidungen und weiß nicht ein noch aus. Aber jeder von uns besitzt so etwas wie ein Meßgerät für Anstand und Moral. Es steckt tief in uns drin, und wenn man darauf hört – und nicht auf alle möglichen Ausflüchte, die einem durch den Kopf gehen –, dann kann man gar nichts falsch machen. Der Verstand kann einen betrügen und alles mögliche vorgaukeln, aber die innere Skala ist unbestechlich.»

Die Verkrampfung löste sich, es war, als hätte ihm jemand einen Schleier vor den Augen weggezogen. Auf einmal war es klar. Sein Großvater hatte recht. Es war gar nicht so schwierig. Egal, was er dafür in Kauf nahm, er wußte, was er zu tun hatte.

«Meine Entscheidung steht fest. Ich reiche meine Entlassung ein.»

In Jordans Augen mischten sich Wut mit Haß. «Du Arsch!» fauchte er, drehte sich auf dem Absatz um und ging.

Brian saß lange da und starrte auf den Briefumschlag mit Mutters Adresse. Dann klappte er den Pultdeckel hoch und kramte, bis er eine Briefmarke fand. Er klebte sie rechts oben in die Ecke. Links unter seinem Daumen war das aufgedruckte Wappen der Akademie. Das letzte Mal, daß ich dieses Briefpapier verwende, dachte er mit grimmigem Grinsen. Es gab nichts mehr, was er überlegen mußte. Nichts mehr, was ihn zögern ließ. Er ging zum Briefkasten in der Eingangshalle und schob den Umschlag durch den Schlitz. Auf dem Rückweg zur Stube hielt er sich noch gerader als sonst, stolzer als je zuvor. Er hörte jemanden seinen Namen rufen, aber er blieb nicht stehen, er wollte jetzt allein sein. Zehn Wochen lang hatte er die Schande mit sich herumgetragen, sich unter seiner

Scham geduckt. Jetzt fühlte er sich wieder wie ein Mann. Mehr als je zuvor.

Galliges Gelächter und ein paar Flüche kamen aus dem Freizeitraum im Dahlgren, dazwischen das kalte, elektronische Zwitschern der Spielautomaten. Bis hier herüber drang der Lärm, er schwappte bis in die Plexiglasmuschel der Telefonbox, in der Jordan saß und mit zitternden Händen Münzen einwarf.

Der Ruf ging hinaus, ungeduldig zählte er mit. «Na los, geh schon rahn!» keuchte er vor sich hin. «Verdammt, mach schon!» Er durfte gar ncht daran denken, daß Buck vielleicht nicht zu Hause wäre. Endlich nahm jemand ab.

«Buck? Ich bin's, Jordan.» Es klang wie gehetzt, er hörte es selber.

«Du, Kleiner?» murmelte Buck verschlafen. «Was ist los?»

«Ich muß dich sprechen, Buck. Ich brauch deine Hilfe. Ich weiß nicht, was ich machen soll.»

Er redete immer schneller. Er wußte nicht, ob er schreiend oder flüsternd um Hilfe betteln sollte. Aber so war es ja immer gewesen. Sein ganzes Leben hatte er zu Buck nichts anderes gesagt als: *Hilf mir, ich weiß nicht weiter.*

«Ich steck in der Scheiße, Buck!» Und dann merkte er entsetzt, daß er die Beherrschung verlor. Er konnte nichts dagegen tun, hilflos fing er zu weinen an.

11

Gegen Abend wurde es kühl im Wohnzimmer, Kate hätte den Thermostat höher drehen müssen; es wären nur ein paar Schritte gewesen, aber sie rührte sich nicht. Fünf Tage waren seit der Beerdigung vergangen, die Zeit hatte ihren Schmerz nicht gelindert. Sie fühlte sich am Ende ihrer Kräfte. Es gab jede Nacht so viele schlaflose Stunden, in denen ihre Gedanken ruhelos kreisten. *Find dich damit ab.* Sogar Nina hatte ihr das geraten. Michael sowieso. Und Thatcher, Kestler, Beck und die anderen in Annapolis. Alle sagten dasselbe. Sie sollte sich abfinden mit Brians Tod. Und damit, daß es ein Selbstmord gewesen war.

Aber wie konnte sie sich damit abfinden, wenn sich doch alles in ihr dagegen sträubte? Sie glaubte es einfach nicht. Brian hatte sich nicht das Leben genommen. Konnte denn niemand verstehen, daß das unmöglich war? Es mußte eine andere Erklärung geben.

«Finden Sie sich mit den Tatsachen ab», hatte ihr auch John Stocker geraten, der Physiklehrer am College. Und er hatte es gut gemeint. Vor drei Jahren hatte er selbst ein Kind verloren, seine Tochter. Sie war bei einem Autounfall ums Leben gekommen, ein Betrunkener hatte ihren Wagen mit einem Kleinlaster gerammt, frontal. Als Stocker das mit Brian gehört hatte, war er zu Kate gekommen und hatte sie zu trösten versucht. Und als sie ihm sagte, sie könne nicht an einen Selbstmord glauben, waren ihr seine Augen wie ein Spiegel vorgekommen. In den Tränen, die er mit ihr weinte, hatte sie ihren Schmerz wiedererkannt.

Mit den Tatsachen abfinden. Mit welchen Tatsachen? Die einzige Tatsache war für sie das unerschütterliche Wissen, daß Brian nicht Selbstmord begangen hatte.

Die Türglocke schlug an – sehr leise, zögernd, wie von einem Finger, der nur flüchtig über den Klingelknopf geglitten war. Es kam ihr vor, als wäre es mehr ein Versehen gewesen. Als sie aufstand, schlug die Glocke zum zweiten Mal an, diesmal lauter.

Eine junge Frau stand auf der Treppe, schlank, sehr hübsch, fast noch ein Mädchen. Irgendwie kam Kate das Gesicht bekannt vor. Vielleicht ein Mädchen, das sie am College gesehen hatte? Jedenfalls jemand, der in ihre Stille eindrang. Kate gab sich keine Mühe, ihren Unwillen zu verbergen. Sie fühlte sich gestört.

«Ja, bitte?»

«Mrs. Tyler?»

«Ja», sagte sie ungeduldig.

Die Fremde sah sie schweigend an. Sie war ungefähr so groß wie Kate, sie mußte nicht zu ihr aufschauen. Sie stand nur stumm da, und Kate spürte, daß sie auf irgend etwas wartete. Aber worauf? Kate unterdrückte den Wunsch, die Tür einfach wieder zu schließen. Irgend etwas in den Augen der jungen Frau hinderte sie daran. Nur ein paar Sekunden vergingen, während sie beide dastanden und sich schweigend musterten. Kate hätte nicht erklären können, warum sie sich dieses Gesicht, das ihr vertraut und dennoch fremd vorkam, so aufmerksam ansah. Nicht so, wie man das Gesicht einer Fremden ansieht. Sie nahm jede Einzelheit in sich auf. Das kräftige

Haar, im Nacken zu einem Knoten geschlungen. Den kleinen Leberfleck am rechten Ohrläppchen. Den klopfenden Pulsschlag an der Schläfe. Das dezente Make-up; nur unter dem linken Lid war die Wimperntusche ausgerutscht, hatte einen winzigen Fleck auf die Haut gemalt. Vielleicht, weil der jungen Frau die Hand gezittert hatte? Aber was Kate vor allem sah, war der Kummer. Ein tiefer, brennender Schmerz war in das junge, zarte Gesicht eingegraben, so deutlich wie ein Muttermal. War es das, was sie so anrührte und zugleich erschreckte?

Sie spürte, daß auch die Fremde sie aufmerksam musterte; es war, als suche die junge Frau etwas in ihr. Und dennoch fühlte Kate sich nicht belästigt, nicht ausgeforscht. Irgend etwas schien der Fremden das Recht zu geben, Kate so anzusehen. Und auf einmal wußte sie es, sie hätte nicht sagen können, wieso.

«Sie kennen Brian.»

Das Mädchen antwortete nicht. Worte waren nicht nötig, Kate ahnte die Antwort. Sie trat einen Schritt zurück, bat das Mädchen herein, und wieder las sie in den Augen des Mädchens, als es stumm in der Diele stand und sich umschaute. *Hier ist er also zu Hause gewesen*, sagten die Augen.

«Ja», murmelte Kate und begriff, daß sie auf eine stumme Frage geantwortet hatte. Was war mit ihr los? Warum zitterten ihre Hände, als sie die Tür ins Schloß drückte?

Sie führte die junge Frau ins Wohnzimmer, stellte im Vorbeigehen den Heizungsthermostat höher und setzte sich neben das Mädchen aufs Sofa. Sie wußte, mit welchen Floskeln so ein Gespräch normalerweise beginnt, sie kannte das Ritual, nach dem Fremde sich gewöhnlich mit Worten aneinander herantasten. Aber die Ungeduld zwang sie, sofort und ohne Umweg eine einzige Frage zu stellen, auf die es jetzt ankam.

«Woher kannten Sie Brian?»

«Wir haben uns letzten Sommer in Washington kennengelernt.»

Das Foto, das sie in der Akademie gesehen hatte, fiel Kate ein, Brian, seine Stubenkameraden und die drei Mädchen vor dem Washington Monument. Deshalb war ihr das Gesicht gleich so bekannt vorgekommen. Sie konnte nicht anders, sie mußte die Hand des Mädchens in ihre Hände nehmen, sie mußte sie festhalten, es war ihr, als spürte sie etwas von Brians Leben in dieser Hand. Das Mädchen – die junge Frau... Sie hatte Brian gekannt, sie war mit ihm zusammen gewesen, sie hatten gemeinsam gelacht, sie hatten ein Stück Leben geteilt.

Sie mußte mehr wissen. Sie hätte das Mädchen mit Fragen bestürmt, wäre da nicht die Ahnung gewesen, daß sie behutsam sein mußte, um die junge Frau nicht zu erschrecken. Sie mußte mit ihr über ihren Sohn sprechen. Endlich gab es jemanden, mit dem sie über Biran reden konnte. Sie merkte selber, wie fest sie die Hand des Mädchens hielt, viel zu fest; vielleicht tat sie ihm weh? Sie konnte nicht loslassen, es war, als spürte sie Brians Hand.

«Ich heiße Leah.» Das Mädchen wartete auf eine Reaktion, dann fragte es enttäuscht: «Hat er Ihnen denn nichts von mir erzählt?»

Kate war so in Gedanken vertieft, daß sie gar nicht merkte, wie bekümmert die Frage klang. «Ich nehme an, er hätte...»

«Mrs. Tyler», fiel ihr die Fremde ins Wort, «Brian... Brian und ich...» Sie zögerte. «Ach Gott, wenn ich nur wüßte, wie ich es Ihnen sagen soll.»

«Mir was sagen?»

Später wunderte Kate sich, warum sie es nicht schon geahnt hatte. Von Anfang an hatte es ein Band zwischen ihr und Leah gegeben, ein unerklärliches, fast unheimliches Band, etwas wie Telepathie.

Jetzt war es Leah, die Kates Hände hielt, es waren ihre Finger, die Kates Finger umschlossen. «Brian und ich, wir sind...» Noch einmal mußte sie Kraft sammeln, ehe sie es aussprechen konnte. «Wir sind... Brian und ich, wir waren verheiratet.»

Erschrocken zog Kate die Hände zurück. Es war ein Schock für sie. Wie ein Stromstoß war es ihr durch die Glieder gefahren, sie fühlte es im ganzen Körper, bis in die Haarwurzeln hinein, bis zu den Zehen, die sich unwillkürlich in den Schuhen zu krümmen begannen. Sie wollte widersprechen, nein, wollte sie sagen, das kann nicht sein, davon müßte ich etwas wissen. Alles in ihr drängte danach, aufzustehen und sich abzuwenden, aber noch ehe sie zu einer Bewegung fähig gewesen wäre, sprach Leah schon weiter, und was sie sagte, zwang Kate, noch näher zu ihr hinzurücken, sie festzuhalten und zu trösten.

«Alle behaupten, er hätte sich selbst getötet, aber ich weiß, daß das nicht stimmen kann. Ich kenne Brian, er würde so etwas nie tun, das weiß ich genau.» Wieder suchte sie Kates Blick; es war wie ein stummer Hilferuf, so voller Schmerz, daß es Kate zu Tränen rührte. «Jordan hat es mir gesagt. Er hat mich angerufen und mir gesagt, Brian sei tot. Und ich sei schuld, hat er gesagt. Anfangs habe ich ihm geglaubt, weil doch alles so sinnlos schien und auch, weil er so sicher und überzeugt klang. Deshalb bin ich auch nicht zur Beerdigung gekommen, ich konnte es einfach nicht, verstehen Sie das? Aber dann wurde mir klar, daß Jordan unrecht hat. Zwischen Brian und mir war alles in Ordnung. Es gab andere Dinge, unter denen er gelitten hat. Daß er den Ehrenkodex gebrochen hatte, wie sie es dort nennen, daß er die Wahrheit nicht sagen konnte – das alles hat ihn sehr unglücklich gemacht. Aber nicht unsere Liebe. Wir waren glücklich, wir haben uns auf das Leben miteinander gefreut. Er hätte mich nicht alleingelassen.» Während sie das sagte, glitt eine Hand nach unten, fuhr über das Wollkleid, glättete und straffte es, bis Kate sehen konnte, wie sich Leahs Leib schon wölbte. Auf einmal begriff Kate, daß kein junges Mädchen bei ihr auf dem Sofa saß, sondern eine Frau, die viel Sicherheit und innere Kraft ausstrahlte. «Nein, er hätte mich nicht alleingelassen», sagte Leah, «und erst recht nicht unser Baby.»

Leah war schon lange gegangen, Kate saß allein in der Stille des Wohnzimmers. Es war schwer für sie, das alles zu begreifen. Sie fühlte sich müde und erschöpft. Noch einmal durchlebte sie die ganze Szene, alles, was Leah gesagt hatte, klang in ihr wider, sie erinnerte sich an jedes Wort. Aber was sie selbst beim Abschied gesagt hatte, draußen in der Diele, das wußte sie nicht mehr. Wahrscheinlich hatte sie versucht, etwas Tröstliches zu sagen, denn sie erinnerte sich, daß sie die junge Frau umarmt hatte. Sie war schon gar nicht mehr wirklich dagegewesen. Nur ihr Körper hatte da draußen in der Diele gestanden, eine leere Hülle; innerlich, mit dem Kern ihres Seins, war sie schon wieder weit weg gewesen – in sich hineingeflohen, verkrochen ins Ich. Sie hatte fliehen müssen, sie mußte allein sein, sie brauchte Zeit.

Und sie brauchte ihren Sohn. Sie sehnte sich danach, ihn zu sehen, ihn in den Armen zu halten, ihn zu streicheln. Es war schlimmer als der Augenblick im Bestattungsunternehmen in Annapolis, als sie an seinem Sarg gesessen und seinen toten Körper umarmt hatte. Es war eine so verzehrende, überwältigende Sehnsucht, daß Kate spürte, sie mußte irgend etwas tun, um ihrem Sohn näher zu sein; sie würde sonst wahnsinnig werden.

Sie ging durch die Diele, stieg die Treppen hoch, öffnete die Tür zu Brians Zimmer. Sie ahnte den Schmerz, der sie jetzt wieder überfallen würde. Es war, als könnte sie das Messer, das ihr ins Herz schneiden wollte, schon vorher fühlen. Sie gab sich einen Ruck, ging über die Schwelle.

Erst seit ein paar Tagen stand das Zimmer leer, trotzdem kam es ihr vor wie ein lange verschlossener Raum voller Modergeruch. Sie versuchte, dazwischen einen Duft zu erhaschen, der sie an Brian erinnerte. Sie nahm ein Hemd aus dem Schrank, bauschte den Stoff, schmiegte das Gesicht hinein.

Baumwolle... Wie sollte ein baumwollenes Hemd ihr Fleisch und Blut ersetzen? Was halfen ihr die Erinnerungen, während sie sich danach sehnte, ihn fühlen zu können? Sie ging suchend durchs Zimmer, wie besessen von dem Gedanken, es müsse doch irgend etwas geben, was ihn – wenigstens für sie und wenigstens einen flüchtigen Augenblick lang – lebendig werden ließ. Schließlich entdeckte sie das Stück Kaugummi, das auf dem Nachttisch festgeklebt war. Sie sah den Abdruck seiner Zähne. Und ohne auch nur eine Sekunde zu zögern, beugte sie sich vor, löste es vom Holz, grub ihre Zähne in die trockene Masse und rollte sie zwischen Gaumen und Zunge, kaute sie durch, immer wieder, so lange, bis sie von ihrem Speichel weich geworden war.

Sie wollte jetzt nicht an Leah denken, wollte sie nicht mit hineinnehmen in dieses Zimmer, wenigstens hier Brian nicht mit ihr teilen. Aber wie sehr sie sich auch wehrte, die junge Frau war in ihren Gedanken gegenwärtig, stand neben ihr. Ja, dachte Kate, sie hat recht. Brian hat sich nicht das Leben genommen. Sie weiß es so sicher wie ich. Es muß eine andere Erklärung geben.

Auf einmal war sie nicht mehr allein in ihrem Widerstand, in ihrem trotzigen Aufbegehren gegen das, was die anderen *die Tatsachen* nannten. Das gab ihr Kraft. Sie eilte die Treppe hinunter, ging ins Arbeitszimmer und griff zum Telefon.

«Nina? Ich bin's, Kate. Nein, es geht mir gut. Ich wollte dir nur sagen, daß ich morgen verreise. Nach Annapolis. Ich mußte einfach mit dir darüber sprechen. Ich bin jetzt ganz sicher, daß Brian sich nicht umgebracht hat. Ich werde rausbringen, was wirklich geschehen ist. Ich ruf dich morgen früh noch mal an, dann erzähl ich dir alles.»

Sie wunderte sich selbst, als sie die freudige Erregung in ihrer

Stimme hörte. Fast wie verhaltener Jubel. Was redete Nina da? Sie solle sich das noch mal überlegen? Was überlegen? Nichts überstürzen? Ach was! Kate wischte es einfach weg.

«Nein, wirklich, Nina, ich fühl mich wohl. Aber nein, absolut nicht. Nein, ich denke gar nicht dran, Michael anzurufen. Nein, ich kann jetzt nicht zu dir rüberkommen, es ist schon spät, und ich bin müde. Hör zu, ich ruf dich morgen früh an, ja?»

Sie legte auf, bevor Nina noch Einwände machen konnte. Sie dachte nach, was sie unbedingt erledigen müßte, bevor sie losfuhr, machte sich ein paar Notizen. Im College mußten sie eine Weile ohne sie auskommen, das ging nun mal nicht anders. Um die Post konnte sich Nina kümmern. Und auch im Haus nach dem Rechten sehen.

Es war schon nach Mitternacht, als das Telefon läutete.

«Kate? Ist bei dir alles in Ordnung?» fragte Michael. Es klang sehr steif, als spräche er mit einer Fremden.

Sie ließ sich ihre Verblüffung nicht anmerken. «Ja, sicher.»

«Können wir uns morgen treffen? Ich hätte was mit dir zu besprechen.»

«Nein, morgen geht es nicht. Ich muß verreisen.»

«Also stimmt es, was Nina sagt. Du hast tatsächlich die verrückte Idee, in die Akademie zu fahren.»

«Hat sie dich etwa angerufen?»

«Kate! Bitte, Kate, hör mir zu! Du kannst Brian nicht mehr helfen, er ist tot. Ich weiß, daß du wütend auf mich bist. Ich kann mir auch denken... Ich meine, ich hätte dir das besser nicht erzählen sollen – das mit Wendi und dem Baby. Ich glaube, ich kann gut verstehen, was du empfindest.»

Du kannst das verstehen? Wirklich, Michael?

«Aber du kannst nicht dorthin fahren, Kate. Du machst es dir nur selber schwer, glaub mir. Ich sage das nicht nur, weil das wieder auf mich zurückfällt. Ich weiß, daß dir das egal ist.»

«Ich muß hin. Brian hat sich nicht selbst getötet. Ich weiß es.» Sie suchte nach Worten. Wie sollte sie es ihm sagen? Leah, Brians heimliche Heirat, das Kind, das unterwegs war... Aber Michael ließ sie gar nicht zu Wort kommen.

«Kate, das muß endlich aufhören, die Leute reden schon über dich. Weißt du, was sie sagen? Daß du verworrenes Zeug redest, sagen sie. Mein Gott, Kate, komm endlich zu dir!»

Sie legte den Hörer auf. Und sie wählte sofort wieder neu, Ninas Nummer. Sie nahm sich nicht die Zeit, erst in Ruhe darüber nachzudenken. Daß ausgerechnet Nina ihr so etwas antat, verletzte sie unendlich.

«Nina? Ich bin's noch mal.» Sie hörte den hastigen Atemzug, es klang wie ein erschrockenes Seufzen. «Du hattest kein Recht, Michael anzurufen. Ich hab dir vertraut, Nina. Das hättest du nicht tun dürfen. Nein, ich möchte nicht morgen mit dir darüber reden. Darüber gibt es nichts mehr zu sagen. Nein, ich hab's mir auch nicht anders überlegt, ich fahre nach Annapolis.»

Morgen... Ach nein, es war ja schon nach Mitternacht. Also heute. Heute fuhr sie hin. Und diesmal würde sie so lange bleiben, bis alle ihre Fragen beantwortet waren. Diesmal würde sie ihren Sohn nicht im Stich lassen.

Teil II

EHRE

Brüder, durch Ehre verbunden
zu einer einzigen Gemeinschaft,
Gelehrte und Gentlemen.
Wordsworth

12

Im Yard hat jede Jahreszeit ihren eigenen Klang.

Die Laute sind so unverwechselbar, daß jeder, der in Annapolis war, sie noch nach Jahren wiedererkennt und sofort einer Jahreszeit zuordnet – einem der vielen Monate, die er an der Akademie zugebracht hat. Augenblicklich werden dann Erinnerungen in ihm wach, alles, was er je im Yard gehört und gefühlt, erträumt und erlitten hat, wird in ihm lebendig: Sekunden eines Alptraums, in dem er sich zurückversetzt – nein, zurückgeworfen fühlt in seine Zeit als Midshipman.

Da ist der Sommer, in dem alles weich und zärtlich klingt, das sanfte Surren der Rasenmäher, sogar der ferne Motorenlärm einer P 51. Das monotone ‹Kwik-kwik› der Schwalben, wenn sie aus ihren Nestern unter dem Kupferdach des Robert Crown Center auffliegen und mit graziösem Schwingenschlag zum Wasser gleiten... Und dazwischen das leise Klirren, das vom Bootshafen herüberdringt, das Glockenspiel der Takelage an den Aluminiummasten... Das alles ist denen, die vier Jahre hier gelebt haben, unauslöschlich ins Gedächtnis gegraben.

Aber zur Symphonie des Sommers gehören auch rauhere Töne: der Sprechgesang, den die Kadetten skandieren, während sie durch den Yard marschieren – in endlosen Runden, von Bancroft über den weiten Innenhof, hinter dem Halsey-Bau vorbei, hinunter zu Stribling und Porter, Buchanan und Decatur, am Hafenbecken entlang und wieder zurück – Runde um Runde im Marschtritt. Vom frühen Morgen bis zum späten Abend marschieren sie. Ihr Gesang ist schwer, sie packen mehr mit hinein, als die Worte verraten: Ängste, Wut und Verzweiflung schreien sie hinaus. Doch wer genau hinhört, wird auch ihren Stolz vernehmen, den jungen, unbekümmerten Stolz.

Den Blick starr geradeaus – so marschieren sie Meile um Meile über Gras, Beton und Teersplitt, ein eintöniger, zermürbender Trott zur Melodie von ‹Jesus Christ Superstar›; ihr Sprechgesang folgt dem Rhythmus ihres Gleichschritts, jedesmal, wenn der linke Stiefel auf den Boden knallt, spucken sie eine Silbe aus:

Don't look down,
Tip your head,
Gotta be proud
Or your'll be dead.

Längst sind sie weitergezogen, da hallen die Worte noch hinter ihnen her, der weiße feuchte Wind trägt sie durch den Yard.

I want to be free,
But freedom isn't free.
It's gotta be bought
By you and me.

Wie ein schwerer, feuchter Mantel lastet die Hitze im Juli und August auf ihnen, eine Versuchung zum Müßiggang, aber sie dürfen ihr nicht erliegen, die Ordnung der Akademie ist so unerbittlich wie der heiße Sommer. Air-conditioning ist ein Fremdwort im Yard, nur das Einkaufscenter und das Museum King Hall haben eine Klimaanlage. Auch das ist Versuchung, sogar eine, der die Kadetten und Midshipmen gelegentlich nachgeben, immer nur ein paar verstohlene Minuten lang. Denn nicht die verstaubten Bücher und die Glasvitrinen mit wertvollen alten Marinedokumenten locken sie ins Museum; wenn sie dort herumlungern, dann nur, um sich in der kühlen Luft die Lungen vollzupumpen und den Schweiß zu trocknen.

Und der Sommer zeichnet ihre Gesichter, auf der verschwitzten Haut blüht die Akne. Jeden Tag rennen sie ein paarmal zum Spiegel, und jedesmal sind es mehr Pusteln geworden, mehr Eiterbläschen; an den Pickeln, sagen sie, erkennt man den Frischling. Aber erkennt man ihn nicht eher an der heiseren Stimme? Es ist sein erster Sommer im Yard, noch muß er schreien – von früh bis spät, sooft ihn einer anredet: *Jawohl, Sir. Nein, Sir. Sir. Ssssir!*

So ist der Sommer im Yard.

Scheint der Sommer sich endlos zu dehnen, so ist der Herbst eher zu kurz. In ihm klingt alles rauh und hart wie der Trommelschlag bei der großen Vereidigung. Im Herbst kehrt der ganze Schulverband in den Yard zurück, auch die Schulschiffe liegen wieder vor Anker. Das Läuten scheint noch schriller zu sein als sonst, gellend treiben Trillerpfeifen zur Eile. Im Herbst gilt es nachzuholen, was in der trägen Sommerhitze versäumt wurde.

Der Indianerhäuptling Tecumseh, in Bronze gegossen, schaut vom Podest vor Bancroft Hall auf das herbstliche Treiben herunter; sein stolzes Antlitz läßt jeden Frischling ahnen, daß auch ihm nichts geschenkt worden ist. Seine Miene ist starr, in seinen Zügen liegt die gleiche Unbarmherzigkeit wie in den Gesichtern der Midshipmen, die den jungen Kadetten ihren ersten Sommer im Yard zur Hölle machen. Und dennoch scheint im kalten Blick aus den toten Bronzeaugen eine Verheißung zu liegen, die den Neuankömmlingen Hoffnung macht: Halt durch, auch du wirst es schaffen.

Die schlimmste Zeit ist der Winter. Heulend fegen die Sturmböen über die Bucht, der Wind bläst arktische Kälte in den Yard. Gespenstisch kahl stehen die Bäume, und über die schnittigen Sportwagen auf den Parkplätzen ist längst Persenning gezurrt – zum Schutz vor dem Salz, das der Wind vom Meer heranträgt.

Im Winter klingt alles klagend und traurig, selbst das Läuten aus den Lehrsaalgebäuden wird zum dumpfen Grabgeläut. Wo ist der Sommer geblieben, der jetzt, in der trügerischen Erinnerung, so paradiesisch schön erscheint? Warum gibt es keine Sonne mehr, kein Licht, keine Wärme? In Bancroft Hall hallen die Wände wider von Schreien und Flüchen. Kaum einer, der seine aufgestaute Frustration still herunterschlucken könnte. Sie schreien, weil es sie befreit. Sie schreien nach dem Frühjahr, nach dem Ende der dunklen, verlorenen Zeit.

Und dann ist der Frühling da – weich und zärtlich. Die Midshipmen recken und strecken sich wie Tiere nach dem Winterschlaf. Das Blut beginnt in den Adern zu singen. Alles scheint wieder möglich. Triumph und Siegerlaune. Frühlingserwachen – ein Crescendo der Lust am Leben.

Auch die Trommeln sind wach geworden, sogar ihre harten Kadenzen klingen nach Freude, sie künden den ersten Höhepunkt im Leben der Kadetten an: die Freisprechung, den Abschluß des Probejahres. Und kaum ist der Jubel verklungen, da sieht man die Kadetten auf dem Herndonplatz stehen, auf den nackten Oberkörpern glänzt der Schweiß, in den Augen glitzert verbissener Eifer, denn oben auf dem Obelisken liegen ihre Käppis, die Midshipmen haben in der Nacht zuvor den Granitblock damit drapiert. Und nun muß nach der Tradition jeder hinaufklettern und sich seine Mütze wiederholen; es heißt, daß der, der es als erster schafft, auch als erster aus seiner Crew Admiral würde.

Den Firstclassmen bringt das Frühjkahr den krönenden Abschluß ihrer vierjährigen Ausbildung. Ängste und Demütigungen, Prüfungen im Leersaal und auf den Schulschiffen, Niederlagen und Erfolge – alles ist Vergangenheit in dem Augenblick, in dem sie das Offizierspatent erhalten und nach altem Brauch ihre weißen Mützen in die Luft schleudern. Ein Abschnitt ihres Lebens ist vorbei, ein neuer beginnt. Am Tage der Ernennung beginnt die Vergangenheit sich zu verklären. Nicht lange, und sie werden vergessen haben, wie die vier Jahre wirklich waren; in ihrer Erinnerung sehen sie alles so, wie sie es sehen wollen.

Frühling – das ist die Zeit, in der man jeden Tag aus der Navy-Kapelle Wagner und Mendelssohn hört: zwei Wochen lang, jeden Tag ein paarmal, wird geheiratet; jetzt dürfen sie es, das Verbot aus der Midshipmen-Zeit gilt nicht mehr. Drin vor dem Altar geben sich die jungen Paare das Jawort, die Braut im weißen Kleid mit Spitzen und Rüschen, der Bräutigam in Paradeuniform, fast noch prächtiger herausgeputzt, und draußen warten die Crewkameraden mit gezogenem Degen. An diesem Tag und durch diese Zeremonie wird ihnen die neugewonnene Freiheit klar: Sie sind keine Midshipmen mehr, die Heimlichkeiten haben ein Ende; und die das Spalier stehen, die Crewkameraden von gestern, sind Offiziere geworden, sie tragen den Degen. Die Hochzeit in der gleichen Woche, in der man ihnen das Patent ausgehändigt hat – das gehört zu den Traditionen von Annapolis, ihren Kindern und Enkeln werden sie davon erzählen.

Das ist der Frühling an der Akademie.

Aber solange der Winter andauert, können sie sich kaum vorstellen, daß es je wieder Frühling wird, ähnlich, wie man mitunter in einer langen dunklen Nacht kaum glauben will, daß eben doch der nächste Morgen wieder dämmern wird und daß dann alles unwichtig ist, was einem in den Stunden um Mitternacht das Herz schwer macht.

13

Webb Garrick glaubte nicht mehr daran, daß es je ein Entrinnen aus dem eisigen Griff dieses Winters geben könnte. Er drückte die schwere Bronzetür von Bancroft Hall hinter sich zu, stemmte sich auf seinem Weg über den Tecumseh-Platz gegen den Wind, der ihn zauste und beutelte, und fühlte sich gefangen in einer Einsamkeit, aus der er nie wieder ausbrechen konnte.

Er schritt rasch aus, so war es ihnen damals im Frischlingssommer beigebracht worden: *kurze schnelle Schritte* – ein Drill, den man sein Leben lang nicht mehr vergißt. Am Schritt erkennt man die Midshipmen überall, auch in Zivil, zusammen mit ihren Freundinnen, sogar nach Jahren noch, wenn sie längst Familienväter und ein bißchen rundlich geworden sind – immer bewegen sie sich im Geschwindschritt, der ihnen seit Annapolis in Fleisch und Blut übergegangen ist.

Webb kam an Crewkameraden vorbei, aber er blieb nirgendwo stehen, er nickte ihnen nur zu, er war jetzt immer allein. Er wollte in den Nimitz-Block, in die Bibliothek, obwohl er kaum damit rechnete, dort noch einen freien Platz in den Lesenischen zu finden; wahrscheinlich hatten zuviele Midshipmen zur gleichen Zeit die gleiche Idee gehabt: nur raus aus Mutter B., weg vom Bazillus Lagerkoller, der dort während der Wintermonate grassierte.

Auch so etwas, was die Architekten beim Bau von Nimitz wohl nicht bedacht hatten. Aber wie hätten sie auch bei ihren statischen Berechnungen an die bleierne Last der dunklen, verlorenen Zeit denken können? Wie hätten sie ahnen sollen, daß so viele Midshipmen ausgerechnet hierher flohen? Vielleicht war das Gerücht, daß sich das Gebäude jährlich um zweieinhalb Zentimeter senkte, sogar eine Untertreibung? Vielleicht versank Nimitz viel schneller im Boden?

Jedes Jahr zweieinhalb Zentimeter. Typischer Marinepfusch! Drüben in den Teppichetagen im Stabsgebäude wollten sie davon nichts hören, sie schwiegen den Skandal einfach tot. Aber es war eben doch was dran. Die Architekten und Baumeister hatten schlicht vergessen, das Gewicht von achthunderttausend dickleibigen Wälzern in den Bücherregalen einzuberechnen. Und so sackte der Bau nun jedes Jahr ein Inch ab, jedenfalls wollten die Gerüchte darüber nie verstummen.

Gerüchte oder Wahrheit, Webb mochte die Geschichte. Damals im Frischlingssommer, als einem Upperclassman wieder mal nach einem schikanösen Spielchen zumute war, hatte Webb drüben in King Hall auf einen Stuhl klettern müssen, um laut und deutlich vor allen anderen über die Sehenswürdigkeiten im Yard zu referieren. Und da hatte er ihnen eins seiner ersten Kabinettstückchen geliefert. «Die Bibliothek ist das Musterbeispiel für eine Einrichtung, durch die selbst gehobene Ansprüche zufriedengestellt werden, wenn auch nur für begrenzte Zeit. Sie liegt zwischen Maury Hall und Rickover Hall, und falls jemand den Wunsch hat, sie zu besichtigen, sollte er dies unbedingt vor dem Jahr 2500 tun, denn dann wird sie endgültig im Boden versunken sein.» Er war anschließend zum Kompaniechef gerufen worden, und der hatte ihn ermahnt, die Fremdenführer-Nummer nun nicht etwa in sein festes Repertoire aufzunehmen.

Die Vorgesetzten fanden die Geschichte von den zweieinhalb Zentimetern pro Jahr längst nicht so spaßig wie Webb. Selbstverständlich konnte es sich nur um eine Schlamperei der zivilen Bauleitung handeln, was sonst? Hauptsache, dir kann keiner was am Zeug flicken – war die Maxime bei der Navy.

Schneidend kalt fuhr der Herbstwind Webb ins Genick, er schlug den Refferkragen hoch. Der Himmel war stahlgrau verhangen, bald würde der Sturm wieder loslegen. Ein Stück weiter vorn steckten ein paar Midshipmen die Köpfe zusammen, einer zeigte lachend zur Turmspitze der Navy-Kapelle hoch. Webb wußte, was sie so amüsierte, beim Frühstück hatte er davon gehört. Rasch warf er einen Blick nach oben, und ganz automatisch ging ihm durch den Kopf; einhundertzweiundneunzig Fuß hoch. Als Frischling hatte er das auswendig lernen müssen, zusammen mit hundert anderen Fakten und Begriffen. Vierhundertneunundachtzig Scheiben in der Glaskuppel von Memorial Hall. Japanese Monumentum an der Nordwestecke von Luce Hall – ein Geschenk des früheren japanischen Botschafters Hirosi Saito, gestorben am 26. Februar 1939 in Washington. Lauter sinnloses Zeug. Aber auf die Weise war er so etwas wie ein wandelndes Lexikon für die Geschichte der U.S. Naval Academy geworden.

Oben auf der Kirchturmspitze hing eine Mütze. Die weiße Mütze eines Midshipman. Wie vom Himmel gefallen. Weiß der Henker, wie sie da raufgekommen war. Es hieß, sie hätten bereits einen Spezialisten angefordert, einen Schornsteinarbeiter, der das Ding wieder runterholen sollte. Nichts als Blödsinn. Ausgeburten der Langeweile. Die dunkle, verlorene Zeit.

Letzte Woche hatten ein paar aus dem Kurs für Schiffsingenieure im Dahlgren den Doppeldecker heruntergeholt, eine alte Neptune. Normalerweise hing die Maschine unter der Decke, aber auf einmal stand sie auf dem Oval der Tanzfläche. Auf die Schwimmer waren große blaue N gemalt, das Zeichen der Navy. Im Stab hatten sie vor Wut gekocht. Der Admiral war persönlich im Speisesaal erschienen, um ihnen eine Standpauke zu halten, in der viel vom pfleglichen Umgang mit Regierungseigentum die Rede war – und noch mehr vom Respekt vor der Tradition.

Früher hatten solche Streiche Webb viel Spaß gemacht, sie waren ihm jedesmal ein Ansporn gewesen, sich schleunigst selbst einen Knüller auszudenken, ehe ihm jemand womöglich den Rang ablief. Aber jetzt hatte das keinen Reiz mehr für ihn. Und er wußte auch, weshalb. Es war alles anders geworden, seitdem Brian Tyler nicht mehr da war.

Plötzlich schlug er einen Haken. Er wollte nicht mehr in die Bibliothek. Er ging Richtung Dorsey Creek. Er mußte allein sein. Wirklich allein.

Jeder Midshipman suchte sich irgendeinen Platz, der für ihn so etwas wie eine persönliche Fluchtburg im Yard ist. In der Einsamkeit der Kapelle oder in der Rotunde über der Krypta von John Paul Jones, wo nur der Marschtritt des Postens am Sarkophag von Zeit zu Zeit die Stille unterbricht. Manche finden ihren Zufluchtsort auch draußen, an den Kaimauern bei Farragut oder am Flußufer hinter dem Dewey Field. Die meisten ziehen sich in die Memorial Hall zurück, das Herzstück von Bancroft – denen gewidmet, die ihr Leben für ihr Land gegeben haben.

Memorial Hall galt im Yard als Weihestätte, ein Ort, den jeder mit Andacht zu betreten hatte. Aber Webb hatte sich dort nie wohl gefühlt, ihm war es da immer gespenstisch vorgekommen, der Geist der Toten lastete auf ihm. Er wurde nie das Gefühl los, daß Memorial Hall ein Stein gewordener Anspruch wäre, dem er nicht gerecht werden konnte.

Auch er hatte sich seinen Zufluchtsort gemacht, schon vor langer Zeit. Sooft er allein sein wollte, zog er ihn zum Friedhof der Akademie am Dorsey Creek. Dann wanderte er an den Grabreihen entlang, las von den Steinen ein Stück Geschichte der Navy ab, las die Namen der Midshipmen, die während ihrer Akademiezeit gestorben waren, und die von Admiralen und hohen Offizieren, die ihr Leben in irgendeiner Schlacht verloren hatten, las sie auf Gedenksteinen aus Marmor, Granit oder Sandstein, geschmückt mit Kreuzen, mit den Schwingen der Marineflieger oder den Delphinen der U-Boot-Fahrer. Und wenn er dann unter den riesigen Ulmen stand und zum Yard hinüberblickte, sah er auf einmal klarer; die Dinge bekamen die richtige Relation.

An diesem Nachmittag verließ er den geteerten Pfad und ging zwischen den Gräbern lang, der Boden schien fest gefroren und trocken zu sein. Die meisten Gräber kannte er, er hatte die Namen schon viele Male gelesen, auch drüben, wo die begraben lagen, die 1877 mit der *Huron* untergegangen waren. Nur, dort stand auf vielen schlank aufragenden Sandsteintafeln statt des Namens nur ein Kreuz; da hatte einer sein Leben gegeben, und die daheim kannten ihn nicht einmal.

Neulich, es war erst ein paar Wochen her, hatte er vor einem Doppelgrab gestanden. Zwei Midshipmen lagen dort, die 1904 bei einem Übungsschießen auf dem Schlachtschiff *Missouri* ums Leben gekommen waren. Ein Unfall, Tod während einer Übung, so etwas kam die Navy immer teuer zu stehen. Nun lagen also die Midshipmen Ward und Neumann nebeneinander im gleichen Stück Erde, unter dem gleichen Grabstein. Ob sie wohl im Leben Freunde gewesen waren? Vielleicht hatten sie sich nicht leiden können, sich, wie man so sagt, auf den Tod gehaßt? Aber der Tod hatte sich einen grausamen Scherz mit ihnen gemacht und beide mitgenommen ins Jenseits, wo sie sich in alle Ewigkeit näher waren als unzertrennliche Freunde auf Erden.

Allmählich wurden seine Schuhe naß, aufgetauter Matsch ruinierte das Leder, es würde ihn wieder stundenlange Mühe kosten, sie wieder auf Hochglanz zu polieren. Webb kehrte trotzdem nicht auf den festen Weg zurück, er schlenderte weiter zwischen den Grabsteinen entlang und las auf jedem die Inschrift. Es gab ein paar Grabstellen für Midshipmen, die während ihrer Dienstzeit an der Akademie gestorben waren, ihre Crewkameraden hatten die Gedenktafel für sie aufgestellt. Er dachte daran, wie schön es gewesen wäre, das auch für Bri zu tun. Aber Brian lag nicht hier, seine Mutter hatte es nicht gewollt. Und Webb konnte es sogar verstehen, weil er wußte, daß sie Annapolis die Schuld für den Tod ihres Sohnes gab.

Brian fehlte ihm schrecklich. Er vermißte seine humorvolle, freundliche Art, sein unerschrockenes Eintreten für andere, seine Kameradschaft. Es schmerzte ihn, an Brian zu denken, und das schlimmste war, daß er nicht auf irgendeinen Trost hoffen konnte. Es gab zu viele Schuldgefühle.

Er blieb stehen und starrte auf den Stein, bei dem er angekommen war. *Steht nicht an meinem Grab und weint*, las er. *Ich liege nicht hier, ich bin nicht tot.*

Schöne Worte. Und trotzdem Lügen. Der Tod dieses Jungen war eine Realität, so wie einst seine Geburt eine Realität gewesen war, und dazwischen lagen nicht einmal einundzwanzig Jahre. Wieviel Liebe, wieviel Haß, wie viele Enttäuschungen und wieviel Verlassenheit mochten hier mit begraben sein, da unten in der Erde, wo das Fleisch verweste und die Knochen zerfielen?

Und dann entdeckte er den Stein, vor dem er schon so oft gestanden hatte. Er ging hin und las, was er wohl schon an die hundert Male gelesen hatte: Theodor Ellyson, Commander der Marineflieger, 1885–1929, gefallen auf See.

Er trauerte um den Toten, den er nicht kannte, und er beneidete ihn zugleich. Sein ganzes Leben lang, solange er zurückdenken konnte, hatte er sich gewünscht, ein Flieger zu werden. Webb Garrick, ein Jetpilot. Einer der Auserwählten, die ins Cockpit steigen, die Motore starten, die ungeheure Schubkraft entfesseln und hinaufschießen durften in den den Himmel, durch die Wolken rasen, siebenhundert, achthundert, neunhundert Meilen in der Stunde.

Die Klassenkameraden zu Hause in Hamilton in Ohio hatten für Boxidole geschwärmt und genau gewußt, was irgendein Baseball-As am letzten Wochenende geleistet hatte. Er hatte sich nur für Flugzeuge interessiert, jeden Schmöker über die Fliegerei gelesen, der ihm zwischen die Finger kam, und technische Daten studiert. Wenn es irgendwo am Himmel zu brummen begann und die anderen noch nicht mal entdeckt hatten, aus welcher Richtung die Maschine heranraste, konnte er schon an der Silhouette erkennen, ob es eine A-4 war oder eine F-4 oder eine F-106. Wie Zauberformeln waren ihm die Namen der Kampfflugzeuge erschienen: Skyhawk, Tomcat, Harrier, Phantom, Starfighter...

Mußten nicht die, die so einen Donnervogel beherrschten, wahre Hexenmeister sein?

Als er neun Jahre alt war, hatte er eines Tages die Schule geschwänzt und war nach Cincinnati gefahren, um sich die Flugshow der Blue Angels anzusehen. Er wußte, daß er eine Tracht Prügel riskierte, aber das war es ihm wert, die Kunstflugstaffel der Navy wollte er auf keinen Fall verpassen. Und da hate er dann gestanden und hinauf in den Himmel gestarrt, vor dessen Sonnenglanz die mitternachtsblauen Jets wie riesige schwarze Vögel aussahen. Atemlos hatte er die Flugformationen der Deltaflügler verfolgt. Der Nakken tat ihm weh, die Schultern verkrampften sich, aber Webb hatte nicht eine Sekunde den Kopf gebeugt oder die Schultern gelockert, er hatte nur dagestanden und hochgestarrt.

Er jubelte mit, wenn sie oben ihre Loopings drehten, sein Herz hüpfte, wenn sie mit donnerndem Nachbrenner himmelwärts stürmten, er hörte zu atmen auf, wenn sie bei einer Formation so dicht aufschlossen, daß er dachte, jetzt müßten sie sich gleich mit den Tragflächen berühren. Einmal rasten zwei Jets tief über das Flugfeld, übereinander, exakt abgezirkelt, als wäre die eine Maschine das Spiegelbild der anderen. Die Tränen waren ihm gekommen. Konnte es etwas Schöneres geben als diese eiskalte Perfektion?

Als die Show zu Ende war, lungerte er noch eine Weile herum, versuchte, so nahe wie möglich an die Flugzeuge heranzukommen; nicht nur den Maschinen wollte er nahe sein, auch den Männern, die sie flogen. Er prägte sich genau ein, wie die Piloten sich bewegten – mit stelzenden Schritten und rollenden Hüften. Arrogant und gockelhaft, dachte er zuerst, aber dann besann er sich: Nein, das waren ja keine gewöhnlichen Männer, das waren die kühnen Luftakrobaten, die gerade noch am Himmel gezeigt hatten, wie sie ihre Jets beherrschten – solche Männer liefen eben nicht herum wie andere. Er spürte, wie eng sie untereinander brüderlich verbunden waren, er ahnte etwas von der verschworenen Gemeinschaft mit dem Odium von Männlichkeit und Stärke, aber auch mit einem Hauch des Geheimnisvollen, Unergründbaren. Als er nach Hause kam, wollte er in seinem Zimmer ihren wiegenden Gang nachahmen, und während er sich vor dem Spiegel abmühte, war ihm schmerzlich bewußt: Es genügte nicht, sie zu imitieren. Selbst wenn es ihm gelang, gehörte er noch nicht zu ihnen.

Aber von diesem Augenblick an kannte er sein Ziel. Er wollte Marineflieger werden und sich eines stolzen Tages die goldglänzenden Pilotenschwingen an die Brust heften. Seither war sein ganzes Leben nur noch auf diesen Traum ausgerichtet. In der Highschool strampelte er sich ab, um die Qualifikation für Annapolis zu schaffen. Und als er dort war, mühte er sich mit dem gleichen Feuereifer weiter. Er mußte nicht erst – wie viele seiner Crewkameraden – überlegen und abwägen, welche Laufbahnrichtung er einschlagen wollte, er hatte sich schon lange entschieden.

Und nun stand er dicht vor dem Ziel. Der Traum war zum Greifen nahe, er brauchte nur die Hand auszustrecken. Die Schwingen, die er sich wünschte, waren nicht weiter entfernt als die in Stein gemeißelten auf Ellysons Grabstein. Ein paar Wochen noch, und er gehörte dazu. Nur ein paar Wochen trennten ihn noch davon, zur brüderlichen Gemeinschaft der Kampfflieger zu gehören. In Pensacola würde er seine fliegerische Ausbildung bekommen. Zwei Monate noch, dann war der Traum, der an einem staubigen Tag vor zwölf Jahren auf dem Rollfeld in Cincinnati begonnen hatte, endlich wahr geworden. Er war ganz nahe dran. So verdammt nahe dran an den goldenen Schwingen, die er sich mehr wünschte als alles auf der Welt.

Er starrte auf Ellysons Grab. Wäre es möglich gewesen, dem Mann, der leblos und still in der Erde lag, eine Frage zu stellen – Webb hätte gewußt, was er ins Grab hineinflüstern mußte: *Sag mir, was ich tun soll.*

Aus tiefstem Herzen wünschte er sich, daran glauben zu können, daß er immer noch so war, wie alle ihn einschätzten: einer, der im entscheidenden Augenblick das richtige tut. Ein rauher Bursche, aber ein ehrlicher Kerl. Er wollte sich nicht irgendwann schämen müssen, den goldenden Ring von Annapolis zu tragen. Er glaubte an die Prinzipien der Akademie, er fühlte sich an den Eid gebunden und dem Ehrenkodex verpflichtet.

Nur, wenn er auf die Probe gestellt wurde, wie hielt er's dann mit dem Ehrenkodex? Was passierte denn, wenn er alles sagte? Wenn er eingestand, was er wußte? Ging es darum, das eigene Gewissen zu beruhigen? Oder konnte er mehr bewirken, hatten andere einen Nutzen von der Wahrheit? Seit Wochen stellte er sich diese Fragen, aber er suchte immer noch nach den Antworten. Die Ratlosigkeit brannte in ihm wie nagender Kopfschmerz.

Was machte es für einen Sinn? Schon jetzt war es nicht bei der ersten Tragödie geblieben, eine zweite war gefolgt. Wem half es, wenn noch einer in der Schlinge hing? Mach Schluß damit, hämmerte der Verstand ihm ein. Wenn er den Mund hielt, bekam er in zwei Monaten sein Offizierspatent. Und die Ehre? Mein Gott, der Preis, den er für die Ehre zahlen mußte, war einfach zu hoch.

Heute fand er keinen inneren Frieden am Dorsey Creek. Das Herz war ihm so schwer wie zuvor, als er zum Yard zurückging. Der Wind blies ihm ins Gesicht, die Kälte kroch ihm unter die Haut. Wie ein Kind wünschte er sich, daß alles noch einmal so sein könnte, wie es früher gewesen war. Aber – und es schmerzte ihn, das so klar zu wissen – dazu war es nun zu spät.

Seine Schuhe waren naß geworden, bis nach innen war die Feuchtigkeit gedrungen, er mußte zurück nach Bancroft und die Schuhe wechseln. Er klapperte mit den Zähnen vor Kälte und ging schneller, fiel beinahe in Laufschritt. Als er an der Kapelle vorbeikam, hörte er jemanden seinen Namen rufen. Eine Stimme, die er sofort erkannte.

Eine Sekunde lang war er wie erstarrt. Er glaubte es nicht, er wagte nicht, den Kopf zu wenden, nur aus den Augenwinkeln schielte er zu ihr hinüber. Das genügte. Sie war es wirklich. Wieder rief sie nach ihm, aber er tat, als hätte er nichts gehört, begann zu laufen, wurde mit jedem Schritt schneller, atmete keuchend die eiskalte Luft ein.

Was hatte sie hier zu suchen? Warum war sie noch eimal zurückgekommen?

Der Tod verfolgt mich, dachte er. Brians Tod. Und nun rannte er. Er rannte davon vor den Fragen, die sie ihm stellen wollte. Denn warum sonst hätte Katherine Tyler in den Yard kommen und seinen Namen rufen sollen?

14

Immer wieder ertappte sich Jordan dabei, wie er seinen Stubenkameraden mit verstohlenen Blicken musterte. Irgendwas konnte mit Webb nicht stimmen, er kam ihm so abwesend vor, als hätte er sich tief in sich verkrochen. Gestern zum Beispiel, beim Squash... Der

Trainer hatte Webb gehörig die Leviten gelesen, ihm vorgehalten, daß er sich nicht genügend anstrengte – Webb hatte alles nur schweigend über sich ergehen lassen. Und heute beim Abendessen, wie er da auf den Teller gestarrt und lustlos mit der Gabel herumgestochert hatte! Dabei hatte es Steak mit Mais und Pommes frites gegeben, dazu Brötchen und Butter, Käse-Kirsch-Torte und Kaffee – nicht die schlechteste Möglichkeit, den Löwenanteil an den 4500 Kalorien zu servieren, die jeder Midshipman täglich bekommen sollte. Normalerweise hätte Spider alles aufgegessen, aber heute... Wirklich, Jordan machte sich Sorgen.

Nach dem Essen waren sie zusammen zur Stube zurückgegangen, stumm, wie immer in letzter Zeit. Und nun saßen sie hier, jeder an seinem Schreibtisch, über die Bücher gebeugt. Das heißt, Spider saß nicht so da, als ob er sich tatsächlich mit dem Lehrstoff beschäftigte. Jordan hatte eher den Eindruck, daß der Große mit dem schütteren blonden Haar nur blind auf die Seiten starrte.

Schon seit Wochen hing dieses eisige Schweigen zwischen ihnen, so konnte es doch nicht ewig weitergehen. Als wäre ein Graben aufgebrochen, unüberwindbar tief. Sie redeten nicht mehr miteinander. Sie waren stumm geworden, weil sie wußten, daß sie nie wieder unbefangen miteinander reden konnten. Und weil sie ahnten, daß es besser wäre, die Dinge so zu lassen, wie sie waren. Es konnte nicht wieder so werden, wie es gewesen war. Daß sie aneinander vorbeischauten, hatte etwas mit ihren Schuldgefühlen zu tun. Als ob sie ahnten, daß sie ja doch nur im Gesicht des anderen lesen würden, was sie selber bedrückte.

Er zuckte zusammen, als Webb ihn plötzlich ansprach. «Ich hab heute Bris Mutter gesehen. Sie ist hier.»

Jordan fuhr herum. Webbs Stimme hatte ruhig geklungen. Und auch in Webbs Augen konnte er nichts lesen. «Bist du sicher, daß sie's war?»

«Ich hab sie genau gesehen, sie war's.»

«Und hat sie dich auch gesehen?»

Webb ging nicht darauf ein. «Zum Teufel, warum ist sie noch mal hergekommen? Was will sie hier?»

Jordan schob den Stuhl zurück, stand auf und ging zum Schrank. Er holte leise fluchend die Uniformschuhe heraus, die Büchse mit Stiefelfett, den weichen Lappen. Und dann fing er an zu polieren, wie ein Besessener fuhr er mit dem Lappen über die halbhohen Stiefel. Es gab nichts zu polieren, sie glänzten so makellos, daß jeder Frischling sich beim Bekleidungsappell damit ein freies Wochenende verdient hätte. Aber er hörte nicht auf zu wienern; er rieb übers Leder, als wäre er gerade durch den dicksten Schlamm gewatet.

«Hat sie dich gesehen?» fragte er noch einmal.

«Ich weiß nicht. Wahrscheinlich. Aber ich ...» Webb zögerte, ehe er es eingestand: «Ich bin davongerannt.»

«Verdammt!» Jordan schleuderte den Putzlappen weg. Die Tür stand offen, er mußte leiser sprechen. «Mein Gott, Spider, sie kann alle möglichen Gründe gehabt haben, noch mal herzukommen. Aber jetzt... Daß du wegläufst, macht sie natürlich stutzig.»

Webb sagte nichts. Er saß nur da und starrte aufs Fenster – nicht hinaus in die Nacht, die sah er gar nicht, die Vorhänge waren zugezogen. Langsam wandte er den Kopf. Sein Blick fiel auf das dritte Bett. Die Matratze – nackt, ohne Laken. Brians Koje. Seine Hand zuckte hoch, er fing an, am Daumennagel zu kauen. Da war nicht mehr viel, er hatte die Nägel schon so kurz gebissen, daß an den Fingerkuppen das rohe Fleisch schimmerte.

«Ich hab's nicht so gemeint, Spider», versuchte Jordan einzulenken. Er zog seinen Stuhl näher an Webbs Schreibpult heran. Der harte Klang war aus seiner Stimme verschwunden. «Vorhin – das ist mir nur so rausgerutscht. Ich meine, daß sie auf einmal wieder hier auftaucht... Ich dachte, es wäre endlich alles vorbei.»

Spider starrte immer noch auf Brians Koje. «Manchmal höre ich ihn lachen. Wirklich, ich komm irgendwo vorbei, wo ein paar sich unterhalten, und auf einmal höre ich Brian lachen.»

Jordan sah ihn schweigend an.

«Himmel, Jordo, warum hat er das getan? Das war doch ganz unnötig. Irgendwie wären wir schon damit fertig geworden.»

Zum ersten Mal sprachen sie über Brians Tod. Jordan warf rasch wieder einen Blick auf die Tür; während der Studienzeiten mußte sie offenstehen, das war Vorschrift. Er stand auf und ging nervös hin und her.

«Willst du 'ne Cola? Ich geh runter in die Messe, was trinken. Soll ich dir was mitbringen?» Er war schon an der Tür.

«Hast du dich auch schon mal gefragt, wie das wirklich war?»

Spider sprach sehr leise, aber Jordan blieb stehen, als hätte ihn jemand scharf angerufen. «Wie was war?»

«Damals in der Nacht. Was hatte Bri da unten in den Schächten zu suchen? Warum, zum Teufel, ist er da rumgestiefelt?»

Jordan stand wie versteinert. Er starrte Webb an, sah die tief eingesunkenen Augen, die dunklen Ringe unter den Lidern. Komisch, ich hab immer gedacht, Spider wäre stärker als wir alle, ging ihm durch den Kopf. Vier Jahre lang hab ich das gedacht. Aber jetzt sieht's so aus, als hätte ich mehr Kraft. «Keine Ahnung, Spider», sagte er, «ich kann's mir auch nicht erklären.»

Er war froh, als er endlich draußen war. Weg von Spiders Fragen, weg von diesem Blick, der ihm wie eine stumme Anklage vorkam. Verdammt, es ist doch nicht meine Schuld, daß Bri den Kopf in die Schlinge gesteckt hat, oder? Nein, zum Teufel, ich bin wirklich nicht schuld daran.

Als er unten in der Halle ankam, merkte er, daß seine Hände schweißnaß waren. Die Sache mit Kate machte ihn ganz fertig. Vielleicht hatte es gar nichts zu bedeuten. Aber das mußte er genau wissen. Obwohl es im Grunde keine Rolle mehr spielte. Er kam schon durch. Wie hatte Buck das ausgedrückt? *Es gibt welche, die schaffen's überall, die kommen auch aus 'Nam wieder heil raus. Hängt davon ab, wie hoch der Überlebensquotient ist.*

Also gut, dann hatte er eben einen hohen Überlebensquotienten. Er kam schon durch, bestimmt.

Merkwürdig, daß er ein paar Wochen lang überhaupt nicht an seinen Bruder gedacht hatte. Auf einmal wünschte er sich, mit ihm zu reden. Bucks Stimme zu hören – das machte ihn vielleicht noch ein bißchen stärker. Er ging nicht zur Messe, sondern nach links, wo die Telefonzellen waren.

Die erste Kabine war besetzt. Fluchend versuchte er es bei der nächsten. Er hatte Glück, einer von den Frischlingen wollte gerade hineinschlüpfen, die Münzen hielt er schon abgezählt bereit. Jordan fackelte nicht lange, er schubste den Kadetten weg, zog die Tür hinter sich zu. Für den gequälten Blick des Jungen hatte er nur ein höhnisches Grinsen übrig. Eine Memme. Wollte sicher bei der Mami anrufen und sich ausweinen.

Jordan wählte Bucks Nummer. Der Ruf ging raus, niemand nahm ab. Während er wartete, wurde ihm plötzlich klar, daß er eben doch nicht so stark war, wie er sich fühlte. Kates Auftauchen im Yard hatte all die Ängste geweckt, die er schon überwunden glaubte. Scheiße, warum ging Buck nicht ran? Er wollte gerade aufhängen, da meldete sich sein Bruder. Es hörte sich an, als wäre er nicht mehr nüchtern.

«Buck?» Er wußte nicht weiter. Vielleicht war es doch keine so gute Idee gewesen, Buck anzurufen? «Ich bin's Jordo. Wie geht's denn so?»

«Na – prima, würd ich doch sagen, Bruderherz, einfach super. Und wie steht's bei dir? Schon Admiral?»

Er nuschelte. Es war eindeutig, er hatte getrunken. Jordan schaute auf seine Uhr. Meine Güte, dachte Jordan, so früh schon? Aber der Gedanke tat ihm sofort leid, es war irgendwie ungehörig.

In der Telefonzelle hing ein eigentümlicher Geruch. Ein Geruch, der Jordan vertraut vorkam. Es roch nach Midshipmen. Generationen von ihnen hatten ihren Geruch in diesen engen Glaskasten geschleppt, den Geruch von Angst und Schweiß, Lederfett und Waffenöl, Hoffnung und Verzweiflung. Zu Tausenden. Jeder, der hier für ein paar Minuten die Tür hinter sich zugezogen hatte, um zu Hause oder bei der Freundin anzurufen, jeder hatte ein Stück von diesem unverkennbaren Geruch mit hereingetragen.

Aus den Augenwinkeln bemerkte er, daß der Kadett sich immer noch draußen herumtrieb, ein paar Schritte abseits, aber den Blick ungeduldig auf die Kabine gerichtet. Jordan stieß die Tür auf. «Hör zu, du Saftsack, was willst du? Bist du schwul? Zisch ab, sonst reiß ich dir den Arsch auf!»

Der Kadett zuckte zusammen, seine Lippen zitterten. Aber ich hab doch gar nichts gemacht, wollte er murmeln. Er schwieg. Er hatte schon gelernt, daß man einen Firstclassman nicht reizen darf. Er hatte sogar noch mehr gelernt. «Jawohl, Sir!» rief er in strammer Haltung herüber. «Jawohl, Sir, ich bin schon weg.»

Jordan hörte Buck kichern. Auf einmal schämte er sich. Verdammt, warum hatte er so eine Show abgezogen? Doch nur, um vor Buck anzugeben. Scheiße, nur deshalb hatte er den Fourthclassman so fertiggemacht. Mein Gott, wurde er denn nie erwachsen? Einen Augenblick lang spielte er mit dem Gedanken, einfach aufzulegen. Aber er wußte, daß er das nicht fertigbrachte. Weil er Buck brauchte. So wie er ihn sein ganzes Leben lang gebraucht hatte. Er hatte sonst keinen, an den er sich wenden konnte.

«Buck, da ist heute was Komisches passiert. Erinnerst du dich an die Sache mit Bri?»

«Klar. Was ist denn los? Gibt's was Neues?» Die Stimme klang verändert. Buck lallte nicht mehr, er hatte sich gefangen. Vielleicht, dachte Jordan erleichtert, vielleicht war er gar nicht betrunken, sondern nur verschlafen?

«Ich weiß nicht, kann sein, daß alles nur ein Zufall ist.»

«Was? Nun rück schon raus damit, was ist passiert?»

«Es geht um Bris Mutter. Sie ist hier. Spider hat sie heute gesehen. Aber ich frag mich, was sie hier will. Meinst du, sie weiß was? Du hast doch gesagt, daß du dich um den Brief kümmern willst. Du hast es mir versprochen.»

Buck atmete tief durch. Er fluchte. Dann war es lange still. Und endlich sagte er: «Das hab ich dir doch schon erklärt. Da war kein Brief. Ich hab das ganze verdammte Haus umgekrempelt, aber da war kein Brief. Du hast doch keinem was erzählt, oder?»

«Nein, natürlich nicht. Denkst du, ich bin verrückt?»

«Und Spider? Hält der dicht?»

«Klar, die Sache ist erledigt. Bri war der einzige, der das Maul aufgemacht hätte. Na ja, dann hat er sich's zum Glück anders überlegt. Ich find's nur komisch, daß sie sich wieder hier rumtreibt. Glaubst du, sie ahnt was?» Er war darauf gefaßt, Buck wieder fluchen zu hören.

«Nimm's locker, Jordo. Mach dir keine Sorgen. Dir hängt keiner was an. Wenn die alte Schachtel rumlaufen und dämliche Fragen stellen will, laß sie. Du bleibst dabei, daß du nichts weißt, klar? Aber was ist mit Spider? Behält er die Nerven?»

«Jaja, das mit Spider geht klar.» Er versuchte, das Bild loszuwerden: Spiders eingesunkene Augen, die abgekauten Nägel.

«Du, vielleicht setz ich mich ins Auto und komm heute nacht noch zu euch rübergerutscht. Mal sehen, was die Tyler eigentlich will. Glaubst du, daß sie in Annapolis ein Zimmer genommen hat, irgendwo in einem Motel oder so? Na, laß mal, ich find sie schon. Wär 'ne schöne Scheiße, wenn sie wirklich was wüßte. Also, wenn sie ihre Nase in Dinge steckt, die sie nichts angehen, muß sie verdammt aufpassen. Sonst kann's sein, daß ich sie am Arsch kriege, schneller, als sie denkt.»

Jordan mahlte mit den Zähnen. Er mochte es nicht, wenn Buck so redete. Es machte ihm angst. Aber es gab etwas, was ihm noch mehr angst machte. Der Gedanke, daß man ihm die Ernennung zum Offizier verweigern könnte. Alles würde er tun, wenn es ihn vor dem Rausschmiß aus der Akademie rettete. Alles. Nur das nicht, worin Bri den Ausweg gesehen hatte.

Er hängte auf. Verdammt, warum war Katherine Tyler noch einmal nach Annapolis gekommen?

15

Ein Mann im blauen Overall polierte das Bronzeportal der Kapelle; als er Kate kommen sah, hielt er ihr die Tür auf und tippte nach Art der Südstaatler grüßend mit dem Zeigefinger an die Mütze. Sie dankte ihm mit einem Lächeln, trat ein, begegnete einem Pärchen, das gerade aus der Kirche kam, sie grüßten einander mit dem fast stimmlosen Murmeln, das offenbar nach jedermanns Vorstellung in Kirchen und Bibliotheken die angemessene Lautstärke war. Sie ließ sich Zeit, erst nach einer Weile ging sie langsam auf den Altarraum zu. In dieser Kirche, in der alles so groß und prachtvoll war, kam sie sich klein und unbedeutend vor. Im Yard sagten sie nur ‹die Navy-Kapelle›; wer aber als Besucher unter dem mächtigen Deckengewölbe langschritt, die hohen, in Marmor gefaßten Buntglasfenster und das kunstvolle Orgelgehäuse sah, mußte eher an eine Kathedrale denken.

Das größte und beeindruckendste Gebäude im Yard war Bancroft Hall, aber der alles beherrschende Bau war die Kapelle. Durch sie hatte der Architekt sein Werk krönen wollen, und so überragte das Kupferdach der Kirche die anderen, kreuzförmigen Bauten; es gab keinen Platz im Yard, von dem aus die Kapelle nicht alle Blicke auf sich gezogen hätte. Eine Kathedrale zur Ehre Gottes – aber wohl auch zur Ehre der Navy. Auf den Glasfenstern waren biblische Szenen dargestellt, die etwas mit dem Meer zu tun hatten, doch das beherrschende Teilstück in jedem Fenster war das Porträt eines Seehelden. Kate erkannte Mason, Porter, Farragut und Sampson; die Dominanz der militärischen Komponente war selbst hier in der Kapelle augenfällig. Oder lag es nur daran, daß Kate übertrieben empfindlich auf alles reagierte, was nach Pomp und Größe, nach einer Demonstration militärischer Macht aussah?

Vielleicht waren – nach einem Zwanzigminutengespräch mit Admiral Thatcher in dessen Büro – ihre Nerven ein bißchen überreizt. Er war sehr höflich gewesen und hatte ihr jede nur erdenkliche Hilfe zugesagt. Aber zugleich hatte ihr das feine Lächeln, das um seine Lippen spielte, zu verstehen gegeben, daß er eben bedauerlicherweise keine Möglichkeit sähe, etwas für sie zu tun. Am schlimmsten hatte sie Thatchers gönnerhaft herablassende Art gefunden; das war wirklich unerträglich gewesen.

Es schien ihm unverständlich zu sein, warum sie noch einmal nach Annapolis gekommen war. Und was sie denn ausgerechnet mit ihm zu besprechen hätte, war ihm offenbar erst recht schleierhaft. Und so hatte er ihr – spröde, korrekt, selbstverständlich mit untadeliger Höflichkeit – geraten, sie möge sich doch besser an den Militärpfarrer wenden.

Im Grunde wollte er wohl zum Ausdruck bringen, daß der Akademiestab überhaupt nicht mehr zuständig wäre. Sie ahnte, daß sich hinter seinem höflichen Bedauern die nüchterne Aussage verbarg, die Administration habe allenfalls etwas mit den Eltern der Midshipmen zu tun, nicht aber mit der Mutter eines ehemaligen Offiziersanwärters, der gar nicht mehr in den Akten geführt werde. Höflich und von oben herab. Sie kannte das, Michael hatte sie jahrelang so behandelt. Thatcher hätte es ihr ruhig ins Gesicht sagen können, auch dann wäre es nicht verletzender gewesen. Sie hatte nichts mehr in Annapolis zu suchen. Der Admiral und sein Stab thronten haushoch über ihr, unerreichbar für eine zivile Besucherin wie Kate Tyler.

Die Position der Stärke – jahrelang hatte sie sich davor geduckt. Aber jetzt nicht mehr.

Sie ging durchs Seitenschiff, der dicke Teppich schluckte ihre Schritte. Sie war nicht gekommen, um zu beten, dennoch setzte sie sich in eine Kirchenbank. Hier, in der Stille der Navy-Kapelle, war sie allein mit ihrem Sohn. Während der Fahrt nach Annapolis hatte sie noch gedacht, sie müsse Kraft sammeln, sich wappnen gegen den Schmerz ihrer Erinnerungen. Aber es war gar nicht nötig gewesen. Von dem Augenblick an, als sie durchs Besuchertor gefahren war, spürte sie, daß Brian bei ihr war. Es war ein Empfinden, für das es keine Erklärung gab. Aber sie wußte, daß er auch jetzt neben ihr saß. Als sie ihre Hand ausstreckte, fühlte sie, wie seine Finger sich um ihre schlossen. Sie saß ganz still und rührte sich nicht, um das zarte Band nicht zu zerreißen.

Der Eingang zur Bank vor ihr war mit einer Kordel verhängt.

Auf einer Tafel stand, diese Kirchenbank werde freigehalten für die, die als Vermißte oder Gefangene in Vietnam geblieben waren. Kate dachte daran, wie schrecklich es für die Mütter sein mußte, nichts über das Schicksal ihrer Söhne zu wissen. Ob sie je aufhören konnten zu hoffen? Verglichen damit wog ihre eigene Ungewißheit leichter; sie hatte den Tod ihres Sohnes zwar nicht verstanden, aber wenn es schon keinen Trost gab, so blieb ihr doch wenigstens sein Grab.

Hier, in der erdrückenden Größe und eindrucksvollen Pracht der Kapelle, wurde ihr auf einmal klar, was sie seit Tagen ahnte. Die Antworten, die sie suchte, konnten ihr weder Gott noch das Vaterland geben. Nichts anderes als den unerschütterlichen Glauben an ihren Sohn hatte sie mit nach Annapolis gebracht; viel mehr würde sie auch nicht mitnehmen können. Es war wenig, es war winzig wie ein Samenkorn, aber später, wenn sie herausgefunden hatte, warum Brian gestorben war, konnte der Baum ihrer Zuversicht daraus wachsen.

Sie stand auf und wandte sich zum Gehen, als sie plötzlich spürte, daß ihre rechte Hand – die, um die sich Brians Finger geschlossen hatten – wärmer war als der übrige Körper. Sie legte die Hand auf die Brust und wartete darauf, Brians Wärme in ihren Adern zu spüren und sich an seiner Kraft aufzurichten.

Der Mann, der das Portal geputzt hatte, konnte nicht weit sein, das Putzzeug lag noch vor der Tür; Kate entdeckte ihn im Musikpavillon, er machte dort seine Pause, schenkte sich gerade aus einer Thermosflasche Kaffee ein.

Sie war auf der untersten Treppenstufe angekommen, als sie Webb Garrick sah. Sie rief nach ihm, wollte hinter ihm hereilen und merkte zu spät, wie schlüpfrig der vereiste Boden war. Sie schlug hart auf, lag auf den Knien, es tat scheußlich weh. Der Mann im Pavillon kam zögernd hoch, unbeholfen balancierte er Thermosflasche und Kaffeebecher, er schien unschlüssig zu sein, ob Kate seine Hilfe brauchte. Mühsam stemmte sie sich hoch; inzwischen war Webb schon weit weg, zu weit, fürchtete sie, aber sie versuchte es trotzdem, rief noch einmal seinen Namen, diesmal so laut sie konnte. Er mußte sie gesehen haben, da war sie sicher. Als sie später darüber nachdachte, hätte sie sogar geschworen, daß er von ihr davongelaufen war. Er hatte sich zu ihr umgedreht, ihr sekundenlang ins Gesicht gestarrt, und dann war er weggerannt. Es kam ihr sogar so vor, als hätte sie Verblüffung und Erschrecken in seinem Gesicht gelesen.

Ein paar hastige Schritte weit versuchte sie ihn einzuholen, obwohl ihr die Knie immer noch vom Sturz schmerzten, dann gab sie auf. Es hatte keinen Zweck, er war gerade hinter einer Gruppe Midshipmen, die in ihren schwarzen Wintermänteln vor Bancroft Hall standen, verschwunden.

So gemischt die Gefühle auch sein mochten, die Kate für die Akademie hegte – das Städtchen Annapolis, Hauptstadt eines Bundesstaates und dennoch ein Ort mit verträumtem Charme, war ihr ans Herz gewachsen. Die Beziehungen zwischen der Stadt und der Akademie waren nicht frei von Spannungen. Bei den Midshipmen galt Annapolis als stinklangweiliges Nest, das sie spöttisch Crabtown nannten und durch dessen enge, mit Ziegelsteinen gepflasterte Straßen sie dennoch nur zu gern flanierten; draußen zu sein in der Stadt bedeutete ein Stück Freiheit für sie. Die Bürger von Annapolis waren stolz auf die Akademie und auf die schmucken jungen Burschen, die dort Dienst taten. Im Laufe der Zeit war es Tradition geworden, daß beinahe jede Bürgerfamilie sich einen Midshipman zum Patensohn erwählte; das Haus stand dem jungen Mann offen, er wurde zum Essen eingeladen, er war auch ohne Anmeldung willkommen, wann immer er irgendwann die Beine ausstrecken, sich's fern aller Vorgesetzten gemütlich machen und in Ruhe ein Bier trinken wollte. Es gab freilich auch etliche Bürger, die mit den Midshipmen nichts zu schaffen haben wollten; nach ihrer Meinung war das eine ungehobelte Bande, die so tat, als wäre die ganze Stadt ihr persönliches Eigentum. Es paßte ihnen auch nicht, daß so viele Fremde in die Stadt kamen – Angehörige, die ihre Söhne in der Akademie besuchen wollten, wobei sie in ihrem Groll schlicht die Tatsache übersahen, daß sie an diesem Besucherstrom nicht schlecht verdienten. Das alte Problem: Garnisonsstadt und Kaserne, Zivilisten und Soldaten.

Kate parkte am Hafen, der in dieser Jahreszeit trostlos wirkte, das bunte Bild der Segelschiffe fehlte. Der Wind war kalt und schneidend, sie fror an den Händen, ihre Füße fühlten sich fast taub an. Der Magen knurrte ihr vor Hunger, sie schlug den Weg zur Hauptstraße ein.

McGarvey's Saloon am Marktplatz – sie kannte das kleine Lokal von früher, es sah so einladend aus wie das freundliche Grinsen, mit dem der Schwarze, der den Bürgersteig fegte, sie herüberzulocken schien. Sie trat ein, sofort war ihr wieder alles vertraut, ein schummrig-gemütliches kleines Restaurant mit viel dunklem Holz und Messing. Wie oft hatten Bri und sie an der Mahagonibar gesessen und sich einen Hamburger schmecken lassen!

Sie bestellte einen Rotwein, und während sie darauf wartete, sah sie sich im Lokal um. Junge Geschäftsleute, ältere Handwerker, Kongreßabgeordnete, Sekretärinnen, Ladenbesitzer, auch ein paar Gäste in Uniform entdeckte Kate. An einem Tisch saßen zum Beispiel, obwohl es doch ein ganz gewöhnlicher Wochentag war, vier Midshipmen. Firstclassmen, erkannte sie an den goldenen Ärmelstreifen auf den dunklen Winteruniformen. Die vier waren eine fröhliche Runde, sie kabbelten sich lautstark, übermütig wie große Kinder. Kate hätte nicht hinschauen sollen, all ihre Wunden brachen wieder auf. Der Kellner hatte ihr den Rotwein hingestellt; als sie nach dem Glas langte, merkte sie, daß sie kaum die Hand ruhig halten konnte.

Alle Tische waren besetzt, sie und ein Mann an einem Zweiertisch neben dem Fenster waren die einzigen Sologäste. Sie beobachtete ihn unauffällig, während sie am Weinglas nippte. Beneidenswert, wie selbstverständlich er sein Einsiedlerdasein hinnimmt, dachte sie. Aber vielleicht wartete er auf jemanden, auf einen Geschäftspartner? Oder auf seine Frau, fiel ihr ein. Nein, bestimmt nicht auf eine Frau, widersprach sie sofort heftig, wenn er verabredet ist, dann mit einem Mann. Ärger stieg in ihr auf, als ihr klar wurde, auf was für dumme, sinnlose Gedanken sie sich einließ.

Der Mann saß da und schaute aus dem Fenster, er gab sich so ungezwungen, als säße er daheim in der Küche. Er mußte ungefähr in ihrem Alter sein, schätzte Kate. Schwarzhaarig, der Schnurrbart noch ohne das Grau, das an den Schläfen durchschimmerte. Die Gesichtshaut begann ein wenig zu welken. Unvermeidlich, wenn man die Vierzig hinter sich hat und auf die Fünfzig zugeht, dachte sie. Er sah gut aus, aber es gab irgend etwas, was ihm die Normalität erhielt, ihn... Kate fand in Gedanken eine Formulierung, die ihr treffend erschien und über deren absurde Logik sie sich zugleich amüsierte: Es gab irgend etwas, was ihn erreichbar erscheinen ließ. Seine knorpeligen Ohren, Muschelohren, stellte sie fest, richtig – an denen lag es.

Er wandte den Kopf in ihre Richtung, sie wurde rot, wußte vor Verlegenheit nicht, wohin mit den Händen, suchte schließlich am Weinglas Halt. Sie beschloß, ihre Aufmerksamkeit lieber wieder dem Tisch der Midshipmen zu widmen. Sie kannte keinen von ihnen, aber gleichzeitig war ihr, als kenne sie jeden. Sie waren sich alle so ähnlich, und das lag nicht einmal daran, daß sie Uniform trugen; auch wenn sie in Zivil gewesen wären, hätte Kate sie sofort als Offiziersanwärter identifiziert. Einer der jungen Männer, ein Blonder mit engstehenden Augen, schaute in ihre Richtung und rief laut durchs Lokal: «He, Brian! Hier, Brian, hier sind wir!»

Sie erstarrte. Sie dachte, das Herz bliebe ihr stehen. Und während sie wie betäubt dasaß, wurde ihr klar, daß rings um den Schutzwall, hinter dem sie sich zu verkriechen suchte, das Leben unbeirrt seinen Lauf nahm. Die anderen lebten weiter. Und unter ihnen waren eben welche, die denselben Namen trugen wie ihr Sohn. Zum Beispiel der Midshipman, der hinter ihr gestanden hatte und jetzt drüben am Tisch Platz nahm, von den anderen mit kumpelhaft-grober Fröhlichkeit begrüßt. Gesprächsfetzen von anderen Tischen wehten zu ihr herüber, Gelächter klang irgendwo auf, im Hintergrund klapperte Geschirr. Aber alles, was Kate hörte, war das laute ‹He, Brian!›, und alles, was sie fühlte, war das Empfinden, daß er wirklich neben ihr stand. Was half es, daß ihr Verstand ihr etwas anderes sagen wollte? Das Herz hat seine eigene Logik.

Niemand sollte sie im Lokal weinen sehen. Erst als sie, aus dem Lokal geflohen, das kaum berührte Weinglas zurücklassend, sich auf der Hafenpromenade wiederfand, wo sie sich auf eine Bank setzte und auf die graue Wasserfläche hinausstarrte, spürte sie brennende Tränen in den Augen. Aber sie konnte auch jetzt nicht weinen. Die Tränen waren versiegt.

Wird es denn nie anders? fragte sie sich erschrocken. Drei Wochen waren nun schon seit Brians Tod vergangen; ihr Schmerz war so qualvoll, ihr Kummer so zermürbend wie am ersten Tag.

«Soll das denn immer so weitergehen, wird es nie wieder normal?» Erst als sie das leise Räuspern hinter sich hörte, wurde ihr bewußt, daß sie die Frage laut geäußert hatte. Der Mann, der allein in McGarveys Restaurant gesessen hatte, stand hinter ihr.

«Sie haben etwas im Lokal liegenlassen», sagte er und streckte ihr etwas unbeholfen ihre Tasche hin. «Die Rechnung für Ihren Wein – also, das habe ich erledigt.»

Kate war peinlich berührt, sie murmelte ein paar Dankesworte, dann nahm sie die Handtasche. Du meine Güte, was mußte er von ihr denken! Er sah sie unverwandt an, hastig versuchte sie, ihr Haar zu glätten, es war zwecklos, bestimmt sah sie schrecklich aus. Kein Wunder nach all diesen Tagen. Sie nestelte am Verschluß des Geldbeutels. «Was bin ich Ihnen schuldig?» Es rutschte ihr zu ruppig heraus, das merkte sie selbst. Michael hatte sie früher immer damit aufgezogen, daß sie vor Verlegenheit nicht ein noch aus wüßte, sobald es um Geld ginge.

Er schüttelte ablehnend den Kopf, aber sie drückte ihm einen fünf-Dollar-Schein in die Hand. Und dann – ach Gott, nahmen denn die Peinlichkeiten überhaupt kein Ende? – begann ihre Nase zu tröpfeln. Ärgerlich suchte sie nach Papiertaschentüchern. Wenn doch wenigstens dieser Fremde endlich gegangen wäre!

Er hielt ihr sein Taschentuch hin. Sie wollte es nicht, es kam ihr irgendwie ungehörig vor, von einem Mann, den sie überhaupt nicht kannte, ein Stofftaschentuch anzunehmen und... Aber die Nase tröpfelte immer wieder, sie mußte endlich etwas tun. Kaum hielt sie das Tuch in der Hand, tat es ihr auch schon leid. Der Fremde hatte das anscheinend als Ermunterung verstanden, neben ihr auf der Bank Platz zu nehmen. Gott sei Dank, er guckte wenigstens zur Seite, als sie sich schneuzte.

Das Taschentuch war fadenscheinig vom vielen Waschen. In einer Ecke entdeckte Kate ein blaues M, eine Maschinenstickerei, die Fäden lösten sich schon. Massenware, so etwas fand man auf dem Wühltisch im Kaufhaus...

Du liebe Zeit, was fiel ihr eigentlich ein, sich darüber den Kopf zu zerbrechen? Wie vorhin, als sie überlegt hatte, auf wen er wohl im Lokal wartete. Das ging sie doch überhaupt nichts an. Hör endlich auf damit, Kate! fauchte sie lautlos in sich hinein, laß das und nimm dich zusammen!

Er schien nichts gemerkt zu haben. «Sehen Sie mal – da», er zeigte auf ein Segelschiff, das im Hafenbecken vor Anker lag, «eine Schonerbrigg, sieht man heutzutage nur noch ganz selten. In unserer Welt scheint es immer weniger Platz für schöne Dinge zu geben. Schade, nicht wahr?»

Er hatte eine angenehme Stimme, ruhig, tief und geduldig, wie einer, der häufig anderen etwas erklären muß. Ein Abgeordneter, vermutete Kate, oder vielleicht ein Rechtsanwalt. Er redete weiter über Segelboote. Was er sagte, hörte sie gar nicht; sie wußte, daß er sie ohnehin nur ablenken und beruhigen wollte. Aber sie konnte ihn, während er redete, in Ruhe anschauen. Er trug einen altmodischen flachen Filzhut, seit Jahren hatte sie niemanden mehr mit so einem Ding herumlaufen sehen. Als ihr Blick auf seine Handschuhe fiel, mußte sie unwillkürlich an ihren Vater denken; auf einmal kam ihr der Mann neben ihr weniger fremd vor.

«Was war denn vorhin?» hörte sie ihn fragen. «Ich meine – drin im Lokal? Haben Sie sich über irgendwas geärgert?»

Er meinte es gut, auch seine Frage verriet das. «Nein», antwortete Kate kopfschüttelnd. «Das war nur... Mir sind plötzlich ein paar Erinnerungen durch den Kopf gegangen.» Sie sah ihm an, daß er den Schmerz in ihren Augen gelesen hatte. Sie wußte auch nicht, wie es kam, aber unversehens war aus dem Fremden fast ein Vertrauter geworden. Das machte ihr Mut, mehr zu sagen. «Ich mußte an meinen Sohn denken. Er war auch ein Midshipman.»

«War?»

Sein Stirnrunzeln hatte sie nicht bemerkt. «Ja. Er – er ist tot. Er ist letzten Monat gestorben.»

«Oh, das tut mir leid.»

Wie oft hatte sie das nun schon gehört? Aber bei ihm klang es anders, aufrichtig, die Worte hatten mehr Gewicht. Und ehe sie wußte, was sie tat, fing sie zu erzählen an.

Er machte es ihr leicht, er sah sie nicht an; sein Blick schien irgendwo auf einen Punkt hinter dem Hafenbecken zu ruhen. Nur einmal, ganz am Anfang, als sie erwähnte, daß Brian ein Firstclassman gewesen war, hatte er den Kopf gewandt. Sie spielte gedankenverloren mit seinem Taschentuch, zupfte mit den Fingernägeln am eingestickten blauen M.

Sie erzählte ihm alles. Eine Taube kam angeflattert, ließ sich zu ihren Füßen nieder, pickte nach Futter, der Wind sträubte ihr das schimmernde Gefieder. Fröstelnd zog Kate den Mantel fester um die Schultern. Ihre Hände waren schon ganz rot vor Kälte, sie vergrub sie tief in den Manteltaschen.

Als sie fertig waren, saßen sie eine Weile schweigend nebeneinander, dann fragte er: «Hat man keinen Abschiedsbrief gefunden?»

Sie schüttelte den Kopf. Nein, Brians Brief wollte sie lieber nicht erwähnen. Der Fremde hätte sonst nur dasselbe gedacht wie Michael. Und wie Thatcher. Sogar wie Nina. Das gehörte inzwischen zu ihren schmerzlichen Erfahrungen. Sobald sie den Brief erwähnte, hielten die anderen sie für verrückt.

Sein Blick war freundlich, arglos, ohne das vorsichtige Abwarten, an das sie gewöhnt war. Und so erzählte sie ihm auch, was sie heute morgen vor der Kapelle erlebt hatte, als Brians Stubenkamerad vor ihr davongelaufen war. Sie ertappte sich bei der angstvollen Frage, ob er sie womöglich auch für eine Psychopathin hielt. Seine Miene verriet nichts, er saß nur still da, die Hände auf die Knie gestützt, und hörte ihr schweigend zu.

Seine Handschuhe waren genauso alt wie das Taschentuch, das fleckige Leder schmiegte sich weich um seine Finger. Die aufgeplatzte Naht am linken Daumen war mit ungeschickten Stichen geflickt. Kate stellte sich vor, wie das abgenutzte Leder in sich zusammensank, wenn er die Handschuhe abends auszog. Seltsam, während sie seine Handschuhe betrachtete, wuchs wieder das Gefühl in ihr, auf eine unerklärliche Art mit ihm vertraut zu sein, wie vorhin, als sie sein Taschentuch benutzt hatte. Eine Art Intimität, als hätte ich mit ihm geschlafen, dachte sie verwirrt und merkte, wie ihr das Blut ins Gesicht schoß.

«Warum sind Sie noch mal hergekommen?» fragte er. «Glauben Sie, daß Sie irgendwas herausfinden könnten?»

«Ich weiß selber nicht. Aber hier ist er nun mal gestorben. Und wenn es Antworten gibt – wo sollte ich sie sonst finden?» Sie wollte ehrlich zu ihm sein, darum fuhr sie fort: «Brians Vater glaubt, daß es eindeutig Selbstmord war. Alle glauben das. Aber ich kann's nicht glauben. Ich weiß, daß Bri so etwas nicht getan hätte. Er ist nicht imstande dazu. Ich weiß es, es ist nicht nur so ein ...» Sie schluckte. Es war schwierig, die richtigen Worte zu finden. Darüber, daß Brian geheiratet hatte, wollte sie nicht reden, auch nicht über Leah und das Baby; sie wollte nicht einmal daran denken. Obwohl es andererseits geradezu ein Beweis gewesen wäre, daß er keinen Grund gehabt hatte, sich das Leben zu nehmen. Trotzdem, sooft sie an die Heirat dachte, verkrampfte sich etwas in ihr. Irgendwann mußte sie sich innerlich damit abfinden, das war ihr klar. Sie durfte sich nicht einmal zuviel Zeit damit lassen.

«Wahrscheinlich würde das jede Mutter an meiner Stelle genauso empfinden. Keine Mutter will den Gedanken akzeptieren, daß ihr

Sohn sich das Leben genommen hat. Ich habe darüber nachgedacht. Weigere ich mich vielleicht, die Wahrheit zu glauben, weil ich fürchte, sie könnte zu schmerzlich sein? Die Frage habe ich mir oft gestellt. Aber heute morgen, als Webb vor mir davongelaufen ist, wußte ich wieder, daß irgend etwas nicht stimmen kann. Mir ist etwas verschwiegen worden. Und das will ich herausfinden.» Sie spürte, wieviel Entschlossenheit in ihr gewachsen war. Es half ihr, daß der Fremde ihr so geduldig zuhörte und sich nicht, wie andere, sofort ein Urteil anmaßte. Und sie dachte auch daran, wie anders ihr Leben verlaufen wäre, wenn sie vor vielen Jahren einen Mann von seiner Art kennengelernt hätte. Aber gleich danach fiel ihr ein, daß es ja dann Brian nicht gegeben hätte. Sie stand auf, hielt dem Fremden das zerknüllte Taschentuch hin.

«Nein, bitte behalten Sie es.» Er war auch aufgestanden. «Ich habe nicht oft Gelegenheit, einer Dame behilflich zu sein.»

Sie standen sich gegenüber, sahen sich an. Er hatte ungefähr ihre Größe, ihre Augen trafen sich in gleicher Höhe. Plötzlich merkte sie, daß er sich einen Ruck gab, als ob er sich beobachtet fühlte. Aber da war niemand, sie waren allein, nur drei Midshipmen kamen die Uferpromenade entlang, auf sie zu. Er schien etwas sagen zu wollen, doch bevor er dazu kam, gingen die drei an ihnen vorüber.

«Guten Tag, Dr. McNulty», grüßten sie im Chor.

Kate stand wie versteinert, die Hand mit dem Taschentuch immer noch ausgestreckt. Sie konnte sich nicht rühren, sie sah ihn nur fassungslos an.

«Es tut mir leid, ich hätte es Ihnen sagen müssen.»

«Sie sind einer von denen», fuhr sie ihn an. «Verdammt, Sie gehören auch dazu.» Sie warf ihm das Taschentuch vor die Füße. *Die da*. Es gab sie. Die, zu denen er auch gehörte. «Hat man Sie losgeschickt, um mich auszuhorchen? Oder sollten Sie mich nur im Auge behalten, und der Rest hat sich dann so ergeben?»

Es war ihr egal, wie unvernünftig das klingen mochte. Sie drehte sich um und ging. Und als er hinter ihr herrief, alles zu erklären versuchte, beschleunigte sie ihren Schritt. Mein Gott, dachte sie schluchzend, bilde ich mir das nur ein – oder haben sich wirklich alle gegen mich verschworen?

16

Ein paar Wochen mußten noch ins Land gehen, dann war Washington D. C. wieder einer der liebenswürdigsten Orte, die Kate kannte, voll mit Touristen, die sich von der pastellfarbenen Schönheit der Stadt entzücken ließen. Ein paar Wochen noch, dann posierte das Kapitol für sie wie eine Braut, ganz in Weiß, jung und fröhlich und stolz; zarte Kirschblüten wirbelten sanft durch die laue Frühlingsluft, wehten auf die Gehwege zwischen Teichen und Wasserspielen – Tupfen in Weiß und blassem Rosa, wie Konfetti nach einer Hochzeit.

Freilich, jetzt lag noch kein Frühling in der Luft. Die Blumenkästen standen leer, Tulpen, Narzissen und Osterglocken reckten ihre bunten Köpfe noch nicht aus den Beeten. Grau wölbte sich der Himmel über der Stadt, es sah nach Regen aus. Das Grau schien sich in den Mienen der Vorübereilenden widerzuspiegeln, und es entsprach auch genau Kates Stimmung.

Sie mußte gegen den Wind ankämpfen, mit klammen Fingern hielt sie den Zettel, auf dem sie sich die Adresse notiert hatte. Von Zeit zu Zeit schaute sie hoch, las an einer grauen Wand die Hausnummer ab.

Seit jenem Abend, an dem Leah zu ihr nach Hause gekommen war und ihr von der heimlichen Heirat erzählt hatte, kämpfte Kate mit ihren Gefühlen. Ärger, Erschrecken, Zorn, Mitleid – der Wirrwarr in ihr war so groß, daß sie sich selbst nicht mehr auskannte. Wie sie überhaupt seit Brians Tod manchmal dachte, sie schwebe über dem Abgrund eines Vulkans, der lange erloschen, dann aber mit Urgewalt ausgebrochen war und sie – die Kate von früher – begraben hatte unter einer Last, die sie nicht wieder abschütteln konnte. Auch Brians Heirat war so ein Erdstoß gewesen – wieder etwas, was viel in ihr verschüttet, ihr Wunden geschlagen, sie verbrannt hatte. Sie hatte getan, was sie immer tat, wenn sie spürte, daß sie sich nicht wehren konnte: Sie war ein Stück weiter in sich hineingekrochen, hatte versucht, sich abzuschotten gegen das, was rings um sie geschah. Auch an jenem Abend hatte sie nur dagesessen, Leah zugehört, hin und wieder gedankenlos genickt, vielleicht auch ein paar Fragen gestellt, das wußte sie nicht mehr. Und irgendwann, daran erinnerte sie sich, irgendwann hatte sie versprochen, nach Washington zu kommen und Leah zu besuchen.

Meine Schwiegertochter... Es fiel ihr unendlich schwer, die Silben aneinanderzufügen, sogar in Gedanken. Es erinnerte sie zu schmerzlich daran, daß ihr Sohn Geheimnisse vor ihr gehabt, sie hintergangen hatte.

Und dennoch – trotz der Eifersucht, von der sie sich immer noch nicht frei machen konnte – fühlte sie sich zu Leah hingezogen. Ihr verdankte sie es, daß sie nicht mehr so entsetzlich einsam war in ihrer Überzeugung, Brian könne nicht Selbstmord begangen haben. Nun gab es noch jemanden, der sich weigerte, als Wahrheit hinzunehmen, was alle anderen glaubten. Wie sehr ihre Gefühle auch verletzt sein mochten, dieses gemeinsame Wissen war ein starkes Band zwischen Leah und ihr. Und deshalb, nur deshalb ging sie jetzt durch die Georgetown Street und suchte das Haus, in dem die junge Frau wohnte.

Und wie war es mit dem Baby?

Daran wollte sie jetzt nicht denken. Von allen Erschütterungen war das die schlimmste, keiner der vielen Vulkanausbrüche hatte so viel in ihr verwüstet. Sooft sich der Gedanke an das ungeborene Kind aufdrängte, schottete sie sich hastig, wie von einer Katastrophe bedroht, dagegen ab. Später... Später würde sie sich vielleicht an den Gedanken gewöhnen können, aber jetzt noch nicht. Es war zu früh, sie fand nichts in sich, was stark genug gewesen wäre, um den Gedanken daran zu verankern: ein Kind, sein Kind, Brians Kind.

Aber manchmal – in unbedachten Augenblicken, in denen sie die Barrieren nicht hoch genug aufrichtete – schlich er sich doch ein. Dann fühlte sie sich seltsam angerührt, sie empfand etwas, was sie noch nie gefühlt hatte, etwas, wofür sie keinen Namen wußte. *Ihr Enkelkind*... Etwas, was sie zu überwältigen drohte. Aber noch hatte sie den Gedanken jedesmal verbannen können, ehe er Zeit gehabt hätte, sich in ihr einzunisten.

Den Hausnummern nach konnte es nicht mehr weit sein. Und sie hatte sich noch nicht einmal überlegt, was sie sagen wollte. Ehe sie dazu kam, war sie schon da. Zweifelnd trat sie einen Schritt zurück, verglich noch einmal die Nummer auf der Hauswand mit der Adresse auf dem Zettel. Das Gebäude sah nicht nach Studentenwohnungen aus. Ein paar Stufen, eine schwere, solide Tür,

Bleiglas, von dunklem Holz gerahmt... Sie atmete tief durch, stieg die Stufen hoch, langte nach der Messingglocke und stellte erleichtert fest, daß ihre Hand diesmal nicht zitterte. Sie hörte ein leises Klicken, stieß die Tür auf, blieb überrascht stehen. Der Fliesenboden glänzte, die Wände waren erst kürzlich gestrichen worden, es roch noch nach frischer Farbe. Auch die Messingbriefkästen an der Wand paßten nicht zu ihrer Vorstellung von einem Haus mit Studentenapartments. Sie suchte die kleinen weißen Schilder an den Briefkästen ab, einen Augenblick lang stockte ihr der Atem, als sie *L. Tyler* las. Ein leichtes Schwindelgefühl überkam sie, vielleicht lag es nur am Farbgeruch.

«Kann ich Ihnen behilflich sein?»

Der Mann stand dicht hinter ihr. Unwillkürlich mußte sie bei seinem scharfgeschnittenen Gesicht an ein Raubtier denken. Aber irgend etwas stimmte noch nicht an dem Bild. Die Nase... Es gab keine Einkerbung in Augenhöhe, die Nase schien erst in der Mitte der Stirn zu enden. Wie bei einem Hai, dachte sie. Die Tasche rutschte ihr aus der Hand, der Mann mit der Hainase bückte sich, hob sie auf. Sie starrte auf seine schmutzigen Fingernägel.

«Kann man nichts machen», sagte er grinsend, «ich hatte gerade im Keller zu tun. Ich bin nämlich der Hausmeister. Na ja, und wie's dann geklingelt hat...» Er kam näher, musterte sie aus kurzsichtigen Augen. «Was ist mit Ihnen. Geht's Ihnen nicht gut?»

«Doch, doch», sagte sie hastig. Sie wich einen Schritt zurück, als sein Atem ihr entgegenschlug. Irgendwie war ihr der Mann nicht geheuer. «Ich suche jemanden. Äh...» Sie mußte sich einen Ruck geben, bevor sie den Namen aussprechen konnte. «Leah Tyler.»

«Ach, Tyler. Die wohnt in 3C. Müßte eigentlich dasein.» Seine Hand zuckte hoch, er hielt die Armbanduhr dicht vor die Augen. «Sie ist jetzt nicht mehr oft in der Uni. Weil – da ist 'n Baby unterwegs.» Er wollte ein Lächeln zeigen, alles, was Kate sah, waren häßlich gelbe Zähne, verfärbt von Tabak und Kaffee – und wohl auch zu selten geputzt.

Sie wich noch ein Stück zurück. Sie sah Neugier in seinen Augen flackern, bestimmt wollte der Mann sie ausfragen. «Danke. Ich geh hoch zu ihr.»

Sie huschte davon, ihre Absätze klapperten ein ängstliches Stakkato, während sie auf der Holztreppe nach oben eilte. Ihr Herz schlug womöglich noch schneller, aber sie gönnte sich keine Verschnaufpause, bis sie im dritten Stock angekommen war. Sie klopfte, Leah öffnete so rasch, als hätte sie schon hinter der Tür auf sie gewartet.

Sie war barfuß, den grün-blauen, locker fallenden Sweater hatte sie eine Nummer zu groß gekauft, seine Farbe erinnerte Kate an das Meer im Sommer, sie schaute hoch und fand dieselbe Farbe in Leahs Augen. Kate zögerte ein paar Sekunden, nahm Leahs Bild in sich auf, sah, wie schön, wie madonnenhaft zart diese junge Frau war, und verstand auf einmal, warum Brian sich in sie verliebt hatte.

Dennoch, irgend etwas kam ihr verändert vor, sie hätte nur noch nicht sagen können, was es war. Und dann entdeckte sie es: Leah trug das Haar kurz, es lag jetzt wie eine Haube um ihren Kopf. Unwillkürlich fielen ihr die Indianerfrauen ein, auch sie schnitten sich zum Zeichen ihrer Trauer die Haare ab.

Sie standen sich gegenüber, irgend etwas schien sie einzuhüllen, abzuschirmen gegen die Welt. Aus der Nachbarwohnung plärrte ein Fernseher, eine Quizsendung, lautes Gelächter – sie hörten es nicht. Der Geruch frischer Farbe mischte sich mit dem Duft von gebratenem Hähnchen – bis zu ihnen drang er nicht. Kate ahnte, woher dieses Gefühl eines Vertrautseins kam, das man eigentlich erst empfinden kann, wenn man einen Menschen seit langem kennt: Diese junge Frau war das letzte lebendige Band zwischen ihr und Brian.

Zuerst sah es aus, als wollte Leah ihr die Hand hinstrecken, dann ging sie auf Kate zu, umarmte sie. «Ich bin so froh, daß Sie gekommen sind.» Und auf einmal brach die Mauer, hinter der Kate sich eingeschlossen hatte, in sich zusammen; sie spürte, wie Schmerz und Trauer in ihr verebbten.

«Kommen Sie rein», bat Leah, «ich mach mir gerade Tee, möchten Sie auch einen Becher?»

«Ja, das wäre schön. Ich bin ganz durchgefroren. Ich war heute morgen in der Akademie.»

Sie sah, wie sich Leahs Gesicht vor Schmerz verkrampfte, und sie begriff, daß sie die Stärkere sein mußte, die, an der Leah Halt fand. Sie wollte etwas sagen, aber es war schon vorbei, die junge Frau ging zur Tür. «Bitte, setzen Sie sich doch, ich hole den Tee.»

Kate schlenderte durchs Zimmer, sah sich um. Es war mit alten Möbeln ausgestattet, lauter schöne Erbstücke, auch die Teppiche waren alt, manche schon ein wenig fadenscheinig; alles schien wie gemacht für diesen hohen Raum mit Erkern und Nischen. Vom Fenster fiel der Blick auf die Bucht, unter dem Fenster stand ein großer Mahagonitisch, Bücher und Ringhefte mit Aufzeichnungen aus den Vorlesungen lagen herum.

In die gegenüberliegende Wand war der Kamin eingelassen, mit weißgestrichenen Ziegeln ummauert, ein Krug mit trockenen Gräsern stand auf dem Sims. Bis in Hüfthöhe waren die Wände mit altem Holz getäfelt, den Sockel nutzte Leah als Bücherbord. In einer Ecke standen Fotos. Kate zögerte einen Augenblick, bestimmt waren auch welche von Brian dabei, und sie wußte nicht, ob sie es in diesem Augenblick – hier, in einem fremden Zimmer – ertragen konnte, sein Gesicht aus einem Fotorahmen lächeln zu sehen. Als sie schließlich doch hinging, fand sie ihre Ahnung bestätigt: Es tat ihr weh, Brians Bild zu sehen.

Eins war ein Schwarzweißfoto, ein Schnappschuß. Kate begriff, warum Leah an diesem Foto hing, es sogar gerahmt und aufgestellt hatte. Brian saß auf einer niedrigen Mauer, Leah stand hinter ihm, hatte das Kinn auf seinen Kopf gestützt, ihm die Arme um die Schultern gelegt. Die beiden schnitten Grimassen, er streckte die Zunge raus, sie verdrehte schielend die Augen. Und dennoch lag in dem Bild unendlich viel Zärtlichkeit: wie er den Kopf zu ihr hinwandte, wie sie sich an ihn schmiegte... Man sah, wie sehr sie sich wünschten, einander nahe zu sein. Kate stellte das Foto wieder auf das Sims. Als sie Leah hereinkommen hörte, stand sie schon wieder am Fenster.

«Es ist Kräutertee, hoffentlich macht Ihnen das nichts aus. Ärztlich angeordnet. Kein Koffein, kein Alkohol, keine Zigaretten.» Leah stellte das Tablett ab.

Kate spürte sofort wieder die innere Abwehr, wie immer, wenn sie an das Kind dachte. «Hört sich ja ziemlich streng an», meinte sie. «Vielleicht hätten Sie sich einen Arzt aussuchen sollen, der nicht alles verbietet. Männer denken manchmal...»

«Es ist eine Ärztin, sie ist mir an der Universität empfohlen worden. Und ich bin sehr zufrieden mit ihr.» Leah setzte sich an den

Tisch, legte schützend eine Hand auf den Bauch. Kate wandte sich rasch ab. Sie nahm einen Schluck Tee, er war nur lauwarm und schmeckte bitter.

Leah hatte ihren Teebecher noch nicht angerührt, sie sah Kate fragend an, als wartete sie auf eine Entscheidung. Und nach einer Weile fragte sie: «Was werden wir nun tun, Mrs. Tyler?»

Kate starrte zu Boden. In einem Körbchen lagen Knäuel mit cremefarbener Wolle, ein schöner warmer Ton – wie altes Elfenbein, eine Decke, wahrscheinlich für den Kinderwagen, war halb fertig. Kate stellte sich vor, wie Leah abends, wenn sie die Bücher zugeklappt und alle Handgriffe im Haushalt getan hatte, unter der Stehlampe saß und für das Kind strickte. So wie sie selbst einst dagesessen hatte, vor einundzwanzig Jahren. Sie wußte noch, wie ihre Abende erfüllt gewesen waren mit Träumen von der Zukunft ihres Babys. Und wie sie am Wochenende im Badezimmer die Nische frisch gestrichen hatte, in der sie die Kinderbadewanne aufstellen wollte. Und wie sie und Michael aufgeschrieben hatten, was sie alles für die Babyausstattung kaufen wollten, nur, um hinterher die Liste wieder und wieder durchzugehen und zu prüfen, was man streichen könnte, denn das Geld war knapp, sie konnten sich nur das Allernötigste leisten. Eine schöne Erinnerung – und eine schmerzliche zugleich. Sie waren jung gewesen, sie hatten noch nicht viel vom Leben gewußt, aber sie hatten die Kraft gehabt, vertrauensvoll in die Zukunft zu blicken und nicht eine Minute daran zu zweifeln, daß sich all ihre Träume erfüllen würden. Sie hatten an eine Zukunft geglaubt, in der für den Gedanken an eine mögliche Scheidung kein Platz war. Und erst recht nicht für den Tod.

«Mrs. Tyler, was ist mit Ihnen?»

Kate hob den Kopf, sah Leah an und fragte flüsternd: «Warum hat er es mir nicht gesagt? Er hätte doch wissen müssen, daß ich ihn verstehe.»

«Er hätte es Ihnen so gern gesagt, aber er meinte, wir dürften es niemandem sagen. Noch nicht. Er hat immer Angst gehabt, daß es herauskäme und er aus der Navy entlassen würde. Es ist eine Frage der Ehre, hat er gesagt.»

Kates Stimme schien von weither zu kommen. «Die Ehre ist eine Insel.»

«Wie bitte?»

«Die Ehre ist wie eine felsige Insel, ohne Strand und ohne Ankerplatz, wer sie verlassen hat, kann nie zu ihr zurückkehren. Das habe ich von meinem Vater gelernt, als ich noch ein Kind war. Seltsam, daß es mir nach so vielen Jahren wieder einfällt. Jede Woche hat er mir einen kleinen Text aufgegeben, und wenn ich ihn auswendig gelernt hatte, lag Samstagabend ein Dime neben meinem Teller.» Sie sah Leah eindringlich an. «Tief in meinem Herzen spüre ich, daß Brian nicht Selbstmord begangen hat. Es wäre einfach sinnlos gewesen. Ich fühle es, und auch all meine Erinnerungen sagen mir, daß es nicht zu ihm paßt. Aber...» Sie brauchte lange, ehe sie weitersprechen konnte, und sie sah Leah nicht mehr an. «Aber manchmal denke ich, daß ich ihn vielleicht gar nicht richtig gekannt habe.»

Nun war er also ausgesprochen, dieser verfluchte Gedanke, der sie so quälte, daß sie ihn nicht still für sich behalten konnte.

Auch Leah sagte lange nichts. Sie nahm ihren Becher, nippte von dem Tee, der inzwischen fast kalt geworden war, klammerte ihre Finger ums Porzellan, hielt sich mit den Augen daran fest. Dann schaute sie auf und sagte: «Ich weiß, was Sie meinen.»

Eine andere Geschichte aus Kindertagen fiel Kate ein. Der Jagdhund ihres Vaters hatte eines Tages einen Vogel in die Küche geschleppt, eine Weihe, flügellahm, schon mehr tot als lebendig. Und als ihr Vater sich um den verletzten Vogel kümmern wollte, in die Hocke ging und ungeschickt zufassen wollte, flatterte und hüpfte die Weihe mit letzter Kraft davon, rettete sich in einen Winkel und starrte von dort auf den Menschen, der ihr wie ein Feind erscheinen mußte. Kate hatte diesen Blick – voller Qual und Verzweiflung – nie vergessen können. Jetzt glaubte sie ihn in Leahs Augen wiederzuerkennen.

Sie stand auf, ging zum Fenster, schaute ins Zwielicht. Die Straßenlaternen warfen einen warmen Schein auf die Wisconsin Avenue, auf der sich der Verkehr staute, Menschen, die nach Hause wollten. Es regnete, dünne Fäden, Märzregen. Die Fußgänger duckten sich unter ihre Schirme, wie huschende schwarze Käfer sahen sie aus, die von Lichtkegel zu Lichtkegel hasteten, voller Ungeduld, endlich irgendwo anzukommen, geborgen zu sein.

17

«Als er tot war, wollte ich auch sterben. Ich konnte es nicht ertragen, ohne ihn zu sein», hörte sie Leah flüstern. Kate drehte sich nicht um, sie starrte weiter aus dem Fenster. Aber sie nahm nicht mehr wahr, was unten auf der Straße geschah, ihr Blick fiel ins Leere.

Leah seufzte, es war wie ein Schluchzen. «Ich habe geglaubt, ich verliere den Verstand. Dauernd habe ich an ihn gedacht, um ihn in meiner Erinnerung lebendig zu halten. Stundenlang habe ich dagesessen und versucht, mir alles ins Gedächtnis zu rufen, jede einzelne Minute. Ich habe sogar angefangen, mir aufzuschreiben, was er anhatte, was er gesagt hat, wo wir gewesen sind – alles. Und wenn mir irgend etwas nicht mehr einfallen wollte, irgendeine belanglose Kleinigkeit – das hat mich fast verrückt gemacht. Das ist mir dann dauernd durch den Kopf gegangen, sogar während der Vorlesungen, ich konnte mich einfach auf nichts anderes mehr konzentrieren. Sobald mir etwas nicht einfiel, hatte ich Angst, Brian allmählich zu verlieren. Schließlich habe ich begriffen, daß ich mich entscheiden muß. Entweder hätte ich so weiter gemacht, oder ich mußte hinnehmen, daß die Erinnerungen blasser wurden, aufhören zu grübeln und statt dessen an das Baby und an mich denken.»

Kate drehte sich um. «Es gibt nicht nur dieses Entweder-Oder», sagte sie. Sie ging zu ihr hin, kauerte sich neben ihren Stuhl, faßte nach ihren Händen; sie fühlten sich kalt an, blutleer. «Sie können sein Bild in sich bewahren und dennoch leben.»

«Ich weiß. Aber ich will den Brian in mir lebendig erhalten, den ich kenne, nicht nur irgendein blasses Bild. Ich glaube, deswegen will ich unbedingt wissen, wie er gestorben ist.»

Kate ging zu ihrem Stuhl zurück, als ob sie Abstand brauchte, bevor sie weitersprechen konnte. «Bri hat Ihnen sicher gesagt, daß sein Vater und ich geschieden sind. Das gehört nun zu meinem Leben, der Mann, mit dem ich so viele Jahre geteilt habe, hat mich verlassen. Ich arbeite jetzt als Lehrerin, aber das füllt mich nicht aus. Ich fühle mich... ich glaube, man nennt das: ausgebrannt. Aber um so genauer weiß ich, was meinem Leben einen Sinn gegeben hat, es war mein Sohn. Und mit derselben Sicherheit weiß ich, daß sein Tod kein Selbstmord war. Aber immer wenn ich daran denke, geht mir durch den Kopf: Ich hätte ja auch nie geglaubt, daß er heimlich heiraten würde.» Sie sagte es so, daß Leah keinen Vorwurf heraushören konnte. Und auf einmal lag eine grimmige Entschlossenheit in ihren Worten: «Ich muß herausfinden, was damals, in dieser Februarnacht, tatsächlich geschehen ist. Ich finde keine Ruhe, ehe ich es weiß.» Sie schaute auf und sah verblüfft, daß Leah lächelte.

«Bri hat immer gesagt, daß Sie eine Kämpfernatur sind.»

«Ich? Nein, eher sein Vater. Ihn hat Brian wahrscheinlich gemeint, er war's, der immer um alles gekämpft hat.»

«Nein, ich verwechsle das nicht. Bri hat gesagt, wenn Sie etwas erreichen wollten... Sie hätten dann so einen entschlossenen Zug um den Mund gehabt, hat er gesagt, und nicht mehr lockergelassen.»

«Das hat Brian gesagt?»

«Mhm.»

Seltsam, dachte Kate. Sooft es nötig schien, um irgend etwas zu kämpfen, war es doch immer Michael gewesen, der sich darum gekümmert hatte? Mein Gott, wie hatte er sich aufregen können, wenn es um Bri ging! Mit der Faust hatte er auf den Tisch geschlagen, wenn er glaubte, ein Lehrer oder der Trainer hätten Brian unrecht getan. Und auch sonst – stundenlang konnte er herumnörgeln, wenn ihm irgendwas an einer Handwerkerrechnung nicht paßte.

Trotzdem... Kate fiel ein, daß am Ende immer sie es gewesen war, die zur Schule fuhr und mit den Lehrern redete. Zum Beispiel damals, als Brian angeblich abgeschrieben hatte. Ach Gott, ihr war ganz schlecht gewesen vor Angst, aber sie hatte Vertrauen zu Brian gehabt und ihn verteidigt. Und es hatte sich ausgezahlt, irgendwann war die Wahrheit ans Licht gekommen. Ein Grund mehr, daß Kate sich vorgenommen hatte, das nächste Mal wieder für ihren Sohn einzustehen.

Komisch, daß sie das vergessen hatte. Brian anscheinend nicht. Was hatte er gesagt? Eine Kämpfernatur. Eltern wissen wohl nie so recht, wie ihre Kinder sie sehen.

«Danke», sagte sie, «danke, daß Sie mir das erzählt haben.» Sie wollte sich das gut merken, wie einen Schatz wollte sie es in ihrer Erinnerung hüten. Und sicherer als je zuvor wußte sie, daß sie auch jetzt wieder für Brian kämpfen mußte.

«Wenn wir aber nun herausfinden...», begann Leah zögernd.

«Was herausfinden? Daß er sich doch selbst umgebracht hat?»

Kate wußte nicht, woher sie die Kraft nahm, das so ruhig zu fragen. «Das ändert nichts. Ich glaube es nicht, ich wehre mich mit meinem ganzen Herzen dagegen. Aber wenn sich herausstellt, daß es so war, dann will ich wissen, warum. Sie nicht auch?»

Wieder legte Leah mit einer schützenden Geste die Hände über den Leib, in ihren Augen schimmerten Tränen, aber es schienen eher zornige Tränen zu sein. «Doch», sagte sie leise, «ich auch.»

«Erzählen Sie mir von der Hochzeit», bat Kate plötzlich.

Leah zögerte. «Haben Sie Hunger? Gleich um die Ecke ist ein kleines Lokal, wirklich nicht weit. Wir könnten dort etwas essen, und dabei erzähle ich Ihnen von der Hochzeit.»

«Ja, das ist mir recht.» Kate merkte, daß sie zum erstenmal seit Brians Tod wirklich hungrig war. «Doch», sagte sie, «das ist mir sehr recht.»

Sie gingen schnell, Kate hielt den Schirm nach vorn geneigt, der Wind trieb den Regen wie einen dünnen Schleier auf sie zu. Leah hielt sich gerade, schob den Bauch wie einen sanft gerundeten Bug vor sich her, stolz darauf, daß jeder ihr die Schwangerschaft ansehen konnte. «Ein italienisches Restaurant», sagte sie, «mit Riesenportionen – und spottbillig.» Sie lächelte. «Wissen Sie, der Junior hat einen schrecklichen Appetit. Oh, hab ich Ihnen das schon gesagt? Ich bekomme einen Jungen.» Es klang, als hätte sie Kate ein Geschenk machen wollen.

«Woher wollen Sie das jetzt schon wissen?»

«Ich weiß es eben. Es wird bestimmt ein Junge.» Das klang so überzeugt und war zugleich so unlogisch, daß sie beide lachen mußten. Der junge Mann, der ihnen entgegenkam, verzog die Mundwinkel, als hätte ihre Fröhlichkeit ihn angesteckt.

Dabei spürte Kate gleich wieder, wie sich alles in ihr versteifte. Aber diesmal war es nicht nur innere Abwehr, was sie fühlte. Da war noch etwas anderes. Sie lauschte in sich hinein und erschrak fast, als sie plötzlich ein neues Gefühl entdeckte: einen winzigen Splitter Freude. Und Hoffnung. Und auch Zuneigung. Hastig wollte sie diese ungewohnte Empfindung aus sich verbannen, aber dann atmete sie tief durch und wagte es, dieses Gefühl zuzulassen.

«Nun werde ich also Großmutter», sagte sie leise.

Leah warf ihr einen prüfenden Blick zu. «Ist das schlimm?»

Kate mußte keine Sekunde lang nachdenken. «Überhaupt nicht. Wissen Sie, ich habe die Zeit, als Brian ein Baby war, richtig genossen. Ich hab so gern an ihm geschnuppert, wenn er geschlafen hat, seinen süßen Geruch, diese Vollkommenheit und Unschuld. Ich weiß, andere Mütter mögen dieses Alter überhaupt nicht, aber ich liebte es. Ihn zu baden, zu füttern – das war jedesmal wunderschön für mich. Und dann das Krabbel- und Laufalter... Angeblich eine schreckliche Zeit. Also, ich hab nichts Schreckliches daran finden können. Er war so eifrig und wißbegierig. Er war so vergnügt und voller Energie.» Sie lächelte in sich hinein. «Das ist nun vorbei, ich hätte nicht noch einmal die Kraft, alles durchzustehen, ich werd schon müde, wenn ich nur daran denke. Aber Großmutter zu sein – ja, ich glaube, das wird mir gefallen. Es hat eben alles im Leben seine Zeit. Um eine gute Mutter zu sein, muß man jung sein.»

«Sie waren bestimmt eine wundervolle Mutter.»

«Na ja, ich hab auch meine Fehler gemacht.» Sie wurde auf einmal schweigsam. Brians Sohn, dachte sie, ich werde Brians Sohn haben. Als sie erfahren hatte, daß Wendi ein Baby erwartete, war sie sich betrogen vorgekommen, in eine neue, noch größere Einsamkeit gestoßen. Jetzt nicht mehr. «Danke», sagte sie.

«Wofür?»

«Nur so», antwortete sie ausweichend und deutete auf die rot und grün leuchtende Neonschrift. «Sind wir schon da?»

Das Restaurant war sehr klein, fast alle Gäste schienen Studenten zu sein. Die gepolsterten Bänke in den Sitznischen sahen abgenutzt aus, auch die Holzverkleidung hatte den Schimmer, der alt genug ist, um schäbig zu wirken, und noch ein paar Jahrzehnte braucht, um ehrwürdig zu werden. Der Tisch war mit rotkarierten Papiersets gedeckt, neben der Chiantiflasche, die als Kerzenhalter diente, stand ein Glas mit geriebenem Käse. Sie bestellten Lasagne, Wein für Kate, für Leah ein Glas Milch. Und als der Salat kam, waren sie schon mitten im Gespräch.

«Unsere Hochzeit war wunderschön – und schrecklich zugleich», erzählte Leah. «Wir sind nach Virginia gefahren, nur wir beide. Wirklich, es war wie in einem billigen Roman. Ich hatte damit gerechnet, daß Brian vielleicht Webb Garrick mitnehmen wollte, als Trauzeugen, aber er wollte überhaupt niemanden dabeihaben. Du meine Güte, ich hatte solche Schuldgefühle und habe Brian immer wieder gefragt, ob er denn wirklich meinte, daß wir heiraten sollen. Und er hat wohl gedacht, ich wollte es in Wirklichkeit gar nicht und hätte ihm zuliebe zugestimmt. Ich glaube, wir haben nie soviel aneinander vorbeigeredet wie an diesem Tag. Aber es war trotzdem wunderschön.»

«Ich wollte, ich wäre dabeigewesen. Wie ist es übrigens mit Ihren Eltern, wissen sie's schon?»

«Noch nicht. Ich weiß, ich muß es ihnen sagen. Aber ich bin einfach noch nicht soweit, ich brauche noch Zeit. Meine Mutter – du meine Güte, die käme sofort her, um mich mit nach Hause zu nehmen. Sie würde mir Vorträge halten und unter Tränen erklären, daß ich's doch zu Hause viel besser hätte. Sie kann sehr hartnäckig sein – ich weiß genau, am Schluß würde ich nachgeben. Und das möchte ich eben nicht.»

«Und wie wollen Sie allein zurechtkommen?»

«Indem ich's nehme, wie es kommt. Ich werde das Baby haben und trotzdem zu Ende studieren. Ich werde einen Job annehmen und zusehen, daß sich tagsüber jemand um das Baby kümmert. Wie das alles klappen soll, weiß ich noch nicht. Nur, wenn ich anfange zu planen, stürzt soviel auf mich ein, daß ich erst recht nicht mehr weiter weiß. Also nehm ich's, wie es kommt.» Sie mußte über Kates verblüfftes Gesicht lachen. «Ja, ich weiß, das klingt merkwürdig. Aber warum soll ich mir Sorgen machen? Sehen Sie, zum Beispiel jetzt... Bei der Schwangerschaftsgymnastik jammern mir die anderen Frauen dauernd vor, wie elend sie sich fühlen und daß ihnen nichts schmeckt, und ich... Ich trau mich gar nicht zuzugeben, was ich alles in mich reinfuttere.»

Kate stimmte in Leahs Lachen ein. Einen wundersamen Augenblick lang war aller Kummer vergessen. Aber dann wurde Kate wieder ernst, sie senkte den Kopf.

«Was ist denn?»

«Ach, ich hab nur dran denken müssen, wie schön es wäre, wenn Brian bei uns sein könnte.»

Leah legte das Besteck weg. «Mrs. Tyler...»

Kate faßte sie rasch bei den Händen, hielt sie fest. «Kate. Bitte, sag Kate zu mir, ja?»

Leah rückte ein Stück näher. «Ob wir je rausfinden, wie er gestorben ist?» fragte sie leise.

Also sind wir wieder da angekommen, dachte Kate. «Ich nehme

an, daß es ein Unfall war.» Sie hörte ein ungläubiges kleines Schnauben. Zögernd, fast so, als ob sie laut nachdächte, fuhr sie fort: «Ich habe immer und immer wieder darüber nachgedacht, und jetzt glaube ich, daß sie einfach Blödsinn gemacht haben. Sie haben irgendeinen Unfug ausgeheckt, und als es schiefging, hat der, der dabei war, Angst bekommen und ist weggelaufen.»

«Du meinst, das war alles nur ein dummer Scherz?»

«Ja, einer von ihren grausamen Späßen. Du weißt doch, wie es dort zugeht, sie machen dauernd irgendwelchen Blödsinn. All die vier Jahre hat Brian mir, sooft er nach Hause kam, die verrücktesten Geschichten erzählt. Dumme Streiche, übermütiges Zeug. Und ich glaube, so etwas muß es gewesen sein – eine ganz belanglose Sache, und dann ist etwas so Schreckliches daraus geworden. Vielleicht war er allein. Aber vielleicht war auch jemand bei ihm, der losgerannt ist, um Hilfe zu holen.»

«Das kann doch nicht sein!»

Aber Kate sah Leah an, daß sie im gleichen Augenblick begriffen hatte: Es konnte eben doch sein. Auch Leah kannte bestimmt die Geschichten, mit denen sie prahlten und über die sie sich ausschütten wollten vor Lachen. All die schrecklichen Scherze, die sie sich ausdachten. Die Witze, bei denen es im Grunde gar nichts zu lachen gab. Die kleinen Spielchen, wie sie es nannten.

«Oder eine Art Schikane», fiel Kate ein, «Leuteschinderei, so etwas wie eine Bestrafung. Ich weiß, das darf eigentlich nicht mehr sein, angeblich sind sie da jetzt ganz streng. Im ersten Jahr hat Brian erzählt, wie die älteren Midshipmen auf den Kadetten herumtrampeln. Und es hat ein paar Fälle gegeben, in denen der Spaß zu weit gegangen ist.» Sie erinnerte sich an die Szene im Flur von Bancroft Hall: Jordan, der die Kadetten pumpen ließ, die verklemmte Angst in den Augen der beiden, der Eishauch von Gewalt, der auf einmal in der Luft gelegen hatte.

«O Gott, wie entsetzlich!» murmelte Leah. «Wenn ich mir vorstelle, daß es jemanden gibt, der genau weiß ... Und er sagt es uns einfach nicht, er läßt uns im Glauben, daß Brian ...»

Sie wurde aschfahl, stand hastig auf und stürmte hinaus. Als sie zurückkam, sah Kate ihr an, daß sie sich übergeben hatte. Die Bedienung kam, räumte das Geschirr ab, fragte, ob Kate und Leah noch etwas wünschten. Kate bestellte einen Sambuca. «Für mich bitte auch», hörte sie Leah sagen. Sie sah hoch, hatte schon ein zweifelndes *Meinst du, das ist gut für dich?* auf den Lippen, schluckte es aber rasch herunter, als sie in Leahs Augen blickte.

Der Likör kam, sie nippten schweigend an ihren Gläsern, bis Leah schließlich fragte: «Wie finden wir die Wahrheit heraus?»

Kate zuckte die Achseln. «Ich weiß nicht. Ich werde einfach wieder hinfahren und mit jedem reden, der Brian gekannt hat. Ich hab mir die Namen alle aufgeschrieben. Ich geh einen nach dem anderen durch und frage so lange, bis ich etwas erfahre.»

«Hast du schon angefangen?»

«Du meinst, Fragen zu stellen? Ja, heute vormittag hab ich's beim Akademiestab versucht, aber da bin ich nur ins Leere gelaufen. Früher oder später höre ich irgendwas, was nicht zur offiziellen Version paßt. Vielleicht finde ich auch jemanden, der mir freiwillig alles erzählt.»

Ihr Magen verkrampfte sich bei dem Gedanken, daß es jemanden geben könnte, der das alles gewollt hatte, der Brian vielleicht absichtlich weh tun wollte. Nicht, daß ihr der Gedanke jetzt zum erstenmal gekommen wäre, aber sie hatte ihn immer still für sich behalten. Sie wußte, wie unvernünftig sich so ein Verdacht in den Ohren anderer anhören mußte. Vielleicht hatte Michael gar nicht so unrecht. Es war einfacher, die Selbstmordversion zu glauben.

«Kann ich dir helfen?» Leahs Stimme klang fest. «Was kann ich dabei tun?»

«Das habe ich selber schon überlegt. Heute vormittag hatte ich den Eindruck, alle wollten mir zu verstehen geben, daß der Fall abgeschlossen ist. Selbstmord – für die im Akademiestab steht das fest. Also werde ich mich jetzt weiter unten umhören, bei seinen Freunden, bei den Crewkameraden. Schau dir doch mal die Namen an, die ich aufgeschrieben habe. Vielleicht fällt dir noch jemand ein. Ich kenne ja eigentlich nur Webb und Jordan.»

«Da werde ich nicht viel helfen können, Brian und ich haben uns ja erst seit August gekannt. Meistens waren wir allein, nur Webb und Jordan waren manchmal dabei. Aber was ist mit den Lehrkräften an der Akademie? Hast du mit denen schon gesprochen?»

«Nein, noch nicht. Das ist eine gute Idee.» Und dann fiel ihr ein: «Das heißt, einen habe ich heute mittag getroffen. Aber... Es kann sein, daß ich übertrieben reagiert habe, aber ich hatte den Eindruck, sie hätten ihn... Es war so, als ob sie ihn auf mich angesetzt hätten, verstehst du? Damit er mich im Auge behält und versucht, mit mir ins Gespräch zu kommen... Ich weiß, es hört sich verrückt an. Aber ich hab einfach nicht glauben können, daß es nur ein Zufall war. Ich hab ihm alles über Brian erzählt, und er hat mit keiner Silbe zu erkennen gegeben, daß er zum Lehrstab gehört. Ich meine, wenn er nichts zu verbergen gehabt hätte, dann hätte er doch sagen müssen: Ja, ich kenne Ihren Sohn – oder so etwas. Es kam mir wirklich sehr merkwürdig vor.»

«Aber warum hätten sie dir einen Aufpasser hinterherschicken sollen?»

«Das weiß ich auch nicht. Früher habe ich nie daran gezweifelt, daß man sich bei Offizieren auf Anstand und Korrektheit verlassen kann. Ich meine, ich bin nicht naiv, ich nehme nicht alles für bare Münze, was das Pentagon uns weismachen will. Aber in der Truppe, habe ich gedacht, oder in der U.S. Naval Academy – dort ist Ehre nicht nur ein leeres Wort. Andererseits, du hast sicher auch gelesen, was in den letzten Jahren alles in den Zeitungen gestanden hat. Midshipmen, die sich durch Prüfungen mogeln wollten, Diebstähle – und dann immer wieder Gerüchte über üble Schikanen. Vielleicht wollen sie in der Akademie was vertuschen? Vielleicht sind sie gar nicht daran interessiert, daß die Wahrheit ans Licht kommt? Während meiner Ehe habe ich oft genug miterlebt, was alles unter den Teppich gekehrt wird. Da gab's Kommandeure, die Alkoholiker waren. Oder Stabsoffiziere, die ein Verhältnis mit einer jungen Frau aus dem Unteroffizierskorps hatten. Hinter vorgehaltener Hand haben sie dauernd über solche Dinge getuschelt, aber nach außen durfte nichts dringen. Ich erinnere mich, einmal hat ein Staff Sergeant von den Marines eine Meldung geschrieben, direkt nach Washington. Er ist versetzt worden, der Offizier, um den es ging, kam ungeschoren davon.»

Leah langte nach ihrem Mantel, hängte ihn sich um die Schultern. «Du hast sehr darunter gelitten, daß Brian zur Navy gegangen ist, nicht wahr?»

Ach Gott, dachte Kate, jetzt habe ich ihr weh getan. Mit meinen schlimmen Erinnerungen bin ich mitten in ihre schönen Erinnerungen an Brian hineingeplatzt. «Nein», versuchte sie es wiedergutzumachen, «ich war sehr stolz auf Brian, und daran wird sich nichts ändern, ganz egal, was gewesen ist. Komm jetzt, wir wollen gehen. Ich muß noch nach Annapolis zurückfahren. Und du... Ich hab ja den Bücherstapel auf deinem Arbeitstisch gesehen, du hast sicher noch zu arbeiten.»

Der Regen hatte aufgehört, ein schimmernder Ölfilm lag auf der Straße. Reifen quietschten auf dem nassen Asphalt, Autos hupten, irgendwo in der Ferne heulte eine Sirene. Schweigend gingen sie bis zu Leahs Haus. Kate wollte nicht mit raufkommen. Sie schrieb Leah die Adresse und die Telefonnummer ihres Motels in Annapolis auf. «Ruf mich an, wenn dir irgendwas eingefallen ist, ja?»

«Ja», versprach Leah, «und – danke für die Einladung.» Sie stand unschlüssig, als ob sie noch etwas auf dem Herzen hätte. Auch Kate schien der Abschied nicht leichtzufallen. So standen sie sich gegenüber, zwei, die der Tod einsam gemacht hatte. Leah kam einen Schritt auf Kate zu und umarmte sie.

«Bleibt gesund, ihr beide», sagte Kate, und als sie sich umwandte, spürte sie hinter ihrem Rücken das schüchterne, zärtliche Lächeln ihrer Schwiegertochter.

18

Roy Banks hatte keinen Schlaf gefunden.

Er lag auf der Couch, zusammengerollt wie ein Fötus, hellhäutig und schwammig wie eine Schnecke. Er war schlaff und teigig geworden. Man sah es an den Speckwülsten im Nacken und am welken Fleisch seiner Brust; Hautlappen hingen an ihm herunter wie die vertrockneten Brüste einer alten Frau.

Fahl fiel die Wintersonne durchs Fenster, ihre Strahlen wärmten noch nicht. Er drehte träge den Kopf, sah auf den Wecker: vier Uhr nachmittags. Seine Schicht fing erst um sechs an, er konnte noch gut eine Stunde liegenbleiben. Aber er wagte nicht, die Augen zu schließen. Er hatte Angst vor den Bildern, die dann vor ihm auftauchten. Und einschlafen konnte er sowieso nicht.

Seit zwei Monaten ging das jetzt so, er sah schon aus wie ein Todkranker, ganz grau im Gesicht. Die Alpträume waren daran schuld, diese verdammten Träume vom Tod. Das gespenstische Bild, das er immer wieder vor sich sah. Auch jetzt wieder. Es kostete ihn Kraft, es zu verdrängen. Er schob die fleischige Hand unters Laken, kratzte sich zwischen den Beinen und horchte in die Stille des Hauses.

«Earle!» rief er, es klang wie heiseres Bellen. Er rief noch einmal, aber er ahnte schon, daß er keine Antwort bekam. Sein Bruder war wahrscheinlich gar nicht da. «Himmelarschundzwirn.» Er schob das Laken weg, langte nach den Schuhen, knöpfte das grüne Baumwollhemd zu und zog den dicken Wollpullover über. Der Mantel und die Strickmütze hingen im Flur, er griff im Vorbeigehen danach und eilte nach draußen.

Der blaue Pickup stand in der Einfahrt, eine treue alte Schrottkiste. Überall Dellen und Schrammen, das Fenster zwischen Fahrerhaus und offener Ladefläche war mit einem Stück Plastik geflickt. Aber der Motor sprang sofort an. Roy drehte die Heizung voll auf.

Kalt war's, scheißkalt. Er haßte die Kälte. Von ihm aus konnte es gar nicht schnell genug Sommer werden. Er kannte eine Menge Leute, die über die feuchtwarmen Sommer in Annapolis jammerten; ihm war die Hitze gerade recht, wenn's nach ihm gegangen wäre, hätte es zwölf Monate im Jahr Sommer sein können. Eines Tages würde er nach Florida abhauen, den Winter in Miami verbringen. Da ließ sich's leben. Jede Menge geile Weiber zum Bumsen. Und nicht so scheißkalt wie hier.

«Verdammt», murmelte er vor sich hin, «nächstes Jahr hau ich bestimmt ab. Earle soll zusehen, wie er allein zurechtkommt!» Er fuhr Richtung King George, die ganze Zeit über brodelte der Ärger in ihm. Zweiundfünfzig war er – und mußte immer noch den Babysitter spielen. Für diesen Halbidioten. Ja, ich werd mich um ihn kümmern, hatte er seiner Mutter versprochen. Und das hing jetzt an ihm wie eine Fessel, die er nicht mehr loswurde.

Earle, das blöde Stück, kam heute wieder zu spät zur Arbeit. Wenn er sich das noch ein paarmal leistete, flog er bei O'Brian auch raus. Das war nun schon der dritte Job seit letztem Sommer. Und diesmal mit kostenlosem Mittagessen. Schon allein dafür lohnte es sich doch. Verdammt, so bekloppt konnte doch nicht mal Earle sein, daß ihm das nicht einleuchtete! Tellerwäscher in O'Brians *Harbour Inn*, das würde er doch noch schaffen?

An der nächsten Kreuzung bog er ab und fuhr zur Akademie. Bestimmt trieb er sich wieder dort herum. Richtig, da stand er schon, draußen vor dem Tor. Roy schoß das Blut ins Gesicht. Verdammte Scheiße, konnte der Trottel denn nicht kapieren, daß er dort nichts zu suchen hatte? Roy verkrampfte die Hände ums Lenkrad, trat auf die Bremse, stieß die rechte Tür auf. «Komm rein!» schnauzte er Earle an.

«Hi, Roy!» Earle pflanzte sich neben dem Wagen auf und nahm Haltung an, wie er es bei den Midshipmen abgeguckt hatte. Er trug den weißen Leinenanzug, den sie ihm bei O'Brian verpaßt hatten, dazu die weiße Matrosenmütze, und darüber hatte er die Kopfhörer vom Walkman gestülpt. Die Wolljacke war nicht einmal zugeknöpft, Earle litt nicht so unter der Kälte wie sein Bruder.

«Also los, steig schon ein, Earle. Ich fahr dich zum Hafen.»

Aber Earle hörte gar nicht zu. Er hatte gerade den schwarzen Porsche entdeckt, der aufs Tor zufuhr. Er rannte auf die Straße, stellte sich mitten auf der Fahrbahn auf, versuchte wieder, die Habtacht-Stellung der Marinesoldaten nachzuahmen. Als der Sportwagen an ihm vorüberpreschte, riß er die rechte Hand hoch und salutierte.

Bis ins Fahrerhaus konnte Roy das johlende Gelächter der Midshipmen hören. Wütend hämmerte er mit der Faust aufs Lenkrad, kurbelte das Fenster herunter und brüllte: «Laß den Scheiß, Earle, komm endlich rein!» Er sah, wie der schwarze Flitzer aufs Tor zurollte und kurz beim Posten anhielt. Der konnte sich anscheinend seine dämlichen Bemerkungen auch nicht verkneifen, jedenfalls wieherten die Kerle da drüben wieder vor Vergnügen. «Schwule Saubande», knurrte Roy vor sich hin.

Earle kletterte in den Kleinlaster. «Die mö-mö-mögen mich. Hassu geseh'n, wie sie zu-zurückgegrüßt ham?»

Roy verzog das Gesicht. «So, mögen sie dich? O Gott im Himmel, Earle!» Er kurbelte wild am Lenkrad, riß den Wagen mit quietschenden Reifen in die Kurve, wendete und fuhr zu O'Brians Inn.

«Ra-ra-rate mal, wo-wo ich heute war!» verlangte Earle.

Roy zuckte müde die Achseln. «Keine Ahnung.»

«Ach komm, ra-ra-rat mal!» Earle bettelte wie ein Kind.

Roy seufzte. Das alte Spielchen. Als ob er nicht sowieso Bescheid gewußt hätte! Aber dann tat er Earle den Gefallen.

«Am Hafen?»

«Nich so wa-weid.»

«Am Kongreßgebäude?»

Das Grinsen floß in die Breite. «Bi-bißchen weida.»

O verdammt, diese blöden Spiele, wie er das haßte! Und fast

genauso verhaßt war ihm Earle selber. Wie der redete und wie er aussah... Es trieb ihm die Galle hoch. Er verfluchte seine Eltern. Die hatten sich's leicht gemacht. Waren einfach gestorben, und er hatte jetzt den Trottel am Hals. Den jüngeren Bruder. Den *kleinen* Bruder. Schon über vierzig, aber mit einem Spatzenhirn wie ein Kleinkind.

Scheiße. Er haßte alles. Annapolis. Und die beschissene Akademie. Und am meisten die verdammten Midshipmen. Die Herren Offiziersanwärter. Mit ihren Angeberautos und ihren Operettenuniformen. Er haßte es, wie sie durch die Straßen gockelten. Er haßte die Blicke, mit denen sie den Mädchen nachstarrten, dieses verfluchte Lern-mich-kennen-und-du-kennst-die-Welt-Getue. O Gott, und für dieses Pack mußte er arbeiten! Das war's, was in ihm nagte. Das fraß in seinen Gedärmen. Jede Woche, wenn er sich seinen Lohn abholte, hätte er am liebsten gesagt: Ich scheiß auf euch, ich hau in 'n Sack! Soll den verdammten Job machen, wer will!

Aber er hatte es nie gesagt. Und dafür haßte er sich selbst.

Zweimal, nur zweimal war es ihm passiert, daß er sich nicht beherrschen konnte, da war der Haß in ihm übergekocht. Das erste Mal... Das lag schon lange zurück. Im Juni vor dreißig Jahren war das gewesen, im Juni vor dreißig Jahren. Da hatte einer von diesen beschissenen Midshipmen sich an ein Mädchen rangemacht. Nicht an irgendeins, an Maggie Snowdon. Mein Gott, und auf die war er doch selber so scharf gewesen! Maggie, ein Klassemädchen, die Rose von Annapolis. Irgendwann hatte er sich ein Herz gefaßt und sie angesprochen, weil er mit ihr ausgehen wollte. Aber sie hatte ihm nur die kalte Schulter gezeigt. War sich wohl zu fein für ihn. Aber nicht für das Arschloch in Uniform. Zu dem war sie in den Wagen gestiegen und hatte sich an ihn rangedrückt – fehlte nicht viel, und sie hätte dem Wichser auf 'm Schoß gesessen. War 'n Cabrio gewesen, 'n Chevy, mit Stahlfelgen und Weißwandreifen und so. Roy war den beiden gefolgt und hatte gewartet, bis Maggie ausstieg. Und dann hatte er sich den Kerl geschnappt, mitten auf der Straße. Ein baumlanger Bursche, über einsachtzig, einen halben Kopf größer als Roy. Aber der Kerl hatte keinen Stich gemacht. Ehe der dazu kam, selber zuzuschlagen, hatte Roy ihm schon die Fresse poliert. Und zum Schluß noch den Arm gebrochen.

Mann, das hatte ihm verdammt gut getan, mal einen von denen so richtig fertigzumachen! Danach war er nach Hause gefahren, hatte sich vollaufen lassen und auf die Bullen gewartet. Mit sich selber Wetten abgeschlossen, ob die Cops kamen und ob sie ihm die Militärpolizei auf den Hals hetzten. Aber es hatte sich überhaupt keiner blicken lassen. Und wieso nicht – das hatte er erst zehn Jahre später rausgefunden.

Da war er nämlich tatsächlich mit Maggie ausgegangen. Sie hatte damals gerade die zweite Scheidung hinter sich. Richtig am Ende. Da dachte sie nicht mehr, sie wäre zu fein für ihn. Und als er wissen wollte, wie es denn damals mit dem Midshipman gewesen wäre, kapierte sie zuerst gar nicht, was er meinte. Schließlich fiel's ihr wieder ein. «Ach der? Der ist doch damals auf der Kaimauer ausgerutscht und so schlimm hingefallen.» Tatsächlich, so einen Scheiß hatte der Kerl erzählt! Roy hätte sich beinahe vor Lachen in die Hose gemacht. Na ja, er hatte ihr was anderes erzählen können. Sie wollte es erst nicht glauben, aber dann mußte sie ihm wohl angesehen haben, daß es die Wahrheit war. Nur, hinterher war das Miststück nie mehr mit ihm ausgegangen.

Wie gesagt, damals war ihm das erste Mal die Galle übergelaufen. Und das zweite Mal... Das lag erst zwei Monate zurück. Ihm brach jetzt noch der kalte Schweiß aus, wenn er daran dachte. Aber er wollte nicht mehr daran denken. Es wußte ja keiner was davon. Wenn er nicht die Nerven verlor, war alles in Ordnung. Im nächsten Winter haute er ab nach Florida. Ganz bestimmt.

«Bi-bißchen wa-weida, hab ich sagt!» drängelte Earle.

«Verdammte Scheiße, es ist mir egal, wo du warst, hörst du? Bloß, bleib endlich weg von diesem beschissenen Yard!»

Earle sah ihn gequält an. «Aber die mö-mögen mich doch?»

«Herrgott noch mal, Earle, kein Aas mag dich dort, kapierst du das denn nicht? Die lachen dich aus. Weißt du, wie sie dich nennen? Crabtown Earle nennen sie dich. Und du blöder Hund denkst, daß sie dich mögen!» Er schielte zu seinem Bruder hinüber. Der Schrumpfkopf. Die dicke Talgdrüse neben der roten Hakennase. Und die Matrosenmütze unter den riesigen Kopfhörern. Earle sah aus wie eine Mißgeburt. Weil er eben eine Mißgeburt war. Jeden Tag prüfte Roy ängstlich sein Spiegelbild, ob er auch wirklich keine Ähnlichkeit mit diesem Trottel habe.

Als er Earles scheues Lächeln sah, war der Ärger verflogen. Er hielt am Hintereingang des Lokals. «Okay, Earle, dann schwing dich mal raus. Wir sehen uns morgen früh.»

Er fuhr rasch los. Es war heiß im Fahrerhaus, die Scheiben beschlugen, er drehte die Heizung zurück. Im Handschuhfach lag eine Packung Milky Way, er lenkte mit der linken Hand, langte mit der rechten hinüber, zog einen Riegel heraus. Das Papier riß er mit den Zähnen auf, zwei große Bissen – das war's schon. Schokoladencreme klebte ihm an den Fingern, er langte gleich noch mal zu und holte sich den zweiten Riegel. Als er durchs Tor in den Yard fuhr, kaute er gerade auf dem letzten Stück herum.

In der Akademie schaltete er in den zweiten Gang zurück, rollte langsam durch die Straßen und suchte die Parkplätze ab, bis er gefunden hatte, was er suchte. Er lenkte den Ford in eine Parkbucht und stieg aus. Der Wind schlug ihm ins Gesicht, er zog die Wollmütze bis zu den Augenbrauen herunter. Er nahm den Ring mit einem Dutzend schwerer alter Schlüssel aus der Manteltasche, den mit dem dicksten Bart klemmte er sich zwischen Zeige- und Mittelfinger. Als er losging, guckte er harmlos ins Leere, hielt sich auf der Mitte des Gehwegs. Erst als er nur noch zwei, drei Schritte von dem schwarzen Porsche entfernt war, stolperte er, scheinbar ganz zufällig, ein wenig zur Seite, näher an die geparkten Wagen heran.

Rasch ein Blick nach hinten, und schon ratschte Metall auf Metall, es hörte sich an wie ein erstickter Schrei. Zwei Midshipmen joggten vor ihm über die Straße. Er hörte ihren keuchenden Atem, die hatten bestimmt nichts gemerkt. Irgendwo im Lehrsaalgebäude schrillte eine Glocke. Roy grinste in sich hinein. Eine schöne tiefe Schramme, vom hinteren Kotflügel bis ganz nach vorn. Er machte kehrt, setzte sich in den Pickup, ließ den Motor an und fuhr weg. Das Gesicht von diesem Bastard würde er gern sehen wollen, wenn der entdeckte, was mit seiner schwarzen Traumkiste passiert war! O Gott, er konnte sich das so richtig vorstellen. Ein Bild, an dem er sich die ganze Nacht das Herz wärmen konnte. Die verdammte lange Nacht – in den dunklen Schächten unter dem Yard, wo er arbeitete.

19

Dr. Maxwell Tayler McNulty, Professor für Kriegsgeschichte an der U.S. Naval Academy in Annapolis, hatte ein schlechtes Gewissen. Daran war er nicht gewöhnt. Er fand das Gefühl nicht gerade behaglich. Ganz im Gegenteil, es machte ihn zornig.

Er schob die Bürotür hinter sich zu und hoffte, daß kein Kollege das dringende Bedürfnis nach einem Schwätzchen hatte und ausgerechnet bei ihm klopfte.

«Verdammter Mist», murmelte er in sich hinein. «Sie hatte kein Recht, so auf mich loszugehen!» Aber davon fand er seinen Seelenfrieden auch nicht wieder. Die Frau mit den kastanienfarbenen Haaren und den traurigen Augen hatte Vertrauen zu ihm gehabt. Und er hatte es enttäuscht.

Es war schon spät, gewöhnlich saß er um diese Zeit nicht mehr im Büro. Aber heute machte er keine Anstalten, seine Aktentasche zu packen und heimzugehen.

Sechsundvierzig war er jetzt, seit zwölf Jahren als wissenschaftlicher Mitarbeiter bei der Navy angestellt. Hätte er seine persönliche Situation kurz und bündig beschreiben müssen, dann wären ihm zwei Worte eingefallen: Zufriedenheit und Sicherheit. Er lehrte an einem Institut mit ausgezeichnetem Ruf, seine Schüler waren motiviert und strebsam, er mochte sie, und sie hatten ihn auch ins Herz geschlossen. Seine Vorlesungen waren beliebt, man sagte ihm nach, daß er mit Humor und Pfiff zur Sache ginge.

Er war gern im Yard, aber wirklich wohl fühlte er sich nur zu Hause. So war das nicht immer gewesen. Um so mehr hütete er seine persönliche Insel der Sicherheit und vermied alles, was dieses Gefühl der Geborgenheit stören konnte. Manche Kollegen meinten abfällig, er führe ein langweiliges Leben, aber das kümmerte ihn wenig. Er erinnerte sich noch gut der Zeiten, in denen dieselben Lästermäuler sein Leben einen einzigen Scherbenhaufen genannt hatten. Und er hatte auch nicht vergessen, wie schmerzlich damals alles gewesen war.

Es war ihn teuer zu stehen gekommen, sich den Frieden zu erkaufen, den er jetzt genoß.

Er war mit einer sehr schönen, überaus charmanten und lebenslustigen Frau verheiratet gewesen. In einem verborgenen Winkel seines Herzens hatte er wohl schon vor der Hochzeit geahnt, daß er ihr nie das geben könnte, was sie vom Leben erwartete. Aber er hatte es versucht. Er hatte es lange versucht, sogar über die Grenzen seiner Selbstachtung hinaus. Manchmal fragte er sich, ob er es, wenn sie ihm nicht davongelaufen wäre, immer noch versuchen würde.

Eines Tages hatte sie sich in einen Captain der Navy verliebt. Ganz ruhig, ohne dramatische Tränen, hatte sie es ihm eingestanden. Er sah noch ihr Gesicht vor sich; er hatte nur Trotz darin gelesen. Und eben die Liebe zu diesem anderen Mann. Nachdem sie ihn verlassen hatte, sprach er nie über sie, erwähnte auch ihren Namen nicht, wartete nur darauf, daß die Erinnerungen verblaßten und der Schmerz verebbte. Als das geschehen war, hatte er angefangen, sein Leben neu aufzubauen. Ein stilles, bedächtiges und sicheres Leben.

Er lebte zurückgezogen, ganz allein in einem Haus, nicht einmal ein Haustier hielt er. In der Gegend trieb sich ein streunender Kater herum, der jeden Abend bei ihm an der Hintertür auftauchte, aber es war wohl eher so, daß der gestreifte Kater ihn adoptiert hatte, als umgekehrt. Wenn er abends an der Tür kratzte, ließ Max ihn herein und stellte ihm eine halbe Dose Futter hin; das nahm er sehr genau, er hatte sich sogar einen kleinen Vorrat angelegt. Aber damit war die Sache erledigt, verantwortlich fühlte er sich nicht für das Tier. Er war nicht sein Kater. Er wollte ihn nicht haben, es hätte zuviel Unruhe auf seiner kleinen Insel der Sicherheit bedeutet.

Natürlich waren ihm in den Jahren nach der Scheidung andere Frauen begegnet. Verheiratete Kollegen hatten ihn mit alleinstehenden Frauen bekannt gemacht, mit der einen oder anderen war er auch mal essen gegangen, ganz selten ein zweites Mal. Und gelegentlich hatte er eine der professionellen Damen aufgesucht, die es neuerdings sogar in Annapolis gab. Er war durchaus zufrieden mit dem Leben, das er führte. Sein Vertrag mit der Navy sah nur eine begrenzte Zahl von Vorlesungen vor, in seiner Freizeit arbeitete er an einem Buch über den Bürgerkrieg, er hoffte, bald einen Verleger dafür zu finden.

Heute war nun das angenehme Gleichmaß seines Lebens gestört worden. Diese Kate Tyler ging ihm nicht mehr aus dem Sinn. Es hatte ihn sehr beeindruckt, wie fest sie an ihren Sohn glaubte. Natürlich wußte er, daß das im Grunde nicht weiter verwunderlich war. Du liebe Zeit, wie viele Eltern hatte er im Laufe der Jahre erlebt, die selbst dann noch unerschütterlich an die Unschuld ihres

Sohnes glaubten, wenn handfeste Beweise für unkorrektes Verhalten vorlagen! Vor zwei Jahren war zum Beispiel ein Midshipman während einer Examensarbeit beim Mogeln erwischt worden, sie hatten den Eltern sogar die Spickzettel zeigen können, aber die waren nicht zu überzeugen gewesen und hatten gedroht, einen Abgeordneten einzuschalten oder die Akademie zu verklagen.

Solche Vorfälle waren selten, im allgemeinen wurde an der Akademie nicht gemogelt, eine Tatsache, die nach Dr. McNultys Meinung eindeutig dem Ehrenkodex der Navy zu verdanken war. Obwohl es ihn andererseits immer wieder verblüffte, daß sich junge Männer und Frauen heutzutage davon noch beeindrucken ließen – und zwar die überwiegende Mehrheit, neunzig Prozent aller Midshipmen, hätte er geschätzt.

Todesfälle kamen gelegentlich vor, meist tödliche Unfälle mit dem Auto oder Motorrad. Selbstmorde gab es so gut wie nie. Die Gründe lagen für McNulty klar auf der Hand. Zunächst einmal paßte der Gedanke an einen Selbstmord nicht zu jungen Leuten, die Karriere machen wollten; sie waren alle hoch motiviert, zielstrebig und arbeiteten hart. Der Dienst ließ ihnen wenig Zeit, ins Grübeln zu verfallen. Abgesehen davon entsprachen die meisten einfach nicht dem Typ, der zu Selbstmord neigt. Im allgemeinen waren sie nicht introspektiv veranlagt, die wenigen Ausnahmen bestätigten nur die Regel.

Er lehnte sich im Sessel zurück, verschränkte die Hände hinter dem Kopf, schloß die Augen und versuchte, sich unter den Tausenden Gesichtern, die er kannte, an das von Brian Tyler zu erinnern. Was für ein Junge war das gewesen – einer, der in die Norm paßte, oder ein Außenseiter?

Aber das Gesicht wollte nicht vor ihm auftauchen. Dafür sah er ein anderes um so deutlicher. Zum Teufel mit ihr! Seufzend gestand er sich ein, daß ihm die Begegnung heute mittag irgendwie unter die Haut gegangen war. Es lag nicht nur daran, daß sie eine sehr attraktive Frau war. Auch nicht nur daran, wie entschieden sie ihre Meinung vertreten hatte. Was ihm dauernd durch den Kopf ging, war ihr – unausgesprochener, aber zugleich unüberhörbarer – Vorwurf, daß im Grunde die Akademie am Tod ihres Sohnes schuld sei. Und dann natürlich ihr Verdacht, daß man ihn losgeschickt hätte, um hinter ihr herzuspionieren.

Das hatte ihn tief getroffen. Irgendwie mußte es einen Weg geben, ihr zu beweisen, daß sie ihm damit unrecht getan hatte. Er spielte mit dem Gedanken, zur Bancroft Hall rüberzugehen und sich mit Tylers Stubenkameraden zu unterhalten. Andererseits war das eine Überlegung, die tiefe innere Unruhe in ihm auslöste. Im Grunde wollte er mit der ganzen Sache nichts zu tun haben. Es gab seiner Meinung nach nicht den geringsten Zweifel, daß Tyler sich selbst umgebracht hatte. Solche Fälle mußten peinlich genau untersucht werden, die in Washington hatten bestimmt Druck gemacht. Wenn es etwas anderes gewesen wäre als Selbstmord, hätte sich das nicht vertuschen lassen, da war McNulty sicher.

Trotzdem, er konnte einfach Kate Tylers Gesicht nicht vergessen. Er brummelte unwillig vor sich hin, während er den Mantel anzog, sich den alten Filzhut auf den Kopf stülpte, das Licht ausschaltete und sich auf den Weg machte. Gut, er wollte es hinter sich bringen. Aber dann war Schluß, dann vergaß er die ganze Geschichte.

Im Türrahmen steckte ein Stück Papier mit einem aufgeklebten Zeitungsfoto. Vier F-14 der Navy, die eine ägyptische Linienmaschine nach Kairo eskortierten. Mit vier Angehörigen der PLO an Bord, die sich vor Gericht wegen einer Flugzeugentführung verantworten sollten. Darunter hatte jemand geschrieben: *Nieder mit dem Terrorismus, Sir.* Doppeldeutiger grimmiger Humor oder Maulheldentum? Beides hätte zu den Midshipmen gepaßt, die er kannte, genau wie die Schrift. Eins las er mit Sicherheit aus den Zeilen: einen Stolz, den nichts erschüttern konnte.

Es war ein regnerischer, stürmischer Abend, er ging rasch die Straße hinunter, auf Bancroft Hall zu. Als er dort ankam, war er durchgefroren, die Nase fing an zu tröpfeln. Er suchte nach dem Taschentuch, bis ihm einfiel, daß er das ja Kate Tyler gegeben hatte. Er mußte sich mit dem Handrücken behelfen und die Nase hochziehen. Seit Jahren war er nicht mehr hier gewesen, er hielt Ausschau nach einem Midshipman, der im sagen konnte, auf welcher Stube Webb Garrick und Jordan Scott lagen. Wie er sein Pech kannte, fand er sie bestimmt im hintersten Fügel, ganz oben im vierten Stock. Und nach Treppensteigen war ihm heute abend wahrhaftig nicht zumute.

Der Upperclassman, den er um Auskunft bat, starrte ihn verdutzt an. Es kam nicht oft vor, daß sich einer der zivilen Professoren in Mutter B. verirrte.

McNulty hatte Glück, Garrick und Scott wohnten im ersten Stock, zweiter Seitenflügel links. Während er den tadellos polierten Korridor langging, versuchte er sich zu erinnern, was der Dienstplan um diese Zeit vorsah. Hoffentlich traf er die beiden überhaupt an. Sicher waren sie über sein plötzliches Auftauchen genauso verblüfft wie der, den er eben unten in der Eingangshalle angesprochen hatte. Ehe er anklopfte, überzeugte er sich auf dem Namensschild, ob er auch vor der richtigen Tür stand. Das Schild mit Tylers Namen steckte nicht mehr, stellte er fest.

Nur Webb Garrick war auf der Stube. Als Dr. McNulty eintrat, sprang er auf und nahm Haltung an. «Guten Abend, Sir!»

Mein Gott, die Burschen waren immer so verdammt höflich. Alles streng nach Vorschrift. McNulty wußte, daß viele seiner Kollegen eine Aversion dagegen hatten. Ihm gefiel das, mußte er sich eingestehen. Ein ordentlich aufgeräumtes Zimmer, sauber geputzt, ein adretter, aufgeweckter Junge – doch, er war davon sehr angetan. Und daß Webb Garrick ihn so anstarrte, hatte er ja erwartet. Wenn abends einer vom Lehrstab auf der Stube erschien, dann konnte das – alte Navy-Erfahrung – nichts Gutes bedeuten.

«Darf ich mal kurz stören?» Hier blitzte alles so, daß McNulty sich fast wie ein Landstreicher vorkam. Und, verdammt noch mal, die Nase tröpfelte schon wieder. «Haben Sie zufällig ein Papiertaschentuch für mich?»

«Jawohl, Sir. Sofort, Sir.»

«Äh – hören Sie, lassen wir das mit dem Sir, ja? Wir sind ja nicht im Lehrsaal.» Der lange Schlacks drehte sich um, langte nach den Taschentüchern, nahm sofort wieder Haltung an. «Ich hoffe, Sie können mir helfen.» McNulty zog eins von den Papiertüchern aus der Packung. «Danke. Ich hab nämlich mein Taschentuch verloren. Das heißt, genau genommen hab ich's nicht verloren, ich hab's jemandem gegeben. Um's kurz zu machen, deswegen bin ich hier. Ich hab's jemandem gegeben, den Sie kennen. Einer Frau namens Tyler. Der Mutter Ihres Stubenkameraden Brian.»

Der Junge runzelte die Stirn. «Mrs. Tyler schickt Sie, Sir?» Er brauchte nur ein paar Sekunden, bis er sich wieder in der Gewalt hatte. Wenn McNulty ihn nicht genau beobachtet hätte, wäre ihm das kurze Aufflackern in den Augen des Midshipman gar nicht aufgefallen. Erschrecken, konstatierte er. Vielleicht auch Angst?

«Nein, sie schickt mich nicht. Aber sie hat mir einige Fragen gestellt. Offenbar glaubt sie nicht, daß ihr Sohn sich das Leben genommen hat. Ich wollte Sie fragen, wie Sie darüber denken.»

Webbs Verkrampfung löste sich. «Sir, es ist zwar wirklich ganz unerklärlich, aber Bri hat sich selbst umgebracht.» Er stand immer noch hinter seinem Schreibpult, die Hände aufgestützt, die Finger umklammerten das Kantholz. «Hätte er mir bloß gesagt, was mit ihm los ist! Vielleicht hätte ich ihm helfen können.»

«Haben Sie ihm überhaupt nichts angemerkt?»

«Nein, Sir.»

«Und Scott? Ich meine, vielleicht haben die beiden ein engeres Verhältnis gehabt. Kann es sein, daß Tyler ihm gegenüber irgendeine Andeutung gemacht hat?» Täuschte er sich, oder war da wieder so ein kurzes Flackern in den blauen Augen?

«Nein, Sir.»

McNulty sah sich um. Der Raum kam ihm kahl vor. Der Gewehrständer an der Wand, die M16... Irgendwie unpassend in einem College, fand er. Aber Annapolis war eben kein gewöhnliches College. Drei Schreibpulte, drei Betten, drei Schränke, die offenstanden: Uniformzubehör und tadellos gefaltete Hemden. Das heißt, nur in zwei Schränken, der dritte war leer. Und das, obwohl die Schränke von Garrick und Scott fast überquollen. Merkwürdig, daß sie nicht den Platz im dritten Schrank untereinander aufgeteilt hatten. Als ob sie ihn für Brian Tyler freihalten wollten. Genau wie das leere Bett. Und das unbenutzte Schreibpult.

«Entschuldigung, Sir, haben Sie einen besonderen Grund für Ihre Fragen? Ich meine, wir sind ja schon offiziell vernommen worden, kurz nach Brians Tod. Und wir haben alles gesagt, was wir wissen. Mehr gibt's nicht zu sagen.»

«Ja, klar. Gut, Garrick, ich danke Ihnen. Tut mir leid, daß ich Sie gestört habe. Ich bin mehr aus persönlicher Neugier gekommen. Mrs. Tyler kann ihre Ansicht sehr überzeugend darstellen, und das hat mich wohl beeindruckt.»

Webb konnte seine Erleichterung nicht verbergen. An der Tür drehte McNulty sich um. «Viel Glück», sagte er.

Na, bin ich jetzt zufrieden? fragte er sich, als die Tür von Bancroft Hall hinter ihm zufiel. Er hatte auch eine Antwort darauf. Du hast es versucht. Mehr kann keiner von dir verlangen.

Und dann fiel ihm ein, was er am Schluß oben in der Stube gesagt hatte. Wieso hatte er Garrick viel Glück gewünscht? Viel Glück – wofür? Auch darauf wußte er eine Antwort. In der spartanisch eingerichteten Stube wohnten jetzt nur noch zwei Midshipmen. Aber der dritte war immer noch bei ihnen, sie hatten Brians Geist noch nicht aus den vier Wänden verbannt.

20

Webb stand, als McNulty gegangen war, lange reglos da. Irgendwo hörte er Gelächter, Wasser platschte, einer rannte davon, ein anderer hinter ihm her, Gejohle, ein par Flüche. Der abendliche Unfug in Mutter B. Aber die Geräusche kamen von einem anderen Flur. Hier, in seiner Kompanie, hatte das ganz aufgehört. Auf einmal schien keiner mehr Spaß an den Spielchen zu haben, ohne die früher kein Abend vergangen war. Es war ruhig geworden in seiner Kompanie. Gespenstisch ruhig. Sogar die Kadetten, die es sonst immer am schlimmsten von allen getrieben hatten, schienen zu spüren, daß etwas anders geworden war.

Webbs Hände waren eiskalt.

Der Schock darüber, daß auf einmal McNulty in der Stube gestanden und ihn über Brian ausgefragt hatte, war noch nicht ganz überwunden. Er schloß die Augen. Verdammt, die Sache war längst noch nicht ausgestanden, das ahnte er. Eigentlich ahnte er es schon seit heute morgen, seit dem Augenblick, als er Kate Tyler vor der Kapelle gesehen hatte. Alles zerbrach.

Er konnte die Hände nicht ruhig halten, er spürte, wie ein Zittern bis in die Fingerspitzen lief. Er verkrampfte die Hände ineinander, spannte die Muskeln an, Arme, Beine, Nacken, Schultern. Es war, als müßte er alle Kraft aufwenden. Und dann hörte das Zittern endlich auf.

Auch ich werde zerbrechen, dachte er erschrocken, ich stürze ins Nichts. Er lachte nervös. Das war doch nichts Neues, oder? Seit Wochen ging das schon so. Alles wurde zerstört. Zersetzung griff um sich. Manche dachten, man könne es ihnen bestimmt nicht anmerken. Aber sie verrieten sich durch dieselben Anzeichen wie alle anderen auch. Dadurch, wie einer den Blicken des anderen auswich. Durch hysterisches Gelächter. Durch plötzliche Redseligkeit, obwohl es gar nichts zu reden gab. Oder durch Schweigen in Augenblicken, in denen sie einander viel zu sagen gehabt hätten. Die einen flüchteten sich in endloses Gequassel, die anderen stellten sich stumm. Vielleicht hat Brian letzten Endes den leichteren Weg gewählt? dachte er.

Außenstehenden mochte alles unverändert erscheinen. Es war eine verborgene Krankheit. Und tatsächlich gab es auch Stunden, sogar Tage, an denen alles vergessen schien. Aber es war nicht vergessen, nur verdrängt. Wie bei einer Seuche, die abzuklingen scheint und auf einmal wieder ausbricht. Das Geschwür, das in ihnen wucherte, konnte niemand wegoperieren. Es vergiftete sie im Verborgenen.

Er zog den Reffer an. Unbewußt hatte er schon entschieden, wohin er gehen wollte, lange, bevor der Gedanke sich in seinem Kopf formte. Seit Wochen war er nicht dort gewesen.

Der Yard lag verlassen da. Nichts war geblieben vom pulsierenden Leben, das tagsüber hier herrschte. Alles kam ihm so friedlich vor. Die Stille schien in ihn hineinzukriechen, seine innere Unruhe zu besänftigen.

Als er die Straße hinunterging, hatte er das Gefühl, daß ihm jemand folgte. Er schaute sich ein paarmal um. Er konnte niemanden entdecken.

Am Sampson-Block wäre er beinahe umgekehrt, weil er dauernd die lauernden Augen eines heimlichen Beobachters zu spüren glaubte. Er blieb stehen, spähte lange ins Dunkel. Dann ging er ein paar Schritte nach rechts und kauerte sich ins Gras. Der Gitterrost war naß vom Regen, er packte die eiskalten Gitterstäbe und fing zu zerren an. Der Metallrahmen schrammte am Betonsockel lang, ein häßlich schrilles Geräusch, das die Stille zerriß und von den Wänden der umliegenden Gebäude widerhallte. Webb duckte sich tiefer, er war darauf gefaßt, jeden Augenblick die Taschenlampe eines Posten aufflammen zu sehen. Als alles ruhig blieb, begann er wieder an den Gitterstäben zu ziehen, bis er den Rost aus dem Betonsockel gelöst hatte. Er wischte sich die schweißnassen Hände an den Hosenbeinen ab.

An den Rohrleitungen hinunterzuklettern, war in der Dunkelheit gar nicht so einfach; oft mußte er lange tasten, bis seine Hand irgendwo an einem Ventil Halt fand. Als er bis zu den Schultern im Schacht verschwunden war, zog er den Gitterrost von innen zu.

Endlich fand er die Eisenleiter, die nach unten führte. Er versuchte, so leise wie möglich zu sein, aber das Scharren seiner Schuhe kam ihm vor wie gespenstischer Höllenlärm. Ein Schaudern überlief ihn, er fror bis ins Mark. Zum erstenmal seit Brians Tod stieg er in die Schachtanlagen. Er mußte es tun. Es gab keine andere Möglichkeit, die abergläubische Angst zu überwinden. Er mußte in diese Unterwelt steigen, in der Brian gestorben war.

Je tiefer er kam, desto deutlicher spürte er den magischen Zauber des Verbotenen. Das war es ja, was sie immer wieder hergelockt hatte. Der Ho-Tschi-Minh-Pfad... Wer hatte eigentlich den Namen erfunden? Und wer hatte die unterirdischen Schächte überhaupt entdeckt? Jordan, erinnerte er sich. Damals, im ersten Jahr in Annapolis.

Dauernd war darüber gemunkelt worden, daß es angeblich ein Tunnelsystem unter dem Yard gäbe. In Wirklichkeit war das Ganze gar nicht so geheimnisvoll. Heizungsschächte, das war alles. Aber die Gerüchte wollten wissen, daß es sich um ein weitverzweigtes System handelte, das der Akademiestab – aus Angst vor Dieben oder Sabotage oder Gott weiß was – wie ein militärisches Geheimnis hütete. Angeblich sollte der Haupteingang in einem der Gebäude an der Porter Road sein, in einem der Häuser, in denen die Apartments der Stabsoffiziere lagen, und dadurch, hieß es, sei auch deren besonderes Interesse an strikter Geheimhaltung zu erklären. Es wurde auch behauptet, daß man durch das Tunnelsystem nach draußen gelangen könnte, zum Kraftwerk hinter der Umzäunung. Ein Gerücht, das einen Weg in die Freiheit verhieß.

Freiheit – das war auch für Brian, Jordan und Webb zuerst das Zauberwort gewesen. Ja, jetzt fiel's ihm wieder ein: Jordan hatte ihnen von den unterirdischen Schächten erzählt, und er hatte es wiederum von seinem Bruder Buck erfahren.

Ziemlich spät in ihrem ersten Jahr, im Januar, hatten sie beschlossen, die Unterwelt für sich zu erobern. Angefangen hatte alles mit dem üblichen Flachs, diesem Wetten-daß-du-dich-doch-nicht-traust-Gerede, und allmählich war es eine Herausforderung geworden. Falls sie erwischt wurden, das war ihnen klar, würden sie sämtliche Rekorde in Disziplinarstrafen brechen. Doch das erhöhte nur noch den Reiz. Vorgenommen hatte sich's jeder, aber Brian war es gewesen, der dann als erster Ernst machte und hinunterstieg. Typisch für ihn.

Und so hatten sie unter dem Yard eine neue Welt entdeckt, das verbotene Land, das sie magisch anzog. Kein Risiko war ihnen zu hoch gewesen, um in die geheimnisumwitterte Tiefe vorzustoßen und so für eine Weile dem langweiligen Trott, dem ständigen Druck und den lauernden Augen der Vorgesetzten zu entkommen. Sooft sie nur konnten, waren sie durch das Labyrinth geschlichen, hatten immer wieder neue Quertunnel entdeckt und, über den ganzen Yard verstreut, Ein- und Ausstiegsluken. Jordan hatte sogar eine Orientierungsskizze gezeichnet. Der schmalste Schacht – so niedrig, daß sie auf allen vieren kriechen mußten – endete im Kellergeschoß von Mutter B. Aber nach draußen, in die Freiheit jenseits vom Yard, hatten sie schließlich zu ihrer Enttäuschung feststellen müssen, führte kein Tunnel.

Im Hauptschacht lauerte die größte Gefahr: dort hatte der Mann vom Wartungsdienst seinen Aufenthaltsraum. Einmal hatte er sie entdeckt und kreuz und quer durch die Schächte gejagt; um ein Haar hätte er sie auch erwischt. Dadurch wurde die Sache natürlich erst recht spannend. Als sie das nächste Mal runtergestiegen waren, hatten sie – es war Webbs Idee – ein paar Rauchkörper mitgenommen und dem Burschen vors Kabäuschen geworfen.

Als sie Segundos wurden, im dritten Jahr, verlor das Tunnelsystem allmählich seinen Reiz. Nur Webb war noch manchmal hinuntergeklettert, weil er damals Gewichtsprobleme hatte und dachte, die Heizungsschächte mit ihren heißen Dampfschwaden wären genau der richtige Ort, um ein paar Pfund abzutrainieren. Im dicken Wollsweater war er kreuz und quer durch die Tunnel getrabt und am Schluß jedesmal schweißnaß und völlig erschöpft gewesen. Aber zu dritt hatten sie sich während der beiden letzten Jahre nur noch selten dort unten herumgetrieben.

Im übrigen hatte ihnen die geheimnisvolle Unterwelt nie allein gehört. Gelegentlich fanden sie weggeworfenes Kaugummipapier oder Zigarettenkippen, Spuren, aus denen sie schließen konnten, daß auch andere Midshipmen da unten herumstrolchten. Aber es konnten nur wenige sein, die etwas über das Tunnelsystem wußten, die meisten hatten keine Ahnung von dieser lockenden Welt unter der Erde. Wäre es nicht ein so gut gehütetes Geheimnis gewesen, dann hätten die verstohlenen Exkursionen gar keinen Spaß gemacht.

Und – wenn er sich's recht überlegte –: Im letzten Jahr waren sie überhaupt nie unten gewesen. Warum hatte Bri sich zum Sterben ausgerechnet diesen gottverlassenen Ort ausgesucht?

Er kauerte sich auf den Boden. So allein, zwei, drei Meter tief unter der Erdoberfläche, kam er sich entsetzlich verlassen vor. Nachträglich erschien ihm der Gedanke, ausgerechnet hier so etwas wie inneren Frieden zu finden, ziemlich absurd.

«Warum, Brian? Warum?» Daß er es laut ins Dunkel gefragt hatte, wurde ihm erst bewußt, als er das Echo von den Betonwänden widerhallen hörte – noch einmal dieselbe quälende Frage, auf die er keine Antwort fand. Auf einmal machte es ihm angst, so tief unter der Erde zu sein, allein in der Dunkelheit. Er hastete zurück zum Schacht, der nach oben führte.

Plötzlich erstarrte er. Er hörte jemanden atmen. Hechelnd, sogar keuchend. Er hielt den Atem an, lauschte angespannt. Als alles still blieb, begriff er, daß ihn nichts anderes erschreckt hatte als sein eigenes Keuchen.

Er kletterte den Schacht hoch, durch die Gitterstäbe sah der Abendhimmel aus wie in Streifen geschnitten. War dieser Blick durch den Gitterrost das letzte gewesen, was Brian von der Welt gesehen hatte? In diesem Augenblick glaubte er eine Ahnung – eine schreckliche, aufwühlende Ahnung – von den letzten Sekunden im Leben seines Freundes zu bekommen. Unwillkürlich faßte er sich an die Kehle, als wartete er darauf, daß sich im nächsten Moment eine Schlinge um seinen Hals legte. Er riß den Mund auf, schnappte nach Luft, atmete röchelnd.

Was für Gedanken mochten einem durch den Kopf schießen, wenn der letzte Augenblick gekommen war? Gab es überhaupt noch klare Gedanken? Oder ertrank alles in Angst? Wie war diese allerletzte Sekunde, wenn man sich gerade von der Leiter abgestoßen hatte und die Füße ins Leere sackten? Reue, die zu spät kam? Oder nur Erleichterung, daß die Flucht aus dem Leben gelungen war? Ein Gefühl des Friedens, weil eine quälende Schuld endlich beglichen war?

Webb wußte, daß es für ihn kein Entrinnen gab. O mein Gott, schluchzte er stumm vor sich hin, ist das deine Gerechtigkeit? Müssen wir ein Leben lang für einen einzigen Abend bezahlen? Ist Bri deshalb hierher gekommen, hat er geahnt, was ich erst jetzt zu begreifen beginne? Er spürte, wie ein Wimmern in seiner Kehle hochstieg, er grub die Zähne in die Lippen, damit es nicht laut werden konnte. Die Hände wollten ihm nicht gehorchen, als er nach dem Gitterrost langte. Endlich schaffte er es, drückte das Eisen hoch, schob es beiseite. Es war ihm egal, wieviel Lärm er machte. Er nahm sich nicht einmal die Zeit, erst vorsichtig den Kopf hinauszustrecken und nachzusehen, ob auch niemand in der Nähe wäre. Er wollte nur hier weg, weg von diesen schrecklichen Schächten, weg von seiner Ahnung, was Brian in den letzten Sekunden seines Lebens empfunden hatte.

Er ging Richtung Bancroft zurück. War nicht der ganze verdammte Yard ein riesiger Friedhof? Heradon, das Granitkreuz neben der Kapelle, die Steinquader der Gedenkstätten für die, die in Mazedonien und Tripolis geblieben waren, die Kanonen, in deren Mündungen man starrte, wo man auch stand und ging, das Grabmal von John Paul Jones – überall verfolgten einen die Geister der Toten.

Er war zum Tunnelsystem gegangen, weil er gehofft hatte, dort könne er Brians gespenstische Gegenwart von sich abstreifen, sie zurücklassen im Dunkel. Aber er wußte jetzt, daß er sie nie loswerden würde. Verzweifelt spürte er, daß die Schuld ihn überallhin verfolgte – sein Anteil an der Schuld, die sie an jenem Abend im Dezember auf sich geladen hatten und für die Brian mit dem Leben bezahlt hatte.

Mein Gott, Brian! schrie er stumm in die Nacht. Warum bist du nicht zu mir gekommen? Ich hätte es dir ausgeredet.

21

Kate hatte sich ein Zimmer in einem der billigeren Motels draußen an der Riva Road genommen. Am Einbauschrank klemmte die Tür, die Möbel waren mit Kunststoff überzogen, der sich vergeblich mühte, wie Ahorn auszusehen. Die im Prospekt versprochene Kitchenette bestand aus einem winzigen Spülbecken, einem Einbaukühlschrank und einem zweiflammigen Gaskocher – das Ganze nicht etwa separat, sondern in einer Ecke im Zimmer. Als sie aus D.C. zurückkam, tat es ihr leid, daß sie in einem Anflug von Sparsamkeit dieses Motel und nicht eins der hübschen und viel bequemeren Hotels in der Stadt ausgewählt hatte. Sie hatte die Nachttischlampe brennen lassen, aber nicht einmal der sanfte Lichtschimmer machte den Raum heimeliger. Jetzt, nach dem Abend mit Leah, kam ihr das Zimmer besonders unpersönlich und kalt vor.

Als sie die Handtasche abstellte, sah sie am Telefon das rote Lämpchen blinken, ein Zeichen, daß jemand für sie angerufen hatte. Wer konnte das gewesen sein? Leah, fiel ihr ein; ein Gedanke, der ihr Freude machte. Sie wählte die Nummer der Rezeption, es läutete lange durch, wahrscheinlich hatte sich der Bursche da vorn aufs Ohr gelegt. Endlich meldete er sich verschlafen.

«Ach ja, Mrs. Tyler in 24, nicht wahr? Commander Tyler hat angerufen. Moment mal, er hat mir die Nummer durchgegeben, unter der Sie ihn erreichen können.»

Sie brauchte sich die Nummer nicht zu notieren, es war die vom Büro, und da hielt er sich um diese Zeit bestimmt nicht mehr auf. Sie murmelte danke schön, der Mann an der Rezeption konnte sicher heraushören, wie enttäuscht sie war. Aber sie sah natürlich ein, daß es töricht gewesen war, mit einem Anruf von Leah zu rechnen.

Sie zog den nassen Regenmantel aus und hing ihn über die Badewanne, dann schaltete sie den Fernseher ein. Ungeduldig suchte sie die Sender durch. Überall nur der übliche Quatsch, sie schaltete ab. Wahrhaftig, dachte sie, in diesem Zimmer kann man Platzangst kriegen. Sie zog die Kühlschranktür auf, in der vagen Hoffnung, jemand könne etwas dagelassen haben. Gähnende Leere, was ja zu erwarten gewesen war. Sogar der Eiswürfelbehälter war leer. Sie füllte ihn unter dem Wasserhahn am Spülbecken.

Sie schlüpfte aus den Schuhen. Ach, eine Wohltat! Daran hätte ich früher denken sollen, ging ihr durch den Kopf, während sie sich die kalten Zehen rieb. Ein heißes Duschbad würde ihr jetzt guttun. Der Regenmantel war schnell wieder weggeräumt; als er über einem Bügel am Türrahmen hing, drehte sie die Dusche auf und zog sich aus. Das heiße Wasser stach ihr wie Nadeln in die Schultern, trotzdem blieb sie lange unter der Dusche, das Gesicht nach oben gereckt, bis ihr Make-up abggewaschen war. Als sie die Dusche abstellte, war das Badezimmer in Dampf gehüllt. Sie zog den Bademantel an. Während sie vor dem Spiegel saß und das Haar fönte, klingelte das Telefon.

«Kate? Hat man dir nicht ausgerichtet, daß ich angerufen habe? Vor eim paar Stunden schon. Ich habe ausdrücklich gebeten...»

«Guten Abend, Michael.» Sie überlegte, was sie noch sagen

könnte, aber ihr fiel nichts ein. Es gab nicht mehr viel zwischen ihnen zu sagen, sie waren sich schon sehr fremd geworden.

«Kate, wir müssen darüber reden, daß du nach Annapolis gefahren bist.» Sie hörte, daß er sich sehr beherrschte, er sprach ganz ruhig. Sie bemühte sich, denselben Ton zu treffen.

«Darüber gibt's nun wirklich nichts zu reden.»

«Ja, zum Donnerwetter, was willst du denn überhaupt da? Der Admiral hat mich heute angerufen. Er wollte wissen, ob ich irgendwelche Zweifel an dem Untersuchungsergebnis hätte. Himmel noch mal, ich hab gar nicht gewußt, was ich sagen soll. Durch dich steh ich da wie ein Idiot. Wie sieht das denn aus, wenn ein Mann nicht mal seine Frau zur Ordnung rufen kann?»

«Oh, ich dachte, der Admiral wüßte, daß wir geschieden sind?»

«Tu nicht so, als ob du nicht verstanden hättest, was ich meine. Unsere Scheidung hat damit gar nichts zu tun.»

«Michael, ich hab dir doch vorher gesagt, daß ich herfahre.»

«Und ich hab dir gesagt... Sehr nachdrücklich hab ich dir gesagt, daß du dir den Unsinn aus dem Kopf schlagen sollst. Laß die Sache um Himmmels willen ruhen.»

«Wir sind eben, was Bris Tod angeht, nicht einer Meinung. Ich verlange nicht, daß du ja und amen sagst zu dem, was ich tue, aber du wirst mich nicht daran hindern, es zu tun.» Daß sie so auftrumpfte, obwohl er keinen Zweifel an seiner Verärgerung ließ, war für sie selbst eine ganz neue Erfahrung. Für ihn erst recht, sie merkte es an seinem langen Schweigen.

«Es tut mir leid, daß ich dich so angefahren habe», lenkte er schließlich ein. «Ich hab eine Menge um die Ohren. Es ist zur Zeit nicht ganz leicht für mich.»

Kate starrte auf ihr Spiegelbild. Ihr Haar rollte sich, während es trocknete, zu kleinen Löckchen, irgendwie machte das ihr Gesicht weicher. Sie zog ein paar Strähnen nach vorn, ließ sie in die Stirn fallen. Nicht schlecht, fand sie. Mein Gott, wie lange lief sie jetzt schon mit derselben Frisur herum? Leah trug ja das Haar jetzt auch anders. Wegen Brians Tod? Jedenfalls hatte sie es nach seinem Tod kurz geschnitten. Wenn es nicht ein Ausdruck ihrer Trauer war, dann doch immerhin ein Zeichen, daß sich in ihrem Leben etwas geändert hatte. Vielleicht sollte ich mich auch dazu entschließen, dachte sie.

«Kate, bist du noch dran?»

Sie hörte wieder, wie er sich Mühe gab. Zähneknirschende Mühe, alles in Ruhe und Vernunft zu besprechen.

«Wie ich schon mal angedeutet habe, will man mich ins Richteramt berufen. Das bedeutet mir viel, Kate. Ich wundere mich, daß man mich nicht von der Bewerberliste gestrichen hat. Brians Selbstmord macht sich nicht gerade gut in meiner Personalakte.»

Die Worte trafen sie wie ein eiskalter Hagelschauer. Sie mußte sich zusammennehmen, um nicht einfach aufzulegen. «Ist das der Grund für deinen Anruf?»

«Ich verlange, daß du nach Hause fährst, Kate. Laß die Finger von der Sache. Wenn du weiter alle Welt verrückt machst, richtest du eine Menge Schaden an. Und zwar für mich, Kate. Woher nimmst du eigentlich das Recht, mir die Karriere kaputtzumachen?»

Als sie nicht antwortete, verlor er die Beherrschung. «Gottverdammt, Kate, ich hab gedacht, man könnte vernünftig mit dir reden! Ich hatte mir fest vorgenommen, diesmal nicht die Nerven zu verlieren, aber du hast mich wieder so weit gebracht. Du tust einfach, was du willst. So hast du's ja immer gemacht. Was du anderen damit antust, ist dir völlig egal. Jeder sagt, daß du durchdrehst, nur du glaubst, du wärst im Recht. Denk gefälligst nicht immer nur an dich, Kate. Mach dir doch mal klar, was du anstellst. Das ist doch alles so unüberlegt und sinnlos! Ich brauche ja nur an die Sache mit deinem Vater zu denken.»

«Was?» Sie sah ihr Spiegelbild bleich werden.

«Ich habe mit ihm telefoniert», sagte er. Es klang, als hätte er gesagt: Ich bin nicht so, ich spiele mit offenen Karten.

«O Gott, Michael... Du wirst ihm doch nichts über Brian erzählt haben?»

«Natürlich habe ich's ihm erzählt. Und da wir gerade davon reden – da siehst du selber, wie verantwortungslos du handelst. Du denkst einfach die Dinge nie zu Ende, du...»

«Verdammt, du hast überhaupt kein Recht, meinem Vater zu sagen...»

«Nein? Und wie, zum Teufel, hätte ich ahnen sollen, daß du nichts gesagt hast? Ich hab angerufen, weil ich ihn bitten wollte, dir gut zuzureden. Mein Gott, Kate, wenn er's in der Zeitung gelesen hätte? Oder wenn einer von den Zeitungsleuten ihn um ein Interview gebeten hätte? Er ist ja schließlich kein ganz unbekannter

Mann. Denk mal darüber nach, Kate! Die Sache ist ein typisches Beispiel für deine Unvernunft.»

Kate schloß die Augen. Sie schluckte, ihr Gaumen, ihre Zunge, ihre Kehle – alles schmeckte nach Salz. Aber sie wollte ihn nicht merken lassen, daß er sie zum Weinen gebracht hatte. Den billigen Triumph sollte er nicht auch noch haben. «Ich muß jetzt Schluß machen», sagte sie und legte auf.

Sie starrte in den Spiegel. Eine Frau mit tief eingesunkenen Augen starrte zurück. «Ich wollte ihm doch bloß nicht weh tun», flüsterte sie, «darum hab ich's ihm nicht gesagt.» Sie kam sich vor wie jemand, der eine ansteckende Krankheit mit sich herumschleppt. Wohin sie auch kam, mit wem sie auch sprach – überall richtete sie nur Schaden an. Selbstsüchtig. Dickköpfig. Gedankenlos. Das war's, was Michael ihr vorwarf. Hatte er recht? Die Frage nagte in ihr, bis ihr einfiel, was Leah ihr erzählt hatte. *Er hat immer gesagt, daß Sie eine Kämpfernatur sind.*

Sollte sie weiter für Brian kämpfen oder aufgeben? Noch während sie sich die Frage stellte, wußte sie, daß es im Grunde längst entschieden war. Sie mußte die Wahrheit herausfinden. Aber es sollte niemand darunter leiden, daß sie unbeirrt ihren Weg ging. Sie sah auf die Uhr. Es war noch nicht zu spät, sie konnte ihren Vater noch anrufen.

Mrs. Roberts meldete sich, sie schien überrascht zu sein, aber auf einmal klang ihre Stimme sehr warm. «Ja, Mrs. Tyler, er hat schon die ganze Zeit auf Ihren Anruf gewartet. Augenblick, ich hole ihn, er ist noch wach.»

«Einen Augenblick, Mrs. Roberts. Mein geschiedener Mann hat gerade bei mir angerufen und mir erzählt, daß er mit meinem Vater telefoniert hat. Wegen Brian.»

«Ja, das ist richtig. Es tut mir leid, Mrs. Tyler, ich hätte das verhindern müssen.»

«Nein, das ist doch nicht Ihre Schuld. Ich wollte nur wissen, ob es stimmt. Geht's meinem Vater gut? Ich meine, als er's erfahren hat... War es sehr schlimm für ihn?»

Eine Pause, nur ein leises Summen in der Leitung, im Hintergrund der Ton des Fernsehers. «Ihr Vater ist ein bewundernwerter Mann, Mrs. Tyler. Ich glaube, Sie sind ihm sehr ähnlich. Ich werd ihn jetzt herholen. Er freut sich schon so darauf, mit Ihnen zu sprechen.»

«Katherine, bist du's?»

Seine Stimme war erschreckend schwach, es tat ihr weh. Und daß er Katherine zu ihr sagte... So hatte er sie schon lange nicht mehr angeredet.

«Dad? Dad, ich habe gerade mit Michael gesprochen. Er hat mir gesagt, daß er bei dir angerufen hat. Ich bin in Annapolis. Dad, kannst du mich verstehen?»

«Wir gucken uns gerade die Kelten an. Ich hab mit Mrs. Roberts gewettet, wer heute gewinnt.»

Kates Hand umklammerte den Telefonhörer, er fühlte sich verschwitzt und glitschig an. «Dad, es tut mir leid, daß ich dir das mit Brian nicht selber gesagt habe. Ich wollte es dir ersparen. Das war sicher falsch.» Sie sprach sehr langsam und sehr laut, wie mit einem Schwerhörigen. «Ich weiß nicht, was Michael dir alles erzählt hat, Dad, ich glaube jedenfalls nicht, daß es ein Selbstmord war. Ich bin hier, weil ich die Wahrheit herausfinden will. Aber ich... Weißt du, ich will einfach nicht, daß es für andere dadurch nur noch schlimmer wird.» Ohne es zu merken, war sie immer schneller geworden. Ob ihr Vater überhaupt verstand, was sie sagte? Nein, dachte sie, nein, ich hätte mir gar nicht erst Mühe geben müssen, ihm den Kummer zu ersparen. In seinem Zustand hat man keinen Kummer mehr. Einerseits war es ein Segen, andererseits hätte sie ihn gerade jetzt so nötig gebraucht. Auf einmal war sie wieder nur sein Kind. Auch wenn er sie nicht verstehen konnte, sie mußte mit ihm reden und bei ihm ihre Fragen loswerden.

«Dad, mach ich alles falsch? Du lieber Gott, mach ich denn wirklich alles falsch?»

Es blieb still. Natürlich, sie hatte ja damit gerechnet, daß er sie nicht verstand. Hilflosigkeit lähmte sie.

Und plötzlich sagte er etwas. Er sagte es, als wäre er in eine längst vergangene Zeit zurückgekehrt, als hätte er die Kraft wiedergefunden, die doch schon so endgültig verloren schien. Sie begriff zuerst gar nicht, was er meinte, dachte im ersten Augenblick, es wäre nur hilfloses Stammeln. Dann wurde ihr klar, daß ein Wunder geschehen war. Es war lateinisch. Sie brauchte niemanden, der es ihr übersetzte, vor langer Zeit hatte sie die Sentenz auswendig gelernt. Und sie wiederholte sie mit fester Stimme: *«Veritas vos liberabit.»* Also hatte er sie doch verstanden. *Durch die Wahrheit werdet ihr frei.*

«Gott behüte dich, Katherine.»

Unendlich viel ging ihr in diesem Augenblick durch den Kopf. Es gab so viele Dinge, die sie mit ihrem Vater zu besprechen hatte – mit dem Vater, von dem sie glaubte, die Krankheit hätte ihn ihr weggenommen. Nur eine Minute noch, betete sie stumm, gib ihm nur noch eine Minute länger, der zu sein, der er früher war. Aber es war schon zu spät. Er war wieder in der grauen Dämmerung untergetaucht. «Gute Nacht, Dad», flüsterte sie ins Telefon, «ich hab dich sehr lieb.»

Sie legte auf, saß eine Weile ganz still da und dachte nach. Morgen würde sie wieder in den Yard gehen und mit Jordan und Webb reden. Und wenn es nötig war, mit allen anderen Midshipmen. So lange, bis sie die Wahrheit wußte.

Es klopfte, sie schreckte aus ihren Gedanken hoch, merkte, wie sich ihr Herz vor Angst verkrampfte. Ruhig, Kate, redete sie stumm in sich hinein, es gibt nichts, was dich ängstigen muß.

«Wer ist da?»

«Mrs. Tyler? Darf ich reinkommen? Ich muß mit Ihnen reden.»

Sie öffnete, blinzelte ins Dunkel. Dann sah sie den flachen Filzhut.

«Was wollen Sie?» Mein Gott, sie mußte ja schrecklich aussehen! Sie fuhr sich durchs Haar, versuchte, die Frisur zu ordnen. Und dann fiel ihr ein, daß sie unter der Dusche das Make-up abgewaschen hatte. Sie wurde ärgerlich. Was fiel diesem Mann ein, jetzt noch hier aufzutauchen und sie einer solchen Peinlichkeit auszusetzen? «Woher wissen Sie, daß ich hier wohne, Dr. McNulty?» fragte sie bissig.

Er grinste verlegen. «Nun, ich hab mich ans Telefon gehängt, um nacheinander alle Motels, Pensionen und privaten Zimmervermieter anzurufen. Beim siebzehnten Anruf hatte ich Sie aufgespürt.»

«Ich – äh... Ich bin nicht angezogen. Und ich bin sehr müde. Es dürfte zwischen uns kaum noch etwas zu besprechen geben.» Sie machte Anstalten, ihm die Tür vor der Nase zuzudrücken.

«Bitte...» Er streckte den Arm aus; es war eine Geste von so rührender Unbeholfenheit, daß Kate ihn nicht abweisen konnte. «Ich möchte mit Ihnen reden. Möchte Ihnen alles erklären. Ich habe den ganzen Tag an Sie denken müssen. Ihretwegen habe ich ein schlechtes Gewissen, und das ist ein Gefühl, das ich gar nicht leiden kann. Darf ich einen Augenblick reinkommen? Ich bleibe nicht lange, das verspreche ich Ihnen.»

«Ich glaube nicht, daß wir noch etwas zu besprechen haben»,

wiederholte sie. Warum eigentlich nicht? fragte sie sich gleich danach. Weil du kein Make-up mehr trägst und scheußlich aussiehst, antwortete eine innere Stimme. Darüber ärgerte sie sich so, daß sie die Tür aufzog und McNulty hereinließ.

Mit einer spröden, wenig einladenden Handbewegung wies sie auf einen Stuhl, aber er blieb stehen. Im Zimmer brannte nur die Nachttischlampe, zusätzlich fiel sanfter Lichtschein durch die offene Badezimmertür. Das intime Halbdunkel kam ihr unpassend vor, sie dachte kurz daran, das Deckenlicht einzuschalten. Nein, entschied sie, lieber nicht, es ist zu grell. Oder sollte ich's besser doch einschalten? Verdammte Eitelkeit! Soll er doch sehen, daß ich wie eine Vogelscheuche herumlaufe! Sie langte nach dem Lichtschalter.

Als der Raum in helles Licht getaucht war, sah er so unbehaglich aus, wie sie sich fühlte. McNulty war an der Tür stehengeblieben, als ob er schon bedauerte, überhaupt gekommen zu sein. «Sie sehen irgendwie anders aus.»

Sie sah ihn trotzig an. «Das Make-up fehlt.»

«Nein», widersprach er, «es liegt an Ihren Haaren. Hübsch sieht das aus.» Er hatte es kaum ausgesprochen, als er auch schon rot anlief.

Das Kompliment verwirrte sie, sie rettete sich in verhaltenen Zorn. «Also, was ist so wichtig, daß Sie unbedingt herkommen mußten?»

«Ich wollte mit Ihnen sprechen.»

«So dringend, daß Sie das halbe Hotelverzeichnis von Annapolis durchprobieren und mitten in der Nacht hier hereinplatzen?»

«Das mit heute mittag, das tut mir sehr leid. Ich hätte Ihnen gleich am Anfang, ehe Sie angefangen haben, mir über Ihren Sohn zu erzählen, sagen sollen, daß ich an der Akademie unterrichte. Aber ich hab's einfach nicht fertiggebracht. Ich hatte den Eindruck, Sie müßten sich unbedingt mal aussprechen. Und ich habe befürchtet, daß Sie's nicht tun, wenn Sie wissen, wer ich bin. Ich wollte Ihre Gefühle wirklich nicht verletzen. Ist Ihnen das noch nie so gegangen? Ich meine, manchmal verschweigt man doch etwas aus Rücksicht auf andere.»

Kate mußte an ihren Vater denken.

«Ja – also ... Ich wollte mich ja auch nur entschuldigen und Ihnen sagen ... Ich mcinc, falls Sie wieder das Bedürfnis haben, über alles zu reden... Über Ihren Sohn und über die Akademie und so weiter... Also, ich gebe Ihnen am besten meine Adresse und meine private Telefonnummer. Tagsüber erreichen Sie mich in meinem Büro in Sampson Hall.»

Er wand sich vor Verlegenheit. Es mußte ihn viel Überwindung gekostet haben, herzukommen. «Danke», sagte Kate zögernd. «Ich glaube, ich muß mich auch entschuldigen, weil ich so aus der Haut gefahren bin. Wissen Sie, ich konnte mir einfach nicht vorstellen, daß Sie rein zufällig dort auftauchen. Aber jetzt... Ich bin dankbar, daß Sie mir für ein Gespräch die Zeit schenken wollen. Vielleicht könnte ich morgen vormittag vorbeikommen?» Wieder ein Tor, das zur Wahrheit führen konnte. Und sie brauchte jedes Tor, jede Hilfe. Es gab sowieso zu viele Türen, die ihr verschlossen blieben.

«Meine erste Vorlesung habe ich um zehn, und die letzte ist um zwei zu Ende. Vorher oder nachher, ganz wie Sie wollen.» Er warf einen Blick auf die Uhr.

«Ich will Sie nicht aufhalten, Dr. McNulty, Ihre Frau wird sich Sorgen machen.»

«Ich bin nicht verheiratet.»

Kate merkte, daß sie rot wurde. Verdammt noch mal.

«Und Sie, Mrs. Tyler? Sind Sie allein hier, oder ist Ihr Mann auch mitgekommen?»

«Ich bin geschieden. Michael... Brians Vater hat wieder geheiratet. Er ist Marineoffizier. Sie auch, Dr. McNulty?»

«Max. Bitte, nennen Sie mich Max.» Er nahm den Hut ab, spielte nervös mit der Krempe. Er hatte lange, kantige Finger, die Nägel waren sehr kurz geschnitten. Schließlich legte er den Hut auf den Tisch, er merkte wohl selber, daß das hektische Herumfingern den Filz nur noch mehr ruinierte. «Nein, ich bin Zivilist. Was mein Vater mir übrigens nie verzeihen wird.»

«Dann nehme ich an, daß er bei der Marine war?»

«Nein, beim Heer. West Point. Und dort hätte ich, wenn's nach ihm gegangen wäre, auch landen sollen. Er hat das alles für mich vorausgeplant. Gleich nach meiner Geburt stand es für ihn fest. Sogar meine Namen hat er entsprechend ausgewählt. Maxwell Taylor McNulty. Hört sich ziemlich hochtrabend an für ein Kind, nicht wahr? Er hatte unter General Taylor gedient und erhoffte sich die nötige Protektion von ihm. Tatsächlich scheint es nie ein

Fehler zu sein, jemandem ein bißchen zu schmeicheln, wenn man ihn als künftigen Gönner für den eigenen Sohn ausgesucht hat.»

Er hockte sich auf die Tischkante. Kate zögerte einen Augenblick, dann setzte sie sich in den Lehnstuhl, vergaß aber nicht, den Bademantel enger um sich zu wickeln.

«Aber Sie sind dann doch nicht nach West Point gegangen?»

«Das lag gar nicht in meiner Entscheidung. Bei der Einstellungsuntersuchung haben sie festgestellt, daß ich farbenblind und schwerhörig bin. Tauglichkeitsgrad 4-F. Absolut nicht aus dem Holz geschnitzt, das sie in West Point brauchen. Mein Vater war maßlos enttäuscht. Na ja, schließlich bin ich dann doch noch beim Militär gelandet, als Angestellter in Annapolis. Ich denke, jeder muß eben seine Rolle spielen. Die einen machen Kriegsgeschichte, die anderen lehren sie.»

«Bedauern Sie's?»

«Nicht meinetwegen. Nur, daß die Träume meines Vaters an mir gescheitert sind, das tut mir manchmal ein wenig leid. Aber das muß vielleicht so sein: Die Kinder geraten immer ganz anders, als die Eltern sich das vorgestellt haben. Und den Eltern scheint vorherbestimmt, daß die Kinder sie enttäuschen.»

Kate dachte schweigend darüber nach. Wie war das mit Brian gewesen? War er seinem Vater zuliebe zur Navy gegangen? Eine Frage, die nun für immer unbeantwortet blieb. Hoffentlich war es seine eigene Entscheidung, wünschte sie sich.

«Ich habe heute abend mit dem Stubenkameraden Ihres Sohnes gesprochen, Webb Garrick. Ein netter Kerl. Das sind sie eigentlich alle.» Und weil er die unausgesprochene Frage in Kates Augen las, fuhr er fort: «Ich habe ihn auch darauf angesprochen, daß Sie den Eindruck hatten, er wäre vor Ihnen davongelaufen.»

«Und was hat er dazu gesagt?»

«Er behauptet, er hätte Sie nicht gesehen. Aber ich bin das Gefühl nicht losgeworden, daß ihm mein Besuch gar nicht so recht gepaßt hat. Er schien sich irgendwie unbehaglich zu fühlen.» Einen Augenblick war er unschlüssig, ob er noch mehr sagen sollte. «Wissen Sie, wenn ich einen Sohn hätte und er wäre gestorben – mir fiele es auch schwer, mich damit abzufinden. So etwas will man einfach nicht wahrhaben. Und ich glaube, ich weiß auch, warum ich mich gegen die Wahrheit wehren würde: weil ich Angst hätte, ich könnte versagt haben und mit an seinem Tod schuld sein.»

«Glauben Sie, daß das bei mir so ist? Glauben Sie, daß ich die Schuld bei anderen suche, weil ich Angst habe, daß ich mir sonst selbst Versagen vorwerfen muß?»

«Ich frage mich nur, was Sie tun wollen, falls Sie herausfinden, daß Brian vielleicht doch Selbstmord begangen hat. Sind Sie innerlich auch auf diese Möglichkeit gefaßt?»

«Seltsam, das hat mich heute schon mal jemand gefragt.» Sie sah ihn fest an. «Die Antwort ist ja. Ich glaube nicht, daß er sich umgebracht hat. Aber ich will die Wahrheit wissen, egal, was dabei herauskommt.»

Er sah sie lange aufmerksam an, er schien etwas in ihrem Gesicht zu suchen. Dann schob er sich von der Tischkante herunter. «Ich wünsche Ihnen, daß Sie finden, was Sie suchen, Mrs. Tyler.»

Er ging zur Tür, sie stand auf und begleitete ihn. Rasch schrieb er ihr noch die Adresse auf. «Vergessen Sie's nicht: Wenn Sie Hilfe brauchen, rufen Sie mich an, ja?»

Sie nahm den Zettel und wünschte ihm gute Nacht. Ihre Blicke trafen sich, sie schauten beide schnell weg.

Und dann schien ihn irgend etwas zu verleiten, sich vorzubeugen. Kate dachte schon erschrocken, er wolle sie küssen. Doch er stülpte sich nur den Hut auf, drehte sich abrupt um und ging. Sie blieb an der Tür stehen und sah ihm nach, wie er auf den Parkplatz zuging und in einen ramponierten blauen Kleinwagen stieg. Mittelgroß, ein Mann mit guten Manieren, nicht militärisch gedrillt und trotzdem sehr korrekt, dachte sie. Beim Gehen setzte er die Füße nach außen und ruderte mit den Armen. Nicht viel, nur ein bißchen, es fiel kaum auf. Und der Hut... Sie mußte lächeln. Unglaublich, das Ding.

Als sie die Tür schloß, kam das Zimmer ihr wärmer vor – wärmer geworden durch seine Gegenwart. Nachträglich freute sie sich nun doch, daß er gekommen war. Wahrscheinlich ahnte er gar nicht, wieviel es für sie bedeutete, daß er sich die Mühe gemacht hatte, mit Webb Garrick zu reden.

Ihr Spiegelbild lächelte sie müde an. Sie beugte sich vor, zupfte an den Löckchen, schob sie nach oben, dann zur Seite, kniff kritisch die Augen zusammen und dachte, daß es tatsächlich hübscher aussähe, wenn das Haar sich ein bißchen kräuselte. Und dann grübelte sie eine Weile, ob er wirklich vorgehabt hätte, sie zu küssen, oder ob sie sich das nur eingebildet hatte.

Unwillig scheuchte sie die Gedanken weg. Sinnlose Tagträume. Sie zog ihr Notizbuch aus der Handtasche und schlug die kleine Liste auf, die sie sich angelegt hatte. In der ersten Rubrik, die sie mit *Annapolis* überschrieben hatte, notierte sie hinter dem Namen Thatcher: *Unergiebig*. Hinter Webbs Namen malte sie ein Fragezeichen. Sie nahm sich vor, gleich morgen mit ihm zu reden.

Sie blätterte um und schrieb auf die nächste Seite als Überschrift: *Freunde*. Darunter schrieb sie: *Leah*. Beim nächsten Namen zögerte sie. Genaugenommen war Max McNulty kein Freund. Er war wohl weniger ihr zuliebe ins Motel gekommen, als vielmehr, um sein Gewissen zu beruhigen. Und er gehörte zur Akademie. Sie sah keinen Grund, gerade dort ihre Freunde zu vermuten. Aber dann entschied sie, daß er doch auf diese Seite gehöre; hier sollten die Namen all derer stehen, von denen sie Hilfe erwartete. Also auch *Maxwell Taylor McNulty*. Die Adresse und die Telefonnummer trug sie auch mit ein.

Und schließlich fügte sie noch einen Namen hinzu, sie hoffte, daß er ihr Glück bringen werde: *Dad*.

Sie klappte das Büchlein zu und ging ins Badezimmer, um sich die Zähne zu putzen. Weil das Wasser lief, hörte sie das Telefon anfangs gar nicht. Sie nahm ab – Leah.

«Kate? Ich hab dich hoffentlich nicht geweckt?»

«Nein, ich bin noch wach. Wie geht's dir?»

«Danke, gut.» Leah lachte. «Auch keine Magenverstimmung. Ich rufe an, weil mir noch etwas eingefallen ist. Oder – jemand eingefallen ist, richtiger gesagt. Jemand aus Brians Kompanie.»

«Ein guter Freund von Brian?»

«Nein, so kann man das nicht sagen. Eins von den Mädchen in seiner Kompanie. Ich weiß auch nicht, wie ich darauf komme, der Name fiel mir plötzlich ein, und... Na ja, es ist eben so ein Gefühl.»

«Weibliche Intuition», meinte Kate. Aber sie war enttäuscht, sie hatte gehofft, Leah wäre etwas Wichtiges eingefallen.

«Sie heißt Ariel Greene. Ich hab sie im November im Stadion gesehen, bei dem Spiel um den Army-Navy-Pokal. Brian und ich haben kurz über sie gesprochen, nichts Besonderes, nur ganz allgemein. Aber ich hab gedacht, du solltest vielleicht doch mal mit ihr reden. Ich meine, es ist ein Mädchen. Vielleicht bringst du sie leichter dazu, dir etwas zu erzählen. Das heißt, falls sie was weiß.»

«Danke.» Kate klemmte den Telefonhörer zwischen Kopf und

Schulter, langte nach einem Notizzettel und schrieb den Namen des Mädchens auf. «Ich werd morgen versuchen, sie zu erreichen. Und morgen abend ruf ich dich an und sag dir, ob ich was rausgefunden habe. Gute Nacht, mein Liebes.»

Gut' Nacht – und schlaf jetzt ganz schnell ein,
Sonst beißt der Bettfloh dich ins Bein . . .

Es war ihr, als könne sie Brians fröhliche Kinderstimme hören. Mein Gott, nahmen die Erinnerungen nie ein Ende? Eines Tages, dachte sie, irgendwann, wenn genug Zeit vergangen ist, werden es tröstliche Erinnerungen sein.

Sie starrte auf den Namen, den sie aufgeschrieben hatte. Ariel Greene. Brian hatte den Namen nie erwähnt. Wohl auch wieder nur eine Spur, die ins Leere führte.

Später, als sie im Bett lag und mit offenen Augen in die Dunkelheit sah, mußte sie sich gegen die Mutlosigkeit wehren, die sie überkam. In den letzten vierundzwanzig Stunden war sie keinen Schritt weitergekommen. Sie wußte nicht mehr über Brians Tod als an dem Tag, an dem man ihr die Nachricht gebracht hatte.

22

Er kam aus Richtung Virginia, auf der 14. Straße. Es war schon nach elf Uhr nachts, als er den Potomac überquerte; um diese Zeit herrschte nicht mehr viel Verkehr. Er bog nach links in die Constitution Avenue ein und gleich wieder links – auf den Parkplatz am Washington Monument. Nur ein einziges Fahrzeug stand dort, ein Campingbus mit einem Nummernschild aus Oregon. Er ging los, ohne seinen Wagen abzuschließen. Er mußte sechs Häuserblocks weit laufen, aber er legte die Strecke lieber zu Fuß zurück, er war es so gewöhnt.

Obwohl es geregnet hatte und das Gras immer noch feucht war, blieb er nicht auf dem Bürgersteig. Im Becken der Brunnenanlage schwammen ein paar Papierfetzen, der Wind hatte sie hergeweht. Morgen früh war nichts mehr davon zu sehen, dafür sorgten die Parkwächter. Je näher er seinem Ziel kam, desto langsamer ging er. Er mied den Lichtkegel der Laternen, hielt sich weiter hinten, wo es dunkel war.

Um Mitternacht wurden die Scheinwerfer ausgeschaltet, der Park war plötzlich in Nacht getaucht. Der Mann ging das restliche Stück mit schnellen, festen Schritten. Er war allein, aber er fühlte sich nicht so. Er fühlte sich nie allein, wenn er hierher kam – zu dieser langgestreckten schwarzen Mauer des Todes. Er streckte die Hand aus und ließ – wie ein Blinder, der die Zeichen ertastet – die Finger über die Namen gleiten, die in den schwarzen Onyx graviert waren. Er mußte nicht hinschauen, mit geschlossenen Augen hätte er die Schrift vor sich gesehen. Tausende von Namen... Er wußte es sogar genauer: fast sechzigtausend. Jeder Name in großen, klaren Lettern in den Stein geschnitten und durch einen Punkt vom nächsten Namen getrennt. Nicht in alphabetischer Ordnung. Auch nicht dem Alter nach. Der Tod hatte die Reihenfolge bestimmt, das Datum des Tages, der ihr letzter gewesen war. Sauber in einem Computer in Atlanta gespeichert. Die Dienstgrade hatte man nicht mit in den Stein gemeißelt; da stand auch nicht, zu welcher Rasse einer gehört und woran er geglaubt hatte. Ein Tod in Gleichheit und Brüderlichkeit.

Der Mann hatte sich dem Dunkel und der Farbe der Gedenkmauer angepaßt, er trug schwarze Jeans und schwarze Joggingschuhe, auch der britische Uniformpullover war schwarz; aus ein paar Metern Entfernung hätte ihn niemand sehen können, es sei denn, die hellen Hautflächen im Gesicht und an den Händen wären ihm aufgefallen. Er hatte flüchtig daran gedacht, sich Gesicht und Hände zu schwärzen, aber es war ihm zu gefährlich erschienen. Am Ende hätte man ihn noch für einen Einbrecher gehalten und erschossen. Er war dem Tod zu oft von der Schippe gesprungen, um sich hier von einem nervösen Bullen abknallen zu lassen.

Riesig dehnte sich die Mauer in die Nacht; vor ihm, hinter ihm, über ihm – überall schwarzer Stein. Genaugenommen waren es drei Mauern, jede fast achtzig Meter lang und über drei Meter hoch, jeweils in siebzig Felder unterteilt, in denen die Namen eingraviert waren. In einem Feld, dem größten, hatte er es nachgezählt: einhundertdreißig Zeilen, in jeder standen fünf Namen. Er starrte ins Dunkel, dort hinten mußte die Tafel sein, die er meinte. Namen, Namen, es schien kein Ende zu nehmen.

Mindestens einmal jede Woche kam er zu dieser Mauer, immer erst um diese Zeit, nach Mitternacht. Anfangs war er ein paarmal tagsüber hergekommen, aber er hatte bald festgestellt, daß es besser wäre, die Nacht abzuwarten, die Stille. Tagsüber war es zu voll hier, überwiegend Touristen. Es gab keine zweite Sehenswürdigkeit in der Hauptstadt, die so viele Besucher anlockte wie dieses Monument. Für die Touristen empfand er nur Abscheu, sie hatten kein Recht, hier zu stehen. Anfangs, als er noch bei Tageslicht hergekommen war, hatte er sie beobachtet. Er hätte ihnen am liebsten zugerufen: Steht nicht rum und glotzt, jetzt ist es zu spät. Wo wart ihr denn, als wir nach Hause gekommen sind?

Freilich, es waren auch viele darunter, die wegen eines bestimmten Namens kamen. Und denen wollte er erst recht nicht zusehen. Er wollte nicht sehen, wie die Eltern, die Geschwister, die Freunde an den Namenkolonnen langzogen, suchten, fanden, standen und weinten. Oder wie sie Fotos machten. Fotos, die sie mit nach Hause nahmen, in ihre Häuser, die einst auch das Zuhause der Toten gewesen waren. Man erkannte die Häuser an den Fahnen, die sie ins Fenster gehängt oder – draußen in den Vorstädten, wo es genug Platz gab – im Garten gehißt hatten. Er wußte, was sie mit den Schnappschüssen vorhatten; sie kamen in einen Fotorahmen, links oben in die Ecke, über das große Foto, auf dem man einen lächelnden jungen Burschen sah.

In anderen, die hierher pilgerten, erkannte er auf den ersten Blick die Kameraden von damals; sie kamen im Rollstuhl oder auf Krücken. Auch sie suchten einen bestimmten Namen, humpelten an den Mauern entlang und suchten, standen weinend da und kramten schließlich irgendein Andenken aus einer Plastiktüte; es konnte ein Fähnchen sein, eine Bibel, manchmal ein Teddybär, oft ein Foto, das sie in den Steinfugen festklemmten. Er hatte sich ein paar von den Aufnahmen angesehen. Familienbilder, ein Foto von der Freundin, ein Schnappschuß vom Hund oder von der Katze. Gefühlsduselei, da kam ihm jedesmal das Kotzen. Ob die Leute überhaupt ahnten, was mit dem Kram passierte? Jeden Abend kamen die Parkwächter und sammelten alles ein.

Auch Blumen brachten die Besucher mit, Rosen und Nelken, die lagen dann auf dem schmalen Streifen Gras zwischen der Mauer und dem Gehweg. Auch jetzt lag so eine Blume da, dicht vor seinem Fuß, eine weiße Nelke, halb vertrocknet. Sinnlose Verschwendung, dachte er, setzte den Joggingschuh darauf und drehte ihn im Gras. Er hatte für Leute, die Blumen herbrachten, nur ein verächtliches Lächeln übrig. Sie hatten keine Vorstellung vom Tod. Jedenfalls nicht von dem Tod, um den es hier ging. Sie ahnten nicht, wie der Tod in 'Nam gewesen war. Er wußte es.

Einmal, als eine A-4 abgestürzt war, hatte man ihm das Identifizierungskommando unterstellt. Sie brachten ihm den Piloten, schon in einen Sack eingenäht. Eine Kreatur, der nichts von ihrer Würde geblieben war. Geröstet. Verbrannt. Er hatte vorher nie etwas mit der Identifizierung von Toten zu tun gehabt und nahm die Sache ganz genau, er wollte, daß der Sack geöffnet würde. Einer von seinen Leuten warnte ihn; das wäre wirklich nicht nötig, sagte er. Schließlich war der Sack aufgetrennt worden. Monatelang hatte er kein gebratenes Stück Fleisch mehr sehen können.

Er ging langsam weiter. So lange strich er jetzt schon mit den Fingerspitzen über den nassen Stein, daß die Haut zu schrumpeln begann. Er hatte nie nach einem bestimmten Namen gesucht, obwohl er viele von denen, deren Namen hier in Stein geschrieben standen, gekannt hatte. Für ihn war es, als hätte er sie alle gekannt. Es war seine Mauer, er gehörte hierher.

Irgendwo weit hinten hörte er ein scharfes Geräusch, er wirbelte herum, ballte die Fäuste, stand geduckt zum Sprung. So verharrte er eine Weile und lauschte, die schwarze Mauer als Schutz im Rükken. Er haßte diese plötzlichen lauten Geräusche. Die Ärzte, zu denen man ihn nach 'Nam geschickt hatte, meinten, das würde sich irgendwann legen. Es brauche eben seine Zeit, hatten sie gesagt. Bloß, wieviel Zeit, das hatten sie nicht gesagt.

Kein Geräusch mehr, es blieb alles still. Trotzdem stand er noch lange da, jeden Muskel angespannt, und wartete. Er hatte Angst, das Geräusch wäre noch nicht alles gewesen. Sondern nur so etwas wie eine Vorwarnung. Ehe wieder die Bilder vor seinen Augen auftauchten. Die innere Rückblende, wie die Ärzte es nannten. Auch das verginge im Laufe der Zeit, hatten sie versprochen. Sobald er anfinge, alles zu vergessen. Aber er konnte nichts vergessen. Die Bilder waren immer bei ihm. Sie verfolgten ihn. Ja – mal ein, zwei Tage ließen sie ihn in Ruhe. Aber er wußte, daß sie trotzdem nicht verschwunden waren. Sie lauerten im Verborgenen.

Als er ein paar Minuten gewartet hatte und alles still geblieben war, ging er weiter. Aber er war jetzt mit den Gedanken nicht mehr richtig bei der Sache. Zeit zu gehen, dachte er. Eine Stunde brauchte er mit dem Wagen bis Annapolis, dann mußte er sich noch ein Motel suchen. Er würde froh sein, wenn er ins Bett kriechen konnte.

Trotzdem zögerte er zu gehen. Die Mauer war wie ein Talisman für ihn. Ein Symbol für seine Fähigkeit zu überleben.

Schließlich ging er zum Wagen zurück. Er drehte sich nicht um. Er war noch keine zehn Meter weg, da fiel er in Trab. Leicht und locker rannte er durch die menschenleeren, dunklen Straßen der Hauptstadt. Er fühlte sich gut. Gottverdammt, er fühlte sich wirklich gut. Stark. Unbezwingbar. Lebendig. Wie in seinen besten Tagen in 'Nam.

23

Der Wachhabende am Besuchertor nickte nur, als Kate an ihm vorbeifuhr. Sie war, wenn sie mit dem Wagen in den Yard kam, noch nie kontrolliert worden und fragte sich, ob der Unteroffizier tatsächlich manchmal ein und aus fahrende Besucher überprüfte oder nur als Repräsentationsfigur herumstand.

Sie lenkte den Wagen auf den Parkplatz vor dem Halsey-Block. Aus einer Baracke kam gerade eine Gruppe Midshipmen getrabt, die jungen Männer rannten im Laufschritt zum Sportplatz. Es war ein schöner Tag, frühlingshaft warm, eher wie im späten April. Jetzt schon, kurz nach neun, spürte Kate, wie ihr die Sonne das Gesicht wärmte, eine Wohltat nach all den regnerisch kalten Tagen. Sie kehrte Bancroft und den Lehrsaalgebäuden den Rücken und spazierte zur Hafenbucht, wo die ersten Segler, des langen Winters müde, mit Jollen und Dingis ihre Bahnen zogen.

Tief atmete sie die Salzluft ein, nahm den scharfen Geruch des Meeres in sich auf, spürte, daß der Frühling nicht mehr weit sein konnte. Da hörte sie jemanden ihren Namen rufen; sie drehte sich um und sah Max McNulty, der winkend auf sie zukam. Sie blieb stehen und wartete auf ihn.

«Ich hatte schon befürchtet, daß ich Sie nicht finde. Ich habe im Motel angerufen, um Sie zum Frühstück einzuladen. Aber Sie waren schon weg. Bis zehn habe ich noch Zeit. Darf ich Sie jetzt zu einer Tasse Kaffee einladen? Drüben in der Snackbar im Ricketts?»

«Ich hab schon gefrühstückt», antwortete sie.

«Tja, mir geht's genauso.» Er lächelte linkisch. Sie rätselte, welchen Grund er haben könnte, sie gleich heute morgen wiedersehen zu wollen. Sein Lächeln war ein bißchen schief geraten, aber auf eine hübsche Art. Der rechte Mundwinkel hing etwas tiefer als der linke, das war ihr gestern noch nicht aufgefallen. Sie mochte sein Lächeln.

«Und wie wär's, wenn wir ein Stück spazierengehen?»

Fünfundzwanzig Jahre lang hatte es neben Michael keinen Mann in Kates Leben gegeben. McNultys plötzliches Auftauchen verwirrte sie, und noch verwirrender war die Feststellung, daß ihr Herz bei seinem Anblick auf ganz seltsame, irgendwie ungehörige Art gehüpft hatte. Sie verschanzte sich hinter einer Schärfe, die sie gar nicht in ihre Frage legen wollte: «Weshalb kommen Sie schon wieder zu mir?»

Er hob die Schultern, deutete ein Kopfschütteln an und antwortete: «Ehrlich gesagt, das möchte ich selber gern wissen.» Sie las soviel aufrichtige Verblüffung in seiner Miene, daß sie laut herauslachte, und sie fand es schön, daß er genauso herzlich mitlachte.

Das Unbehagen war verflogen, sie gingen Richtung Lejeune Hall, dicht vorbei am bronzenen Bill, dem Navy-Maskottchen. Max zeigte auf den Geißbock, der mit gesenkten Hörnern auf seinem Sockel stand, und wies – halb im Flüsterton, fast verlegen – darauf hin, daß die Bronze an einer Stelle viel heller glänzte: an den Hoden nämlich, weil dort nach einem ungeschriebenen Gesetz jeder Midshipman einmal hinlangen mußte; Generationen von Offiziersanwärtern hatten dem Geißbock die Testikel gestreichelt, das sollte angeblich Glück bringen. Wenig später kamen sie an einem anderen Glücksbringer vorbei, dem Häuptling Tecumseh. «Sie nennen ihn den Götzen der Zwo komma Null», erzählte Max. «Während der Examina versuchen die Midshipmen, Pennys in den Köcher zu werfen, und wenn einer trifft, ist das Examen so gut wie bestanden. Jedenfalls behauptet man das.»

Kate hörte ihm still zu, sie fand seine Stimme angenehm. Daß sie all die Histörchen und Legenden schon kannte, erwähnte sie nicht. Ein Eichhörnchen kam über den Weg geflitzt, ein zweites dicht hinterher, beide huschten wie der Blitz am Stamm einer mächtigen alten Ulme hoch. In McNultys Kehle gluckste es vergnügt. «Ein sicheres Zeichen, daß wir bald Frühling haben. Diese verflixten kleinen Biester! Von denen gibt's hier so viele – ich glaube, wir haben mehr Eichhörnchen als Midshipmen.»

Sie gingen weiter, das Tecumseh-Denkmal, die Ruhebänke, die

für die Firstclass- und Secondclassmen reserviert waren, und die alten Kanonen am Denkmalssockel lagen hinter ihnen, vor ihnen tauchten die schmucken neuen Gebäude von Michelson und Chauvenet auf, die geschickt der Architektur der älteren Bauten angepaßt waren. Plötzlich hörte Kate ein dumpfes Dröhnen – eine ganze Folge von wuchtigen Detonationen, in einem strengen Rhythmus geordnet. Das Grollen lag noch in der Luft, als die Feuerschläge schon vorüber waren.

«Was ist das?»

«Kanonen. Ich nehme an, vorhin war ein Gottesdienst in der Kapelle. Viele Navy-Offiziere legen schon zu Lebzeiten in ihrem Testament fest, daß sie hier beerdigt werden wollen. Wissen Sie, was wir im Yard die Kapelle nennen, ist für viele so etwas wie der Dom der Navy.»

«Ich weiß.» Sie wollte ihm nicht sagen, daß sie gestern, bei ihrem kurzen Besuch in der Kapelle, den Eindruck gehabt hatte, den Erbauern sei es eher um die Größe des Vaterlandes und der Navy als um die Ehre Gottes gegangen.

«Nach dem Gottesdienst wird der Kanonensalut abgefeuert», fuhr er fort. «Ich glaube, das Dröhnen wird mir noch in den Ohren klingen, wenn ich eines Tages gar nicht mehr hier bin.»

Trotz der wärmenden Sonnenstrahlen spürte Kate ein Frösteln. «Trauersalut – ich finde, das paßt hierher, nicht wahr? Im Yard wird man auf Schritt und Tritt an den Tod erinnert.»

Er sah sie fragend an. Sie versuchte ihm mit einer weitausholenden Handbewegung zu demonstrieren, was sie meinte. «Sehen Sie doch selbst! Überall Symbole des Todes.» Ihre Hand beschrieb einen Bogen. «Da drüben.» Sie deutete auf die Zwillingsgeschütze, die auf Granitsockeln am Eingang zum Tecumseh-Platz thronten. «Und dort.» Diesmal meinte sie die reichverzierten Kanonenrohre am Portal von Stribling. «Da auch.» Die vier Bronzemörser, die das Mexican War Monument flankierten. «Und da drüben.» Die alten Haubitzen aus dem Makedonischen Krieg. «Wohin man auch geht, überall stehen sie, man kann gar nicht dran vorbeisehen. Der Yard ist so etwas wie ein Nationalfriedhof, ich sehe da keinen großen Unterschied zu Arlington.»

«So habe ich das nie empfunden», gab er zur Antwort. «In den zwölf Jahren, die ich nun schon hier unterrichte, ist der Yard mir immer sehr lebendig vorgekommen. Nicht wie ein Friedhof, eher wie ein Ort, der dem Leben geweiht ist – und der Jugend und der Zukunft. Das macht ihn für mich so schön.» Er warf einen Blick auf die Armbanduhr. «Ich sag's gar nicht gern, aber ich muß mich jetzt sputen. In zehn Minuten fängt meine Vorlesung an.» Er stand wieder so verlegen da wie vorhin, bei der Begrüßung. «Tja – also, eigentlich wollte ich ja auch nur guten Tag sagen und sehen, ob es Ihnen gutgeht.»

«Machen Sie sich um mich keine Sorgen.»

«Was haben Sie heute vor?»

«Ich will mit Bris Stubenkameraden sprechen. Und da ist noch jemand in seiner Kompanie, den ich gern kennenlernen möchte. Ariel Greene, kennen Sie sie?»

McNulty legte den Kopf in den Nacken, während er nachdachte. Sein Blick fiel auf den Kirchturm, die weiße Mütze hing nicht mehr oben. «Ariel Greene?» wiederholte er nachdenklich. «Irgendwie kommt mir der Name bekannt vor.» Und dann hatte er's. «Sie haben Pech, das Mädchen ist nicht mehr da.»

«Was heißt das, sie ist nicht mehr da?»

«Sie hat die Akademie verlassen. Sie war Firstclassman, hat aber trotzdem ihre Ausbildung abgebrochen.»

«Ich verstehe das nicht. Wie meinen Sie das: Sie hat die Akademie verlassen?»

«Sie hat den Dienst quittiert.»

«Obwohl sie schon Firstclassman war? Und da hört sie einfach so auf?»

«So war's, glaube ich nicht. Die Einzelheiten weiß ich nicht, sie gehörte schon seit zwei Jahren nicht mehr zu meinem Kurs. Aber ich erinnere mich, daß die Sache Staub aufgewirbelt hat. Warten Sie, jetzt fällt's mir wieder ein. Sie hat den Dienst quittiert, weil sie irgendeinen vorgeschriebenen physischen Test nicht bestehen konnte.» Und nachdem er ein paar Sekunden lang mit den Zähnen die Unterlippe bearbeitet hatte: «Es war, glaube ich, eine Schwimmprüfung. Oder was mit einem Tauchsprung oder so.»

«Ich möchte mit ihr sprechen. Wo kann ich ihre Adresse erfahren?»

«Warum?»

«Ich weiß nicht.» Irgendwie paßte eins nicht zum anderen. Die Geschichte war nicht stimmig. Merkwürdig, daß ein Midshipman so kurz vor der Ernennung zum Leutnant ausschied. Das Mädchen war in Brians Kompanie gewesen, die beiden mußten sich gekannt haben. «Wie kriege ich heraus, wo sie jetzt wohnt?»

«Ich nehme an, im Stab kann man Ihnen am besten weiterhelfen. Aber – seien Sie mir nicht böse, ich muß jetzt los.» Er zog den Hut, wieder fingerte er an der Krempe, es schien eine nervöse Angewohnheit zu sein. «Falls Sie sonst nichts vorhaben... Wie wär's, wenn wir heute abend zusammen essen?»

Eine verlockende Idee, fand Kate. Sie mochte diesen höflichen Mann mit den freundlichen Augen. Aber da war noch ein anderes Gefühl, eins, das sie eher warnte: Er gehörte trotz allem zur Akademie, es gab eine gewisse Loyalität zwischen ihm und dem Yard.

«Vielleicht ein andermal», sagte sie, und als sie gerade dachte, er sähe so enttäuscht aus, entdeckte sie noch etwas in seinen Augen – nur ganz kurz, wie ein Aufflackern. War er am Ende erleichtert, daß sie abgelehnt hatte?

Er nickte, murmelte einen Gruß und ging Richtung Sampson Hall davon. Sie sah ihm nach und fragte sich, ob es nicht vielleicht richtiger gewesen wäre, seine Einladung anzunehmen. Aber dann fiel ihr seine Erleichterung ein. Sie gab sich einen Ruck und machte sich auf den Weg zum Stabsgebäude.

Sie stand in der Eingangshalle, am Fuße der geschwungenen Treppe, die Hand auf dem Geländer aus schwerem Messing, rings um sie schimmerte Marmor von den Wänden. Ein junger Offizier kam die Stufen herunter, nickte ihr im Vorbeigehen zu und war schon an der Tür, als er sich noch einmal umwandte. «Kann ich Ihnen behilflich sein, Ma'am?»

«Nein, danke», sagte sie, «es ist alles in Ordnung.»

Er zögerte ein paar Sekunden, dann war er verschwunden. Kate stand immer noch wie gebannt. Irgend etwas hielt sie davon ab, den Fuß auf die erste Stufe zu setzen und nach oben zu gehen, in den ersten Stock, wo die Büroräume lagen.

Zum Donnerwetter, Kate, was willst du überhaupt da? Der Admiral hat mich heute angerufen. Durch dich steh ich da wie ein Idiot. Du denkst nur an dich selbst. Du benimmst dich unvernünftig.

Es war gar nicht so einfach, alte Gewohnheiten abzustreifen. Ein halbes Leben lang hatte sie sich nach Michael gerichtet. Nur daran gedacht, was für ihn das beste wäre. Sie war von einem Ort in den anderen gezogen, hatte eingepackt und ausgepackt und ein neues Zuhause eingerichtet, wann immer seine Karriere es verlangte. Sie hatte gesellschaftlichen Umgang mit den Leuten gepflegt, die er für wichtig hielt. Und sie hatte es gern getan, ihm zuliebe. Sein Vorwurf gellte ihr noch in den Ohren. *Durch dich verliere ich jede Chance auf eine weitere Beförderung. Was willst du mir denn noch alles antun?*

Sie umklammerte das Treppengeländer. Sie wollte die Erinnerungen ausblenden, aber sie drängten sich auf. Seine letzte Beförderung – sie sah alles vor sich, als wäre es gestern gewesen: der Champagner, die Umarmungen, das festliche Dinner in einem Lokal, das sanfte Klingen ihrer Gläser, als sie anstießen... Hatte er ihr nicht jedesmal, bei jeder Beförderung, fast mit den gleichen Worten für ihre Unterstützung gedankt?

«Wir haben's geschafft, Kate», hatte er gesagt. «Es ist nicht nur mein Erfolg, auch deiner. Ohne dich hätte ich's gar nicht soweit gebracht.»

Aber er hatte nie, nicht ein einziges Mal, danach gefragt, welchen Preis sie bezahlt, wie viele persönliche Wünsche sie beiseite geschoben hatte, damit er weiterkam. Allerdings, mußte sie zugeben, hatte sie sich das selbst auch nie gefragt.

Sie hörte hinter sich die Tür gehen und spürte den Luftzug, ein Hauch frischer Frühling; ein Offizier betrat die Eingangshalle. Das war wie ein Signal für sie, endlich ging sie los. Sie rannte fast die Treppe hinauf, und dennoch war sie, als sie oben ankam, nicht mal außer Atem.

Ich tu das alles nicht, weil ich dir etwa die Chance kaputtmachen will, Michael, daß sie dich doch noch ins Richteramt berufen. Sie sagte es lautlos, niemand konnte sie hören, auch Michael nicht. Er hätte es ohnehin nicht verstanden. *Ich tu's, weil ich es tun muß. Wenn du etwas anderes von mir verlangst, verlangst du zuviel.*

Vom Schreibtisch aus konnte Admiral Thatcher durchs Fenster beobachten, wie Kate Tyler das Stabsgebäude verließ. Er sah ihr besorgt nach, das tonlose Summen in seiner Kehle war kaum zu hören. Die Stahlbügel der Brille drückten auf seine Adern, an den Schläfen zeichneten sich zwei schmale rotblaue Wülste ab. Er heftete den Blick auf einen Punkt zwischen ihren Schulterblättern, wie einer, der den Feind durchs Zielfernrohr anvisiert. Sie weckte eine so tiefe Abscheu in ihm, wie er sie gewöhnlich nur gegenüber Reportern und liberal gesonnenen Senatoren empfand. Er summte immer noch, aber selbst wenn das Geräusch lauter gewesen wäre, hätte es niemand hören können. Die Tür zum Vorzimmer war geschlossen, Kate Tyler hatte sie hinter sich zugezogen.

Er langte über den Schreibtisch nach einem gelben Ziegelstein. Gedankenverloren fuhr er mit dem Daumen darüber, der Stein fühlte sich glatt wie Marmor an. Er starrte auf die Worte, die in die aufgeklebte Messingplatte eingraviert waren. *Tecumseh Platz – 1808–1893 – U. S. Naval Academy.* Es war viele Jahre her, seit der Kadett Horace Thatcher den Stiefel auf diesen Stein gesetzt hatte. Dort unten auf dem Tecumseh-Platz war er während endlos erscheinender Stunden marschiert. Hatte seine Pflicht getan. Sein Soll erfüllt. Später, als der Platz einen neuen Belag bekam, hatte er sich diesen Stein als Andenken genommen. Ein Symbol für mehr als vierzig Dienstjahre in der Navy. Ein Symbol seiner persönlichen Karriere – der vielen sorgfältig geplanten Schritte, die ihn schließlich bis in dieses Dienstzimmer gebracht hatte. Und er hatte durchaus nicht vor, den Weg nach oben hier schon enden zu lassen. Sein Ziel war klar. Er sagte es leise, ehrfürchtig in die Stille, die ihn umgab: «Joint Chief of Staffs.»

Seine Gedanken kehrten zu Kate Tyler zurück. Er würde nicht zulassen, daß sie ihm die Karriere verdarb, so wie die seines Amtsvorgängers zerstört worden war. Für Admiral Whitaker war der Weg nach oben jäh zu Ende gewesen, weil sich zwei Skandale in seinem Verantwortungsbereich ereignet hatten, ein Fall von Betrug und ein Kameradendiebstahl. Dergleichen durfte nicht geduldet werden. So etwas – oder gar, wenn ein Sexskandal ruchbar wurde... Das war das Ende einer Karriere, schnell und unerbittlich. Und Horace Thatcher schwor sich, daß dergleichen nie passieren würde, solange er auf der Brücke stand. *Nicht, solange ich Wache gehe.* Das Summen in seiner Kehle war immer noch nicht verstummt, als er den Ziegelstein wieder zurücklegte.

Wohl oder übel hatte er ihre Fragen beantworten müssen. Aber es würde sich ja wohl jemand finden, der dafür sorgte, daß sie Ruhe gab. Er rief nach seinem Ordonnanzoffizier.

Sofort flog die Tür auf. «Sir?» fragte der junge Offizier mit betontem Eifer.

«Haben Sie Mike Tylers Telefonnummer?»

«Jawohl, Sir.»

Thatcher nahm die Brille ab und massierte sich die Schläfen. «Ein guter Offizier, dieser Commander Tyler. Man sollte meinen, daß ein Mann von seinem Schlage in der Lage ist, die eigene Frau am Zügel zu halten.»

«Es handelt sich um seine Ex-Frau», rutschte dem Ordonnanzoffizier heraus; aber als er Thatchers Blick sah, tat ihm sofort leid, daß er gewagt hatte, eine Äußerung seines Kommandeurs zu kommentieren.

«Holen Sie mir den Mann an die Strippe. Und Firstclassman Decker soll sich bei mir melden, auf der Stelle.» Er zögerte. Da war noch etwas. Dieser Professor, den er dabei beobachtet hatte, daß er sich mit Kate Tyler unterhielt. «Und dann möchte ich Professor Maxwell McNulty sprechen. Er ist drüben in Sampson. Ich möchte ihn gleich nach seiner Vorlesung hier sehen.» McNulty war kein Soldat. Da konnten sich Probleme ergeben. Allerdings nicht, wenn der Mann richtig einschätzte, was gut für ihn war. Ein Zivilist, aber immerhin einer, der bei der Navy angestellt war.

Der Ordonnanzoffizier nickte, wartete einen Augenblick, ob noch weitere Aufträge folgten, und wieselte hinaus. Thatcher richtete sich auf. Jetzt fühlte er sich schon besser. Das Bewußtsein, daß die Initiative des Handelns wieder bei ihm lag, tat ihm immer gut. Während er auf die Verbindung wartete, überprüfte er noch einmal in Gedanken sein Urteil über Michael Tyler. Ex-Frau oder nicht, Tyler war hoffentlich in der Lage, ihr den Kopf zurechtzurücken. Er selbst, und darauf hielt Thatcher sich was zugute, war absolut sicher, daß Marian sich stets nach seinen Anweisungen richtete. Und auch danach gerichtet hätte, wenn sie vor dem Gesetz nicht mehr seine Frau gewesen wäre. Sie wußte, was es hieß, loyal zu sein. Er zog ein Blatt Papier aus der Schublade und fing an, sich Notizen zu machen. Vermutlich mußte er Tyler auf die Sprünge helfen, wie man seine geschiedene Frau zur Raison bringt. *Loyalität*, schrieb er als erstes Stichwort auf.

Kurz vor elf war das Motel halb leer. Die beiden Zimmermädchen waren mit ihrer Arbeit fertig, soweit sie sich jetzt schon erledigen ließ. Drei Zimmer wurden heute frei, aber bis jetzt hatten die Gäste sie nicht geräumt, der Checkout war erst ein Uhr mittags.

Nachdem sie mit dem Staubsauger durchs letzte Zimmer im Westflügel gegangen waren, brachten sie den Wäschekarren in den

Keller und packten die Waschmaschine mit Bettbezügen voll, danach begannen sie mit ihrer Mittagspause. Sie holten die Lunchpakete heraus und schalteten den tragbaren Fernseher ein. Im Regionalprogramm lief gerade ein Quiz, ihre Lieblingssendung. So saßen sie da, kauten ihre Sandwiches und wetteiferten mit den Kandidaten auf dem Fernsehschirm. Es ging um Musicals, sie wußten jedesmal schon die richtige Antwort, ehe diese Trantüten im Studio auch nur den Mund aufmachten. Die ältere, Mary Louise, war unschlagbar, sie kannte alle gängigen Titel. Belle, das jüngere Zimmermädchen, gewann gewöhnlich bei der anderen Quiz-Show, bei der für Bruchteile von Sekunden ein Brief auf dem Fernsehschirm erschien und die Zuschauer raten mußten, welche Nachricht er enthielt. Sie schaffte das jedesmal blitzschnell, lange bevor Mary Louise auch nur ahnte, worum es überhaupt ging; sie löste das Rätsel, als hätte man ihr den Brief minutenlang eingeblendet.

Wie üblich hatten sie eine Menge zu kichern, und wie üblich konnte es nicht lange dauern, bis der Portier nach unten kam und ihnen Gesellschaft leistete. Falls es oben nicht Dringendes für ihn zu tun gab, blieb er bis zum Ende der Show. Ihm zuliebe drehten sie dann den Ton leiser, damit man im Keller hören konnte, wenn oben die Türglocke anschlug oder das Telefon klingelte. Sie bemühten sich auch sonst sehr um ihn; er war ein bißchen jünger als die beiden und sah verdammt gut aus.

Vor der Einfahrt zum Motel, auf der anderen Straßenseite, war ein dunkler Porsche geparkt; der Mann hinter dem Lenkrad beobachtete sehr aufmerksam, was sich auf der Riva Road tat. Er saß schon die halbe Nacht hier draußen, nur zweimal hatte er seinen Posten kurz verlassen. Das erste Mal gegen Morgengrauen, um sich, solange es noch nicht hell war, ein wenig die Beine zu vertreten. Und das zweite Mal nach Sonnenaufgang, um Kaffee und Doughnuts zu holen; er war hungrig, denn er hatte seit gestern nachmittag nichts gegessen.

Geschlafen hatte er auch nicht viel, nur immer wieder mal ein paar Minuten vor sich hingedöst. Trotzdem fühlte er sich auf Draht. In 'Nam hatte er oft mit noch weniger Schlaf auskommen müssen, und über längere Zeit. Während er so dasaß und die Augen offenhielt, spielte er mit dem Gedanken, sich drüben im Motel ein Zimmer zu nehmen. Aber er beschloß, sich doch lieber woanders einzumieten, es war sicherer.

Vorhin, als er sich das Frühstück geholt hatte, wäre ihm die Frau beinahe durch die Lappen gegangen. Er war mit drei Pappbechern Kaffee zurückgekommen und hatte, als er den dritten öffnen wollte, gekleckert. Und gerade, als er sich das Hosenbein abwischte, hatte er noch soeben gesehen, wie sie aus dem Motel gefahren kam. Es war das erste Mal gewesen, daß er sie leibhaftig sah, bis jetzt kannte er sie nur von einem Foto – und zwar von dem, das er sich in ihrem Haus angeschaut hatte. Er fand, daß sie gar nicht schlecht aussah. Eine Ähnlichkeit mit ihrem Sohn konnte er allerdings nicht feststellen.

Nachdem sie weggefahren war, lenkte er den Porsche in die Parknische, die sie gerade freigemacht hatte. Ihr Zimmer lag ganz hinten, weit weg von der Rezeption. Aber er mußte trotzdem vorsichtig sein, vielleicht war sie nur frühstücken gefahren und blieb nicht lange. Während er wartete, hatte er Zeit, das System zu beobachten, nach dem die Zimmermädchen arbeiteten. Sie schienen gerade drüben auf der anderen Seite fertig geworden zu sein. Um den Flügel, an dessen Ende Kate Tylers Zimmer lag, wollten sie sich offenbar erst nachmittags kümmern, zumal die Gäste im Zimmer 23 anscheinend noch schliefen, die Vorhänge waren zugezogen. Gut, entschied er, der Moment war günstig; er stieg aus.

Er schlenderte zur Rezeption und achtete sorgfältig darauf, die Tür so behutsam zu öffnen, daß die Türglocke nicht anschlug. Von unten drang schrilles Gelächter, dazwischen hörte er die Stimme des Quizmasters. Die Zimmerschlüssel hingen am Wandbrett hinter dem Rezeptionstisch, der Mann brauchte zwei Schritte und einen raschen Griff, und schon hatte er den Schlüssel zu 24. Allerdings war das jetzt der einzige leere Haken, an allen anderen hing mindestens ein Schlüssel. Zu auffällig, dachte er, nahm vom Haken eines nicht vermieteten Zimmers den Zweitschlüssel und hängte ihn unter die 24. Jetzt sah alles wieder so aus wie vorher, jedenfalls auf den ersten Blick. Das Ganze hatte ihn nicht mehr als ein paar Sekunden gekostet.

Auf dem Tischchen schräg gegenüber der Rezeption lag eine *Washington Post*, er klemmte sich die Zeitung unter den Arm und verschwand pfeifend in Richtung auf Kate Tylers Zimmer.

Er erwartete zwar nicht, etwas wirklich Wichtiges zu entdecken, aber er wollte sich trotzdem mal umsehen. Er hatte das Gefühl, dadurch mehr über sie zu wissen. Und man konnte nie genug

Kenntnisse über den Gegner haben, dafür lohnte sich schon ein gewisses Risiko. Mit dem Badezimmer fing er an. Es sah ziemlich unordentlich aus – nach Frau, fand er, und so roch es auch: der warme, leicht süßliche Duft von Kosmetika. Zu entdecken gab es nichts, auch zwischen die zerknüllten Papiertücher im Abfallkorb war nichts gerutscht.

Er nahm alle Tuben, Döschen und Flaschen in die Hand, öffnete sie und schnupperte daran. Das Parfum, das sie benutzte, fand er aufregend. Er stellte sich vor, wie sie im Badezimmer stand: nach dem Duschen, nackt, Wassertropfen perlten auf ihrer Haut. Er hatte noch nie eine Frau gehabt, die älter war als er. Der Gedanke an sie erregte ihn. Wer weiß... Nichts war unmöglich.

Als er das Badezimmer verließ, sah alles wie vorher aus, eine Tatsache, auf die er einigermaßen stolz war. Bei den Schränken und Kommoden ging er ebenso umsichtig vor. Er öffnete alle Schubladen und nahm jedes einzelne Kleidungsstück heraus, aber er merkte sich vorher, wie alles lag, so daß er es anschließend genauso zurücklegen konnte. Darin besaß er viel Geschick, als Kind hatte er das schon eingeübt. Wenn man den Bogen erst mal raushatte, war es gar nicht so schwierig. Zu Hause bei seinen Eltern war kein Schrankfach und keine Schublade vor ihm sicher gewesen. Schon als kleiner Knirps hatte er in jedem Winkel im Elternschlafzimmer herumgestöbert und den Schreibtisch seines Vaters in- und auswendig gekannt. Kein Wunder, daß er lange vor seiner Mutter über die Seitensprünge seines Vaters Bescheid wußte.

Vor ein paar Wochen, als er sich Kates Haus vorgenommen hatte, war er absichtlich nicht so sorgfältig vorgegangen. Das heißt, zum Teil hatte es natürlich auch daran gelegen, daß er unter Zeitdruck stand. Aber auch die Überlegung, möglichst brutal vorzugehen, alles auf den Kopf zu stellen und ihr damit ein für allemal einen heilsamen Schrecken einzujagen, hatte durchaus eine Rolle gespielt. Nun, erschrocken war sie bestimmt, nur, heilsam war das leider nicht gewesen. Im Gegenteil, die Sache hatte sie wohl erst recht mißtrauisch gemacht. Wobei viel schlimmer war, daß sich die Mühe für ihn nicht auszahlte. Er hatte den verdammten Brief nicht finden können, obwohl Jordan Stein und Bein schwor, Brian habe vor seinem Tod an sie geschrieben.

Auch jetzt fand er nichts von Bedeutung, bis sein Blick zufällig auf den Nachttisch fiel. Neben dem Telefon lag ein Zettel. Die

Schrift war ein ziemliches Gekritzel, flüchtig hingehauen. Wie eben jemand schreibt, wenn er den Telefonhörer festhalten und gleichzeitig etwas notieren muß. Trotzdem konnte er es entziffern. *Ariel Greene*.

Er starrte lange auf den Namen, atmete flach. Dann sah er sich im Spiegel grinsen. Er setzte sich aufs Bett, ließ sich zurückfallen. Es war nicht ganz ausgeschlossen, daß eins der Zimmermädchen hier auftauchte, um aufzuräumen. Aber er rechnete nicht damit, sein Wagen stand ja draußen, sie mußte annehmen, das Zimmer wäre belegt. Und es war natürlich auch möglich, daß Kate zurückkam und ihn hier fand. Vielleicht nahm er sich gerade deswegen Zeit. Das Spiel mit der Gefahr reizte ihn immer, erst wenn er es so richtig auf die Spitze trieb, fühlte er sich voller Leben und Kraft.

Er bettete den Kopf ins Kissen, das so angenehm nach Kates Shampoo roch, und stellte seine innere Uhr auf zehn Minuten ein. Das Lächeln spielte noch um seine Lippen, er schloß die Augen, und Sekunden später war er eingeschlafen.

Genau zehn Minuten später wachte er erfrischt auf. Er stand auf und strich das Laken und das Kopfkissen glatt. Jetzt mußte er sich beeilen. Er ging zum hinteren Fenster, zog die dünnen Vorhänge beiseite und stellte fest, daß es nach hinten raus nur ein karges Stück Rasen gab, bis zu dem Lattenzaun, der das Grundstück begrenzte. Er zog das Taschenmesser heraus, klappte die kleine Klinge auf und löste die Schrauben an der Verriegelung des Fensters. Außen war noch eine zweite Verglasung, ein Schiebefenster als Windfang. Er schob die untere Scheibe hoch und klemmte sie fest. Danach drückte er das innere Fenster wieder in den Rahmen und zog die Gardinen zu.

Daß er das Fenster entriegelt hatte, war nur so ein Einfall gewesen. Er hatte keine festen Pläne; bis jetzt sah er keine Notwendigkeit, irgendwann hier einzusteigen. Aber es konnte nie etwas schaden, auf alle denkbaren Entwicklungen vorbereitet zu sein. Ob er davon Gebrauch machen mußte, würde sich ja herausstellen.

Noch rasch ein Blick auf den Zettel und den Namen, den sie notiert hatte, dann nahm er die Zeitung, ging, wieder leise pfeifend, nach draußen und zog die Tür hinter sich zu. Es gab nichts, was ihn verraten konnte. Niemand würde ahnen, daß er hier gewesen war.

Er hörte Geräusche aus 23, da drüben waren sie endlich aufgewacht. Schon kurz nach zwölf, wahrscheinlich bekamen sie allmählich Hunger. Er spielte mit dem Zimmerschlüssel. Er durfte keine Zeit mehr verlieren, aber er wollte auch nichts unerledigt lassen. Also ging er noch mal in die Rezeption zurück, hängte den Schlüssel ans Brett und legte die Zeitung wieder aufs Tischchen. Als er gerade zur Tür hinausging, hörte er den Portier und die Zimmermädchen die Treppe hochkommen.

Er setzte sich in den Porsche und fuhr los. Am besten, er suchte sich gleich ein Motel. Für eine Nacht, höchstens zwei Nächte. Erstaunlich, wie munter er sich fühlte. Er brauchte nicht mal einen Drink.

24

Von ihrem Platz auf der geschwungenen Marmorbank fiel der Blick auf Bancroft Hall. Midshipman Cynthia Decker saß sehr steif da, ein Stück von Kate abgerückt. Das Gespräch kam nur stockend in Gang. Kate gab sich alle Mühe, mit dem Mädchen warm zu werden, aber Cynthia ließ sie nicht an sich herankommen. Durch ihre Uniform wurde sie den männlichen Midshipmen sehr ähnlich, schwarze Hosen, schwarzes Oberteil, schwarze Schuhe, sie kam Kate wie ein Neutrum vor.

«Ich nehme an, Sie sind schon sehr aufgeregt, nicht wahr? In zwei Monaten bekommen Sie Ihr Offizierspatent. Die vier Jahre waren sicher eine harte Zeit?»

«Ja, Ma'am.» Ihre Höflichkeit war wie eine Mauer, hinter der sie sich verschanzte.

«Ist die Zeit, nachträglich betrachtet, schnell vergangen?»

«Verzeihen Sie, Ma'am, worüber wollten Sie eigentlich mit mir sprechen? Ich vermute, Sie haben mich nicht herbestellt, um mit mir über die Ernennung zum Leutnant und über die vier Jahre in Annapolis zu reden.»

«Nun, Sie wissen, daß mein Sohn letzten Monat gestorben...»

«Ja, Ma'am, wir waren in derselben Kompanie. Ich war sehr betroffen, als ich von seinem Selbstmord hörte.» Es klang genauso höflich wie vorher, eingeübtes Bedauern. Und doch schien es Absicht zu sein, daß sie die Todesart in einen Nebensatz einflocht. Kate spürte, wie ihre innere Abneigung gegen das Mädchen wuchs. Sie mußte sich zwingen, das Gespräch fortzusetzen. Von nun an formulierte sie ihre Sätze genauso knapp wie Cynthia.

«Ich will herausfinden, warum er gestorben ist.»

«Ich würde Ihnen gern helfen, aber ich sehe nicht, wie. Wir waren zwar in derselben Kompanie, haben uns aber trotzdem kaum gekannt. Ich meine, wir waren nicht befreundet.»

«Aha. Ja, ich habe auch eher gehofft, daß Sie mir etwas über ein Mädchen ... einen Firstclassman namens Ariel Greene ...»

«Die ist nicht mehr da.»

«Das weiß ich. Ich habe gehofft, daß Sie mir ihre Adresse geben können.»

Cynthia Deckers Blick schweifte ab, sie sah zwei lang aufgeschossenen Midshipmen nach, die, zwei Stufen mit einem Schritt, die Treppe zur Bancroft Hall hocheilten. Dann wandte sie den Kopf und sah Kate an. Ihre Miene war beherrscht, dennoch glaubte Kate, einen winzigen Augenblick lang Furcht in ihren Augen zu lesen. «Was soll denn Ariel mit Ihrem Sohn zu tun haben?»

Das Flackern in ihren Augen war verschwunden, sie hatte ihre Fassung wiedergewonnen. Doch Kate wußte nun, daß es eben doch etwas gab, was Cynthia Decker ihr verschwieg. Sie sahen sich stumm an, es war wie ein stilles Ringen. Schließlich schien das Mädchen das lastende Schweigen nicht länger ertragen zu können.

«Ariel war sehr hübsch.» Ein bißchen Neid schwang mit.

Kate versuchte, sie mit anderen Augen zu sehen, sich nicht von der Uniform ablenken zu lassen. Das dunkelbraune Haar war kurz geschnitten, es fiel nicht einmal bis auf den Hemdkragen. Glatte, ein wenig buschige Augenbrauen; da hatte noch keine Pinzette gezupft. Eine unscheinbare Erscheinung. Wie mochte sie wohl aussehen, wenn sie sich anzog wie andere Mädchen – in Jeans und T-Shirt, in einem Kleid? Ob sie dann ein bißchen weiblicher wirkte? Und auf einmal wußte Kate, was sie an Midshipman Cynthia Decker so störte. Das Mädchen hatte denselben Ton, wie Michael ihn manchmal anschlug: hart, voller Angriffslust, so verdammt männlich.

«War das alles, Ma'am? Ich habe eine wichtige Vorlesung.»

Im Grunde hatten sie sich nichts mehr zu sagen. Kate wollte Cynthia Decker loswerden, und das Mädchen wünschte sich, daß die Frau, die nichts im Yard zu suchen hatte, endlich verschwände. «Ja, natürlich. Nur – könnten Sie mir Ariels Adresse geben?»

«Ich bedaure, Ma'am, die kenne ich nicht.»

Es gab keinen Zweifel, daß sie log, Kate war ganz sicher. Und was sie an dieser Lüge besonders gemein fand, war die unbewegte Miene des Mädchens. Übrigens hatte Kate durchaus bemerkt, daß es nicht die einzige Lüge war. Es gab heute keine Vorlesungen mehr. «Sie haben sich doch sicher den Namen und die Anschrift irgendwo notiert?»

Cynthia Decker gab keine Antwort. Das reizte Kate, sie wurde laut: «Ich bekomme die Adresse, das wissen Sie ganz genau. Wenn Sie sie mir nicht geben, gibt sie mir eben jemand anders.» Das Mädchen sah sie so kalt an, daß ihr ein Schaudern über die Haut glitt, wie von einem eisigen Lufthauch.

Es gab keinen Abschiedsgruß. Kate ließ das Mädchen einfach sitzen und ging zu ihrem Wagen. Wind kam auf, wie gewöhnlich am späten Nachmittag; die weißen Segelboote kreuzten nicht mehr durch die Bucht.

25

Jordan Scott stand an einem der hohen, schmalen Fenster an der Vorderfront von Chauvenett Hall und sah Kate nach.

«Scheiße», murmelte er. Andere Midshipmen kamen vorbei, ein paar rempelten ihn an, er schien es gar nicht zu merken. «Verdammte Scheiße!» Ein Kadett fuhr herum, der Fahrer gaffte fragend, Jordan schenkte ihm keine Beachtung. *Buck hat doch gesagt, daß er ihr die Flausen austreibt? Das hat er mir gestern versprochen. Er würde der verdammten Nutte schon beibringen, daß sie nicht ihre Nase in Dinge stecken soll, die sie nichts angehen. Aber sie ist immer noch hier.* Und nicht nur das, sie hatte sich gerade mit der Decker unterhalten. Ein Zufall? Schön wär's. Was, zum Teufel, hatte sie hier zu suchen? Von Spider wußte er, daß sie auch mit McNulty gesprochen hatte. Und jetzt hatte sie sich an die Decker rangemacht. Verdammt. Er wollte zwar eher tot umfallen, als es – zum Beispiel vor Spider – zuzugeben, aber er hatte Angst. Hundsgemeine, beschissene Angst.

Warum gibt sie keine Ruhe? Er sah auf die Uhr – gerade vier. Zwei Stunden bis zum Raustreten zum Abendessen. Nein, heute konnte er nicht hierbleiben. Er mußte weg. Raus aus dem Yard. Am besten, er fuhr in die Stadt.

In der Middletown Tavern war nicht viel los. Die Lunchgäste waren schon gegangen, und fürs Abendessen war's noch zu früh. Genau die Ruhe, die er jetzt brauchte. Eigentlich hätte er gern ein Bier getrunken. Aber dann bestellte er doch Kaffee. Nur das alberne Kichern störte ihn, absichtlich so laut und aufdringlich, damit er rüberschaute zu den vier jungen Dingern, die an einem Tisch in der Nähe Fruchtsaft schlürften. Verdrossen beugte er sich tiefer über seine Kaffeetasse.

Die vier wurden immer lauter. Eine richtige Anmache, das hörte er ganz deutlich heraus. Die legten es darauf an. Er winkte schnippend nach dem Kellner, ließ sich Kaffee nachschenken und riskierte einen kurzen Blick. Eins der Mädchen kam ihm bekannt vor. Dann fiel's ihm wieder ein. Eine von denen, die regelmäßig zum Tanztee ins Dahlgren kamen. Wie alt mochte sie sein? Highschool, schätzte er, bestimmt noch nicht älter.

Wieder brachen sie drüben in Gelächter aus, halb verschluckt. Eine stupste das Mädchen an, zu dem er ein paar Sekunden lang hinübergestarrt hatte. Und die dumme Pute wurde rot und senkte den Kopf. Dabei war sie nicht mal hübsch. Hatte mindestens zehn Pfund zuviel um die Hüften. Der blaue Jeansrock saß ziemlich knapp, dafür war die helle Flanellbluse zu groß. Plötzlich war ihm klar, daß er sie haben wollte.

In diesem Augenblick hob sie, als hätte sie seine Gedanken geahnt, den Kopf und sah ihn lächelnd an. Er lächelte zurück. Ein Signal für die drei anderen, ihre Sachen zusammenzuraffen und zu verschwinden. Jordan hörte sie noch draußen auf der Straße kichern.

Das Mädchen stand auf und kam zu ihm an den Tisch. «Kenn ich dich nicht irgendwoher?» Es hatte pummelige Hände mit Grübchen.

Er gab keine Antwort, fragte statt dessen zurück: «Hast du Lust, 'ne Tasse Kaffee mitzutrinken?» Verdammt, wieso wollte er sie auf einmal haben? Sie war doch überhaupt nicht attraktiv? Ein dummes kleines Ding. Vorsichtig sah er sich um, ob andere Midshipmen in der Nähe wären. Das hätte ihm gerade noch gefehlt, sich mit so einer Nudel sehen zu lassen!

Sie setzte sich ihm gegenüber. Ihre Knie stießen gegen seine

Beine, bestimmt nicht versehentlich, denn sie rieb sie einen Augenblick an ihm, bevor sie die Beine übereinanderschlug. «Ich bin ganz sicher», fing sie wieder an, «wir haben uns schon mal getroffen.» Er nahm einen Schluck Kaffee. Sie wirkte scheu, dadurch kam sie ihm noch jünger vor. «Also, manchmal geh ich bei euch tanzen, du weißt schon. Haben wir mal zusammen getanzt?»

«Kann schon sein.»

Sie nickte eifrig. «Ich weiß es genau. Vorhin, als du mir zugelächelt hast, hab ich gleich gewußt, daß wir uns kennen.» Sie beugte den Kopf vor, das Haar fiel ihr ins Gesicht. Hübsche Augen hatte sie, das mußte er zugeben. Seine Uniformhose spannte sich im Schritt. «Ist das nicht komisch, daß wir uns hier treffen?» plapperte sie weiter. «Ich meine, von euch gibt's doch so viele, und ausgerechnet du tauchst hier auf. Sollte wohl so sein, wenn du verstehst, was ich meine. Irgendwann haben wir mal zusammen getanzt, und jetzt sitzen wir auf einmal am selben Tisch und trinken Kaffee.» Er hatte gar keinen Kaffee für sie bestellt. Lautlos seufzte er in sich hinein. Er wußte schon, was sie wollte, er sah's ihr an. Er sollte auf sie einreden, ihr was Nettes sagen. Den üblichen Schmus. Einen Augenblick lang dachte er daran, das Ganze sausen zu lassen. Aber dann spürte er wieder das Ziehen in den Lenden. Er mußte sie haben. Er seufzte noch einmal, diesmal konnte sie es hören. Und dann tat er ihr den Gefallen und erzählte ihr den Quatsch, den sie hören wollte:

«So ist das Leben nun mal, manche sind eben füreinander bestimmt. Schau, wir haben alle unseren Weg, der eine fährt in die Richtung, der andere in jene. Und wenn dann der richtige Augenblick gekommen ist, kreuzen sich die Wege. Verstehst du, was ich meine?»

«Ja», hauchte sie.

Sie wollte es so. Sie wollte, daß er sie mit Worten einwickelte. Wahrscheinlich fiel es ihr dann leichter. Na schön, dann sollte sie's haben.

Sie nahmen ihren Wagen. Das heißt, er gehörte ihrem Vater, ein zweitüriger Toyota. Sie durfte ihn nachmittags benutzen, dafür mußte sie ihren Vater gegen Abend im Büro abholen. «Ich heiße Jane. Schrecklicher Name, was? Klingt so stinknormal. Meine Freunde nennen mich Janey.»

Er sagte nichts, starrte nur geradeaus. Sie fuhr ziemlich schnell.

Ein bißchen aggressiv, fand er. Am Radio hing ein Plastikbeutel für Abfälle. Auf dem Rücksitz lagen Schulbücher. Tatsächlich, Highschool. Hoffentlich war sie wenigstens schon in der Oberstufe.

Sie warf ihm einen schüchternen Blick zu. «Willst du mir nicht sagen, wie du heißt?»

«Buck.» Verdammt, wieso sagte er das?

«Buck», wiederholte sie. «Gefällt mir. Klingt so männlich. So hart. Du weißt schon, was ich meine.» Sie kicherte aufgeregt, strich sich mit einer zögernden Bewegung das Haar aus dem Gesicht. Wahrscheinlich dachte sie, das sähe sexy aus.

Er fragte nicht, wo sie hinwollte. Sie fuhr zielstrebig stadtauswärts, er hatte den Eindruck, daß sie ihr Ziel genau kannte. Bestimmt machte sie das heute nicht zum ersten Mal. Und sie schien wieder seine Gedanken zu lesen.

«Ich kenn da eine Stelle... Meine Freundin Beth hat mir davon erzählt. Sie fährt manchmal mit ihrem Freund hin. Liegt schön versteckt, weißt du? Ist gar nicht weit. Beth – das war die Blonde mit dem pinkfarbenen Pullover, erinnerst du dich? Sie hat vorhin neben mir gesessen. Bei der letzten Schulfeier haben wir sie zur Schönheitskönigin gewählt.» Und dann fragte sie lockend: «Sie ist wirklich bildhübsch, findest du nicht?»

Jordan wollte sich nicht unterhalten. Das ganze Geschwätz über Beth und deren Freund und über irgendeine beschissene Schulfeier kotzte ihn an. Aber er wußte natürlich, was sie hören wollte. «Nicht so hübsch wie du», sagte er.

«Danke.» Sie guckte auf seinen Ärmelstreifen. «Ich hatte noch nie was mit einem Midshipman. Nur immer mit Kadetten. Die sind noch so jung, du weißt schon.»

«Ja, verdammt jung.» Sie hatte was mit ihm? O Gott.

Sie guckte schon wieder, diesmal auf seinen Ring.

«Paß lieber auf, wo du hinfährst! Nicht, daß wir im Graben landen, das hätte dein Vater sicher nicht so gern.»

Sie lief rot an. «Du hast keine feste Freundin, wie?»

Er schluckte verblüfft. «Wie kommst du darauf?»

«Weil du deinen Ring noch hast. Ich meine, du hast ihn keiner gegeben.»

Er drehte den Ring auf dem Finger, fuhr mit dem Daumen über den Stein, dann über die Wappen, die links und rechts eingraviert waren. Das Wappen der Akademie und das seiner Crew. Beim Entwurf des Jahrgangswappens hatte Spider ein paar Ideen eingebracht. Jordan deckte den Ring mit der anderen Hand zu, als wollte er nicht, daß sie dauernd draufstarrte. «Wie weit ist es noch?»

«Wir sind gleich da.» Sie bog in einen unbefestigten Seitenweg ein. Nach hundert Metern kam links eine Wiese, man sah deutlich die Reifenspuren im jungen Gras; offenbar ein Platz, der sich großer Beliebtheit erfreute. Sie fuhr auf die Wiese, wendete und stellte den Wagen ab.

Er begann sie auszuziehen. Sie wollte erst nicht, behauptete, es wäre zu kalt. Aber er hörte gar nicht hin und gab keine Ruhe, bis sie nackt war. Ihre Brüste verblüfften ihn. Riesig. Schwerer, als er sie eigentlich mochte. Er selbst zog sich nicht aus.

«Nimmst du die Pille?» fragte er grob. Sie wurde rot, als sie nickte. Es war das erste Mal, daß er etwas sagte, seit er sie ausgezogen hatte. Und er blieb so schweigsam.

Sie kam nicht, aber das war ihm egal. Hinterher wollte sie sich an ihn schmiegen, er mußte sich mühsam beherrschen, um sie nicht wegzustoßen. Der Geruch ihrer Haut – ihr Duft, vermischt mit seinem – widerte ihn an. Die tiefstehende Sonne malte ihr einen Hauch Rot auf die Schultern, es wurde kühler. «Zieh dich lieber an», sagte er. «Dein Vater wird schon auf den Wagen warten.»

«Nein, wir haben genug Zeit», widersprach sie und schmiegte sich wieder an ihn. «Wie kommt's, daß du keine feste Freundin hast? Ich meine, eine, der du deinen Ring schenken möchtest?»

Er zog den linken Arm unter ihr weg und sah auf die Uhr. «Mein Gott», sagte er hastig, «tut mir ja leid, aber ich muß jetzt los. Höchste Zeit. Ich hab gar nicht geahnt, daß es schon so spät ist.» Ein kurzes Lächeln rang er sich wenigstens noch ab. «Die nehmen das sehr genau im Yard, da muß man pünktlich sein.»

Sie nahm es schweigend hin. Nur, daß er dauernd wieder auf die Uhr sah, während sie sich anzog, machte sie nervös. Sie fummelte so lange an den Knöpfen und am Reißverschluß herum, daß er sie am liebsten angebrüllt hätte.

Als sie losfuhren, schluchzte sie ein bißchen in sich hinein, aber er tat so, als merke er nichts. Dann entdeckte er plötzlich Flecke auf seiner Hose. Sie gab ihm ein geblümtes Papiertaschentuch, leise fluchend versuchte er, die verräterischen Spuren wegzuwischen. Ihre Stimme klang winzig, als sie fragte: «Hältst du mich jetzt für ein Flittchen?»

«Spielt das eine Rolle?» blaffte er sie an.

Danach redeten sie nicht mehr miteinander, bis sie in die Straße einbog, die zum King George Denkmal führte.

«Buck?»

Er reagierte erst nicht, bis ihm einfiel, daß er ja angeblich so hieß. «Was ist?»

Wieder war ihre Stimme nur ein Hauch. «Das mit dem eigenen Weg, den jeder geht... Und daß die Wege sich auf einmal kreuzen, wenn der richtige Augenblick gekommen ist...»

«Was ist los?» Zum Teufel, wovon redete sie überhaupt?

«Du weißt doch, irgendwann kreuzen sich die Wege. Und wenn sich zwei getroffen haben – gehen sie dann gemeinsam weiter? In dieselbe Richtung?»

Jetzt fiel's ihm wieder ein. Mein Gott, die dumme Gans hatte das tatsächlich ernst genommen. Damit wollte ich dich doch nur rumkriegen! hätte er ihr am liebsten ins Gesicht geschrien.

«Hör mal, setz mich hier ab. Danke, daß du mich mitgenommen hast. Und auch sonst. War fantastisch mit dir, wirklich.»

Er trabte los, es war nicht weit bis zum Yard. Als er sie nicht wegfahren hörte, ahnte er, daß sie hinter ihm herstarrte. Wenn er bloß schon so weit weg wäre, daß sie ihn nicht mehr sehen konnte!

In Sicherheit fühlte er sich erst, als er die Stufen zu Mutter B. hochstieg. Warum hatte er's überhaupt mit ihr getrieben? Weil ich rausfinden mußte, ob ich's noch bringe, machte er sich klar. Na gut, das wußte er jetzt. Nur, geholfen hatte es nicht. Nicht mal, wenn er mit einem Mädchen zusammen war, hörten die Ängste auf.

26

Kate fuhr zum Motel zurück; unterwegs hielt sie zuerst bei einem kleinen Eckladen, wo sie Saft, Teebeutel, Käse und Crackers kaufte, dann bei einem Spirituosengeschäft, weil sie hoffte, bei einer Flasche Wein könnte sie sich am ehesten über ihre Enttäuschung und Ratlosigkeit hinwegtrösten. Immer wieder hakten ihre Gedanken sich an der Frage fest, warum Cynthia Decker wohl gelogen hätte.

Mit der Einkaufstüte im Arm und dem Täschchen am Handgelenk war es gar nicht so einfach, den Schlüssel ins Schloß zu bringen, aber schließlich hatte sie's geschafft. Als sie den Raum betrat, spürte sie einen Augenblick lang auf unerklärliche Weise, daß ein Fremder dagewesen sein mußte. Ehe sie erschrecken konnte, fielen ihr die Zimmermädchen ein – natürlich, die hatten saubergemacht. Offenbar war sie wirklich ein bißchen überspannt.

Sie stellte die Tüte auf die schmale Ablage neben dem Spülbecken und verstaute Saft, Wein und Käse im Kühlschrank. Obwohl es noch nicht einmal früher Abend war, fühlte sie sich sehr müde. Sie dachte daran, die Weinflasche zu öffnen, entschloß sich aber, doch lieber Tee zu machen. Die Kitchenette war mit dem Allernotwendigsten ausgestattet, es gab einen Kochtopf, eine Bratpfanne und auch einen kleinen Teekessel. Nachdem sie das Wasser aufgesetzt hatte, rief sie bei Leah an, doch es meldete sich niemand.

Schade, dachte sie – und nach einem Blick auf die Uhr: halb fünf, ob Leah jetzt noch eine Vorlesung hat? Sie sehnte sich so danach, mit ihr zu reden. Sie wollte mit irgend jemandem reden, der nicht zur Akademie gehörte. Sie spürte, daß sie den Überblick verlor, die Dinge nicht mehr richtig einordnen konnte. Heute vormittag hatte das schon angefangen, während ihres Gesprächs mit Admiral Thatcher. Alles stürzte über ihr zusammen. Seufzend goß sie den Tee auf und stellte den Becher auf den Nachttisch. Dann wählte sie noch einmal Leahs Nummer, wieder vergeblich.

Der Tee war sowieso noch zu heiß. Während er abkühlte, nahm sie rasch ein Duschbad. Sie hoffte, das heiße Wasser könnte ein wenig von ihrer Ruhelosigkeit wegspülen. Aber nicht einmal damit hatte sie Glück.

Sie nahm einen Schluck Tee. Dann schaltete sie den Fernseher ein. Und gleich wieder aus. Sie versuchte zum dritten Mal, Leah zu erreichen. Als sich wieder niemand meldete, saß sie eine Weile ratlos auf der Bettkante. Schließlich holte sie das Notizbuch aus der Handtasche und suchte McNultys Nummer heraus. Aber sie blieb noch lange unschlüssig sitzen. Sollte sie ihn anrufen oder nicht? Er hatte ihr ja ausdrücklich seine Hilfe angeboten. Und ihr seine Adresse gegeben. Und heute morgen im Yard auf sie gewartet...

Ach was, sie rief gar nicht erst an, sondern fuhr einfach hin. Unterwegs, redete sie sich ein, kann ich immer noch umkehren.

Das Haus war nicht schwierig zu finden. Obwohl die Straße nur zehn Minuten vom verkehrsreichen Church Circle entfernt lag, kam man sich vor wie in einem ruhigen Vorort. Ein Haus im Viktorianischen Stil – mit einem steil gesetzten Dach, hübschen Giebelfenstern und einer breiten Terrasse zur Straßenseite; Häuser dieser Art sahen von außen gewöhnlich viel geräumiger aus, als sie tatsächlich waren. Der Rasen stieg mit sanftem Schwung zum Haus an, die alten Bäume hatten schon Knospen angesetzt, links und rechts der Haustür waren Forsythienbüsche gepflanzt. Ein gepflegter Garten, rund ums Buschwerk war gejätet, Krokusse und Narzissen trieben aus dem Boden. Als Kate die Hand ausstreckte und nach der in eine Mauernische gebetteten Klingel langte, merkte sie, daß Angst und Verkrampfung sie wie ein Fieberanfall schüttelten.

Er hatte sich umgezogen, trug jetzt ein weiches, schon ein wenig abgewetzte Flanellhemd und Bluejeans, von denen allerdings unter der großen weißen Schürze wenig zu sehen war. Als sie so unvermutet vor ihm stand, wollte er sich mit einer fahrigen Handbewegung rasch die Schürze abbinden, doch dann ließ er's achselzuckend bleiben. Überraschung war das erste, was sie in seiner Miene las, dann glaubte sie, noch etwas anderes zu erkennen. Sie suchte nach dem richtigen Wort... Ja, er fühlte sich offenbar überrumpelt. Als nähme sie ihn in eine Pflicht, zu der er innerlich gar nicht bereit war. Nichts mehr von der lockeren Selbstverständlichkeit, mit der sie sich heute morgen begegnet waren. Es dauerte ein paar Sekunden, bis er sie hereinbat. Und auch sie fühlte sich sehr gehemmt. Sie wußte nicht, was sie sagen sollte. Sie wußte nur, daß es ein Fehler gewesen war, überhaupt herzukommen.

«Bitte entschuldigen Sie, wenn ich Sie so überfalle», brachte sie schließlich heraus. Sie hörte selber, wie förmlich das klang, und hätte viel drum gegeben, wieder still und allein in ihrem Motelzimmer zu sitzen.

«Ich mache mir gerade einen Drink. Darf ich Ihnen auch einen anbieten?»

Während er in der Küche verschwand, wartete sie in einem Raum, der anscheinend früher das Eßzimmer gewesen war und jetzt als Arbeitszimmer diente. Ein Sammelsurium von Möbeln: neben einem alten Lehnstuhl stand ein Sessel, an dem auch schon der Zahn der Zeit genagt hatte. Auf dem Tisch hinter dem Lehnstuhl lagen Bücher und Kolleghefte, offenbar Klausurarbeiten, die er zu Hause durchsehen wollte. An den Wänden hingen Stiche. Auf einem Kartentisch unter dem Fenster stand das halbfertige Modell eines Dreimastschoners, Töpfe mit Leim und Farbe und ein Marmeladeglas mit Pinseln waren ringsum gruppiert. Der Raum war vollgestopft mit allem möglichen Krimskrams, trotzdem wirkte er sauber und aufgeräumt, und irgendwie kam ihr alles heimelig und vertraut vor. Sie bewunderte gerade das Schiffsbaumodell, als McNulty mit den Drinks hereinkam.

«Machen Sie mir die Freude, mit mir zu Abend zu essen?»

Sie hörte weniger Herzlichkeit als formvollendete Höflichkeit heraus und antwortete genauso steif: «Ich möchte Ihnen keine Umstände machen.»

«Sie machen mir keine Umstände, ich hab genug von allem da.»

Sie folgte ihm in die Küche, die nach hinten hinaus lag und, obwohl schmal und klein, praktisch eingerichtet war und gemütlich wirkte. Die Backsteinwand gab dem Raum einen rustikalen Anstrich, die alten Holzschränke ließen an Großmutters Zeiten denken. Das Fenster, von dem der Blick in den Garten fiel, nahm fast die ganze Breite der Stirnseite ein. Vor dem Fenster stand ein Klapptisch, an dem für eine Person gedeckt war. Das gefiel ihr; so mancher Alleinstehende schlang sein Essen an der Anrichte herunter. Sie selbst wußte ein Lied davon zu singen.

Geschickt schnitt er Gemüse und Kräuter für den Salat auf und vermengte alles in einer großen Holzschüssel: Spinatblätter, Walnüsse, Schnittlauch, Karotten, Blumenkohl, Brokkoli und Gott weiß was alles, am Schluß streute er Krümel aus Blaukäse darüber. Während er schnippelte und mengte, gab er ihr Anweisungen, wie sie das Dressing zubereiten sollte. Sie war froh, daß er ihr keine Fragen stellte, wie es ihr denn in der Akademie ergangen sei. Als er mit dem Salat fertig war und sie das Dressing angerührt hatte, setzte sie sich an den kleinen Tisch und nippte an ihrem Weinglas. Er schob zwei dicke Kartoffeln in den Mikrowellenherd.

«Unterrichten Sie gern an der Akademie?» Sie fragte es eigentlich nur, weil sie sich verpflichtet fühlte, Konversation zu machen. Sie kam sich immer noch vor wie ein Teenager beim ersten Treffen. Er schien jetzt, während er in der Küche werkelte, gelöster zu sein – und wohl auch erleichtert, daß Kate sich endlich darum bemühte, die Unterhaltung in Gang zu bringen.

«Sehr», antwortete er, «es ist ein Traumjob. Hört sich an wie aus einem Werbeprospekt für die U. S. Naval Academy, was? Aber ich mein's ehrlich. Sagen Sie selbst: Wo gibt's denn das noch, daß die jungen Leute aufstehen, wenn man den Lehrsaal betritt? Und ihre Hausaufgaben korrekt erledigen? Und sich anständig benehmen und höflich sind? Ich habe keinen Ärger mit Drogen, ich muß nicht mal kontrollieren, ob jemand unerlaubt fehlt.»

Kate konnte ihm nur mit Neid zuhören, trotzdem wandte sie ein: «Na, ich weiß nicht, mir kommt es immer so vor, als würde dort allzu großer Wert auf Zucht und Ordnung gelegt. Ihre jungen Leute sind so... so programmiert.» Sie ahnte, daß das gerade aus ihrem Munde merkwürdig klingen mußte. Immerhin war ja ihr Sohn einer der Akademiestudenten in Annapolis gewesen.

«Nein, programmiert ist nicht der richtige Ausdruck», widersprach er. «Sie sind diszipliniert und haben gelernt, aufs Wort zu gehorchen. Das bringt ihre militärische Ausbildung mit sich, das wird ihnen gleich im ersten Jahr eingebleut. Drill. Blitzschnell Entscheidungen treffen. Man vertut keine wertvolle Zeit. Aber – tun Sie ihnen nicht unrecht, das heißt noch lange nicht, daß sie verlernt hätten, kritische Fragen zu stellen.» Er sagte das alles sehr bestimmt, aber leise und höflich, ohne auftrumpfende Besserwisserei. «Die Uniform scheint alle gleichzumachen, trotzdem stecken Individuen dahinter. Wie war das mit Brian? Hat er denn etwas von seiner Persönlichkeit aufgegeben, als er Midshipman wurde?»

Sie hätte ihm gern ehrlich geantwortet. Aber sie brachte es doch nicht übers Herz, ihm von dem zu erzählen, was mehr Ahnung geblieben als Wissen geworden war: daß die Akademie ihr den Sohn weggenommen und einen Fremden aus ihm gemacht hatte, einen, der sich nicht mehr von den anderen unterschied. Denn das wäre nicht die ganze Wahrheit gewesen. Es stimmte eben auch, daß er ihr während der Jahre in Annapolis immer erwachsener und zielbewußter vorgekommen war.

«Nein», war schließlich alles, was sie antwortete.

Als die Kartoffeln durchgebacken waren, schnitt er sie auf und gab einen Klecks Sauerrahm auf jede Hälfte, darüber streute er einen Löffel Kaviar.

«Ich hoffe, Sie mögen Kaviar?» fiel ihm ein; ein bißchen spät, fand sie.

«Für mein Leben gern», schwindelte sie.

Sie fand es schön, gleich hier in der Küche zu essen. Ganz allmählich wurden sie wieder warm miteinander, ein bißchen zaghaft noch; das Gefühl war wie ein zartes Pflänzchen, wer weiß, ob es nicht verdorrt wäre, wenn sie erst alles ins Eßzimmer getragen und dort den Tisch gedeckt hätten. Sie stellte die Salatschüssel auf den Tisch, er schenkte Wein nach. Als er ihr gegenübersaß, hob er sein Glas und prostete ihr stumm zu.

Kate schob ein Stück Kartoffel in den Mund, die winzigen Kaviarkörnchen schmeckten salzig und entfachten ein prickelndes Feuerwerk an ihrem Gaumen. «Tatsächlich, das ist ja wundervoll», stellte sie verblüfft fest.

Er freute sich darüber. «Schön, daß Sie's mögen. Kaviar gehört bei mir dazu. Ich bin nämlich Vegetarier.»

Sie kostete noch einmal. Wirklich, ein Geschmack, an den sie sich gewöhnen konnte.

«Sie runzeln die Stirn.» Es war keine Frage, eher eine Feststellung.

«Tu ich das? Hab ich gar nicht gemerkt. Wahrscheinlich war ich nur überrascht. Wissen Sie, mit Ihnen verbinde ich immer ... na, so was Militärisches. Für einen Vegetarier hätte ich Sie nicht gehalten.»

Er lächelte freundlich. «Und ich hätte Sie nicht für jemanden gehalten, der andere Leute in bestimmte Schubladen einordnet.»

Bevor sie etwas erwidern konnte, kratzte es an der Hintertür. «Aha», sagte er und stellte sein Glas ab, «Ari kommt heute spät.»

«Ari?»

«Aramis», erklärte er und öffnete die Tür einen Spalt, um einen schwarzgestreiften Kater hereinzulassen. Während Max eine Dose öffnete und das Futter in eine Plastikschüssel gab, wartete der Kater an der Backsteinwand. Mit wachen Augen verfolgte er jede Bewegung McNultys, sein Schwanz peitschte den Fliesenboden, von Kate nahm er keine Notiz.

«Wie alt ist Ihr Kater?»

«Er gehört mir nicht.» Max stellte die Plastikschüssel hin. «Ich füttere ihn nur durch. Keine Ahnung, ob er überhaupt jemandem gehört.»

«Und er kommt jeden Abend?»

«So ziemlich jeden Abend. Manchmal hat er anscheinend keine Zeit. Ich nehme an, auch streunende Kater haben dann und wann was anderes vor. Wenn er sich dann wieder sehen läßt, hat er eine Menge frischer Schrammen.»

«Vermutlich, weil er um eine Katze gekämpft hat.»

Max sah sie vergnügt an. «Auf die Idee wäre ich gar nicht gekommen!» Als er seinen Napf leergefressen hatte, strich Aramis zur Tür und wartete; lächelnd ließ Max ihn hinaus.

Kaum war der Kater weg, wurde Kate auf einmal bewußt, daß sie hier allein bei einem fremden Mann saß, bei ihm in der Küche, als wären sie uralte Bekannte. Sie stocherte nervös mit der Gabel im Salat. Als sie ein Schluck Wein nahm, hatte sie das Gefühl, man müßte es wer weiß wie laut glucksen hören. Schließlich war ihr der Appetit ganz vergangen, sie legte die Gabel weg.

«Ich habe heute mit dem Mädchen gesprochen, das früher zusammen mit Ariel auf der Stube war», begann sie.

«Und?» Die Frage klang lauernd, er sah sie nicht an.

«Ich weiß nicht recht. Mir war sie nicht sehr sympathisch. Sie kam mir so verschlossen vor.» Kate schwieg einen Augenblick. «Als müßte sie sich absichtlich schroff geben, um in dieser Männerwelt bestehen zu können. Was halten Sie davon, daß auch Mädchen an der Akademie ausgebildet werden? Gehören sie überhaupt dorthin?»

«Eine müßige Frage», sagte er, «sie sind da.» Er aß mit großem Appetit weiter, Kates Nervosität hatte er entweder nicht bemerkt oder absichtlich nicht zur Kenntnis genommen.

«Sie weichen mir aus», hakte sie ärgerlich nach. «Ich frage, ob Sie es für richtig halten?»

Er legte das Besteck weg, sah, daß ihr Glas leer war, und schenkte nach, ehe er antwortete. «Ich nehme an, viele der älteren Stabsoffiziere würden mich dafür in der Luft zerreißen, aber ich glaube: ja, es ist richtig.» Und nachdem er sie forschend gemustert hatte: «Sie sind anscheinend anderer Meinung, was mich, offen gesagt, ein wenig überrascht.»

«Wenn ein Mädchen wie ein Mann werden muß, um in Annapolis zu bestehen, dann ist mir der Preis zu hoch.»

Er lehnte sich zurück. «Nicht alle sind wie die Decker.»

«Wie ist das mit den jungen Männern? Akzeptieren sie die Mädchen an der Akademie?»

«Die meisten. Es ist nicht mehr so wie damals in '76. Die heutigen Midshipmen kennen es gar nicht mehr anders. Am schwierigsten war es in der Übergangszeit. Damals haben die älteren Jahrgänge, bei denen es ja noch keine Mädchen gab, sich mit Zähnen und Klauen zur Wehr gesetzt. Aber heute ist das Ganze kein Thema mehr.» Er nippte an seinem Weinglas, und als er weitersprach, klang es nachdenklicher. «Um ehrlich zu sein, ganz so einfach liegen die Dinge nicht. Nach unserem Gespräch heute morgen habe ich mir das Jahrbuch vorgenommen und mir Ariel Greenes Foto angesehen. Ein bildhübsches Mädchen, anmutig und zart, würde ich sagen. Und da fiel mir wieder ein, wie sehr ich mich seinerzeit gewundert habe, daß sie überhaupt das erste Jahr durchgestanden hat.»

Seine Hände spielten mit dem Weinglas. «Für Mädchen ist die Zeit in Annapolis doppelt hart. Die meisten bringen eine bessere Durchschnittsnote von der Highschool mit, das geistige Niveau ist höher als bei ihren männlichen Kameraden. Und dann sehen sie sich plötzlich einer neuen Herausforderung gegenüber. Sie müssen wieder besser sein, um sich durchzusetzen – aber jetzt auf einem ganz anderen Gebiet. Schuhe und Koppelzeug müssen noch mehr glänzen, die Stuben müssen noch sauberer sein, überall wird das gewisse bißchen Mehr verlangt. Versagt eine, dann fällt's auf die anderen mit zurück, dann sind es ‹die Mädchen›. Ist aber eine erfolgreich, dann wartet sie oft vergeblich auf die Anerkennung ihrer männlichen Kameraden. Alle sind mißtrauisch, wittern Protektion. Man redet nicht mehr drüber, aber die Barrieren sind immer noch da. Letztes Jahr hat eins der Mädchen als Jahrgangsbeste abgeschnitten. Als man ihr die Urkunde aushändigte, gab's keinen Beifall aus ihrer Crew. Den Applaus haben sich die Midshipmen für den Zweitplazierten aufgespart, einen männlichen Absolventen. Aber das war auch so etwas, worüber hinterher keiner geredet hat. Die Sache wurde einfach totgeschwiegen.»

«Und was ihre Zukunft betrifft», fuhr Max McNulty fort, «da sind die Chancen auch nicht allzu rosig. Die Admiralsstreifen werden sie nie tragen, weil sie eben nie ein Flottenkommando bekommen, und das ist eine zwingende Voraussetzung.»

«Warum bewerben sich die Mädchen dann überhaupt für Annapolis?»

«Aus den gleichen Gründen wie die jungen Männer. Die Herausforderung reizt sie. Sie wollen feststellen, was in ihnen steckt. Und sie glauben daran, daß sie zur Elite gehören.»

«Für mich hört sich das schrecklich an.»

«Na gut, ich hab's vielleicht auch ein wenig in düsteren Farben gemalt. Tatsächlich ist es, wie gesagt, inzwischen viel besser als damals in der Anfangszeit.»

Beide griffen nach ihren Gläsern, Schweigen hing zwischen ihnen, bis Kate auf einmal sagte: «Ich möchte diese Ariel Greene kennenlernen.»

«Warum? Glauben Sie denn, das hätte irgendwas mit Ihrem Sohn zu tun?» Wieder lag der lauernde Ausdruck in seinen Augen, der Kate schon vorhin aufgefallen war.

«Ich weiß nicht. Ich will einfach nichts unversucht lassen. Frauen haben manchmal ein Gespür für bestimmte Dinge.»

«Ich bin zu alt und hab zuviel Erfahrung, um Ihnen zu widersprechen», sagte er.

Er erlaubte ihr nicht, das Geschirr abzuwaschen. Sie nahmen den Kaffee mit und setzten sich ins Arbeitszimmer. Er schaltete den Kassettenrecorder ein, und sie fühlte sich inzwischen so entspannt, daß sie ihn scherzhaft warnte: «Machen Sie's bloß nicht zu gemütlich, sonst geh ich überhaupt nicht mehr.» Sie hatte es ohne Hintergedanken gesagt, es sollte nur ein Dankeschön für die angenehmen Stunden sein. Aber als sie sah, wie er zusammenzuckte, weil er offenbar mehr hineindeutete, wünschte sie sich, sie hätte den Mund gehalten. Dann wurde sie ärgerlich. *Mach dir bloß keine Sorgen, alter Knabe*, hätte sie am liebsten gesagt, *ich hab nicht die Absicht, mich dir an den Hals zu werfen!* Sie trank hastig ihren Kaffee aus, und nach ein paar Sekunden, die sie aus Höflichkeit dranhängte, deutete sie ein schläfriges Rekeln an. «Ich merke erst jetzt, wie müde ich bin. Ich weiß, es ist nicht sehr höflich, gleich nach dem Essen zu gehen. Aber ich hab einen anstrengenden Tag hinter mir.»

Er unternahm keinen Versuch, sie zum Bleiben zu überreden. Als er sie zur Tür begleitete, war alles, was er sagte und tat, von ausgesuchter Höflichkeit, trotzdem spürte sie, daß es zugleich sehr herzlich gemeint war. Sie schluckte ihren Ärger herunter und bemühte sich um den gleichen warmen Ton. Eigentlich ärgerte sie sich ja mehr über sich selbst. Wie ein dummes junges Ding, das nicht merkt, wie sinnlos alle Anbandelungsversuche sind! schalt sie in sich hinein, war aber ehrlich genug, sich einzugestehen, daß die besondere Atmosphäre dieses Abends sie dazu verleitet hatte. Der Wein, die Musik, das schöne Gespräch mit ihm ... Nach so vielen einsamen Monaten war sie eben besonders empfänglich dafür gewesen. Die Szene damals im Restaurant fiel ihr wieder ein, als Nina und sie miterlebt hatten, wie verzweifelt sich Liz Shannon an einen Mann – an den Urologen, erinnerte sich Kate – geklammert hatte.

Er brachte ihr den Mantel. «Danke für das Abendessen», sagte sie, «es war köstlich.» Sie streckte ihm die Hand hin, er zögerte einen Augenblick, bevor er sie ergriff, und dann hielt er sie fest, während ihre Blicke sich trafen. Beide spürten, daß auf einmal etwas zwischen ihnen zu knistern anfing. Es war eine so eindeutig körperliche Anziehung, daß Kate den Mut fand, ihn jetzt doch noch zu fragen: «Ob Sie mir wohl Ariels Adresse besorgen können? Cynthia Decker hatte sie angeblich nicht.»

«Ich hab keine Ahnung, wie ich sie herausbringen könnte. Vielleicht finden Sie im Akademiestab jemanden, der Ihnen weiterhilft.» Auch er log. Aber er hatte lange nicht soviel Übung darin wie die Decker.

Er blieb im Lichtschein unter der Tür stehen und sah ihr nach, während sie zum Wagen ging. Sie kramte den Schlüssel aus ihrer Handtasche und mußte, weil ihr der Mietwagen doch nicht so vertraut war, einen Augenblick suchen, bevor sie das Zündschloß fand. Der Motor sprang an. Sie wollte ihre Handtasche auf den Beifahrersitz legen. Erschrocken hielt sie die Luft an. Ihre Hand hatte etwas Weiches gestreift. Noch ehe Kate wußte, was es war, wich sie instinktiv zurück. Max stand immer noch unter der Tür seines Hauses und sah zu ihr herüber. Sie spürte, wie sich alles in ihr verkrampfte. Sie wollte nicht hinschauen, sich nicht mit eigenen Augen davon überzeugen, daß ihre Ahnung richtig war. Ein widerlich süßlicher Geruch drang ihr in die Nase. Schließlich suchte sie doch zitternd nach dem Schalter der Innenbeleuchtung. Ein Wimmern entrang sich ihrer Kehle. Der gestreifte Kater – Aramis – lag wie im Schlaf zusammengerollt neben ihr. Er war tot. Es gab keine Blutlache, nein, die paar Blutstropfen, die auf den Sitz geflossen waren, hätten sie nicht so sicher gemacht. Aber sie sah es daran, wie bizarr sein Kopf verrenkt war. Jemand hatte ihm das Genick gebrochen.

In dieser stillen Vorstadtstraße, inmitten all der gepflegten Häuser, wirkte sein Tod geradezu obszön. Sie sah noch vor sich, wie das Tier vorhin in der Küche gesessen und Max erwartungsvoll beobachtet hatte, während er die Dose mit dem Futter öffnete. Zorn stieg in ihr auf. Sie fing zu fluchen an. Murmelte Worte vor sich hin, die ihr sonst nie über die Lippen kamen. Sie hob den toten Kater hoch, hielt ihn in den Armen. Da drüben stand immer noch Max. Natürlich hatte er längst gemerkt, daß irgend etwas nicht stimmte.

Der Gedanke, daß sie ihm das tote Tier hinüberbringen mußte, schnürte ihr die Kehle zu. Sie gab sich einen Ruck, stieß die Wagentür auf. Als sie durch den Vorgarten auf die Haustür zuging, war sie halbblind vor Tränen.

«O Gott.» Er nahm ihr das tote Tier ab. «Aramis.»

Sie spürte, wie nahe es ihm ging. Er schien noch gar keine Zeit gehabt zu haben, zornig zu werden. Ihr Zorn war glühend genug für beide. Sie brachten den Kater in die Küche, der Duft vom Kaffee und von den gebackenen Kartoffeln hing noch in dem kleinen Raum. Max sagte nichts, und auch sie fand keine Worte.

Erst viel später wunderten sie sich darüber, daß keiner von ihnen die Frage gestellt hatte, warum der Kater sterben mußte und warum der, der es getan hatte, den Kadaver ausgerechnet in Kates Wagen gelegt hatte.

Sie hielt das tote Tier, während er einen großen Plastikbeutel aus einer Schublade nahm. Dann ließ sie ihn allein weitermachen, sie hätte es nicht fertiggebracht, den Kater in den Plastiksack zu stekken. Es schmerzte sie zuzusehen, wie behutsam, fast zärtlich er es tat.

Er stellte den Sack an die Hintertür, das tintenschwarze Fell schimmerte durch die dünne Plastikhaut. Kate war wie erstarrt vor Hilflosigkeit. Was immer sie jetzt gesagt hätte, wäre falsch gewesen. Es kam ihr vor, als wäre sie mit daran schuld, daß der Kater sterben mußte.

Er wusch sich am Spülbecken die Hände, der Seifenschaum floß über das Abendbrotgeschirr. Er drehte sich zur Wand, wo das Handtuch hing, es dauerte lange, bis er die Hände abgetrocknet hatte und sich umwandte. Eine Weile starrte er auf den Plastiksack, dann ging er hin, hob ihn hoch und steckte ihn in den Abfalleimer. Erst als er sich wieder aufrichtete, sah sie, daß ihm Tränen in den Augen hingen.

«Bitte nicht», flüsterte sie, denn sie merkte, daß sie nun auch weinen mußte.

Sie kamen aufeinander zu, ihre Gesichter waren sich ganz nahe. Später hätte keiner mehr sagen können, wer zuerst die Arme um den anderen geschlungen hatte. Sie fragten nicht danach. Sie wußten, daß sie sich in diesem Augenblick brauchten. In ihren Küssen war die Sehnsucht einer Einsamkeit, die zu lange gedauert hat. Und das Verlangen, das aus der Angst vor dem Alleinsein wächst. Und der Hunger nach Zärtlichkeit. Und eine Gier, die jäh entflammt war, als der Tod sie gestreift hatte.

Er war es, der sie schließlich freigab, sie an den Armen faßte und ihr in die Augen sah. «Du glaubst, daß es da irgendeinen Zusammenhang gibt, nicht wahr? Brian und Ariel?» Sie brauchte nicht zu antworten, er wußte es auch so. «Ich rufe dich morgen früh an. Bis dahin habe ich die Adresse. Ich würde sie dir gleich besorgen, aber heute ist es schon zu spät.»

Er fühlte sich zu nichts verpflichtet, es war seine freie Entscheidung. Darum wäre es auch sinnlos gewesen, ihr von seinem Gespräch mit Thatcher zu erzählen. Davon, daß der Admiral ihm dringend geraten hatte, sich nicht mit in die Sache hineinziehen zu lassen. Das Bild, das der Admiral von Kate gemalt hatte, war Max von Anfang an suspekt vorgekommen: daß sie ein neurotisches Frauenzimmer wäre, besessen von der Idee, das Ansehen der Akademie zu zerstören; daß sie selbst vor den absurdesten Lügen nicht zurückschreckte, nur damit ihr Sohn nicht mehr wie ein Selbstmörder dastünde. Ein Horrorgemälde, das nicht zu Max McNultys Bild von dieser stillen, tapferen Frau paßte, die an ihren Sohn glaubte. Aber es mußte wohl seinen Grund haben, wenn der Admiral sich persönlich die Mühe machte, ihn vor dieser Frau zu warnen.

«Ich verspreche es dir, morgen früh rufe ich dich an.»

Daß an ihren Händen getrocknetes Blut klebte, merkte Kate erst, als sie wieder im Motel angekommen war. Während sie sich im Badezimmer wusch, klopfte es. Laut und drängend.

«Ja bitte?» fragte sie mit bebender Stimme.

«Mach auf!» Michael verlangte es so grob, daß sie verblüfft gehorchte. Als sie ihm ins Gesicht sah, erschrak sie. Nie zuvor hatte sie soviel unverhohlenen Haß in seiner Miene gelesen.

«Michael, ich...»

«Setz dich.» Jetzt sah sie den Haß nicht nur, sie hörte ihn auch. Er hatte sie nie geschlagen, und früher hätte sie geschworen, daß er dazu überhaupt nicht fähig wäre. Aber in diesem Augenblick hatte sie Angst vor ihm. Entsetzt wich sie zurück. Sie erinnerte sich an seine Auftritte im Gerichtssaal, wenn er mühsam beherrschten Zorn gemimt hatte. Jetzt war es anders, seine Wut war nicht nur gespielt. Sie sah einen Blutstropfen an ihrem Rock, Katzenblut, und deckte rasch die Hand darüber.

«Du konntest ja keine Ruhe geben, nicht wahr? Du mußtest unbedingt weiterbohren, obwohl ich dir gesagt habe, du solltest es lassen. Nein, du mußtest wieder mal deinen Kopf durchsetzen. Gut, Katherine, dann will ich dir jetzt mal was erzählen. Ich werde dir sagen, warum dein sauberer Herr Sohn sich umgebracht hat, und ich hoffe, verdammt noch mal, daß du dann endlich zufrieden bist. Wenn du's weißt, kannst du selber entscheiden, ob es sich gelohnt hat, dafür so einen Aufstand zu machen. Und mir die Karriere zu ruinieren. Und deinen Vater in tiefes Unglück zu stürzen.»

Kate wollte nichts mehr hören. Wie ein Kind hätte sie sich am liebsten die Ohren zugehalten. Sie streckte die Hände aus, als wollte sie ihn wegschieben. Der Tod des Katers war auf einmal nur noch ein belangloses Vorspiel zu den Schrecken, die jetzt auf sie warteten.

«Wolltest du nicht unbedingt wissen, warum er gestorben ist? Gut, ich sage es dir. Er hat sich selbst umgebracht, das steht fest. Dein Sohn – dein geliebter Sohn, der angeblich immer so korrekt und anständig war, hat sich aufgehängt, weil man ihn dabei erwischt hat, wie er sich durchs Examen mogeln wollte. Genauso war's. Er ist ein gottverdammter Betrüger, und sie haben ihn erwischt.»

«Nein», wimmerte sie.

«Doch, Kate, ein Betrüger. Du hattest doch gleich das Gefühl, daß sie irgendwas vertuschen wollen, nicht wahr? Ja, du hattest recht. Admiral Thatcher wußte Bescheid – und seine Stubenkameraden... Die halbe Akademie hat's gewußt. Na, bist du jetzt zufrieden? Jetzt hast du doch endlich gehört, was du hören wolltest, die Wahrheit!»

Sie wollte aufstehen, irgendwohin flüchten, davonlaufen vor seiner Stimme. Aber er hielt sie fest, drückte ihre Handgelenke auf die Armlehnen des Stuhls. «Gefällt dir wohl nicht, was du hörst? Mir, verdammt, auch nicht. Aber du wolltest's ja so. Ich hätte es dir nicht gesagt, du warst's, die unbedingt die Wahrheit wissen wollte. Nun kennst du sie. Ich hoffe, sie verfolgt dich zeitlebens bis in deine Träume hinein.»

Er war noch nicht fertig, er mußte seine ganze aufgestaute Wut an ihr auslassen. «Drei Monate bevor dein Herr Sohn Offizier geworden wäre, verliert er die Nerven und mogelt sich durchs Examen.

Wird prompt erwischt. Das war's, was sie dir in der Akademie nicht sagen wollten, um das Andenken deines Sohnes zu schützen. Weil sie wußten, wie hart dich sein Selbstmord treffen mußte. Er hat sich davongestohlen wie ein...» Er spuckte das Wort aus: «... wie ein Feigling. Und nun auch noch ein Betrüger. Das wollten sie uns ersparen.»

Sie hörte nur Abscheu heraus, keine Scham, keinen Kummer. Abscheu und Haß. Seine Stimme, seine Miene, sein ganzes Gehabe verriet, daß es nichts anderes mehr gab. Sie senkte den Kopf. Die Blutstropfen auf ihrem Rock... Waren es nicht Tropfen von ihrem Herzblut? Sie rang nach Atem. «Das kann nicht wahr sein.»

«O doch, es ist wahr. Wie gefällt sie dir denn jetzt, diese Wahrheit, hinter der du hergerannt bist wie eine Besessene?»

«Es kann einfach nicht wahr sein.» Sie sah hoch. «Warum hätte er denn bei einer Prüfung betrügen sollen? Und dann auch noch Selbstmord begehen? Er war verheiratet. Seine Frau erwartet ein Baby.»

«Erzähl doch nicht so einen Scheißdreck!» Jetzt war er geschockt, er drückte sich sonst nie so unflätig aus.

«Es stimmt. Seine Frau heißt Leah. Sie studiert in Washington.»

«Na, großartig. Das hat gerade noch gefehlt. Gibt's noch mehr solche Überraschungen? Ein Betrüger, ein Feigling, ein Lügner – jetzt auch noch heimlich verheiratet! Dein Herr Sohn hat so ungefähr gegen alle Regeln verstoßen, die es gibt. Weißt du, was ich mir allmählich wünsche? Bei Gott, ich wünsche mir, ich hätte nie einen Sohn gehabt!»

Sie saß noch wie erstarrt auf dem Stuhl, als Michael schon lange gegangen war.

27

Webb wollte keinen Alkohol. Die Bar gefiel ihm nicht. Die rauchgeschwängerte Luft... Der Qualm hing einem hinterher stundenlang in den Klamotten, sogar die Haut stank nach kaltem Rauch, erst unter der Dusche wurde man das wieder los. Und die Burschen auf den Barhockern, aufgereiht wie die Hühner auf der Stange, lauter ehrenwerte Bürger aus Annapolis... Die lauerten doch nur darauf, daß einer der Midshipmen ein falsches Wort fallen ließ, damit sie eine Schlägerei anfangen konnten. Wirklich, hier war ihm alles zuwider. «Komm, laß uns verschwinden!» drängte er.

Jordan spielte nervös mit dem Bierglas und murmelte: «Wart doch noch 'n Augenblick.»

«Was wolltest du mir denn eigentlich erzählen? Muß ja ungeheuer wichtig sein, wenn's nicht Zeit hat, bis wir wieder im Yard sind.»

«Das kommt schon noch. Wart ab, bis er da ist.»

«Bis wer da ist?»

«Buck. Wir treffen uns hier mit ihm.»

Spider fuhr sich übers Haar. Die Bar gefiel ihm nicht. Aber das mit Buck gefiel ihm noch weniger. «Hör mal, ich hab keine Lust zu warten. Wenn du's mir nicht gleich erzählen kannst, lassen wir's ganz.»

Jordan warf einen gehetzten Blick zur Tür, dann entspannte sich seine Miene. «Na also, er ist schon da.»

Buck bahnte sich seinen Weg durchs Gedränge. Am Tisch war nur noch der Stuhl gegenüber von Webb frei, aber dort hätte Buck mit dem Rücken zum Bartresen gesessen. «He, Bruderherz, laß mich da drüben sitzen. Du setzt dich hierhin.» Er packte Jordan grob an der Schulter, und während Webb noch dachte, gar so hart und schmerzhaft hätte er ja nicht gleich zufassen müssen, stand Jordan auf und tauschte bereitwillig die Plätze. Buck lehnte sich nach hinten, balancierte den Stuhl auf zwei Beinen, zündete sich eine Zigarette an und schnippte das Streichholz auf den Boden. Nachdem er ein paar Züge gepafft hatte, nahm er einen Schluck aus Jordans Bierglas. Webb tat es leid, daß er nicht rechtzeitig gegangen war.

«Bist du aufgehalten worden?» erkundigte sich Jordan. «Wir warten schon fast 'ne Stunde auf dich.»

«Du weißt ja, im letzten Augenblick kommt einem meistens irgendein Scheißkram dazwischen.» Es ist nicht, was er sagt, dachte Webb. Aber wie er's sagt, das macht mich jedesmal... Ach was, ich hör am besten gar nicht hin. «Also, Brüderchen, was hast du auf dem Herzen?»

«Es geht um Bris Mutter. Sie schnüffelt immer noch hier herum. Du hast gesagt, daß du ein Auge auf sie hast und ihr die Neugierde austreibst. Aber ich hab sie heute noch gesehen.»

Webb sah verblüfft von einem zum anderen. «Was soll das heißen, du willst ihr die Neugierde austreiben?»

Weder Buck noch Jordan gingen darauf ein, Jordan drängte weiter: «Ich hab gesehen, wie sie sich mit der Decker unterhalten hat. Verdammt, Buck – mit der Decker, kapierst du?»

Webb hatte schon die ganze Zeit über geahnt, daß irgendwann alles herauskommen mußte. Und jetzt war es anscheinend soweit. Die Wahrheit kam ans Licht. Niemand konnte das verhindern. Er hätte selbst nicht erklären können, wieso er sich erleichtert fühlte. Es hatte wohl etwas damit zu tun, daß er in diesem Augenblick noch nicht daran dachte, was das in letzter Konsequenz für ihn bedeutete: Aus der Traum vom Jetpiloten.

Als Jordan keine Antwort bekam, fauchte er gereizt: «Hast du nicht gehört, was ich sage? Ich hab gesehen, wie die beiden sich unterhalten haben. Haben auf 'ner Bank im Yard gesessen und gequatscht. Ich sag dir, die ahnt was! Warum hätte sie sich sonst mit der Decker unterhalten? Irgendwas hat sie rausgekriegt.»

Webb stand auf, zog einen Geldschein aus der Tasche und warf ihn auf den Tisch.

«Verdammt, Spider, wo willst du hin?»

«Nach draußen. Ich hab hier nichts mehr zu suchen. Ich warte im Wagen auf euch.»

Jordan sprang auf, wollte hinterherkommen, aber Buck hielt ihn zurück. Webb war froh, endlich draußen in der frischen Luft zu sein, er atmete tief durch.

Er lümmelte sich an die Autotür, blieb so stehen, daß er den Eingang der Bar im Auge behalten konnte. Über ihm dehnte sich der klare, nachtschwarze Frühlingshimmel, mit Sternen bespickt – wie ein kostbarer Baldachin, an dem Brillianten funkeln. Lange stand er da und schaute nach oben, bis alles vor seinen Augen verschwamm und die Sterne zu tanzen begannen. Der harte Metallrahmen der Autotür drückte ihm gegen die Schulterblätter, er spürte es kaum, er stand nur andächtig da und starrte. Die Kopernikanischen Bücher fielen ihm ein, das Universum. Im Navigationskurs hatte er sich mit der Konstellation der Gestirne beschäftigen müssen. Jeder Seemann mußte das, denn die Sterne wiesen zuverlässig den Weg. Aber ihm konnten sie keine Wegweiser sein. Er war vom Kurs abgekommen. Es gab nichts, woran er sich orientieren konnte. Da half kein Alkohol. Kein Mädchen. Nicht mal ein Gebet.

Er räkelte sich, dann stieg er in den Wagen; die Tür ließ er offen, setzte einen Fuß auf den Gehsteig. Die Innenleuchte brannte, er langte hoch und schaltete sie aus. Er mußte lange warten, bis er endlich Jordan aus der Bar kommen sah. Nicht allein, Buck war bei ihm. Die beiden gingen dicht nebeneinander, Schulter an Schulter.

Webb hörte schon von weitem Bucks betrunkenes Lallen. Auch sein Gang war halb Torkeln, halb Tänzeln. Die Arme hielt er angewinkelt vor dem Körper, stieß – wie ein Schattenboxer – mal die linke, mal die rechte Faust ins Leere. Die beiden unterhielten sich. Webb sah zu ihnen hinüber, er hörte sogar einzelne Wortfetzen; es interessierte ihn nicht, es war, als beobachtete er zwei Fremde.

Plötzlich drehte sich Buck in den Hüften, die Faust, die eben noch spielerisch ins Dunkel gezielt hatte, traf Jordans Oberarm. Jordan wich einen Schritt zur Seite aus. Er ließ die Arme so betont locker hängen, als wollte er seinem Bruder ein Zeichen geben, daß er nicht auf das Spiel einging. Das schien Buck erst recht zu reizen. Er tänzelte um Jordan herum, seine Schläge wurden wuchtiger. Webb sah deutlich, daß es keine Tändelei mehr war, die Schläge mußten weh tun.

«Na los, Jordo!» grölte Buck. «Wehr dich, schlag zurück! Ich warte drauf. Versuch mal, wenigstens einen guten Treffer zu landen!»

«Komm, Buck, laß das, ich hab keine Lust dazu.»

«Was ist los mit dir? Hast du Schiß? Ist mein kleiner Bruder eine Memme?» Buck holte auf, öffnete im letzten Augenblick die Faust, schlug Jordan mit der flachen Hand ins Gesicht; Webb hörte es bis ins Auto klatschen.

«Ich sag doch, du sollst das lassen!» Jordan ging ein paar Schritte beiseite.

Buck gab keine Ruhe. Er setzte sofort nach und schlug wieder zu – wieder flach ins Gesicht, erst auf die linke, dann auf die rechte Wange. «Na los, du Memme, du wirst doch wohl nicht davonlaufen?»

Zögernd brachte Jordan die Ellbogen hoch, er wollte nicht zurückschlagen, es war nur eine abwehrende Geste.

«Schlag doch!» hetzte Buck. «Ein Schlag von dir, und ich hör auf!» Er landete einen Schwinger. «Mach endlich! Hau drauf, ich warte.» Aber er wartete nicht, er schlug wieder zu. «Los, du Schlappschwanz!» Noch ein Schwinger.

Unwillkürlich ballte Webb die Fäuste. Er beugte sich vor, setzte auch den anderen Fuß auf den Gehsteig. Dann besann er sich, ließ die Hände sinken, schaute weg. Die Szene ekelte ihn an. Er wäre am liebsten losgefahren.

Plötzlich hörte er einen Schrei. Und dann hastige Schritte, jemand lief weg. Webb drehte sich um. Jordan lag auf dem Boden. Buck verschwand in der Bar.

Webb rührte sich nicht. Er wartete, bis sein Stubenkamerad sich allein hochgerappelt hatte und zum Wagen gewankt kam. Als Jordan einstieg, rutschte Webb stumm auf den Beifahrersitz.

Jordan wischte sich mit dem Ärmel übers Gesicht und hielt den Stoff schräg gegen den Lichtschein einer Parkplatzleuchte; wahrscheinlich rechnete er damit, Blutspuren zu entdecken. Er schielte zu Webb hinüber. «Das war nur 'n Spaß. Buck hat's nicht so gemeint», versuchte er zu erklären. Webb sagte nichts.

«Ich hab's nicht fertiggebracht, zurückzuschlagen. Das ist mir schon immer so gegangen, schon, als wir Kinder waren. Ich kann ihn einfach nicht schlagen. Er hat's immer wieder versucht, wollte mit mir kämpfen, nur so zum Spaß. Manchmal hat er so zugeschlagen, daß man hinterher wer weiß wie lange die blauen Flecke gesehen hat. Aber ich hab nicht zurückgeschlagen, ich konnt's einfach nicht.» Es hörte sich an, als wäre er stolz darauf.

Als Webb immer noch nichts sagte, langte Jordan nach dem Zündschlüssel. Er startete den Motor, fuhr aber noch nicht los. «Übrigens, die andere Sache – also, das geht klar. Buck wird sich drum kümmern. Du weißt schon, was ich meine. Die Sache mit Ariel und so. Darüber brauchen wir uns keine Sorgen mehr zu machen.»

Webb lachte spöttisch. «Na klar.»

«Du kannst Buck nicht leiden, wie?»

«Reden wir nicht drüber.»

«Hör zu, er ist ganz anders, als du denkst. Die letzten Jahre waren verdammt hart für ihn. Du weißt schon... 'Nam und das alles. Kannst mir's glauben, das war keine leichte Zeit.»

«Das ist ja nicht nur ihm so gegangen. Er war nicht der einzige, der aus Vietnam zurückkam.»

«Trotzdem, für Buck war's anders. Solange er dort war, hat mein Vater ihm dauernd eingeredet, er wäre ein Held. Du glaubst nicht, was er ihm alles erzählt hat – über die Navy und über Ehre und Stolz und daß man seine Pflicht fürs Vaterland tun muß. Dann kam Buck heim. Nicht mal ’n Job konnte er kriegen. Dad hat weiter davon gefaselt, daß er ein Held wäre, und während er drinnen gelabert hat, haben sie draußen faule Eier ans Haus geworfen. Wildfremde Leute haben angerufen und meine Mutter am Telefon beschimpft. Auf der Straße haben die Kinder Buck angespuckt – kleine Kinder, gerade mal zehn Jahre alt! Sie haben ihn angespuckt und hinter ihm hergerufen, er hätte in ’Nam Babys umgebracht.»

Webb seufzte müde. «Es ist alles aus, Jordan.»

«Was meinst du damit? Was ist aus?»

«Weißt du das nicht selber? Alles ist aus.»

«Zum Teufel, Spider, was ist mit dir los? Hast du nicht zugehört? Buck kümmert sich drum, das hab ich dir doch gesagt. Was ist, kriegst du weiche Knie? Hast du Bammel vor Tylers Mutter?»

Tylers Mutter, nicht mehr *Brians* Mutter, dachte Webb.

«Hör mal, die vier Jahre waren die Hölle», redete Jordan auf ihn ein. «Glaubst du, ich schmeiß die Brocken einfach hin und geb auf? Alles wegen so ’ner dämlichen Fotze? Auf keinen Fall. Kommt nicht in Frage, das sag ich dir!»

«Es ist aus.»

Daß er es immer wiederholte, trieb Jordan zur Weißglut. Er fuhr herum und schrie Webb an: «Kapierst du’s denn immer noch nicht? Buck biegt das hin. Alles geht klar.»

Webb gab keine Antwort. Er starrte durch die Scheibe ins Dunkel. Red dir das nur ein, alter Freund, dachte er. Red’s dir nur ein, es wird trotzdem nichts draus. Diesmal kann auch dein großer Bruder nichts hinbiegen. Wach auf, Jordo, werd endlich selber erwachsen.

Roy Bank sah immer sehr blaß aus; er liebte den Sommer, aber er hielt nichts davon, sich in der Sonne schmoren zu lassen. Gewöhnlich sah er aus wie einer, der im Bergwerk arbeitet oder gerade aus dem Gefängnis entlassen worden ist. Aber jetzt, nach so vielen schlaflosen Nächten, sah er nicht mehr blaß aus, sondern aschfahl. Wie ein Todkranker.

Seit gestern konnte er die Hände nicht mehr ruhig halten, sie zitterten unkontrolliert. Oder hatte es schon vorgestern angefangen? Jedenfalls war es inzwischen dem Vorarbeiter aufgefallen. Roy hatte ihn herüberstarren sehen und rasch die Hände in die Taschen geschoben. Zu spät, die alte Pißnelke war sofort um ihn herumgeschlichen und hatte geschnuppert. War aber, als ihm der saure Gestank von Schweiß und Angst und Erschöpfung entgegenschlug, schnell wieder verschwunden. Hatte ganz enttäuscht aus der Wäsche geguckt, das Arschloch. Weil er wohl gehofft hatte, er könnte ’ne Whiskyfahne riechen. Der wartete ja schon lange auf einen Vorwand, um Roy zu feuern. Aber den Gefallen tat Roy ihm nicht. Obwohl’s ihn oft genug in den Fingern juckte, zur Flasche zu greifen und sich vollaufen zu lassen.

Am besten, er bat darum, daß sie ihn woanders einsetzten. Er schob jetzt lange genug Nachtschicht. So lange hätte das kein anderer ausgehalten. Früher war’s ihm egal gewesen. Sogar recht. Im Grunde mochte er dieses Gefühl, einer von den wenigen zu sein, die noch auf den Beinen waren und ihrer Arbeit nachgingen, während der Rest der Welt pennte. Er fühlte sich dann stärker als die anderen. Kam sich wie ein Überlebender vor. Im Grunde mochte er auch das Tunnelsystem. Es war schön warm hier unten. Schön einsam. Eine Welt, die nachts nur ihm gehörte.

Aber das war vorbei. Jetzt haßte er es. Die Schächte machten ihm angst. Je näher Mitternacht rückte, desto stärker wurde das Zittern. Er wollte hier raus.

Irgendwo kratzte Metall auf Metall. Weit weg. Ein unverwechselbares Geräusch. Hell und schrill. Und trotzdem zugleich dumpf, so aus der Ferne. Eigentlich mußte er sofort hin und nachsehen, was da los war. Aber er rührte sich nicht. Er versuchte, einfach nicht hinzuhören. Er dachte gar nicht daran, sich noch einmal auf so eine schreckliche Sache einzulassen. Das eine Mal hatte ihm gereicht. Das steckte ihm noch in den Knochen. Sein Leben lang wurde er das nicht mehr los.

Das helle Geräusch wurde lauter, es klang wie ein Klappern, und dann hörte es auf. Nicht plötzlich, nicht mit einem Schlag. Hier unten verhallten alle Geräusche ganz langsam. Unheimlich. Als ob sie erstickten. Stille. Roy atmete tief durch. Florida, da mußte er hin. Wärme und Licht. Den idiotischen Job an den Nagel hängen. Und den Trottel von Bruder loswerden. Endlich mal frei sein. Zum erstenmal in seinem Leben.

Er hakte die große Lunchdose von der Leiter los, öffnete den Deckel. Es roch ranzig nach Schinken und Käse und Doughnuts. Die ganze Bude stank danach. Ihm wurde schlecht davon. Aber das kam wohl daher, daß er kaum geschlafen hatte. Daran lag's. Wenn er endlich mal schlafen könnte, wäre alles in Ordnung.

Zuerst waren die Träume noch nicht so unbarmherzig gewesen, eher wie eine böse Ahnung. Angstträume, in denen er davonrannte und irgend etwas Dunkles ihn verfolgte. Natürlich, er war auch damals schon hochgeschreckt und hatte anschließend stundenlang in den Kissen gelegen, in die Finsternis gestarrt und sein Herz wie wild jagen gehört. Denn er wußte ja, was das dunkle Grauen bedeutete, das ihn verfolgte.

Nicht lange, und er sah es in seinen Alpträumen immer deutlicher. Erst war es ein schwarzer Klumpen. Dann formte es sich. Und am Ende war es ein Midshipman. Er hing da mit zuckenden Gliedern. Würmer fraßen sich durchs Fleisch, dicke weiße Maden krümmten und wanden sich, krochen über das aufgedunsene Gesicht, schoben sich aus den Nasenlöchern, wimmelten in den leeren Augenhöhlen, quollen aus dem aufgebrochenem Mund. Aber obwohl dort alles voller Maden war, lebten die Augen noch. Sie starrten Roy an. Anklagend. Bettelnd. Und die Lippen bewegten sich. Murmelten stumm. Flehten ihn an.

Manchmal, wenn der Traum sehr lange dauerte, veränderte sich das Gesicht des Midshipman. Der Kopf wurde kleiner, er verformte sich, die Schädeldecke sank ein. Und auf einmal war es Roys irrer Bruder, der da im Dunkel hing und ihn anstarrte. Mit Augen, die ihn verfluchten. Und immer waren die riesigen Kopfhörer über die Ohren gestülpt.

Als das anfing, hatte Roy gedacht, schlimmer könnte der nächtliche Spuk nicht werden. Aber er irrte sich. Vor kurzem hatte der Mann zum ersten Mal nach ihm gelangt. Jetzt tat er das oft. Faßte mit letzter Kraft nach ihm. Roy spürte die eiskalten Hände auf seinem Fleisch. Sie legten sich ihm um den Nacken. Wie eine Schlinge.

Und sooft das geschah, nach jeder dieser entsetzlichen Nächte, in denen der Tote ihn packte und festhielt, wußte Roy, daß es kein Entrinnen gab. Nicht, ehe er hinging und alles eingestand.

Er schloß den Deckel der Lunchdose. Er hörte es in den Tunneln wispern und raunen. Er versuchte, nicht hinzuhören. Aber es ging nicht. Er konnte die Geräusche nicht verbannen, so wenig, wie es ihm je gelungen, den Träumen zu entfliehen. Ein Fluch verfolgte ihn.

28

«Kate? Kate, bitte mach auf, ich bin's, Max.»

Er klopfte nun schon eine ganze Weile, aber Kate bemerkte es nicht. Sie saß auf dem Stuhl, reglos wie eine Puppe, erstarrt in der Haltung, in der sie dagesessen hatte, als Michael gegangen war.

«Kate, hörst du mich? Ist alles in Ordnung?»

Als sie endlich öffnete, schrak Max McNulty zurück. «Um Himmels willen, was ist denn passiert?»

Sie antwortete nicht. Es gab keine Worte, mit denen sie es erklären konnte. Wie ein Kind ließ sie sich von ihm zum Lehnstuhl zurückführen. Er bedrängte sie nicht weiter mit Fragen, ging nach hinten, füllte den Wasserkessel auf und zündete den Gasbrenner an, um Tee zu machen. Verstohlen schaute er immer wieder zu ihr hinüber, sie reagierte nicht darauf. Als der Tee fertig war, setzte er sich auf die Bettkante, so dicht neben sie, daß ihre Knie sich fast berührten. Da sah sie zum erstenmal auf, in ihren Augen war wieder Leben.

«Michael war da, Brians Vater.»

Max sagte nichts, fast unmerklich straffte sich sein Gesicht.

«Es wird alles nur noch schlimmer.» In ihren Augen schimmerte es feucht, aber sie weinte nicht. «Er hat mir erzählt, daß sie ihm in der Akademie gesagt haben, warum Brian nicht mehr lebt. Er soll bei einer Prüfung betrogen haben.»

Stockend reihte sie Einzelheiten aneinander, so, wie sie ihr aus dem Gespräch mit Michael einfielen. Er hörte schweigend zu, am Schluß fragte er stirnrunzelnd: «In welchem Kurs soll das gewesen sein? Und bei welcher Prüfung? Hat er das erwähnt?» Es wunderte ihn, daß er nichts davon gehört hatte. Wenn ein Midshipman dabei erwischt wurde, daß er sich bei einer Klausur unerlaubter Hilfsmittel bediente, sprach sich das gewöhnlich schnell herum.

Müde, sehr langsam und zaghaft, hob sie die Schultern. «Ich weiß es nicht. Spielt das eine Rolle?»

Er wählte seine Worte sorgfältig, denn er ahnte, welchen Schaden eine einzige unbedachte Bemerkung jetzt anrichten konnte. «Es könnte von Bedeutung sein. Soll ich mich mal umhören? Du kannst dich natürlich auch selber erkundigen. Sie müssen dir Auskunft geben.»

Sie barg das Gesicht in den Händen. «Bitte... Ich will jetzt lieber allein sein. Ich will versuchen, nicht mehr daran zu denken. Und alles noch mal aufrühren – nein, das will ich erst recht nicht. Würdest du bitte gehen? Bitte.»

«Was hast du vor?»

«Frag mich nicht! Laß mich doch einfach in Ruhe!»

Er sah ihr an, daß sie am Rande eines Zusammenbruchs war. Darum stand er auf, beugte sich zu ihr herunter und küßte sie auf die Wange. «Ich ruf dich später an. Heute nachmittag, wenn ich wieder zu Hause bin. Versuch ein bißchen zu schlafen.» An der Tür drehte er sich noch einmal um. «Fast hätte ich's vergessen ... Hier – ich dachte, ich könnte dir damit einen Gefallen tun.» Er legte den Zettel auf den Tisch, klemmte ihn unter dem Aschenbecher fest. «Es gibt zwei Dinge, über die du inzwischen nachdenken solltest. Erstens scheint verschiedenen Leuten sehr daran gelegen, daß du auf keinen Fall diese Adresse bekommst.» Er deutete auf den Zettel. «Und zweitens ... Ich weiß nicht, ob's dir was hilft, aber ich glaube nicht, daß dein Sohn bei einem Examen gemogelt hat.»

Die Ellis Hill Road war – wie viele Straßen in Boxton im Bundesstaat Vermont – nichts anderes als ein unbefestigter Fahrweg. Der Winter hatte seine Spuren hineingegraben; Kate mußte das Lenkrad mit beiden Händen halten und angestrengt nach vorn starren, um nicht mit den Reifen in eine der tiefen Furchen abzurutschen. Sie saß so verkrampft, daß ihr schon die Schultern schmerzten. Sie hielt den Blick geradeaus gerichtet, für die Landschaft hatte sie kaum Augen. Freilich, sie verpaßte nicht viel. Bis jetzt war sie nur an einem einzigen Gebäude vorbeigekommen, einer Farm am Fuße eines Hügels.

In keinem anderen Monat ist Vermont so häßlich wie im März. Es dauert noch lange, bis das üppige Grün des Sommers die geschwungenen Hügel schmückt. Und noch länger, bis das Laub wieder in bunten Herbstfarben glüht. Sogar der Winter ist schöner – weiß glitzernd, goldbestäubt unter einer kalten Sonne, bizarr wie die Skulpturen, in die das Eis Bäume und Sträucher verwandelt hat. Davon ist nichts geblieben; der März hat kein Weiß, er kennt kein Grün, er ist nicht bunt. Endlos dehnt sich schmutziges Braun. Sogar die spärlichen Schneereste an den Waldrändern haben sich braun verfärbt. Es sieht aus, als hätte der Winter, der hier immer zu lange dauert, das Land mit Schmutz und Schlamm überschüttet, so wie er die Herzen und die Gedanken der Menschen verdüstert hat. Die Hügel, die Bäume, sogar die Steine scheinen sehnsüchtig auf den Frühling zu warten.

Kate wurde an einen Text von Wila Cather erinnert, in dem sie den Winter auf dem Lande beschreibt: «Der Winter lungert so lange herum, bis er schal schmeckt, schäbig geworden ist und alt und grau aussieht.» Genauso war es hier.

«Es könnte noch schlimmer sein», hatten sie ihr am Schalter der Autovermietung auf dem Flugplatz in Burlington gesagt, «seien Sie froh, daß Sie nicht während einer Schlammperiode ankommen.»

Der Fahrweg war schmaler geworden, die Furchen wurden tiefer, Kate konnte ihnen kaum noch ausweichen. Ihre Hände fühlten sich klebrig an, ohne Handschuhe hätte sie das Lenkrad gar nicht halten können. Sie fragte sich verzweifelt, was sie denn in dieser Einöde unternehmen sollte, wenn sie plötzlich irgendwo festsaß. Als sie fast soweit war, nach einer Stelle zu suchen, an der sie wenden konnte, sah sie das Haus.

Ein Farmhaus wie hundert andere in den versteckten Winkeln von Vermont: zweistöckig, mit mehreren Nebengebäuden, von denen eins baufälliger als das andere aussah. Hinter einem Schuppen, der den nächsten Sturm wohl kaum überstand, waren Autowracks aufgereiht, die meisten nur noch Blechgerippe, denn alles, was sich irgendwie verwenden ließ, hatte längst jemand abmontiert oder ausgeweidet. Uralte Vehikel, nach Tausenden und Abertausenden von Meilen war ihnen die Puste ausgegangen, und nun standen sie da, bis der Rost sie zerfressen hatte. Ein schmutziger Hund bellte keifend, ging auf Kates Wagen los, sprang an der Fahrertür hoch und kratzte mit schlammverkrusteten Pfoten übers Blech.

Kate blieb einen Augenblick mit ungläubigem Staunen sitzen. Von hier zur U. S. Naval Academy – das war wirklich ein gewaltiger Sprung.

Eine Frau erschien an der Haustür. Sie stand unterm Vordach, musterte Kate und das fremde Auto mißtrauisch, entschloß sich aber dann doch, den Hund zurückzurufen. Sie trug einen blauen Overall, dazu ein rotes Männerhemd, das ihr am Kragen viel zu weit war, und darüber eine selbstgestrickte marineblaue Wolljacke. Reglos wie ein Wachposten stand sie vor der Haustür, während Kate durch den schlammigen Vorgarten zu ihr hinüberstapfte.

«Mrs. Greene?»

Die Frau nickte. Ihr hageres, von tiefen Falten gezeichnetes Gesicht wirkte verschlossen.

«Mein Name ist Katherine Tyler. Ich suche eine junge Frau namens Ariel Greene.»

Die Frau ließ ein spöttisches Schnauben hören.

«Wohnt sie hier?»

«Na klar, Ariel...» Sie betonte den Namen mit einem seltsamen Sarkasmus. «Ariel wohnt hier. Was wollen Sie denn von ihr?»

«Wenn's möglich ist, möchte ich gern mit ihr sprechen.» Der Hund schnupperte an ihr herum, beschmutzte ihr den Mantel mit Schlamm und Geifer. Die Frau an der Haustür sah zwar, was er anrichtete, dachte aber gar nicht daran, ihn wegzurufen; im Gegenteil, ein boshaftes Glitzern in ihren Augen schien zu verraten, daß sie es nur gerecht fand, wenn Fremde etwas vom heimischen Dreck abbekamen.

Unter dem Vordach war es zugig, die Kälte kroch Kate unter den Mantel, sie schauderte. «Also, wenn Ariel Greene hier wohnt... Könnte ich sie bitte sprechen?»

«Warum?»

«Mein Sohn war zusammen mit ihr an der Akademie.» Einen Augenblick lang blitzten Haß und Abscheu in den Augen der schmächtigen Frau auf. «Über ihn hätte ich mich gern mit ihr unterhalten.»

«Warum?»

«Er ist tot. Und ich versuche herauszufinden, warum er gestorben ist.»

Mrs. Greene musterte Kate von oben bis unten, am Saum des modisch geschnittenen Mantels, der die Lederstiefel bis zur halben Schafthöhe bedeckte, blieb ihr Blick ein paar Sekunden hängen. Dann trat sie ins Haus zurück, hielt Kate die Tür offen.

Es war düster im Wohnraum, es roch nach einem Holzfeuer und nach Hund. Die Wände waren mit schmutzigroten Tapeten beklebt, an ein paar Ecken hatten sie sich gelöst. Über die Couch war eine verkrumpelte Schondecke geworfen, die schreiend bunten Farben hätten sich, auch wenn die Reihenfolge anders gewesen wäre, kaum miteinander vertragen. In einer Ecke standen zwei Kartons mit Christbaumschmuck. Auf dem Kaminsims lag eine unförmige, handgehäkelte Socke; Kate konnte sich beim besten Willen nicht vorstellen, für wen sie bestimmt sein mochte.

Die Frau setzte sich, die Handbewegung, mit der sie auf die Couch deutete, war eher wie ein barscher Wink. «Sie heißt Shirley. Verstehen Sie? Shirley Jean. Wie meine Schwester. Ihre Tante. War ihr wohl nicht hübsch genug. Sie hatte schon immer große Rosinen im Kopf. Genau wie ihr Vater.» Kate dachte, daß man dieses Haus nicht mit dem Wort ‹einfach› beschreiben konnte. Hier herrschte Armut. Eine Armut, die nicht allein mit Geld zu tun hat. Sie setzte sich auf die Couch. Sie ahnte, daß hinterher die Hundehaare am Mantel hängen würden. Aber sie brachte es nicht fertig, erst mit der Hand über die Wolldecke zu wischen, ehe sie Platz nahm.

«Sprechen Sie von Ariel?»

«Von wem sonst? Als sie ungefähr zwölf war, hat sie mit dem Unsinn angefangen. Nannte sich plötzlich Ariel. Hat auf keinen anderen Namen mehr gehört. Damals hätt ich ihr den Hintern versohlen sollen. Aber das hätt ja auch nichts geholfen. Und wenn ich sie windelweich geklopft hätte, die hätte nicht klein beigegeben, die nicht. Die hat ihren eigenen Kopf. Ist natürlich nur ihr Vater dran schuld. Hat sie immer seine kleine Prinzessin genannt.» Sie schnaubte und nickte mit grimmigem Ärger. «Meine kleine Prinzessin, hat er gesagt. Von ihm hat sie die Flausen, daß sie was Besseres ist als die anderen hier. Da war ihr natürlich Boxton auf einmal nicht mehr gut genug. Packt ihren Kram zusammen und haut ab. Will unbedingt an diese Schule. Na ja, viel Gutes hat sie nicht davon gehabt. Aber es mußte ja unbedingt diese Schule für Männer sein.»

Kate mochte die Frau immer weniger; sie versuchte, sich nichts anmerken zu lassen. Ihr fiel ein, wie Leah das Mädchen beschrieben hatte. Bildschön, hatte sie gesagt. Konnte auf diesem kargen Boden eine kostbare Blume wachsen? Auf einmal verstand Kate Ariels Mutter. Es mußte für sie wie ein Schlag ins Gesicht gewesen sein, als sie miterlebte, wie ihre Tochter sich Schritt für Schritt von ihr löste und einer Umgebung den Rücken kehrte, von der diese Frau – wie alle Mütter – gehofft hatte, sie könnte ihrer Tochter ein Stück Zuhause werden.

Unter dem Fenster an der Ostseite des Hauses standen Pflanzen auf einem schmalen Tischchen. Armselig reckten sie ihre blaßgrünen Blätter dem Licht entgegen. Sie schienen nach draußen zu drängen, als könnten nicht einmal sie hier wachsen und gedeihen.

«Sie hält sich für was Besseres. War schon immer so. Und das hat sie jetzt davon.» Eine gefleckte Katze sprang der Frau auf den Schoß, drehte sich im Kreis und rollte sich zusammen. Die Frau streichelte ihr mit einer fahrigen Bewegung das Fell. Die Katze beäugte Kate, es war derselbe mißtrauische Blick wie in den Augen der Frau. «So, Ihr Sohn war also auch an der Akademie?»

«Ja.»

Die Katze klopfte mit dem Schwanz die Sessellehne, allmählich wurde der Rhythmus schläfriger. Dann reckte sie sich, zeigte kurz ihre Krallen, zog sie wieder ein und blinzelte, bis ihr schließlich die Augen zufielen. Aber sie ließ kein behagliches Schnurren hören.

Die Frau starrte Kate an. «Von denen hat sich bis jetzt keiner hier blicken lassen. Nicht mal angerufen haben sie. Und erst recht keine Rede davon, daß mal einer gekommen wär, um zu sehen, wie's ihr geht oder ob wir was brauchen. Das kümmert die gar nicht. Die denken nicht dran, mal 'n Brief zu schicken oder so. Bodda meint, ich soll zu 'nem Anwalt gehen. Er sagt, man könnte da Geld rausschlagen. Aber ich will mit diesem verdammten Volk nichts zu tun haben.»

«Wer ist Bodda?»

Mrs. Greene wurde ein bißchen rot. «Mein Freund. Shirleys Vater ist vor fünf Jahren abgehauen.»

Kate brauchte einen Augenblick, bis sie begriff, daß die Frau Ariel meinte, wenn sie Shirley sagte.

«Sie ist selber dran schuld. Ich hab ihr immer gesagt, sie soll da nicht hingehen. Das ist was für Männer, hab ich gesagt, nicht für Mädchen. Sie hat ja nicht hören wollen. Sie weiß immer alles besser und will ihren Kopf durchsetzen. Wie damals mit ihrem Namen. Na, von mir aus kann sie sich nennen, wie sie will. Aber ihr richtiger Name ist nun mal Shirley Jane.»

Kate wünschte sich weit weg von dieser Frau. Es war ihr, als spucke sie nicht nur all diese verbitterten Sätze aus, sondern mit jedem Wort einen Schwall Bazillen. Und Kate wußte nur zu gut, wie leicht man sich am unversöhnlichen Haß eines anderen anstekken kann.

«Kann ich mit ihr sprechen?»

«Mal sehen, was sich machen läßt», sagte die Frau zögernd, schob die Katze von ihrem Schoß, stand auf und führte Kate durch einen Flur zu einem anderen Zimmer. Dort war eine neue Tür eingesetzt worden, breiter als die alte, wie man am Türrahmen sah. Sie war noch unlackiert, das nackte Holz war rings um den Türknauf mit schmutzigen Fingerabdrücken übersät.

Ohne Kate anzusehen, öffnete die Frau die Tür. «Shirley, da ist jemand, der dich sprechen will.» Das Zimmer war dunkel, sie ging zum Fenster und ließ die Rollos hochschnappen.

Kate spürte, daß ihre Knie nachgeben wollten, sie mußte sich rasch an der Spiegelkommode festhalten. Eine schmächtige Gestalt saß eingesunken im Rollstuhl. Augen, in denen kein Leben zu sein schien, blickten sie an.

«Nun sag schon was, Mädchen! Du hast Besuch.»

Kate wollte sich umdrehen und davonrennen. Sie wollte diese Schattengestalt nicht länger ansehen – alles, was noch geblieben war von einem Mädchen, von dem Leah gesagt hatte, es wäre bildschön. Sie wollte nicht mit ihr reden. Und Kate ahnte auch schon, daß sie, was immer ihr das Mädchen erzählen mochte, die Wahrheit erst recht nicht ertragen konnte.

«So ist das nun schon die ganze Zeit», sagte die Frau, und Kate hörte zum erstenmal Kummer und Schmerz aus ihren Worten. «Seit sie sie hergebracht haben.»

«Was ist denn passiert?»

«Sie ist gestürzt. War'n Unfall, in der Schwimmhalle. Sie hat denen gesagt, daß sie nicht tauchen kann. Davor hat sie schon als Kind Angst gehabt. Ich nehm an, sie hat's trotzdem versucht.» Und auf einmal hörte Kate noch etwas heraus: einen zaghaften, halbversteckten Stolz. «Seitdem läuft sie nicht mehr. Sie könnte laufen, sagen die Ärzte. Sie muß nicht im Rollstuhl sitzen, sagen sie. Sie sagen, es wär so was wie...» Sie mußte innerlich Anlauf nehmen, bevor sie es herausbrachte: «... wie 'ne hysterische Lähmung, sagen sie.» Sie beugte sich über den Rollstuhl. «Shirley, die Frau ist hergekommen, weil sie mit dir reden will. Ihr Sohn war auch an der Akademie.» Als sie sich zu Kate umwandte, fiel das Licht der Nachmittagssonne auf ihr Gesicht – wie ein Scheinwerfer, der gnadenlos alle Falten und Runzeln ausleuchtet. «Wie hieß er gleich noch mal?»

«Brian», sagte Kate, «Brian Tyler.»

Sie starrte das Mädchen an und wußte, was sie geahnt hatte, seit sie in dieses Zimmer gekommen war: Was immer dieses geschundene Geschöpf, das so apathisch im Rollstuhl saß, ihr zu erzählen hatte – es würde ihr Leben von Grund auf verändern. Und sie wußte auch, daß es ihr mehr weh tun würde als alles, was Michael ihr gesagt hatte. Sie wünschte sich, sie wäre nie hergekommen, nie nach Annapolis gefahren, um Brians Tod aufzuklären. Als Ariel zu sprechen begann, hätte Kate sich am liebsten die Ohren zugehalten. Warum sollte sie noch zuhören? War es nicht jetzt sowieso zu spät? Ariels Mutter ließ sie allein.

«Ich bin nicht gesprungen», sagte das Mädchen. «Und auch nicht gestürzt. So ist es nicht passiert, es war ganz anders.»

29

In der Schwimmhalle kannte Brian sich beinahe noch besser aus als überall sonst im Yard. Jordan schloß auf, feuchtwarme Luft schlug ihnen entgegen, es roch nach Chlor. Irgendwie war es unheimlich, spätabends in diese riesige, dunkle Halle zu kommen, ganz anders als am Tag. Das Wasser in den beiden Schwimmbecken sah viel dunkler aus, kein Wellenschlag, kein Schwappen.

«Woher hast du den Schlüssel?» Obwohl Brian flüsterte, kam das Echo wie gespenstisches Raunen von den gekachelten Wänden zurück. Jordan hatte ihn entweder nicht gehört, oder er wollte keine Antwort geben. Brian tat es jetzt schon leid, daß er überhaupt mitgekommen war.

In der Dunkelheit war es schwierig, sich zu orientieren, die gewohnten Anhaltspunkte fehlten: Das Deckengewölbe mit den sternförmig angeordneten drei Lichtschienen, die gold und blau gestreiften Wimpel an der Längsseite des größeren Beckens. Brian mußte langsam gehen, der gekachelte Fußboden war feucht und glitschig. Nach ein paar Schritten blieb er stehen und wartete, Jordan war irgendwohin ins Dunkel verschwunden.

Verdammt, warum kam er nicht wieder? Ob er sich rasch mit Spider verständigen sollte? Vielleicht war dem auch schon der Gedanke gekommen, daß es besser wäre, die ganze Idee aufzugeben und zu verschwinden, ehe es zu spät war?

Eine der Unterwasserleuchten im Becken flammte auf. Der Lichtschein war schwach, alles, was sich außerhalb vom Becken befand, warf große Schatten auf die Kachelwände. Brian drehte sich um, der Sprungturm lauerte wie ein hoch aufgerecktes Tier im

Halbdunkel. Es war nicht hell genug, um die Einzelheiten zu erkennen. Aber Brian brauchte kein Licht, sogar mit geschlossenen Augen hätte er alles deutlich vor sich gesehen: den runden Betonturm, in dem die Wendeltreppe nach oben führte, die drei Plattformen, in verschiedener Höhe angeordnet, und davor die Sprungbretter.

Er legte den Kopf in den Nacken und starrte nach oben. Die erste Plattform führte zum Fünfmeterbrett. Vom zweiten Sprungbrett ging es immerhin schon siebeneinhalb Meter in die Tiefe. Ganz oben, wo der Turm aufhörte, ragte das Zehnmeterbrett nach vorn.

Für ihn war es ein faszinierender Anblick, er hatte nie verstehen können, warum es den meisten seiner Kameraden einen solchen Schrecken einjagte. Er hatte nicht eine Sekunde gezögert, von dort in die Tiefe zu springen, sondern gleich beim ersten Versuch hatte er ein fast berauschendes Triumphgefühl genossen. Schade, daß der Nervenkitzel so rasch vorbei war. Nicht einmal anderthalb Sekunden dauerte es, bis man eintauchte. Die Füße zerschnitten die Wasseroberfläche, plötzlich war alles weich und warm, das blaue N – in über fünf Meter Tiefe auf dem Grund des Tauchbeckens – schien auf einmal riesengroß zu werden.

Manchmal war er zwei- oder dreimal hintereinander gesprungen – nicht, um vor den anderen anzugeben, nur, weil es ihm Spaß machte. Er hätte am liebsten übermütig geschrien, wie die Jungens vom Marine Corps das gewöhnlich taten. Aber er fand es irgendwie ungehörig, er jubelte lieber still in sich hinein. Er mochte es auch nicht, wenn manche eine Show aus dem Sprung machten, sich akrobatisch verrenkten. Er sprang immer in gestreckter Haltung, die Arme vor der Brust verschränkt. Und wenn er dann in der Luft war, kreuzte er rasch die Beine. Einmal, nur ein einziges Mal hatte er das vergessen. Der Aufprall war furchtbar gewesen. Als wäre ihm ein Hammer zwischen die Schenkel geschlagen worden.

Der Sprung vom Zehnmeterbrett war eine Pflichtübung, der sich jeder Midshipman vor der Abschlußprüfung unterziehen mußte. Es wurde sogar streng darauf geachtet, daß keiner ihm dabei half – etwa durch einen Schubs, den mancher, wenn er mit schlotternden Knien auf dem schmalen federnden Brett stand, als Akt barmherziger Nächstenliebe empfunden hätte. Dabei war der Mutsprung, wie sie ihn nannten, jetzt – in der neuen Schwimmhalle, mit dem Betonturm – schon viel leichter geworden; früher, im alten Schwimmbad drüben im Masconough, hatten sie über eine

Jakobsleiter bis ins Deckengewölbe klettern und von dort ins Tauchbecken springen müssen. Das waren noch harte Zeiten gewesen, dagegen nahm sich das, was ihnen jetzt abverlangt wurde, wie ein Kinderspiel aus.

Es gab eine offizielle Erklärung dafür, warum die Akademie auf dem Mutsprung bestand, allerdings kam sie den meisten ein bißchen an den Haaren herbeigezogen vor. Das Zehnmeterbrett, hieß es, entsprach in der Höhe ungefähr dem Oberdeck eines Kriegsschiffes auf hoher See. Angeblich gehörte es also zum unabdingbaren Training für den Ernstfall, daß jeder Midshipman einmal aus dieser Höhe ins Wasser sprang. Vor zwei Jahren hatte es einen Mordswirbel gegeben, weil ein Midshipman den Mutsprung verweigerte und deswegen von der Akademie verwiesen wurde. Ein Abgeordneter hatte sich eingeschaltet und argumentiert, die Überlebenschancen beim Sprung von einem sinkenden Kriegsschiff seien so gering, daß man das Ganze nur als ausgemachten Blödsinn bezeichnen könne. Geändert hatte er damit nichts; es war nicht so einfach, alte geheiligte Traditionen zu erschüttern.

Brian konnte nicht verstehen, wieso sich jemand lieber rauswerfen ließ, statt zu springen. Mein Gott, was nahmen sie nicht alles in den vier Jahren auf sich, und dann sollte der krönende Abschluß an so einem blöden Sprung scheitern? Es wurde ja sonst nichts verlangt – kein Hechtsprung oder eine Schraube oder ein Salto, nichts, nur runter mußten sie, egal wie.

Zugegeben, von hier unten sah es einfacher aus, als wenn man dort oben stand, zehn Meter über dem Abgrund. Es kostete schon Nerven, auf dem schwankenden Brett bis ganz nach vorn zu gehen, besonders, wenn einer unter Höhenangst litt. Spider hatte zum Beispiel beim ersten Mal vor Angst gekotzt. Wenn es nicht ums Offizierspatent gegangen wäre, hätte er den Sprung verweigert. Und für andere war es noch schlimmer. Sie hatten ja sogar ein paar in der Crew, die nicht schwimmen konnten. Wobei es Brian allerdings ein Rätsel blieb, warum sich einer, der nicht schwimmen konnte, ausgerechnet bei der Navy bewarb. Für Nichtschwimmer war das Leben in Annapolis kein Zuckerlecken. Sie wurden als ‹bleierne Enten› oder als ‹Unterwasserflaschen› verhöhnt, ein nicht sehr mitfühlender, aber treffender Name, denn wenn sie ins Wasser geworfen wurden, sackten sie tatsächlich ab wie ein Stein.

Es gab auch immer wieder Verletzungen. Ungeübte verkrampften sich vor Angst, landeten mit einem Bauchplatscher und kamen prustend mit blutigen Nasen und schmerzverzerrten Gesichtern nach oben.

Endlich war Jordan wieder da, er machte ihnen ein Zeichen, zum Sprungturm zu kommen. Brian war froh, daß sich überhaupt was tat. Das Warten und die Stille zerrten an seinen Nerven. Vorhin auf der Stube hatten sie alle eine große Klappe gehabt. Wie das eben so ist, wenn man sich gegenseitig mit Ärger und Wut hochschaukelt. Jetzt war nicht mehr viel davon übriggeblieben, sie schwiegen verbissen.

Brian ging zum Sprungturm, Spider kam hinter ihm her. Es war dunkel hier hinten, der schwache Schein der einen Unterwasserleuchte reichte nicht so weit. Jordan schaltete die Taschenlampe ein, ein paar Sekunden huschte das Licht über das Schild, das am Eingang zur Wendeltreppe hing. *Aus Sicherheitsgründen ist es verboten, den Sprungturm außerhalb der angesetzten Übungsstunden zu betreten. Zuwiderhandlungen werden disziplinarisch geahndet.* Das übliche Navy-Kauderwelsch.

Jordan fingerte nach einem Schlüssel, dann schloß er das Gittertor auf. Erst in diesem Augenblick wurde Brian richtig klar, daß sie sich auf eine verdammt kitzelige Sache einließen. Auch Spider hatte wohl Bedenken, Brian hörte ihn aufgeregt fragen: «Wie, zum Teufel, bist du denn an die Schlüssel gekommen, Jordo?»

«Frag nicht so dämlich. Wir vom Marine Corps machen so was mit links. Das sind Tricks, die ihr simplen Navyleute sowieso nicht kapiert.»

Brians Augen hatten sich an das schwache Licht gewöhnt, er konnte jetzt die Gesichter erkennen. Spiders kantiger Schädel. Und daneben ihr Gesicht. Schattenhaft zart. Wunderschön. Aber glühend vor Zorn. Nur Wut las er in ihren Augen, keine Angst. Angst hatte sie bisher überhaupt nicht gezeigt, nicht einmal, als ihr klar wurde, wohin die drei sie mitten in der Nacht schleppten. Jetzt glaubte er so viel Verachtung in ihrem Blick zu erkennen, daß er rasch die Augen senkte.

Er stieß Jordan an. «He, das reicht jetzt! Wir schmeißen sie rein, und dann ist Schluß. Ich meine, sie darf ruhig 'n bißchen naß werden, aber mehr ist nicht drin.»

«Kommt nicht in Frage!» flüsterte Jordan grimmig zurück. «So einfach kommt sie auf keinen Fall davon. Sie muß da runter.» Er packte Ariel, stieß sie auf die Treppe, schob sie vor sich her. Brian und Spider folgten hastig.

Ariels Hände waren auf dem Rücken gefesselt. Brian erinnerte sich nicht, wer ihr den Gürtel vom Bademantel um die Handgelenke geschlungen hatte, Jordan oder Spider. Merkwürdig, sie hatte das alles über sich ergehen lassen, ohne zu schreien. Sie war die ganze Zeit über still geblieben, abgesehen von gemurmelten Protesten ganz am Anfang, als sie sie aus der Koje gezerrt und auf den Flur geschoben hatten. Danach hätte man denken können, sie ging freiwillig auf das makabre Spiel ein. Als ob sie neugierig wäre, was sich wohl daraus entwickelte. Wenn sie sich energisch gewehrt, wenn sie geschrien hätte... Wer weiß, ob sie dann überhaupt so weit gekommen wären. Brian ahnte noch nicht, wie sehr er es später bedauern würde, daß sie so passiv geblieben war.

Er durfte gar nicht daran denken, gegen wie viele Anordnungen und Akademieregeln sie verstießen. Vielleicht war Cynthia Decker, Ariels Stubenkameradin, wach geworden und in der Zwischenzeit längst zum Kompaniechef gelaufen? Wenn man sie erwischte... Sie mußten viel Glück haben, um mit einer Ausgangssperre davonzukommen, verbunden mit der Streichung sämtlicher Privilegien der Firstclassmen. Aber es konnte auch schlimmer kommen.

Hintereinander stiegen sie in die Dunkelheit hinauf. Stufe um Stufe. Immer höher die Spirale der Wendeltreppe hinauf. Nur der tanzende Lichtstrahl aus Jordans Taschenlampe wies ihnen den Weg.

Das Mädchen stolperte. Rasch griff Brian zu, um es zu stützen. Er zuckte erschrocken zurück. Mein Gott, wie dünn und schwach sich Ariels Arm anfühlte! Er roch ihr Haar, es duftete nach Seife. Auf einmal mußte er an Leah denken. Er schämte sich.

«Hör zu, Jordo», sagte er leise, «jetzt haben wir den Blödsinn weit genug getrieben. Laß uns Schluß machen und in unsere Kojen verschwinden, bevor wir Ärger kriegen.»

«Halt's Maul, du Arschloch. Jetzt geht's ja erst richtig los.»

Sie kamen am Ausgang zum Fünfmeterbrett vorbei. Jordan stieg weiter, er schien es eilig zu haben. Brian merkte, daß ihm allmählich schwindelig wurde. Das konnte nicht daran liegen, daß es immer im Kreis herumging. Er war doch schon oft hier hochgestiegen, ohne den geringsten Anflug von Schwindelgefühl. Die Plattform beim Siebeneinhalbmeterbrett... Und Jordan dachte immer noch nicht daran, endlich mit dem grausamen Spiel Schluß zu machen. Weiter, immer weiter nach oben. Als sie die letzte Plattform erreicht hatten, packte Jordan das Mädchen am Arm und schob es nach vorn, auf das Sprungbrett zu.

«Das wird euch beschissenen Kerlen noch leid tun!» fauchte Ariel sie an. Ihre Stimme zitterte, aber Brian sah ihr an, daß sie immer noch glaubte, sie würden es nicht bis zum Äußersten treiben.

Jordan drehte sich zu Brian und Spider um. «Was meint ihr, sollen wir sie gefesselt lassen?» Er fragte es ganz kühl, als wäre es wirklich nur irgendein belangloser Spaß. «Bri, wenn du vorwegspringst und sie rausholst, brauchen wir ihr die Hände gar nicht loszubinden.» Brian hörte es deutlich heraus: Jordan war zu allem entschlossen. Eine unheimliche Wut packte ihn, er fühlte sich wie gelähmt. Hilfesuchend sah er sich nach Webb um, aber der war gar nicht mit nach vorn gekommen. Er lehnte an der Betonwand des Turms, für ihn hatte das schmale federnde Brett hoch über dem dunklen Tauchbecken nichts von seinen Schrecken verloren.

Inzwischen hatte Jordan das Mädchen weiter nach vorn gestoßen, bis zum Sprungbrett. Genug, dachte Brian. Genug jetzt! Wenn er sie noch weiter hinausschob... Drei, vier Schritte weit reichte das Schutzgitter links und rechts vom Sprungbrett. Danach gab es nur noch den schmalen Holzsteg über der Tiefe.

Ariel stand auf dem Sprungbrett. Sie war barfuß und hatte nur ihren weißen Pyjama an. Jordan schwenkte die Taschenlampe. Der Lichtstrahl blieb auf ihr hängen. Ein schlankes, zartes Mädchen. Entsetzlich verloren wie ein Kind.

Und in diesem Augenblick – hinausgestoßen ins Dunkel, allein gelassen in schwindelerregender Höhe – fing sie wohl an zu begreifen, daß es doch nicht nur ein Spiel war. Ein schwaches Wimmern kam von ihren Lippen. Jordan richtete die Taschenlampe auf ihr Gesicht. Auf ihren Wangen glänzte Schweiß. Sie reckte den Kopf, man sah den Pulsschlag in ihrer Kehle klopfen.

Aber am schlimmsten fand Brian, was er in ihren Augen las. Er hätte es nicht beschreiben können, es traf ihn wie ein Bannfluch. Siedend heiß stieg es in ihm auf – Scham, Reue, Abscheu vor sich selbst. Wie hatte er sich darauf einlassen können? Warum machte er nicht wenigstens jetzt Schluß? Was dachten sie sich überhaupt dabei, weshalb taten sie das? Aus einer übermütigen Laune heraus? Weil sie sich vorhin – auf der Stube, wo es so einfach gewesen war, den Maulhelden zu spielen – eingeredet hatten, es wäre eben nur einer von diesen derben Späßen, die dauernd vorkamen? Das alles wegen einer sinnlosen, verrückten Wette?

Sie wimmerte jetzt wie ein Kind. Sie fing zu betteln an, Jordan möge sie gehen lassen. Brian kämpfte mit sich. Sollte er hinlaufen, sie zurückreißen? Aber vielleicht war das falsch, vielleicht trieb er sie, wenn sie auf dem schwankenden Brett vor ihm ausweichen wollte, damit erst recht in die Tiefe? Er merkte gar nicht, daß er Schritt um Schritt rückwärts ging, als wäre er es, der davonlaufen wollte. Auf einmal stand er neben Spider.

«Laß sie in Ruhe!» Er wollte es schreien. Nur ein verzweifeltes Krächzen kam aus seiner Kehle.

«Kommt nicht in Frage», antwortete Jordan. «Die Idioten im Stab haben sich von ihr einwickeln lassen. Aber hier hilft ihr das dämliche Attest gar nichts.»

Jordan wollte sie tänzelnd weitertreiben, aber sie wich aus, duckte sich, zerrte verzweifelt an ihren Fesseln, wollte endlich die Hände frei haben, damit sie sich irgendwo festklammern konnte. Der Lichtstrahl der Taschenlampe schwenkte herum, blendete Brian einen Augenblick, huschte über Webbs aschfahles Gesicht. Es war, als hätte Spider nur darauf gewartet. Er stieß sich von der Wand ab, rannte an Brian vorbei, stürmte die Treppe hinunter; am Poltern auf den Metallstufen hörten sie, daß er rannte, wie von Furien gehetzt.

«Um Himmels willen, Jordo, jetzt ist es genug!» schrie Brian. Er hörte Ariel weinen, es war wie ein Keuchen in Todesangst. Nie zuvor hatte er einen so entsetzlichen, unmenschlichen Laut gehört. Ohne sich länger zu besinnen, ging er drohend auf Jordan zu. «Treib den Spaß ja nicht zu weit!»

Mit einem schnellen Schritt stellte Jordan sich zwischen Brian und das Mädchen. «Sie muß da runter, Bri.»

Ariel kauerte sich zusammen. Sie hörten sie nicht mehr weinen. Kein Wimmern mehr, kein Keuchen. Als ob alles in ihr erstickt wäre.

«Laß sie laufen! Was ist mit dir los? Bist du verrückt geworden? Laß sie endlich gehen!»

«Kommt nicht in Frage.» Jordan wandte sich halb um, tastete nach Ariel, stieß sie vorwärts, schob sie. Sie fing wieder kläglich zu wimmern an. Es konnten nur noch Zentimeter sein bis dahin, wo das Sprungbrett endete und der Abgrund über dem Tauchbecken begann.

Brian setzte einen Fuß vor den anderen. «Es ist gut, Ariel, hab keine Angst mehr», redete er leise auf das Mädchen ein. «Es ist alles vorbei, wir bringen dich jetzt runter.»

«Hau ab, Tyler. Ich warne dich. Noch einen Schritt, und ich stoße sie runter.»

Brian blieb stehen. Er versuchte, seine Chancen abzuschätzen. Jordan stand zwischen ihm und dem Mädchen, angespannt, wie zum Sprung geduckt. Und Webb? Der mußte inzwischen unten sein.

In diesem Augenblick hörten sie ihn vom Beckenrand rufen. «Brian hat recht. Laß sie gehen, Jordan.» Seine Stimme hallte schaurig durch die leere Schwimmhalle.

«Zum Teufel, was ist auf einmal mit euch los? Wir haben doch alles besprochen, ihr seid einverstanden gewesen», rief Jordan wütend zurück. «Juckt's euch so in den Fingern, Buck die tausend Dollar hinzuschieben?»

Das war die Chance, vielleicht die letzte. Solange Jordan durch Webb abgelenkt war, konnte Brian sich unbemerkt nach vorn schieben. Er packte Jordan am Arm, langte mit der anderen Hand an ihm vorbei, streckte sie Ariel hin.

«Tyler, du gottverfluchtes Arschloch!» Jordan riß sich los, das Brett schwankte bedrohlich. «Hör auf! Hör sofort auf – oder wir stürzen alle runter.»

Brian rutschte mit dem linken Fuß ins Leere. Er ruderte mit den Armen, verlagerte das Gewicht nach rechts, balancierte ein paar Sekunden hilflos. Dann hatte er sich gefangen.

«Mein Gott!» hörte er Webb unten keuchen.

Brian stand wie benommen, er versuchte, ruhig durchzuatmen. An Jordan und an das Mädchen dachte er in diesem Augenblick nicht, er war noch viel zu erschrocken. Jordan nutzte das sofort aus. Er wirbelte herum und packte Ariel.

«Laß das, Jordan, hör auf! Du mußt hier nichts beweisen. Dein großer Bruder ist nicht da, vor uns brauchst du keine Show abzuziehen.»

Jordans Gesicht verzerrte sich vor Wut. «Fick dich ins Knie, Tyler!» schrie er mit überschnappender Stimme. Wieder packte er zu, Ariel versuchte mit letzter Kraft, sich seinem Griff zu entwinden.

Sie kauerte auf dem Brett. Jordan gab ihr einen Stoß. Sie schlug hart mit der Stirn auf. Und dann stürzte sie hinunter.

Sie schrie gellend. Aber es blieb ihr nur wenig mehr als eine Sekunde Zeit. Sie hörten es klatschen, Wasser spritzte hoch. Der Schrei war längst erstickt, da gellte er Brian immer noch in den Ohren. Er wußte in diesem Moment, daß er ihn nie vergessen würde. Bis an sein Lebensende würde er ihn hören. Und dann fiel ihm ein, daß ihre Hände ja immer noch gefesselt waren. Kalter Schweiß brach ihm aus. Er starrte ins Dunkel hinunter.

«Spider, hast du eine Lampe? Wir brauchen Licht. Los, schalt das Licht ein! Nun mach schon!»

Webb schaltete die Taschenlampe ein, der Lichtstrahl irrte über die dunkle Wasserfläche. Von Ariel war nichts zu sehen. Fluchend stolperte Brian ein, zwei Schritte nach vorn, schob Jordan beiseite und sprang.

Er spürte, wie seine Füße durchs Wasser schnitten. Sekundenlang nahm ihm der Aufprall den Atem. In der Dunkelheit war es unmöglich gewesen, den Auftreffwinkel abzuschätzen, die Haltung im letzten Augenblick zu korrigieren. Er kam hoch, schnappte nach Luft, verfluchte das Halbdunkel und tauchte sofort wieder hinunter. Aber es war zu finster, er konnte Ariel nicht sehen. Sogar ihm machte es auf einmal angst, ohne Orientierung in einer Tiefe zu tauchen, die er nicht abschätzen konnte. Er stieß sich ab, tauchte auf, rang nach Atem. Seine Augen brannten.

«Links von dir, Bri!» Webb schwenkte die Taschenlampe herum. Der Lichtstrahl irrte einen Augenblick suchend, dann hatte er das Mädchen erfaßt. Ariel lag reglos im Wasser, das Gesicht nach unten. Ihr langes rotbraunes Haar wallte im Wasser wie ein Büschel Seetang.

Brian faßte sie unter den Armen, drehte sie und zog sie hoch. Er schwamm auf dem Rücken, hielt sie, wie er es beim Rettungskurs gelernt hatte. Nur ein paar Sekunden, dann hatten sie den Beckenrand erreicht. Ihr Körper lag schlaff in seinen Armen, sie war bewußtlos. «Scheiße!» schrie er. Und noch einmal. Und dann wieder, laut und gellend: «Scheiße!» Er schrie die Angst aus sich heraus, das Entsetzen und die Scham.

Webb kniete am Beckenrand. Er beugte sich vor, packte Ariel, zog sie hoch. Ihre Hände waren immer noch gefesselt. Fluchend zerrte Webb am nassen Baumwollgürtel. Bri stemmte sich hoch, schwang sich aus dem Wasser. Nicht der Gedanke, daß sie zuviel Wasser geschluckt hätte, machte ihm Sorgen; sie war nicht lange genug unten gewesen, daß es ihr schon in die Lungen gedrungen sein konnte. Was ihn erschreckte, war die dunkelrote Blutspur in Ariels Haaren.

Jordan kam angerannt, er atmete schwer. Brian schaute nicht hoch. Es war der Augenblick, in dem sie anfingen, sich zu hassen.

«Himmelarschundzwirn, wir müssen hier weg! Laß sie liegen!»

«Halt dein verdammtes Maul», schrie Brian ihn an, «oder, ich schwör dir, ich bring dich um!»

Ariel fing leise zu stöhnen an, sie bewegte sich nicht, ihr Blick war starr nach oben gerichtet. Sie zitterte, obwohl es in der Schwimmhalle eher zu warm war. Brian spürte, wie die Angst ihn würgte – Angst um sie. Aber die Wut, die er fühlte, war Wut über sich selbst. Wie hatte er sich auf so eine wahnsinnige Sache einlassen können? Niemand hatte ihn dazu gezwungen, es war sein freier Entschluß gewesen. Daß Jordan die Idee aufgebracht hatte, entschuldigte nichts. Drüben in der Stube hatte es sich so harmlos angehört. Fast nach ausgleichender Gerechtigkeit. Mein Gott, warum hatte er nicht den Mut gehabt, nein zu sagen? Wieso hatte er nicht begriffen, daß man nicht einfach gedankenlos mitlaufen darf – nirgendwo im Leben, daß man sich wehren muß?

«Schließ den Sprungturm ab», drängte Webb. «Schließ ab, sonst merken sie...» Er führte den Satz nicht zu Ende, er sah wohl selbst ein, daß es keine Chance mehr gab, ungeschoren davonzukommen. Wenn Ariel den Vorfall meldete, flogen sie alle raus. Jeder hatte es begriffen, darum waren sie so nervös. Ihre Reue, die sowieso zu spät kam, hatte mehr mit der Angst vor den Folgen als mit Scham zu tun.

Vier Jahre lang hatten sie sich geschunden. Und sich schinden lassen. Und jetzt, kurz vor dem Ziel, wurden sie unehrenhaft entlassen. Es gab keine Hoffnung. Die Sache konnte kein Vorgesetzter vertuschen, nicht einmal der Admiral. Das war ein gefundenes Fressen für Zeitungsleute und Politiker. Das schlug Wellen bis ins Pentagon. Nein, diesmal steckten sie so tief drin, da half ihnen keiner wieder raus.

Brian beugte sich über das Mädchen. «Ariel? Ariel, bist du okay?»

Sie antwortete nicht. Brian sah sich hilfesuchend um. Was sollten sie tun? Was konnten sie überhaupt tun? Und wo, zum Teufel, steckte Jordan? Der verdammte Hund war doch an allem schuld! Ach so, er war nach hinten gegangen, um die Tür zum Sprungturm zu verschließen. Und Webb? Webb war neben ihm, legte ihm die Hand auf den Arm.

«Du, Bri, Jordan hat recht. Lassen wir sie hier liegen. Wir müssen weg. Wir müssen rüber auf unsere Stube, ehe jemand was merkt.»

Brian fühlte sich wie betäubt. Er konnte keinen klaren Gedanken fassen. Da drüben kam Jordan zurück, der Lichtstrahl der Taschenlampe tanzte vor ihm her. War es richtig, wenn sie Ariel einfach so liegenließen? Hilflos, allein im Dunkel?

Jemand packte ihn am Arm. Jordan oder Spider, er wußte es nicht. Er ließ sich hochziehen und wegführen.

Später, als er in der Koje lag und die unruhigen Atemzüge seiner Stubenkameraden hörte, wußte er, daß sie auch keinen Schlaf fanden. Er redete sie nicht an. Keiner sagte etwas, sie schwiegen in die Dunkelheit hinein, obwohl jeder den anderen mehr gebraucht hätte als je zuvor. Das Gefühl, ganz allein zu sein, war bedrückend.

Brian hätte gern geweint, aber die Tränen, die eine Erlösung gewesen wären, wollten nicht kommen. Seine Schultern brannten, er war hart auf dem Wasser aufgeschlagen, zu weit nach hinten geneigt. Er nahm den Schmerz als Buße, kostete ihn aus.

Wer würde es ihnen morgen früh sagen? Bei wem mußten sie sich melden?

Irgendwann fiel er in Schlaf. Es war ein erschöpfter, bewußtloser Schlaf. Ein Schlaf ohne Träume. Das, was sie drüben in der Schwimmhalle getan hatten, war schrecklicher gewesen, als irgendein Alptraum sein konnte.

Schrilles Läuten weckte ihn, das Zeichen zum Aufstehen. Als er die Augen aufschlug, war alles wieder gegenwärtig. Mein letzter Tag, fiel ihm ein. Unabänderlich. Nicht einmal eine Gnadenfrist würden sie ihnen einräumen. Wozu auch?

Auf dem Wege zum Duschraum redeten sie nicht miteinander. Und auch nicht, als sie sich anzogen. Jordan wollte etwas sagen. Aber ehe er noch einen Satz zu Ende formulieren konnte, fuhren Webb und Brian herum und knurrten ihn an wie gereizte Hunde.

Brian hatte das Gefühl, in der Stube zu ersticken. Die Luft war vergiftet mit Angst und Reue und Scham. Er war froh, als es zum Frühstück läutete. Aber dann bekam er keinen Bissen herunter.

Warum war noch niemand gekommen? Er reckte den Hals, suchte die Reihen der Midshipmen im Speisesaal ab. Er suchte nur ein Gesicht. Er fand es nicht. Ariel war nicht da.

Das Warten auf das, was unvermeidlich kommen mußte, war entsetzlich. Er saß die Stunden im Lehrsaalgebäude ab, jeden Augenblick darauf gefaßt, daß die Tür aufgerissen wurde und jemand seinen Namen rief. In den Pausen schlich er geduckt herum, immer auf dem Sprung, wie einer, der weiß, daß ein unsichtbarer Feind ihm auflauert. Der Tag rutschte an ihm vorbei. Niemand kam. Niemand legte ihm die Hand auf die Schulter. Mittagsappell. Nichts. Die Vorlesungen am frühen Nachmittag. Das Fallbeil sauste immer noch nicht herab.

Später war Schwimmen angesetzt. Eigentlich durfte er da nicht fehlen, die Resultate zählten bei der Abschlußkonferenz. Er behauptete, er hätte Ohrenschmerzen und könne heute nicht ins Wasser. Nelson, der Sportlehrer, mußte merken, daß es eine Lüge war. Brian konnte ihm nicht in die Augen sehen. Aber um nichts in der Welt hätte er es fertiggebracht, jetzt in die Schwimmhalle zu gehen.

Gegen Abend war er soweit, daß er selber Meldung machen und alles eingestehen wollte. Das entsetzliche Warten mußte ein Ende haben. Wieder und wieder suchte er die Gesichter ab. Ariel fand er nicht.

Irgendwann fing Hoffnung zu keimen an. Sinnlose Hoffnung, wider alle Vernunft. Er sah Webb und Jordan an, daß es ihnen genauso ging. Vielleicht war ein Wunder geschehen? Vielleicht... Es konnte eigentlich nicht sein. Aber vielleicht hatte sie wirklich keine Meldung gemacht? Ausgeschlossen. Er wollte sich nicht an einen Strohhalm klammern. Doch Stunde um Stunde verging, ohne daß irgend etwas passierte.

Jordan erfuhr es als erster. Ariel Greene hatte die Akademie verlassen. Auf ärztlichen Rat, hieß es. Das Gerücht verbreitete sich in Windeseile. Angeblich sollte sie versucht haben, auf eigene Faust für den Mutsprung zu trainieren. Spätabends. Und dabei hatte sie sich Verletzungen zugezogen.

Die Erleichterung, die Jordan, Webb und Brian empfanden, ließ sich mit Worten nicht beschreiben. Es war überwältigend. Wie ein Rausch.

Jedenfalls am Anfang.

Sooft Brian an der Stube vorbeikam, auf der Ariel gelegen hatte, guckte er rasch weg. Aber dann lief er Cynthia Decker über den Weg. Ihr Blick traf ihn bis ins Mark. Er las in ihren Augen, daß sie alles wußte. Von diesem Tag an sah man ihn nie mehr zusammen mit Webb Garrick und Jordan Scott. Die drei gingen sich aus dem Weg, als wüßten sie, daß es nie wieder etwas geben durfte, was sie gemeinsam taten.

Jeden Tag wurde die Erinnerung an Ariel Greene ein wenig blasser. Ihren Namen erwähnte kaum noch einer. Wenn überhaupt über sie gesprochen wurde, dann war sie *dieser Firstclassman, der den vorgeschriebenen Mutsprung nicht geschafft hatte.* Keiner sagte es laut, aber sie fanden alle, daß sie zu Recht abgegangen wäre. Sie paßte eben nicht her. Sie hatte nicht das Zeug für Annapolis. Die Ärzte sollten angeblich eine psychische Störung festgestellt haben. Klar, wenn eine so panische Angst vor dem Sprung vom Zehnmeterbrett hatte – da konnte ja was nicht stimmen. Ein paar sprachen hinter vorgehaltener Hand aus, was die meisten dachten: Das Ganze war im Grunde ein schlagender Beweis, daß Mädchen an der Akademie nichts zu suchen hätten.

Brians Einsamkeit wuchs. Das Verlangen, sich endlich mit jemandem auszusprechen, wurde immer quälender. Aber das, was er sich von der Seele reden wollte, konnte er doch gerade denen nicht sagen, die ihn am allermeisten liebten. Er malte sich das jähe Erschrecken seiner Mutter aus. Und Leahs Entsetzen. Ganz zu schweigen davon, was sein Vater gesagt hätte.

Zwei Wochen lang fuhr er nicht nach D. C. Leah rief bei ihm an, fragte, ob sie lieber nach Annapolis kommen sollte, wenn er zuviel um die Ohren hätte, um sie zu besuchen. Aber er wimmelte sie mit fadenscheinigen Ausreden ab. Er hatte Angst, sie könnte ihm ansehen, was mit ihm los war. Dabei fehlte sie ihm schrecklich. Es kostete ihn ungeheure Mühe, sich am Telefon unbeschwert zu geben, damit sie nichts merkte.

Aber die Zeit, der man nachsagt, daß sie Wunden heilt, half auch ihm, wieder ruhiger zu atmen, einzusehen, daß kein Schwert über seinem Haupt hing und kein heimtückischer Feind im Hinterhalt lauerte. Immer tiefer wurde die Erinnerung an den furchtbaren Abend in der Schwimmhalle verschüttet. Es gab nichts, worüber er sich Sorgen machen mußte.

Er war davongekommen. Tatsächlich, er war noch mal davongekommen!

Alles renkte sich ein. Bald war es soweit. Er bekam sein Offizierspatent. Für Spider begann die fliegerische Ausbildung, sein Jugendtraum wurde wahr. Und Jordan konnte Leutnant im U.S. Marine Corps werden, genau wie sein Bruder, den er so bewunderte. Sie waren alle davongekommen.

Die Zeit tat noch mehr für Brian: Sie gaukelte ihm eine neue Wahrheit vor, an die er nur allzu gern glaubte. Warum hatte Ariel denn alles hingenommen, fast ohne Protest, jedenfalls ohne laut um Hilfe zu rufen? Sie hatte die Rolle des Opfers bereitwillig gespielt. Sie war das Opfer gewesen, weil sie es sein wollte.

Als er sich das lange genug eingeredet hatte, konnte er zur Normalität des Lebens zurückfinden. Er rief Leah an und verabredete sich mit ihr fürs nächste Wochenende. Zu lange hatte er sie nicht gesehen, er sehnte sich nach ihr, er wollte endlich wieder mit ihr schlafen. Er brachte es auch wieder fertig, in die Schwimmhalle zu kommen, und stürzte sich mit solchem Feuereifer ins Training, daß der Trainer erwog, ihn für die amerikanischen Meisterschaften anzumelden. Die Schatten der Vergangenheit waren verscheucht.

Oder vielleicht doch nicht? War das, was er für Vergessen hielt, vielleicht nur eine Betäubung, aus der er irgendwann aufwachen mußte?

Das Erwachen kam schneller, als er gedacht hatte. Auf einmal war es nicht mehr Jordan, den er verantwortlich machte, er fing an, sich selbst zu hassen. Seine Zukunft, seine Träume, sogar seine Liebe zu Leah – alles war so schmutzig geworden. Er hatte das Leben eines anderen Menschen zerstört. Und nicht nur das, er verstand auf einmal, warum Ariel Greene geschwiegen – nein, sogar gelogen hatte, um ihn und Webb und Jordan zu schützen. Sie hatte ihnen den Ehrenkodex, von dem sie nur redeten, vorgelebt: Es darf nichts nach draußen dringen, was dem Ansehen der Navy schaden könnte. Es zerfraß ihn, als er erkannte, daß sie ihm ein Beispiel gegeben hatte. Die Ehre – für sie war das nicht nur ein Wort gewesen.

30

Das Mädchen hatte sich nicht anmerken lassen, was es empfand, sondern mit unbewegter Stimme erzählt – wie von Ereignissen, die es nicht berührten. Doch am Schluß kam es Kate so vor, als wäre Ariels Stimme im Schmerz der Erinnerungen erstickt. Die Stille war unheimlich. Kate suchte nach Worten. Aber war es nicht für alles, was sie sagen konnte, schon viel zu spät? Nur eine Frage fiel ihr ein; schon während sie sie stellte, wurde ihr klar, daß auch diese Frage längst müßig geworden war.

«Warum haben sie niemandem gesagt, wie es wirklich war?»

Ariels Blick blieb stumpf. Kate hätte sie am liebsten an den Schultern gepackt und gerüttelt. *Warum hast du nicht gemeldet, was geschehen ist?* wollte sie schreien. *Wenn du's gesagt hättest, wäre mein Sohn noch am Leben.* Aber sie wußte ja selber, wie oft man Dinge tut, für die man keine Erklärung weiß, nicht einmal vor sich selbst.

Sie hörte ein leises Geräusch draußen auf dem Flur, Ariels Mutter hatte wohl gelauscht. Kate konnte die Augen nicht von der zarten Gestalt im Rollstuhl abwenden. Ein Kind, zerbrochen, von Ängsten gezeichnet, ohne Glauben an eine Zukunft, tiefer verletzt, als hätte irgendein körperliches Leiden es an den Rollstuhl gefesselt. An jenem Abend in der Schwimmhalle in Annapolis war nicht nur Brians Leben zerstört worden.

Es gab nichts, was Kate für sie tun konnte. Es war sinnlos, länger zu bleiben. Sie konnte dem Mädchen keinen Trost zusprechen. Was sie erfahren hatte, war so gräßlich, daß sie erst selber damit fertig werden mußte. Und welchen Trost hätte es denn gegeben? Sie stand auf. Erst an der Tür wandte sie sich um. «Danke, daß Sie es mir erzählt haben, Ariel», sagte sie.

Die Augen des Mädchens blieben leblos. Monoton sagte sie: «Mein Name ist nicht Ariel. Ich heiße Shirley.»

Kate wunderte sich selber, woher sie die Kraft nahm, äußerlich beherrscht am Lenkrad zu sitzen, den Blick nach vorn gerichtet. Sie wagte nicht, in den Rückspiegel zu schauen, weil sie wußte, was sie gesehen hätte: eine verhärmte, verbitterte Frau, die auf der Veranda vor ihrem heruntergekommenen Haus stand und aus Augen, in denen keine Hoffnung mehr war, hinter ihr her starrte.

Sie versuchte, an nichts anderes zu denken als an die Straße mit den tief ausgewaschenen, gefährlichen Furchen. Aber sie fühlte das Elend, dem sie begegnet war, wie eine zentnerschwere Last. Wenn sie einatmete, glaubte sie, noch die Gerüche des Hauses aufzunehmen, die Fäulnis des modernden Holzes, die Bitterkeit der Armut, den Hauch von Siechtum und Verwesung, sogar den scharfen Gestank des nassen Hundefells. Sie öffnete das Seitenfenster, atmete hastig wie eine Erstickende, ließ frische, kalte Luft in den Wagen strömen. Sie begann zu frösteln, doch sie drehte das Fenster nicht wieder hoch.

Sie wünschte sich sehnlich, ihren Gefühlen freien Lauf zu lassen. Sie wollte anhalten, sich übers Lenkrad krümmen und hemmlungslos schluchzen. Es hätte ihr gutgetan. Aber sie fürchtete, wenn sie sich erst einmal gehenließ, würde es viel Anstrengung kosten, die Beherrschung wiederzufinden. So fuhr sie weiter, schlürfte – gierig wie eine Verdurstende das Wasser – die schneidend kalte Luft in sich hinein – und klammerte die Hände ums Lenkrad, als sei es der einzige Halt, der ihr geblieben war. Als sie auf dem Flugplatz ankam, waren ihre Finger verkrampft, der Rücken und die Arme schmerzten. Erst im Flugzeug wurde ihr bewußt, wie bedrückend das Wissen war, das sie von diesem Besuch mit nach Annapolis nahm. Die Wahrheit war kein Geschenk gewesen, sie fühlte den Schmerz tiefer als je zuvor, ihr Kummer war größer als an dem Tag, an dem sie von Brians Tod erfahren hatte. Hatten nicht Leah und Max sie gewarnt? *Und wenn du nun herausfindest, daß er doch Selbstmord begangen hat?*

Sie erinnerte sich noch ihrer Antwort. Auch diese Wahrheit wolle sie wissen, hatte sie gesagt. So stolz und so mutig. Und doch so einfältig in ihrer Ahnungslosigkeit.

Der Gedanke an einen Selbstmord wäre das schlimmste, hatte sie gedacht. Jetzt wußte sie, daß es Schlimmeres gab: die Ahnung, wie qualvoll für Brian die Zeit vor seinem Tod gewesen war. Tage einer endlos schleichenden Agonie.

Mein Junge, mein Sohn, weinte sie stumm in sich hinein, *warum hast du nicht mit mir geredet? Warum hast du mich nicht angerufen? Du hättest doch wissen müssen, daß ich für dich da bin. Gemeinsam hätten wir einen Weg gefunden, irgendwie.*

Als sie in Baltimore ankam, war es später Nachmittag, die Sonne stand tief, mit letzter Glut tauchte sie den Himmel in flammendes Rot. Kate kämpfte mit der Erschöpfung, auf dem Parkplatz, wo sie den Wagen abgestellt hatte, begann sie zu taumeln, die letzten Schritte schaffte sie nur noch wankend. Sie rutschte hinters Lenkrad. Ihr Blick fiel auf den Beifahrersitz, ein Schaudern überlief sie, als sie an den toten Kater dachte. Armer Max. Es sei nicht sein Kater, hatte er behauptet. Nun gut, das Tier hatte ihm nicht gehört. Aber es war trotzdem sein Kater gewesen. Weil er an ihm gehangen hatte. Gefühle kann man verleugnen, aber nicht auslöschen.

Und wie war es mit ihren Gefühlen? Wie oft hatte sie in den letzten Tagen und Wochen geglaubt, sie müsse nur noch eine kurze Weile stark sein, stark genug, um herauszufinden, warum Brian nicht mehr lebte und wie er gestorben war? Danach, hatte sie gedacht, könne es keine Zukunft mehr geben, sie werde sich vergraben in Schmerz und Kummer. Aber nun erkannte sie, daß das Leben trotzdem weiterging. Sie wurde nicht gefragt, ob sie leben wollte. Sie war da, war übriggeblieben. Und auf einmal ahnte sie, daß ihre innere Kraft groß genug war, um durchzustehen. Eine Lebensquelle, von der sie zehren konnte. Zehren mußte. Während schlafloser Stunden. Während düsterer, einsamer Tage. Das alles blieb ihr nicht erspart, dafür brauchte sie Kraft. Sie fühlte, daß sie stark genug war. Sie mußte stark sein. Nicht nur für sich. Auch für Leah. Und für das Baby, Brians Kind.

Der Gedanke an Leah bedrückte sie. Sie fürchtete sich vor dem Augenblick, in dem sie ihr sagen mußte, was Ariel ihr erzählt hatte. Denn von diesem Moment an würde Leah mit dem Wissen leben müssen, mit dem Kate seit heute leben mußte: Brian hatte wirklich Selbstmord begangen.

Michael hatte also recht gehabt. Es war ein Selbstmord gewesen. Nein, Michael hatte nicht recht gehabt, widersprach sie sich zornig. Er hatte sie belogen. Dieser angebliche Schwindel bei einem Examen – alles nur Lüge. Sie kannte jetzt die Wahrheit. Und sie würde sie Michael um die Ohren schlagen. Warum hatte er ihr diese Lügengeschichte aufgetischt? Etwa, weil er von Anfang an befürchtet hatte, sie könne etwas anderes herausfinden? Oder – der Gedanke kam ihr ganz plötzlich, erfüllte sie mit grimmiger Wut: Wußte er schon lange, was wirklich geschehen war? Wußten sie es vielleicht alle, der Admiral, die im Akademiestab? Kannten sie Ariels Geschichte? Hatten sie ihr die Wahrheit absichtlich verschwiegen?

Sie ließ den Motor an und fuhr rückwärts aus der Parklücke. Sie wollte so schnell wie möglich zurück ins Motel und von dort Leah und Michael anrufen. Und natürlich Max, das war sie ihm schuldig. Sie ahnte, wie schmerzlich die Wahrheit für ihn sein mußte. Er glaubte so fest an die Midshipmen, an das Gute in ihnen, an den Ehrenkodex der Navy.

Im Motel ließ sie sich aufs Bett fallen. Sie sehnte sich nach Schlaf, aber sie fand keine Ruhe. Sie mußte telefonieren, Max, Leah und Michael anrufen. Sie rührte sich nicht, lag nur still in der Dunkelheit und starrte ins Leere. Als das Telefon läutete, zuckte sie zusammen.

«Hallo, Kate, bist du's?»

Es war wunderbar, endlich wieder Ninas Stimme zu hören. Erst jetzt merkte sie, wie sehr ihr die Freundin gefehlt hatte. Und dann fiel ihr die häßliche Szene am letzten Abend in Connecticut ein. All die Vorwürfe, mit denen sie Nina überschüttet hatte. Sie spürte, wie die Freude in ihr verebbte. Zaghaft, als müßten sie sich erst wieder aneinander herantasten, antwortete sie: «Ja, hier ist Kate.»

«Ich hab dich doch hoffentlich nicht aufgeweckt? Ach, Kate, ich hab mir die ganze Zeit solche Sorgen um dich gemacht. Du fehlst mir so. Du fehlst uns allen. Geht's dir gut?» Ninas Stimme klang wie immer, warm und herzlich.

«Ja, mir geht's gut, Nina. Und...» Auf einmal war es auch für Kate wieder wie früher. «Du hast mir genauso gefehlt. Es tut mir leid, daß ich an dem Abend, bevor ich weggefahren bin, am Telefon so... Ich meine, ich hatte mich furchtbar geärgert, und im ersten Augenblick...»

«Fang doch nicht wieder damit an. Es war meine Schuld, Michael hatte mir einen Haufen Unsinn eingeredet. Er ruft jetzt noch jeden Tag bei uns an. Ich glaub ihm nicht alles, aber ich kann mir vorstellen, daß du eine schlimme Zeit hinter dir hast. Dauernd drängt er mich, mit dir zu reden. Mit Hal hat er's auch schon versucht. Ich glaube, er bildet sich wirklich ein, daß du alles nur tust, weil du dich an ihm und Wendi wegen der Scheidung rächen willst.»

«Damit hat es überhaupt nichts zu tun.»

«Das weiß ich doch, Kate. Ich hätte es von Anfang an wissen müssen.» Einen Augenblick war es still, dann klang Ninas Stimme verändert. «Katie, weshalb ich anrufe...»

Kate erschrak. «Ist was passiert?»

«Kate, erinnerst du dich an Brians Brief? Den, den du morgens aus dem Briefkasten genommen hast, als wir losgefahren sind?»

Ob sie sich erinnerte? Mein Gott, was für eine Frage! Sie rang nach Luft, in ihrer Kehle brannte ein Feuer.

«Kate, bist du noch dran? Weißt du, welchen Brief ich meine?»

«Ja.» Sie war selbst überrascht, wie fest und klar sie das sagte. Es gab nichts mehr, was ihr angst machen konnte. Sie kannte ja jetzt die Wahrheit über Brians Tod.

«Ich weiß gar nicht, wie ich's dir erklären soll. Also, Hal hat sich den Wagen vorgenommen und mal gründlich saubergemacht. Und da... Da hat er den Brief gefunden. Er war zwischen die Sitze gerutscht. Ach Gott, Kate, ich kann dir nicht sagen, wie mir zumute war. Der Brief war gar nicht verlorengegangen, er war die ganze Zeit da.»

Kate antwortete nicht. Brians Brief war da. Nina hatte ihn.

«Ich hab ihn hier vor mir liegen, Kate», fuhr Nina zögernd fort. «Soll ich ihn dir nachschicken? Oder... Ich kann ihn dir auch vorlesen, wenn dir das lieber ist.»

«Heb ihn für mich auf, ja? Heb ihn auf, bis ich wieder zu Hause bin.»

«Kann ich sonst irgendwas für dich tun?»

«Nein, Nina, nichts. Ich danke dir.» Sie hätte ihr soviel zu erzählen gehabt. Aber das war auch etwas, was Zeit hatte, bis sie nach Hause kam.

«Ich hab dich sehr gern, Kate.»

«Ich dich auch, Nina.» Wie oft hatte sie ihr das schon sagen wollen. Seltsam, wie leicht es ihr jetzt über die Lippen kam. Als ob sie etwas nachholen müßte, sagte sie es noch einmal, bevor sie auflegte.

Sie ahnte, daß sie jetzt Schlaf finden konnte, müde genug war sie schon vorher gewesen. Sie zog sich im Dunkeln aus. Bevor sie unter die Decke kroch, erledigte sie noch die Telefonanrufe, die sie sich vorgenommen hatte.

Leahs Stimme kam ihr rauh vor, erschöpft, als hätte sie zuviel und zu lange geweint. Sie beschloß, ihr lieber doch nicht am Telefon zu sagen, was Ariel ihr erzählt hatte. Später war immer noch Zeit genug. Wenn sie sich gegenübersaßen und Kate ihre Hände halten und sie in den Arm nehmen konnte, würde es Leah leichterfallen, die Wahrheit zu hören.

Es war, als ahnte Leah, wie sehr Kate sich nach einem Wiedersehen sehnte. «Ich könnte morgen abend zu dir nach Annapolis kommen», schlug sie vor. «Nachmittags habe ich allerdings noch eine Vorlesung. Um neun – wäre dir das zu spät?»

«Nein, gar nicht. Aber vielleicht wäre es dir lieber, wenn ich nach D. C. käme?»

«Nein, ich freu mich, mal wieder rauszukommen.» Sie spürten beide, daß noch nicht alles gesagt war. Leah fragte leise: «Du weißt jetzt, warum er's getan hat, nicht wahr?»

Kate durfte sie nicht belügen. «Ja», sagte sie genauso leise.

«Ist es sehr schlimm?»

Schlimm? Konnte man es so nennen? Ja, es war schlimm. Entsetzlich. Schlimmer als alles, was Kate sich in ihren Angstträumen ausgemalt hatte. Es war so furchtbar, daß sie es immer noch nicht glauben wollte. Seitdem sie in Vermont weggefahren war, hatte sie sich gegen ihre Gefühle gewehrt. Jetzt war sie am Ende ihrer Beherrschung. Sie hätte es gern aus sich herausgeschrien. Er ist für nichts gestorben! wollte sie schreien. Es war ein sinnloser Tod. Dummheiten haben sie gemacht – lauter schreckliche, unbedachte Dummheiten, und auf einmal war die Last so schwer geworden, daß er sie nicht länger tragen konnte.

«Ja», antwortete sie schließlich, «es ist schlimm. Ich erzähle es dir, wenn du herkommst.»

Danach rief sie Max an. Sie hörte ihm an, daß er sich Sorgen um sie gemacht hatte, aber er drängte sie nicht, ihm Einzelheiten zu erzählen; sie war ihm dankbar dafür. Er schlug ihr vor, daß sie sich morgen nachmittag treffen sollten, sobald er in der Akademie fertig wäre. «Ich werde ungeduldig auf dich warten», sagte er. Es klang wie ein Versprechen.

Zuletzt wählte sie Michaels Nummer. Es klingelte lange durch. Während sie wartete, fingen ihr die Hände zu zittern an. Alle Wut, die sie schon halb vergessen glaubte, stieg wieder in ihr auf. Endlich nahm jemand den Hörer ab.

«Er ist nicht da», sagte Wendi kühl.

«Wann wird er zurück sein? Ich habe etwas mit ihm zu besprechen.»

«Können Sie ihn nicht endlich in Ruhe lassen? Haben Sie nicht schon genug Schaden angerichtet?» Die vorwurfsvolle Frage, die Selbstverständlichkeit, mit der sie das Recht für sich in Anspruch nahm, Michael vor den Aufdringlichkeiten seiner geschiedenen Frau zu beschützen – all das stachelte Kates Zorn an.

«Wenn jemand Schaden angerichtet hat, dann bestimmt nicht ich. Sie können ihm ausrichten, daß ich die Wahrheit herausgefunden habe. Oh, gestern abend, da hätte er mich beinahe mit seinem Auftritt überzeugt. Sagen Sie ihm das, er wird sich freuen zu hören, daß er seine Rolle gut gespielt hat. Fast hätte ich ihm die Geschichte mit dem versuchten Betrug beim Examen geglaubt. Aber sagen Sie ihm auch, daß ich ihm diese Lüge nie verzeihen werde. Ja, es gibt einen Tyler, der ein Lügner, ein Betrüger und ein Feigling ist, aber er heißt nicht Brian, sondern Michael.»

Wendi war einen Augenblick sprachlos, dann wehrte sie sich. «Er hat nie die Absicht gehabt, jemandem weh zu tun. Aber er mußte irgend etwas tun. So konnte es doch nicht weitergehen. Brian ist tot. Egal, was über ihn geredet wird, es trifft ihn nicht mehr. Sie sind doch an allem schuld. Sie haben ja keine Ruhe gegeben. Gibt es denn für Sie nicht so etwas wie Treue? Gegenüber Michael? Oder der Navy gegenüber?»

Sie redete genau wie Michael. Mit denselben Argumenten. Im gleichen Tonfall.

«Ich will Ihnen nur eine Frage stellen», sagte Kate. «Nur diese eine Frage: Werden Sie die Dinge genauso sehen, wenn er eines Tages über Ihr Kind Lügen erzählt?» Sie hängte auf, bevor Wendi antworten konnte.

Sie fühlte sich frei. Es gab nichts mehr, was sie an Michael band.

Sie schlief tief und fest, bis gegen Mittag. Sie duschte und zog sich an. Es war nicht so, daß sie alles nach ein paar Stunden Schlaf einfach abgeschüttelt hätte, aber sie entdeckte ein neues Gefühl, das ihr bisher fremd gewesen war. Etwas wie beginnender innerer Friede. Aus einer Laune heraus griff sie nach dem Telefonbuch. Sie hatte Glück und bekam sofort einen Termin. Ein zaghaftes, schüchternes Lächeln spielte um ihre Lippen, als sie das Motel verließ.

Anderthalb Stunden später zog sie die Tür des Beauty Salon hinter sich zu. Ihr Haar war jetzt kürzer geschnitten und leicht gelockt, sie fühlte sich jünger, befreit. Sie kaufte eine Flasche Wein, die sie mit zu Max nehmen wollte. Nicht um zu feiern, es gab nichts, was sie feiern konnte. Aber sie wollte etwas mit ihm teilen.

Es war schon fast fünf, sie mußte sich beeilen. Doch dann entdeckte sie unterwegs, kurz nachdem sie den Verkehr der Innenstadt hinter sich gelassen hatte, das Schild. Wie von Kinderhand gemalt, war es an einen Baum in einem der Vorgärten geheftet. Ohne sich lange zu besinnen, riß sie das Lenkrad herum und fuhr in die Einfahrt zum Haus. Der kleine Abstecher hielt sie nur ein paar Minuten auf, dann war sie schon wieder unterwegs zu Max. Und jetzt war ihr Lächeln breiter geworden, nicht mehr so zaghaft, fast vergnügt.

Er öffnete die Haustür, als sie gerade erst den Schlüssel aus dem Zündschloß zog. Er mußte hinter dem Fenster gestanden und auf sie gewartet haben. Sie spürte, daß ihr Herz einen Sprung machte. Sie nahm das kleine Bündel mit, das neben ihr lag, versteckte es unter ihrem Mantel und ging auf Max zu. Er sah, daß sie etwas verbarg, und runzelte fragend die Stirn.

Als sie bei ihm war, beugte er sich vor und küßte sie auf die Wange. Und doch schien er genauso erstaunt zu sein wie sie, daß ihnen das jetzt schon so selbstverständlich vorkam. Im Flur gab sie ihm den Mantel, sie hielt ihn mit beiden Händen. «Geh vorsichtig damit um», sagte sie und, als er behutsam den Mantel aufgewikkelt hatte: «So, jetzt kannst du Athos begrüßen.»

Sie saß in der Küche; den Tee, den Max vorbereitet hatte, mußte sie vorläufig allein trinken. Er konnte ihr keine Gesellschaft leisten, weil er viel zu sehr damit beschäftigt war, Milch zu wärmen, von irgendwoher ein Körbchen zu holen und mit alten Kleidungsstücken auszupolstern und zwischendurch immer wieder das Kätzchen zu streicheln und ein ums andere Mal zu staunen, wie etwas so winzig klein und niedlich sein könnte. Ein Stein fiel ihr vom Herzen. Es war also doch richtig gewesen, bei dem Haus zu halten und das Kätzchen für ihn zu kaufen. Einen Augenblick lang hatte sie Zweifel gehabt, ob er es vielleicht falsch verstünde oder, was noch schlimmer gewesen wäre, ob sie sich irrte, wenn sie annahm, er habe mehr an dem toten Kater gehangen, als er mit Worten eingestehen wollte. Aber während sie ihm so zusah, wußte sie, daß sie es richtig gemacht hatte.

Erst als er sich davon überzeugt hatte, daß das Kätzchen sich in seinem neuen Bett wohl fühlte, setzte er sich zu Kate an den Tisch. Er sah sie an, las den Kummer in ihren Augen, langte herüber, nahm ihre kalten Finger und wärmte sie in seinen Händen. «Es war hart für dich, nicht wahr? Hast du etwas Neues über Brian erfahren?»

Sie hatte sich fest vorgenommen, ihre Gefühle zu beherrschen. Aber als sie seine ehrliche Anteilnahme spürte, waren alle Vorsätze vergessen. Tränen stiegen ihr in die Augen, sie konnte nur nicken. Es tat ihr gut, bei ihm zu sein. Es tat ihr unendlich gut, daß sie sich gehenlassen durfte.

Er ist so anders als Michael, dachte sie. Aber im nächsten Augenblick verbannte sie den Gedanken. Es war nicht fair, die beiden zu vergleichen, weder Michael noch Max gegenüber.

«Erzähl mir alles», bat er, und sie tat es.

Die ganze Zeit über ließ er ihre Hände nicht los. Als sie fertig war, stand er auf, kam um den Tisch herum, zog sie von ihrem Stuhl hoch und hielt sie in den Armen. Sie bettete den Kopf an seine Schulter. So standen sie lange, er sagte nichts, aber sie fühlte sich stumm von ihm getröstet. Schließlich bog sie sich so weit zurück, daß sie ihm in die Augen sehen konnte. «Danke», sagte sie.

Sie sah den Glanz in seinen Augen und ahnte, daß er, anders als vorgestern, sich heute ein Ziel gesetzt hatte. Er zog sie zu sich heran und küßte sie; es war ein zärtlicher Kuß voller Leidenschaft. Dann trat er einen Schritt zurück, hielt sie an den Händen, blieb stumm, sah sie nur an. Als er sie wieder an sich zog, dauerte der Kuß länger. Er kam ihr stürmischer vor, von einer Begierde, die sie zittern ließ. Oder zitterte sie, weil sie dasselbe Verlangen in sich selbst spürte?

Er sagte immer noch nichts, führte sie aus der Küche. Athos, zu einer kleinen Pelzkugel zusammengerollt, lag zufrieden in seinem Katzenbett. Sie kamen in den Flur, standen schon am Fuß der Treppe. Plötzlich schien sie zu erstarren.

Ich habe Angst. Wohin wird uns das treiben? Und was wird danach sein?

Es war nicht nur die Furcht vor den Stunden danach, vor morgen und übermorgen und vor allen Tagen, die folgten, es war auch die Angst, ihn zu enttäuschen. Vielleicht fand er sie alt und häßlich? Ihre Kehle war wie zugeschnürt. Sie wußte so wenig über ihn. Wenn es nun eine andere Frau in seinem Leben gab? Sie dachte an die Narbe vom Kaiserschnitt, an die Röllchen um ihre Hüften. Es war schon so lange her, daß Michael und sie sich geliebt hatten. Einen anderen Mann hatte es nie für sie gegeben.

Ich kann's nicht tun. Ich kann's nicht.

Max ließ ihr Zeit, er drängte sie nicht. Wenn er etwas Falsches sagt, dachte sie, nur ein einziges falsches Wort, dann gehe ich. Wenn er zum Beispiel sagt: Es wird schon alles gut... Oder wenn er – o Gott, allein der Gedanke war entsetzlich... Wenn er sagt, daß er mich liebt. Bitte, lieber Gott, betete sie im stillen, bitte hilf mir.

Er sagte es so leise, daß sie ihn kaum verstehen konnte: «Ich hab genausoviel Angst wie du. Trotzdem will ich jetzt nicht mehr umkehren.» Er faßte sie an den Schultern, drehte sie sanft, bis sie sich gegenüberstanden. «Aber wenn du umkehren willst, verspreche ich dir, daß ich versuchen werde, es zu verstehen.»

In diesem Augenblick wußte Kate, daß sie es wollte. Sie wollte alles, die animalische Geborgenheit und die Wärme ihrer Körper. Sie wollte spüren, wie ihr Verlangen gestillt wurde, wie die Begierde, die jetzt ihr die Kehle zuschnürte, durch ihren Körper fließen würde. Und sie wollte auch, daß ihr Leben durch ihn einen neuen Sinn bekäme.

Die Treppe war schmal, aber weil Kate sich so dicht an Max schmiegte, konnten sie nebeneinander nach oben gehen.

Später lagen sie im Bett, es war kühl in dem großen Zimmer, sie hatten die große Daunendecke über sich gezogen; sie lagen da und lachten. Wieder lachen zu können, das war für Kate wunderschön; sie glaubte jetzt schon zu spüren, wie die ersten Wunden in ihr verheilten. Gemeinsam zu lachen knüpfte aber auch ein Band zwischen ihnen – stärker noch als das Band ihrer körperlichen Liebe.

Max hatte im Schlafzimmer keine Lampe eingeschaltet, nur aus dem Badezimmer drang schwacher Lichtschein. Kate sagte ihm, wie dankbar sie dafür war, und gestand ein, daß sie Angst gehabt hatte, sich ihm nackt zu zeigen; sie sagte es zögernd, mußte noch nach Worten suchen und wunderte sich, daß sie es überhaupt über die Lippen brachte. Es war erlösend, als er zugab, ihm sei es genauso gegangen. Sie brachen wieder in befreites Gelächter aus.

Sie lagen aneinandergeschmiegt, wie Löffelchen, redeten, erzählten, fragten sich aus. Sie erzählte von ihrem Vater: wie es in seinem Leben ständig aufwärtsgegangen war, immer weiter hinauf, bis ihn die Krankheit tief nach unten stürzte. Sie versuchte ihm auch zu erklären, warum sie manchmal dachte, ihr Vater habe sie – wie alle anderen – allein gelassen. Sie sprach von der Qual ihrer Einsamkeit und wußte, daß Max, der nur still zuhörte, sie verstand.

Mit der rechten Hand spielte er mit ihrem Haar, zauste sanft die Locken in ihrem Nacken. Sie langte unter die Bettdecke, haschte nach seiner linken Hand, streichelte sie zärtlich und hauchte ihm Küsse auf die Fingerspitzen. Als sie merkte, daß er sie ansah, wurde sie rot.

«Du bist schön», sagte er.

«Nein, das bin ich nicht», widersprach sie und schlug, weil sie wollte, daß er die Spuren der Jahre und auch die Narbe sähe, mit einer heftigen Bewegung die Decke zurück. Er beugte sich über sie, seine Lippen berührten ihre Haut nur wie ein Hauch, er küßte ihre Narbe. Auf einmal rückte er ein Stück von ihr ab, es klang sehr traurig, als er sagte: «Ich habe mir auch immer gewünscht, ein Kind zu haben.»

Sie begann von Brian zu erzählen, von seiner Kinderzeit und von seiner Jugend – alles, was ihr einfiel, und sie wunderte sich, wie einfach es war, mit ihm sogar darüber zu reden.

Als sie fertig war, schlüpfte er aus dem Bett. Die Kälte traf ihn wie ein Schock, er zog den Kopf zwischen die Schultern und krümmte sich, als er zum Schrank ging. Sie sah ihm nach. Sein Rücken und die Schenkel waren straff und muskulös, nur um die Taille herum hatte er ein wenig angesetzt, seine blassen Gesäßbakken sahen rührend komisch aus.

«Du bist bildschön», rief sie hinter ihm her, und als sie ihn vor Vergnügen glucksen hörte, fing sie wieder zu lachen an.

«Bin gleich zurück», versprach er, zog sich einen knielagen blauen Bademantel über und verschwand. Sie hörte ihn die Treppe hinuntergehen, räkelte sich im Bett und fühlte sich zufrieden wie lange nicht mehr.

Er kam mit einer Flasche, zwei Gläsern und Athos zurück. Sie saßen im Bett und tranken Wein. Das Kätzchen krabbelte herum und fing an, das Bett und sie zu entdecken. Mit federleichten Pfötchen tapste es ihnen über die Brust, schließlich fand es eine Kuhle zwischen ihren Beinen, rollte sich zusammen und begann wohlig zu schnurren. Kate und Max unterhielten sich von da an im Flüsterton, als hätten sie Sorge, Athos sonst zu stören.

Nach einer Weile kamen sie wieder auf Ariel zu sprechen. «Es ist wie ein Spuk für mich», sagte Kate, «warum hat sie sich nicht gewehrt? Und hinterher keine Meldung gemacht? Irgendwie werde ich das Gefühl nicht los, daß sie die Demütigung geradezu gesucht hat.»

«Davon verstehe ich nicht viel, ich bin kein Psychiater. Aber ich glaube, es gibt so etwas, ich habe das mal gelesen. Das Opfer glaubt im Unterbewußtsein, durch sein früheres Verhalten die Tat herausgefordert zu haben, es fühlt sich schuldig. Könnte das vielleicht die Erklärung sein?»

«So ähnlich, wie manche Frauen das empfinden, wenn sie das Opfer einer Vergewaltigung werden? Ja, so etwas könnte es gewesen sein», sagte sie nachdenklich. «Und trotzdem ist es für mich einfach unvorstellbar, daß Brian dabei mitgemacht hat. Alles in mir sträubt sich dagegen, es zu glauben.»

«Hast du vor, in dieser Angelegenheit noch etwas zu unternehmen? Willst du morgen noch mal den Admiral aufsuchen?»

«Darüber habe ich noch nicht nachgedacht.» Ihre Hand lag auf seinem Arm, sie merkte gar nicht, daß ihre Finger sanft zu streicheln begannen. «Einerseits möchte ich gern etwas für Ariel tun, ich fühle mich einfach dazu verpflichtet. Ich glaube, sie will nicht, daß ich ihr helfe, aber ich muß es trotzdem versuchen. Auf der anderen Seite... Nicht nur Brian hatte etwas damit zu tun. Wenn ich etwas unternehme, sind auch Jordan und Webb betroffen. Ich will nicht, daß sie durch mich Schwierigkeiten bekommen. Es wäre so, als müßten sie für Brians Tod büßen. Ich bin nicht hergekommen, um Rache zu nehmen. Ich wollte herausfinden, was es mit Brians Tod auf sich hat, sonst nichts.»

«Du bist eine sehr beherrschte, vernünftige Frau.»

«Mißversteh mich nicht, Max, denk nicht, daß ich ihnen etwas Gutes tun will. In Wahrheit ist es nämlich so, daß ich Abscheu empfinde. Ich habe keine Achtung vor jungen Leuten, die so etwas tun. Und soweit ich überhaupt noch so etwas wie Respekt vor der Akademie hatte – davon ist nicht mehr viel übriggeblieben. Für mich sind dort alle Heuchler, ein scheinheiliger Haufen. Es ist widerlich, mit solchen Leuten etwas zu tun zu haben. Als ob man durch Dreck watet. Wenn ich nur daran denke, wie skrupellos mir Michael seine Lügen über Brian aufgetischt hat, nur, um sich und seine Karriere zu schützen! Ich weiß nicht, ob es seine Idee war oder ob jemand in der Akademie das ausgekocht hat, jemand ganz oben. Und es ist im Grunde auch egal. Diese Perversion des Denkens widert mich so an, daß ich nichts damit zu tun haben will. Hauptsache, mir kann keiner was am Zeuge flicken – das ist doch die stehende Redensart bei der Navy, ich weiß gar nicht mehr, wie oft ich das gehört habe. Na schön, ihnen konnte keiner was am Zeuge flicken, und ob andere auf der Strecke geblieben sind, war ihnen egal. Ich bin mir nicht mal sicher, ob diese Leute, die da hinter ihren Schreibtischen im Stabsgebäude sitzen, wissen wollen, was passiert ist und warum Brian nicht mehr lebt, oder nur Angst haben, es könnte was herauskommen, was dem Ruf der Akademie schadet. Gut, sollen sie zusehen, wie sie das vor ihrem Gewissen verantworten. Ich hoffe jedenfalls, daß sie eines Tages dafür in der Hölle schmoren.» Ihr Kopf ruckte herum. «Na, findest du mich immer noch so großartig?»

«Mit einem Wort: ja.» Er beugte sich über sie und küßte sie. Dann hob er das Kätzchen hoch, bettete es beiseite und zog sie in seine Arme. So blieben sie lange still liegen. Jeder hing seinen Gedanken nach. Es war schön, sich so nahe zu sein.

«Hungrig?» fragte er nach einer Weile.

«Wie ein Bär», antwortete sie.

«Dann komm.» Er schwang die Beine aus dem Bett und schlüpfte in den Bademantel. Sie drehte sich nicht um, als sie sich anzog. Es machte ihr nichts mehr aus, nackt zu sein.

Am Küchentisch fühlte sie sich schon wie zu Hause, alles war ihr vertraut. Er schnitt dicke Scheiben vom Rosinenbrot, bestreute sie mit Zimt und schob sie in den Toaster. Mit einer Mischung aus Stolz und Verlegenheit schlangen sie die erste Portion herunter. Bei den nächsten Scheiben waren sie schon nicht mehr so heißhungrig, sie nahmen sich sogar Zeit, kleine Bröckchen für Athos abzubrechen.

Es ging auf neun zu, sie konnte nicht länger bleiben, weil sie mit Leah verabredet war.

«Soll ich lieber dabeisein, wenn du's ihr erzählst?» fragte er.

«Nein, ich glaube, da muß ich mit ihr allein sein», erwiderte sie.

Sie stellten das Geschirr in die Spüle. Er brachte sie zur Tür und versprach: «Ich ruf dich morgen früh an.» Sie küßten sich. Kate fühlte sich sicher und beschützt wie schon lange nicht mehr. «Danke, daß du mir Athos mitgebracht hast», sagte er. «Und dich.»

Als sie gewendet hatte und langsam am Haus vorbeifuhr, sah sie ihn unter dem Türlicht stehen und winken. Der Bademantel reichte ihm nur bis zu den Knien, er war barfuß. «Er sollte wirklich Hausschuhe anziehen», murmelte sie vor sich hin.

Sie fuhr sehr langsam. Daß sie lächelte, war ihr gar nicht bewußt. Sie fühlte sich schläfrig und zufrieden. Das Wohlbehagen, das sie empfand, wollte sie wie einen Schatz in sich hüten. Aber auf einmal mußte sie an Brian denken. Und da war alles wieder gegenwärtig, was sie schon für Vergangenheit gehalten hatte.

Sie spürte den Schmerz und begriff, daß er nie enden würde. Es war erst ein paar Minuten her, daß sie gelacht und geliebt hatte. Durfte sie das, wenn doch ihr Sohn gestorben war? Ein Schuldgefühl flackerte auf, aber es erlosch gleich wieder. Brian hätte es verstanden. Schade, sie konnte ihm nun nicht mehr erzählen, daß sie Max kennengelernt hatte. Aber Max hatte ja Brian gekannt – aus den Vorlesungen in der Akademie. Noch etwas, was sie verband.

Sie fuhr auf den Parkplatz des Motels, stellte den Motor ab und schaltete das Licht aus. Als sie vor ihrer Zimmertür stand und den Schlüssel ins Schloß steckte, summte sie noch leise vor sich hin. Der Atem stockte ihr erst, als sie die Tür geöffnet hatte und sah, daß drei Leute in ihrem Zimmer auf sie warteten.

31

Spider stand vor dem Spind und starrte auf das Poster an der Innentür. Er hatte es im kleinen Buchladen der Akademie gekauft, schon damals im ersten Jahr. Es zeigte die Blue Angels, die Kunstflugstaffel des Marine Corps, beim Formationsflug über dem Vereidigungsplatz. An diesem Bild hing er, all seine Träume verbanden sich damit. Was er in diesem Augenblick empfand, hätte er nicht beschreiben können, ein Wirrwarr der widersprüchlichsten Gefühle. Vier Jahre hing das Poster schon in seinem Spind, jetzt nahm er es heraus. Zerreißen konnte er es nicht, das hätte er nicht übers Herz gebracht. Er faltete es sorgfältig und legte es in den Abfalleimer unter seinem Schreibpult.

Sein Blick fiel auf die Notiz, die Jordan für ihn dagelassen hatte. Er brauchte nicht noch einmal zu lesen, was auf dem Zettel stand, er wußte es auswendig. *Die Tyler war in Vermont. Sie weiß über die Greene Bescheid.*

Diese vier Jahre in Annapolis... Es war nicht leicht, mit wenigen Worten zu beschreiben, was sie für ihn bedeuteten. Es war ein weiter Weg gewesen von den Demütigungen während des Frischlingsjahrs bis zu den stolzen Tagen eines Firstclassman. Die verfluchte Gammelei, die endlosen Marschübungen – wer nicht dabeigewesen war, konnte sich gar nicht ausmalen, wie abstumpfend das war. Und dann wieder Wochen, in denen sie bis zur Erschöpfung gefordert wurden. Nein, wer das nicht selbst mitgemacht hatte, verstand nicht, was es bedeutete, Midshipman zu werden. In der Akademiezeitung *Shipmate* hatte neulich ein Leserbrief gestanden, von einem Ehemaligen. «Ich habe auf vieles verzichten müssen, als ich nach Annapolis gegangen bin, und es tut mir heute noch um alles leid. Auch um die Mädchen, mit denen ich nicht schlafen konnte, weil ich statt dessen vor meinen Büchern gehockt und gebüffelt habe. Ich habe eine Menge vom Leben verpaßt. Und trotzdem würde ich wieder nach Annapolis gehen, denn aus den vier Jahren möchte ich nicht eine Minute missen.»

Webb hatte begriffen, daß es nur einen Weg gab, sich aus dem quälenden Zwiespalt seiner Gefühle zu befreien. Es gab einen Schritt, der ihn von allem erlöste. Es war nicht leicht, ihn zu gehen. Aber wenn er den Mut dazu fand, konnte er die Schande von sich abschütteln. Nur, ob er den Mut fand – das war die Frage, über die er seit Tagen nachgrübelte.

Mut – war das nicht das oberste Ziel während der vier Jahre gewesen: mutig zu sein, nicht zurückzuschrecken, das Richtige zu tun, immer und überall? Auf einmal wurde ihm klar: Wenn er jetzt tat, was sein Gewissen ihm vorschrieb, waren die Jahre an der Akademie nicht vergeblich gewesen. Es ging gar nicht darum, ob er sein Offizierspatent bekam. Wenn er jetzt den Mut fand, das Richtige zu tun, war er im eigentlichen tieferen Sinn einer von denen aus Annapolis, auch wenn er nicht mehr dazugehörte.

Die Fesseln abstreifen, die ihn nun schon seit Wochen gefangenhielten, sich befreien... Er fragte sich, ob er das auch begriffen hätte, wenn Kate Tyler nicht nach Annapolis gekommen wäre, um Brians Tod aufzuklären. Im Grunde mußte er ihr dankbar sein. Und er schuldete ihr etwas: ihr zu sagen, daß es Brian gewesen war, der an jenem Abend im Dezember versucht hatte, das Schlimmste zu verhindern, und wie sehr er später darunter gelitten und nach einem Weg gesucht hatte, um alles wiedergutzumachen. Sie mußte erfahren, daß es Brian ernst gewesen war mit der Idee von der Ehre. Und wenn er ihr das alles erzählte, hoffte er, daß sie ihm verzeihen könnte.

Aber wo fand er sie? Dr. McNulty fiel ihm ein, der Professor hatte ja mit ihr gesprochen und war abends zu ihm auf die Stube gekommen. Vielleicht kannte er ihre Adresse? Als er die Tür öffnete, weil er zum Telefon gehen wollte, wehte der Luftzug Jordans Zettel auf den Boden. Webb bückte sich, um ihn aufzuheben. Und erst da sah er, daß er die Notiz bisher gar nicht vollständig gelesen hatte, es stand noch etwas auf der Rückseite.

Er erstarrte vor Schreck, als er las: *Mach dir keine Sorgen. Buck und ich werden uns um sie kümmern.*

Die Szene in ihrem Motelzimmer kam Kate zuerst unwirklich vor. Sie begriff nicht, was das bedeuten sollte. Nur, daß es nichts Gutes bedeuten konnte, das war ihr instinktiv klar. Leah saß im Schaukelstuhl vor dem Bett. Hinter ihr stand Jordan Scott; an seinem Anblick fand Kate nichts beunruhigend, im Gegenteil, der Junge schien innerlich vor Angst zu zittern. Der andere im Hintergrund, jemand, den Kate nicht kannte... Sie ahnte sofort, daß sie sich vor dem in acht nehmen mußte. Von ihm ging eine tödliche Gefahr aus.

Sie beschloß, ihn einfach nicht zu beachten, und wandte sich an Leah. «Was ist mit dir, Leah? Alles okay?»

Die junge Frau war blaß. Aber als Leah nickte, las Kate keine Angst in ihren Augen. Sie saß sehr gerade und beherrscht da, die Arme vor dem Bauch gekreuzt. Es war diese beschützende Geste, an der Kate erkannte, daß sich hier im Zimmer irgend etwas Bedrohliches anbahnte und daß Leah bereits wußte, worum es ging.

Kate musterte den Mann, der hinten am Schrank lehnte. Er hielt eine Flasche Bourbon und einen Plastikbecher in der Hand, die Flasche war schon halb leer. «Ich habe meine Schwiegertochter erwartet, nicht Sie. Was immer Sie hier gewollt haben – ich möchte, daß Sie jetzt sofort mein Zimmer verlassen.» Sie streifte Jordan mit einem Blick. Das gilt auch für Sie.»

Jordan schaute sie verwirrt an, dann drehte er sich um und blickte hilfesuchend nach hinten.

«Alles zu seiner Zeit», sagte der Mann mit der Whiskeyflasche. «Erst haben wir beide was zu besprechen, Sie und ich.»

Kate gab sich einen Ruck und langte nach dem Telefon. «Wenn Sie nicht gehen, rufe ich die Polizei.»

Der Mann kam drohend einen Schritt näher. «Das sollten Sie lieber bleibenlassen.» Kate hatte das Gefühl, daß er sie aus lauernden Augen betastete, sein Blick kam ihr so schmierig vor wie sein Grinsen. «Ein Jammer, daß der alte Bri nicht halb so viel Mumm in den Knochen gehabt hat wie seine Mutter», hörte Kate ihn zu Jordan sagen.

«Wer sind Sie?» fuhr sie ihn an.

Jordan antwortete für ihn. «Das ist mein Bruder Buck, Mrs. Tyler.»

Kate ließ den Fremden jetzt nicht mehr aus den Augen. Sie ahnte, daß es nur darum ging, mit ihm fertig zu werden. Schaffte sie das, dann hatte sie gewonnen. Buck... Sie erinnerte sich dunkel, daß Brian ihr von Jordans Bruder erzählt hatte. «Ich vermute, daß Sie wegen meiner Reise nach Vermont so ungebeten hier hereinplatzen.» Sie versuchte den Ton zu treffen, in dem sie zu Hause in Connecticut aufsässige Schüler zurechtwies.

«Stimmt genau, Lady. Sie hätten da nicht hinfahren sollen. Wie's überhaupt besser ist, sich nicht um Dinge zu kümmern, die einen nichts angehen.»

«Der Tod meines Sohnes geht mich sehr wohl etwas an.»

«Jedenfalls war's nicht gut, daß Sie hingefahren sind. 'ne nette Lady wie Sie sollte anderen Leuten keinen Ärger machen.» Wieder hatte sie das Gefühl, daß er sie mit den Augen auszog. Es machte ihr diesmal nicht mehr soviel aus, sie hatte begriffen, daß er sie mit seinem Macho-Gehabe nur einschüchtern wollte. Sie hoffte wenigstens, daß es so wäre.

Sie wandte sich an Jordan. «Sie haben Angst, daß ich reden könnte, nicht wahr? Über die Sache in der Schwimmhalle?»

«Ich hänge an der Navy», antwortete Jordan. «Ich will meine Zeit zu Ende bringen. Es dauert nur noch ein paar Wochen, dann bin ich aus allem raus. Ich kann nicht einfach zusehen, daß Sie alles kaputtmachen. Wir wollten Ariel ja nichts Böses tun, sie sollte nur vom Turm springen. Weil's nicht fair war, daß auf einmal für sie neue Regeln gelten sollten, bloß weil sie ein Mädchen ist. Wir mußten ja auch runterspringen. Und es hieß immer, daß für die Mädchen dieselben Regeln gelten wie für uns. Aber das war gelogen. Ariel hat sich das selber eingebrockt, sie war selber dran schuld.»

Bucks Gesicht war zur Fratze verzerrt. «Halt endlich dein Maul!» schrie er dazwischen.

Kate blieb ganz ruhig. «Jordan, ich habe nicht die Absicht, Sie da mit reinzuziehen, wirklich nicht. Sie müssen selber sehen, wie Sie damit fertig werden. Von mir erfährt keiner was über Ariel.»

«Hören Sie auf mit der gequirlten Scheiße!» Buck stellte die Flasche und den Becher weg. «Was mein Bruder tun muß und was nicht, das sage ich ihm schon. Und was Sie betrifft... Ich denk gar nicht dran, irgendein Risiko einzugehen. Soweit wollen wir's gar nicht erst kommen lassen, Lady.»

«Ich habe Ihnen gesagt, daß ich für mich behalte, was ich seit gestern weiß. Das muß Ihnen genügen. Und jetzt möchte ich Sie beide hier nicht mehr sehen.» Kate ging entschlossen aufs Telefon zu und nahm den Hörer ab. Sie hörte, wie Leah erschrocken die Luft einsog, hinter ihr stieß Jordan einen unterdrückten Schrei aus.

«Legen Sie den Hörer weg, Mrs. Tyler.»

Bucks Stimme klang gefährlich. Kate gehorchte zögernd. Sie drehte sich um und sah die Waffe in seiner Hand. Er machte ihr ein Zeichen, sich neben Leah aufs Bett zu setzen.

Zum ersten Mal in ihrem Leben starrte Kate in eine Pistolenmündung. Das metallisch glitzernde Loch sah nach Tod und Verderben aus. Ihre Knie zitterten noch, als sie schon saß.

«Was haben Sie vor?» Sie war froh, daß die Stimme ihr gehorchte. Er sollte nicht merken, daß sie Angst hatte. *Guck nicht hin*, redete sie sich selbst zu, *guck einfach nicht auf die Pistole. Wenn du hinguckst, merkt er, wie klein dein Mut geworden ist.* Sie sah, daß Leah am ganzen Leib zitterte, sie faßte nach ihrer Hand und erschrak, wie kalt die Finger des Mädchens waren.

«Jordo, sieh nach, ob jemand draußen ist.» Buck deutete mit einem Kopfnicken auf die Tür.

«Um Gottes willen, Buck, was willst du tun?»

«Ich räum für dich den Dreck weg, Brüderchen. Hab ich schon mal was anderes getan? Du baust Scheiße, und ich muß es wieder in Ordnung bringen.» Klar und gespannt sah er von einem zum anderen. Man merkte ihm an, daß er daran gewöhnt war, eine Waffe in der Hand zu halten. Er schien sich größer und stärker damit zu fühlen.

Einer, der nichts dabei findet, den Tod in der Hand zu halten, dachte Kate. Bucks kühle Gelassenheit machte ihr angst.

Auch Jordan konnte die Augen nicht stillhalten, aber bei ihm war es nicht der lauernde, wachsame Blick wie bei seinem Bruder, ihm sah man an, wie nervös er war. «Hör zu, Buck, laß uns verschwinden. Sie sagt, daß sie nichts erzählt, und das war's ja, was wir gewollt haben. Sie sollte uns nur versprechen, daß sie's für sich behält, sonst nichts.»

«Kann sein, daß sie sich dran hält. Aber wir wollen lieber auf Nummer Sicher gehen, was, kleiner Bruder?»

Kate erstarrte. Meinte er etwa damit, daß er Leah und sie umbringen wollte?

Das Telefon schlug an, alle zuckten zusammen, als das schrille Läuten die Stille zerriß. Kate war nicht entgangen, daß Buck am heftigsten erschrocken war. Gut, zu wissen, daß er gar nicht so ruhig und gelassen war, wie er tat. Es läutete weiter. Nach dem siebten oder achten Läuten fuhr Jordan herum, seine Hand zuckte hoch, er wollte die Schnur aus der Wand reißen.

«Laß das!» Bucks Stimme fuhr wie eine Messerklinge dazwischen. «Wenn das Ding tot ist, merken sie da vorn, daß irgendwas nicht stimmt, und schicken uns einen auf den Hals, der nachsehen soll. Immer erst schön nachdenken, kleiner Bruder.»

«Buck! Du hast doch nicht etwa vor, die beiden zu töten? Buck, das ist Mord!»

«Mord ist nur so 'n Ausdruck. Ich hab Dutzende in 'Nam umgelegt. Dutzende. Mord? Ach, Scheiße. Sie haben mir sogar 'n Orden dafür umgehängt.» Sein Blick blieb auf Kate hängen. «Wir beide werden uns jetzt mal in aller Ruhe unterhalten, ja? Sie sehen aus wie 'ne vernünftige Lady. Ich bin sicher, daß Sie nicht gleich die Nerven verlieren – so wie Ihr Sohn.»

32

Brian starrte auf die bronzenen Delphine, die John Paul Jones' Sarkophag trugen. Die Krypta, hieß es, sei ein Symbol dafür, daß ein Mann alles erreichen kann, wenn er es nur entschlossen genug will. Jones war der Sohn eines armen Bauern aus Schottland, und nun wurde er hier als ‹Vater der Navy› verehrt. *Mein Kampf hat noch nicht begonnen.* John Paul Jones' unvergessene Worte.

Was hätte er denn an meiner Stelle getan? fragte sich Brian. Eine sinnlose Frage. John Paul Jones wäre nie in seine Situation geraten. Brian sah sich ungeduldig um. Verdammt, wo blieb Buck so lange?

Und warum hatte er überhaupt darauf bestanden, sich hier mit ihm zu treffen? Wahrscheinlich, weil Jordo ihm irgendwas vorgejammert hatte. Gut, dachte Brian, aber er soll bloß nicht glauben, daß er mich umstimmen kann.

Er warf einen Blick auf die Armbanduhr und wünschte, er hätte sich gar nicht erst darauf eingelassen. «Nutzlos vertane Zeit», murmelte er vor sich hin. In zehn Minuten wurde die Krypta geschlossen. Das mußte Buck doch auch wissen.

Dumpf hallten die Schritte des Ehrenpostens, der den Sarkophag umrundete, in der Krypta wider. Die erhabene Feierlichkeit rührte Brian an, sooft er herkam. Alles, was es über die Krypta zu wissen gab, hatte er schon im ersten Sommer seiner Kadettenzeit auswendig gelernt. Die Säulen waren aus dem gleichen Marmor wie der Sarkophag, schwarz-weißes Pyrenäengestein. In die Plattform, auf der der Sarkophag ruhte, waren die Namen der sieben Schiffe graviert, die unter Jones' Kommando gestanden hatten. Brian mußte sie nicht erst lesen, sie waren in sein Gedächtnis eingegraben, so unauslöschlich wie in den Stein. *Bonhomme Richard, Alliance, Serapis, Alfred, Providence, Ranger.* Und dann natürlich das siebente Schiff. Er stand direkt an der Stelle, an der der Name in den Stein geschnitten war. Das Schicksal hatte sich einen bitteren Witz erlaubt. Brian starrte auf die Buchstaben. *Ariel.*

Mit wachsender Ungeduld sah er sich um. Himmel, wo trieb sich Buck bloß herum? Zum Teufel mit ihm. Er hatte keine Lust, noch länger zu warten. Als er gerade gehen wollte, entdeckte er Buck, im Halbdunkel hinter den Säulen versteckt, in der Nähe einer der Türen. Ein Schaudern überlief Brian, als hätte eine dunkle Vorahnung ihn gestreift. Im nächsten Augenblick war das unheimliche Gefühl vergessen, nur der Ärger blieb. Verdammt, wie lange lungerte Buck schon dort herum? Immer mußte er irgendwelche dämlichen Spielchen treiben.

Buck kam grinsend auf ihn zu. «Na, alter Junge, wie steht's denn so?»

«Laß es uns kurz machen», sagte Brian. «Weshalb wolltest du mich sprechen? Dringend – hast du gesagt, wenn ich mich recht erinnere. Also, was ist so verdammt dringend?»

Der Ehrenposten kam auf seiner Runde zu ihnen herüber. Er nahm keine Notiz von ihnen. Den Blick starr geradeaus, marschierte er weiter auf seiner abgezirkelten Bahn. Wie eine Marionette. Buck drückte sich ins Halbdunkel hinter den Säulen, bis der Posten vorbei war.

«Jordo sagt mir, daß du Schluß machen willst.» Das Grinsen war verschwunden.

Brian musterte Buck. Wieviel mochte Jordan ihm erzählt haben? Wußte Buck wirklich, was an jenem Dezemberabend in der Schwimmhalle geschehen war? «Ich reiche die Entlassung ein, das stimmt.»

«Saublöde, wenn du mich fragst. Vier Jahre rackerst du dich hier ab, und dann haust du einfach in 'n Sack.»

«Hat Jordo dir erzählt, warum ich's tue?»

«Er hat mir...» – es war, als wollte Buck die Worte ausspucken – «... von dieser blöden Fotze erzählt. Ein dummes kleines Flittchen – und wegen so einer willst du dein Leben ruinieren?»

«Wir haben ihr Leben ruiniert.»

«Mein Gott, Tyler! Na und? Sie hat ja's Maul gehalten. Warum willst du die ganze Sache jetzt noch mal aufrühren?»

«Erklären kann ich's auch nicht. Ich weiß nur, daß ich's tun muß.»

«Und wie ist das mit Jordo und Spider? Den beiden machst du doch auch alles kapuut.»

«Ich muß es tun. Sonst kann ich mir nicht mehr in die Augen sehen. Verstehst du das nicht, Buck? Wir haben sie beinahe umgebracht. Und dann sind wir einfach weggegangen und haben sie liegenlassen. Ich muß es tun. Es ist so was wie eine Ehrenschuld.» Als er Bucks eiskalten Blick sah, wußte er, daß jedes Wort nur verschwendet war. Er wandte sich um, es war sinnlos, noch mehr Zeit zu verlieren.

«Augenblick mal, Brian. Um Himmels willen, lauf doch nicht gleich weg!» Buck packte ihn am Arm. Ein paar Sekunden lang war er laut geworden, jetzt nahm er sich wieder zusammen. «Okay, Mann, du tust, was du tun mußt, das ist ja in Ordnung.» Auf einmal lag so viel Verständnis in seinen Worten, daß Brian sich überrumpelt fühlte. Aber er blieb mißtrauisch.

Beim ersten Glockenschlag vom Turm der Navy-Kapelle beendete der Ehrenposten seine Runde, er ging zur Osttür, schloß ab. Es wurde Zeit zu gehen. Buck legte den Arm um Brians Schulter und schob ihn die Treppe hinauf, auf den Hauptausgang zu.

«Du bist ein Trottel, Tyler», sagte er, als sie draußen waren. «Du bist der größte Trottel, der mir je über 'n Weg gelaufen ist. Und ich fürchte, das ist noch nicht alles. Du baust einen Haufen Scheiße, und dann packst du mit beiden Händen zu und schmeißt die Scheiße in 'n Wind.» Bucks Arm zog Brian näher. «Und soll ich dir mal sagen, was normalerweise passiert, wenn einer Scheiße in 'n Wind streut? Der Wind bläst ihm das ganze verdammte Zeug ins Gesicht. So ist das, alter Freund. Nur, du bist nicht der einzige, der was abkriegt. Was du vorhast, versaut auch meinem Bruder das Leben, ist dir das klar?» Seine Augen funkelten gehässig. «Ich hoffe, daß es dir klar ist, Tyler. Es sind nämlich schon Leute gestorben, die weit weniger Scheiße gebaut haben. Gestorben, Tyler. Hast du mir gut zugehört?»

Brian riß sich los. Bucks Drohung ließ ihn kalt. Als er wegging, hielt er die Schultern steif und den Kopf hoch erhoben. Es war, als hätte er seine Würde wiedergefunden. Und er war stolz darauf.

Kate empfand Mitleid mit Jordan, sein markant geschnittenes Gesicht war verzerrt, die Haut glänzte vor Schweiß. «Sie werden nichts verraten, ja?» hörte sie ihn betteln. «Sagen Sie's meinem Bruder. Sagen Sie ihm, daß Sie nichts verraten.»

«Halt endlich dein verdammtes Maul!» schnauzte Buck ihn an. «Es kotzt mich an, wie du dich aufführst. Piß dir nicht in die Hosen. Ich hab mich immer um dich gekümmert, ich tu's auch jetzt, verlaß dich drauf.»

Der Schock der ersten Minuten war vorüber. Aber Kate machte sich Sorgen um Leah, die leichenblaß im Schaukelstuhl saß; ihr Blick schien verschleiert. Kate mußte sich um sie kümmern, irgend etwas für sie tun. Aber da war dieser Mann – Buck, Jordans Bruder –, und er hielt immer noch die Pistole auf sie gerichtet ... Er kann uns ja nicht beide über den Haufen schießen, versuchte sie sich zu beruhigen, er will uns nur Angst einjagen. Es tat ihr gut, so etwas zu denken. Sosehr sie sich auch an Hoffnungen klammern mußte, sie merkte doch, daß die Angst in ihr kleiner wurde.

«Von mir haben Sie nichts zu befürchten, Jordan. Passen Sie lieber auf, daß Ihr Bruder Sie nicht in eine Sache hineinzieht, aus der es keinen Ausweg mehr gibt.»

«Und Sie halten jetzt auch Ihr gottverdammtes Maul!» Buck holte wütend aus und schlug Kate mit der flachen Hand ins Gesicht.

«Versuchen Sie ja nicht, irgendein faules Spielchen mit mir zu treiben, Lady, ich warne Sie.» Er legte die Waffe aufs Bett und kramte in den Taschen nach Zigaretten. Um die Pistole schien er sich keine Gedanken zu machen. Kate schätzte die Entfernung ab, gut anderthalb Meter. Und sie mußte einrechnen, daß Leah vor dem Bett saß, zwischen ihr und der Waffe. Buck war wesentlich näher dran, er stand direkt neben dem Schaukelstuhl, seine Knie berührten beinahe Leahs Hüften. Und in diesem Augenblick schien auch Jordan zu ahnen, woran Kate dachte. Er setzte sich aufs Bett, er brauchte nur die Hand auszustrecken, um die Pistole zu nehmen.

Lässig riß Buck ein Streichholz an, sog an der Zigarette. Als er anfing zu reden, zuckte Kate zusammen. Sie kannte den Tonfall. So redeten die Burschen, die auf dem Schulhof die anderen tyrannisierten. Mit gespielter Freundlichkeit – aber es schwang immer ein Unterton mit, bei dem es einem kalt über den Rücken lief.

«Es gibt einen Weg, wie wir alle aus der Sache rauskommen», sagte Buck. Das Streichholz brannte noch, er hielt es vor seinen Augen, als wäre die Flamme ein Visier, über das er Kate, Leah und Jordan zugleich im Blick behielt. Langsam brannte das Hölzchen herunter, die Flamme leckte schon an Bucks Fingern. Alle sahen gebannt hin. Kate kam es so vor, als könnte sie das versengte Fleisch riechen. Buck spitzte die Lippen, blies die Flamme aus und zündete ein neues Streichholz an, es war wie eine gedankenverlorene Spielerei.

«Muß ja nicht sein, daß überhaupt jemand zu Schaden kommt, oder? Ich mein, Sie verstehen schon – was bringt's denn, wenn Sie jetzt hingehen und diesen Sitzfleischstrategen im Akademiestab die Geschichte von der kleinen Greene erzählen? 'türlich, wenn Sie sich in den Kopf gesetzt haben, die Sache breitzutreten, dann könnt's schon sein, daß gewisse Leute nicht ganz ungeschoren davonkommen. Wissen Sie, es passieren heutzutage so viele Unfälle. Wär doch 'n Jammer, wenn Sie 'n Unfall hätten, Lady. Oder die hübsche kleine Frau hier, Brians Witwe.» Auch das zweite Streichholz war fast heruntergebrannt. «Oder das Kind? So 'n Neugeborenes... Schrecklich, wenn ihm so was zustößt wie... wie zum Beispiel einem Kater.» Er blies das Streichholz aus, zündete das nächste an.

«Also, Sie haben den Kater getötet», sagte Kate, ohne die Stimme zu erheben. Aus den Augenwinkeln sah sie, daß Leah vor Entsetzen nach Atem rang.

«Was für 'n Kater?» fragte er. Das vierte Streichholz. Sie begriff plötzlich, daß er das Spiel nur betrieb, um sie alle nervös zu machen. Wie ein Pokerspieler. Imponiergehabe. Genau wie ein kleiner Rattenkönig auf dem Schulhof. Als ihr das klar wurde, hatte Buck verspielt. Er bluffte nur. Wahrscheinlich hatte er schon so oft Erfolg damit gehabt, daß er die Wirkung überschätzte. Kate ließ sich jedenfalls nicht von ihm einschüchtern.

«Das langt», sagte sie ruhig. «Sie haben uns jetzt lange genug gestört. Sie fangen an, mich zu langweilen. Gehen sie, ich möchte mit meiner Schwiegertochter allein sein. Sie und Ihr Bruder tun mir leid. Trotzdem, Sie sind alt genug, um allmählich zu lernen, die Dinge nüchtern zu sehen. Sie verschwinden jetzt, und dann werde ich Admiral Thatcher anrufen. Das bin ich meinem Sohn schuldig.» Entschlossen kehrte sie ihm den Rücken zu und ging zur Tür.

«Halt, bleiben Sie stehen!»

Er konnte es noch so schneidend sagen, sie kümmerte sich nicht darum, faßte nach dem Türknauf und drehte ihn. Kühle, klare Luft schlug ihr entgegen, sie atmete tief durch. Dann hörte sie den Schuß. Sie zuckte zusammen, krümmte sich, wartete auf den brennenden Schmerz. Erst Sekunden später, als sie begriff, daß sie unverletzt war – daß es also Leah sein mußte, auf die er gezielt hatte, löste sich der gellende Schrei aus ihrer Kehle.

Max lag im Bett, das Kätzchen – ein rundes Knäuel aus samtweichem Fell – an seine Seite geschmiegt, er dämmerte gerade in den Schlaf hinüber, als die Haustürglocke anschlug. Sofort war er hellwach, eilig schwang er die Beine aus dem Bett. Es konnte nicht anders sein: Kate war zurückgekommen.

Er war so sicher, daß er im Schlafanzug nach unten ging. Verdattert starrte er in das fremde Gesicht. Er brauchte ein paar Sekunden, bis er den Midshipman Webb Garrick erkannte. Und im selben Augenblick wurde ihm klar, daß irgendwas passiert sein mußte.

«Es tut mir leid, daß ich Sie stören muß, Sir. Es geht um Mrs. Tyler. Ich fürchte, daß sie in Gefahr ist. Ich weiß mir nicht mehr zu helfen. Darum bin ich zu Ihnen gekommen.»

Zitternd vor Schreck trat Max einen Schritt beiseite und ließ den Midshipman herein.

Er war gerade erst hinuntergestiegen, Dunkelheit umfing ihn, tastend setzte er die ersten Schritte. Es tat ihm jetzt schon leid, daß er sich darauf eingelassen hatte. Sein Entschluß stand fest. Er blieb nicht an der Akademie. Niemand konnte ihn umstimmen. Weder Buck noch Jordan. Und auch Ariel nicht.

Ariel... Schon der Gedanke, ihr wiederzubegegnen, trieb ihm den Schweiß auf die Stirn. Aber er mußte es durchstehen. Und er wollte sie nicht warten lassen. Er mußte den Seitentunnel fast ganz hinuntergehen und dann nach rechts in den Schacht abbiegen, der bis vor den Michelson-Block führte. Dort wollte sie auf ihn warten. Er beschleunigte seinen Schritt. Aber er wäre lieber umgekehrt, damit er ihr nicht unter die Augen treten mußte.

Vielleicht war es gar nicht so schlimm? Damals in der Schwimmhalle... Sie hätten sie nicht so hilflos liegenlassen dürfen. Aber irgendwie hatte sie es doch geschafft, wieder auf die Beine zu kommen. Im Grunde mußte er froh sein, sie wiederzusehen. Auf die Weise bekam er wenigstens Gelegenheit, sie um Verzeihung zu bitten.

Warum wollte sie sich überhaupt mit ihm treffen? Was konnte sie von ihm wollen? Oder hatte Jordan sie dazu überredet? Sollte sie versuchen, ihn von seinem Entschluß abzubringen? Wahrscheinlich. Sie selbst hatte ja auch geschwiegen. Nicht nur das, sie hatte sich eine ganze Lügengeschichte ausgedacht, um Jordan, Webb und ihn zu schützen.

«Tyler!»

Der Ruf kam von draußen, leise – und durch den Widerhall in den Schächten so verzerrt, daß Brian nicht sicher war, ob er sich das nur einbildete oder ob tatsächlich eine Männerstimme nach ihm gerufen hatte. Erkennen konnte er erst recht nichts, er sah nur – oben, über der Ausstiegsluke – eine dunkle Gestalt, die sich kaum gegen den Nachthimmel abhob. Irgendwie glaubte er die Stimme wiederzuerkennen. Aber hier unten klang eben alles so anders. Trotzdem, Ariel konnte es nicht sein, das stand fest.

«Na, du großer Held, trägst du deine Ehre da unten in der Dunkelheit spazieren?» Brian hatte keinen Zweifel mehr, es war eine Männerstimme. Aber sie klang so hohl, daß er sich einfach kein Gesicht dazu vorstellen konnte. «Komm ein Stück näher! Na los, die Leiter rauf!»

Er hätte nicht erklären können, warum er die Sprossen hochkletterte. Es hörte sich an wie ein Befehl, es war der gleiche Ton, den er von scharfen Kommandos kannte, knapp und zwingend. Daran lag es wohl, daß er gehorchte, ohne erst lange zu überlegen. Als er oben war, sah er, daß der Gitterrost beiseite geschoben war. Der Mann, der ihm den Befehl gegeben hatte, konnte nicht weit weg sein, Brian hörte ihn atmen.

«Dein Entschluß steht also fest, wie?» Der Sarkasmus, mit der die Stimme aus dem Dunkel ihn verhöhnte, widerte Brian an. Trotzdem stand er wie gebannt und hörte zu. «Da kann ich so viel auf dich einreden, wie ich will. Ich könnte sogar anfangen, dich auf den Knien zu betteln, das wäre dir ganz egal. Du hast dir's vorgenommen, und nun läßt du dich nicht mehr davon abbringen, so ist es doch, nicht wahr?»

Jetzt hatte Brian die Stimme erkannt. «Fang nicht wieder davon an», antwortete er kurz angebunden, «das haben wir ja schon alles besprochen.» Er war wütend – nicht so sehr auf Jordan, der ihm weisgemacht hatte, Ariel wolle sich mit ihm treffen, mehr auf sich selbst, weil er auf so einen uralten Trick hereingefallen war. Und er war wütend, weil sie es wieder und immer wieder versuchten, mal Buck und mal Jordan. Dabei mußten sie doch allmählich begriffen haben, daß er es ernst meinte. *Wenn du doch endlich einsehen würdest, daß du mit diesen albernen Spielchen überhaupt nichts erreichst, du Blödmann!* hätte er am liebsten nach draußen gerufen. Die Sprossen waren feucht, er mußte aufpassen, daß er nicht abrutschte. Am besten war es wohl, überlegte er, wenn er nach draußen kletterte. Aber dazu kam er nicht mehr.

Ein Stoß traf ihn so heftig an der Schulter, daß er die Balance verlor. Er wäre in die Tiefe gestürzt. Aber er stürzte nicht. Denn gleichzeitig war etwas anderes geschehen. Ein Seil... Ein Strick... Um Gottes willen, das Ding legte sich ihm um den Hals! Und in diesem Augenblick fiel der Gitterrost in die Betonfassung.

Brians Gedanken rasten, überschlugen sich. Eine Schlinge? Mein Gott, wirklich, es war eine Schlinge! Er spürte, wie sie ihm ins Fleisch schnitt. Er wollte es nicht glauben. Das konnte nicht sein. Und dann hörte er auf zu denken. Es gab nur noch Angst, entsetzliche, lähmende Angst.

«Okay, du Held, dein Spiel ist jetzt aus. Du weißt, was ich hören will. Sag's – sag's endlich! Versprich mir, daß du nichts ausplauderst. Versprich's, und ich laß dich frei.»

Brian riß die Hände hoch und versuchte verzweifelt, an der Schlinge zu zerren, die Finger zwischen das Seil und seinen Hals zu schieben. Seine Füße tasteten ins Leere, suchten nach den Sprossen, fanden keinen Halt. *Nein!* wollte er schreien. Aber er hätte nicht einmal ein heiseres Krächzen herausgebracht.

Brian spürte, wie der Mann das Seil ein Stück nachließ, es hin und her schwenkte und im nächsten Augenblick wieder anzog. Zu spät erkannte er, daß es ein Fehler gewesen war, nach der Schlinge zu greifen. Er hätte, nachdem schon seine Füße abgerutscht waren, die Sprossen auf keinen Fall loslassen dürfen. Ein Fehler. Mein Gott, vielleicht ein tödlicher Fehler? Nein, das konnte nicht sein.

«Gib endlich nach, du verdammter Dickschädel!» keuchte der Mann über ihm. Sein Gesicht war schweißgebadet. Kalter Schweiß – er spürte ihn im Nacken, zwischen den Schulterblättern, den Rücken hinunter, bis zu den Hüften. «Glaub bloß nicht, daß ich nur Spaß mache! Ich mein's ernst. Gib auf, versprich, daß du das Maul hältst!» Er kniete auf dem Rasen, stieß die Worte wie heiseres Krächzen aus. Eine Drohung – und doch klang es eher wie wimmerndes Betteln. «Mein Gott, versprich's doch endlich. Ich kann nicht zulassen, daß du alles kaputtmachst. Verstehst du das denn nicht?» Es kostete viel Kraft, den Strick zu halten, obwohl er ihn um einen der Gitterstäbe geschlungen hatte. «Tyler, du Arsch, sag's endlich!» Stille. «Das lohnt sich nicht, Mann. Deine beschissene Ehre kann dir doch nicht mehr wert sein als dein Leben!»

Er hätte später nicht sagen können, ob es Minuten oder nur Sekunden dauerte, bis ihm klar wurde, daß er schon eine ganze Weile keinen Laut und keine Bewegung wahrgenommen hatte. «Tyler? Tyler, hörst du mich?»

Er beugte sich tiefer. Aus dem Schacht schlug ihm saurer Gestank entgegen. Moder, Fäkalien, Gärung. «O Gott», keuchte er, «Scheiße. Verfluchte Scheiße.» Er wischte sich den Schweiß von der Stirn, kam von den Knien hoch, blieb einen Augenblick in der Hocke, sah sich wie gehetzt um. Und dann rannte er tief gebückt los. Er rannte ziellos. Irgendwohin. Nur weg von hier.

Unten im Schacht starrte Roy Bank fassungslos auf den Midshipman, der über ihm in der Schlinge baumelte. «Jesus, Maria und Josef!» haspelte er murmelnd. Er konnte nicht glauben, was er sah.

Und dann begriff er. Es war wieder nur einer von ihren blöden Witzen. Wieder etwas, womit sie ihn hereinlegen wollten, die verdammten Midshipmen. Wie sie's immer machten. Schauriges Gelächter im Tunnelsystem, weil sie wollten, daß er loshetzte und sie suchte. Und wenn er dann lange genug herumgeirrt war und zu seiner Bude zurückkam, rollten sie ihm einen Rauchkörper vor die Tür. Die Saubande. Immer hatten sie's auf ihn abgesehen. Beinahe wäre er auch jetzt darauf hereingefallen.

Doch plötzlich wurde ihm klar: Das hier war etwas anderes. Da hing nicht nur eine ausgestopfte Puppe am Seil. Was da in der Schlinge vom Gitterrost herunterbaumelte, war ein Mensch. Ein Mensch aus Fleisch und Blut. Lebendig.

Aber nicht mehr lange. Das Seil drehte sich, der Körper schwang herum. Für einen Moment – während lähmender Sekunden, die eine Ewigkeit dauerten, starrten die Augen ihn an. Augen, in denen das Leben erlosch. Der Blick des Sterbenden versuchte ihn festzuhalten. Und die Lippen bewegten sich zitternd. Später, viel später erst, hätte Roy geschworen, daß es nicht nur ein stummes Zittern gewesen war. Der Mann in der Schlinge hatte mit letzter Kraft etwas geflüstert. Nur ein Wort. *Bitte*.

Er starrte hinauf, er sah die verhaßte blaue Uniform. Es war einer von denen, die ihren Spott mit ihm trieben, ihn verlachten und demütigten. Einer von denen. Und jetzt war er der Stärkere. Er, Roy Bank, den sie wie ein Stück Dreck behandelten. «Bitte!» Nur ein Hauch, ein stammelndes Flehen.

Oder hatte er sich das nur eingebildet? War das Wort gar nicht über die Lippen des Sterbenden gekommen? Hatten nur die Augen gebettelt?

Er spürte eine Kraft, die er nie zuvor gekannt hatte. Haß machte ihn stark. Die Wut über alles, was sie ihm angetan hatten. Über die groben Späße, mit denen sie seinen armen Bruder verspottet hatten. Über ihren verdammten herablassenden Stolz. Er drehte sich um und verschwand im dunklen Schacht.

«Wo ist ihr Zimmer?» Webb hatte, ehe McNulty den Wagen zum Stehen bringen konnte, die Beifahrertür aufgerissen. Der Professor brauchte nicht mehr zu antworten. Denn in diesem Augenblick hörten sie den Schuß.

Türen flogen auf, ratlose Gesichter, Neugierige, die sich ein paar Schritte nach vorn wagten, aber sofort wieder verschwanden, als sie die beiden Männer sahen, die den Ostflügel des Motels entlangrannten. Max nahm das alles nicht wahr, weder die neugierigen Blicke noch das jähe Erschrecken. Er sah nur die Gestalt vor der letzten Tür. Wer es war, konnte er noch nicht erkennen. Aber er betete, daß sie es wäre. *Bitte, mach, daß sie es ist. Sie muß es sein.* Die Beine wollten ihm nicht mehr gehorchen. Es war nicht Schwäche, was ihn zu lähmen drohte, es war Angst. Angst, daß sie es vielleicht doch nicht wäre.

Er hörte Webb Garrick neben sich keuchen. Ein junger Kerl, viel schneller als er, normalerweise hätte Webb an ihm vorbeiziehen müssen. Aber Max war als erster an der Tür. Dieselbe Angst, die ihn lähmen wollte, hatte ihn angetrieben. Er breitete die Arme aus, fing die stolpernde Gestalt auf, hielt sie, als sie zusammenbrach. Mit geschlossenen Augen hätte er sie erkannt, als sie in seinen Armen lag. Sie war nicht ohnmächtig, sie hob den Kopf, er sah ihr in die Augen.

«Kate! Mein Gott, Kate!» Und dann fragte er besorgt: «Ist alles in Ordnung?»

Sie nickte benommen, er stützte sie und führte sie ins Zimmer. Webb Garrick war dicht hinter ihnen. Sie hörten ihn erschrocken keuchen. Er hatte schon gesehen, was passiert war.

Leah lag weinend auf dem Bett. Davor, auf dem Boden, kauerte Buck, er hielt seinen Bruder Jordan in den Armen. Und überall war Blut, schrecklich viel Blut.

«Jordo, du blöder Scheißer, was hast du getan? O Gott, Jordo, warum baust du immer nur Scheiße? Verdammt, o verdammt!» Buck fluchte, aber es klang wie ein Schluchzen.

Der Schuß mußte Jordan in die Brust getroffen haben. Von dort kam das Blut. Es rann nicht, es quoll, der Pulsschlag trieb es heraus wie schwache kleine Fontänen. Er versuchte zu sprechen, reihte die Worte mühsam aneinander. «Ich wollte... wollte ihm doch nur... nur angst machen, Buck. Weil ich... weil ich einmal so sein wollte... so wie du. Aber töten... töten wollte ich ihn nicht. Glaub mir, Buck.»

In der Ferne heulte die Sirene eines Streifenwagens. Wie durch einen Schleier, den sie nicht wegschieben konnte, nahm Kate alles wahr. Daß Max irgend etwas zu Webb sagte. Und daß Webb losrannte, um Hilfe zu holen. Und daß Leah immer lauter schluchzte. Und Buck seinen Bruder zu sich heranzog – mit einer behutsamen Liebe, die sie ihm nie zugetraut hätte. Das Blut... Auf dem Boden, an der Wand, auf Jordans Brust, in Bucks Gesicht. «O Gott», hörte sie Max flüstern, «wie auf einem Schlachtfeld!»

«Es ist eins», sagte sie.

Webb kam zurück, er brachte den Nachtportier mit. Der Mann erstarrte. «Diese gottverdammten Fixer!» schrie er, bebend vor Wut. «Pumpen sich mit Drogen voll – und dann so was!»

Kates Anspannung löste sich in einem albernen Kichern. Es gluckste in ihrer Kehle, es blubberte über ihre Lippen, sie konnte nicht aufhören damit, bis Max sie zu sich heranzog und sie festhielt. «Es ist ja alles vorbei, Kate. Beruhige dich.»

Sie löste sich aus seinen Armen. Leah brauchte sie. «Die junge Frau ist schwanger», sagte sie zu dem Portier. «Ist schon ein Arzt verständigt?» Und dann saß sie auf dem Bett, streichelte Leah übers Gesicht, über das kurzgeschnittene Haar. «Geht's dir gut?» fragte sie immer wieder, bis das Mädchen endlich nickte.

«Was war denn überhaupt los?» wollte Webb wissen.

Leah stützte sich hoch, ihre Wangen nahmen allmählich wieder Farbe an. «Jordan hat Brian getötet. Und jetzt wollte er uns erschießen.» Die Stimme versagte ihr, aber sie zwang sich, weiterzusprechen. «Als Kate die Tür öffnete und hinausging... Es war nicht Buck, der geschossen hat. Ich dachte erst, er würde es tun, aber dann hab ich ihm angesehen, daß er's nicht fertigbrachte. Und Jordan muß es wohl auch gemerkt haben. Darum hat er versucht, Buck die Pistole zu entreißen. Er wollte schießen. Ich hab auch den Schuß gehört. Und dann lag er plötzlich auf dem Boden. Sein Gesicht... Er sah so... so überrascht aus. Sie schlug die Hände vors Gesicht und schluchzte.

«Kate? Kate! Was ist los?» Max sah sie besorgt an.

Kate wandte langsam den Kopf. «Um Gottes willen, was macht ihr aus den Jungen?»

Max zögerte, hielt aber ihrem Blick stand. «Das Beste – soweit wir es können», sagte er sanft. «Mutige junge Männer. Manchmal auch ein paar Feiglinge.»

«Dann taugt all eure Mühe nichts», sagte Kate mit einer Stimme voller Tränen und Entsetzen. «Wie ist das denn mit der Ehre, von der ihr dauernd redet?» Sie zeigte auf Jordan. «Sind das die jungen

Männer, von denen du mir erzählt hast? Diese höflichen, disziplinierten, zielstrebigen jungen Männer? Gehört der, der meinen Sohn getötet hat, auch dazu?»

Sie wußte, daß Jordan im Sterben lag. Sie wollte ihm helfen. Sie wünschte sich die Kraft, es zu tun. Sie wünschte sich, Mitleid zu empfinden. Aber sie spürte nur, daß Jordans naher Tod eine Genugtuung für sie war. Sie fror vor Angst. Sie hatte Angst vor der Kälte, die sie in sich spürte. Max nahm sie an den Händen. Sie wollte ihre Hände wegziehen, aber er hielt sie fest. Da gab sie ihren Widerstand auf, und sie ließ die Wärme, die von seinen Händen ausging, durch ihren Körper strömen.

Die Polizeisirene kam näher. Es schien nur noch dieses Heulen zu geben, das die Stille der Märznacht zerschnitt. Wie das Weinen von Dudelsäcken, dachte Kate. Wie eine Totenklage.

Das schrille Läuten überall in den Fluren von Mutter B. war ein Befehl. Zeit zur Nachtruhe. Viertausendsechshundert Midshipmen gehorchten. Die letzten Handgriffe, bevor sie in die Kojen krochen. Gelächter im Waschraum. Gemurmelte Flüche auf den Fluren. Allmählich kehrte Stille ein. Und in der Stille zählten sie die Tage bis zur feierlichen Lossprechung im Mai. Die Firstclassmen zählten, weil sie auf das Offizierspatent warteten, die Kadetten, weil sie ein Stück Freiheit dazugewannen. Aber lange hielten sie sich mit solchen Gedanken nicht auf. Die Nacht war zu kurz, um eine der kostbaren Stunden bis zum Wecken mit Grübeln zu vertun. Die Nacht gehörte ihnen allein. Ein paar Stunden nur, in denen sie aus dem strengen Reglement der Navy entlassen waren.

Der Yard lag still und verlassen da. In den Gebäuden war das Licht erloschen. Dunkelheit hüllte die Monumente und die bronzenen Kanonen und Mörser ein. Wenn noch einer dort draußen gewesen wäre, einsam und allein in der Nacht, hätte er in der Ferne die Polizeisirene gehört. Aber es hätte ihn nicht viel gekümmert. Weil es ihn nichts anging. Der auf und ab schwellende Heulton kam von draußen. Und alles, was draußen war, jenseits vom Yard, gehörte nicht zu ihrer Welt.

Epilog

Frühlingsblüten deckten die schwarze Graberde zu, blaßgelbe und weiße Narzissen wiegten sich sanft im milden Wind. Eine Frau stand am Grab, in ihre Erinnerungen versunken, aber nicht mehr vom Kummer gebeugt. Neben ihr hüpfte und tanzte ein Kind über den schmalen Plattenweg, freute sich seines Lebens und lachte mit der Sonne um die Wette. Der kleine Kerl mochte nicht einen Augenblick stillstehen, und als sein Blick auf die Fahne fiel, bückte er sich blitzschnell, zog sie aus dem Boden und schwenkte sie fröhlich.

Ganz sicher schien er nicht zu sein, ob er das Beutestück eine Weile behalten dürfte. Er schielte hoch, und als die Frau nicht schimpfte, trollte er sich rasch. Übermütig schwenkte er die Fahne, marschierte auf dem Rasen hin und her, warf die kleinen Beinchen und krähte dazu: «Ich bin nu ein Soldat, tätärä, marschier von füh bis spät, tätärä.»

Kate mußte lachen. Sie bückte sich und drückte den kleinen Jungen an sich. Ihr Enkelsohn hielt einen Augenblick still, dann befreite er sich aus der Umarmung und marschierte weiter.

Der Mann war ein paar Schritte abseits stehengeblieben und schaute zu ihnen herüber. Er hörte das unbeschwert fröhliche Lachen, ein schmerzlicher Ausdruck durchzuckte sein Gesicht. Er zögerte noch. Er hatte ja gewußt, daß er sie hier treffen würde. Heute – gerade heute kam sie bestimmt, daran hatte er nicht gezweifelt. Und so ging er schließlich die letzten Schritte zu ihr hinüber. «Hallo, Kate.»

Wenn sie überrascht war, ließ sie es sich nicht anmerken. «Hallo, Michael.» Das Kind duckte sich hinter ihren Beinen, starrte den Fremden aus großen Augen an. Sie nickte dem Jungen aufmunternd zu. «Na, sag Großvater Tyler schon guten Tag!»

Aber der Kleine wollte nicht, schüttelte nur den Kopf und guckte mißtrauisch. Das Fähnchen versteckte er vorsichtshalber hinter dem Rücken. Wer weiß, vielleicht war der Fremde gekommen, um es ihm wegzunehmen? Und weil der fremde Mann so auffällig zu ihm herüberstarrte, reckte er plötzlich das Fähnchen hoch und verkündete trotzig: «Is meine.» Kate schaute ihn an, auf einmal taten die Erinnerungen wieder weh. Nur einen flüchtigen Augenblick lang. Der Kleine war Brian so ähnlich.

«Du bist ins Richteramt berufen worden, hab ich gehört», sagte Kate. «Das freut mich für dich. Ich weiß, wieviel es dir bedeutet.»

Er nickte. «Und ich hab gehört, du hast wieder geheiratet, nicht wahr? Alles Gute, Kate.»

«Letzten Herbst schon.» Sie sah auf den Grabstein. «Heute ist sein Geburtstag. Bist du deswegen gekommen?»

«Ja. Eigentlich müßte ich viel öfter herkommen, aber immer kommt was dazwischen, ich schaff's einfach nicht. Ich hoffe, du kannst das verstehen.»

«Ja», sagte sie nur.

«Weißt du, manchmal frage ich mich...»

«Was?» wollte sie wissen, als er nicht weitersprach.

«Ach, ich denk nur, wenn wir uns mehr Mühe gegeben – und ein bißchen angestrengt hätten... Vielleicht hätten wir beide es doch geschafft.»

Kate antwortete nicht. Sie war nicht sicher, ob er das ernst meinte oder nur so dahersagte, aus der Sentimentalität eines Augenblicks heraus. Hatte er die letzten schlimmen Jahre vergessen? Hatte er verdrängt, daß er sie wegen Wendi verlassen hatte? Sie sah ihn an, als wollte sie in seinem Gesicht die Antwort lesen. Und zu ihrer Verblüffung entdeckte sie, daß seine Haut ein paar braune Flecken bekam. Altersflecken, oben an den Schläfen fielen sie ihr zuerst auf. Merkwürdig, sie hatte sich nie vorstellen können, daß Michael einmal alt würde.

«Irgendwie hänge ich immer noch an dir.»

Was sollte sie darauf antworten?

«Kate, ich hab schon immer mit dir darüber sprechen wollen. Du weißt schon – daß du damals nach Annapolis gefahren bist, um rauszufinden, wie das mit Brians Tod war. Ich war dir nicht wirklich böse. Ich hoffe, du weißt das?»

«Was spielt das jetzt noch für eine Rolle?»

«Du hast es mir also noch nicht verziehen, stimmt's? Du bist immer noch zornig, weil ich an Selbstmord geglaubt habe. Das hast du mir nicht verziehen.»

«Es ist schon lange her, Michael. Es lohnt nicht mehr, darüber zu reden.» Kate sah nach ihrem Enkelkind.

«Doch. Weil ich spüre, daß du mir noch nicht verziehen hast.»

«Du mußt mich nicht um Verzeihung bitten, Michael», sagte sie. «Du suchst Vergebung», sagte sie leise, «aber du solltest sie nicht bei mir suchen.» Der Kleine kam angeschlendert, er war müde geworden, Kate nahm ihn auf den Arm. «Ich bin es nicht, die dir etwas zu verzeihen hat.» Ihr Enkelkind im Arm, ging sie zum Wagen zurück. Mit einer Hand klammerte der Kleine sich an seiner Großmutter fest, mit der anderen schwenkte er das Fähnchen. Michael stand am Grab und sah ihnen nach.

Crime Ladies

«Es sieht so aus, als seien zur Zeit die besten Krimi-Autoren weiblichen Geschlechts. **Paula Gosling** zu versäumen wäre ein Fehler für Krimi-Fans.»
Frankfurter Rundschau

Paula Gosling
Alpträume
(thriller 43317)

Blut auf den Steinen
(thriller 43284)

Die Leiche unterm Eis
(thriller 43254)

Im Schatten der Toten
(thriller 43340)

«Anna Marx, 35, tizianrot und rubensdick, ist das ausgekochte Phantasiegeschöpf der Bonner Journalistin **Christine Grän**, die ihre Krimiheldin als sinnenfrohe Gerechtigkeitsfanatikerin gegen die sattsam bekannte lakonische Melancholie alter Krimihaudegen antreten läßt.»
Neue Presse Hannover

Christine Grän
Dead is beautiful
(thriller 42944)

Anna Marx, der Müll und der Tod
(thriller 43192)

Grenzfälle
(thriller 43031)

Marx ist tot
(thriller 43081)

rororo thriller

«Anne D. LeClaire ist wohl das größte Erzähltalent unter den Krimi-Frauen.»
Neue Presse

Anne D. LeClaire
Die Insel des Unheils
(thriller 43328)

Traumriß
(thriller 43314)

Barbara M. Gill
Die Zeit danach
(thriller 42968)

Patricia Highsmith
Venedig kann sehr kalt sein
(thriller 42202)

rororo thriller werden herausgegeben von Bernd Jost. Ein Gesamtverzeichnis aller lieferbaren Titel finden Sie in der *Rowohlt Revue*. Vierteljährlich neu. Kostenlos in Ihrer Buchhandlung.

Rowohlt im Internet:
www.rowohlt.de

3692/1

Linda Barnes

«Carlotta Carlyle ist eine großartige Bereicherung der schnell wachsenden Gruppe intelligenter, witziger, verführerischer, tougher, aber dennoch verwundbarer Privatdetektivinnen ...»
The Times

Carlotta steigt ein
(thriller 43264)

Carlotta fängt Schlangen
(thriller 42959)

Carlotta jagt den Kojoten
(thriller 43099)

Carlotta spielt den Blues
(thriller 43160)
«Der Roman bezieht seinen Reiz aus einer eigenartigen Mischung zwischen einer spannenden Krimihandlung und der außerordentlich intensiven, in allen Farben des Spektrums schillernden Beschreibung der Popmusik-Szene.» *Radio Bremen*

Zum Dinner eine Leiche *Mit einem Linda-Barnes-Interview*
(thriller 43049)

Früchte der Gier
(thriller 43262)

Marathon des Todes
(thriller 43040)

Blut will Blut
(thriller 43064)
Wer goß Blut in die Bloody Mary, wer enthauptete Puppen und Fledermäuse? Und wer legte den toten Raben ins Büro des Theaterdirektors? Michael Spraggue wird wieder einmal gefordert.

3025/5

rororo thriller

Im Wunderlich Verlag liegen vor:

Ein Schnappschuß für Carlotta
352 Seiten. Gebunden und als rororo thriller 43250

Carlotta geht ins Netz
384 Seiten. Gebunden

«Carlotta Carlyle ist eine Frau mit Witz und Ernsthaftigkeit, voller Mitgefühl und Härte, eine Heldin, mit der man mit Vergnügen seine Zeit verbringt.»
New York Times

rororo thriller werden herausgegeben von Bernd Jost. Ein Gesamtverzeichnis der Reihe finden Sie in der *Rowohlt Revue*. Vierteljährlich neu. Kostenlos in Ihrer Buchhandlung.

Rowohlt im Internet:
http://www.rowohlt.de

Ruth Rendell

«Mich fasziniert jedesmal wieder, wie leise-harmonisch die Romane von **Ruth Rendell** beginnen, wie verständlich und normal die ersten Schritte sind, mit denen die Figuren ins Verhängnis laufen. Ruth Rendells liebevoll-ironisch geschilderte Vorstadtidyllen sind mit einer unterschwelligen Spannung gefüllt, die atemlos macht.»
Hansjörg Martin

Eine Auswahl der thriller von Ruth Rendell:

Dämon hinter Spitzenstores
(thriller 2677)
Ausgezeichnet mit dem Gold Dagger 1975, dem begehrtesten internationalen Krimi-Preis.

Die Grausamkeit der Raben
(thriller 2741)
«... wieder ein Psychothriller der Sonderklasse.»
Cosmopolitan

Die Verschleierte
(thriller 3092)

Die Masken der Mütter
(thriller 2723)
Ausgezeichnet mit dem Silver Dagger 1984.

Durch Gewalt und List
(thriller 2989)

In blinder Panik
(thriller 2798)
«Ruth Rendell hat sich mit diesem Krimi selbst übertroffen: die Meisterin der Spannung ist nie spannender zu lesen gewesen.»
Frankfurter Rundschau

rororo thriller

See der Dunkelheit
(thriller 2974)

Leben mit doppeltem Boden
(thriller 2898)

Der Herr des Moores
(thriller 3047)

Die neue Freundin *Kriminalstories*
(thriller 2778)

Der gefallene Vorhang *Kriminalstories*
(thriller 3004)

«**Ruth Rendell** – die beste Kriminalschriftstellerin in Großbritannien.»
Observer Magazine

rororo thriller werden herausgegeben von Bernd Jost. Ein Gesamtverzeichnis der Reihe – und alle lieferbaren Titel von *Ruth Rendel* – finden Sie in der *Rowohlt Revue*. Vierteljährlich neu. Kostenlos in Ihrer Buchhandlung.

Klugmann / Mathews

«Da werden endlich wieder Geschichten erzählt, die so intelligent und spannend sind, die zum Zittern und Lachen bringen. Allererste Empfehlung: die subtil anarchistischen Polizeikomödien der beiden Hamburger Norbert Klugmann & Peter Mathews.»
Lui

Beule & Co
Beule oder Wie man einen Tresor knackt. Ein Kommissar für alle Fälle. Flieg, Adler Kühn
(thriller 43101)
Die Helden des Autorenduos scheinen auf den ersten Blick wenig perfekt. Sie haben Probleme mit Frauen, mit sich selbst und mit ihrer Kondition. Eigentlich sind sie ganz selten richtige Helden ...

Die Schädiger. Tote Hilfe
Zwei Krimikomödien
(thriller 43275)
«Witzig und spannend» (*Süddeutsche Zeitung*) ist der häufigste Kommentar zu diesen etwas anderen Krimis. Zwei Geschichten um den ewigen Loser Rochus Rose und die Jungs von der alternativen Tankstelle.

Vorübergehend verstorben
Roman
(thriller 43306)
Die Männer sind alle Verbrecher, ihr Herz ist ein finsteres Loch... Die Anwältin Luise Rubato fährt lieber in die Grube, als der Moral der Männer zu erliegen.

rororo thriller

Norbert Klugmann
Treibschlag *Ein Fall für den Sportreporter*
(thriller 43238)

Zielschuß *Ein Fall für den Sportreporter*
(thriller 43241)

Doppelfehler *Ein Fall für den Sportreporter*
(thriller 43228)

Schweinebande
(thriller 43175)

Tour der Leiden *Best of Foul Play*
(rororo 43324)

«**Norbert Klugmann** legt ein wahnsinniges Tempo vor und ihm fließen mitunter Dialoge aus der Feder, gegen die hochgerühmte amerikanische Kollegen die reinsten Langweiler sind.» *Süddeutscher Rundfunk*

Ein Gesamtverzeichnis der Reihe *rororo thriller* finden Sie in der *Rowohlt Revue*. Vierteljährlich neu. Kostenlos in Ihrer Buchhandlung.

3013/8